U0128093

·文學研究叢書·

勞思光
韋齋詩存述解新編

勞思光 著　王隆升 主編
王隆升、林碧玲…等 述解

圖一　百年孤吟

香港中文大學張燦輝教授刻印

圖二　韋齋

圖三　思光

序

吾自承庭訓，早學謳吟；及長後親歷喪亂，鬱鬱終年，遂每以詩詞自遣。然興之所至，拈韻揮毫，稿成即隨意棄置，未嘗有問世之想。舊作有句云：「詩為自娱稀示客，學無他得但知難」，蓋寫實也。

晚年再來臺島，授課華梵；中文系王隆升，林碧玲諸同人以為數十年中感時憂國，言志寄情之作，亦可以持贈後人，遂鳩集同好，搜編舊稿，廣為箋釋。茲全書編成，諸學友咸謂應有小序，故識數語，以謝諸君編注之勞。時西元二〇一二年一月也。

辛卯小寒，思光識於臺北客寓。

凡例與說明

一、《勞思光韋齋詩存述解新編》的前置作業，為《思光詩選》之研讀與初步述解。此這部分工作，獲國科會人文學研究中心九十三及九十四年度讀書會之補助，於九十四年十二月告一段落。自九十五年一月開始，由華梵大學人文暨藝術設計類研究室補助，成立「現當代古典詩研究室」，並且使得勞思光先生之詩歌研讀，由「讀書」層次，逐步轉入「研究」核心。

二、《勞思光韋齋詩存述解新編》與《思光詩選》最大差異，在於糾繆、輯佚與續新。續新之作，於目錄詩題後，以「＊」號表示。

三、《勞思光韋齋詩存述解新編》一書，共收錄勞思光先生詩作263首(包含：詩251首、輓聯5聯、詞6闋、新詩1首)。早年，勞思光先生隨筆題詩之後，並未蒐集整理；而編輯完成，勞思光先生之新、舊作，仍有未及收錄者。如舊作中新輯一聯：「信知分盡愁無盡，始悟才難遇益難」；於亂世之人生體驗，可謂感悟良深。又近日(辛卯年十二月六日)有大陸學者來函，請就洪煨蓮先生遺墨題句，遂有〈題洪煨蓮遺墨〉一詩：「洪揚雅謔有高名，長記康橋議海甯。末節休爭聲律事，還從遺墨感平生。」首句寫洪煨蓮與楊聯陞之交游，二句寫勞氏在哈佛與洪氏論王國維之文字考證事。三句輕點洪氏遺墨之出律，末句轉書親遺墨而觸發追念之情。凡此可見，本書所收勞思光先生之詩作，猶未免遺珠之憾。

四、本書收錄勞思光先生古典詩，採編年排序，正文收勞思光先生離開大陸之後的詩作，斷自一九五零年起，在此年之前所輯諸詩，則收入〈附錄〉。唯己酉（一九六九年，四十二歲）之〈詠紐約聯合國大廈〉僅殘餘腹聯，故與舊作同置於附錄一。述解體例依序為詩作、題解、註釋、鑑賞；述解工作更歷經幾番鍾鍊工夫：一、述解者提出讀者詮釋之「初稿」。二、述解者詮釋與作者表述互勘而成「二修稿」。三、述解者之間交互講評以達整體了解，進而透過述解者撰述論文與研究案之磨練，以力求通透後所成「三修稿」。四、林碧玲教授就全稿之疑義處請益勞思光先生，將修訂建議交付述解者參考而成「四修稿」。

五、本書之讀者對象設定為大學生以上之學界人士；述解中將「勞思光先生」，概稱「勞氏」，以見客觀性。

目錄

圖版 ………… 1
序／勞思光 ………… 1
凡例與說明 ………… 1

庚寅（一九五〇年　二十三歲）………… 1
1～4｜庚寅春謁李嘯風丈於臺灣，侍談竟夕。親長者之高風，顧前塵而微悵。吟俚詩四章，錄呈誨正　彭雅玲述解 ………… 1

甲午（一九五四年　二十七歲）………… 8
5｜步韻答閔生　彭雅玲述解 ………… 8
6｜步韻再答閔生　彭雅玲述解 ………… 8

乙未（一九五五年　二十八歲）………… 13
7｜獨坐　彭雅玲述解 ………… 13
8｜晨起攬鏡，忽見白髮，悵然久之，即成一律*　彭雅玲述解 ………… 15

丙申（一九五六年　二十九歲）………… 17
9｜步公遂原韻並寄　彭雅玲述解 ………… 17
10｜再疊原韻　彭雅玲述解 ………… 17
11｜深秋登樓極目四顧，愴然有感，賦七律一章寄閔生　彭雅玲述解 ………… 20
12｜答振華　王隆升述解 ………… 22
13｜晝中　王隆升述解 ………… 25

14｜贈史韻芬　王隆升述解 28
15～17｜丙申十一月，簷櫻來寓所，蓋別已八載，相見感嘆不能已。夜談既久，偕飲坊肆中，酒意催愁，往夢歷歷。因作七律三章，即以贈簷櫻　王隆升述解 32

丁酉（一九五七年　三十歲） 39
18｜立秋日即事　王隆升述解 39
19｜澳門孫中山故宅　王隆升述解 41
20｜晚步即事　王隆升述解 46
21｜答友　林碧玲述解 49
22｜喪中作　林碧玲述解 52

戊戌（一九五八年　三十一歲） 55
23｜曉窗書感　林碧玲述解 55
24｜送別　林碧玲述解 57
25～27｜暑日即事　林碧玲述解 59
28～29｜戊戌秋日偶感　林碧玲述解 65
30｜冬日雜詩　林碧玲述解 69

己亥（一九五九年　三十二歲） 71
31｜友人遺書，引《易》義，勸予用世，詩以答之　林碧玲述解 71
32｜無題　林碧玲述解 73
33～34｜寄臺灣友人　徐慧鈺述解 77
35～36｜己亥秋日，偕宗頤、書枚登山小遊，黃昏坐叢竹間，望海上日落，歸而賦詩，即以柬宗頤書枚　徐慧鈺述解 80
37｜送千石赴日　徐慧鈺述解 83
38｜亦園招飲於新界，酒邊口占一律　徐慧鈺述解 85
39～42｜己亥歲暮郭亦園以近作四律見示，因步原韻書懷以答　徐慧鈺述解 86

庚子（一九六〇年　三十三歲）……91

43～46｜**春興**　劉浩洋述解……91

47～52｜**無題**　劉浩洋述解……97

53～54｜**題畫梅**　吳幸姬述解……104

55｜**太平山晚眺**　吳幸姬述解……106

56～57｜**公遂自星加坡歸來，高談竟日，對酒書感**　吳幸姬述解……107

58｜**題涂公遂畫梅**　吳幸姬述解……109

59～60｜**夜坐偶成**　吳幸姬述解……110

61～64｜**步千石移居詩原韻書懷，即柬諸友**　吳幸姬述解……112

65｜**庚子冬，伯兄貞一擬過港小留，嗣因簽證不順而作罷，惘然有作***　吳幸姬述解……117

辛丑（一九六一年　三十四歲）……119

66｜**辛丑人日**　陳旻志述解……119

67～70｜**無題**　陳旻志述解……121

71｜**睡起偶成***　陳旻志述解……124

壬寅（一九六二年　三十五歲）……128

72｜**壬寅歲暮，久患胃疾，寄懷舜老**　陳旻志述解……128

73～74｜**無題**　陳旻志述解……130

75｜**書枚以詠螢詩見示，步韻和之**　陳旻志述解……131

癸卯（一九六三年　三十六歲）……134

76｜**癸卯新春，公遂以元旦七律屬和**　陳旻志述解……134

77｜**驚夢**　陳旻志述解……135

甲辰（一九六四年　三十七歲）……138

78｜**甲辰秋應崇基聘，戲柬謙老**　吳冠宏述解……138

79 | 甲辰孟秋，賈保羅先生將赴歐講學，臨歧惘然，賦七律一章送別，並乞吟正　吳冠宏述解 141
80～83 | 甲辰除夕書懷，即柬幼椿先生　吳冠宏述解 143

丙午（一九六六年　三十九歲）......148

84 | 丙午元日，聽幼椿先生話長城往事，因賦長句以贈　吳冠宏述解 148
85～89 | 聞白崇禧病逝臺灣　吳冠宏述解 150
90 | 偶聞友人言以麻油注瓶花，可收培灌之效，試之良然。戲成一絕　謝奇懿述解 153
91～92 | 丙午三月郊遊，口占　謝奇懿述解 154
93 | 聞殷海光解職，慨然有作　謝奇懿述解 156
94～96 | 丙午初度，中夜獨坐，成三律書感　謝奇懿述解 158
97 | 丙午仲秋，偶與龍宇純先生車中閒話，各驚老大。夜歸戲為長句，即柬宇純先生　謝奇懿述解 163
98 | 丙午中秋，贈達生　謝奇懿述解 165
99～102 | 感時　七律四首　陳慷玲述解 167
103～110 | 感時　續八首　陳慷玲述解 174

丁未（一九六七年　四十歲）......187

111～113 | 丁未元日試筆　彭雅玲述解 187
114 | 有寄　彭雅玲述解 192
115～119 | 讀宋史絕句　彭雅玲述解 193
120 | 丁未初度，適慧蓮寄柬來賀，詩以答之　彭雅玲述解 200
121 | 臺灣友人來函，詢及近狀並論時局，詩以答之　彭雅玲述解 201

戊申（一九六八年　四十一歲）......205

122 | 碧玉　王隆升述解 205

123 | 書枚先生以長排見寄，用昌谷〈惱公〉原題原韻。讀後步韻奉答　王隆升述解 ……… 208

己酉（一九六九年　四十二歲）……… 226

124 | 感懷*　王隆升述解 ……… 226

125～126 | 己酉初秋，晤伯兄於洛城，共步街衢，閒話舊事，歸成二律　王隆升述解 ……… 230

127 | 哈佛校園晚步　王隆升述解 ……… 235

128 | 日暮獨步憶寅恪先生詩有感　王隆升述解 ……… 238

庚戌（一九七〇年　四十三歲）……… 241

129 | 初抵普大寄香港友人　王隆升述解 ……… 241

130 | 書懷並贈子健伉儷　王隆升述解 ……… 243

131～134 | 懷普城諸友　王隆升述解 ……… 246

135 | 孔目湖書感　林碧玲述解 ……… 257

136 | 贈吉川先生　林碧玲述解 ……… 260

137～139 | 曾履川以新刊《范伯子詩》見贈，讀後成三律識感，即柬曾先生　林碧玲述解 ……… 262

辛亥（一九七一年　四十四歲）……… 273

140 | 辛亥閏月，幼椿先生以新編《學鈍室詩草》見示，讀後率爾得句，即以柬幼椿先生，並乞吟正　林碧玲述解 ……… 273

141～142 | 辛亥重九雜感　林碧玲述解 ……… 277

壬子（一九七二年　四十五歲）……… 284

143～150 | 壽幼椿先生　有序　徐慧鈺述解 ……… 284

151～153 | 英時過港來寓所長談，慨然有作，即柬英時　徐慧鈺述解 ……… 294

154 | 英時寄近作步韻報之　廖湘美述解 ……… 298

甲寅（一九七四年　四十七歲）…… 300
155～158｜甲寅除夕　廖湘美述解 …… 300
乙卯（一九七五年　四十八歲）…… 305
159～162｜雜詩 四首　廖湘美述解 …… 305
163｜普城即事　吳幸姬述解 …… 310
164～167｜乙卯歲除書懷　吳幸姬述解 …… 312
丙辰（一九七六年　四十九歲）…… 317
168～171｜聞京訊有感　吳幸姬述解 …… 317
172～175｜深秋即事四首*　吳幸姬述解 …… 322
丁巳（一九七七年　五十歲）…… 327
176｜讀史　吳幸姬述解 …… 327
戊午（一九七八年　五十一歲）…… 331
177～180｜唐君毅先生輓辭　陳旻志述解 …… 331
181｜感時　陳旻志述解 …… 338
己未（一九七九年　五十二歲）…… 340
182｜己未孟秋，史稿既成，夜坐無聊。偶成一律，即柬端正　陳旻志述解 …… 340
183｜端正步韻答前寄之作，有勸予勿談禪學之意，再作長句謝之　陳旻志述解 …… 342
184～187｜山居即事　陳旻志述解 …… 344
庚申（一九八〇年　五十三歲）…… 349
188～189｜庚申除夕　吳冠宏述解 …… 349
壬戌（一九八二年　五十五歲）…… 351
190｜壬戌八月，慕寰先生榮休，同人餞於雅苑。席間出近作長句

相示，遂步原韻奉答　吳冠宏述解 351
191 | 步慳字韻柬策縱先生　吳冠宏述解 354

癸亥（一九八三年　五十六歲） 356
192 | 癸亥開筆　吳冠宏述解 356
193 | 陌地生書感　吳冠宏述解 357
194 | 與策縱、英時夜談術數　吳冠宏述解 358
195 | 癸亥夏，與秀煌應慕寰先生邀，小飲雅苑，歸而有作　吳冠宏述解 360
196 | 初秋即事　吳冠宏述解 361

甲子（一九八四年　五十七歲） 363
197 | 步邢慕寰先生原韻奉寄　吳冠宏述解 363

乙丑（一九八五年　五十八歲） 364
198～200 | 新春即事　謝奇懿述解 364

丁卯（一九八七年　六十歲） 368
201～208 | 退居吟　謝奇懿述解 368

戊辰（一九八八年　六十一歲） 375
209 | 戊辰夏應清華之約，來臺作專題講演。晤濟昌、思恭於臺北。品茗小談，遂成一律　陳慷玲述解 375

己巳（一九八九年　六十二歲） 378
210～211 | 蕭箑父自武大寄詩，以二律答之*　陳慷玲述解 378
212～213 | 六四夜坐　陳慷玲述解 380
214 | 喜聞嚴家其脫險*　陳慷玲述解 383
215 | 送韻兒加大入學，校門相別，黯然無語，夜歸旅舍，口占一律，即寄韻兒代函　陳慷玲述解 385

216～219｜清華雜詠 一九八九～九〇；十首錄四* 徐慧鈺述解 387

庚午（一九九〇年　六十三歲）……390

220～221｜庚午元日書懷　陳慷玲述解……390

222｜庚午中秋，與清華諸生登人社院高臺觀月，口占一律書懷
陳慷玲述解……392

223｜庚午冬，聞陳生中芷臥病，詩以問之　陳慷玲述解……393

224｜「二十一世紀」雜誌酒會中晤述先，欣然有作　陳慷玲述解·394

癸酉（一九九三年　六十六歲）……396

225｜秋日赴會劍橋，初卸行裝，晚步哈佛園中，口占記感*
彭雅玲述解……396

甲戌（一九九四年　六十七歲）……398

226～227｜伯兄以近作見寄，步韻作答*　林碧玲述解……398

丁丑（一九九七年　七十歲）……403

228～229｜七十初度*　徐慧鈺述解……403

230～231｜深秋即事*　徐慧鈺述解……405

戊寅（一九九八年　七十一歲）……408

232｜戊寅歲暮感懷*　劉浩洋述解……408

己卯（一九九九年　七十二歲）……411

233｜己卯歲值公元一九九九，遂有所謂千禧年之說。除夕前一日送延韻返美，蓋留臺已三月矣。元旦餐後獨坐，蕭然有感，口占一律*　吳幸姬述解……411

庚辰（二〇〇〇年　七十三歲）……413

234｜春日偶成 三月十九日*　陳旻志述解……413

235｜庚辰秋，宏一以策縱先生近作〈春遲〉見示，讀後輾然，戲

作一絕，即柬策縱、宏一* 陳旻志述解 …… 414

辛巳（二〇〇一年 七十四歲）…… 417

236～239｜新正即事 七律四首* 吳冠宏述解 …… 417

240｜辛巳中秋，黃昏獨坐，偶成一律* 徐慧鈺述解 …… 421

壬午（二〇〇二年 七十五歲）…… 424

241～244｜舊遊雜詠 七律四首 謝奇懿述解 …… 424

丙戌（二〇〇六年 七十九歲）…… 430

245｜丙戌七月，返港小住，與生徒閒話，偶成一律 謝奇懿述解 · 430

戊子（二〇〇八年 八十一歲）…… 432

246｜冬寒即事* 林碧玲述解 …… 432

附錄一 早年詩歌舊作 …… 435

甲戌（一九三四年 七歲）…… 435

247｜聞雷 開筆詩* 彭雅玲述解 …… 435

己卯或庚辰（一九三九或一九四〇，十二或十三歲）…… 437

248｜雨後桃花* 林碧玲述解 …… 437

丁亥（一九四七年 二十歲）…… 441

249｜有寄 王隆升述解 …… 441

250｜丁亥冬，瑗姊將隨伏生姊丈歸江南，仿陳思贈白馬王體送別*
陳旻志述解 …… 447

己酉（一九六九年 四十二歲）…… 452

251｜詠紐約聯合國大廈，殘餘腹聯* 王隆升述解 …… 452

附錄二　輓聯 454

壬寅（一九六二年　三十五歲）........ 454

1｜輓胡適之先生*　劉浩洋述解 454

戊申（一九六八年　四十一歲）........ 457

2｜輓熊十力先生*　劉浩洋述解 457

己酉（一九六九年　四十二歲）........ 459

3｜輓殷海光先生詩序*　劉浩洋述解 459

乙亥（一九九五年　六十八歲）........ 464

4｜輓牟宗三先生*　陳慷玲述解 464

癸未（二〇〇三年　七十六歲）........ 466

5｜輓伯兄貞一*　陳慷玲述解 466

附錄三　詞 468

戊戌（一九五八年　三十一歲）........ 468

1｜烏夜啼　兒時居故都，庭中玉蘭經雨零落，輒親拾之，不忍見其委泥沙也。戊戌流寓香島，忽於友人處見玉蘭滿枝，感而譜此。　王隆升述解 468

2｜臨江仙　紀懷　王隆升述解 470

乙巳（一九六五年　三十八歲）........ 474

3｜乙巳除夕，夜宴於伯謙先生私宅，賦此乞正，調寄賀新郎　王隆升述解 474

壬申前後（一九九二年　六十五歲）…… 476
4｜浣溪沙*　王隆升述解 …… 476
甲戌（一九九四年　六十七歲）…… 479
5｜高陽臺　甲戌冬，作於香港海桐閣寓所*　王隆升述解 …… 479
己卯（一九九九年　七十二歲）…… 482
6｜齊天樂　一九九九年除夕*　王隆升述解 …… 482

附錄四　新詩 …… 485
己亥（一九五九年　三十二歲）…… 485
1｜晚步 …… 485

附錄五　勞榦《成廬詩稿》與韋齋詩相關之詩作編目 …… 486
附錄六　述解者簡介 …… 489
編後記／王隆升 …… 493

庚寅（一九五〇年　二十三歲）

庚寅春謁李嘯風丈於臺灣，侍談竟夕。親長者之高風，顧前塵而微悵。吟俚詩四章，錄呈誨正

彭雅玲述解

其一

蕭條闤市[1]困煩塵，忽喜靈光[2]接席親[3]。屋愛[4]屢邀青眼[5]重，松堅宜致白頭新。世途風雨磨千劫，父執[6]晨星問幾人。此日江山文采歇，蒼茫望斷五湖春[7]。

其二

開天當日鄴侯[8]功，生戴吾頭走海東。[9]不顧豺狼扶赤幟，[10]笑看狐鼠礪[11]青鋒。書生清節霜為骨，國士豪談舌化虹。[12]一謝冠裳江海去，[13]茅簷吟誦燭搖紅。

其三

長揖高標重鳳城，[14]廢興冷眼自分明，卌年未歇窮經志，一笑渾忘濁世名。幕府[15]朅來[16]聯夜話，故園歸去趁秋晴。塵沙莽莽誰相識，惆悵吳鉤[17]嘯不平。

其四

驚風[18]昨夜報春殘，大海浮槎[19]惜路難[20]，壯志我空傷蟋蟀[21]，醉歌人自夢邯鄲[22]。生涯不改鬚眉健，口角深知斧鉞寒，[23]可許朝朝侍函丈[24]，蒼蠅聲急[25]滿長安[26]。

題解

勞氏本名勞榮瑋，一九二七年生於陝西西安，祖籍湖南長沙。高祖崇光公，於清同治年間曾任兩廣總督，並曾代表清廷簽署第一次九龍條約。父親競九公，出身河北保定陸軍學堂，早年與于右任、李嘯風先生同在陝西同盟會共事，並參加辛亥革命。滿清推翻後，兩人久

未見面，直到在蔣介石設立南昌行營欲謀剿共時，兩人應楊永泰之邀又共事一段時間。對日抗戰勝利後，李嘯風先生被任命為二湖監察使。一九四九年國民政府失去大陸政權遷臺後，李又被任命為監察委員，並於一九五〇年五月十一日，與其他五十多名監察委員，聯名對李宗仁提出彈劾案。勞氏與家人亦避難臺灣，一九五〇年春勞氏拜見父執輩李嘯風先生，侍談終夜，勞氏時年二十三，因感世局不定，故興發此四律，俚詩乃勞氏自謙之詞。

註釋

1. **蠻市**：南方曰蠻，蠻市指身處臺灣。
2. **靈光**：指靈光殿而言。李嘯風為辛亥革命元老，故以靈光擬之。王逸之子王延壽〈魯靈光殿賦・序〉中提到魯靈光殿是魯恭王劉餘所建（殿址在今山東曲阜），到漢代中葉，歷經戰亂，許多漢代宮殿都毀壞了，獨魯靈光殿存在，見《後漢書》卷八十〈文苑傳・王逸傳〉，今因稱碩果僅存的人物為「魯殿靈光」。
3. **接席親**：接席語出曹丕〈與吳質書〉：「出則連輿，止則接席」，「親」即親近之意。「接席親」指關係親近座次並連，勞氏另有「曾教接席隨」句，見〈有寄〉詩。
4. **屋愛**：愛屋及烏的意思。典故出自《尚書大傳・大戰》：「愛人者，兼其屋上之烏」，意因愛其人，推愛及於其他有關的人和物。
5. **青眼**：《晉書・阮籍傳》載阮籍能為青白眼，見禮俗之士，以白眼對之。青眼乃指喜悅時正目而視，眼多青處也，後世遂有青盼、垂青之語。此指得到李嘯風的看重。
6. **父執**：父親的朋友輩。
7. **五湖春**：五湖，湖泊名。春，春色。五湖在傳統中，或指太湖，如唐・劉長卿〈餞別王十一南遊〉：「長江一帆遠，落日五湖春。」或指洞庭湖，如《韓非子・初見秦》：「秦與荊人戰，大破荊，襲郢，取洞庭五湖江南。」或指太湖及其附近的胥、蠡、洮、滆四湖，如宋・吳文英〈八聲甘州・渺空煙四遠詞〉：「宮裡吳王沉醉，倩五湖倦客，獨釣醒醒。」此則不必特指為上述某湖，而是藉五湖春色以喻故國河山。

8. **鄴侯**：唐宰相李泌（西元 722～789）之封號。此以同姓之鄴侯李泌喻李嘯風，乃古典詩作常見手法。

9. **生戴吾頭走海東**：生可解為活著或書生，讀書人，古稱士，今稱知識分子。「戴吾頭」即減字用「吾戴吾頭」之典，柳宗元〈段太尉逸事狀〉：「殺一老卒，何甲也？吾戴吾頭來矣！」意指準備犧牲生命的大無畏精神與慷慨氣慨。海東，指日本。此句言身為同盟會會員的李氏，在一九一一年辛亥革命之前，在活著的時候（曾以一介書生）代表孫中山赴日本幹事，為革命事業而冒險奮鬥。（案：同盟會在一九〇五年成立於日本東京。）

10. **不顧豺狼扶赤幟**：不顧，不屑一顧，輕視、瞧不起。豺狼，喻掌握大權，專斷橫行的奸人。漢・荀悅《漢紀・平帝紀》：「豺狼當道，安問狐狸！」此指貪狠的惡勢力爭相把持政權。赤幟，漢用赤色旗幟，《史記・淮陰侯列傳》：「拔趙幟，立漢赤幟。」孫中山建立同盟會，其《宣言》以「驅除韃虜，恢復中華，建立民國，平均地權」為綱領，故扶赤幟有恢復漢人政權之意味。

11. **礪**：磨也，磨利。《書經・費誓》：「礪乃鋒刃，無敢不善。」

12. **國士豪談舌化虹**：國士，全國所推崇景仰的人。司馬遷〈報任少卿書〉：「其素所畜積也，僕以為有國士之風。」舌化虹，典出「氣成虹蜺」，曹植〈七啟〉：「揮袂則九野生風，慷慨則氣成虹蜺。」後「重造」為「氣勢如虹」，皆形容氣勢雄壯，直達天際。此句讚李氏有辯才，言論氣勢磅礴。

13. **一謝冠裳江海去**：一謝冠裳，即掛冠而去，比喻辭官。漢王莽殺逢萌子，逢萌以為禍將累人，乃解冠掛東都城門而去；見《後漢書・逸民傳・逢萌傳》。江海，比喻隱居之所。陳子昂〈喜遇冀侍御珪崔司議泰之二使・序〉：「雖身在江海，而心馳魏闕。」此句即暗指李氏對孫中山聯俄之舉，深表不贊同而罷官隱居。

14. **長揖高標重鳳城**：《史記・汲黯列傳》：「大將軍青既益尊，姊為皇后，然黯與亢禮。人或說黯曰：「自天子欲群臣下大將軍，大將軍尊重益貴，君不可以不拜。」黯曰：『夫以大將軍有揖客，反不重邪？』……淮南王謀反，憚黯，曰：『好直諫，守節死義，難惑以非。至如說丞相弘，如發蒙振落耳。』」此處用汲黯「長揖大將軍」之典，表示御史的風骨。高標，人品高尚。《舊唐書．外戚傳．武承嗣傳》：「王高標峻尚，雅操孤貞。」鳳城，京都之城。杜甫〈夜詩〉：「步蟾倚杖看牛斗，銀漢遙應接鳳城。」此句指北伐勝利後，監察院長于右任聘李氏為監察委員，派任二湖監察使。勞氏稱李節操剛貞、名望高尚，而有御史風骨。

15. **幕府**：軍旅出征，施用帳幕，古稱將軍府為幕府。此指李嘯風昔日與競九公同參軍幕往事。《史記．廉頗藺相如列傳．附李牧》，其文曰：「以便宜置吏，市租皆輸入莫府。」《史記集解》引如淳曰：「將軍出征，行無常處，所在為治，故言「莫府」。」《索隱》又引崔浩曰：「古者出征為將帥，軍還則罷，理無常處，以幕簾為府署，故曰「莫府」。」

16. **朅來**：去來、往來。朅，音ㄑㄧㄝˋ（qie4），《說文解字》：「朅，去也。」

17. **吳鉤**：鉤指彎形的刀。吳王闔閭（盧）所造之鉤以鋒利著稱，世稱吳鉤。李白〈俠客行〉：「趙客縵胡纓，含笑看吳鉤」，杜甫〈後出塞〉之一：「少年別有贈，含笑看吳鉤」。此以吳鉤喻李氏之幹才，藉以烘托李氏未得知遇的憂憤不平之情。

18. **驚風**：可怕的疾風。司馬相如〈上林賦〉：「凌驚風，歷駭猋。」此言一九四九年大陸形勢丕變，國民黨失掉政權，致使人民有國破家毀之痛。

19. **浮槎**：槎，同楂，音ㄔㄚˊ（cha2），指竹筏、木筏，杜甫〈秋興〉八首之二：「聽猿實下三聲淚，奉使虛隨八月槎」。在此「浮槎」指避難來臺的渡船。

20. **惜路難**：惜，悲痛、哀傷。路難，亡國逃難的倉惶、艱苦之路。樂府雜曲歌辭有〈行路難〉篇名，內容多描寫世途艱難和離別悲傷的情懷。

21. **傷蟋蟀**：有感嘆時間流逝、生命短暫的意思，後引伸有感受到侷限之苦的意思。典出《詩經・唐風・蟋蟀》：「蟋蟀在堂，歲聿其莫，今我不樂，日月其除。已無大康，職思其居，好樂無荒，良士瞿瞿。」及古詩十九首之十二：「晨風懷苦心，蟋蟀傷局促。」此勞氏自言面對動盪的時局，深盼有新生機，但卻困處臺灣，「侷促一隅」而施展不開。

22. **夢邯鄲**：明・湯顯祖的傳奇《邯鄲夢》（又名《邯鄲記》），藉呂洞賓度盧生事，表達富貴得失如夢幻泡影般無常的寓意。此藉言避居臺灣的亡國人，猶多沉迷於酒食、歌舞、牌局之中，且陷溺在追求榮華富貴的幻夢裏。

23. **口角深知斧鉞寒**：口角，言說與為文的技巧。斧鉞，古斬刑所用的工具，《國語・魯語上》：「大刑用甲兵，其次用斧鉞。」寒，嚴厲。此句為「一字之貶，嚴於斧鉞」典故的精簡藏詞，本晉・杜預《春秋經傳集解・序》，意在比喻為文、記事、論人，用字措辭都非常嚴厲。

24. **函丈**：師生相對鑽研，其距離應在丈許之間，以方便指畫，故稱老師為函丈。

25. **蒼蠅聲急**：典出《詩經》〈小雅・甫田之什・青蠅〉：「營營青蠅」而重造其詞；朱熹《詩集傳》：「營營，往來飛聲，亂人聽也。青蠅，汙穢能變白黑。」描寫時局混亂，風雨飄搖，而讒言流語四竄。

26. **長安**：指臺北。

鑒賞

勞氏出自官宦世家，幼承家學，七歲即能賦詩，積久成習，是以「每傷時感事，輒寄意於篇章」，或「拈韻自娛」，告慰離亂憂患中的「苦志孤懷」。這一組詩，為酬贈詩，亦是詠懷詩，共有四首，乃大陸山河變色，來臺避難之初，拜見父親朋友李嘯風，感時傷世之作，四律依序寫出受邀去訪、到訪侍談、夜談歸來、期待再訪的感懷，詩作的時間背景，從白天到晚上，再由晚上到白天。勞氏謙稱這四首詩為俚詩，其實四詩對仗工整、用典豐贍，乃格律謹嚴平起首押的七言律詩，第一首押十一真韻，第二首押一東韻，第三首押八庚韻，第四首押十四寒韻。

第一首首聯描寫勞氏初來臺時，面對景象蕭條荒涼的感受，不過，正當勞氏心中煩困之際，接到父親好友李嘯風的邀請，心情乃為之大振。項聯初寫李先生屢次邀請勞氏來訪的因緣，是基於一種愛屋及烏的心情，還有一種長輩對晚輩才華的看重和欣賞。李嘯風先生與勞氏尊翁二人為同盟會盟友，曾一起參加過辛亥革命，兩人雖不常相見，不過，君子交情卻歷久彌新，故項聯次云：「松堅宜致白頭新」，言君子之交直到白髮新長，亦如松樹堅實。腹聯「世途風雨磨千劫，父執晨星問幾人？」不僅有一股身居亂世的悲嘆；亦有一股逝水年華的感傷。勞氏此時已感悟到中國未來的前途將更為艱困，人世種種的橫逆與阻隔，一時亦無法改變，心中常鬱結有望斷山河、文運不再的哀嘆。尾聯：「此日江山文采歇，蒼茫望斷五湖春」，讀來令同感之人不勝唏噓。

第二首首聯言李參加革命的事蹟，當時李與孫共同做過許多決斷的事情，還曾不顧自己性命為孫中山前往日本辦事，故言他有推翻滿清，建立民國之功。而從項聯和腹聯的描述中即可看出李是一位有剛骨、有節操和有辯才的人，故能無懼於清廷犬牙的搜捕與剿滅行動。不過，民國建立後，由於他不滿孫中山改組國民黨後種種獨裁之舉與聯俄容共的作為，因此，李便決定離開孫中山的政權，退隱民間，讀書自得。

第三首則推崇李嘯風以剛直的御史風骨望重時賢，其不僅人品高尚，亦能冷靜分析國家興廢之道，因此，他在退隱後不久，又被當時的監察院長于右任邀請出任兩湖監察使一職。這三十年來即便參與革命或出仕當官，他都始終保有書生的本色，維持讀書作學問的興趣。勞氏想與李談政治，李卻老是與勞談讀書、做學問。另外，李亦秉持志同道合的原則出仕，道不合則不任，轉而讀書自得。因此，可見李是位淡泊俗世名利的人。蔣介石在剿共初期，接受秘書長楊永泰的建議，設立南昌行營，做為剿共的指揮所，李嘯風與勞氏尊翁早為陝西同盟會舊識，不過，自從民國建立後，多年未見，直到兩人應楊永泰之邀而有機會在南昌行營再度共事。不過，李始終不服老蔣的行事作風，因此不久他便辭去南昌行營的工作。因為李素有御史的風骨，開天的識見，不過，在老蔣專權排擠異己的情況下，始終難有作為，因此，即便淡泊名利，失志時還是難免會有鬱悶的感受，所謂：「君子憂道，不憂貧」是也。勞氏尾聯以吳刀喻李嘯風先生，云鋒利的吳刀無用武之地也會發出不平之鳴，此喻則憑添詩中一股壯志難伸的惆悵情愫。

第四首抒發夜談歸來的心情與期許。第一句中「春殘」景象乃景中寓情的寫法，實惆悵沈重心情的投射，面對國民政府敗退遷臺的窘境，感嘆反共前途一片茫茫無望，故第二句以「大海浮槎惜路難」為喻，藉由大海中浮蕩的木頭意象傳達出逃難之民飄零艱苦的感嘆。項聯就轉說自己當時的感懷，覺得大局如此糟糕，難有回天之勢，只能嘆傷自己空有回天的心志，卻無可作為。另外，勞氏對當時有些臺灣人面對中共虎視眈眈的情況，卻視若無睹，整天喝酒行樂，裝作一副若無其事的模樣，感到可笑。腹聯筆鋒又一轉，則回說李嘯風先生御史的行誼，在國民政府遷臺後，他被任命為監察委員，並彈劾李宗仁失職一案，雖未果，但勞氏乃標舉他一生不改嚴厲史筆的剛健風骨。最後則期許來日能隨侍親長、親炙親長高風亮節，以酬贈長輩之關愛，另外，更用《詩經》〈小雅・甫田之什・青蠅〉典故，描述他們兩人對臺灣當時環境的共同感受，覺得臺灣執政者對於收復大陸的事情始終沒有進展，不過，對於爭權內鬥的事，卻是讒言流語四竄，搞得風聲鶴唳。可見勞氏用典之巧，耐人尋味。

勞氏涵養極深，作詩不求表現一己性靈發抒的詩人之詩，而是講究字字有來歷、句句苦吟的學人之詩，其詩出入古今典故而無礙，表現典故形式多變而嫻熟，又常綰合個人處境和國家命運，既自抒胸臆，亦有所寄喻，不僅令詩意含蓄不盡，兼能增加詩歌無盡的生命力和感染力，這都是我們體味涵泳勞氏詩作，最需用功留心處，也是貼近勞氏心靈意識最直接的方式之一。

甲午（一九五四年　二十七歲）

步韻答閔生　彭雅玲述解

疏樹鳴蟬早弄秋，閉門長晝厭登樓[1]。路人耳議譏司馬，[2]宿疾天心歎伯牛。[3]蓬寄多時枯樹賦[4]，巢傾何處首陽邱[5]。還餘相念傳箋意，酒畔賡[6]吟一洗愁。

步韻再答閔生　彭雅玲述解

興亡歷歷問春秋，[7]夢斷江南結綺樓。[8]末世文章哀鵩鳥，[9]中宵風露望牽牛。[10]共成幕燕[11]誰謀國，辜負沙蟲[12]尚荷邱[13]。卻笑張顛[14]飛錦句[15]，碧紗[16]滿壁轉生愁。

題解

古代文人雅士常以詩作相酬答，而唱和詩作又常常和韻。和韻的方式有四種：一是「次韻」又稱「步韻」，即用原詩相同的韻字，且前後次序都必須相同，這是最常見的一種方式。二是「用韻」，即使用原詩中的韻字，但不必依照其次序。三是「依韻」，即用與原詩同一韻部的字，但不必用其原字。四是「拾其餘韻」，指全不用原詩的韻字，另找同韻中其餘的新字押韻。勞氏的酬答詩幾乎都採步韻的方式和韻，我們知道步韻的難度高於其他和韻方式，勞氏嫻熟於詩律可見一班。

此二律作於甲午年（1954），為勞氏唱和友人張皋之作。原初張皋有詩送勞氏先君競九公，其腹聯為「安危誰復思飛將，離亂寧容臥故邱。」公和答：「飄零江左獨登樓，越國曾聞薦馬周。楊柳稊生三月暮，芰荷香徹百花洲。蜀中父老迎司馬，峽上風雲繫沐猴。夜點軍書過十萬，繁霜兩鬢使人愁。」張氏期勞氏亦和韻相答，勞氏乃賦

〈步韻答閔生〉。張氏旋又步韻贈寄勞氏，勞於是再步韻以答張氏，故有句言「卻笑張顛飛錦句」。

張皋，字閔生，青年黨員，民國四十年間任《民主潮》半月刊主編，勞氏《少作集》的文章大都發表於此刊物。

註釋

1. **厭登樓**：東漢末年王粲遭亂流寓，後依劉表於荊州，因憂時且懷歸不得，遂作〈登樓賦〉。粲登樓本欲消憂，然縱目四覽，反添憂時懷鄉之悲愁，勞氏乃藉而順言「厭登樓」，說明登樓將更添悲愁，何苦為之？
2. **路人耳議譏司馬**：司馬，即司馬昭。他一心想篡位，魏王曹髦時感不安，在一次召集親信官吏共商對策時，曹髦氣憤地說出：「司馬昭之心，路人皆知也。」後司馬昭果然殺了曹髦。後世因以「司馬昭之心」比喻人所共知的陰謀或野心。耳議，附耳議論，特顯專制之驚懼、恐怖感。此句是說敗退來臺的蔣介石並無推行民主政治的覺醒與誠意是人所皆知的，不過他先後實施〈動員戡亂時期臨時條款〉與〈臺灣省戒嚴令〉，真正展開專制統治，因此人民只能暗懷怨責。
3. **宿疾天心歎伯牛**：伯牛，孔子的學生冉耕。《論語・雍也》：「伯牛有疾，子問之，自牖執其手，曰：『亡之，命矣夫！斯人也而有斯疾也！斯人也而有斯疾也！』」天心，天帝的意志，此將典源之「命」字，改易「天心」以合格律。勞氏此句是說他甚為張皋的肺病擔憂。
4. **枯樹賦**：賦名，為梁代庾信約四十二、三歲所作。庾信屈身仕北，文士多輕視，出示此賦後，文士無敢再言。
5. **首陽邱**：指伯夷、叔齊避周朝所隱居之地。此指能避開共產黨專政與國民黨獨裁統治的幽居之所。
6. **賡**：續也。
7. **興亡歷歷問春秋**：興亡，興盛或滅亡。歷歷，歷歷可考、斑斑可考，線索清晰明白，足可考查得知。春秋，編年史的通稱。古時列國史記多名春秋，後私家著述或私人作史亦沿其名。此指國民政府的成敗緣由，可從建國的曲折和國共內戰的事實，考察得知。

8. **夢斷江南結綺樓**：夢斷，有二解。一為因作夢而驚醒。二為夢斷魂勞、夢斷魂消，即使在睡夢中也持續想著而神魂不寧。江南，指鄉國，暗用庾信哀悼梁亡而作的〈哀江南賦〉，以表亡國之痛、鄉關之思。結綺樓，樓名，陳後主為寵妃張麗華所築之樓。陳後主即南北朝時期陳朝末代皇帝，後被俘，陳滅亡，結束長達四百多年的魏晉南北朝時代。此句中合用兩個亡國之典，愁苦、沈痛倍見。綺，音ㄑㄧˇ（qi3）。
9. **末世文章哀鵩鳥**：末世，一朝衰亡之時，《周易・繫辭下》：「易之興也，其當殷之末世。」鵩鳥，指賈誼〈鵩鳥賦〉。西漢文士賈誼被貶為長沙王太傅，有鵩鳥入室，古人以為不祥之兆，賈誼遂作〈鵩鳥賦〉以自傷。〈鵩鳥賦〉遂有遭貶或自傷不幸的意思。此句言處亂亡之際，賦詩為文多感時傷事之哀情。
10. **中宵風露望牽牛**：清・黃景仁〈綺懷〉十六首之十五：「似此星辰非昨夜，為誰風露立中宵。」中宵風露，指立於寒風涼露的半夜中。唐・元稹〈西還〉：「悵望牽牛星，復為經年隔。」望牽牛，遙望牽牛星。此句言感時傷事而憂思不寐。
11. **幕燕**：「幕上燕巢」或「燕巢幕上」之省，比喻人的依托不可靠，處境非常危險。典出《左傳・襄公二十九年》：「夫子之在此也，猶燕之巢於幕上。」
12. **沙蟲**：「猿鶴蟲沙」或「猿鶴沙蟲」之省，指為捐軀的將士。此典見《太平御覽》引《抱朴子》曰：「周穆王南征，一軍盡化，君子為猿為鶴，小人為蟲為沙」。
13. **荷邱**：即荷丘。丘，指丘墳，墳墓。
14. **張顛**：唐代著名草書家張旭，相傳他往往大醉後呼喊狂走，揮灑落筆，有時以髮濡墨而書，世稱為「張顛」、「書顛」。此處借指張皐先生。
15. **錦句**：錦囊佳句，用以稱讚優美的詩句。典出《新唐書・李賀傳》：「每旦日出，騎弱馬，從小奚奴，背古錦囊，遇所得，書投囊中。」

16. **碧紗**：唐人王播，官至宰相，名聲顯赫，有人趨奉，把他當年在揚州惠昭寺木蘭院的題詩用碧紗圍護起來，後以「碧紗籠詩」形容為官榮顯則人多趨奉。典故出自《唐摭言・起自苦寒》卷七。這裡是指當時張、勞的詩文在文壇上已有一定的名聲。

鑒賞

此二首步韻詩押十一尤韻。

有別於古詩十九首的樓頭思婦之「空床獨難守」、「慷慨有餘哀」，王粲〈登樓賦〉表現的是知識分子憂時思歸之情。王粲登樓四望本「聊暇日以銷憂」，不料因所見景色顯敞，「華實蔽野，黍稷盈疇」，勾起了心中「信美而非吾土」的思鄉情懷。勞氏走避難臺灣心情甚為蕭索，面對一切衰朽淒涼之景，比起王粲「忉怛而慘惻」的心情猶有過之，故曾云「蕭條蠻市困煩塵」，此又云「閉門長晝厭登樓」，表達自己連登樓望遠的興緻都沒有，因為這只是徒增愁緒而已。〈步韻答閔生〉詩一開始翻用王粲登樓之典，表達心中「抽刀斷水水更流，舉杯澆愁愁更愁」的苦悶，如此則更能凸顯那種思歸不得、歸鄉難期的深深惆悵。因此，項聯第一句則關懷時事，說明當時大家都對老蔣專政獨裁感到不滿；第二句則轉回張皋身上，關心張皋的宿疾，並表達慰問之意。腹聯又回應首聯，複寫自己出亡的處境與無處可安頓的愁緒。勞氏早年發表許多對民主自由的時論於張皋先生主編的《民主潮》半月刊上，二人不僅共論國運，平常亦以詩文相唱和，詩末二句則紀錄了當時兩人賦詩唱和的情形，人生能得一知己，確實能「酒畔賡吟一洗愁」啊！

〈再答〉詩開始二句說歷史興亡班班可考，如今國運式微，只能避難臺灣，做個偏安江南的美夢。項聯藉賈誼作〈鵩鳥賦〉之事比喻自己當時在逃難的處境下所作多為悲亡氣質的文章，在夜闌人靜時，撫昔追往，猶教人無以自適。腹聯則筆鋒一轉，暗批南遷之蔣氏政權過於短視，但圖眼前之鞏固政權，而未能深謀長遠的民主大業，勢將陷國家於無根的危機中，且這種偏安的心態，怎對得起大陸上成千上萬個反共士兵的枯骨。最後，尾聯勞氏仍採用和詩的表現手法，回應張皐的寄贈詩，並表達自己近日的心情。首先，勞氏以唐代著名的草書家張旭比喻張皐，讚美張是有文采的人，並告訴他自己當時的心情雖然很差，然而，還好有他寄來的詩句，可做欣賞，可助一樂。不過，讀到感時的內容時，還是會興發一些愁感，就覺得兩人好像庾信那樣，即使寫了像〈哀江南賦〉那樣有名的詩文，對於眼前國破家亡的困局又有何助益呢？想像張氏讀勞氏和詩，心中必有戚戚焉吧！

乙未（一九五五年　二十八歲）

獨坐　彭雅玲述解

蕭瑟[1]詩懷把筆知，塵帷掩案坐多時。殘春脈脈[2]啼鵑[3]苦，宿志茫茫射隼[4]遲。豈慕遠遊忘菽水，[5]誰堪蟄伏負鬚眉？五年未改相如病[6]，鏡影嶙峋只自嗤。

案：此時已定秋間赴港，親衰遠遊，不得已也。

題解

國民政府剛退到臺灣時，知識分子認為要與共產專政抗衡，需有社會力量來堅持自由主義，因此，一九四九年十一月在臺北創刊《自由中國》雜誌，由胡適擔任發行人，雷震和殷海光為主要編輯。雜誌之規劃，本在保持自由主義立場，宣揚民主觀念，反對共產黨獨裁專制，以作為社會清流。不過，隨著蔣在臺的威權專政日益成形，該雜誌對執政當局的批判亦愈趨強烈，因此，與當局的關係甚為緊張。

勞氏當時並沒有參加《自由中國》的編輯，他白天在美國大使館任編輯，晚上則在家中寫文章。不過，那時實施警管區制度，時有管區警員到勞氏家中查看。勞氏身為自由主義者，處此專制環境，心情極為鬱悶，欲有意離臺為自由主義文化運動另闢基地。適時，香港珠海書院聘任勞氏為講師，勞氏父親競九公不忍誤子前途亦支持勞氏前往香港任教，勞氏遂決定於一九五五年秋間前往香港發展。

此詩為勞氏離臺赴港前有感之作，勞氏時年二十八歲。

註釋

1. **蕭瑟**：寂靜清冷的感覺。北宋・蘇軾〈定風坡〉：「回首向來蕭瑟處，歸去，也無風雨也無晴。」
2. **脈脈**：靜默的樣子，指含情之狀。唐・溫庭筠〈夢江南〉：「過盡千帆皆不是，斜暉脈脈水悠悠，腸斷白蘋洲。」

3. **啼鵑**：「望帝啼鵑」或「望帝杜鵑」之省。望帝，傳說為周朝末年蜀國的君王，名杜宇；死後魂魄化為鳥，名杜鵑，啼聲淒哀。見《蜀王本紀》、晉・常璩《華陽國志・蜀志》、《太平御覽・州益州》。又《說郛》輯《太平寰宇記》云：「望帝自逃之後，欲復位不得，死化為鵑。」則望帝因心願未了、負屈含悲而亡，故死化為鵑，而啼聲哀傷。因此「望帝啼鵑」含有飄零無歸、心願未了、壯志未酬之傷苦。
4. **射隼**：《周易・解》：「上六，公用射隼于高墉之上，獲之，無不利。」《象》曰：「公用射隼，以解悖也。」隼，音ㄓㄨㄣˇ（zhen3）。鳥類，似老鷹，體型稍小，性情敏銳，飛行速度極快。高墉，地勢較高的土推。解卦是說王公站在高處射獵隼鳥，一定命中，以此解除違背反抗之人。故「高墉射隼」乃指人站在有利的位置或等待時機，以達到目標或計畫。
5. **豈慕遠遊忘菽水**：遠遊典出《論語・里仁》：「父母在，不遠遊，遊必有方。」菽水典出《禮記・檀弓下》：「子路曰：『傷哉貧也！生無以為養，死無以為禮也。』孔子曰：『啜菽飲水，盡其歡，斯之謂孝。』」，菽，豆類，菽水指普通的飲食，此處則有承歡盡孝的意思。詩句是說自己並非不孝之徒，今之遠遊實有不得已之苦衷。
6. **相如病**：《史記・司馬相如列傳》記載司馬相如患有消渴疾，即今糖尿病，晚年病居茂陵。後遂用「相如病」、「相如渴」為詠文士生病之典。

鑒賞

勞氏來臺鼓吹自由民主思潮，常在《民主潮》等政論雜誌發表意見，書生論政可以啟蒙思想，還漸次可形成一種輿論力量監督政府，臺灣當時在國民黨一黨專政的政治氣候下，勞氏的言論自然挑戰執政者的權威。勞氏在離臺赴港前百感交集，遂寄意於詩中。此詩便從他獨坐沉思多時，有感而發此詩破題說起，並藉詩筆紓解那因感發所生之蕭瑟情懷。勞氏自從就讀北大，接觸自由主義運動以來，就不曾動搖其反專制政權的心志，可是勢不可為，故從此詩中即可看出勞氏當時是滿腔無奈的。此詩項聯寫壯志難酬，腹聯寫離別無奈，尾聯則寫自身病瘦的情況，最後以無奈的一笑，將心中蕭瑟的情懷宣洩出來。勞氏長於七律，此律仄起首押，押八齊韻。

晨起攬鏡，忽見白髮，悵然久之，即成一律

彭雅玲述解

栗碌[1]終朝見鬢絲，孤吟筆改少年姿。未甘俎肉[2]猶饒舌[3]，漸斂名心耐苦思。片語[4]枉低[5]群士首，半生終誤達人[6]詩。沉沉暮海秋如醉，客路燈光望眼遲。

編者案：此詩作於秋間赴港前。

題解

此詩作於乙未年（1955）勞氏赴港前，當時，勞氏首度從鏡中驚見一根白頭髮，不禁感慨年華流逝，而自歎大事無成。於是傷流離而痛亡國中，倍增對現實局勢的抑鬱和無力感，遂有是作。據詩首句「栗碌終朝見鬢絲」，可知這根入詩的白髮長於鬢角；由尾聯的「沉沉暮海秋如醉」，可知此詩寫於秋間。

註釋

1. **栗碌**：事務繁忙。
2. **俎肉**：俎上肉，砧板上的肉，比喻無力抵抗而任人宰割。「人為刀俎，我為魚肉」，《晉書．孔愉傳》：「既有艱難，則以微臣為先。今由俎上肉，任人膾截耳。」
3. **饒舌**：多言。勞氏言當時已發表了許多文章。
4. **片語**：隻言片語，零星片段的話語。
5. **枉低**：枉，徒然、白費。低，當動詞，放低之意。
6. **達人**：通達不拘、胸襟曠達的文人。《漢書．賈誼傳》：「達人大觀，

物亡不可。」

鑒賞

此七律，押七陽韻。首聯第一句破題，交代寫作緣起，言赴港前夕諸事紛繁，某日晨起攬鏡突見白髮，遂而有感自身際遇而作此詩。故接下來就說自己的詩風也隨著年歲的增長，際遇的體會，而從性靈轉為苦吟。項聯和腹聯勞氏則言自己覺得內心總有一股無奈之氣，不甘在當下的世衰國難之際，只能被時勢擺佈而無所作為。不過，那時勞氏還是認為著述的方式，多少還是能達到救亡圖存的功效，於是，勞氏仍在文化承擔的意識驅動下勤於著述論說。其精闢獨到的見解也往往能得到知識份子們的好評與看重，不過，這樣，也使勞氏自覺到肩上所承擔的淑世之責越加沉重。尾聯藉景抒情，點出離臺前夕，不知前景如何，面對海上秋意暮色，路上燈火，只有感到凋零衰蔽的惆悵與流離飄泊的抑鬱而已。

短短小小的一根長在鬢腳的白髮，既不妨害身體的功能，也無損於青春的形貌，何足掛齒呢？勞氏卻感慨良深而當即起興入詩，這既非呻吟強說、亦非詠物炫才、更非慕形悟幻。這是自少即留心天下治亂的勞氏，因深感中興唯賴人才，且自覺匹夫有責，而誠願獻形壽以謀國之為公貴身的意識，所催發的惜時歎逝之情。此所以一根短小的白髮，才具有牽動勞氏滿懷沈痛之興亡感，與敦促其嚴謹內省的力量，且胸中意緒潮湧，而不得不作詩加以排遣。

丙申（一九五六年　二十九歲）

步公遂原韻並寄　彭雅玲述解

詩筆江西千古重，高寒望子敢思齊。竭遊塵眾憑呼馬，[1]久廢軺車[2]臥聽雞。客舍藥爐情落拓，歲時海雨夢淒迷。登樓昨悟宣尼[3]語，笑對當風萬草低。

再疊原韻　彭雅玲述解

易暴人忘周粟[4]恥，憑誰心事論夷齊[5]。狂趨習見求羶蟻[6]，急舞常憐媚鏡雞[7]。歷歷半生愁作劫，荒荒五色望成迷。初衷不改仍憔悴，每覺清霜壓鬢低。

題解

涂公遂先生，江西修水縣義寧鎮坪田村人。北京大學畢業，中華民國第一屆江西省立法委員，中國國民黨員，未來臺報到。長於拈韻，亦好書畫，曾任教於珠海書院、新亞研究所、南洋大學，有《文學概論》、《詩與政教》、《中國文學小識》、《艾廬文史論述》等著作傳世，其中《文學概論》仍為今日大專院校相關科系之參考教材。

二律作於丙申年（1956），時勞氏二十九歲，正當赴港第二年。原是涂氏寄詩給勞氏，勞氏讀之甚有所感，於是和詩以對。第二首詩題之「再疊」，乃涂氏原詩之政治感慨甚重，勞氏唱和一首之後，猶感未盡其興，遂再賦一首而特加以呼應。

註釋

1. **竭遊塵眾憑呼馬：**竭遊，往遊，往來交際。塵眾，塵世俗眾，《金剛經註疏》有「塵眾則非實」，指微塵眾生，在此則泛指世俗人。憑，任憑。呼馬，呼牛呼馬，《莊子．天道》：「昔者子呼我牛也，而謂牛；呼我馬也，而謂之馬。」比喻是非本無準，毀譽隨人而定。此句則感慨身世而別用典意，言處身世俗塵眾之中，別人並不真相認識，因此只能任憑別人隨意稱呼。

2. **久廢軺車臥聽雞**：軺車，原為舊時一種輕便的馬車，音ㄧㄠˊ（yao2）ㄐㄩ（ju1）。臥聽雞，臥聽雞鳴，指臥床休息，暗喻隱退客居。
3. **藥爐**：舊詩中多指道士煉丹的藥爐，如白居易〈贈蘇煉師〉：「兩鬢蒼然心浩然，松窗深處藥爐前。」此則為煮藥的器具。
4. **落拓**：失意、不得志，原作「落魄」，魄，音ㄊㄨㄛˋ（tuo4）」《史記．酈生傳》：「好讀書，家貧落魄」。
5. **宣尼**：孔子的封號，孔子字仲尼，漢平帝元始元年褒孔子為宣尼公。
6. **笑對當風萬草低**：典出《論語．顏淵》載孔子季康子問政，對曰：「子為政，焉用殺？子欲善，而民善矣！君子之德，風；小人之德，草；草上之風，必偃。」比喻在上位者以德化民，民必然服從不違。
7. **易暴人忘周粟恥**：本句為「人忘易暴周粟恥」之倒裝。典出《史記．伯夷列傳》：「武王已平殷亂，天下宗周，而伯夷、叔齊恥之，義不食周粟，隱于首陽山，采薇而食之。及餓且死，作歌，其辭曰：『登彼西山兮，采其薇矣！以暴易暴兮，不知其非矣！』」此句暗諷五〇年代「海外華人回歸潮」事件，言共黨專制極權，而有些本來聲稱抗拒極權的海外知識份子，卻又跑回中國大陸，簡直遺忘了亡國的恥辱與夷、齊「不食周粟」的風範。
8. **夷齊**：指伯夷和叔齊。
9. **狂趨習見求羶蟻**：典出《莊子．徐無鬼》：「卷婁者，舜也。羊肉不慕蟻，蟻慕羊肉，羊肉羶也。舜有羶行，百姓悅之，故三徙成都，至鄧之虛而十有萬家。」本指執政者出自公心，施行仁政，百姓自然心生愛戴。然而，後世習用反義，以比喻趨炎附勢或臭味相投之人，群起追逐名利的齷齪行為。此句即用反義，諷刺那些急著向中共政權投靠的海外知識分子。
10. **急舞常憐媚鏡雞**：典出《太平御覽》引南朝宋．劉敬叔《異苑》曰：

「山雞愛其毛羽，映水則舞。魏武時，南方獻之，帝欲其鳴舞而無由。公子蒼舒令人取大鏡著其前，雞鑑形而舞，不知止，遂至死。」後用「山雞舞鏡」以比喻顧影自憐、自感得意。此句乃諷刺海外知識份子討好、諂媚中共，對中共錯築幻化不實的理想，卻不自知，還自感得意。

11. **荒荒五色**：荒荒，慌張的樣子；劉知遠〈諸宮調・第十二〉：「走來荒荒告道」。五色，用「五色無主」語典。色，神色。「五色無主」指臉上神色失去控制，比喻非常驚慌恐懼。《呂氏春秋・恃君覽・知分》：「禹南省方，濟乎江，黃龍負舟，舟中之人五色無主。」

鑒賞

七律二首亦是步韻詩，依公遂原詩押八齊韻。

〈步公遂原韻並寄〉一開始即推崇涂公遂先生作詩講究詩法，猶有北宋江西詩派要求字字有來處，造句調聲，都依成法的風格，並期勉涂氏向同鄉的清代詩宗陳散原看齊，再以高寒的詩風稱揚詩壇。接下來，項聯第一句則言人總是以他的認知來標示稱呼他所認知的對象，別人知道涂曾任立委，就稱他涂立委，知道他現在執教鞭則稱他涂教授，就像莊子所言：「昔者子呼我牛也，而謂牛；呼我馬也，而謂之馬」一樣。第二句則言他與涂氏在香港認識的時候，他已遠離了政壇，與自己同在珠海書院任教。腹聯則寫涂氏客居香江害肝病又不得志的抑鬱情況，人生無常如夢幻淒愴迷離，身處海雨時節最難忍受。最後，尾聯勞氏則自己登樓，思起孔子所言：「君子之德風，小人之德草，草上之風必偃」的道理，與涂氏互勉。「登樓昨悟宣尼語」一句頗能具象呈顯勞氏在開悟時心境一片豁然開朗的感受，「笑對當風萬草低」則閃耀著君子當能自立立人的自信光芒。

〈再疊原韻〉首聯除了在諷刺那些諂媚、討好中共的知識份子外，還兼明自己「不食周粟」的決心。勞氏之入臺與赴港，皆出自「義不帝秦」、「不食周粟」之心，乃維護自由民主、反極權專政之價值觀的實踐。項聯則在諷刺那些趨炎附勢，討好中共政權的海外知識分子，對中共錯築幻化不實的理想。腹聯則抒寫自己對時代的感受，面對民國建立以來接連不斷的劫難，總是使人有亂離憂患之感，因此，在前瞻未來時，自己總有一種失去方向驚魂未定的迷亂感受。不過，就算有這些負面的感受，勞氏仍不改書生謀國，為民族與文化探索出路的本心。故，尾聯云：「初衷不改仍憔悴，每覺清霜壓鬢低」，君子任重而道遠的無畏精神，在此聯中即可見之。

深秋登樓極目四顧，愴然有感，賦七律一章寄閔生

彭雅玲述解

已過安仁[1]作賦年，二毛[2]秋興意蕭然。雌風窮巷煩冤起[3]，嚴氣疏簾暮怨牽[4]。鄰笛有聲催歎逝，天花[5]無夢幻遊仙。危樓晚納潮音[6]急，始悔浮言強說禪。

案：項聯用宋玉風賦中語。

題解

本詩形式為寄贈友人，實則詠懷，作於丙申年（1956）頗有寒冬味的晚秋，勞氏時年二十九。

註釋

1. **安仁**：潘岳（西元247～300），又名潘安，字安仁，晉滎陽中牟人，能詩賦，與陸機齊名。
2. **二毛**：《左傳．僖公二十二年》：「君子不重傷，不禽二毛。」晉杜預注：「二毛，頭白有二色也。」潘岳形容自己年華消逝，頭上生出黑白二種髮色，其〈秋興賦〉并序：「晉十有四年，余春秋三十有二，始見二毛。」潘岳美姿容，三十二歲頭髮即花白，故「潘鬢」、「安仁頭白」有中年頭髮斑白的意思。又潘岳曾任河陽縣令，「河陽鬢改」則用以形容身心漸老。
3. **雌風窮巷煩冤起**：典出宋玉〈風賦〉：「宋玉對曰：『夫庶人之風，塕然起於窮巷之間，堀堁揚塵，勃鬱煩冤，沖孔襲門……此所謂庶人之

雌風』。雌風，指普通老百姓。窮巷，陋巷。煩冤，本形容風迴旋的樣子，引伸為愁悶、委屈之情。此句言一九五〇年代，香港一般市民生活窮苦而心情煩悶。

4. **嚴氣疏簾暮怨牽**：典出謝惠連〈雪賦〉之「歲將暮，時既昏」、「嚴氣升」、「終開簾而入隙」、「怨年歲之易暮」等句，以表現其時港人另一些有閒階級，生活雖不苦，也因天冷而訴苦。謝惠連，謝靈運族弟，十歲能屬文。嚴氣，言冷天。疏簾，表閒適、優裕人家。暮，歲年終暮。怨，埋怨。牽，牽連、牽引。
5. **歎逝**：感歎時光流逝，人生無常。
6. **天花**：《心地觀經．卷一．序品偈》即有記載：「六欲諸天來供養，天華亂墜遍虛空。」《五燈會元．翠微學禪師法嗣》亦記載梁武帝時雲光法師講經感動天帝，香花從空中紛紛墜落。後以「天花亂墜」形容說話動聽，但多浮誇不切實際。
7. **潮音**：海潮音，時勞氏居寶勒巷，午後安靜時可聽見海浪的聲音。又音之大者譬之於海潮，又海潮無念，不違其時，與大悲之音聲應時適機相似，因用以形容佛教之弘法聲似海潮聲般雄壯而遠聞。《法華經．普門品》：「梵音海潮音」，《楞伽經》卷二：「佛興慈悲，哀愍阿難及諸大眾，發海潮音，偏告同會諸善男子。」

鑒賞

迫於世局變化，勞氏由大陸避難臺灣，又輾轉移居香港，心情難免沈重抑鬱，深秋登樓有所感懷，不禁想起同值青壯，同於秋天興感的晉人潘安。潘安作賦，年三十二，勞氏時年二十九，首聯援「安仁頭白」典，比喻年華消逝頭髮花白，旨在以嘆逝起興，「已過」二字當不必深究。項聯用宋玉〈風賦〉及謝惠連〈雪賦〉之句，形容香港當時的民風甚為愁悶，百姓的言談大多以委曲訴苦作為基調。腹聯首句則描寫自己因聽聞鄰家笛聲之裊裊，就像是時光冉冉流逝一樣，而再次興發嘆逝的情懷。腹聯次句則調侃自己平日辛勤著述論說，若無法發揮經世救國的實際效益，那還不如脫離塵俗去做幻遊仙境的美夢。可見勞氏作此詩時其心境亦受秋天蕭瑟氣氛的影響而變得意志消沉。當時勞氏任珠海大學講師講授中國哲學，必然要講論佛教思想，尾聯則描寫自己到了晚上寂靜的時候，在家裡聽聞到海邊所傳來的潮音，因而緣覺禪宗所強調的不落言詮，故表示自己是大言強解禪理，此乃以謙語作結。此詩押下平一先韻。

答振華　王隆升述解

入廟莫為裴寂禱，[1]安仁賦罷又多年。[2]浮名何意爭駢拇？[3]苦志[4]依然累仔肩[5]。日上蓬窗容曉夢，[6]書遺鐵匣補長編。[7]海城[8]近說[9]嚴霜逼[10]，珍重天龍一指禪。[11]

題解

此詩作於丙申年（1956），勞氏二十九歲。黃振華，留學德國，曾為臺大哲學系、文化大學哲學系教授、系主任，為勞氏之同學。研究康德、黑格爾哲學，於一九九八年去世。勞氏十九歲（1946）入北大哲學系，一九四九年二十二歲入臺後，借讀臺灣大學哲學系二年級，直至畢業，因而與黃相識。此詩為勞氏答贈振華先生之作，其時黃氏留學德國，因東西柏林對立，導致局勢不穩定，黃氏雖不喜參政，但仍關心時勢，故修書致勞，表達憂煩之情。

註釋

1. **入廟莫為裴寂禱**：此用裴寂入廟乞知富貴事典。裴寂（570～632）為唐朝開國元勳，首任宰相。《舊唐書．裴寂傳》記載：「裴寂每徒步詣京師，經華岳廟，祭而祝曰：『窮困至此，敢修誠謁，神之有靈，鑒其運命。若富貴可期，當降吉夢。』」此句即「莫為裴寂入廟禱」之意，言不必做像裴寂入廟禱告以求知富貴的事。且傳又載：「晚年有狂人詆毀裴寂，太宗大怒，寂徙交州，竟流靜州。後太宗思寂佐命有功，征入朝，會卒，時年六十。贈相州刺史、工部尚書、河東郡公。」

則富貴有命，亦如浮雲，理當勿貪；何況宦海浮沉、事多無定，實不必妄求而醉心於此。此暗以知識分子當別有懷抱，而與在德讀書的黃氏相勉。

2. **安仁賦罷又多年**：典出西晉・潘安仁作〈秋興賦〉，參見前詩〈深秋登樓極目四顧，愴然有感，賦七律一章寄閔生〉「已過安仁作賦年，二毛秋興意蕭然」之註。此句感慨歲月飛馳，不必拘泥於潘岳三十二歲作賦之史實。

3. **浮名何意爭駢拇**：浮名，虛名；東晉・謝靈運〈初去郡〉：「伊余秉微尚，拙訥謝浮名。」何意，為何、何故；戰國・宋玉〈神女賦〉：「精神恍忽，若有所喜，紛紛擾擾，未知何意？」駢拇，駢拇枝指，指多餘無用之物；《莊子外篇・駢拇》云：「駢於足者。連無用之肉。枝於手者。樹無用之指。」注：「駢拇足大指。連第二指也。枝指六指也。功若不盡。如駢拇連無用之肉也。」此句是指為什麼要爭奪無用的虛名呢？

4. **苦志**：用「苦其心志」語典。苦，磨鍊；《孟子・告子下》：「故天將降大任於是人也，必先苦其心志，勞其筋骨，餓其體膚，空乏其身，行拂亂其所為；所以動心忍性，增益其所不能。」。

5. **仔肩**：擔任、負責之意。《詩經・周頌・敬之》：「佛時仔肩，示我顯德行。」意指備受磨鍊的心靈意志，依然操勞地承當起國族與文化興亡的大任。

6. **日上蓬窗容曉夢**：蓬窗，簡陋的窗戶，指蓬門、蓬戶；南宋・文天祥〈泰和〉：「惟有鄉人知我瘦，下帷絕粒坐蓬窗。」意為貧寒之家，此為謙辭。容曉夢，容許早上睡遲而晚起。當時勞氏僅於珠海書院擔任教職，未負責公共事務，故能過閒逸生活。北宋・黃山谷〈次韻寅庵四首〉其三答其兄大臨詩有云：「此時睡到日三丈，自起開關招酒徒」，含有抑鬱不平與深切思鄉之意。勞氏自謂此句之意與山谷不同。

7. **書遺鐵匣補長編**：用南宋・鄭所南《心史》事典。相傳以畫「露根無土之蘭」，且以改名思肖（表思趙）、字憶翁、號所南，表亡國之痛、故國之思的南宋鄭氏，嘗有詩集《心史》以託其志，流露深摯的民族氣節與愛國情操，如云：「縱使聖朝過堯舜，畢竟不是真父母。千言萬語只一語，還我大宋舊疆土。」則此書之不宜行於元世，乃不言可喻。遂於至元二十年（1283）將《心史》「盛以鐵匣」，藏於蘇州承天寺井中，至明崇禎十一年（1638）始因久旱浚井而被發現，故世稱《鐵函心史》，也稱《井中心史》，陳寅恪即有詩云：「所南《心史》井中全」，而今「心史」一語，已成為氣節志士之象徵。長編，原指作家在正式撰寫成書之前，編排相關材料所成的初稿，如北宋．司馬光編《通鑑》先成「長編」，因此「長編」可泛指一般史學著作。補長編，指此時勞氏正在志士情懷的驅動下，秉持哲學的理性意識，全面整理中國近代史，欲深入釐清中國的問題與出路，以補充一般史學家所忽略的問題，則其意義等同留下勞氏自己的心史。

8. **海城**：海外之城的簡稱，泛指別的國家的城市。此處當指黃氏在德國留學所居住的城市。
9. **近說**：近日來告，指黃氏來函告說。
10. **嚴霜逼**：凜冽的霜；霜殺百草，故云嚴霜。《楚辭》宋玉〈九辯〉：「秋既先戒以白露兮，冬又申之以嚴霜。」逼：脅迫、迫近、侵襲之意。此形容局勢，指冷戰時期，東西柏林對立，情勢不安穩。
11. **珍重天龍一指禪**：用天龍一指而俱胝覺悟事典，本〈撫州曹山元證禪師語錄〉。唐代金華山俱胝和尚嘗問天龍何謂佛法？大禪師天龍和尚手一指，俱胝便大徹大悟，所以俱胝悟道所得稱為「一指禪」。後來俱胝說法，亦以手一指，懂與不懂均此一指，二話不說，許多人亦因一指而悟道。此句勉黃氏勿為外在時局的波瀾所動，當收斂心思，著意於內在的覺悟與理境的開展。

鑒賞

此詩押下平聲一先韻。

生命的凝練、沉潛，正是對於自我生命的體認和反省的契機。然而加諸身上的，不僅是一種漂泊與回歸的撕扯，亦是無奈與遠志的拔河。

縱使有浮名何故相爭的灑脫或低訴，懷抱的志向卻依舊沉重，而這正是身為一個知識分子，面對浮沉的世局，所能沉思與發皇的所在。

此詩首聯以「入廟莫為裴寂禱，安仁賦罷又多年」與黃氏互勉，意在揭櫫知識分子當有關懷天下之懷抱；項聯「浮名何意爭駢拇？苦志依然累仔肩」亦有相同之意，唯對於己身擔荷之苦志，頗有感慨。

「日上蓬窗容曉夢，書遺鐵匣補長編」一聯，描寫勞氏當時擔任教職，看似擁有清閒的生活，而在文人發皇志士情懷的驅使下，整理並透解中國近代史，一方面可以重新思考前人未重視的問題，另一方面不啻是建構勞氏自己的心史。

「海城近說嚴霜逼，珍重天龍一指禪」一聯，緊扣題意，亦用以勉勵對方。悟與不悟，許在一念或一指之間；與其慨嘆外在的時局渾沌幽暗，不如內求省己，為生命尋找領悟的可能。勞氏與振華先生必是心靈相契的友朋，因此，所有的問候不必言說，溫暖自在心中。

飲慣唐詩似醉雅致的花茶者，品一首猶如宋詩智慧般的濃茶，彷彿從一種知性的品賞中，承接了作者的感慨。

畫中　王隆升述解

畫中渾欲喚真真，[1]眉黛[2]分明識舊顰[3]。已絕此生償債念，早知前命負情身。[4]江流日夜年華逼，[5]歌館樓臺姓字新。[6]爭怪樊川詩筆嬾，揚州夢盡是殘春。[7]

題解

此詩作於丙申年（1956），勞氏二十九歲。

此詩為勞氏無意間看見一位紅粉知己的舊照片，憶往有感而作。據詩文「歌館樓臺」之語，推測此位佳人之專長當歌唱有關，而「樊川」、「揚州夢」云云，當有暗託江南佳麗之意。而兩人密切交往時間，由勞氏十九歲入北大哲學系，二十、一歲間休學養病（參見勞氏二十歲時所作〈瑗姊將隨伏生姊丈歸江南，仿陳思贈白馬王體送別〉：「我生多舛厄，文園病苦纏。」），推測當在勞氏復學後、入臺前，時勞氏人在北京，正是二十一、二歲（1948～1949）青春少年。其時雖有國共內戰，然而即使是國共三大戰役之一的徐蚌會戰（1948年11月6日～1949年1月10日）期間，南京、北京仍很平穩，尚為青春少年的美麗情愫保留了一方揮灑的空間。此後，河山變色，人事全非，至此時已七、八年之久。

註釋

1. **畫中渾欲喚真真**：用趙顏得真真神畫事典。《松窗雜記》載唐進士趙顏於畫工處得一軟障（同幛，屏障、帷障之意），其障上畫一婦人，甚為美麗。畫工自稱此畫為神畫，並謂此女名為真真，若呼其名則百日必應。應後若以酒灌之，則此女將活。顏如其言試之，畫中之女果下障，言談飲食一如常人。終歲，生一子。後顏疑此女為妖，真真即攜子復上軟障而沒，惟畫上多添一兒。南宋・范成大有詩〈去年多雪苦寒梅花至元夕猶未開〉：「花定有情堪所笑，自憐無術喚真真。」此處之「畫」，實指勞氏所珍藏的一張舊照。渾欲，「簡直要」之意，唐・杜甫〈春望〉：「白頭搔更短，渾欲不勝簪。」真真，即舊照中之佳人。渾欲喚真真，幾乎想將照片中之佳人叫喚下來，足見勞氏思念之真摯、深切。
2. **眉黛**：即眉，古代婦女以黛畫眉，故稱「眉」為「眉黛」。唐・李商隱〈代贈之二〉：「總春山掃眉黛，不知共得幾多愁。」
3. **舊顰**：顰，皺眉之意；南宋・朱淑貞〈菩薩蠻〉：「愁悶一番新，雙蛾只舊顰。」此言勞氏見照片中之佳人，其眉宇間的神氣，活生生如似當年。
4. **已絕此生償債念，早知前命負情身**：今生已經斷絕了回報對方感情的念頭，在各種客觀機緣的限定下，早就知道必然要成為一位辜負對方深情的人了。命，無法改變的客觀限定；《論語・顏淵》載子夏曰：「死生有命，富貴在天。」
5. **江流日夜年華逼**：江流日夜，指時光如流水般逝去不復返；《論語・子罕》載子在川上曰：「逝者如斯夫！不舍晝夜。」北宋・蘇轍〈積雨〉其一：「雲氣山川滿，江流日夜深。」年華，指年歲。南朝齊・謝朓：〈冬緒羈懷示蕭諮議田曹劉江二常侍〉：「客念坐嬋媛，年華稍菴薆。」逼，威脅、強迫。此句總言時光飛逝，青春不再。

6. **歌館樓臺姓字新**：歌館樓臺，指歌舞之場所；唐・張繼〈金谷園〉：「彩樓歌館正融融，一騎星飛錦帳空。」。姓字新，元・元遺山〈寄叔能兄〉：「星斗龍門姓字新，豈知書劍老風塵？」換了姓氏名字或姓名字號，意指一代新人換舊人，總言人事全非。

7. **爭怪樊川詩筆嬾，揚州夢盡是殘春**：爭，猶「怎」意。怪，怪罪、埋怨、責備。樊川，即唐代杜牧（803～852），字牧之，樊川其號，京兆萬年（今陝西西安）人。其詩學杜甫而貴有獨創，骨氣豪宕，風格俊朗，尤擅七律七絕，為晚唐大家，時人稱為「小杜」，以別於杜甫；亦與李商隱齊名，世稱「小李杜」。晚年任中書舍人，居長安城南樊川別墅，後世因稱之「杜樊川」。詩筆，指作詩的意興。嬾，同「懶」，低落、意興闌珊。揚州夢，典出唐・杜牧〈遣懷〉：「十年一覺揚州夢，贏得青樓薄倖名。」殘春，指春將盡之時。唐・杜甫〈將赴成都草堂途中有作先寄嚴鄭公〉之二：「處處青江帶白蘋，故園猶得見殘春。」以「揚州夢」、「春」指風流倜儻之青春少年的生命情調。此聯言玉照中佳人神氣依舊，然時局大變，人事全非，自己也已不復有當年的浪漫情懷。

鑒賞

此詩押上平聲十一真韻。

此詩是懷舊詩，與勞氏大多書寫時代感慨的作品有相異之內涵，因而突顯真誠而有浪漫情懷的勞氏形象，非一般熟知的志士哲人形象。

此詩以情感為主線，描繪一個猶如出現在真實生活中的畫中女子。再由畫中女子，衍生流光易逝之感慨。

首聯云「畫中渾欲喚真真，眉黛分明識舊顰。」「畫中渾欲喚真真」已是化虛為實，歷歷在目；而「眉黛分明識舊顰」，更是把一種態靜的形像轉化為感官的貼近與觸動，彷彿可感受其當年神氣。生命的型態不必然只有接受命運的引領，然而前世注定的觀念，卻又深刻地主導著女子的生命情調。

項聯云「已絕此生償債念，早知前命負情身。」實寫勞氏與照片佳人的感情關係。在客觀環境的變化中，今生恐已無法對於對方的感情加以回報，自己亦將成為一個辜負的人。

腹聯「江流日夜年華逼，歌館樓臺姓字新。」言時光流逝與人事變化。不只是真實的人生裡，有著「江流日夜年華逼」，即使在圖畫世界的筆鋒描摹裡，恐怕也透露著美女普遍的悲劇。年華流逝的感傷、「古人不見今時月，今月曾經照古人。」的喟嘆，又何能不惹起夢醒已是暮年之慨？

尾聯收筆以「爭怪樊川詩筆嬾，揚州夢盡是殘春。」回到自己，訴說已盡之情懷。經過此事，意興已非從前，意興非前，是因「揚州夢盡」。

憐而有情。神遇的結果，許是無奈的低迴。「作者之用心未必然，讀者之用心何必不然。」隨著一位高明的導遊者，進入一個如真似幻的境界。視覺的聯想感知，得之於畫面之外的，拓展亦深化了詩與照片的兩相映發。而照片在戰亂之際，仍隨勞氏渡海入臺，再離臺赴港，可見其何等珍視！勞氏於無意間見此照片，因思故人，往事歷歷，舊情重溫，撫今追昔，感嘆盈懷，焉能無作？

勞氏人生中短暫但真誠的浪漫情懷，便更顯可貴，而有情人的遺憾，亦使人唏噓不已。

贈史韻芬　王隆升述解

津門舊記接香塵，[1]十載星霜憶尚新。[2]興廢[3]金甌[4]憐若夢，聲華[5]銀海[6]更無人。管絃[7]小試[8]猶神技[9]，顏色相窺正晚春。桃李幾家都嫁盡，[10]花王[11]珍重護靈真。

案：史韻芬以「白光」為藝名，傾動一時。曾輟影小住東瀛，是年復來香港，歌聲如昨，而已入中年矣。

題解

此詩作於丙申年（1956），勞氏二十九歲。當時香港影藝界人士，不論其氣質之雅馴或俗野，於「共」與「非共」之立場總是十分清楚。其中，有主張反共的「中國文化工作者協會」，與長城電影製片有限公司的左翼文人、影人相抗衡。勞氏因擔任該協會之書記，總管該會事務，因此於學人之外，亦與文化、影藝界人士多所往來。某日適逢一辦刊物、雜誌之友人舉行晚會，會中除邀請邵氏影星之外，另請白光唱歌。據案語可知，白光即詩題之「史韻芬」的藝名。

史氏原名史詠芬，原籍河北涿州，一九二〇年出生於北京。少女時期曾至日本東京女子大學攻讀藝術系，並隨主演歌劇《蝴蝶夫人》的名歌劇家三蒲闤學聲樂，奠定其歌唱事業基礎。一九四三年返國後，逐漸歌、影雙棲，而冠絕銀海，轟動一時。其中，歌則有膾炙人口的〈魂縈舊夢〉，影則有《一代妖姬》號稱巔峰之作，最後則以「中國藝術之光」、「磁性低音歌后」垂名於世。一九五一年，白光在她歌影事業巔峰期，選擇與丹麥人愛默生結婚，定居東京，經營夜總會；幾年後，愛默生花盡白光的錢，讓這段異國婚姻劃下休止符。白光與夫離異後復返香港。勞氏當時所見，當是此時期之白光。在此之前，勞氏最早曾於勝利後，剛上北京時，於天津見過正值芳華曼妙的史氏；時勞氏十九歲，史氏二十六歲。此番相見，又經十年，史氏已露美人遲暮之態，故案語以「歌聲如昨，而已入中年矣」微加點明。

史氏不諳詩藝，而勞氏此作中矩而淺暢，當屬人情應酬而揮筆即就之流，非如深情吐露之〈畫中〉一類。

註釋

1. **津門舊記接香塵**：津，天津市的簡稱。接，接觸、接遇。香塵，芳香之塵，指女子之步履起者。唐・李白〈感興〉之二：「香塵動羅襪，淥水不沾衣。」此指白光。此句言勞氏猶記最早曾在天津見過白光。

2. **十載星霜憶尚新**：星霜，星一年一周轉，霜每年因時而降，故以星霜指年歲。唐・張九齡〈與弟遊家園〉：「星霜屢爾別，蘭麝為誰幽？」此言勞氏初見白光至今雖已十年，然記憶猶新。
3. **興廢**：盛衰。《漢書・匡衡傳》：「自上世以來，三代興廢，未有不由此者也。」
4. **金甌**：國土；《梁書・侯景傳》：「高祖欣然自悅……，獨言：『我家國猶若金甌，無一傷缺。』」金甌原指黃金之甌（一種盆盂類器皿），梁武帝蕭衍用以比喻國家疆土之完整鞏固。
5. **聲華**：美好的名聲。唐・白居易《白氏長慶集・晏坐閒吟》：「昔為京洛聲華客，今作江湖潦倒翁。」
6. **銀海**：言大地光明炫耀，有如以銀為海；北宋・陸游《劍南詩稿・月夕》：「天如琉璃鍾，倒覆濕銀海。」今俗稱演藝界為「銀海」。
7. **管絃**：管指簫管，絃指琴瑟。東晉・王羲之〈蘭亭集序〉：「雖無絲竹管絃之盛，一觴一詠，亦足以唱敘幽情。」此指白光在樂團伴奏之下登臺高歌。
8. **小試**：稍試其技。《史記・孫子傳》：「孫武以兵法見於吳王闔廬。闔廬曰：『子之十三篇，吾盡觀之矣，可以小試勒兵乎？』」
9. **猶神技**：還神乎其技，形容白光唱歌的技巧仍然極為高明、巧妙；神技還在，歌聲如昨。
10. **桃李幾家都嫁盡**：桃李，形容姿色的美豔；三國・曹植〈雜詩〉六首之四：「南國有佳人，容華若桃李。」桃李幾家，指與白光同輩的其他影、歌星。都嫁盡，指都已結婚而退出影藝界。
11. **花王**：舊時品花以牡丹花為首，世稱花王。《歐陽文忠公集・洛陽牡丹記》：「錢思公常曰：『人謂牡丹花王。』」此指白光為當時聲名最盛之藝人，並以此讚美其歌藝最精湛，為勞氏之評賞、慰藉語。

鑒賞

此詩押上平聲十一真韻。

美麗的閃光燈背後，總有刻骨銘心的故事。

白光以二十三歲之齡晉身影壇，從此躍上銀幕。她獨樹一格的形象與慵懶的歌喉，征服許多影迷的目光。當她以「一代妖姬」、「蕩婦」等稱謂著名於世時，卻同時有人認為她彷彿是講究傳統禮教中最刺顯的一根芒草。然而卻也在她慵懶的歌聲中，體會白光的風情與滄桑。

這位勞氏筆下「聲華銀海更無人」的「花王」，在「傾動一時」、「輟影」之後，猶能擁有「如昨」的「歌聲」，唯一的缺憾是青春已逝，芳華不再，留下的總是輕輕的嘆息。

首聯「津門舊記接香塵，十載星霜憶尚新。」言勞氏及白光兩人為舊識關係。

項聯順著睽違「十年」回顧此中變化，先以「興廢金甌憐若夢」言國家興亡變化，暗含一己之飄零處境，再以「聲華銀海更無人」回顧其高峰鼎盛時期的風光。

腹聯「管絃小試猶神技，顏色相窺正晚春。」寫白光之「聲」之美妙及其「色」之顏態。「管」句描寫當日晚會的演唱盛況，即暗語所謂的「歌聲如昨」。「顏」句寫如今已顯美人遲暮，即暗語之「已入中年」。

尾聯「桃李幾家都嫁盡，花王珍重護靈真。」書寫同輩多已結婚退出歌、影壇，「花」寫勞氏的祝福。

一個嬌嗔的嗓音和婀娜的姿態，滿足了許多人視覺與聽覺的殷殷渴望，衛道人士的貶抑，也無法抵抗傲人的風采。比起世俗中有太多人的虛偽做作，白光堅持獨特具有魅力的演出，正是最好的反襯；再者，揮別東京的白光，是否也能藉由回歸香港，揮別婚姻的陰霾，重新建造演藝的城堡，仍舊是未知數。也正因為如此，「花王珍重護靈真」對於白光而言更顯得是一種最真誠的讚賞與溫暖的祝福。

丙申十一月，簷櫻來寓所，蓋別已八載，相見感嘆不能已。夜談既久，偕飲坊肆中，酒意催愁，往夢歷歷。因作七律三章，即以贈簷櫻　王隆升述解

其一

相逢舊夢半成空，尚許金樽[1]醉酒紅。飛絮一身[2]興廢[3]外，落花八度別離中。平生意氣憐雲鶴，[4]向晚鄉情動海鴻。[5]欲數滄桑吐幽結，[6]更無彩筆笑文通。[7]

其二

鴻泥劫後記猶難，畫裡嬋娟忍再看？[8]湖海[9]有情雙鬢白，琴書對影一燈寒[10]。長街燕子巢應舊，[11]檀板紅兒曲已闌。[12]人世縱多三五月，[13]元龍豪氣奈凋殘？[14]

其三

佯狂自學方山子，半棄衣冠隱市樓[15]。興廢馬肝風過耳，[16]文章牛鬼筆成邱。[17]孤行[18]我欲蠻荒[19]老，諧俗[20]君容雞鶩儔[21]。三世通家[22]今更幾[23]？天涯高詠[24]且忘憂。

題解

丙申年（1956）十一月，時勞氏二十九歲，某晚因與姻親表兄程靖宇劫後重見，即事有感而作。

程氏齋名「簷櫻室主」，以其書房植有櫻花樹之故，詩題直稱之為「簷櫻」。湖南人，然早年離鄉就學。長勞氏莫約十歲左右，為三代世交之誼。具傳統文人性格，原為聯大學生，後於北大復學，一年後畢業，至天津南開大學任講師。大陸變色後來港，為「怪論」專欄作家，越顯狂放文人氣息。

是年，程氏已莫約四十歲，隻身過活，十分寂寞。此番初冬夜訪勞氏，乃國破劫後首度於異鄉會面，兩人細訴鄉親故舊種種，感嘆不已，不覺夜深。待相伴至街巷飯館中借酒澆愁、聊慰饑腸後，程氏復

邀勞氏至其住所。兩人一起覽照敘話、展讀家書，前塵往事一幕幕清楚地浮上腦海，深深觸動勞氏之鄉思愁腸，遂當下賦詩遣懷，即成七律三首贈予程氏。詩中感今懷昔，雜敘雜議，婉轉褒貶，程氏讀後默然良久。此詩雖與論大局興廢無關，然其中的離人愁思，實為動盪之大時代中的共同寫照。

註釋

1. **金樽**：指酒杯。唐．李白〈將進酒〉：「人生得意需盡歡，莫使金樽空對月。」
2. **飛絮一身**：飛絮，柳絮。南朝梁．庾信〈楊柳歌〉：「獨憶飛絮鵝毛下，非復青絲馬尾垂。」借指身如飛絮，漂泊天涯。
3. **興廢**：參見前詩〈贈史韻芬〉之註。
4. **平生意氣憐雲鶴**：平生，生平、一生；東晉．謝靈運〈還舊園作見顏范二中書〉：「長與懽愛別，永絕平生緣。」意氣，志向與氣慨。憐雲鶴，彼此互憐一如孤雲，一如野鶴。此句言勞、程二人回顧平生之志向與氣慨，感慨兩人流落香港，同為異鄉之客，一為無依貧士如孤雲，一者佯狂市隱如野鶴，而頓生互憐之情。
5. **向晚鄉情動海鴻**：向晚，傍晚。唐．張繼〈猛虎行〉：「向晚一身當道食，山中麋鹿盡無聲。」鴻，此借指書信。海鴻，隔海來鴻。此指勞隨程氏歸其住所後，程氏讓勞氏讀傍晚所收到之家書，遂引發勞氏之鄉愁。
6. **欲數滄桑吐幽結**：滄桑，用「滄海桑田」語典，語本《初學記》引西晉．葛洪《神仙傳》：「自接待以來，見東海三為桑田。」大海變成農田，農田變成大海。比喻世事變化極大。此句指欲互相細訴別後所經歷的世事變化，傾吐心中積蘊的煩悶、鬱結。
7. **更無彩筆笑文通**：用「江淹才盡」、「江郎才盡」事典，江淹，字文通，南朝梁人，《南史．江淹傳》載：「淹少以文章顯，晚節才思微退。……又嘗宿於冶亭，夢一丈夫自稱郭璞，謂淹曰：『吾有筆在卿處多年，可以見還。』淹乃探懷中得五色筆一以授之。爾後為詩絕無美句，時人謂之才盡。」後用以比喻文思減退、枯竭。此句言無法將國破家毀的沈痛感受形諸於筆墨，彷如江淹失其五色彩筆，以致文思枯竭，而為人所嘲笑一般。

8. **鴻泥劫後記猶難，畫裡嬋娟忍再看**：鴻泥，典出北宋・蘇軾〈和子由澠池懷舊〉：「人生到處知何似？應似飛鴻踏雪泥。」鴻雁踏過雪泥留下爪印，比喻往事留下的痕跡。記，記起、回想。難，難過、感傷。畫，照片。嬋娟，美女、美人；唐・方干〈贈趙崇侍御〉詩：「卻教鸚鵡呼桃葉，便遣嬋娟唱竹枝。」此聯言勞氏隨程氏至其住所，一起看照片。即使在經歷了亡國的重擊之後，程氏看到其深情所繫的京劇名旦之玉照，仍感痛不堪忍，可見此情之重，此傷之慟。

9. **湖海**：省字以用「湖海氣」、「湖海士」典故，與「元龍豪氣」同一事典，意為豪俠之氣。三國時陳登，字元龍，曾慢待許汜，汜則曰：「陳元龍湖海之士，豪氣不除。」見《三國志・魏志・陳登傳》。此指程氏具豪放氣概。

10. **琴書對影一燈寒**：琴書，即琴與書；《楚辭》王逸〈九思傷時〉：「且從容兮自慰，玩琴書兮遊戲。」此句借寫程氏宅中琴、書實物，以狀其孤寂之文人生活。

11. **長街燕子巢應舊**：長街，指北京南長街，乃程氏情繫伊人所居之處。燕子巢應舊，用「舊燕歸巢」語典，明・顧大典〈青衫記〉第二十九齣：「似舊燕歸巢，雙語簷前。」本意為舊日的燕子又飛回老巢，用以比喻客居在外的遊子重回家鄉。此處除指程氏所愛伊人於抗戰勝利後返回故居之外，亦兼取別義，指任教於南開大學之程氏，每至北京皆住於伊人處所。此句言景物依舊。

12. **檀板紅兒曲已闌**：檀板，樂器名，以檀木製成的拍板，為戲曲伴奏與器樂合奏時的節拍器；唐・杜牧〈自宣州赴官入京路逢裴坦判官歸宣州因題贈〉：「畫堂檀板秋拍碎，一飲有時聯十觥。」紅兒，唐代著名歌妓。檀板紅兒指程氏深情所繫之京劇名旦。闌，殘盡之意。《史記・高祖本記》：「酒闌，呂公因目故留高祖。」此句言人事全非，指程氏與京劇名旦之情事，終究空留遺憾。

13. **人世縱多三五月**：人世，人生。唐．杜甫〈奉送二十三舅錄事之攝郴州〉詩：「衰老悲人世，驅馳厭甲兵。」三五，十五日，《禮記．禮運》：「是以三五而盈，三五而闕。」孔穎達《正義》：「是以三五十五日而得盈滿，又三五十五日而虧闕也。」後多用來指陰曆十五日。三五月，即指農曆十五日夜晚，即圓月、滿月之時。《文選．古詩十九首．孟冬寒氣至》：「三五明月滿，四五詹兔缺。」此句言未來人生縱使多有月圓之日。
14. **元龍豪氣奈凋殘**：元龍豪氣，參見前註「湖海」詞條。奈，通「耐」，怎經得起？或可解為「無奈」，表意外轉折的語氣。凋殘，耗損。指即如元龍豪氣，怎經得起情傷的耗損呢？言身負感情創傷的程氏，如今已豪氣不再。
15. **佯狂自學方山子，半棄衣冠隱市樓**：佯狂，裝瘋；《荀子．堯問》：「然則孫卿懷將聖之心，蒙佯狂之色，視天下以愚。」方山子，即宋代之陳慥（音ㄗㄠˋ，zao4），字季常，蘇軾〈方山子傳〉寫陳慥早年「使酒好劍」，有五陵年少作風的豪俠，後竟成隱士，其文曰：「庵居蔬食，不與世相聞，棄車馬，毀冠服，徒步往來，山中人莫識也。見其所著帽，方聳而高，曰：『此豈古方山冠（漢代祭祀宗廟時，樂舞者所戴的一種方形古帽）之遺像乎？』因謂之方山子。」衣冠，士大夫的穿戴。冠，指禮帽。《論語．堯曰》：「君子正其衣冠，尊其瞻視，儼然人望而畏之，斯亦不威而不猛乎？」此聯寫程氏在港生活狂放，經常衣衫不整，有如裝瘋以模仿方山子，而隱居於城市中。
16. **興廢馬肝風過耳**：馬肝，用「不食馬肝」語典；《漢書．儒林傳．轅固》：「清河王太傅轅固生者，齊人也。以治《詩》，孝景時為博士。與黃生爭論景帝前……於是景帝曰：『食肉不食馬肝，不為不知味』」言學者不言湯、武受命，不為愚。風過耳，用「如風過耳」、「秋風過耳」語典；漢．趙曄《吳越春秋．吳王壽夢傳》：「富貴之於我，如秋風之過耳。」比喻事不關己，不放在心上。此句言視國家興亡的大事為不必談的事。
17. **文章牛鬼筆成邱**：文章，獨立成篇的文字。唐．杜甫〈偶題詩〉：「文章千古事，得失寸心知。」牛鬼，比喻內容荒誕不經的作品。筆成邱，埋筆而成為塚墓，即指筆塚、埋筆之墳；用「懷素筆塚」或「智永禪師筆塚」事典。唐・李肇《國史補》:「長沙僧懷素，好草書，自言得草聖三昧。棄筆堆積，埋於山下，號曰筆塚。」另一說王羲之第七世孫智永禪師，為書用功，用壞之毛筆均棄置在大竹簍裡，經年累月之後，積了五大簍，因而作銘文，並埋葬這些筆頭，稱為筆塚。此喻寫作之多。此句指當時程氏於三、四家報紙專欄寫「怪論」文章，暗刺其不務正業，不再有知識分子的擔當。

18. **孤行**：獨行也。《後漢書・張衡傳・思玄賦》:「何孤行之煢煢兮，孑不群而介立。」有關勞氏孤高的生命感，可參考林碧玲於「勞思光思想與中國哲學世界化學術研討會」（2002）中，以〈勞思光先生「情意我與心靈境界」探索之省思〉評論張善穎教授撰寫之〈情意我與心靈境界：從《思光詩選》一探勞思光先生的哲學生命〉一文。
19. **蠻荒**：蠻荒，偏遠之處，《後漢書・樊宏傳》:「化自聖躬，流及蠻荒。」此處表達不願回歸共黨統治下之中國大陸的態度，而「蠻荒」之地，在當時即指客居所在的香港。
20. **諧俗**：諧，和合、協調。《尚書・舜典》:「八音克諧，無相奪倫。」諧俗，和世俗同調。
21. **雞鶩儔**：鶩，音ㄨˋ（wu4），野鴨。雞鶩喻凡庸之徒。《楚辭》屈原〈卜居〉:「寧與黃鵠比翼乎？將與雞鶩爭食乎？」儔，相伴、伴侶。
22. **三世通家**：三世，祖孫三代。《禮記・曲禮下》:「醫不三世，不服其藥。」通家，謂世代有交誼之家；《後漢書・孔融傳》:「先君孔子與君先人李老君同德比義，則融與君累世通家。」此指勞氏與程氏為三代世交之誼。程氏為勞氏之表兄，故言。
23. **今更幾**：更，音ㄍㄥˋ（geng4），復，還。幾，音ㄐㄧˇ（ji3）。如今劫後餘生的還剩幾人？
24. **高詠**：指應物不違而高歌。

鑒賞

第一首詩押上平聲一東韻。第二首詩押上平聲十四寒韻。第三首詩押下平聲十一尤韻。

宋詩首重功力。任淵〈山谷詩注序〉云：「月鍛季煉，未嘗輕發。」先生詩作風格近於宋詩，以意而勝，而情則寓於意中。雖是蘊含親戚之誼的情懷之詩，卻不因用典而失色，反而在勞氏典故運用的功力中，品賞一份雋永的意態。「個人——親戚情誼——時代」三者之間的關係，藉由詩文而緊密融合。

第一首寫國難劫後重逢的感受。別後的重逢，已是欣喜，又何況是八年之後的相遇。

第二首集中寫程氏的感情故事。此詩並以「月圓」與「人虧」的對比手法，言未來的人生縱使仍多月圓之時，但是經歷嚴重情傷的程氏已不復有當年豪氣。

第三首寫程氏當時的狂放生活，以及勞氏基於三代世交情誼的微刺與相慰。

此三首七律，藉由人文意象與典故，形成詩歌的深沉幽思。詩中以清醒的返視，紓解生活中的困窘與壓抑。

就深刻的意義來說，此三首詩書寫勞氏與簷櫻表兄八年未見的生活情狀，或可看成是是一段知識分子重新思考責任、尋找定位的心靈史。

五代僧淳《詩評》:「夫緣情蓄志，詩之要旨也。高不言高，意中含高；遠不言遠，意中含遠。閑不言閑，意中含閑；靜不言靜，意中含靜。」哪怕是「平生意氣」、「元龍豪氣」的希冀；抑或是「有情鬢白」、「對影燈寒」的苦痛，都可望形成一股沛然莫之能擋的能源——越是在缺少承擔的時代更應該勇於承擔。一個年紀未滿三十的智者，傾吐著老成的字句與感受，終究都是基於對中國知識分子沉淪與墮落，因而發出的警語。

「湖海有情雙鬢白，琴書對影一燈寒。」這感傷的字句，讓人想起黃庭堅的「桃李春風一杯酒，江湖夜雨十年燈。」歡聚之樂，離別之苦，「相逢舊夢半成空」的悵然，未曾親自領受的人，終究無法深切體認。

「孤行」是心酸的歷程，亦是勇毅的承擔。「蠻荒」亦製造著身心的危困，在歷經戰亂之後，兩家族劫後餘生、所剩無幾，因此更當珍惜寶貴的生命，不管處境為何，都當善自調適、振作。

沉寂之中發出的感慨，凋殘之際透顯的蒼白，有著微刺與喚醒簪纓的省思意味。浸淫在勞氏的詩語裡，即使是吟詠人生流離的低語，也會在閱讀的思省中尋得一方清雅。

丁酉（一九五七年　三十歲）

立秋日即事　王隆升述解

一天碎葉作秋聲[1]，庭院燈寒夜氣清[2]。積病易傷年不再，偶閒方悟學無成。人間毀譽看梟嚇，[3]枕上恩仇聽劍鳴。[4]憐絕飛花頻撲鬢，那堪[5]頑石[6]久忘情[7]？

題解

此詩作於丁酉年（1957）立秋日，約在國曆八月七、八日。時勞氏三十歲。當時勞氏兼具志士與文人形象，所接遇之人事層面甚廣，其中有某奇異女子，獨鍾情於勞氏，於立秋此日約勞氏至其寓所會面，勞氏衡情量理之後，決意不去，遂即事而賦此詩。即事，本即眼前事物之意，後多用為詩題，意為「感事」，即因觸事而有所感。

註釋

1. **秋聲**：援用歐陽修〈秋聲賦〉典故。「碎葉」承該賦：「木遭之而葉脫」之意而造詞。該賦除描繪秋日情景，亦發抒憂民憂國的情懷。作者身居高位，然回首往事，屢次遭貶內心隱痛難消；面對朝廷黑暗，眼見國家日益衰弱，改革無望，不免產生鬱悶心情，故而為賦。由秋聲起興，從萬物的凋零，聯想到人生易老，抒發世事艱難，人生猶勞的無限感慨。
2. **夜氣清**：夜間清爽的氣息、氛圍。南朝梁・劉孝儀〈和昭明太子鍾山解講〉詩：「夜氣清簫管，曉陣爍郊原。」此或為寫實，或承〈秋聲賦〉之「星月皎潔，明河在天，四無人聲」之意境而為文。
3. **人間毀譽看梟嚇**：看，音ㄎㄢ（kan1），看待。嚇，音ㄏㄜˋ（he4）。梟嚇，即鴟嚇，用「鴟得腐鼠」、「鴟梟嚇鵷」典故。《莊子・秋水》中莊子對惠子說：「夫鵷鶵，發於南海而飛於北海，非梧桐不止，非練實不食，非醴泉不飲。於是鴟得腐鼠，鵷鶵過之，仰而視之曰：『嚇！』今子欲以子之梁國而嚇我邪？」鵷鶵為高貴之鳥，非梧桐不棲，非竹實不食，非甘泉不飲；而得到腐鼠的鴟梟，見鵷鶵飛過，竟恐懼其與自己爭食，而發出「嚇」聲以恐嚇鵷鶵。此句言勞氏持志而行，不受外在毀譽的影響，不重視世俗人所計較的毀譽得失。

4. **枕上恩仇聽劍鳴**：聽，音ㄊㄧㄥˋ（ting4）指勞氏於深夜就枕，靜思國事之是非、興廢之功過，常發不平之鳴。其理性批判之鋒利，猶如寶劍出鞘，其劍氣沖霄而長鳴。劍，泛指寶劍。此見勞氏年輕時意氣甚強。參閱〈庚寅春謁李嘯風丈於臺灣，侍談竟夕。親長者之高風，顧前塵而微悵。吟俚詩四章，錄呈誨正〉之「夢邯鄲」註文。
5. **那堪**：如何能承擔或忍受？
6. **頑石**：無光澤且體粗質鈍的石塊，比喻愚笨駑鈍之人。《三國演義》第三十八回：「將軍奈何舍美玉而求頑石乎？」此勞氏對「不領盛情」的自己之自嘲語。
7. **忘情**：對喜怒哀樂之事不動感情，淡然若忘。《世說新語．傷逝》記：「王戎喪兒，悲不自勝，人勸之，戎曰：『聖人忘情，最下不及情，情之所鍾，正在我輩。』」

鑒賞

此詩押下平聲八庚韻。

勞氏立秋日決意不赴某奇異女子邀約之事而賦詩自表。故首句從「立秋日」之物色動心處落筆。

季節嬗變，最易惹人情緒。秋意上心頭，寒氣亦相侵，製造淒清感受的同時，也讓心情與靈魂斲傷。立秋之日，佇立的瞬間，人情、自然物色之情狀都集中地進入勞氏的心靈卻又發散開來。

首句破空而言說，見秋景、聞秋聲，而感秋意之冷冽慘澹——「一天碎葉作秋聲」，既有秋來之「象」，亦有秋近之「神」，「立秋」的整體意象，就此概括。次句言「庭院燈寒夜氣清」，庭院的物景，不是勞氏掌握與著墨的對象，而是追求時間（季節與晝夜）推移中的

「夜」色氣氛，亦構成一個清冷寒寂的意境。

葉落燈寒的遺憾，轉而為「積病易傷年不再」的傷老情緒，啃食著一個文化人的心靈，對於三十歲的年輕人來說，是巨大的負荷，也太沉重了！

生命的天秤，必須取得平衡。「人間毀譽」和「枕上恩仇」聒噪之音甚囂塵上，如此的文化氛圍是容易引致不平情緒的。然而，光明與黑暗相碰撞的當下，所激起的火花，總是震撼人心。當傳統的信仰受到質疑與挑戰，是必須有獨當一面的知識分子挺身而出的。「那堪頑石久忘情」或許是無法放下的迷戀，但卻終究是不可避免、捨我其誰的勇敢承擔。

尾聯「憐絕飛花頻撲鬢，那堪頑石久忘情？」則書寫該奇異女子對勞氏的情意。「飛花」指該奇異女子。「頻撲鬢」，指該奇異女子幾度對勞氏示好。「那」句是寫勞氏對此奇異女子的設身體貼語。可憐落花有意，流水無情，勞氏對該奇異女子或無相對的情意，但仍然有出自人情的珍惜、體貼與設想。

悲壯而非雄壯、激昂而非軒昂。雖年僅三十，卻猶如臨老境而可歎！從「偶閒方悟學無成」的謙卑裡，我讀到了一個延續文明火炬的身影；從「那堪頑石久忘情」的懷抱中，我讀到了理性文人的體貼情意。

澳門孫中山故宅　王隆升述解

老樹濃陰掩壁塵，止庭黃鳥[1]尚啼春。更誰共讀開天記[2]？到此方憐去國[3]身。棋局半殘[4]仍作劫，澤流[5]二世[6]已無人。玉魚瓦硯何蕭瑟，[7]名士[8]紛紛正美新[9]。

題解

此詩作於丁酉年（1957），時勞氏三十歲。詩題之「澳門孫中山故宅」為一觀光景點，於一九五八年改為澳門「國父紀念館」，勞氏至此參觀中華民國開國史料，有感而作。

澳門位於中國東南沿海的珠江三角洲，於珠江口西南，面臨南海，距香港約六十公里，自古與廣東省香山縣有極為密切之關係。澳門「孫中山故宅」位於澳門文第士街一號，原建物最早造於一九一八年，由孫中山之長兄孫眉斥資興建，作為孫中山與其家人之寓所，孫氏原配盧慕貞夫人居此，至一九五二年九月逝世。其間孫科於一九三一年下臺後，曾於一九三二年居此侍母。一九三〇年原建物因遭附近總督官邸火藥庫爆炸所波及，重建為現建築物樣貌，為一棟三樓之伊斯蘭教摩爾式建築。一九五八年闢為國父紀念館，門前藍底金字匾額為于右任題字。該館大部分房間保持原有佈置，展覽品有孫中山一九八二年七月畢業於香港西醫書院後，在澳門行醫時所用的物品、廣州起義時所用之傢俱、孫中山的真跡和生前照片。

孫中山（1866～1925）生於廣東香山縣（今中山市）翠亨村。幼名帝象，讀書時取名文，號日新，字德明，一八八六年改號逸仙，一八九七年在日本化名中山樵，辛亥革命後，常以中山為名。曾於廣州博濟醫院附屬南華醫學堂學習，後轉入香港西醫書院。畢業後在澳門、廣州等地行醫。一八九四年上書李鴻章，要求改革時政。同年，爆發中日甲午戰爭，遂赴檀香山，十一月二十四日，建立興中會，提出「驅逐韃虜，恢復中國，創立合眾政府」之主張。次年一月，回到香港，成立香港興中會。一九〇五年八月於東京成立「中國同盟會」，被推舉為總理。一九一一年被推舉為中華民國臨時大總統。一九二五年三月十二日於北京病逝。

註釋

1. **止庭黃鳥**：止，棲息意。《詩經・秦風・黃鳥》：「交交黃鳥，止於棘。」
2. **開天記**：《聖武開天記》為書名，此處借用「開天」之意。開天，本指神話中盤古開天闢地，此指勞氏在澳門國父紀念館，參觀孫中山領導革命、創建中華民國的相關史料。

3. **去國**：離開本國。《禮記・曲禮下》：「去國三世，爵祿有列於朝，出入有詔於國。」
4. **棋局半殘**：局，佈局，名詞當動詞用。棋局，下棋的佈局；魏・曹植〈王仲宣誄〉：「棋局逞巧，博奕惟賢。」此喻中華民國建國以來至今的發展情勢。半殘，建立共和國體的革命理想尚未成功，而國家已然分裂。此處或有諸葛亮〈出師表〉：「先帝創業未半，而中道崩徂」之意。
5. **澤流**：德澤流被。
6. **二世**：兩代。《宋書・禮志》：「大業之隆，重光四夜，不羈之寇，二世而平。」此指孫中山哲嗣孫科。生於一八九一年的孫科，於九歲（1910）時加入同盟會，二十六歲（1917）時任廣州大元帥府秘書，參加「護法運動」；二〇年代期間，孫科曾三任廣州市長，積極支持國民革命。然而一九三二年年底主張聯共抗日，一九三六年又組織中蘇文化協會，一九三七年與宋慶齡等倡議恢復孫中山「聯俄、聯共、扶助農工」三大政策，凡此親蘇容共路線，皆為反共之士所不滿。至於孫科所育之二子四女，皆非當權者。
7. **玉魚瓦硯何蕭瑟**：玉魚，刻玉為魚（玉刻之魚），是一種珍玩和佩飾。又用作殉葬品，唐・杜甫〈諸將〉五首其一：「昨日玉魚蒙葬地，早時金碗出人間。」瓦硯，又名「硯瓦」。漢魏未央宮、銅雀臺等等諸殿瓦，瓦身如半筒，面至背厚近一寸，背平可磨墨，唐宋以來，人即去其身以為硯，俗稱「瓦頭硯」。硯，也作「研」；唐・貫休《禪月集・硯瓦詩》：「應念研磨苦，無為瓦礫看。」此句言本為珍玩之玉魚已淪為殉葬品，本為皇宮貴器之殿瓦也改作民間瓦硯之用，喻本是繼承孫氏理想的中國國民黨，已失敗撤退至臺，且又因白色恐怖之專制，而使人才冷清、寥落。
8. **名士**：知名之士。《呂氏春秋・尊師》：「由此為天下名士顯人，以終其壽。」指當時親共，而為之歌功頌德的知識份子。
9. **美新**：為「劇秦美新」之省。王莽篡漢自立，國號新。揚雄乃仿司馬相如封禪文，撰〈劇（短促）秦美新〉論秦之暴政速亡，而稱美新莽。在一九六六年文革之前，很多知識分子對中共抱持希望，紛紛回歸大陸，支持中共政權。

鑒 賞

此詩押上平聲十一真韻。

首句「老樹濃陰掩壁塵」，為在門口觀看該館的整體觀感。點題，且借建築物與環境之歷史感，保持住被紀念者之身分。以「老樹」、「壁塵」表時間、歷史感，以「濃陰」表隆盛身分。

第二句「止庭黃鳥尚啼春」，表面似寫實景，指庭中老樹上的黃鳥不時啼叫著；「啼春」二字，不必拘泥於文字，以為造訪於春天之時。其實此句亦可以「止庭黃鳥」表到訪遊客，「尚啼春」表訪客的緬懷歷史、感慨時局、寄望未來之情。如此作解，將使此句之意義更為深刻、豐富，頓將本似陪襯語的此句，提升至與首句並舉的地位，而使首聯的結構從「主從式」變成「並列式」。

「更誰共讀開天記」一句，書寫勞氏透過眼前的開國史料，彷彿進入中國百年現代化的艱難歷史中，在無限的感慨裏，想到文化的中興需要志士與人才，不禁自問還有誰正和他一樣，懷抱著為中國尋找出路志向，而義無反顧的深入探索中國近代史中的種種挫折，竭盡心思的釐清其中糾葛纏繞的文化問題呢？面對著龐大、沈重的歷史課題，一想到甚少同志與知音的孤獨處境，深切的感受到苦志孤行的自己，是如何地孑然一身哪！

雖然苦志的孤獨感與國破的流離感，乃是勞氏居臺、留港時的生命基調之一，但畢竟都還與中華民國相繫連。一直到了孫氏故宅，投身建國的歷史洪流，懷昔撫今之際，悵憾、哀苦之情如波濤洶湧而至，當下才使勞氏真正意識到和中華民國的關係已如飄蓬斷梗，自己實實在在是去國之身了；「到」句之「方憐」即道盡此中的無限孤寒與淒涼。

「棋局半殘仍作劫，澤流二世已無人。」一聯造語平淡，然諷刺深沈，蘊涵勞氏對中國近現代史，尤其是孫中山的認識與評斷。勞氏赴港後精研中國近代史，特別是從一八六〇年清咸豐朝以來的現代化運動，在一九五六年〈答振華〉詩中即有謂：「書遺鐵匣補長編」。勞氏嘗深論怎麼了解辛亥革命與評價孫中山？指出辛亥革命的成功是通過政治妥協而成功的，是與清朝實力派結合而推翻滿清的，整個清朝的政治結構並沒有鬆動。而孫中山並非政客之流，個人有值得尊重之處，但其路向與理念卻是混亂的。

勞氏以為孫對於西方民主政治的價值肯定並非完全清楚，也不太了解民主制度，孫氏所講的民主思想是盧梭一路，而盧梭政治思想中對於公共意志的推崇，則暗含著集權統治的可能。然而西方啟明運動（勞氏主張the Enlightenment應譯為「啟明運動」，而非「啟蒙運動」。此述勞氏意見，故從勞氏用語）後的政治思想，乃以洛克之尊重個體自然權利的自由主義思想為主流。

此外，在實際上，孫氏確因廣州政府之客觀實力不足，而在孤立無援的情勢下，逐漸走向專制領袖之路。

勞氏評論孫氏表現為專制領袖的絡絡大端者，如一九一四年在日本建立中華革命黨時，要求黨員按手模宣誓對孫氏個人絕對效忠，且將國民依入黨時間分成等級，預約未來享有不同的待遇，黃興等同盟會革命元老，便因持反對態度而未加入。次如聯俄容共，引進在馬列主義影響下之列寧式「堅強而嚴密」的俄共專制體制，造成國民黨內部派系的嚴重分裂，影響極為深遠。三如其政治遺囑有謂：「現在革命尚未成功。凡我同志，務須依照余所著《建國方略》、《建國大綱》、《三民主義》及《第一次全國代表大會宣言》，繼續努力，以求貫澈。」此中「務須依照余所著」之語，實非自由民主人士之所宜言。凡此有害民主精神的表現，既在當時造成反感，如前詩述及的李嘯風，便曾因此而「一謝冠裳江海去」，也是身為自由主義人士的勞氏批判孫氏的焦點所在。

「棋局半殘仍作劫」句因孫中山而回顧建國史，一路而至當時之局勢。「澤流二世已無人」句則由孫氏家人所居的故宅，引發對孫氏後代的省思，而暗含對孫科「容共親蘇」之批判。

尾聯云「玉魚瓦硯何蕭瑟，名士紛紛正美新。」筆力深強，一邊以玉魚、瓦硯形容當時中國國民黨的衰敗零落，一邊以名士親共形容當時中國共產黨的氣勢如虹。感喟良深，無怪乎左舜生曾稱讚此句為春秋之筆！

此詩有濃厚興亡感，唯一關乎個人際遇的第四句「到此方憐去國身」，也是以強烈的歷史感為背景；而「棋」句的淡語深諷，與尾聯兩句鮮明的興衰對比；皆為盪氣迴腸而又利斷金石之語。

撼動人心的戰役已遠，主導革命的領袖已逝，景物依舊，人事全非，留下的只是歷史的遺跡與後人的歷史評斷。

一種興亡的感受，在文字間流洩。

清醒的良知，寂寞的道義，孤憤的情懷，悲傷的儒者。

晚步即事　王隆升述解

壓海憂思向暮深，崚嶒[1]獨影戀秋陰。一天[2]劫火[3]苞蕭淚[4]，十載流人[5]杕杜[6]吟。曲盡[7]高樓歸意切，春回明鏡[8]歲華侵[9]。中郎才筆寧如昨？[10]駐馬猶憐爨下琴。[11]

題解

此詩作於丁酉年（1957），勞氏三十歲。當時勞氏住於尖沙咀之寶勒巷，離半島酒店和維多利亞港的海邊不遠。從巷內走出來，便是兩旁林蔭蔽天的漆咸道南，時人稱之為愛情道，勞氏常於午後隻身沿此路，散步至海邊看海、沈思。在一九六六年文化大革命之前，中共威信未崩，海外人士對中共新朝多抱持希望與親善態度，對於文化運動與大局的發展都十分不利，當時勞氏為此倍感沈重與孤單。由詩中之「壓海」、「向暮」、「獨影」與「秋陰」等用語，可知此詩當是某秋日傍晚，勞氏獨自散步於海邊時，有感而賦。

註釋

1. **崚嶒**：音ㄌㄧㄥˊ ㄘㄥˊ（ling2　ceng2）。本形容人性情剛直、堅貞不屈，如「傲骨崚嶒」。此則指勞氏瘦骨嶙峋的身形，參見勞氏三十一歲作〈戊戌秋日偶感〉二首之一：「積病崚嶒骨」。
2. **一天**：即一日，此指國共內戰在最後的階段裏，於很短的時間內情勢頓轉，國民黨政府軍兵敗如山倒，而中共銳勢則有如狂風席捲。
3. **劫火**：亂世戰爭的災火，元．方回〈旅次感事〉：「千村經劫火，萬境歎虛花。」
4. **苞蕭淚**：苞蕭，本指叢生的野草，比喻為遭到暴政之苦的人民；《詩經．曹風．下泉》：「洌彼下泉，浸彼苞蕭。」此處「下泉」指中共，「苞蕭」指遭到中共專制政權統治的大陸人民。苞蕭淚，表哀中國大陸之淪於共黨統治，亟言亡國之痛。
5. **流人**：離開家鄉，流浪外地之人；漢．桓寬《鹽鐵論．執務》：「賦斂省而農不失時，則百姓足而流人歸其田里。」大陸易幟，勞氏被迫移居臺灣、香港，故云流人。
6. **杕杜**：杕，音ㄉㄧˋ（di4）。自傷孤特之意。《詩經》有兩首〈杕杜〉，勞氏特言此時心情感覺孤單，所以，此處典當出於《詩經．唐風．杕杜》：「有杕之杜，其葉湑湑。獨行踽踽，豈無他人？不如我同父。」
7. **盡**：徹，貫通、通透之義。
8. **明鏡**：明亮的銅鏡；《淮南子．俶真》：「莫窺形於生鐵，而窺於明鏡者，以　其易也。」
9. **歲華侵**：歲華，年華、年紀、年歲。唐．劉方平〈秋夜汎舟〉：「歲華空復晚，鄉思不堪愁。」侵，無法遏止的強力進犯。歲華侵，指年歲漸大。
10. **中郎才筆寧如昨**：中郎，指東漢之蔡邕，因嘗為左中郎將，故人稱蔡中郎。少博學，師太傅胡廣，好辭章、數術、天文，妙操音律，嘗作琴賦，生平著作甚多。才筆，文才；《北堂書鈔．晉中興書琅琊王錄》:「(王)鑒,少以文學才筆著稱。」寧,豈、哪裡?此句有自我警惕才與時衰之意。

11. **駐馬猶憐爨下琴**:爨,音ㄘㄨㄢˋ(cuan4)。此句用「爨下焦桐」典故;《後漢書・蔡邕傳》:「吳人有燒桐以爨者,邕聞火烈之聲,知其良木,因請而裁為琴,果有美音,而其尾猶焦,故時人名曰焦尾琴焉。」後用以喻劫後猶堪用世之良才,或云:「爨下琴材」、「爨下琴」,北宋・陸遊〈夜興〉:「平生恥露囊中穎,垂老甘同爨下琴。」

鑒賞

此詩押下平聲十二侵韻。

「視覺」也許是探索與沉思的必要前提。然後,感知的情緒牽動,終究演出一場生命的悸動,於是,憂思若海襲來嘆息。

此詩反應勞氏心情。勞氏黃昏之時散步於海岸見海,並於樹蔭下徘徊良久,心境為大局而沉重,故首聯云「壓海憂思向暮深,崚嶒獨影戀秋陰。」「壓海憂思向暮深」句寫在傍晚在海邊看海,憂思如海般的深深壓下。「崚嶒獨影戀秋陰」句寫瘦骨嶙峋的勞氏,獨自在樹蔭下徘徊良久,而不捨得走。

「曲盡高樓歸意切,春回明鏡歲華侵」一聯,表達那邊高樓播樂喚起歸意之思,這廂但感一年一年對鏡漸覺老大,卻無可如何的感傷。

「曲盡高樓歸意切」句以「高樓」為意象核心,而以「盡」字之詩眼帶出。此句當是表達,獨自在樹蔭下徘徊良久的勞氏,聽到彼處之高樓傳出音樂,而港地的廣東歌樂,促使他特別感到流浪天涯、客居異鄉的飄零、孤寂,而喚起思歸之情。然而何以不作「曲出」,而書寫為「曲盡」?究其用心,當在鍊字,且當是鍛鍊「虛字」,以拓深詩之意境。從與「曲盡」相對仗的「春回」可知,「盡」與「回」皆為動詞,則此所謂之「虛字」,自是取以名字為實字,而餘皆為虛字之義。

「曲盡高樓」猶如「聲徹雲霄」之語法,「盡」字不作「終止」義解,而是「徹達」、「通貫」之義。表則實指歌樂響徹高樓而遠揚，隱則以「高樓」之意象裹藏王粲〈登樓賦〉的鄉關之思，彷彿勞氏之情思亦隨曲音之徹達高樓而登樓、而望遠、而思歸，故接言「歸意切」。此處「盡」字之虛妙運用，猶如陳師道〈和魏衍同登快哉亭〉項聯：「欲傍江山看日落，不堪花鳥已春深」之「已」字，俱為詩眼所在，而有熟字新意的大作用。

「春回明鏡歲華侵」句寫春去春回、年復一年，而人亦隨之容顏衰、髮鬢白，對鏡但覺已漸老大。將自然時間之流逝、形軀容顏之改變，與對此變化的生命感受濃縮於一句，而以「侵」字傳神的表達出對歲月不饒人的無奈與警惕。

「中郎才筆寧如昨」句寫因光陰流逝，漸覺老大，而警惕才思亦可能漸衰，暗喻應更需發憤用功。此句完全自嘆，亦是「自我惕勵」語。同時也因此而更加期待人才代出、後繼有人，而有「駐馬猶憐爨下琴」書寫自己依然有愛才之情。

「我作破家人」（呂本中〈兵亂後雜詩其四〉）的悲鳴，緣起於社會的殘酷現實，指向悲憤的傾洩。司馬光《溫公續詩話》說：「古人為詩，貴於意在言外。」（《歷代詩話》上）呂本中《呂氏童蒙訓》云：「思深遠而有餘意，言有盡而意無窮。」（《苕溪漁隱叢話》前集卷一引）姜夔《白石道人詩說》亦曰：「句中有餘味，篇中有餘意，善之善者也。」（《歷代詩話》下）也許，此詩飽含的言外之意，更值得進一步讓人思索吧！

答友　林碧玲述解

平生學不守常師，[1]少日虛聲只自嗤。稍解詩書於畫拙，難爭德爵況生遲。[2]百家出入心無礙，[3]一海東西理可知。[4]花鳥漸憐催老大，[5]人前何意鬥華辭？

案：此詩於芳洲社餐敘時戲作。昔人以詩書畫為三絕，予則自幼不喜丹青，孟子以德爵齒為達尊，予則在社友中最為年少，故項聯以此自嘲。

題解

勞氏赴港後，於一九五七年起的兩年間，常吟遊於芳洲詩社，與饒宗頤、潘重規、曾克耑、夏書枚、涂公遂、林千石、郭亦園、李幼椿、徐亮之諸先生時相酬唱。該社規矩不似傳統詩會般嚴格，每多由社友攜稿來會交流，或即席據新題而創作，作品亦送報發表，本書所錄多有其時酬唱之作。社名「芳洲」乃新亞書院曾克耑提議，出自《楚辭・九歌・湘君》：「采芳洲兮杜若」，或有以「芳洲」射「香港」，寄託亂世飄零猶薈萃興文的心志。

此詩寫於丁酉年（1957），時勞氏三十歲。雖事起於酬唱而謙言「戲作」，然實可視為勞氏「三十而立」之自述，且由餐敘中一揮而就，足見勞氏志向早定、懷抱堅熟。

註釋

1. **平生學不守常師**：生平為學不拘於一定的師承。《論語・子張》：「衛公孫朝問於子貢曰：『仲尼焉學？』子貢曰：『……夫子焉不學？而亦何常師之有？』」
2. **難爭德爵況生遲**：《孟子・公孫丑下》：「天下有達尊三：爵一，齒一，德一。」孟子以爵位、高齡、品德三者為眾所共尊之物，勞氏藉三者之不敢居先，而婉轉托陳其治學救亡之懷抱。
3. **百家出入心無礙**：百家，《荀子・解蔽》：「百家異說」，原指先秦各種學說流派，勞氏於此別取新義，指古今中外的哲學大家。出入，入乎其內而出乎其外。無礙，本佛教用語，謂通達自在而無所障隔。此句乃勞氏進學弘志之語，謂以自由獨立、唯理是從之認知主體，窮通古今中外哲學理論，而欲以交融之視域、開放之思維弘學開新。可知勞氏之治學態度，對前哲則要求透闢理解而嚴格批判，對自家則要求自捐成見而勇於超越。
4. **一海東西理可知**：此暗用陸象山所謂：「東海有聖人出焉，此心同也，此理同也。西海有聖人出焉，此心同也，此理同也。」重在「心同」、「理同」之普遍性哲理的肯定與探求。

5. **花鳥漸憐催老大**：寫時光飛逝而年華易老之感，表珍惜光陰以惕勵治學。「花鳥」在此作為比喻時光飛逝的總體意象，如唐・杜甫〈曲江〉二首之一：「一片花飛減卻春」，宋・僧志文〈西閣〉：「年光似鳥翩翩過」等。「漸憐」作深切珍惜解；漸，深也，唐・元稹〈生春〉二十首之十四：「曉妝雖近火，晴戲漸憐風。」催老大，催人老。催，迫、追逼之義。老大，年老，漢・《樂府詩集・古樂府・長歌行》：「少壯不努力，老大徒傷悲」。

鑒 賞

此為與友酬唱而即席述志之作，腹聯「百家出入心無礙，一海東西理可知」，表進學窮理以興廢救亡，乃其機要。平起首句押韻，上平聲四支。

全詩先以首聯「平生學不守常師，少日虛聲只自嗤」，自明開放思維之治學態度，前句承用事典，藉孔子無常師之開放形象而正面言之；意象拔高獨立而氣度閎肆汪洋。後句復從反面言之，由不自滿於少年成名而見其自我超越。項聯「稍解詩書於畫拙，難爭德爵況爭遲」，即事鋪陳，藉反襯法以承啟首、腹兩聯欲表之心志。在對眼前之多富三絕藝與三達尊之社友的謙讓情態中，已暗含胸有丘壑、別具懷抱之伏筆。「難爭」一句據典實而巧造新辭，所謂爵之「難爭」，實乃志不在此；德之「難爭」，則是勞氏之回天壯圖本不可出之以爭心。至此所謂之「虛聲」、「自嗤」、「稍解」、「拙」與「難爭」等用語，以及案語所謂之「戲作」、「自嘲」云云，皆謙抑之詞，未可實看。腹聯「百家出入心無礙，一海東西理可知」之秀句，具體言治學窮理，為勞氏興亡關懷的客觀實踐之路，乃此詩樞機。上句言開放思維與視域融合之哲學進路，於尋常熟語而見非凡胸襟；下句申明探求普遍性哲理之意志，奪胎換骨自象山義理，而造語出奇、氣象莊嚴。尾聯「花鳥漸憐催老大，人前何意鬥華辭？」以惜時斂意喻克己篤學作結。上句言深惜光陰，「花鳥漸憐」用暗典以別造新辭，意、象並置而意在言外；漸憐、催老連用動詞，緊密生動且促迫與惕勵之情並現。下句言克斂意氣，不務虛辭競勝，乃惜時與憤學交作之有以必然，或亦有微刺港人浮華時風而與社友相勉之意。置之於詩末，但感性情安立踏實而辭情密收無遺，真可謂少壯心懷、老成筆力。

此詩開闔有致而運典贍活，志遠境高而卑邇力行，讀之令人奮志而心嚮往之！

喪中作　林碧玲述解

夢兆真驚脫齒涼，[1]寒燈伏枕夜茫茫。十年薄養慚人子，[2]三日哀思謝水漿。[3]計拙謀生遑論國，文須補債強成章。[4]傷心無淚無言際，泣踊方知是俗喪。[5]

題解

此詩作於丁酉年（1957），時勞氏三十歲，已留港二載。勞氏因珠海書院之聘而居港，依港戶籍法為期限居留，未有長期居留權，年年需受港方執事約談以重發新證，本就充滿不確定的無奈感。值此之際，是年其父在臺逝世，因申請返臺手續需費時數月辦理，故勞氏未能及時奔喪，不得已乃託請其伯兄勞榦代為治喪，勞氏則在香港登訃告哀。然友朋唁慰，何能撫慟？肺腑之痛，豈能無宣？勞氏隔海遙祭，苦懷無告，爰有是作。

其後，直至戊辰年（1988），勞氏六十一歲時，因受清華大學之邀，始於離臺三十三年後，首度來臺講演，遂特請當年執喪之先輩引路以祭親。然六張犁原墳地已更他用，轉詢附近殯儀店家，亦一無所獲。蔓徑荒草，呼親無應，萬般感慨，徒呼無奈；此亦無言無淚之痛，而為時代苦難之寫照的一端！

註釋

1. **夢兆真驚脫齒涼**：此言父喪。其時勞氏夢見上排牙齒忽全掉光，且於夢中甚感寒涼而猛然驚醒。《周公解夢》：「齒自落父母凶」，以夢中掉牙為父母有難或喪父母之兆。

2. **十年薄養慚人子**：十年，勞氏成人至今之年數。養，音一ㄤˋ（yang4）。勞氏自感對尊親奉養微薄而心生慚愧。
3. **三日哀思謝水漿**：謝，拒 。《禮記．問喪》：「惻怛之心，痛疾之意，傷腎乾肝焦肺，水漿不入口，三日不舉火，故鄰里為之糜粥以飲食之。」此言勞氏喪父，哀痛逾恆而無心飲食。
4. **文須補債強成章**：強，音ㄑ一ㄤˇ（qiang3），勉強而為。勞氏因多篇稿約到期，雖於喪中亦不能不勉力完成。
5. **泣踊方知是俗喪**：言哀痛至極而不欲外顯。泣踊，哭泣辟踊，搥胸頓足以哭泣，極言哀痛之狀，乃喪禮之節數。《禮記．檀弓上》：「夫禮，為可傳也，為可繼也，故哭踊有節。」俗喪，世俗治喪的禮數。

鑒賞

此為喪中哀痛之作，為仄起首句押韻，下平聲七陽。

一九五五年，篤志謀求文化出路的勞氏，為突破「宿志茫茫射隼遲」的缺憾，必得擺脫在臺「六年心倦島雲低」的侷促感，乃毅然離臺以「雇員（employee）」身分赴港，於珠海書院教授哲學。既是親衰不得已而遠遊，則於至親終將大歸之事，平日豈能無所繫懷？故親子連心，先得夢兆。然夢兆雖已十足令人驚心，猶不比夢兆成真之令人震駭哀慟！故此詩起筆悲涼沉痛，「夢兆真驚脫齒涼，寒燈伏枕夜茫茫」，以「真驚」二字迸射出無盡的傷痛，而無一物不感染其哀戚；移已煢孑消沉之感以視燈，遂見燈亦何其孤寒！懷追思哀悼之情以守夜，乃感夜亦何其漫長！哀哀孤子，枕上輾轉，水漿不進，悽悽不勝其悲。

回首但感親恩之浩大，而自慚薄養之日短。更念如今離親遠遊，本為治學窮理以振衰起弊，然猶不免累於生計而心有所憾；眼前即文債逼身，而不能不忍慟勉強完稿。世變民劫，誰得獨安？喪親之痛牽動了亂世的流離愁慘、客身的孤哀悲涼、史責的艱鉅沉鬱，更激發了一貫勉力苦擔的雄毅；因此詩由項聯「十年薄養漸人子，三日哀思謝水漿」的傷痛，更轉為腹聯「計拙謀生遑國論，文須補債強成章」的沉毅不屈。然而念昔日負壯懷而別親，方才兩年，壯志未酬而親已永訣；年屆而立，斂意積學而親竟不待。此苦此哀，關聯世劫，蒼黎共歷；其鬱甚痛極，豈淚水和哀號所能化解？擊胸頓足所能宣洩？尾聯「傷心無淚無言際，泣踊方知是俗傷」之吟，真情流露、狀溢目前，實已無可更吟！

戊戌（一九五八年　三十一歲）

曉窗書感　林碧玲述解

憂患頻年意寡歡，南窗瞑坐品朝寒。[1]齒牙自昔多言誤，興廢如今袖手看。[2]詩愛獨吟稀示客，學無他得但知難。乾坤幾息哀龍隱，[3]可許船山拾墜殘。[4]

題 解

此詩作於戊戌年（1958），時勞氏三十一歲，已遷出寶勒巷，與一研究英國文學之先生，分租澳門人士傅氏在德成街之大園。初暖還寒時節的某日，勞氏早起臨窗閉目靜坐，感觸紛沓而來，遂賦詩抒懷。乙丑年，五十八歲（1985）時，勞氏賦〈新春即事〉四首之二，首聯「瞑坐南窗味早寒，養心今以絕微瀾」，其首句與此詩首聯「憂患頻年意寡歡，南窗瞑坐品朝寒」之句二同調，更對比出此時之濃厚憂患感，故詩題明言「書感」。

註 釋

1. **南窗瞑坐品朝寒：**在向南的窗子邊閉目靜坐，而感受到早晨的涼意。「南窗」為古詩歌的意象之一，連結著豐富的意義，其一為「寒涼」，如宋・王安石〈答沖卿〉：「南窗坐正涼」。其二為「獨坐」，如宋・歐陽修〈讀張李二生文贈石先生〉：「夜歸獨坐南窗下」。其三為「潛隱」，如晉・陶潛〈歸去來辭〉：「倚南窗以寄傲」。此詩之「南窗」意象，至少亦指向此三義。瞑，音ㄇㄧㄥˊ（ming2）。朝，音ㄓㄠ（zhao1）。
2. **興廢如今袖手看：**表不願參與執政當局。興廢，本言國家興亡，此象徵執政當局。看，音ㄎㄢ（kan1）。袖手看，即語典「袖手旁觀」的換字表現，謂置身事外，不加干預。唐・韓愈《昌黎集・祭柳子厚文》：

「巧匠旁觀，縮手袖間」。

3. **乾坤幾息哀龍隱**：言憂傷文化生機幾乎滅絕，賢哲之士又不見知用，只能遠引而自我潛修。乾，音ㄑㄧㄢˊ（qian2）。幾，音ㄐㄧ（ji1）。《周易．繫辭上傳》：「則乾坤或幾乎息矣。」乾坤，本指《周易》〈乾〉、〈坤〉二卦，復象徵天地造化，此指民族之文化生機。息，滅絕。龍，喻賢哲。隱，隱遯、潛退。《周易．乾．文言傳》：「龍德而隱者也。」
4. **可許船山拾墜殘**：自我期許如船山之沉潛著述，以疏理文化難題而重開新命。船山，明．王夫之（1619～1692）。拾，收拾、整理。墜殘，衰敗沒落、殘缺不全。明亡，船山悲憤咯血，然強轉心志於學術，遯跡窮山而潛心著述，以期新開正學，其堂有聯曰：「六經責我開生面，七尺從天乞活埋」。

鑒　賞

此為詠懷之作，抒發憂患勵學的苦志情懷。仄起首句押韻，上平聲十四寒。

首聯破題，「憂患頻年意寡歡，南窗瞑坐品朝寒」，情景、人物、動作、心境俱全。首句述苦志憂懷，以沉鬱慘澹之情，包裹著民族文化的百年苦難與個人的亂世流離；詩題之「感」字，即由此而漸次披露勞氏心境之波瀾。句二的「瞑坐」，本表閉目靜坐而養神，亦因而翻生愁悶之感。而點明詩題之「朝寒」與「南窗」，固為景物寫實，然「寒」字又未嘗不是內心悲涼感的移情與吐露？「南」字之向陽而隱含生機，不亦可遙呼結句「拾墜殘」的莊嚴承當？「品」字因而亦見深幽，由感受景氣物色而轉入品味世道心情，煊染出通篇殷憂持志的情懷。

中國之問題沉痼已深，勞氏自少時便積極闡論救亡之理，然而不具實效的挫折感，不免令勞氏後悔誤作多言而漸轉密斂。獨裁威權的打壓，也使其冷智以靜觀世變，而不願參與當政；此所以項聯「齒牙自昔多言誤，興廢如今袖手看」，二寫苦志憂懷，以表明貞定自守的態度。從而腹聯「詩愛獨吟稀示客，學無他得但知難」，三寫苦志憂懷，更見其剛骨獨立。對文人往來、世俗酬酢的厭倦與退避，令人倍感勞氏卓立不群的孤獨。而自感哲學研究所得甚少，只是能夠知難而已，更反襯其「知難而行」之勇毅承當。由此亦可見「賦詩言志」以抒苦懷，「研哲窮理」以甦活文化，為勞氏調理生命感受與文化問題的療方，使其得以常懷希望。在民族與文化生機殆盡，而人多茫然無從的絕境中；在威權當道而無可作為的現實困局裏；勞氏為文化別開生面的自許，使四寫苦志憂懷的尾聯：「乾坤幾息哀龍隱，可許船山拾墜殘」，以鏗鏘堅語作結，而使人望見一確然不拔的大丈夫矗立於眼前。

送別　林碧玲述解

情知寡合難為別，[1]百感樽前一歎休。如此山河尚行役，[2]更堪人海幾沉浮？[3]世途逐鹿憐狂蟻，[4]生計雕蟲笑拙鳩。[5]詩筆自來窮益健，新詞莫使負「芳洲」。

案：時方與友人結詩社，以「芳洲」為名。

題解

此詩作於戊戌年（1958），時勞氏三十一歲。詩題〈送別〉，為芳洲社友餞別而作。芳洲詩社之事，參見丁酉〈答友〉之題解。

註釋

1. **情知寡合難為別：**情知，明知；唐・駱賓王〈豔情代郭氏答盧照鄰〉：「情知唾井終無理，情知覆水也難收。」寡合，非「落落寡合」之難以與人相合之意，而是指聚少離多。難為別，以離別為難受、不堪之事，為古詩歌贈別之熟語，如宋・陸游〈送錢仲耕修撰〉：「自應客路難為別」。此句筆法如唐・司空曙〈別盧秦卿〉：「知有前期在，難分此夜中」，然更緻密。

2. **如此山河尚行役**：在國破離亂之際，尚且得勞碌奔走，為個人與文化謀生圖存。山河，國土。《世說新語．言語》載東晉南遷，士大夫飲宴新亭，周顗歎曰：「風景不殊，正自有山河之異。」此處「如此山河」指一九四九年之後的國土分裂。行役，本指為服行勞役或公務而跋涉在外，《詩經．魏風．陟岵》：「嗟！予子行役，夙夜無已。」此則泛言生活中的各種勞碌奔波。
3. **更堪人海幾沉浮**：那再能經得起幾度的世事滄桑變化？更，音ㄍㄥˋ（geng4）。人海，比喻人世。沉浮，指人事的聚散變遷。
4. **世途逐鹿憐狂蟻**：對社會上爭權逐利的無知之輩充滿了同情。世途，人生路上，即社會狀況。逐鹿，語本《史記．淮陰侯傳》：「秦失其鹿，天下共逐之。」鹿本喻帝位、政權，此泛言權力。蟻，喻短暫低微之生命。狂蟻，狂妄蟻輩，指不悟浮生若夢，而猶爭權逐利的無知之輩。此用唐傳奇《南柯記》之「蟻夢」、「南柯一夢」典故；淳于棼夢入大槐安國，先則出將入相而備極榮顯，後則戰敗遣歸而乍醒，始知所遊即庭前大槐下之蟻穴。後因以喻人世倏忽、榮華虛幻。
5. **生計雕蟲笑拙鳩**：雕蟲，輕譏文人雕辭琢句之謂，南朝梁．劉勰《文心雕龍．詮賦》：「此揚子所以追悔雕蟲。」拙鳩，也稱拙鳥，《禽經》有謂鳩性笨拙，不善營巢，取它鳥巢居之，故後用以喻不善謀生之人；唐《李羣玉詩集．滄州》：「謀生拙如鳩。」此為自嘲語，言己以雕蟲小技應付生計。時勞氏之收入來源，有稿費與教學薪資兩種，而每月之稿費幾與薪資等同，故有此言。

鑒賞

此為送別芳洲詩友之作，平起首句不押韻，下平聲十一尤。

明知人生聚少離多，然而離情別緒依然使人感傷而難以承受。離愁勾起了對國史與人生的萬般感慨，也只能對酒化作一聲無奈的長歎罷了！國破離亂之際，尚且得為生活與理想而勞碌奔波；那再能經得起幾度的世事滄桑變化？放眼社會，固然對爭權逐利的無知之輩充滿了同情；然而反觀自我，卻也不禁取笑自己，拙於生計而多靠賣文為活。哎！我的朋友，生活雖然充滿亂離的憂傷，然而寫詩的筆力和氣勢，從來都是愈窮困潦倒便愈矯健有神的；秉此精神繼續創作吧！有了佳作請寄回來分享，莫忘了芳洲這班老友的期許啊！

全篇滿溢著生活感，真摯平易而艱貞感人。首聯「情知寡合難為別，百感樽前一歎休」，破題。在「情知寡合」的理智對比之下，運用「難為別」之贈別詩歌熟語，配上「寡合」之人生感悟，再結合江淹〈別賦〉之「百感悽惻」，一番依依離情已牽動了讀者的心緒。而項聯「如此山河尚行役，更堪人海幾沉浮？」寫離情所勾起的大時代之亂離愁慘，更使讀者不禁也跟著「樽前一歎」的餞別神態，發出重重的一聲感嘆！腹聯「世途逐鹿憐狂蟻，生計雕蟲笑拙鳩」，一則悲憫妄逐名韁利鎖的流俗之輩，一則自我嘲諷拙於生計，在幽幽的蒼涼無奈中，透顯出凜凜然的艱貞，而與「尚行役」的兢兢業業兩相共鳴。尾聯「詩筆自來窮益健，新詞莫使負『芳洲』」，收束送別詩友之題旨，句七顯然換奪自「詩窮而後工」;「健」字固為合律，然特顯凌雲縱橫、剛毅不屈之豪氣，在亂離愁緒中，煥發出剛健精神與文明生機，而鑄造出「莫負」的雋永好結句。

此詩以明健的筆力，在亂世離情中刻畫出艱貞互勵的人生態度，動人尤深。

暑日即事　林碧玲述解

其一

揮汗終朝講舌乾，浮生何地託悲歡？[1]力疲升斗慚儒效[2]，氣減縱橫悟說難[3]。落落[4]孤行長病後，綿綿苦慮徹宵殘[5]。沉思甯武佯愚[6]意，百不能身盍苟安？[7]

其二

成敗紛綸逐逝波，[8]清宵鏡影病維摩[9]。文章最患虛聲早，[10]風骨猶堪積毀磨。[11]徇俗生憐群士貴，[12]負人已覺十年多。[13]披衣細玩〈屯〉〈蒙〉象，[14]笑勸兒童且放歌[15]。

其三

隱隱鳴濤夜氣深，[16]眠遲忽省歲華侵[17]。早知得失非吾事，尚念興亡惜眾心。嚼蠟[18]俗情供淺笑，爭棋世局[19]付高吟。中郎[20]才筆非當日，塞耳人前莫問琴。[21]

題解

〈暑日即事〉組詩三首，作於戊戌年（1958）盛夏，時勞氏三十一歲。即事詩乃觸事生感而遂有所作；炎炎盛暑，勞氏因俗務疲累與憂心時局，而湧現強烈的無奈與無力感，故賦詩遣懷。

註釋

1. **浮生何地託悲歡**：人生要在何處寄託己身呢？浮生，即人生，以人生在世，虛浮無定，故言浮生；《莊子．刻意》：「其生若浮，其死若休。」悲歡，憂傷與喜樂，此處泛指各種情意感受，而代表個人生命。
2. **儒效**：儒者之經世功效，本為《荀子》篇名。
3. **說難**：《韓非子》篇名，說，音ㄕㄨㄟ丶（shui4）。本指遊說國君之難，此指說服他人理解中國文化問題及其出路十分困難。
4. **落落**：孤獨貌，與人稀少往來。西晉．陸機〈歎逝賦〉：「親落落而日稀」。
5. **徹宵殘**：徹宵，徹夜、通宵。殘，將盡；此謂夜將盡、天將明。如宋．陸游〈梅花〉：「玉笛孤吹怨夜殘」。
6. **甯武佯愚**：甯，音ㄋㄧㄥ丶（ning4），姓。甯武，春秋衛大夫，名俞，諡武。佯愚，韜晦而裝愚。孔子曾讚嘆甯武子在亂世中，艱貞而又沉晦的涵養工夫非常人所能及；《論語．公冶長》載子曰：「甯武子邦有道則知，邦無道則愚。其知可及也，其愚不可及也。」孔安國注：「詳（佯）愚似實，故曰不可及也。」
7. **百不能身盍苟安**：自覺什麼都不能，何不苟且偷安？此為自嘲語。「百不能」為宋詩熟語，如宋．陸游〈畏事〉：「畏事偷安百不能」。

8. **成敗紛綸逐逝波**：言世事浮幻；隨著光陰的流逝，層出更迭的成敗，也不過轉眼成空。綸，音ㄌㄨㄣˊ（lun2）。紛綸，紛亂，宋．洪邁《夷堅乙志．玉華侍郎》：「人世紛綸，真可厭苦。」逐，跟隨。逝波，意如逝川、東逝水，比喻時間、事物迅速消逝。宋．蘇順欽〈遊洛中內〉：「洛陽宮殿鬱嵯峨，千古榮華逐逝波。」
9. **病維摩**：生病之維摩，此勞氏自喻。維摩，佛名，釋迦同時人，義譯無垢稱。《維摩詰所說經．文殊師利問疾品第五》載維摩詰答「是疾何所因起？」則言「以一切眾生病是故我病。……眾生病則菩薩病，眾生病癒菩薩亦癒。……菩薩病者以大悲起。」此言富文化悲懷的勞氏，為苦謀文化出路問題而病。
10. **文章最患虛聲早**：文字創作最憂慮過早成名，以致自滿不進。文章，獨立成篇的文字作品。唐．杜甫〈偶題〉：「文章千古事，得失寸心知。」虛聲，不實的聲譽，此為自謙語。勞氏少年即以著述成名，故此句為自惕語。
11. **風骨猶堪積毀磨**：剛健的人格還經得起眾多毀謗的磨練。風骨，堅毅不屈的品格；唐．高適〈答侯少府〉：「性靈出萬象，風骨超常倫。」積毀，「積毀銷骨」之減字用典，本意指承受過多的毀謗，而使人難以自信挺立；如宋．陸游〈秋夕〉：「病骨那禁積毀消？」勞氏此句則反用其意。
12. **徇俗生憐群士貴**：眾人屈從世俗而巴結權貴，以牟取名利、地位，卻自感優越；勞氏冷眼旁觀反認為彼等很可憐。徇，音ㄒㄩㄣˋ（xun4），順從。徇俗，指順從流俗而巴結權貴。生憐，意如劇憐，很可憐；生，很、甚，副詞，如生怕。群士，眾人。貴，自貴，自感優越。
13. **負人已覺十年多**：此為自嘲語，為觀己的直接感想。負人，指辜負肯定、期勉者的厚望。十年多，可理解為從勞氏十九歲（1946）就讀北大哲學系，正式進入哲學領域，以哲學探索落實其早年以救亡意識為主的一段時光。
14. **披衣細玩〈屯〉〈蒙〉象**：靜夜沉思不寐，添衣保暖之後，仔細玩味

《周易》〈屯〉、〈蒙〉卦義。披衣，穿衣。玩，音ㄨㄢˋ（wan4），玩習，反覆推敲、體味。〈屯〉〈蒙〉象，《周易》〈屯〉、〈蒙〉二卦之象。《周易》為論憂患創生之作。〈屯〉卦論維艱創始之道，故〈象〉曰：「君子以經綸。」〈蒙〉卦論教育之理，兼有蒙昧與啟蒙二義。此句合觀〈屯〉、〈蒙〉，要指文化新命猶在萌芽、啟蒙的艱難階段，因而深感沈重。

15. **放歌**：放聲歌唱。唐・杜甫〈聞官軍收河南河北〉：「白日放歌須縱酒，青春作伴好還鄉。」
16. **隱隱鳴濤夜氣深**：深夜裏隱隱傳來海濤聲。鳴濤，海濤鳴聲。時勞氏居德成街，下午人車漸靜之後，便可聽到海濤聲。夜氣，夜晚的氣息。
17. **歲華侵**：歲華，猶歲時，年華、年紀之意。侵，強力逼近。宋・陸游〈書歎〉：「早得虛名翰墨林，謝歸忽已歲時侵。」
18. **嚼蠟**：味同嚼蠟，比喻無味；宋・陸游〈雜書〉：「世味漸闌如嚼蠟。」
19. **爭棋世局**：時局之爭雄變化，一如棋局之搶勝翻新。宋・僧志文〈西閣〉：「世事如棋局局新」。
20. **中郎**：東漢蔡邕（132～192），字伯喈，陳留圉人也。曾任左中郎將，故人亦稱「蔡中郎」。博學，工辭章，精通天文、術數、書畫、琴藝，創飛白書，嘗奏定六經文字，以隸書立碑為熹平石經。宋詩常以「中郎」喻人文才，如王安石〈詩呈節判陸君〉：「中郎筆墨妙他年」。勞氏此句以「中郎」自喻。
21. **塞耳人前莫問琴**：塞，音ㄙㄜˋ（se4）。塞耳人前，即人前塞耳。問琴，用蔡邕「焦尾琴」典故；《後漢書・蔡邕傳》：「吳人有燒桐以爨者，邕聞火烈之聲，知其良木，因請而裁為琴。果有美音，而其尾猶焦，故時人名曰焦尾琴焉。」莫問琴，不要如蔡邕一聞火烈之聲，便搶救爨下之桐以製琴。此乃自勸卷懷退藏而不要多事，故言塞耳勿聽；堵住耳朵別去聽，免得牽動情懷而想投入做事，卻又不可為而不見實效。

鑒賞

組詩三首為感時的沉鬱之作。皆仄起首句押韻，其一上平聲十四寒，其二下平聲五歌，其三下平聲十二侵。

詩一寫強烈的憂患與無力感。在溽暑中整天揮汗費力的講學，而致口乾舌燥、疲累不堪，不免觸動了流亡的感傷。——動盪、浮幻的人生，那裡才是安身之處？為了掙取薄酬而精疲力竭，實有愧於儒者發揮濟世功效的理分。然而又有幾人能因我的論述，而明白中國及其出路的問題呢？領悟啟明之不易，於是收斂鋒芒意氣而潛學窮理。久病之後的落寞心情，更不想與人往來了，然而依舊終宵達旦的不斷苦思、鑽研中國的路向問題。唉！如此動心忍性，不禁深思起艱貞的甯武子沉晦裝愚的意味。更何況國破了、家毀了、親亡了，自己卻什麼都做不了，何不苟且偷安算了呢？

懷抱「興亡關懷」的勞氏，以哲學研究進路省思中國問題，且投身自由主義文化運動，雖然深知義命分立而當盡其在我，但是責任何其重大！道路何其遙遠！步履何其艱難！神形何其疲憊！功效何其有限！謀生俗務何其繁擾！隻身流寓何其悲涼！世劫藤纏何其無奈與無力！此詩寫出亂世中志士的普遍感受，其可貴處在以周詳緊湊之佈局，精嚴脫俗之對句，全面細述委頓之感。其中，項聯「力疲升斗慚儒效，氣減縱橫悟說難」，「篇名對」出色而志意痛切；腹聯「落落孤行長病後，綿綿苦慮徹宵殘」，「疊字對」熨貼而聲情迴盪。又此詩首聯破題，「揮汗終朝講舌乾，浮生何地託悲歡？」寫其觸發。項聯與腹聯黯然歷數現實之艱苦與無奈；一苦於謀生之艱，二苦於同道之艱，三苦於病孤之艱，四苦於治學之艱，疊疊重重，何等沉鬱！無怪乎尾聯「沉思甯武佯愚意，百不能身盍苟安？」只能自嘲以解悶了！

研哲窮理、著述講學，乃勞氏「興亡關懷」的客觀實踐進路。雖孤懷獨往，且備嚐「學無他得但知難」的艱辛，然求仁得仁，何怨之有？是以詩二進而寫個人在歷史中的自我貞定。不過歷史債務的沈重承當，黎明尚遠的幽暗感受，仍迫使此孤明艱貞的柱石之才，深感無奈而再吐沉鬱之情。

世事浮幻；紛亂更迭的事功成敗，莫不隨著時間的流逝而淹沒在歷史的洪流中。寂靜的夜裏，從幽遠的沉思中，回神看著鏡中生病的嶙峋瘦影，慶幸自己在亂世中猶能堅守大是大非而負荷起文化大業；既對少年成名的虛榮陷阱充滿惕勵，剛健的人格也還經得起眾多毀謗的磨練。不過，儘管對趨炎附勢而自感優越的眾人充滿了同情，然而自己的經世抱負又有多少成就呢？十餘年來一直覺得辜負了別人的深切期望。究竟多難的中國何去何從？夜深了，更覺寒冷了，添件衣服繼續細細的玩味〈屯〉、〈蒙〉卦義，以此檢視中國現代史的腳步，更加體認到文化新命還處在初創維艱的階段。唉！歷史的債務是如此的沈重，未來路向的靈光是如此的幽微，煩惱已甚、無奈之至，也只能強顏勸說尚未承擔歷史重任的兒童：放聲高歌、開心生活吧！

詩二首聯「成敗紛綸逐逝波，清宵鏡影病維摩」，託「文殊問疾」之典，以寓悲心擔當；斯人斯疾，既為文化沉痼而病，豈能不為文化之新生而珍重？故項聯剛正自勵，「文章最患虛聲早，風骨猶堪積毀磨」，出語鏗鏘有致；「最患」直寫其清醒，「積毀」反襯其堅貞，且「風」句比之放翁「病骨那禁積毀消？」健餒之境立判。腹聯「徇俗生憐群士貴，負人已覺十年多」，兼寫憫俗與自嘲，「貴」字見鍊字功力。尾聯「披衣細玩屯蒙象，笑勸兒童且放歌」，再發沉重無奈語，何其鬱苦之至！故繼而三寫沉鬱與無奈。

隱隱傳來的海濤聲，更顯出深夜的寧靜氣息。陷於沉思而晚睡的我，在陣陣的浪濤聲中，猛然驚覺光陰催逼、年華老去！早已知道得失不是分內應關懷的事，但是個人得失可以不計，天下的興亡卻不能不在意，百姓的苦樂也不能不體惜。嚼之無味的世情流俗，不過提供冷眼旁觀、微笑以對之用罷了！既對如棋賽競爭般的政治局勢無從著力，滿腔的「興亡關懷」就交給高聲吟詩來排遣吧！繁重的文化使命、斂藏的自我心境，已教才情的展露與文筆的氣勢，不似少年時期的意氣縱橫了。現在縱使對時局仍有許多的憂心，但還是別再多事了吧！

韋齋詩常以堅語作結，然此三詩卻是無奈復加無奈，沉鬱再添沉鬱。行筆至此，首聯「隱隱鳴濤夜氣深，眠遲忽省歲華侵」，寫觸景而驚覺歲月逼人；「忽省」二字警策有力！項聯「早知得失非吾事，尚念興亡惜眾心」，述懷抱而廓然大公、光輝感人；勞氏以義命分立與崇理謹分自持，滿懷興亡有責而恫瘝在身，「念」、「惜」二字已將此誠心仁懷流露無遺。然而狂悖的世情、幽暗的時局，使腹聯「嚼蠟俗情供淺笑，爭棋世局付高吟」，再現冷智與無力感；「淺笑」與「高吟」之際，一副索然無味、無復關心的姿態。「嚼臘俗情」與「爭棋世局」，本皆舊詩既有意象，然以卑亢之勢相對則獨出機杼；且「嚼」句之構句層次，更較陸游〈雜書〉「世味漸闌如嚼蠟」精鍊緻密，而見辭章造詣。尾聯「中郎才筆非當日，塞耳人前莫問琴」，兩句皆用蔡邕故事，雖喻人、寄懷有別，但一味蕭索則同；比對前年〈晚步即事〉之「中郎才筆寧如昨？駐馬猶憐爨下琴」，顯見情緒低落。「問琴」雖造語新穎而寓意深沈，然「塞耳莫問」適為「念惜」心志之反諷；自嘲若此之甚，怎不令人同感沈鬱而劇憐斯世、斯文、斯人？進而深悟代繼有責？

戊戌秋日偶感　林碧玲述解

其一

積病崚嶒骨[1]，荒殘苟活年。付誰歧路[2]意？對此夕陽天[3]。違俗宜多謗，安心即是禪。鳴雞仍不惡，久廢祖生鞭。[4]

其二

海上經年客，南冠一楚囚。[5]蠻爭[6]憐世局，蟻夢逐行舟。[7]豈有笙歌癖？[8]真偕鹿豕游。[9]華燈明鏡小，坐誤少年頭。[10]

題解

組詩五律二首作於戊戌年（1958）秋天。時勞氏三十一歲，生活中除教、研之學術面向外，另有從事自由主義文化運動之一面。其中往來者頗多影劇界人士，且曾受聘為顧問，任劇本審查，影劇界明星多尊稱其為「先生」。某日在影劇界的宴會活動中，觸事生情，因而有作。

註 釋

1. **崚嶒骨**：崚嶒，音ㄌㄧㄥˊ ㄘㄥˊ（ling2 ceng2），本言重重山勢奇兀峻峭。此處之崚嶒骨，猶崚嶒瘦骨、瘦骨嶙峋，形容人清瘦見骨。
2. **歧路**：岔道，《列子．說符》：「楊子曰：『嘻！亡一羊，何追者之眾？』鄰人曰：『多歧路。』」此借「亡羊歧路」故事，喻中國面臨何去何從之路向問題。
3. **夕陽天**：日暮斜陽之天色，此喻中國文化之衰落。
4. **鳴雞仍不惡，久廢祖生鞭**：鳴雞，用祖逖「聞雞起舞」故事。《晉書．祖逖傳》載祖逖「與劉琨俱為司州主簿，情好綢繆，共被就寢，中夜聞荒雞鳴，蹴琨覺曰：『此非惡聲也。』因起舞。」後用以比喻志士及時奮勉鍛鍊。惡，音ㄜˋ（e4）。不惡，不差、不壞，舊詩中常用，如陸游〈秋夜歌〉：「人言富貴墮駭機，一生窮愁正不惡。」祖生鞭，即「祖鞭先著」典故，《晉書．劉琨傳》載劉琨「與范陽祖逖為友，聞逖被用，與親故書曰：『吾枕戈待旦，志梟逆虜，常恐祖生先吾著鞭。』」後用以勉人努力進取，領先他人一步。此聯為自我省思與惕勵語，言雄雞依舊按時照啼不差，而自己卻感到疲怠。
5. **南冠一楚囚**：即「南冠楚囚」典故。《左傳．成公九年》：「晉侯觀於軍府，見鍾儀，問之曰：『南冠而縶者誰也？』有司對曰：『鄭人所獻楚囚也。』」南冠，春秋時南方楚人之頭冠名，後借指囚犯。楚囚，後喻為被羈囚而猶不忘故國衣冠者。時香港為英國殖民地，而勞氏祖籍湖南，即春秋時楚地，今因國破而客居於港，故自喻如此。
6. **蠻爭**：即「蠻爭觸戰」，喻為小利而時起爭端。《莊子．則陽》「有國於蝸之左角者曰觸氏，有國於蝸之右角者曰蠻氏，時相與爭地而戰，伏尸數萬，逐北旬有五日而後反。」
7. **蟻夢逐行舟**：蟻夢，即「南柯一夢」；唐傳奇《南柯記》載淳于棼夢入大槐安國，先出將入相而備極榮顯，後則戰敗遣歸而醒，始知所遊即庭前大槐下之蟻穴。後因以喻人世倏忽、榮枯不定。逐行舟，言隨舟而行，倘佯湖海，悠然自適，表避世隱退之意，如宋．陳師道〈送趙朝請赴蘇幕〉：「平生湖海興，日夜逐行舟。」此句言感人生如夢而思歸隱。

8. **豈有笙歌癖**：笙歌，本指合笙歌唱，亦泛指奏樂唱歌，為舊詩之熟語，如宋．蘇軾〈韓康公挽詞〉三首其一：「笙歌邀白髮，燈火樂青春。」癖，音ㄆㄧˇ（pi3），嗜好、習性。此指勞氏從事文化運動，參與相關之影劇界活動。

9. **真偕鹿豕游**：鹿豕，山鹿與野豬皆為鄙野之動物，喻粗野愚昧之人。《孟子．盡心上》：「舜之居深山之中，與木石居，與鹿豕遊，其所以異於深山之野人者幾希？」此言從事文化運動者品流混雜，常須與不相投契者互動。

10. **坐誤少年頭**：因循苟且而虛擲青春時光。坐誤，平白錯過之意。少年頭，指青春少壯的美好時光。岳飛〈滿江紅〉：「莫等閒、白了少年頭，空悲切。」

鑒賞

組詩為秋日感時傷困之作。詩中並未著秋氣秋色，然詩題特標「秋日」，記時之外，其或暗含物色動心之意？二詩皆仄起，且為五律常見的首句不押韻。其一下平聲一先韻，其二下平聲十一尤韻。

詩一抒發苟活困頓之感。日夜憂思不已，致使久病而清瘦見骨；國破家毀猶隱忍而苟且偷生，豈非堅持匹夫有責、事在人為？慨然承當文運，豈非冀望由剝而復、貞下起元？然而文化慧命如餘暉之將盡，中國前途面臨紛雜之岔路，應該何去何從的道理能和誰說呢？雖然有心人並不少，但知心同路有幾人？孤明獨往的道路，豈是世俗人心所能瞭解？難怪多遭毀謗。不過，自身果能專心致志，且反求諸己亦能問心無愧，則心靈自能如禪定般的平靜息慮。然而比起接續千古、不分晴雨，依然按時啼叫不差的雄雞，不禁慚愧自己竟陷於低潮而不如往日積極！

詩一首聯「積病崚嶒骨，荒殘苟活年」，寫亡國苟活之痛。發句「積」字意沉，比之陸游〈幽棲〉:「積病得衰殘」，特見峭峻風骨；而「崚嶒」不感其弱，但透其剛。項聯「付誰歧路意？對此夕陽天」，流露先覺之孤獨與志士之焦慮。「付誰」與「對此」相對，張力十足；而殷殷告問，頓覺無比慘澹、寂寥！「歧路意」與「夕陽天」意象鮮明，尤其兩者對仗雖寬，實為本色獨造語，非有勞氏之懷抱者難出此對；此由舊詩多以「芳草路／岸」對「夕陽天」即可知之。腹聯「違俗宜多謗，安心即是禪」，進而寫心靈安頓，要在挺立主體，而循理以解憂。尾聯「鳴雞仍不惡，久廢祖生鞭」，結合「聞雞起舞」與翻用「祖鞭先著」二典故，比之陸游〈村舍得近報有感〉:「殘年抱遺恨，終媿祖生鞭」，更顯手法工巧；而克省克惕，則希望不滅；洵為真誠可貴。

離人愁深難遣，故又賦一詩，再抒困頓之感。客居香港海島已三年，自覺像流放異邦而充滿故國之思的囚犯。冷眼旁觀社會上爭奪蝸名蠅利的無知之輩，固然充滿了同情，然而異鄉飄零難有作為，人生又浮幻如夢，不如歸隱而去吧！周旋在魚龍混雜的影劇圈中，豈是喜好笙歌鼎沸的生活？既然投身文化運動，便不能不與各色人等相往來。一盞盞高懸的華麗燈飾，在眾鏡相照映中，交織出燦爛的光彩，連明亮攝物的鏡子都顯得黯然失色而倍覺渺小，而耀目的光華更對比出心靈的寂寞與精神的困乏；在喧騰浮華中倍感孤獨而益發清醒的心靈，不禁深深懊惱與警惕，已平白錯過了多少青春時光！

詩二首聯「海上經年客，南冠一楚囚」，自傷流寓。「海上」、「客」、「南冠」、「楚囚」等意象疊出，重唱出亡國羈旅的飄搖與哀愁；而「經年」之貫時性，與「一」之孤立感，則娓娓傾吐出無盡的寂寞。項聯「蠻爭憐世局，蟻夢逐行舟」，寫亂世之無力感。連用「蠻爭」、「蟻夢」二典，警醒世情之浮幻；「行舟」之歸隱意象，因「逐」字而更見漫浪窮愁。腹聯「豈有笙歌癖？真偕鹿豕游」，再抒困頓、無奈感。「笙歌」不與「翰墨」、「風月」、「雨雪」同儔，竟與「鹿豕」相對，更反襯出浮華不實的疏離感。其時勞氏投身文化運動，往來者頗多影劇界人士，不僅品流複雜，且發用亦偏於文人才情，此所以鬱悶之哲士靈魂哀鳴如斯白直！然亦不諱其為難工之流水對，非斯人之獨具斯感，何由得之？尾聯「華燈明鏡小，坐誤少年頭」，寫自我惕勵，得力於「小」與「坐誤」二語之鍛鍊。以「華燈」比喻虛華之境，而「明鏡」不僅為襯托此虛華之物，亦可視為「心靈」之象徵，則「小」字深刻透露心境之抑鬱。「坐誤」取意警策，更見真人真語之足惜。

冬日雜詩　林碧玲述解

日影陰陰幻白黃，[1]衝寒[2]一雀屢窺廊。年來剩有嶙峋骨[3]，卻伴孤松共向霜。

案：此時予居德成街傅氏舊園，花木頗盛。

題解

此詩作於戊戌年（1958）冬天，時勞氏三十一歲，轉賃於德成街之傅氏大園。冬日的暖陽總是令人倍感振奮、舒暢，因而引發詩興。雜詩，感物即賦之詩。《文選》有雜詩一目，謂興致不一，流例不拘，遇物則發之詩。

註釋

1. **日影陰陰幻白黃**：形容照耀庭園之冬日陽光。日影陰陰，形容日照花樹而濃蔭團團。幻白黃，形容穿透樹稍間隙之光束。
2. **衝寒**：冒著寒冷。唐・杜甫〈小至〉：「岸容待臘將舒柳，山意衝寒欲放梅。」
3. **嶙峋骨**：瘦骨嶙峋，言人清瘦見骨，與〈戊戌秋日偶感〉二首其一之「崚嶒骨」同意。

鑒賞

韋齋詩多為七律，此為少數之七絕，為冬日即景抒情之作。仄起首句押韻，下平聲七陽。

冬日的和煦陽光，照耀在花木繁盛的庭園，形成團團的樹蔭花影；又穿過樹稍間隙，幻化出一道道似黃若白的浮游光芒。一隻冒著寒冷飛來飛去的小雀兒，幾次停在走廊上探頭探腦的觀看著。這年來瘦得只剩一身硬骨的我，恰好陪伴那奇拔孤挺的松樹，一起面對嚴寒、凜冽的天候吧！

此詩佈局嚴謹，層次分明，情景渾融，意境莊嚴。首句「日影陰陰幻白黃」，寫冬日照園。由黃白與陰陰之光影交錯、明暗相生，頓感寒中透暖；筆法細膩傳神，其景如現眼前。句二「衝寒一雀屢窺廊」，寫一雀活潑可愛。視線由綜觀全景而鎖定特寫，對象由靜物轉為動物；小雀兒頂寒風、昂形軀、穿庭園、過迴廊、棲廊下、窺四方；一氣呵成，情態可掬。句三「年來剩有嶙峋骨」，自寫形貌。隨著小雀兒四下窺探的目光，筆下風光由戶外景物轉入室內人物，但見有個瘦骨嶙峋的詩人。句四「卻伴孤松共向霜」，寫自我心志。由詩人之外在形象而深入透顯其內在精神。言「卻伴」以移情於孤松，藉「孤松」之歲寒不凋而奇拔特出的文學意象，表達個人清高堅毅、孤懷獨往的氣節。原來「瘦骨嶙峋」，本是「傲骨嶙峋」，本是剛健有神！故其筆力遠非陸游〈月下作〉之又：「瘦身髮鬅鬙，顧影如孤松」所可及。

雜詩本發當幾遇物之感，絕句又素宜聚焦於一點意思，故每藉意象以指點「剎那感悟」。寒冬霜天、傲骨孤松等熟習意象之外，或許「衝」句亦可視為勞氏探究文化路向之無畏寫照。此詩但寫一不屈精神，較之夏、秋諸詩之無力感，苦寒中已漸透出暖陽生意！

己亥（一九五九年　三十二歲）

友人遺書，引《易》義，勸予用世，詩以答之

林碧玲述解

豈是清狂[1]自矯持？棟橈常凜履霜危。[2]潛龍遯世[3]光容在，飛鳥遺音上不宜。[4]虩虩正憐憂有象，[5]衎衎何羨羽為儀？[6]願公好礪謙三德，[7]莫為書生更作疑。

案：來書侈談《易》理，故答詩亦全用《易經》語，正所謂文章遊戲也。

題解

此詩作於己亥年（1959），時勞氏三十二歲。其時有友人來函，藉《周易》而大談用世之時義，意在敦請勞氏參政。勞氏遂賦詩答覆，表明人各有志，道不相同。詩題所言「友人」，其身分隱而未詳，然由句七之「願公好礪謙三德」，可知當是位高權重，而有忘年之誼，但未必相知的前輩。案語自言「文章遊戲」，其限引《易》義，固有鍛鍊之趣味而見辭章之功力，然亦不無抗衡之意味。遺，音ㄨㄟˋ（wei4），遺書，寄信給人。

註釋

1. **清狂**：清狂，高邁不羈、狂放清高。唐・杜甫〈壯遊〉：「放蕩齊趙間，裘馬頗清狂」。
2. **棟橈常凜履霜危**：橈，音ㄋㄠˊ（nao2）。棟橈，《周易・大過・彖傳》：「『大過』，大者過也。『棟橈』，本末弱也。」指房屋之棟樑的本末兩端俱弱，不勝重壓以致曲撓，常用以比喻事物片面強大過甚，其微弱部分不勝其勢之過的現象，此則總喻近百年來中國文化處在生死存亡的非常時期。凜，嚴肅。履霜，《周易・坤》：「初六，履霜，堅冰至。」言踐履初寒之微霜，即知嚴寒厚實冰層之將至，喻微而積

漸，乃勢有必然，故當見微知著而思有以防微杜漸。

3. **潛龍遯世**：潛龍，喻德能之士隱而未出、不用於世。《周易・乾》「初九，潛龍勿用」。遯世，避世，《周易・乾・文言傳》釋初九爻辭有言：「遯世無悶」。
4. **飛鳥遺音上不宜**：《周易・小過》卦辭有謂：「飛鳥遺之音；不宜上，宜下，大吉。」鳥飛而過，但聞啼聲，不留足跡；且上飛則無棲息之處，故宜向下飛行。比喻人生不當貪圖權位、徒慕虛榮，應篤志好學而有所作為。
5. **虩虩正憐憂有象**：正憐憫、憂心著文化的嚴峻危機而敬慎以對。虩虩，音ㄒㄧˋ（xi4），恐懼貌；《周易・震》卦辭謂：「震來虩虩」。此以迅雷疾震的憂患之象，象徵中國文化的危機。
6. **衎衎何羨羽為儀**：自安於為萬世培基之文化志業，豈慕賢達之晉用於高位？衎衎，和樂貌，今音ㄎㄢˋ（kan4），然勞氏因讀為ㄎㄢ（kan1），故以為合律。《周易・漸》：「六二，鴻漸于磐，飲食衎衎，吉。」六二象徵自食其力、理得自樂之在野的中正之士。羽為儀，《周易・漸》：「上九，鴻漸于陸，其羽可用為儀，吉。」羽，鴻雁所用以飛行前進之物，喻賢達所以晉用之德能。可用為儀，可擢拔為社會之表率。
7. **願公好礪謙三德**：公，乃古代人臣之最高官位，又為五等爵之首；此象徵友人位居高官厚爵。好，音ㄏㄠˋ（hao4），熱愛。礪，砥礪、磨練。謙三德，指《周易・謙》：「九三，勞謙，君子有終，吉。」此以「勞謙」之德期勉來書友人。

鑒賞

此詩仄起首句押韻，上平聲四支，為明志而婉辭用世之作，見一貫情懷。

難道是狂放的自命清高而矯情矜持嗎？處在興廢繼絕的非常時期，總是嚴肅的關切著時局與文化發展的動向，且每因推微達著而憂心不安。即使潛隱以窮究文化問題的出路，理想的光輝或許也還在的吧！不願擁有名利富貴，時時憐憫著時代的憂患，而安於文化重生的紮根工作，怎會羨慕起顯達權貴呢？祈願位高任重的您，樂於以勞謙服眾的美德自我砥礪，不要再懷疑我的書生懷抱了吧！

此詩各聯以隱顯不等之「我他對比」手法，反覆陳述「明志辭用」之意，而貴在能各有重心，終而面面俱到。首聯「豈是清狂自矯持？棟橈常凜履霜危」，以「態度」明志而寓辭謝之意。發句反詰駁他，有力澄清質疑在先，句二乃直陳己懷，以「常凜」之姿平反「清狂」之諷。「棟橈」所喻之非常險境可兼二義，一指尚德精神之中國文化因客觀化不足，以致不敵尚智精神的西方現代文化之強勢擴張；二指中國文化活力衰頹至極，尚德與尚智精神兩皆不振。「履霜危」蘊含勞氏對於歷史文化走向之洞察力，行筆與懷抱一樣弘深。項聯「潛龍遯世光容在，飛鳥遺音上不宜」，與腹聯「虢虢正憐憂有象，衎衎何羨羽為儀？」再三於上句申明己志，於下句婉拒來意。然項聯偏述「志行」，腹聯主表「心境」，而妙在駢用《易》典。且句三妙含「龍光」劍氣之聯想更顯豪卓，而巧下虛詞「容」字以點活熟語，則感情婉志篤。尾聯「願公好礪謙三德，莫為書生更作疑」，於殷誠相勉中，洋溢自家不拔之堅心，結句之肯定式更緊密呼應發句之反詰。全詩但引《易》辭，卻不覺拘礙枯燥，此固《易》亦比興諷喻之儔，本富草木鳥獸之意象，然非作者之匠心獨運，焉能有此意境？

無題　林碧玲述解

生涯漸覺解枯禪[1]，午夜孤吟月在天。海內文章嗟片石，[2]酒邊哀樂逼中年。殘山寥落仍偷活，芳草流連偶結緣。[3]乞謝壯懷舒醉眼，朦朧朱碧[4]且成憐。

案：夜歸自友家，深院無人，殘星窺牖，乃書此志感，時己亥六月十二日也。

題解

此詩作於己亥年（1959）六月十二日，乃農曆五月七日，故知詩文之「月在天」為上弦月相。此年勞氏三十二歲，已赴港四載，雖志向明確，亦勤毅以赴，然個人與國家之客觀前途仍在未定之數，因而充滿了漂泊無奈之感。是年六月十二日晚，勞氏獨自歸來，走過靜謐的深院，復坐對窗外的遠天弦月疏星，寂寥天地勾起滿懷惆悵，遂賦詩一吐感慨。案語特標日期，乃存詩中僅見二首之一，當有特殊之意義。勞氏坦言「確有特別之重要性，不過不予解釋。」是參與自由主義運動，而和來自四方之義士密會謀事，至今尚且不能公開？詩中不云：「殘山寥落仍偷活，芳草流連偶結緣」？然而下聯何以又吟「乞謝壯懷」云云？

舊詩之標「無題」者，每多寄情深微而意蘊幽隱，迷離恍惚而難以追究其實，故其文本詮釋遂有多義性閱讀之可能與趣味。李商隱之〈無題〉詩及其詮釋即為代表，故金・元好問〈論詩〉三十首之十二有「詩家總愛西崑好，獨恨無人作鄭箋」之歎。由於詩中細述孤懷治學之艱、文風衰微之嘆、亡國亂離之哀，因而初讀嘗以為「芳草」一句，亦是感嘆亂世飄零、聚散無憑之屬；「醉眼朦朧」云云則是批評浮風之惑亂真偽、錯雜虛實，而深懷悲憫之情。故以為此詩仍是一貫感時憂道的遣懷之作，勞氏便嘗謂此乃另立角度而自成一說。

然而考察本書所錄以〈無題〉名詩者有四，共計十三首，書寫於三十二歲至三十五歲。隔年庚子年（1960），三十三歲之六首寫與「曾為演員之編劇才女」的交往，遣詞敦厚而其情亦惜亦悵。辛丑年（1961），三十四歲之四首則為純粹情詩，傾訴對知心投合之「廣東明珠」的珍憐與仰慕，歌詠如獲「宿世因緣」的感動與愛惜，滿紙「只取一瓢飲」的無悔認定，而洋溢著青春浪漫的氣息，迥異於向來憂懷苦思的盛年志士與哲人之形象。壬寅年（1962），三十五歲之二首，乃春遊而即事賦詩以贈座中佳人，筆法與旨意雖無深意，卻不掩親密歡洽。此三題十二詩，雖情意深淺與筆路抑揚各有不同，然皆書寫與異性之情誼，可視為勞氏赴港初期十年之志士苦耘與文人風流交織的歲月之片段。

若據此而細加推敲本詩內文與案語，不免懷疑尾聯「乞謝壯懷舒醉眼，朦朧朱碧且成憐」所蘊藉的「今宵風情」，或許才是創作之本事，而全詩乃是由此「今宵風情」所觸動的全面感慨之書寫？是否也正因此而難立題以該，故始曰「無題」呢？然則如雲彩渲染的前三聯，所欲婉轉烘托的清風明月，會是以「朱」、「碧」之諧音所曲隱之二位佳人嗎？「諧音雙關」修辭法素為韋齋詩寫人常用手法之一，然而「今宵」究為何種神秘風情，竟有「兩重」諧音雙關之修飾？或者此聯雖由「今宵風情」所興起，然並非著墨於「今宵」，而是總寫此段初因文化運動，而與影劇人士往來所促成的風流韻事之感慨，並藉此而巧將「今宵風情」寄寓於其中？創作手法之曲折，真使人如墮雲霧！既然，此「今宵」風情已幽隱於作者立意的「無題」風格之中，讀者又何妨只品味其含煙籠霧之美呢？

註釋

1. **枯禪**：佛教徒稱靜坐參禪為枯禪，因其常坐不臥，呆若木雞，故又稱枯木禪。宋・陸游〈閒味〉:「身似枯禪謝世塵。」此形容勞氏晝夜端坐案前刻苦用功之狀，同時亦表枯寂心境。
2. **海內文章嗟片石**：指其時港人中文書寫多雜粵語與方言，勞氏觀微知著，因而慨嘆天下片石不存，無可堪共語者；此喻人才凋落、文風衰微。海內，中國古時以疆土四周環海，故稱境內為海內，猶言天下。片石，為「韓陵片石」之藏詞，指北魏溫子升所撰的韓陵山寺碑，後用以喻人極富文采，然相形之下亦顯得人才不濟、文風不盛。清・盧崧《德彰府志》載南陳人徐陵曾評騭北朝人物，而謂：「唯韓陵片石耳」；唐・張鷟《朝野僉載》記梁庾信論北方文士，亦謂「唯有韓陵山一片石堪共語。」此句原作「滿地文章艱片石」。
3. **芳草流連偶結緣**：言其時因文化運動而與影劇界人士往來頻繁，其中亦不乏女星之流，勞氏自謂乃屬偶然結下的緣分。芳草，香草，原喻有美德之人；屈原《楚辭・離騷》:「何所獨無芳草兮，爾何懷乎故宇。」後亦用以喻賞心可愛之女子。本書所錄詩中「芳草」另見二處，四十歲（1967）〈丁未元日試筆〉之「頻年天下求芳草」，與五十六歲癸亥（1983）〈陌地生書感〉之「眼前芳草青青出」，皆以「人才」作解。然此處據尾聯而推，則意當指女子。流連，依戀徘徊而捨不得離去，此言密切交往。結緣，本為佛教語，謂與佛菩薩結下緣分，作為將來得度之因緣。此謂與人結交之機緣，唐・白居易〈醉後重贈晦叔〉:「豈是今投分，多疑宿結緣。」

4. **朦朧朱碧**：指醉眼朦朧，不辨紅綠，「朱碧」為「看朱成碧」之藏詞；唐・李白〈前有一樽酒行〉二首之二：「催弦拂柱與君飲，看朱成碧顏始紅。」此用別義，以諧聲雙關之「同字為媒」與「同音為媒」的修辭法，分別曲隱兩位往來密切的女星之本姓，以此借喻勞氏其時文人風流之生活面向。

鑒賞

此詩為書懷之作，充滿惆悵之情。平起首句押韻，下平聲一先。

好似枯木立定般，日以繼夜的危坐案前苦研中國出路問題的生活，讓人漸漸覺得彷彿已曉悟了何謂坐禪。半夜高掛天空的上弦月，正冷清清的照著獨自吟哦寫詩的我。文字能力反映人才與文化的活力；放眼天下，不禁感嘆文風衰微。獨酌時，咀嚼著今昔的悲歡況味，頓驚就快中年了。河山破碎，自己卻倖存苟活；密切交往的影劇界佳人，恰是無情的動亂所促成的偶然緣分。幽憤難遣，悲愁何已？乞求放下復國繼文的重擔，暫容縱情酣醉吧！張開醉眼，望著形容迷濛的佳人，更且平添深切的愛憐！

此詩前三聯以「大小並作」筆法，鋪排出沈重、寂寥的心理背景，藉以托出尾聯乞容縱情的無奈與悲涼。首聯「生涯漸覺解枯禪，午夜孤吟月在天」，兩寫端坐筆耕，「整體」研究生活接連「當下」寫詩情境；枯、孤二字吐露艱貞與枯寂交織的心境。項聯「海內文章嗟片石，酒邊哀樂逼中年」，前句「片石」翻典變用，「天下」文風凋落之慨嘆，更增「個人」年華老大之傷感；嗟、逼二字疊作添愁。句三「海內」原作「滿地」，易之對仗工嚴且意更宏雅；而論文客觀語之「艱」字，改作感受主觀語之「嗟」字，使全詩情調更為統合。腹聯「殘山寥落仍偷活，芳草流連偶結緣」，先訴「國破」偷生苦痛，再抒飄零「萍聚」淒涼；偷、偶二字共譜亂離悲歌。尾聯「乞謝壯懷舒醉眼，朦朧朱碧且成憐」，「乞謝」一詞流洩超荷之歷史重擔；「舒醉眼」與「坐枯禪」對反意象鮮明。「朱碧」更巧用多重修辭法，以藏詞用典與諧音雙關，而別用其義以書寫風流慰懷，令人切感志士之寂寞與無奈。詩至「成憐」嘎然而止，風情婉約含蓄，而亂離人之惆悵則虛響嫋嫋。

寄臺灣友人　徐慧鈺述解

其一

廿年久已不知閒，孤志天涯獨往還。只念蒼生[1]人我[2]外，猶爭世運[3]死生間。文心[4]默對千秋月，道業常虧九仞山。[5]卸軛幾時容共隱，[6]東西經史待增刪。

其二

次公無酒亦清狂，[7]囚垢[8]高談薄玉堂[9]。十斗分才[10]多白眼[11]，三更得句豁愁腸。師儒稷下譏荀況，[12]孽子淮南禍辟陽。[13]日暮浮雲莫回首，長安[14]原不是家鄉。

題解

己亥年（1959），勞氏三十二歲，已離臺赴港五載（編者案：勞氏於一九五五年赴港）。是時接獲多年同窗好友來函，邀請勞氏返臺共圖事業；勞氏雖不願返臺，然心仍繫念臺灣故友，寄詩抒志感懷，並企盼能卸下文化運動工作之重責大任，約友共隱，增刪東、西經史。

註釋

1. **蒼生**：指百姓。《文選》史岑〈出師頌〉：「蒼生更始，朔風變律」劉良注：「蒼生，百姓也。」
2. **人我**：他人與我，亦借指塵世。《莊子・天下》：「願天下之安寧以活民命，人我之養，畢足而止，以此白心。」
3. **世運**：時代盛衰治亂的氣運。漢・班彪〈王命論〉：「驗行事之成敗，稽帝王之世運。」
4. **文心**：為文之用心。《文心雕龍・序志》：「夫文心者，言為文之用心也。」後亦指文章或文思。
5. **道業常虧九仞山**：道業，可以化導他人的善行、美德。《樂府詩集・燕射歌辭三・隋元會大饗歌》：「德心既廣，道業為優。」九仞，用以形容極高或極深。此處乃引「為山九仞，功虧一簣」之典，自謙自己的道業始終功虧一簣，不能完成。
6. **卸軛幾時容共隱**：「軛」指牛、馬拉物件時駕在脖子上的器具。此處「卸軛」之意是反用「牽牛不負軛」之典，言牽牛星不像牛一樣要負軛，《古詩十九首》之第七首〈明月皎月光〉云：「……南箕北有斗，牽牛不負軛。良無盤石固，虛名復何益？」故此句之意是說我們何時能卸下文化工作，像牽牛星一樣沒有重責大任在身。
7. **次公無酒亦清狂**：此指漢代蓋寬饒，其字次公，其為官廉正不阿，刺舉無所回避。《漢書・蓋寬饒傳》記載：「平恩侯許伯入第，丞相、御史將軍、中二千石皆賀，寬饒不行。許伯請之，乃往，從西階上，東鄉特坐。許伯自酌曰：『蓋君後至。』寬饒曰：『無多酌我，我乃酒狂。』丞相魏侯笑曰：『次公醒而狂，何必酒也？』本句即用此典。
8. **囚垢**：為「囚首垢面」之簡稱。形容人久不梳洗，以致頭髮蓬亂，臉上骯髒，好像囚犯一樣。語出《漢書・王莽傳上》：「亂首垢面」與宋・蘇洵〈辨奸論〉：「囚首喪面」。
9. **玉堂**：一言為宮殿之美稱，《韓非子・守道》：「人主甘服於玉堂之中」。一言為玉堂署，宋以後翰林院稱玉堂，明・李東陽〈院中即事〉：「遙羨玉堂諸院長，酒杯能綠火能紅」。

10. **十斗分才**：謂舉天下之才而分之。此典出於謝靈運，《南史・謝靈運傳》記載：「靈運曰：『天下才共一石，曹子建獨得八斗，我得一斗，自古及今共用一斗』」，足見其對曹子健之景仰及自視甚高。
11. **白眼**：露出白眼，表示鄙薄或厭惡。《晉書・阮籍傳》：「籍又能為青白眼，見禮俗之士，以白眼對之。」
12. **師儒稷下譏荀況**：師儒，是古時之學官。《周禮・地官・大司徒》：「四曰聯師儒，五曰聯朋友。」鄭玄注：「師儒，鄉里教以道藝者。」稷下，指戰國齊都城臨淄西門稷門附近地區。齊威王、宣王曾在此建學宮，廣招文學游說之士講學議論，成為各學派活動的中心。漢・應劭《風俗通・窮通・孫況》：「齊威、宣王之時，聚天下賢士於稷下，尊寵之。」荀況，戰國趙人，世稱荀卿。曾在齊，游學稷下，三為祭酒。事見《史記・孟子、荀卿列傳》。此句反用「荀卿最為老師」一事，暗指當時臺灣某位哲學大儒，原先倍受尊重，不過晚年，其清譽和聲望卻被官宦勢力的巧言拐用，反遭人譏談。
13. **孽子淮南禍辟陽**：孽子，庶子，非正妻所生之子。淮南，此指淮南王劉厲。辟陽，后妃寵幸的孌臣、面首即稱之，此指漢時呂后之寵臣辟陽侯審食其。漢文帝及位初時，淮南王劉厲甚為囂張跋扈，因其母為呂后和辟陽侯審食其所害，懷恨在心，故在其得勢後，乃殺辟陽侯審食其洩恨。此句藉用此一事典，暗喻當時臺灣政壇常有權貴爭權互鬥的現象。
14. **長安**：此暗指臺灣。

鑒賞

此詩為七律二首，第一首仄起首押，押十五刪韻；第二首亦仄起首押，押七陽韻。

第一首以抒志為主。首聯伸孤志，再則言己廿年間始終堅守初衷，獨往於天地間，未曾清閒；一則暗諷昔日同持理想之好友，已漸名利薰心，背離初衷。項聯言關懷與努力，寫出己對塵世蒼生之觀懷，企圖扭轉世運之努力。腹聯言文心與道業，謂己在文心與道業上之努力，期望無愧於千秋；但卻往往心有餘而力不足，默默勤苦耕耘，竟屢屢功敗垂成。尾聯表心志，企盼能卸下文化運動這個重責大任的工作，約友共隱，可以專心做學術研究的工作。

第二首以感懷為要。首聯追憶昔日意氣風發，高談闊論，肆無忌憚，不畏權貴之舉止。項聯歎風骨，感慨現今舉世之才，難見風骨，而多令人白眼以對的庸庸之輩；在許多未能合眼之夜晚，唯藉覓句吟詠，方得遣愁慰腸。腹聯藉古諷今，以稷下學子譏諷師儒與孽子權臣爭權之禍事，反諷當時在臺灣學術界最有地位之大儒，在不知情之情況下為當局御用，且與當時權貴明爭暗鬥之情況。尾聯言婉拒臺灣故友之邀約回臺一事，言當時面對臺灣的局勢，有日暮浮雲不需回首的感慨；不過，「長安原不是家鄉」啊！或許可以讓感傷淡一些吧！

己亥秋日，偕宗頤、書枚登山小遊，黃昏坐叢竹間，望海上日落，歸而賦詩，即以柬宗頤書枚

徐慧鈺述解

其一

能閒即佳日，有興不須酒。閒步入層峰，胡為待重九[1]。叢竹暮生煙，淡茶初苦口。獨坐足流連，相偕況三友[2]。固庵[3]素高居，白雲日窺牖[4]。對此亦欣然，顧瞻不知久。嗟予困丹鉛[5]，晨昏胝[6]右手。歌嘯倦登臨，終年如俛首[7]。舉目望空青，始憐塵五斗[8]。慮息[9]欲坐忘[10]，俯視車馬走。

其二

車馬去皇皇[11]，浮生[12]亦如斯。每感豫章行[13]，壽短而景馳。[14]有形終必毀，此理非玄奇。萬有各呈象，一理無易移。物物任交引[15]，靈明[16]常在茲。毀譽固兒戲，興亡似枰棋。申義乃立言，生民待綱維[17]。區區[18]十年心，豈求俗子知。登臨一時樂，歸去

長夜思。

題解

己亥年（1959）秋日，勞氏偕芳洲詩社之饒宗頤、夏書枚登香港太平山小遊，黃昏時分，坐叢竹間，望海上落日，有感而發，歸而賦此詩。

註釋

1. **重九**：農曆九月九日，又稱重陽。舊俗此日以絳囊盛茱萸，登高山，飲菊酒，謂可以避邪免災。
2. **三友**：此應指先生本身與饒宗頤、夏書枚三人況為三友。三友之典出於《論語・季氏》：「益者三友，損者三友」；古人以三種事物為友（琴、酒、詩）、（月、梅、杖）、（松、竹、梅）、（梅、竹、石）；或指本身與其他二物共為三友。
3. **固庵**：為饒宗頤之字。
4. **牖**：音一ㄡˇ（you3），窗戶。
5. **丹鉛**：指點勘書籍所用的朱砂和鉛粉，亦借指校訂之事。唐・韓愈〈秋懷詩〉之七：「不如覷文字，丹鉛事點勘。」
6. **胝**：音ㄓ（zhi1），皮厚成繭；手腳掌上的繭疤。
7. **俛首**：俛，音ㄈㄨˇ（fu3）。俛首，即俯首，屈身，低頭。
8. **塵五斗**：**謂俗塵五斗。**
9. **慮息**：憂慮、雜念消除。
10. **坐忘**：道家謂物我兩忘，與道合一的精神境界。《莊子・大宗師》：「墮肢體，黜聰明，離形去知，同於大通，此謂坐忘。」
11. **皇皇**：通達貌、寬廣貌。《莊子・知北游》：「其來無跡，其往無崖，無門無房，四達之皇皇也。」
12. **浮生**：即人生。以人生在世，虛浮不定，因稱「浮生」。語出《莊子・刻意》：「其生若浮，其死若休。」
13. **豫章行**：樂府《清調曲》名。藉此古辭，寫豫章山上白楊變為洛陽宮中棟梁，述其與根株分離之苦。

14. **壽短而景馳**：謂時光飛逝，容華不久。唐・吳競《樂府古題要解》卷下：「又陸機：『泛舟清川渚』，謝靈運：『出宿告密親』皆傷離別，言壽短景馳，容華不久。傅玄〈苦相篇〉：『苦相身為女』，言盡力於人，終以華落見棄，亦題曰〈豫章行〉。」
15. **交引**：交集引發，興替。
16. **靈明**：通靈明敏。明・張居正《答西夏直指耿楚侗書》：「此中靈明，雖緣涉事而見，不因涉事而有……知此心之妙，所以成變化而行鬼神者，初非由於外得矣！」
17. **綱維**：總綱與四維，比喻法度，此指文化之綱維次序。漢・司馬遷〈報任少卿書〉：「不以此時引綱維、盡思慮。」
18. **區區**：自謙詞。《後漢書・竇融傳》：「區區所獻，唯將軍省焉」。

鑒賞

此詩為五古二首。第一首二十句，押上聲韻二五有韻。第二首十八句，押上平韻四支韻。

第一首乃秋日黃昏與友登山眺海之遊賞，多用陶詩詩意。前四句寫登臨之興緻，「能閒即佳日，有興不須酒」，似從陶詩〈移居〉之二「春秋多佳日，登高賦新詩。過門更相呼，有酒斟酌之」奪胎換骨而來，而意境上則更為閒適自在。能閒即是佳日，不必擇良辰；興之所至，則不須有酒助興。「閒步入層峰，胡為待重九」，則以輕快之步伐翻越層峰，何須等到重九才登高。次八句寫登臨遊賞之情景，「叢竹暮生煙，淡茶初苦口」，觀賞黃昏時分從竹叢中升起之煙霧，品嚐還帶有幾分苦澀之初泡淡茶。「獨坐足流連，相偕況三友」，言此時此景可獨坐流連亦可偕三友共賞。「固庵素高居，白雲日窺牖」，言素居高山上的友人饒宗頤，應熟稔時時飄入窗牖來窺之白雲。「對此亦欣然，顧瞻不知久」，面對此情此景，欣然自喜，不知瞻顧多久。後八句則寫觸景感懷，「嗟予困丹鉛，晨昏胝右手。歌嘯倦登臨，終年如俛首」，感歎己身長年困於丹鉛，為著書立說，終年俯首，晨昏胝手，疲困之軀，已倦怠於歌嘯登臨。「舉目望空青，始憐塵五斗」，如今舉目眺望晴空，才知憐惜為五斗米折腰之軀骸。「慮息欲坐忘，俯視車馬走」，言此時萬慮盡除，幾乎已入莊子坐忘之境。俯視山下之凡塵，則仍是車水馬龍之景象。

第二首法建安風骨，用一仄一平之韻，表現出建安沉鬱之詩風。文辭方面則承接前首外景之遊賞，轉為內在之省思，審諦生命之旅程。前四句「車馬去皇皇，浮生亦如斯。每感豫章行，壽短而景馳」，感浮生之短暫。承接前首之「俯視車馬走」，由車馬之來去匆匆，興起人生亦如斯之感慨；藉由魏晉樂府〈豫章行〉之詩意，更引發「壽短景馳」，人生旅途短暫之浩歎。次八句「有形終必毀，此理非玄奇」，言有形之物，終必有毀損消亡之時，生命亦有生有滅，此非玄奇之理。「萬有各呈象，一理無易移」，則審諦生命之意義。言萬物依循無變之真理，各呈其象，因而有此氣象萬千之景物。「物物任交引，靈明常在茲」，言萬物萬有雖各自不斷的交引興替，但其心之主體性是恆常不變的。「毀譽固兒戲，興亡似枰棋」，則言對毀譽、興亡，無需太在意，應視之如兒戲、枰棋。再次四句「申義乃立言，生民待綱維。區區十年心，豈求俗子知」，乃自我期許，以著書申義，為生民立法為己任。十年來但求默默之耕耘，不求為塵世俗子了解。末兩句回歸登臨之樂，「登臨一時樂，歸去長夜思」，登臨雖只是一時之快樂，但其所引發之感受，雖已踏上歸程，仍餘韻緲緲，足供整夜思索玩味。

送千石赴日　徐慧鈺述解

叔世聲華德不孤，[1]月明飛渡古蓬壺[2]。天容一士兼才節，雪滿千山入畫圖。[3]舊事應兵餘廢將，[4]新知太學卜元夫[5]。嗟予轅下[6]方愁絕，早摘櫻花[7]寄酒徒。

題解

千石，即林千石。千石先生擅於國畫寫意山水，其畫風自成一派，與張大千、溥心畬等人風格迥異。晚年僑居加拿大。

此詩乃送別之作。千石先生為勞氏所景仰，才節雙全的畫家。是時其遠赴日開畫展，並受東京大學敬邀演講，勞氏詩以送之。詩中除讚賞千石先生之才華外，更表達離情與期許。

註釋

1. **叔世聲華德不孤**：叔世，猶末世，衰亂的時代。清・魏源《默觚上・學篇二》：「叔世之民，其去聖哲亦久矣，其願見之，日夜無間。」聲華，猶言聲譽榮耀。唐・白居易〈晏坐閒吟〉：「昔為京洛聲華客，今作江湖老倒翁。」德不孤，語出《論語・里仁》：「德不孤，必有鄰」，此句謂千石先生於亂世中，仍享有聲譽榮耀；且因其為有德之人，必得有德之鄰。此亦言其將往鄰國日本發展。
2. **古蓬壺**：蓬壺，亦作蓬萊，為古傳海上三神山之一，此指日本。《漢書・郊祀志》：「使人入海求蓬萊、方丈、瀛洲，此三神山者，其傳在渤海中。」日本亦為傳說中蓬壺神山之所在地，故此稱之為「古蓬壺」。
3. **雪滿千山入畫圖**：語出明・高啟〈梅花〉：「雪滿山中高士臥」，將梅喻為高士，其於冰雪滿千山之情境中，依舊孤挺傲立，宛若高士。千石先生擅畫，此時日本正是雪滿千山的季節，傲雪挺立的梅花，正可供千石先生作畫。
4. **舊事應兵餘廢將**：應兵，謂敵兵壓境起而應戰的軍隊。《文子・道德》：「用兵者五：有義兵、有應兵、有忿兵、有貪兵、有驕兵。」此乃指中日之戰，國人曾奮勇應兵作戰。廢將，則謂戰火已熄。此句乃謂中、日兩國昔日所引發之戰火，今已平息。
5. **元夫**：猶善士。《易經・睽卦》：「睽孤遇元夫，交孚，厲，無咎。」程頤傳：「夫，陽之稱；元，善也。初九當睽之初，遂能與同德，而無睽之悔，處睽之至善者也，故目之為元夫，猶云善士也。」此謂千石先生此次受邀東京大學演講，應會遇到新知好友。

6. **轅下**：此乃用「轅下駒」之典，指車轅下不慣駕車之幼馬。亦比喻少見市面，器局不大之人。《史記．魏其武安侯列傳》：「今日廷論，局趣效轅下駒。」此乃自謙之辭。
7. **櫻花**：花木名，落葉喬木，產於中國與日本，為日本國花。

鑒賞

此詩為七律，平起首押，押七虞韻。

此詩首聯言赴日，千石先生雖處亂世，仍享有聲譽榮耀；且因其為有德之人，必得有德之鄰，其將往鄰國日本發展。項聯美其才，言此時日本正是雪滿千山的季節，傲雪挺立的梅花，正可供千石先生作畫。腹聯寫舊事與新知，言中日之戰，已成過往舊事，如今軍事已廢；而千石先生此次受邀東京大學演講，應會遇到新知好友。尾聯表達離愁與期許，言千石先生之離去，令人愁絕，希望其早日載譽返國，並帶回日本櫻花，贈與平日一起喝酒唱和的芳州社友。

亦園招飲於新界，酒邊口占一律　徐慧鈺述解

瘦骨猶堪試歲寒，等閒杯酒暫成歡。不如意處觀生[1]切，解讀書時得友難。才盡敲詩憐食肋[2]，舌存對客許披肝[3]。當門水竹江南景，頓覺鄉情發晚瀾。

案：郭亦園本商人，晚年好吟咏，遂與芳洲社友多往來。此次招飲於上水，偶對野景，頓起鄉思，故結句及之。

題解

亦園，即郭亦園。亦園先生原為製片商，至港後從事外貿，晚年好吟詠，曾加入芳洲詩社，和社友多有往來，與勞氏有數首唱和之詩。

己亥年（1959）歲寒之際，商賈郭亦園招飲於新界，對景傷懷，

頓然思鄉情切，因賦此詩。

註釋

1. **觀生**：即「觀我生」而知「進退」；察看時機，知所進退。《易經・觀卦》三爻云：「觀我生進退」。孔穎達疏云：「故時可則進，時不可則退，觀風相幾，未失其道，故曰觀我生進退也。」
2. **食肋**：喻食之無味，棄之可惜。語出《三國志・魏志・武帝紀》：「備因險拒守」裴松之引西晉・司馬彪《九州春秋》：「時王欲還，出令曰『雞肋』，官屬不知所謂。主簿楊脩便自嚴裝，人驚問脩：『何以知之？』脩曰：『夫雞肋，棄之如可惜，食之無所得，以比漢中，知王欲還也』。」
3. **披肝**：表示真誠相見。《漢書・路溫舒傳》：「披肝膽，決大計」，亦省作「披肝」、「披膽」。

鑒賞

此詩為七律，仄起首押，押十四寒韻。

此詩頗有江西詩派之韻味。首聯言招飲，歲寒之際，清癯瘦骨尚堪忍受；在清閒之心境下接受招飲，得到暫時之歡樂。項聯寫處境，言人處於不如意時，要觀時機而知進退；當了解讀書奧義時，很難得到知心之友。腹聯抒體悟，當覺才思絕盡之際，如雞肋般無味之詩也會愛惜；當想暢所欲言時，面對生客也可談論世運時局。尾聯觸景生情，門前之水竹景觀彷彿江南風光，面對此夜此景，鄉情頓然洶湧奔湃。

己亥歲暮郭亦園以近作四律見示，因步原韻書懷以答　徐慧鈺述解

其一

萬家朱帖[1]署宜春，絃管無情自向人。滄海夢回驚老大，庭園霜

重念孤貧。笑看花果盈階長，坐任鬢眉逐歲新。病虎惡蚘[2]都運盡，詹詹[3]辯舌薄儀秦[4]。

其二

狐鼠縱橫遍大千，中原興廢半雲煙。幾人傲骨同蘭息[5]，一客高吟及艾年[6]。歲盡開樽誰足醉，世衰思隱不關禪。羊頭自厭王侯事，[7]豈有投詩孟浩然[8]。

其三

任世無才且獨清，[9]何須卜肆[10]問君平[11]。聖功[12]漫指參天地，蟲臂[13]相看一死生[14]。明日待逢春寂寞，殘棋忍見局紛更。佳辰縱樂渾如此，紅燭深堂倦客情。

其四

燠風[15]暘日[16]不成冬，一夕濃寒警夢慵[17]。誅盡竊鉤[18]憐搏兔[19]，吟餘傷足[20]悟潛龍[21]。十年滄海魚遊鼎[22]，何處欄杆客倚笻[23]。欲理殘經爭剝復，[24]天涯煙瘴鎖猺峰[25]。

題解

己亥年（1959）歲暮，郭亦園以近作四律見示，勞氏步原韻以答，並抒懷抱。詩中除歲暮佳節應時情景之描述外，亦藉此感懷家國時局之紛擾，諷刺世儒與政客之貪圖利祿、蕩無風骨，並抒發自我於飄泊滄桑中之獨清與孤高。

註釋

1. **朱帖**：用紅紙書寫之對聯。
2. **病虎惡蚘**：泛指一切惡運。病虎，指白虎，是歲中凶神。蚘，音ㄧㄡˊ（you2），即蛔蟲。
3. **詹詹**：言詞煩瑣，喋喋不休的樣子。《莊子・齊物論》：「大言炎炎，小言詹詹。」成玄英疏：「詹詹，詞費也。」
4. **儀秦**：戰國縱橫家張儀與蘇秦之並稱。
5. **蘭息**：即「蘭臭」，指情投意合。《易・繫辭上》：「同心之言，其臭如蘭。」孔穎達疏：「謂二人同齊心，吐發言語，氤氳臭氣，香馥如蘭也。」

6. **艾年**：老年。清・納蘭性德〈與顧梁汾書〉：「老父艾年，尚勤於役；渺予小子，敢憚前驅。」此謂郭亦園，是時其已年過半百。
7. **羊頭自厭王侯事**：羊頭，本喻猥賤小人，後指污濫的官吏。語出《後漢書・劉玄傳》：「其所授官爵者，皆群小賈豎，或有膳夫庖人，多著繡面衣、錦袴、襜褕、諸于，罵詈道中。長安為之語曰：『竈下養，中郎將。爛羊胃，騎都尉。爛羊頭，關內侯』。」此句是說社會上雖有很多人去追求世俗功名，想當官，不過我們這些人對這事則沒有興趣。
8. **孟浩然**：唐代襄陽人，工五言古詩，詩風沖淡閑雅，豪爽秀逸，為有唐沖夷簡靜之宗，世稱孟襄陽。早歲曾隱居鹿門山，或稱孟鹿門。年過四十始有心於宦途，卻因其〈歲暮歸南山〉詩云：「不才明主棄，多病故人疏」，無意觸怒玄宗，只好再度黯然退隱。然其高節深受士子之敬重，如李白《贈孟浩然》云：「吾愛孟夫子，風流天下聞。紅顏棄軒冕，白首臥松雲。醉月頻中聖，迷花不事君。高山安可仰，徒此揖清芬。」著有《孟浩然集》四卷。
9. **任世無才且獨清**：此典出自《孟子・萬章》：「孟子曰：『伯夷聖之清者也，伊尹聖之任者也，柳下惠聖之和者也，孔子聖之時者也。』」謂不能法伊尹作聖之任者，但可效伯夷作聖之清者。
10. **卜肆**：賣卜的鋪子。《史記・日者列傳》：「（宋忠、賈誼）二人及同輿而之市，游於卜肆中」。
11. **君平**：即嚴君平，漢隱士，曾賣卜於肆。唐・岑參〈嚴君平卜肆〉詩：「君平曾賣卜，卜肆荒已久」。
12. **聖功**：謂至聖之功。《易・蒙》：「蒙以養正，聖功也」
13. **蟲臂**：喻微蔑至賤也。《莊子・大宗師》：「以汝為蟲臂乎！以汝為鼠肝乎！」成玄英疏：「歎彼大造，弘普無私，偶爾為人，忽然返化。不知方外適往何道，變作何物。將汝五臟為鼠之肝，或化四肢為蟲之臂。」
14. **一死生**：謂視死生如一。晉・王羲之〈蘭亭集序〉：「固知一死生為虛誕，齊彭殤為妄作。」

15. **燠風**：溫暖的南風。燠，音ㄩˋ（yu4）。
16. **暘日**：晴天。暘，音一ㄤˊ（yang2）。
17. **慵**：一言懶散。一言平庸，庸俗。
18. **竊鉤**：偷腰帶鉤，謂小偷小摸。《莊子・胠篋》：「彼竊鉤者誅，竊國者為諸侯；諸侯之門，而仁義存焉。」譏諷小盜被殺，大盜得國之反常現象。
19. **搏兔**：搏，捕捉。搏兔，被捕之兔子。
20. **傷足**：指強行崎嶇不平的道路，將使得雙腳受到傷害。《莊子・人間世》：「孔子適楚，楚狂接輿。遊其門曰：『鳳兮鳳兮，何如德之衰也……吾行卻曲，無傷吾足』」。
21. **潛龍**：謂陽氣潛藏。《易・乾卦》：「初九，潛龍勿用。」唐・李鼎祚《集解》引馬融曰：「物莫大於龍，故借龍以喻天之陽氣也。初九，建子之月，陽氣始動於黃泉，既未萌芽，猶是潛伏，故曰潛龍也」。
22. **魚遊鼎**：即「魚遊沸鼎」、「魚遊釜中」，喻處境十分危險，有行將滅亡之虞。唐・李商隱〈行次昭應〉：「魚遊沸鼎知無日，鳥覆危巢豈待風！」
23. **筇**：音ㄑㄩㄥˊ（qiong2），手杖之泛稱。
24. **欲理殘經爭剝復**：剝、復，《易經》二卦名。坤下艮上為剝，表示陰盛陽衰。震下坤上為復，表示陰極而陽復。後因謂盛衰、消長為「剝復」。此暗用王船山之詩：「夫我天地爭剝復」。
25. **猺峰**：雲南猺頭，此亦用王船山之典，他於明朝亡國之際，藏身此處著書揚志。

鑒賞

此詩為七律四首，第一首仄起首押，押十一真韻。第二首平起首押，押一先韻。第三首仄起首押，押八庚韻。第四首仄起首押，押二冬韻。

第一首感時。首聯寫春節，春回大地，千家萬戶帖春聯。喧鬧之絃管，不問聽者之意願，無情地自向人間吹奏。項聯言滄桑，感歎歲月之流逝，自身之飄泊，家計之繁重與己身之孤貧。腹聯言萌長，笑看花果之盈階萌長，亦任由新歲在鬢眉間逐漸留下漸長之痕跡。尾聯寫祝禱，期望來春一切病符惡運盡消除，喋喋不止之正義之聲，能辯駁、撻伐張儀、蘇秦類政客的主張。

第二首痛批世儒。首聯寫山河之變色，變色之中原山河，正處於狐鼠縱橫肆虐，政局紛紜，擾攘不安之局面。項聯批儒抒志，在此亂世，有多少之世儒能持操守，挺立傲骨，吐息如蘭；然在座的郭某年雖半百，卻能與我高吟唱和。腹聯醉懷思隱，歲末開樽飲酒誰能醉？世衰時亂，思隱豈是為了參禪修道。尾聯譏刺政客，那些污濫之政客只圖宦途顯達，豈能效法孟浩然之高隱。

第三首悲歎時局。首聯言操守，此聯首句暗用在此《孟子・萬章》之典，言己雖無才以扭轉世運，但可獨清；此事何須向隱士卜卦問運。項聯言參悟，言自我之參悟天地，看破死生。腹聯言局紛，待明朝春日寂寥之際，仍將面對擾攘紛更之政局。是尾聯言倦情，時難當前，雖是歲末新春之佳辰，身處紅燭深堂中，卻無法縱情歡樂，徒感無力倦怠。

第四首抒發已懷。首聯言天候，燠風暘日之暖冬，一夕嚴寒驚夢醒。項聯言領悟，時局不定，公理不存，吟哦之餘，傷心至極，領悟到潛龍之道。腹聯言經歷，十年來之經歷，險象環生，有如魚遊於沸鼎，何處可以容客憑欄倚杖，稍歇暫息？尾聯言著書，此聯暗用王船山之典，言欲法王船山理殘經，爭剝復之道；並悲己也如歷經亡國的王船山一樣，想找到了可安身躲藏的山峰著書揚志，卻已經找不到可安身的猺峰！

庚子（一九六〇年　三十三歲）

春興　劉浩洋述解

其一

晴陽三日入簾新，依舊文園瘦病[1]身。世有津梁疲此子[2]，我無民土[3]賞何春？左旋[4]觀象思天運，先笑占辭泣旅人[5]。書劍[6]比年[7]虛一用，危樓倦眼送車塵。

案：是日占易，得「旅人先笑後號咷」之辭。

其二

真覺中年意暗生，東風五度寄邊城[8]。無師差免逢蒙罪[9]，對客難為季子盟[10]。匡濟賈生[11]餘鵩賦[12]，短長主父[13]誤蝸爭[14]。老徒[15]可復識神竭[16]？一歎今宵又四更。

其三

物我真源境早通，才衰翻[17]喜弄雕蟲[18]。親觀萬業[19]皆緣有[20]，始會三時[21]首說空[22]。頌論義[23]中虞坎陷[24]，陸王學[25]上望儒宗[26]。百年資具[27]多虛費，解悟乾元[28]未濟[29]功。

其四

自古寒灰罕再溫，弄權人況[30]戴[31]東昏[32]。取由逆道難言守，位悖常經自不尊。此日盈庭齊下士[33]，他年一乘翼東門[34]。可憐池囿京華[35]地，啼盡天涯杜宇[36]魂。

題解

庚子之歲（1960），勞氏離臺赴港已屆五載，經冬涉春，復過一年；勞氏有感於世途蹇困，志氣消磨，因而偶開倦眼，聊抒生命疲憊。本詩題為「春興」，實寄託家國情懷，表達對時局晦暗的憂心。

註釋

1. **文園瘦病**：猶「文園病久」，泛指文人害病，此為勞氏自況。典出《史記．司馬相如列傳》：「相如口吃而善著書，常有消渴疾。……拜為孝文園令，……既病免，家居茂陵。天子曰：『司馬相如病甚，可往從悉取其書；若不然，後失之矣。』」
2. **世有津梁疲此子**：此概言心境疲憊。典出《世說新語．言語》四一：「庾公嘗入佛圖，見臥佛，曰：『此子疲於津梁。』于時以為名言。」津梁，渡口與橋梁，引申有救濟眾生之意。
3. **我無民土**：即無民無土，意謂不見安身立命之所。
4. **左旋**：中國古有「天左旋而日右旋」之說，此借指馬、列左派思想橫行。
5. **先笑占辭泣旅人**：卜出凶險的卦象，令離鄉之人黯然神傷。典出《周易．旅卦》上九：「鳥焚其巢，旅人先笑後號啕。喪牛于易，凶。」
6. **書劍**：喻文才武略。
7. **比年**：連年。比，音ㄅㄧˋ（bi4）。
8. **邊城**：指香港。時勞氏赴港已五載，故上言「東風五度」。
9. **逢蒙罪**：喻背棄師門之罪。《孟子．離婁下》：「逢蒙學射於羿，盡羿之道，思天下惟羿為愈己，於是殺羿。」
10. **季子盟**：喻生死相知之誼。《史記．吳太伯世家》：「季札之初使，北過徐君。徐君好季札劍，口弗敢言。季札心知之，為使上國，未獻。還至徐，徐君已死；於是乃解其寶劍，繫之徐君冢樹而去。」
11. **匡濟賈生**：指賈誼，西漢人，夙負濟世之志，不幸早逝。《史記．屈原賈生列傳》：「孝文帝初即位，謙讓未遑也。諸律令所更定，及列侯悉就國，其說皆自賈生發之。」
12. **鵩賦**：指賈誼名作〈鵩鳥賦〉。內容多抒發作者傷時不遇的困頓心境。鵩，音ㄈㄨˊ（fu2），鳥名，形似貓頭鷹，古人視其出沒為不祥的徵兆。
13. **短長主父**：指主父偃，西漢人，任智善謀，精通縱橫權變之術，時為武帝親重。《史記．平津侯主父列傳》：「主父偃者，齊臨菑人也。學長短縱橫之術。」短長，即「長短縱橫之術」，指陰謀權變等統治技巧。

14. **蝸爭**：即「蝸角之爭」，比喻目光短淺的利害之爭。《莊子・則陽》：「有國於蝸之左角者曰觸氏，有國於蝸之右角者曰蠻氏，時相與爭地而戰，伏尸數萬，逐北旬有五日而後反。」蝸，音ㄍㄨㄚ（gua1），蝸牛。
15. **老徒**：老子之徒，意喻道家學說。
16. **譏神竭**：譏諷君子殫思竭慮本為勞神傷身的愚行。典出西漢・司馬談〈論六家要旨〉：「凡人所生者神也，所託者形也；神大用則竭，形大勞則敝。」此為中國古代道家對儒家學說的批評。
17. **翻**：反而。
18. **雕蟲**：原喻寫作辭賦時雕琢字句，此泛指詩歌創作。南朝梁・劉勰《文心雕龍・詮賦》：「此揚子所以追悔於雕蟲，貽誚於霧縠者也。」
19. **業**：佛教用語，指一切引發因果循環的善惡行為。《華嚴經》：「業為田，愛水潤，無明暗覆。」
20. **有**：佛教用語，與「空」相對，表示存在之意。《阿毗曇心論》：「一切生死，無窮可得，故有。」
21. **三時**：即「三時教」，為佛教唯識宗的判教論。其說主張釋迦牟尼佛畢生說法分為三個階段：第一時說「有」，講「法有我無」；第二時說「空」，講「諸法皆空」；第三時說「中」，講「非空非有」與「亦空亦有」，至此始證一切存在的最終歸宿。
22. **空**：佛教用語，與「有」相對，否定存在之意，是世間絕對的真理。《中論》：「眾因緣生法，我說即是空。」
23. **頌論義**：佛教典籍常以頌、論方式呈現，此意喻佛學中的唯識論。
24. **坎陷**：地勢低陷，有涉險之象，此喻缺陷、局限；亦隱指「良知坎陷」說，為「新儒家」學者牟宗三的著名理論。其說為使傳統心性之學與近世民主、科學思潮接軌，故提出道德主體可透過自我「坎陷」：亦即自我否定的辨證過程，轉化出服膺民主、科學原則的知識主體。語出《周易・說卦》：「坎，陷也。」
25. **陸王學**：即「陸王學派」，由南宋陸九淵發展至明代王陽明，主張「心即理」，屬於宋明理學中的「心學」一系，與主張「性即理」的

「程朱學派」並峙為理學思潮的兩大主流。

26. **儒宗**：儒學宗師，此指唐君毅、牟宗三等人所代表的「新儒家」學者。

27. **資具**：原指僧侶修行時的資生器具，又引申為修行者本人，亦即權藉肉身為發揚真理的載具，故上言「百年」。

28. **乾元**：指〈乾〉卦，《易》經首卦，開顯生生不息之理。《周易・乾卦・彖辭》：「大哉乾元，萬物資始。」

29. **未濟**：〈未濟〉卦，《易》經終卦，寄寓全功未竟、運化無窮之義。

30. **況**：益、更加。

31. **戴**：擁護、推崇。

32. **東昏**：即南朝齊廢帝蕭寶卷，昏庸暴虐，倒行逆施，後遇政變身亡，南朝梁武帝蕭衍降封其為「東昏侯」。

33. **盈庭齊下士**：喻國中無人，滿朝皆雞鳴狗盜之徒。此用戰國齊公子孟嘗君養士故實，北宋・王安石〈讀孟嘗君傳〉：「孟嘗君特雞鳴狗盜之雄耳，豈足以言得士？不然，擅齊之強，得一士焉，宜可以南面而制秦，尚何取雞鳴狗盜之力哉？夫雞鳴狗盜之出其門，此士之所以不至也。」

34. **一乘翼東門**：喻為政無道，喪失民心。《左傳・成公十八年》：「晉欒書、中行偃使程滑弒厲公，葬之于翼東門之外，以車一乘。」

35. **京華**：國都，此指北京。

36. **杜宇**：即杜鵑鳥。相傳古蜀國君名杜宇，號望帝，失位而逃，死後魂魄化為杜鵑，思國懷鄉，盡夜悲啼。北宋・樂史《太平寰宇記》：「望帝自逃之後，欲復位不得，死化為鵑，每春月間，盡夜悲鳴，蜀人聞之曰：『我望帝魂也。』」

鑒賞

本詩慨嘆家國塵囂，壘澆壯年抑鬱，於苦悶中流露大志難伸的生命疲憊。全詩七律四首，總題「春興」。

第一首平起首句押韻，韻部上平聲十一真。全詩以「晴陽入簾」破題，直抒早春新象，隨即以「依舊瘦病」轉折，於新／舊與歡／苦的落差中，醞釀出沉悶而憂鬱的生活況味。項聯指明沉鬱的根由，引用庾亮妙賞臥佛的名言，比喻勞氏隻身在港，一面為生計所累，一面則獻身文化運動，鼓吹自由主義，然反觀遊子際遇，有感於自己乃在無土無民的飄零中從事反共號召，不覺頓生失根無據的疲憊，再無興致欣賞眼前春光。腹聯則描述勞氏對時局的憂慮，「左旋」一詞運用諧義雙關，暗指該時左派橫行、共黨日囂的國際情勢；「旅人」如詩注所示，為勞氏當日占得〈旅〉卦中象徵世途多艱的凶兆，由是更傷客居之愁。尾聯自抒抑鬱經年的豪情壯志，謂大丈夫空有文經武略之才，而無訏謨定命之業，僅能日日困坐愁城，目送車馬塵埃，陸游所謂「元知造物心腸別，老卻英雄似等閒」，猶似千古知音。

第二首仄起首句押韻，韻部下平聲八庚。本詩發揮前章「危樓倦眼」之意，伴隨年光虛度的喟嘆，表白此身傲然不群的人生孤寂。首聯自言客居香港已五年，心境上常因瑣事之消磨與壯志未酬的抑鬱，不禁油然暗生中年嘆衰之感。項聯連引背棄師門的逢蒙和信守故誼的季札為喻，自嘲在人生道路上唯理無親的踽踽狂狷，意謂成名雖早，所幸學無常師，日後當可免除「吾愛吾師，吾更愛真理」的叛教之罪；基於同樣緣故，放眼人海，自然也難結識足堪肝膽相照、生死相知的摯友。腹聯又引夙負大志的賈誼和精通權術的主父偃為例，慨嘆自己猶如空留〈鵩鳥賦〉的賈誼一般，匡濟天下的志向只能寄諸筆端，無法見諸行事；況世上多主父偃之儔好言機變謀略，其實識見短淺，所爭皆小利，而大事難成。尾聯則回應首聯的嘆惋，嘲諷自己試圖改變時局的苦心，或許看在道家之徒眼裡終究是徒勞無功的生命耗損；嘆息之際，思慮翻騰不已，漫漫長夜，總是憂人難眠。

第三首仄起首句押韻，韻部上平聲一東。本詩表達勞氏對當時香港「新儒家」學派的看法。首聯先藉「物我真源」比喻形上哲學，表示對「新儒家」的種種新說早已洞徹，接著自嘲人近才思枯竭之年，反倒喜愛尋字逐句的文藝「小道」；其實上述兩句應當反向理解，意謂而立之年改習雕龍之術原是別有興寄，未必真於哲理「大道」無所貫通，此言乃透顯勞氏卓爾不群的清狂。項聯概述勞氏對哲學的體會，指出大凡哲理學說莫不是為了破除人們看待有形世界的執著，因而談論哲學通常會由抽象的形上理論著手；此處勞氏接連嵌入「萬業」、「三時」、「有」、「空」等佛學術語，意在引出下聯對「新儒家」的批評，同時也呼應首聯自詡的「早通」之意。腹聯前句明白針砭「新儒家」哲學因受熊十力《新唯識論》影響而有援佛入儒的傾向，但佛學思想亦有其根本限制，援佛入儒終遇坎陷，不得續行；後句指陳儒家形上學應朝陸王心學窮究道德主體的理路發展，並期許學者皆能正視孔門思想特重主體自覺的精神脈絡。尾聯復歸「危樓倦眼」的基調，感慨無涯的真理終須憑藉有涯的人生方能實踐，而人浮於世，所能發揮的影響畢竟有限；或許人生的真相便是一再虛費的光陰，而真理的實踐終究是力有未逮的懸望。

第四首仄起首句押韻，韻部上平聲十三元。本詩悲嘆民主中國日漸無望，並痛陳對蔣氏政權的灰心。首聯先藉死灰難以復燃為喻，意謂中國分裂已達十年，共黨統治大陸幾成定局，而作為民主希望的臺灣，總統蔣中正及一干當權者，莫不處心積慮培養蔣經國成為接班人，玩起「家天下」的把戲；日後歷史雖證明蔣經國不致「東昏無道」，但當年蔣氏政權踐踏憲法、專制統治的行徑，看在信仰自由主義的勞氏眼裡，不能不怒生「民主掃地」的憤懣之情。項聯二句語多慷慨，既痛責蔣氏倒行逆施，偏安之政無以守成，復追究選舉違憲弄法，竊國之位難孚眾望。腹聯更聲如劍戟，先引雞鳴狗盜之徒詈罵當朝政客，次借春秋晉厲公無道橫死，出殯時唯有一乘相隨的典故，譏刺獨裁領袖終將喪失民心。所謂政教失、國異政而「變風」、「變雅」作矣，勞氏生逢動盪，其詩亦每聞「怨以怒」的亂世之音。尾聯詩意轉趨悲涼，「危樓倦眼」之嘆再起；勞氏思國懷鄉，無奈於魂斷邊城的悵望裡，聊抒生命疲憊，虛度又一個苦悶抑鬱的春天。

〈春興〉一詩因「晴陽」起興，而歸結於「倦」之一字。全詩或藉雅砌之詞慨嘆際遇，或憑白描之筆諷喻時局，時而嚴告，時而自嘲，莫不直抒胸臆；或紓或促，或笑或怒，無不曲盡幽思，反映出勞氏精湛的學養工力與深厚的生命質地，值得細心體會。

無題　劉浩洋述解

其一

未必餘情戀落花，偶然春盡悵天涯。當時款語心猶曲[1]，遙夜[2]親陪分[3]已奢。蘭芷[4]泥中傷氣類[5]，龍蛇[6]腕底惜詞華。朱欄指點黃昏路，頓覺塵生七寶車[7]。

其二

魏其自喜[8]武安驕[9]，紛雜虞初說遜朝[10]。姊妹趙家傳粉墨[11]，笙歌粵市[12]出嬌姚[13]。人間幾免登場笑，天末[14]生憐落葉飄。無賴媚川珠滿眼[15]，種花誰護上林[16]苗。

其三

鏡中彷彿玉妃[17]姿，比坐[18]流連日影遲。細雨鐘樓人醉後，垂簾茗盞客來時。莫為鳩鳥[19]中懸怨，久失枯桑再宿痴[20]。自別天臺[21]緣豆盡，劉郎爭復解相思[22]？

案：燕京佛寺，例以佛誕日贈豆，稱為緣豆。

其四

凋落詩心逐歲華，詞章今厭說名家。雲生海上觀遊蜃[23]，月滿天南起暮鴉[24]。換羽移宮[25]纔曲半，辭秦過楚總天涯。誕狂魏野徒誇世，紅袖何曾勝碧紗[26]？

其五

梁氏眉妝[27]若可侔[28]，一番淺笑一番愁。最宜通語三更月，乍聽呼名七夕秋。鰲禁[29]帖書懷玉几，星家術數演金鉤[30]。清才自昔人間累，阿母簾前莫怨尤。

其六

熒惑[31]狂侵局已非，補天[32]大小願同違。雲深是處迷黃鶴[33]，斗轉[34]誰家卜紫微[35]。新釀不成前日醉，輕羅[36]仍念舊時衣。頻年楊秉安淳白[37]，肯化蒙莊蝶亂飛[38]？

題解

凡「無題」之詩，多以真摯之情、超拔之思，重現人生感觸，寄寓生命領悟。本詩透過往事片段，為勞氏與友人的一段情誼尋誌天涯萍聚的箋注；言淺慨深，題難盡意，故以「無題」為題。

註釋

1. **曲**：曲折。
2. **遙夜**：漫長的夜晚。唐．方干〈陽亭言事獻漳州于使君〉：「平明疏磬白雲寺，遙夜孤砧紅葉村。」
3. **分**：指人情往來的常分。
4. **蘭芷**：皆香草名。古人借喻君子，此代稱氣質出眾之人。《大戴禮記．曾子疾病》：「與君子游，苾乎如入蘭芷之室，久而不聞，則與之化矣。」
5. **氣類**：原指氣味相投之人，此喻「氣質」。《三國志．魏書．陳思王植傳》：「不敢過望交氣類、脩人事、敘人倫。」
6. **龍蛇**：原喻書法靈動優美，此借指文才過人。南宋．石孝友〈滿庭芳〉：「筆走龍蛇，詞傾河漢，妙年德藝雙成。」
7. **七寶車**：古稱裝飾華麗的車駕，此概指私家轎車。
8. **魏其自喜**：用西漢外戚竇嬰故實。竇嬰，字王孫，文帝后竇氏之姪。《漢書．竇嬰傳》：「嬰守滎陽，監齊、趙兵；七國破，封為魏其侯。」又載：「魏其沾沾自喜耳，多易，難以為相持重。」
9. **武安驕**：用西漢外戚田蚡故實。田蚡，景帝后王氏同母弟。《漢書．田蚡傳》：「孝景崩，武帝初即位，蚡以舅封為武安侯。」又載：「（田蚡）以為漢相尊，不可以兄故私橈。由此滋驕。」
10. **紛雜虞初說遜朝**：意喻劇作家姚克的著名話劇《清宮怨》，內容描述光緒與珍妃的歷史故事，後改編成電影《清宮秘史》，在香港上映。虞初，西漢人，曾彙編小說九百四十三篇，作《虞初周說》。東漢．張衡〈西京賦〉：「小說九百，本自虞初。」遜朝，即前朝，指清代。

11. **姊妹趙家傳粉墨**：用西漢后妃趙飛燕、趙合德故實。據舊題西漢伶玄撰〈趙飛燕外傳〉，趙家姐妹皆江都王孫女之私生子。《漢書・外戚傳》：「及壯，屬陽阿主家，學歌舞，號曰『飛燕』。成帝嘗微行出，過陽阿主，作樂。上見飛燕而說之，召入宮，大幸。有女弟（趙合德）復召入，俱為婕妤，貴傾后宮。」
12. **粵市**：指香港。
13. **嬌姚**：形容儀態美好之人。
14. **天末**：極遠之地，指香港。東漢・張衡〈東京賦〉：「眇天末以遠期，規萬世而大摹。」
15. **無賴媚川珠滿眼**：意謂放眼所見盡是香港在地人，此為異鄉情懷之流露。無賴，即無奈。《三國志・魏書・華佗傳》：「彭城夫人夜之廁，蠆螫其手，呻吟無賴。」媚川，香港古為產珠勝地，五代時南漢後主劉鋹取陸機〈文賦〉「水懷珠而川媚」之意，於當地設置「媚川都」，專門從事採珠業，「媚川珠」由是馳名。
16. **上林**：即上林苑，位於西漢國都長安，為君王狩獵遊憩的離宮所在地。此借喻北京。
17. **玉妃**：此指清光緒帝寵妃他他拉氏，即珍妃。
18. **比坐**：比鄰而坐。比，音ㄅㄧˋ（bi4），相並。
19. **鴆鳥**：傳說中的惡鳥，羽毛有劇毒，可泡製毒酒害人，後多比喻奸小。鴆，音ㄓㄣˋ（zhen4）。屈原〈離騷〉王逸注：「鴆，運日也。羽有毒，可殺人。以喻讒佞賊害人也。」
20. **久失枯桑再宿痴**：用「桑下三宿」之典，意謂塵緣情思久不生於心。《後漢書・襄楷傳》：「浮屠不三宿桑下，不欲久生恩愛，精之至也。」李賢注：「言浮屠之人寄桑下者，不經三宿便即移去，示無愛戀之心也。」
21. **天臺**：天臺山，位於浙江省天臺縣北，為佛教天臺宗發源地。
22. **劉郎爭復解相思**：相傳東漢人劉晨入天臺山偶遇仙女結緣，還鄉後欲重返仙境而不得，事見南朝宋・劉義慶《幽明錄》。此事經歷代文人發揮，引申出苦於相思之意。唐・李商隱〈無題〉：「劉郎已恨蓬山遠，更隔蓬山一萬重。」

23. **遊蜃**：傳說中的巨大貝類，吐氣即造成海市蜃樓的奇景。此喻虛幻的情境。蜃，音ㄕㄣˋ（shen4）。
24. **暮鴉**：象徵蕭條的情景。唐・李商隱〈隋宮〉：「於今腐草無螢火，終古垂楊有暮鴉。」
25. **換羽移宮**：原指曲調更迭，此喻情境變化。明・朱權《荊釵記》：「移宮換羽雖非巧，倣古依今教爾曹，奉勸諸君行孝道。」
26. **誕狂魏野徒誇世，紅袖何曾勝碧紗**：用北宋詩人魏野故實，意喻佳人雖好，知己難求。據清・王士禎《池北偶談》卷十八引《湘山野錄》記載：昔魏野與寇準曾於僧寺壁間留題，後故地重遊，寇準已顯貴，所題詩皆以碧紗籠罩，獨魏野詩蒙塵。時隨行一妓名添蘇，意頗慧黠，輒以衣袂抹去塵埃，魏野見狀，詠云：「誰人將我狂詩句，寫向添蘇繡戶中；若得常將紅袖拂，也應勝過碧紗籠。」。
27. **梁氏眉妝**：指東漢梁驥妻孫壽作愁眉妝，引領風騷。《後漢書・梁驥傳》：「壽色美而善為妖態，作愁眉、啼妝、墮馬髻、折腰步、齲齒笑，以為媚惑。」
28. **侔**：相等。
29. **鰲禁**：古時對翰林院的美稱。鰲，音ㄠˊ（ao2）。南宋・陸游〈蓦山溪〉：「春深鰲禁，紅日宮磚暖。」
30. **星家術數演金鉤**：泛指對占星、卜筮之術的精通。星家，仰觀天象以斷吉凶之人。《新唐書・李德裕傳》：「時天下已平，數上疏乞骸骨，而星家言熒惑犯上相，又懇丐去位；皆不許。」金鉤，指金鉤之術，為漢代讖緯思想的一種。《後漢書・五行志》：「光祿勳吏舍壁下夜有青氣，視之，得玉鉤、玦各一。鉤長七寸二分，玦週五寸四分，身中皆雕鏤，此青祥也。玉，金類也。七寸二分，商數也；五寸四分，徵數也。商為臣，徵為事，蓋為人臣引決事者不肅，將有禍也。是時梁驥秉政專恣，後四歲，梁氏誅滅也。」
31. **熒惑**：即火星，古星相家視為災星。熒，音ㄧㄥˊ（ying2）。《春秋緯・文耀鉤》：「赤帝熛怒之神，為熒惑焉。位在南方，體失則罰出。」

32. **補天**：喻迴挽時局。南宋・辛棄疾〈賀新郎〉：「我最憐君中宵舞，道男兒，到死心如鐵。看試手，補天裂！」
33. **雲深是處迷黃鶴**：喻故人已遠，不知所之。雲深，取意自唐・賈島〈尋隱者不遇〉：「只在此山中，雲深不知處。」黃鶴，取意自唐・崔顥〈黃鶴樓〉：「昔人已乘黃鶴去，此地空餘黃鶴樓。黃鶴一去不復返，白雲千載空悠悠。」
34. **斗轉**：即「斗轉星移」，比喻時移境遷。元・白樸《牆頭馬上》：「莫遲疑，等的那斗轉星移，休教這印蒼苔的凌波襪兒溼。」
35. **紫微**：即「紫微斗數」，占卜術的一種。
36. **輕羅**：質地輕柔的絲織衣料。唐・杜牧〈秋夜〉：「銀燭秋光冷畫屏，輕羅小扇撲流螢。」
37. **頻年楊秉安淳白**：用西漢・楊秉故事，意喻人品清白端正。《後漢書・楊秉傳》：「秉性不飲酒，又早喪夫人，遂不復娶，所在以淳白稱。」
38. **肯化蒙莊蝶亂飛**：借「莊生夢蝶」事例，以喻莊重而不輕薄的情致。肯，猶「豈」，表示反問語氣。唐・岑參〈梁園歌送河南王說判官〉：「當時置酒延枚叟，肯料平臺狐兔走。」蒙莊，即莊子，戰國宋蒙縣人。蝶亂飛，比喻繽紛而虛幻的感情世界。

鑒賞

本詩為勞氏寓居香港五年之際，回顧與某女士的一段友誼。全詩七律六首，以「無題」記之。

第一首仄起首句押韻，韻部下平聲六麻。首聯連用「餘情」、「落花」、「春盡」等語，意謂所述情誼已成往事，而今追憶，總歸一「悵」字；至於首句以「未必」發端，次句以「偶然」繼之，可知勞氏此「悵」實是感嘆人生過處，遺憾難免，歐陽修所謂「人生自是有情癡，此恨不關風與月」，正照見本詩格調超拔。項聯點出勞氏與友人交情深厚，唯「奢」之一字，暗喻「遙夜親陪」已逾乎常分，而勞氏言詠含蓄，體現詩人溫婉之意。腹聯二句嘆息友人氣質出眾、文采絕倫，但置身工作環境卻猶如白沙在泥，思想談吐皆與旁人格格不入。尾聯以瑣事作結，記述某日黃昏，勞氏駕車偶見正與同伴比劃交談的友人，方才意識到兩人已許久未曾同車共語；「塵生」一詞，象徵日漸淡去的友誼，在落花春盡的記憶裡，釀成勞氏天涯歲月的一段惆悵。

第二首平起首句押韻，韻部下平聲二蕭。本詩延續前章對友人的憐才之意，兼及勞氏久蟄香江的興嘆。首聯至項聯四句，皆暗嵌友人的生平：首句假借西漢竇嬰與田蚡的外戚身分，隱指友人的家世背景；次句透過「紛雜虞初說遜朝」的形容，明點友人的工作性質；三、四句再藉由能歌善舞的趙飛燕、趙合德姐妹，對友人的能力及聲名表示肯定與讚許。腹聯以下，心緒由欣慕轉為同情，意謂雖曰人生如戲，酬應難免，但看在勞氏眼裡，名門飄零，亦不能不令人頓生嘆息。尾聯以「媚川珠」代表香港人，「上林苗」象徵北京客，而憐惜出身北洋大戶的友人，始終無法真正融入南方生活；至於成長於北京的勞氏，業已寓居香港五年，面對「同為天涯淪落人」，乃不覺流露「獨在異鄉為異客」的戚戚之懷。

第三首平起首句押韻，韻部上平聲四支。本詩描述勞氏與友人的風雅之誼，並點出兩人面對友情的不同態度。首聯先借珍妃為喻，形容友人儀表出眾；次敘雙方投契，順勢帶出三、四兩句。項聯承「流連」之意，摹寫勞氏與友人的共處時光，頗見品茗對奕、詩酒風流的文人雅致。至腹聯詩意急轉，「鴆鳥懸怨」之語，暗示友人對雙方情誼已生過度期待；而勞氏則以「桑下三宿」為說，表明自己面對友情原諸真誠一片，並無它意。尾聯剖陳尤切，引用「前度劉郎」的典故，道出自與友人情好日疏以來，猶似劉郎揮別天臺，緣盡止此，勿復強求。蓋人生過處，宛若舟行水面，雖現漣漪，終究波平如鏡；「相思」云者，未必落花餘情，總歸春悵之偶然。

第四首仄起首句押韻，韻部下平聲六麻。本詩藉賦詩言志為喻，一吐勞氏寓居生涯的壘塊。首聯自言年歲漸增，感物興懷之思日趨倦乏；「厭」之一字，既表達對文章虛名的淡漠，也呈現出生命的疲態。項聯疊用兩組詩中有畫的意象，前句以「浮雲遊蜃」的倏忽如幻，象徵人生情感的華麗空虛；後句以「滿月暮鴉」的歡極愁生，對應「憔悴江南倦客，不堪聽、急管繁弦」的寥落心緒。腹聯承接項聯旨意，先以「換羽移宮」譬況己身與人周旋，興盡而返，不欲深交；再以「辭秦過楚」嘲諷旁人蜚短流長，率皆無稽之談，未能體貼當事人的心境。尾聯引用魏野戲詠紅袖詩的典故，笑嘆周遭「紅袖」自詡對勞氏的了解，尚與宛如「碧紗」般的知音相去甚遠；可知其時勞氏苦於屈伸失志，落花之意，流水隨緣，「垂簾茗盞」之誼，終成天涯惆悵。

第五首仄起首句押韻，韻部下平聲十一尤。本詩透過生活片段，重申對友人的憐才之意，另暗刻雙方情誼漸趨淡薄的轉折。首聯舉東漢仕女孫壽的「愁眉妝」為喻，形容友人淺笑含愁的神態。項聯偶涉塵緣往事，記述勞氏因驚覺友誼變化，自是始生界劃之想。腹聯轉而歎賞友人的豐富才情，前句先以「鰲禁帖書」點出其兼具文物藏家的身分，後句復以「星家術數」明言其於占星、相命方面的造詣。尾聯綜合本詩之旨，前句既稱讚友人「清才」難得，又憐惜其猶「蘭芷泥中」，不免懷才受妒；後句則勸慰友人愛惜羽毛，莫因「鴆鳥懸怨」，折損清才風姿。設語之間，勞氏惜才愛才之心，溢於言表。

第六首仄起首句押韻，韻部上平聲五微。本章總括全詩意蘊，首聯先以「熒惑狂侵」之象表達對時局的憂心，復以「已非」、「同違」之語流露屈伸失志的抑鬱；勞氏於此將思舊之情化入家國之思，正朗現首章「未必餘情」、「偶然春盡」的君子坦蕩。項聯寄寓友情逝去的遺憾，「雲深」、「黃鶴」之句，感慨人生聚散，世事難料；「斗轉」、「紫微」云云，意喻舊影無蹤，魚雁何之？腹聯從而抒發思念故交的嗟嘆，以「新釀」自佳不及陳酒、「輕羅」雖好猶念舊衣的動人比方，表現出對昔日風雅之誼的深切緬懷。尾聯節情而宣理，先以楊秉「淳白」之譽，剖陳心志之清；復以莊生「夢蝶」之喻，言明己身並非爛漫輕薄之徒。可知勞氏「舊時之念」，亦如首章「天涯之悵」，所「悵」者終非兒女情懷，所「念」者故是偶然指爪的人生雪泥。

〈無題〉一詩雖以「悵」字回首，然全詩始乎「未必餘情」之「偶然」，而終於「肯化蒙莊」之「淳白」，情意誠正，造語莊重，尤以澄澈之眼洞察思緒，以溫厚之筆幽抒心曲，呈現出滌蕩自我、醒覺人生的超拔格調，非徒流連光影、黯然傷懷之作所可比擬。

題畫梅　吳幸姬述解

其一

貼窗淡影望橫斜，[1]共識中原第一花[2]，猶記錦城[3]常醉倒，沈園香雪[4]又誰家？

其二

肯歎人間得令遲[5]？本來桃李占芳時，十年遍歷冰霜劫，一對寒枝[6]一展眉。

題解

此二絕作於庚子年（1960），勞氏時年三十三，離臺赴港五載。勞氏於詩中藉詠梅以抒其懷。

註釋

1. **貼窗淡影望橫斜**：此句出自宋・林逋的詠梅名句：「疏影橫斜水清淺，暗香浮動月黃昏。」其中所謂「疏影」、「暗香」指的是梅花。
2. **中原第一花**：明清兩代將梅、蘭、竹、菊稱作「四君子」，梅花名列第一；又梅花乃中華民國的國花，故謂「中原第一花」。
3. **錦城**：蜀成都之錦官城也。〈益州記〉：益州城，張儀所築。錦城在州南，蜀時故宮也，其處號錦里。唐・李白〈蜀道難〉：「錦城雖云樂，不如早還家。」
4. **沈園香雪**：典出宋・陸游與表妹唐琬的愛情故事。依史載，雖然陸游與唐琬婚後鶼鰈情深，但因陸母不喜其妻，故兩人被迫仳離。日後，陸游另娶王氏，唐琬改嫁趙士程。多年後的一個春日，陸游到山陰

（今浙江省紹興市）城東南的沈園遊覽，與唐琬、趙士程不期而遇，唐琬命人送來酒肴，陸游飲下酒後，不禁百感交集。因此在壁間題下〈釵頭鳳〉一闋。參宋・陳鵠《耆舊續聞》、周密《齊東野語》。「香雪」乃梅之別名。〈湖壖雜記〉：湖墅有三勝地，西溪三梅名曰香雪。勞氏曾與小他幾個月的遠房表妹丁氏訂親，後因國難當頭，彼此理念不同而協議解除婚約，故於末句借詠陸游沈園之情以抒其懷。

5. **得令遲**：指梅樹於臘月始發花，相對於桃、李等花開於春時，乃為遲也。
6. **寒枝**：寒天葉落之枝也。唐・李白〈遊秋浦白笴陂〉詩：「山光搖積雪，猿影挂寒枝。」

鑒賞

勞氏此二絕雖題名「題畫梅」，但卻不著一梅字，而將梅花之姿態、屬性、精神，以及人由之所起之感懷，一併寫出，可見其詩心之所注。這兩首七絕筆法相同，均於首二句破題寫梅，而於末二句寫觀畫梅後的感懷。

第一首首二句「貼窗淡影望橫斜，共識中原第一花。」既寫畫梅之清疏淡雅姿態，又點出梅花乃中華民國之國花的意涵；緊接著，勞氏從國花聯想到國難，因此，第三句即寫其昔日寓居四川成都的流亡歲月。勞氏在此懷舊中，想起了昔日於遠房表妹家聚會賞梅的往事。勞氏曾與遠房表妹訂親，後因國難當頭，彼此理念不同而協議解除婚約，故於末句借詠陸游沈園之情以抒其懷。

第二首首二句「肯歎人間得令遲？本來桃李占芳時。」則就梅之臘月開花，與桃李花開春時相對照，以顯其不畏寒冷，冒雪發花之特性。勞氏由此憶起其入臺、離臺、赴港這十年間所遭受的風霜折衝，一如梅花冒雪挺立，故言「冰霜劫」既寫梅又狀己。末了「一對寒枝一展眉」可說是勞氏對自己能有如梅花雪中挺立的堅毅精神的自嘉語。「題畫梅」第一首押的是下平聲六麻韻，第二首押的是上平聲四支韻。

太平山晚眺　吳幸姬述解

淫霖[1]未息暮雲稠，信是春時令作秋，大地煙沉風北渡，一峰骨立水東流。寧無俊傑供青眼[2]，自有文章伴白頭，龍血玄黃[3]哀閉隱，書生忍悴稻粱謀[4]。

題解

這首七律作於庚子年（1960），勞氏時年三十三。勞氏獨立於太平山山頂晚眺，有感於海峽兩岸局勢之艱困，而知識份子卻無所著力，故藉詩文以表心意。

註釋

1. **淫霖**：降雨三日以上謂之淫霖。與淫雨同。《禮記．月令》：「季春……行秋令，則天多沈陰，淫雨蚤降，兵革並起。」鄭〈注〉：「淫，霖也。」孔〈疏〉：「雨三日以上為霖。」
2. **青眼**：謂喜悅時正目而視，眼多青處也。對白眼而言。依《晉書．阮籍傳》所載，阮籍不拘禮教，能為青白眼，見禮俗之士，以白眼對之。嵇喜來弔，籍作白眼，喜不懌而退。喜弟康聞之，乃齎酒挾琴造焉；籍大悅，乃見青眼。
3. **龍血玄黃**：喻天下爭戰也。《易經．坤》：「龍戰于野，其血玄黃。」孔〈疏〉：「陰極盛似陽，故稱龍焉。盛而不已，固陽之地，陽所不堪，故陽氣之龍與之交戰。」此言陰爻與陽爻相爭也。
4. **稻粱謀**：謂謀生也。

鑒賞

這首詩的前半重在寫景，勞氏首先以陰雨綿綿的季春卻有秋季寒意作背景，加上北渡的風吹拂，烘托出矗立於蒼茫之中的太平山。勞氏此時獨立於山頂上遠眺，遂由景入情，其所謂「淫霖未息暮雲稠」

雖然寫的是景，實則隱喻當時詭譎多變的兩岸政局。因此，在這首詩的後半，勞氏旋即從太平山的眺望中，思及兩岸政治局勢的艱困。勞氏捫心自問：身為知識份子，當如何面對這一世局呢？勞氏以為，面對大陸中共當局，一時之間是無可反撲的，而若臺灣的國民政府則又出以威權統治，令異議之士無所措手足。因此，勞氏心中頗感蕭瑟，但又不願太消沈，亦且盼有人才為國效力。後半兩聯「寧無俊傑供青眼，自有文章伴白頭，龍血玄黃哀閉隱，書生忍悴稻粱謀」勞氏寫來可謂沈痛之至。身值亂世，又無法救世置於清明之際，只能以謀生為志，誠乃知識份子的悲懷。這首詩押的是下平聲十一尤韻。

公遂自星加坡歸來，高談竟日，對酒書感　吳幸姬述解

其一

輕舟一日故人歸，入憶星霜事半非，華髮未容忘歲月，小園依舊長薔薇。百年風雨供詩筆，何處江湖託釣磯[1]，留得披肝[2]相見意，眾中懷抱任乖違。

其二

白眼[3]經年未改狂，苔痕當戶悵江郎[4]，燈花夜盡紅何益？螢火秋深碧作涼。取友素無輕許語，傷時各是積愁腸，紛紜蠻觸[5]休相聒，深閣黃昏一舉觴。

題解

此二律作於庚子年（1960），勞氏時年三十三歲。勞氏與涂公遂舉杯話星霜，不禁為其夙志未改，狂放如昔所感，而述諸詩文以誌之。

註釋

1. **釣磯**：釣石也。依《後漢書．名勝志》所載，釣臺山在東阿縣鎮城東南，山多碎石，若魚蟹狀，麓有釣磯，相傳嚴光釣處。嚴光，東漢餘

姚人。本姓莊，避明帝諱改，一名遵，字子陵。少與光武同遊學。及光武即位，光變姓名，隱居不見。帝思其賢，物色得之，除諫議大夫，不就。歸隱富春山，耕釣以終。後人名其釣處曰：「嚴陵瀨」。

2. **披肝**：亦即披心肝。謂披露誠心以示人也。《漢書・蒯通傳》：「臣願披心肝，墮肝膽。」
3. **白眼**：謂怒目而視，睛藏多白也。參〈太平山晚眺〉「青眼」之註。
4. **江郎**：謂南朝江淹。後世以「江郎才盡」喻文人之才華窮盡也。
5. **蠻觸**：《莊子・則陽》中假設之小國名。《莊子・則陽》：「有國於蝸之左角者，曰觸氏；有國於蝸之右角者，曰蠻氏。時相與爭地而戰，伏屍數萬，逐北旬有五日而後反。」此謂香港。

鑒賞

茲因此二律乃是勞氏與涂公遂對談終日，有感而發，故兩首詩的前半均直就公遂事述之，而後半則加入勞氏與公遂之情誼的書寫。

第一首首聯「輕舟一日故人歸，入憶星霜事半非」即破「公遂自星加坡歸來，高談竟日，對酒書感」之詩題，而項聯「華髮未容忘歲月，小園依舊長薔薇」寫物是人非以狀彼此的年華漸逝。腹聯「百年風雨供詩筆，何處江湖託釣磯」則寫勞氏思及清末至民國以後百年來的紛擾動盪之僅供詩筆憑弔之，而若生當此際之人又能逸隱何處的悲感。尾聯「留得披肝相見意，眾中懷抱任乖違」則嘉勉彼此肝膽相見之情義。這首詩押的是上平聲五微韻。

第二首首聯「白眼經年未改狂，苔痕當戶悵江郎」描寫公遂狂者的性格不曾稍改，但有江郎才盡之嘆。項聯「燈花夜盡紅何益，螢火秋深碧作涼」以「燈花」和「螢火」出現在不合宜的時機中，其發光發熱的功用亦無法發揮，暗喻自由中國在星加坡的熱鬧活動也是虛的，因它不足以撼動當時海峽兩岸的局勢；亦即勞氏不認為星加坡可以成為自由主義的活動基地。腹聯「取友素無輕許語，傷時各是積愁腸」則寫勞氏平時不輕易讚美人，但對公遂之憂國傷時，亦深表讚許。尾聯「紛紜蠻觸休相聒，深閣黃昏一舉觴」則謂香港之有識之士雖然議論紛紛於國事，卻不見得是真知灼見，還不如舉杯高飲以沈澱思緒。這首詩押的是下平聲七陽韻。

題涂公遂畫梅　吳幸姬述解

義寧詩筆[1]最高寒，餘事丹青遣夜殘，莫作市人[2]皮相語，平生風骨此中看。

案：公遂執教南洋，將籌開畫展，攜所作梅花直幅至港，索芳洲社同人題句。予於酒邊書此絕。公遂善為詩，與散原[3]同鄉，平日罕事丹青也。

題解

此絕作於庚子年（1960），勞氏時年三十三歲。勞氏為涂公遂之畫展所作之題畫詩，因涂氏善為詩而不善畫，故勞氏不正面言其畫之優劣，而反讚其詩之高寒風格。

註釋

1. **義寧詩筆**：茲因涂公遂乃江西義寧人，故以地名稱之。此是以涂與陳散原相比，贊美其詩才，而以作畫為餘事。
2. **市人**：商人也。
3. **散原**：指清末民初同光體詩人陳三立（1853～1937），字伯嚴，號散原。

鑒賞

勞氏題名「題涂公遂畫梅」，而詩中不著一梅字，但從首句「義寧詩筆最高寒」聯繫末句的「平生風骨此中看」，可見勞氏將詩、畫與人融為一體，而以梅花之精神作為判準。茲因涂公遂善為詩，故勞氏首句「義寧詩筆最高寒」即讚美其詩高潔淡寒。緊接著「餘事丹青遣夜殘」一句，則點出丹青乃涂氏閒暇之作，非其擅長之項。因此，勞氏在尾聯說：「莫作市人皮相語，平生風骨此中看」意指看畫應從畫中看出畫家之精神所在。這首詩押的是上平聲十四寒韻。

夜坐偶成　吳幸姬述解

其一

又撫殘書[1]坐夜闌，晴陽新退小春[2]寒，養生失畜三年艾[3]，進學愁登百尺竿[4]。文敝[5]時流多語誤，劫深天下共才難，前宵夢入中原路，滿座猴冠[6]不忍看。

其二

海霧浸窗月半明，憂來無跡感平生，服妖[7]舉世崇囚垢[8]，黨禍何人問濁清？經世豈須文不朽，養心翻喜病相成，天涯白髮頻年長，惆悵縱横少日情。

案：是時美國嬉癖士之風甚盛，港人效之，以囚首垢面自喜

題解

此二律作於庚子年（1960），勞氏時年三十三。勞氏讀書至夜闌，偶感而作。詩中述及他對養生、進學的看法，以及感嘆時局之顛簸和文化之飄搖。

註釋

1. **殘書**：殘缺脫誤之書。北宋・陸游〈病中作詩〉：「殘書不成讀」。
2. **小春寒**：在此指清明前後的清涼意。
3. **三年艾**：即三年之艾。喻事當預為儲備也。《孟子・離婁》：「今之欲王者，猶七年之病，求三年之艾也。」趙〈注〉：「艾可以灸人病，乾久益善，故以為喻。」
4. **百尺竿**：即言百尺竿頭。謂百尺竿之頂端，喻極高處。《傳燈錄》：「百尺竿頭須進步，十方世界是全身。」
5. **文敝**：猶文弊也。《史記・高祖本紀》贊：「三王之道若循環，終而復

始；周秦之閒，可謂文敝矣。」

6. **猴冠**：沐猴而冠，指共產黨。
7. **服妖**：謂服飾怪異者。《漢書．五行志》：「風俗狂慢，變節易度，則為剽輕奇怪之服，故有服妖。」
8. **囚垢**：猶囚首喪面也。謂首不櫛如囚，面不洗如居喪，此蓋譏王安石之矯情戾俗也。

鑒賞

自一九四九年入臺借讀臺大，又於一九五五年離臺赴港，這因著國亂而來的不斷遷徙，令勞氏對政局的發展特別關注，而受中國傳統文化薰陶頗深的他對此變亂中之中國傳統文化的存廢興衰更具憂心。懷此憂國傷世之情，夜闌獨坐不免憂思滿懷。這二律寫的正是勞氏獨坐偶感。

第一首首聯「又撫殘書坐夜闌，晴陽新退小春寒」即謂勞氏於清明前後獨坐看書的一個夜裡所起的詩興。勞氏於項聯「養生失畜三年艾，進學愁登百尺竿」中感嘆自己未能在養生方面多所防護，以致身體微恙，而在進學方面又恐不能百尺竿頭更進一步。繼而勞氏由自己想到家國文化，腹聯所謂「文敝時流多語誤，劫深天下共才難」即謂其感嘆國亂所帶來的文化衰弊，以致時人解釋經籍文化時言多有誤，難得有博雅之士。這憂嘆即使在夢裡亦難消解。故尾聯謂「前宵夢入中原路，滿座猴冠不忍看」。這首詩押的是上平聲十四寒韻。

第二首首聯「海霧浸窗月半明，憂來無跡感平生」首先點出勞氏的憂思。勞氏所憂者不僅止於一己平生之遭遇而已，還有項聯所謂「服妖舉世崇囚垢，黨禍何人問濁清」。勞氏對當時香港人崇洋媚外，競效美國嬉癖士之風，以致不顧共產黨所造成的國勢衰頹，文化飄搖的現象，可謂憂心忡忡。因此，勞氏在腹聯「經世豈須文不朽，養心翻喜病相成」中即述及經世致用的問題。勞氏以為，即使自己的文章可以不朽，對經世來說又有何助益呢？而若害病時，卻反而有助於養心。由於此時勞氏正在養病中，所以尾聯即以「天涯白髮頻年長，惆悵縱橫少日情」來表述其伴隨年齡增長而綿綿不絕的惆悵憂思。這首詩押的是下平聲八庚韻。

步千石移居詩原韻書懷，即柬諸友　吳幸姬述解

其一

回天[1]已覺壯圖[2]虛，剝[3]極何人許得輿？秋近衣衫矜瘦骨，夜深眉髮照殘書。園林偶住同吾有，風節相看笑世疏。莫歎蘭成[4]最蕭瑟，江山當劫獨安居？

其二

無福誠齋[5]百遶欄，此身終歲道途間，註經已誤韋三絕[6]，耐病翻輕藥九還[7]。理熟狂言慚舊稿，心安闤市即名山。天花[8]縱滿如來座，未易人前化石頑。

其三

讀史虛窗臥午晴，驚心衰宋與殘明，操持東閣[9]姦雄志，點綴南園座客聲[10]。逆案深文誣續祚[11]，清流掉首絕延平[12]。昨宵夢踏金陵[13]月，燐火荒臺蔓草生。

其四

劫塵改盡舊衣冠，我已亡家去住難，曲嗓朱離[14]迴夢聽，杯深白墮[15]掩愁看。情非高岸思才切，詩厭穠華著筆寒，拔宅久遺兒輩笑，卻憐雞犬傍劉安[16]。

案：是時臺灣《自由中國》被禁，雷震以「匪諜」罪入獄。

題解

此四律作於庚子年（1960），勞氏時年三十三。勞氏借步芳洲詩社林千石移居詩原韻以抒發其居旅香港時，因為聽聞是時臺灣「自由中國」被禁，雷震以「匪諜」罪入獄而來的對時亂、喪國、亡家和逆謀等議題的觀感。

註 釋

1. **回天**：喻能移轉不易挽回之事勢也。
2. **壯圖**：企圖為弘偉之業曰壯圖。唐・杜甫〈入洞庭湖〉詩：「曹公屈壯圖」。
3. **剝**：《易》之卦名。剝為剝落。一陽爻於五陰爻之上，有陰長陽衰之象。鄭《注》：「萬物零落，故謂之剝也。」
4. **蘭成**：北周詩人庾信之小字。庾信〈哀江南賦〉：「王子濱洛之歲，蘭成射策之年。」唐・張說〈過庾信宅〉詩：「蘭成追宋玉，舊宅偶詞人。」唐・杜甫〈詠懷古蹟〉云：「庾信平生最蕭瑟，暮年詩賦動江關」。
5. **誠齋**：謂楊萬里。宋，吉水人。字廷秀。紹興進士。調零陵丞，時張浚謫居永州，勉以正心誠意之學，萬里服其教終身。改知奉新，孝宗時召為國子監博士。後以寶文閣待制致仕，進寶謨閣學士。寧宗朝韓侂冑用事，築南園，屬萬里為之記，許以抑垣，萬里曰：「官可棄，記不可作。」及家居，侂冑專僭日甚，萬里幽憤成疾，會族子言侂冑用兵事。萬里慟哭失聲，呼紙書其罪狀，又書十四言別妻子，擲筆而逝。年八十三，諡文節。光宗嘗為書誠齋二字，學者稱誠齋先生。著有《誠齋易傳》、《誠齋集》、《詩話》等。參《宋史》卷四三三，《宋元學案》卷四十四。
6. **韋三絕**：猶韋編三絕也。喻人讀書之勤也。《史記・孔子世家》：「孔子晚而喜《易》，〈序彖〉、〈繫〉、〈象〉、〈說卦〉、〈文言〉，讀《易》，韋編三絕。」
7. **藥九還**：道家練金石為丹，有九還丹說。第一丹名丹華，服之七日仙。第二丹名神符，服之百日仙，塗足下可步行水上。第三丹名神丹，服一刀圭百日仙。第四丹名還丹，服一刀圭百日仙，以一刀圭合水銀一斤火之，立成黃金。第五丹名餌丹，服之三十日仙。第六丹名鍊丹，服之十日仙。第七丹名柔丹，服一刀圭百日仙。第八丹名伏丹，服之即日仙。第九丹名寒丹，服一刀圭百日仙。

8. **天花**：佛家語。謂天上之妙花也。《維摩經》：「佛告文殊師利，汝詣維摩詰問病時，維摩詰室有一天女，見諸大人，聞所說法，便現其身，以天花散諸菩薩大弟子上，而為供養。」此即講經說法，天花亂墜之典故。
9. **東閣**：東向所開之小門。漢公孫弘為丞相，開東閣以招賢士，因以稱宰相招賢之地曰東閣。一作東閤。
10. **南園座客聲**：清・潘永因編《宋稗類鈔》一書云韓侂胄嘗「與客飲南園，……曰：『此真田舍景，但欠雞鳴犬吠耳。少焉，有犬嗥叢薄間，視之乃師擇也。」此言南園座客作犬吠事。
11. **縯祚**：即雷縯祚。明，太湖人。字介公。崇禎進士。授刑部主事，擢武德道兵備僉事。山東被兵，守德州。疏劾督師范志完、首輔周延儒、尚書范景文、諭德方拱乾等，與志完等抵京面質。帝怒，誅志完，令縯祚歸任。福王，立於南京，以縯祚曾主立潞王議，賜自盡。參《明史》卷二七四。
12. **延平**：即謂鄭成功。明末，南安人。芝龍子。初名森，字大木。唐王賜姓朱，改名成功。崇禎末，京師陷，唐王即位福州，芝龍降清，成功遁入海島，據南澳，桂王封為延平郡王，連攻舟山、福建，取臺灣為根據地，仍奉明年號，魯王奔臺灣依之。成功卒，子經、克塽相繼立，康熙時為清所破，克塽降。參《南疆繹史摭遺》卷十。
13. **金陵**：地名。即今南京市及江寧縣地。戰國楚為金陵邑，東晉時謂之金城，唐武德三年改江寧曰歸化，八年改歸化曰金陵，九年又改金陵曰白下，五代楊吳時建為金陵府，南唐李氏建都，改置江寧府。勞氏於此以南京象徵國民黨，因為國父孫中山先生的陵墓就在此地。
14. **朱離**：西夷之樂也。一作侏離、株離、林離。
15. **白墮**：人名。姓劉，晉時善釀酒者。河東人。所釀香美異常，飲之經月不醒，且可遠致千里。北魏永熙中，青州刺史毛鴻賓齎酒之藩，路中遇盜，盜飲之皆醉，俱被擒獲。時游俠語曰：不畏張弓拔刀，但畏白墮春醪。見《洛陽伽藍記》。後人因以白墮為酒名。
16. **劉安**：漢高帝孫，襲父封為淮南王。讀書鼓琴，善為文辭。武帝方好藝文，甚重之，詔使為離騷賦。自旦受詔，日食時上。嘗招致賓客方士，作內書二十一篇，又有中篇八卷，言神仙黃白之術。安以內篇獻諸帝，帝愛秘之，即今《淮南子》。元朔間重賜凱杖不朝。後有逆謀，事發，自殺。見《漢書》卷四十四，《神仙傳》卷四。

鑒賞

勞氏在此四律中抒發他對時局的動亂，迫使有識之士無所著力的無奈悲懷。

第一首首聯「回天已覺壯圖虛，剝極何人許得輿」即明白說出縱有企圖開創宏偉之業，但於此亂局可謂回天乏術，並且在這頹墮之世又有哪一個有識之士能為當局所拔擢而治理國政呢？思及此，勞氏便於項聯和腹聯中轉述自己秋夜讀書，憶起昔日偶住園林，那賓至如歸之感，以及與旅居加拿大的畫家林千石笑看世間疏陋之豪情。繼而勞氏想到了同樣遭逢家國之痛，飄零流寓的東晉詩人庾信。杜甫曾謂「庾信平生最蕭瑟，暮年詩賦動江關」。勞氏於尾聯云：「莫歎蘭成最蕭瑟，江山當劫獨安居」即期勉自己與林千石諸友當如庾信一般，身居亂世而能安頓其生命。這首詩押的是上平聲六魚韻。

第二首詩謂勞氏在進學方面的省思。勞氏於首聯乃藉由楊萬里閒居時所述之「更無短計銷長日，且繞欄杆一百回」（〈都下無憂館小樓春盡旅懷二首〉之一）的情況，反襯自己現在的忙碌生活，即：一方面要講學、做研究和寫文章，另一方面還要從事文化運動。勞氏於項聯「註經已誤韋三絕，耐病翻輕藥九還」則描述自己久害胃疾的情況。勞氏在詩的前句感慨的說此疾常耽誤自己為學研究的進度，而後句則灑脫的說自己是「久病成良醫」，亦即他的身體早已習慣胃痛的感覺，因此可以自我忍受，不須藥物止疼。勞氏於腹聯「理熟狂言慚舊稿，心安囂市即名山」則言自己在為學上不斷地開拓理境而不畫地自限，此外，在處世上則始終能保持安定的心境生活於繁華的都市間。不過，勞氏雖感慰自己能心安囂市不斷進學，但仍不免感嘆傳道授業並非易事，故尾聯謂：「天花縱滿如來座，未易人前化石頑」，言自己講學的內容明明清楚又有系統，可是聽講的人卻大多數未能理解。此處彰顯出勞氏對進學和教學之用心，亦即關涉其欲效孔子拯救文化於將墜之懷抱。這首詩押的是上平聲十五刪韻。

第三首詩寫勞氏在讀史中所引起的感懷。勞氏在詩的首聯云：「讀史虛窗臥午晴，驚心衰宋與殘明」即點出「衰宋與殘明」的危亡，乃在於招賢納士之門為當時的權貴所把持，故衍生出結黨攀權及排斥異己的情勢。例如：宋寧宗朝的權臣韓侂胄有一次在南園遊賞時，言及無雞鳴狗吠助樂，旋即便有人學狗吠之聲來討好他，故勞氏於項聯謂：「操持東閣姦雄志，點綴南園座客聲」，感慨結黨攀權之風盛行於世。另外，勞氏於腹聯又舉清初之南明政權為例，言其勢力雖微，不過還是有專權者殘害異己的事發生，例如：福王時期有雷縯祚受誣而死，明鄭時期亦不乏像朱舜水之儔的清流人士，見明鄭之朝亦是如此，便掉頭轉往他處隱居者。勞氏從讀南明史至觀當時國民黨在臺執政之情況，鑑古以知今，對於國民黨反攻大陸的計畫感到很不樂觀，故於尾聯感嘆說：「昨宵夢踏金陵月，燐火荒臺蔓草生」，可見勞氏對於國民黨無法反攻大陸的情勢甚為擔憂，一直到入夢都還關注此事。這首詩押的是下平聲八庚韻。

第四首詩勞氏從歷史的感懷回到自己的遭遇敘說。勞氏首先在詩的前半云：「劫塵改盡舊衣冠，我已亡家去住難，曲噪朱離迴夢聽，杯深白墮掩愁看」點出自己於政權轉移之際的亡家之痛，那只能聆聽西洋歌曲，以酒澆愁的悲涼。繼而勞氏在詩的後半云：「情非高岸思才切，詩厭穠華著筆寒，拔宅久遺兒輩笑，卻憐雞犬傍劉安」則慨言自己值此亂世，每思有識之士能起而拯救國運於不墜，因此，下筆寫詩則宗高寒之風。最後，勞氏於尾聯言身逢亂世鮮能安享天倫之樂，故而思及因逆謀事發而自殺的淮南王劉安，身當太平之世卻無法全身安居。這首詩押的是上平聲十四寒韻。

這四首詩看來各自獨立，實則環環相扣，全因聽聞當時臺灣「自由中國」被禁，雷震以「匪諜」罪入獄而來的感懷。從第一首的「莫歎蘭成最蕭瑟」，第二首的「無福誠齋百遶欄」，第三首的「逆案深文誣縯祚」，以至第四首的「卻憐雞犬傍劉安」等典故的安排，在在看出勞氏對於喪國亡家中知識份子的艱難處境的悲感，而這樣的情懷存在於勞氏與雷震等當時有識之士的心中。勞氏寫來不著雷震案件半句，卻緊扣著時亂、喪國、亡家和逆謀等議題來書寫，使其憂思更深，而詩格更高。

庚子冬，伯兄貞一擬過港小留，嗣因簽證不順而作罷，惘然有作　吳幸姬述解

浩歌何地容幽隱，離亂頻年笑苟全。世局撥灰心欲死，生涯閉閤暮成憐。闕文遍註流沙簡，[1]逸興新徵錦瑟篇。[2]絕倒王澄[3]蕭散意[4]，東堂[5]揮麈[6]久無緣。

題解

這首七律作於庚子年（1960），勞氏時年三十三。勞氏於二〇〇五年五月二十一日憶及後，手書其詩於臺北寓所。勞氏於詩中表述對其身值亂世，不能有所作為，而僅能隱居自處，書寫文章以全身的感懷。詩成後勞氏曾寄予其伯兄貞一，而其伯兄亦有和詩，即〈庚子十一月赴馬尼拉開歷史學會，會畢擬赴香港一行，而香港簽證遲遲不到，無法前往，仲瓊以詩來，即步原韻卻寄〉（見《成廬詩稿》）。

貞一是勞榦的字。勞榦生於一九〇七年，卒於二〇〇三年八月三十日，北京大學歷史系畢業，自一九三二年九月至二〇〇三年八月任職於中央研究院史語所。來臺之後，勞榦又先後任職於臺大歷史系及美國加州大學洛杉磯分校，一九五八年獲選為中央研究院院士，其研究範圍為秦漢制度。他所提出的成果，不論在官制、地理、人口、經濟、社會諸方面，均足以發千年未解之覆，補班馬未載之筆。勞榦去世時，其弟子許倬雲為文悼念：「師天才過人，史學造詣冠絕一時，書法雄渾，詩語自然，均能卓然成家。 師待人寬厚，享大名而不招人忌。堅固正直，博大高明，天賜大年，福壽全歸，全德之報也」。

註釋

1. **闕文遍註流沙簡**：謂勞榦壯年曾千里跋涉，渡磧考察居延遺址，遂考釋居延漢簡，以闡明漢代邊塞制度及屯戍生活。
2. **逸興新徵錦瑟篇**：謂勞榦於漢簡研究之餘，曾於一九五八年發表〈李商隱詩之淵源及其發展〉一文，以明李商隱在文學史上的重要性。
3. **王澄**：晉人，衍弟。字平子，諡憲。惠帝末，官至荊州刺史。元帝時，徵為軍諮祭酒，赴召時，王敦憚其盛名，使力士縊殺之。見《晉書》卷四十三。
4. **蕭散意**：謂失望。
5. **東堂**：晉代之宮殿名，立賢良受試之所。
6. **揮麈**：謂揮麈尾以為助談。

鑒賞

勞氏於首聯「浩歌何地容幽隱，離亂頻年笑苟全」即表述其生值亂世，不能有所作為，而僅能隱居自處以全身的感懷。繼之，勞氏在項聯「世局撥灰心欲死，生涯閉閣暮成憐」裡便直陳面對詭譎多變的世局，其心中的失望與生涯開展因此受躓的傷感。腹聯「闕文遍註流沙簡，逸興新徵錦瑟篇」乃謂勞氏之伯兄貞一在漢簡方面的研究之外，亦同時旁及李商隱詩的研究。最後，勞氏於尾聯「絕倒王澄蕭散意，東堂揮麈久無緣」中自比王澄的不供世用，而將勞榦比王衍，慨嘆兄弟二人因世亂而不能促膝常談。這首詩押的是下平聲一先韻。

辛丑（一九六一年　三十四歲）

辛丑人日　陳旻志述解

細雨飄寒暮入樓，十年繁夢酒邊收。過江冠帶真如鯽，[1]落紙名銜屢應牛[2]。嘶馬只今仍北向，[3]祖龍終古笑東遊。[4]艱辛世味投荒[5]意，爭使潘郎不白頭。[6]

題解

此詩作於辛丑年（1961），農曆正月初七日，勞氏三十四歲。舊時稱農曆正月初七日為「人日」，南朝梁．宗懍《荊楚歲時記．正月》：「舊以正月七日為人，故名人日，翦綵鏤金箔為人，皆符人日之意。」本詩則純為記時之作。

註釋

1. **過江冠帶真如鯽**：冠帶，乃謂士族或貴人。鯽，鯽魚常成群游於河中。此處用「過江之鯽」的典故，東晉時中原淪陷，北方許多名士紛紛南渡，就像江中成群結隊的鯽魚一樣。清．魏秀仁《花月痕》第二十回有詩句云：「過江名士多於鯽」即形容此事。
2. **應牛**：比喻是非本無一定的標準，毀譽隨人而定，職位由人稱呼，不加計較。此用呼牛作馬之典，《莊子．天道》：「昔者子呼我牛也，而謂之牛；呼我馬也，而謂之馬。苟有其實，人與之名而弗受，再受其殃。吾服也恆服，吾非以服有服。」
3. **嘶馬只今仍北向**：比喻思念故鄉或不忘本的情懷。《昭明文選．古詩十九首．行行重行行》：「道路阻且長，會面安可知。胡馬依北風，越鳥巢南枝。相去日已遠，衣帶日已緩。浮雲蔽白日，游子不顧返。」此詩乃謂胡馬原出於北，無由而南，無奈只能依望北風；越鳥原產於南，無由而北，只能暫且巢宿南枝。兩者皆取象於鳥獸思歸之哀情，以及眷戀故土之情結，以喻逐臣思念君國，抑或遊子驛旅思返的意緒。

4. **祖龍終古笑東遊**：祖龍，秦始皇的別稱。《史記‧秦始皇本紀》：「有人持璧遮使者曰：『為吾遺滈池君。』因言曰：『今年祖龍死。』」南朝宋‧裴駰《史記集解》引蘇林曰：「祖，始也。龍，人君象。謂始皇也。」東遊，乃謂始皇東遊遇安期生一事。安期生，琅琊人。方仙道術士，秦漢間傳說中的仙人，受學於河上丈人。於海濱賣藥，始皇東遊，相談三晝夜，賜予金帛，皆置之而去，留書以別，謂後千年求我於蓬萊山，始皇遣使入海尋之，遇風浪而還。
5. **投荒**：流放到荒遠的地方。唐‧柳宗元〈別舍弟宗一詩〉：「一身去國六千里，萬死投荒十二年。」
6. **爭使潘郎不白頭**：此句典源為「潘郎白頭」，縱然如晉代美男子潘岳，也難免有衰老之嘆。潘岳〈秋興賦〉：「晉十有四年，余春秋三十有二，始見二毛。……譬猶池魚籠鳥，有江湖山藪之思，於是染翰操紙，慨然而賦。於時秋也，故以秋興命篇。」

鑒賞

勞氏目擊世事，往往起興殘局如此，孤詣奈何的況味。空有屠龍之技，偏偏現實處境，但見醜類簇擁，卻無龍可屠。匣中寶劍猶如苦心孤見，無力扶正陸沉的悲哀，夜半審顧世局，兀自吟嘯。此詩押下平聲十一尤韻，箇中難以懸解的情志，特別是在新年伊始之際，感觸尤深。昔時舊曆乃以正月七日為「人日」，民間尚且翦綵鏤金箔以符人日之意。項聯所言「過江冠帶真如鯽，落紙名銜屢應牛」，前句反映當時海外自由主義知識份子流亡置身海外甚眾，一如東晉士人南渡的情況一樣，後句則言自己在社會上活動時，並不拘泥頭銜稱呼這種小事。腹聯中雖自嘲面對中國大陸的亂局，始終無法施力回天，不過此時勞氏亦看出毛澤東這派人士的執政路數，勢將衰敗可期，乃嘲諷他們就如同當年秦始皇施行苛政，縱使東遊尋找長生之藥，仍無法挽回氣數將竭的命運。詩到末聯則描述自己對於時代和人生的感慨，所謂「艱辛世味投荒意，爭使潘郎不白頭」，反思從清末到民國初年，國家誠是處於內憂外患的情況，民不聊生，一旦念及，不由得使人心生滄桑之感。

農曆正月初七日本為所謂的「人日」，勞詩感於興寄，生而為人，本應是因緣俱足的果報，詩中卻透顯著壯士撫劍，浩然彌哀的困惑。心理年齡的沉鬱跌宕，此中時不我予的況味，兩相煎熬；儼然不是世俗少壯中人，汲汲營營於眼前榮華者，所能相提並論。

無題　陳旻志述解

其一

彈折[1]吳鉤[2]負壯圖[3]，銀箏曲轉客心孤。[4]燕姬越女[5]風流盡，懷抱相憐合浦珠[6]。

其二

紅粉[7]千家倚俗裝，眾中我已倦清狂。幽蘭曉日垂簾[8]坐，一種塵寰[9]未識香。

其三

羅裳錦簟[10]淨無塵，海碧天青證宿因[11]。從此清詞休寫恨，年年綵筆[12]賦迎春[13]。

其四

蠶絲[14]綠豆[15]兩難知，耳鬢相依欲語遲。十載流離忘老大，對君方惜少年時。

題解

此一系列組詩作於辛丑年（1961），勞氏三十四歲。詩有寄託，不欲顯示於題目，往往以「無題」為詩題。如唐代李商隱、清代黃遵憲等人的詩集中，此類詩皆寓有深意，或特定人事，以誌紀念，即以無題作為題目。

註釋

1. **彈折**：《戰國策．齊策四》：「齊人有馮諼者，貧乏不能自存，使人屬孟嘗君，願寄食門下……倚柱彈其劍，歌曰：『長鋏歸來乎！食無魚！』左右以告。……孟嘗君使人給其食用，無使乏，於是馮諼不復歌。」典源乃謂馮諼三彈其鋏而歌，自信才華出眾，在孟嘗君門下不甘作下客，因而彈劍柄而歌，要魚、要車、要養家。後以馮諼彈鋏比喻有才華的人暫處困境，有求於人；慨嘆不為人了解與見重的滋味與心境。勞詩此處並非彈折原意，乃特指縱然不斷抗議，仍未獲同理的回應，乃有自嘲徒勞之意。
2. **吳鉤**：武器名。一種彎形的刀，相傳為吳王闔閭所作，或為《封神演義》中木吒用的兵器吳鉤劍，後泛指鋒利的刀劍。再者亦寓有壯志亟待申展的氣慨，唐．李賀〈南園〉：「男兒何不帶吳鉤，收取關山五十州。請君暫上凌煙閣，若箇書生萬戶侯。」
3. **壯圖**：遠大的抱負與計畫。唐．杜甫〈過南岳入洞庭湖詩〉：「悠悠迴赤壁，浩浩略蒼梧。帝子留遺恨，曹公屈壯圖。」
4. **銀箏曲轉客心孤**：銀箏，樂器名。並可以搭配檀木製成的拍板，作為戲曲伴奏的節拍。元．喬吉〈沉醉東風〉曲：「見桃花呵似見他容顏，覷得越女吳姬匹似閑，厭聽那銀箏象板。」一說謝安晚年每有聽箏流淚，喟嘆國土南北分立的無奈。
5. **燕姬越女**：燕姬，古代對婦女的美稱，例如虞姬、戚姬等。或如上述元．喬吉〈沉醉東風〉曲謂：「越女吳姬」。鮑照〈舞鶴賦〉：「當是時也，燕姬色沮，巴童心恥。」越女，乃見漢．趙曄《吳越春秋．句踐陰謀外傳》乃謂越有處女，精劍術，國人稱善。越王句踐謀復吳仇，乃聘女問劍戟之術。女將見王，道逢老翁自號袁公，試女劍術，袁公不能敵，後變為白猿而去。既見王，王加女號為「越女」，使教軍士。
6. **合浦珠**：合浦，縣名，位於廣東省湛江市西北，沿海古產珠。典出《後漢書．循吏傳．孟嘗傳》乃謂漢代合浦郡沿海盛產珍珠，因宰守貪穢，濫採無度，珠遂漸遷移交阯郡。後孟嘗任合浦太守，革易舊弊，珠乃漸還。後比喻人離開而復返，或東西失而復得的景況；亦作「合浦還珠」、「還珠合浦」、「珠還合浦」，此處乃追懷當時的廣東知己，而有斯作。

7. **紅粉**：此處乃喻女子之意，唐・孟浩然〈春情詩〉：「青樓曉日珠簾映，紅粉春妝寶鏡催。」
8. **垂簾**：放下簾子。指閒居無事。《南史・顧覬之傳》：「御繁以約，縣用無事。晝日垂簾，門階闃寂。」
9. **塵寰**：人間罪惡太多，故佛家稱人間為「塵寰」。清・曹雪芹《紅樓夢》第十五回：「逝者已登仙界，非碌碌你我塵寰中之人也。」
10. **簟**：簟，音ㄉㄧㄢˋ（diann 4）名詞，竹席。《說文解字》：「簟，竹席也。」宋・歐陽修〈臨江仙・柳下輕雷池上雨詞〉：「玉鉤垂下簾旌，涼波不動簟紋平，水精雙枕，傍有墮釵橫。」
11. **宿因**：前世的因緣。宋・陸游〈苦貧詩〉：「此窮正坐清狂爾，莫向瞿曇問宿因。」亦作「宿緣」。
12. **綵筆**：比喻人才思敏捷，文章佳妙。典出《南史・江淹傳》乃謂江淹少有文才，以詩名顯於天下。相傳晚年時曾夢見郭璞，索回寄放其處的五色筆，自此江淹作詩絕無佳句。後乃以江淹夢筆，比喻文思泉湧，擅作詩文。
13. **迎春**：迎接春日之意。古代在立春前一天，帝王率百官迎祭於東郊，嗣後地方上亦有此例。《禮記・月令》：「立春之日，天子親帥三公九卿諸侯大夫，以迎春於東郊。」
14. **蠶絲**：蠶所吐的絲，可用以織成綢緞，亦可指涉用情之深摯纏綿。唐・李商隱〈無題〉：「相見時難別亦難，東風無力百花殘，春蠶到死絲方盡，蠟炬成灰淚始乾。」
15. **緣豆**：典出於清朝北京所謂「捨緣豆」之風俗，佛寺以此日為佛誕日（農曆四月初八），一般民間慣於門前街市，或於茶肆中，清晨即以鹽水將青黃豆煮熟，並分贈與香客路人，以佈施結緣；贈豆與食豆者，並寓有來生緣聚與好感，以及增長功德之習俗。

鑒賞

此一系列組詩之用韻，分別為第一首押上平聲七虞韻，第二首押下平聲七陽韻，第三首押上平聲十一真韻，第四首押上平聲四支韻。詩題俱曰無題，顯見參雜諸多無法直接鋪陳的感慨；人生無奈的戲劇感，往往在事與願違與失而復得之間，無盡的盤桓。第一首詩之著眼，即是有感於縱使是身負吳鉤、或彈鋏賦歌，亦難以在當時馳騁其才。誠如燕姬色沮，以及越女圖謀復仇的悲慨，只能相惜相重、寄望將來。如斯壯志銷磨的心境，恐怕也只好在吟嘯聽曲，以及燈影寂寥處，代言歌哭。不過，好在當時尚有位來自廣東的紅粉知己，了解我的抱負。

第二首乃將對方出塵的特質，以及自身的處境賦予觀照，認為對方獨特的稟賦與底蘊，實非世俗所能欣賞，一番洗盡鉛華的讚賞躍然紙上。並以本詩感念塵俗中邂逅此一番機緣為興寄，遂在彼此的相知與相惜當中，翩然綻放傲岸的幽香。

第三首對於人生聚散的實相，展示無所迎拒的意態。一任塵緣糾葛，簇集目前，詩人自身的覺察，只能如是當下印證，不作好惡的揀擇。「從此清詞休寫恨，年年綵筆賦迎春。」正是喜於已有知己足堪告慰，從此筆端所及，就是一番鳶飛魚躍的生生不息。

第四首則審顧夙昔盤根錯節的情債，猶如禪宗剖辨公案的信念，不容一絲游疑糾葛。誠如春蠶終有絲盡的一日，緣豆是否能夠持續宿緣的繼起，抑或只是業障的糾葛？屆此詩人不得不賦以冷眼沉思。昔日的燕好，置諸華年的流金歲月，又該情何以堪？逕標無題，或許誠是「為誰風露立中宵」也算無怨無悔，進而無言觀止的況味。

睡起偶成　陳旻志述解

尚有華胥[1]許解顏[2]，布衾[3]高枕即禪關[4]。妨人作樂千塵偪，[5]謂

我何求一鳥閒。意熟雪狸[6]親麈尾[7]，夢回紅日遍花間。中原悵望
催華髮[8]，夷甫[9]諸人誤北還。

題解

此詩作於辛丑年（1961），勞氏三十四歲。詩境乃介夢寐與醒覺之間，恍惚於清談無為的氛圍，卻終於現世的歸宿。筆勢一波三折，並以慷慨之壯懷作結。

註釋

1. **華胥**：胥，音ㄒㄩ（xiu 1），古代神話中無為而治的理想國家。見《列子・黃帝》即載黃帝喜天下之戴己也，養正命，娛耳目，乃喟然歎曰，養一己，其患如此。於是放萬機，舍宮寢，退而閒居大庭之館，齋心服形。三月不親政事，晝寢而夢遊於華胥。華胥氏國，「蓋非舟車足力之所及，神遊而已。」其國泯入水不溺，入火不熱，乘空如履實，寢虛若處床，黃帝既寤，怡然自得，又二十八年，天下大治，幾若華胥國矣。故以「一枕華胥」謂黃帝夢遊華胥國，進而大悟治國之道，天下因而大治。又可比喻夢境，將榮華富貴，視如夢般虛幻，終歸泡影。明・劉兌〈金童玉女嬌紅記〉：「想著那錦堂歡似，枕華胥，蕩悠悠彩雲飛散無尋處。」
2. **解顏**：開口而笑，亦作「解頤」。南朝宋・鮑照〈代東門行〉：「絲竹徒滿坐，憂人不解顏。」
3. **布衾**：衾，音ㄑㄧㄣ（qin 1），大被子。《詩經・召南・小星》：「肅肅宵征，抱衾同裯。」
4. **禪關**：佛教用語，禪師為求啟發弟子開悟時，所提的問題，弟子必須通過這項考驗，方能達到開悟。修禪者乃將之視為迷悟的門關，或作禪宗道場。
5. **妨人作樂千塵偪**：妨人作樂，本指魏晉向秀有意注《莊子》，嵇康勸說莊學何需作注，妨人作樂。後仍注《莊》，妙行奇致，大暢玄風。《晉書・列傳第十九・阮籍等傳》：「向秀，字子期，河內懷人也。清

悟有遠識，少為山濤所知，雅好老莊之學。…秀乃為之隱解，發明奇趣，振起玄風，讀之者超然心悟，莫不自足一時也。…始，秀欲注，嵇康曰：『此書詎複須注，正是妨人作樂耳。』及成，示康曰：『殊複勝不？』又與康論養生，辭難往復，蓋欲發康高致也。」廛，音ㄔㄢˊ（chan 2），古代城市中可供平民居住的宅地。《說文解字》：廛，二畝半也，一家之居。偪，音ㄅㄧ（bi 1），侵迫，同「逼」。《左傳・僖公五年》：「桓莊之族何罪，而以為戮，不唯偪乎？」

6. **貍**：音ㄌㄧˊ（li 2），同「狸」，野貓。
7. **麈尾**：麈，音ㄓㄨˇ（zhu3）。以麈的尾毛做成的拂塵，可用來驅趕蚊蠅，亦為魏晉清談與時尚的必備佩件。《晉書・卷四十三・王戎傳》：「每捉玉柄麈尾，與手同色。」
8. **華髮**：花白的頭髮。唐・元稹〈遣病詩十首之五〉：「華髮不再青，勞生竟何補？」
9. **夷甫**：即西晉・王衍，魏晉清談與時尚的代表人物之一，嗣後即為桓溫等輩，譏諷為無法北伐誤國之歷史罪人。此處乃諷喻當時臺灣局勢，顯然反攻大陸無望的喟嘆。

鑒賞

此詩乃押上平聲十五刪韻，勞詩向來具備「以世為體」，並且與時俱進的底蘊；即便是日常小品，也不忘有所興寄。本詩雖題為日常醒罷之作，卻在「寤」寐之間、寓有迷「悟」之境。首聯一方面援引黃帝夢遊華胥國的典故，雖自謂所幸還有大覺可睡，箇中尚有所謂理想國的華胥之邦，得以排遣世俗的難堪。此一番迷悟之間，啟發的正是勞氏夙夜匪懈的史家襟懷，企望能在當下懸解中國多舛的歷史關目。此期時值勞氏青壯年華，當時一方面沉潛於胡賽爾現象學的世界，並不忘反思民族地位與歷史方向。項聯則申說鎮日疲累於香港居住環境與生活的逼仄，卻又不能忘情於詭譎多變的世局，企盼能剖辨個人志業的定位。

腹聯乃以紀實為主，就連平素家居清談，尚有家中寵物即興旁聽，午後一片花圃畫面，竟也看似宛如鳶飛魚躍的境界，不亦快哉。尾聯「中原北望催華髮，夷甫諸人誤北還。」一句，顯然針對國事而發，書生議政，多半慣於以史鑑今。前述勞氏於寤寐之間，了悟經世致用的哲理，說穿了不外乎得力於長年治史的學養。誠如黃仁宇透過《萬曆十五年》一書，闡示所謂的「大歷史」觀，表面上批判明代沉疴的政局，事實上是針砭兩岸統獨問題的歷史溯源。本詩慨嘆中國分合的糾葛，一如當年六朝名士崇尚清談的高致，雖能縱論哲理精微，卻無力於積極北征，錯失一統乾坤的契機；壯士撫劍，浩然彌哀！

壬寅（一九六二年　三十五歲）

壬寅歲暮，久患胃疾，寄懷舜老　陳旻志述解

真覺枯腸[1]苦日增，搜詩饜肉兩難勝。[2]危言[3]舛[4]俗成千里，悟境忘憂更一層。豈待多金親季子？[5]倘容高嘯[6]擬孫登[7]？人豪[8]幾處同蕭瑟？始信回天[9]勢不能。

案：舜生先生是年訪問美國哈佛大學，亦患胃疾甚重。

題解

此詩作於壬寅年（1962），勞氏三十五歲。先生久因胃病所苦，寄懷左舜生先生，兩人同為「自由中國運動」所代表的第三勢力同道。左舜生（1893～1969），政治活動家，歷史學家。生於長沙，畢業於上海震旦大學。一九二〇年任中華書局編譯所新書部主任，出版《新文化叢書》等，主編《少年中國》月刊。一九四九年於香港創辦反共刊物《自由人》。先後在香港新亞書院、香港清華書院任教。一九六九年到臺灣，任總統府國策顧問。著有《中國近代史四講》、《黃興評傳》、《近代中日外交關係小史》、《左舜生選集》等。舜生先生當時在美國哈佛大學，亦為胃病發作所苦，卻因年事已高，不便進行手術，遂住院兩月餘，此詩一來懷人遠思，也實為同病相憐之作。

註釋

1. **枯腸**：腸內空枯，指飢餓，也用來比喻文思枯竭。唐・盧仝〈走筆謝孟諫議寄新茶〉詩：「三碗搜枯腸，唯有文字五千卷。」
2. **搜詩饜肉兩難勝**：搜詩，作詩之意，魚玄機〈冬夜寄溫飛卿〉：「苦思搜詩燈下吟，不眠長夜怕寒衾。」饜肉，飽食之意。《孟子離婁下・第三十三章》：「良人出，則必饜酒肉而後反。」本句乃謂創作上練字謀篇之苦心經營，廢寢忘食。

3. **危言**：正直的言論，讜論。《論語・憲問》：邦有道，危言危行；邦無道，危行言孫。
4. **舛**：音ㄔㄨㄢˇ（chuan 3），乖違、違背。南朝梁・劉勰《文心雕龍・諸子》：「嗟夫身與時舛，志共道申，標心於萬古之上，而送懷於千載之下。」
5. **豈待多金親季子**：季子，戰國時人蘇秦的字。《戰國策・秦策一》：「蘇秦曰：『嫂何前倨而後卑也？』嫂曰：『以季子之位尊而多金。』」故後人言「前倨後恭」為待人勢利之意，這裡勞氏言自己與舜生先生皆非勢利之人。
6. **嘯**：撮口吹出聲音、或發出高昂悠長的聲響。唐・王維〈竹里館〉詩：「獨坐幽篁裡，彈琴復長嘯。深林人不知，明月來相照。」
7. **孫登**：晉代高人，善嘯以及栖神導氣之術。《晉書・列傳第十九・阮籍等傳》：「籍嘗於蘇門山遇孫登，與商略終古及栖神導氣之術，登皆不應，籍因長嘯而退。至半嶺，聞有聲若鸞鳳之音，響乎巖谷，乃登之嘯也。」
8. **人豪**：才德智能出眾的人，一如「英豪」、「文豪」。
9. **回天**：比喻能夠轉移難以改變的情勢，亦作「迴天」。《新唐書・張玄素傳》：「魏徵名梗挺，聞玄素言，歎曰：『張公論事，有回天之力，可謂仁人之言哉。』」

鑒賞

此詩押下平聲十蒸韻，本詩乃以胃痛的苦楚，隱喻與世乖違的言論立場。首聯兩句實為雙關之語，以「枯腸」為喻，兼有胃疾之苦難以饜肉進食，以及文思枯澀的瓶頸，尚待突破，故謂搜詩與饜肉兩難以為苦。項聯所言平日讜言舛俗，無論是學術上的洞見，或者針砭時局的議論，總不免換來不合時宜的結果。再者本詩以「胃病」為喻，正是自嘲尚未全然勘透此間禪意，遂為痼疾所囿。縱然問心無愧，但是幾番風雨下來，心緒與詩境總是意興闌珊，遑論涉世的其他胃口。看來唯有將世俗的習氣煎銷滌蕩，人世眾味的烹煉品嘗淨盡，而後更上一層悟境，才能將道地的甘苦酸鹹之味，體現無疑。

腹聯前句乃言自己與舜生先生，已是忘年之交，真誠相待，後句則言兩人雖有避世的想法，不過在淑世的志向上，仍促使他們不忍離世歸隱，就算身體衰病亦堅持志向。勞氏此句雖設問舜生先生會不會因害病歸隱，不過，相信勞氏內心是明白舜生先生應該會答覆「不會」才是。勞氏此詩乃有感於吾道不孤，他與舜生之間亦俠亦友的知己情份，足以嘯傲當世。

左舜生為近代史重要的學人，並與勞氏同樣對於國共鬥爭時期，咸不抱以期待。但是對於國事分崩離析的窘態，仍舊秉持憂國憂民的入世基調。尾聯故以人豪比況，甚能體現「嵇志清峻，阮旨遙深」的狂者氣象與晉韻情致。特別是兩人此刻雖分隔異地，卻同為胃痛的苦楚，豪傑識見的耿耿於懷，只能說後之視今，亦如今之視昔。全詩讀來，哲人「知其不可為而為之」的淑世胸懷，讓人起興無比的喟嘆。

無題　陳旻志述解

其一

雙鵲[1]枝頭噪日曛[2]，群魚喋[3]水起層紋。前宵酒力留殘醉，懶向妝臺理鬢雲[4]。

其二

好惜春遊遣客思，新涼[5]盈袖酒盈巵。玉蘭手折佳人佩，隔座香生一笑時。

題解

此一組詩作於壬寅年（1962），勞氏三十五歲。此詩為即事即景之作，雖以無題為名，不便指出具體關涉所在，卻不乏雋永情味之描摩。

註釋

1. **鵲**：形似烏鴉，叫聲吵雜，古時以鵲噪為喜兆，故稱為「喜鵲」。
2. **日曛**：曛，音ㄒㄩㄣ（xun 1），日落的餘暉之意。唐．孫逖〈下京口埭夜行〉詩：「孤帆度綠氛，寒浦落紅曛。江樹朝來出，吳歌夜漸聞。南溟接潮水，北斗近鄉雲。行役從茲去，歸情入雁群。」
3. **喋**：音ㄉㄧㄝˊ（die 2），踐踏，通「蹀」。
4. **鬢雲**：形容婦女鬢髮黑潤如雲。唐．溫庭筠〈菩薩蠻．小山重疊金明滅〉詞：「小山重疊金明滅，鬢雲欲度香腮雪。」
5. **新涼**：新春涼爽的天氣。

鑒賞

本組詩第一首押上平聲十二文韻，第二首押上平聲四支韻。第一首純是載記相聚時刻的美好，即使是向晚時分，目光所及，魚躍鵲噪的畫面，純是一派生動景象。此刻詩人的心境，依然繾綣於前晚笙歌的餘韻；慵懶與素顏相對，不過是一則耐人尋味的情節。第二首則流緬於昔日春遊的暢敘幽情，甚至於當日沁人心脾的風習與醇酒，群賢畢集的畫面，總是令人無比低迴。所謂佳人，以及環珮幽香，實導因於有心人的起鬨，到底是誰的主意？當時大伙一陣的笑鬧，還真是令人回味無窮。

書枚以詠螢詩見示，步韻和之　陳旻志述解

微塵[1]三界[2]本無常[3]，莫笑熒熒[4]尺寸光。腐竟能生憐弱草，[5]鳴終何益厭群螿[6]。蓬窗燭盡珍流照，[7]羅扇風迴任抑揚，[8]曾導玉門千萬騎，[9]將軍無賴[10]鐵衣[11]涼。

案：用漢書故事，亦有意為翻案文字，遊戲而已

題解

此詩作於壬寅年（1962），勞氏三十五歲。「步韻」乃仿他人的詩，依其作韻腳的原字及先後次第寫詩唱和。始於唐，大盛於宋，亦稱為「次韻」。

本詩乃酬答好友夏書枚的詠物之作，夏氏為詞壇大家夏敬觀之後人，本詩原意乃為嘆息知識份子如在生逢其時，則獲得重用，一但處境移易，則變得無足輕重。勞氏此詩詠物則逆翻其意，認為勿因小局而失志，應俟機待訪，日後尚有見重之時。

註釋

1. **微塵**：佛教稱物質無法分割的最小單位為「極微」，七個極微則成一微塵，用來形容極細的物質。北齊．顏之推《顏氏家訓．歸心》：「何故信凡人之臆說，迷大聖之妙旨，而欲必無恆沙世界，微塵數劫也。」
2. **三界**：佛教謂生死往來之世界有三：一曰欲界，有淫欲、食欲，有情之所住，自六欲天，下至無間地獄，稱為「欲界」。二曰色界，色為質礙之義，有形之物質，在欲界之上，離二欲有情之所住，四禪天，或立十六天、十八天。三曰無色界，無色、無物、無身，有四無色，稱為「四無色天」或「四空處」。
3. **無常**：佛教用語，指剎那生起，生已即滅，生生滅滅轉變不已。
4. **熒熒**：熒，音ㄧㄥˊ（ying 2），微弱的樣子。
5. **腐竟能生憐弱草**：竟，最終之意。《禮記．月令》：「溫風始至，蟋蟀居壁，鷹乃學習，腐草為螢。」故有謂腐草化為螢的典故，看似極不合常理，此處乃指區別異同，將大有妙用。唐．杜甫〈螢火〉：「幸因腐草出，敢近太陽飛；未足臨書卷，時能點客衣。隨風隔幔小，帶雨傍林微；十月清霜重，飄零何處歸。」
6. **螿**：音ㄐㄧㄤ（jiang 1），昆蟲名，似蟬而較小，色青赤，亦作寒蜩。
7. **蓬窗燭盡珍流照**：此用東晉時南平人車胤囊螢夜讀的典故。本意指夜讀珍重螢光，借喻當執政者窘困時，就以知識份子為貴。

8. **羅扇風迴任抑揚**：此用唐・杜牧〈秋夕〉：「輕羅小扇撲流螢」的典故。本意指螢光不足輕重，任人羅扇抑揚，借喻當執政者權力穩固時，則輕視知識份子。
9. **曾導玉門千萬騎**：玉門，兩漢時通往西域的關隘，如「玉門關」，引申有戰場之意。騎，乘馬作戰的士卒。如：「鐵騎」、「輕騎」。勞氏言此句用漢將霍去病征伐匈奴，失道於大漠，後藉螢光引路回到玉門關之典故，標舉螢光亦有舉足輕重的影響力。
10. **無賴**：無可奈何。《三國志・魏書・方技傳・華佗傳》：「彭城夫人夜之廁，蠆螫其手，呻吟無賴。」
11. **鐵衣**：明代俗語，謂螢火蟲為鐵衣將軍。

鑒賞

本詩押下平聲七陽韻，以詠螢為名，實為借題發揮之作。案語所謂《漢書》故事，有意為翻案文字，乃指漢代名將霍去病，曾困於大漠，在闇黑失路中苦無對策，反而戲劇性的借重螢火，乃能覓得出路。勞詩此一觀點，乃迥異於一般詠螢諸作，首、項二聯的議論，試圖說明莫以世俗的經驗法則為定論，因著事物的精微細小，而認為無足輕重。弱草與螢蟲雖小，尚能自彰昭著，寓有大觀；唯有翻案常理，方能增生新義。

腹聯所言「蓬窗燭盡珍流照，羅扇風迴任抑揚」，乃指涉知識份子困窘當代，任人擺佈的處境。有用之時尚且如同囊螢夜讀，發揮特定功用，平時無用之日，就僅能任人輕羅小扇，聊作為消遣。此一窘態的嘲諷，對照此詩中感嘆興衰本無定數；縱如螢蟲的精微細小，卻也曾有鐵衣將軍，扭轉危局的稱號，而今四顧蒼茫的處境，豈不是莫可奈何的悲涼？《漢書・藝文志》謂：「然惑者既失精微，而辟者又隨時抑揚，違離道本。」世事劫毀本無定數，勞詩中沉鬱的苦心孤詣，面對大時代的無力迴天，體現著猶如明夷待訪的心境。本詩借由螢光之爭逐與明滅，一方面演繹著苦悶的象徵，再者卻也俟機儲備，企盼明朝將有一番作為。

癸卯（一九六三年　三十六歲）

癸卯新春，公遂以元旦七律屬和　陳旻志述解

出塵高節未容攀[1]，豹隱猶難掩一斑[2]。積磊空成腸百結3，逐流真覺夢無顏。攜離[4]天啟三分局[5]，興廢[6]功爭九仞山[7]。饑虎戰龍供冷眼，詠歌吾賞此時閒。

題解

此詩作於癸卯年（1963），勞氏三十六歲。本詩乃酬答好友涂公遂的新年之作。涂公遂，江西修水縣人，曾任立法委員職務。性情淡泊，重倫常，好詩詞書畫，著述甚豐，頗有可觀。出版著述有《文學概論》與文學批評等多種，達數百萬言。

註釋

1. **攀**：依附。
2. **豹隱猶難掩一斑**：指公遂其人，看似淡出時局，卻在詩中透顯壯志待酬的企圖心。
3. **腸百結**：百結，乃謂胸有塊壘，憂愁纏結在腹中，比喻憂愁無從排遣。敦煌變文〈王昭君變文〉：「日月無明照覆盆，愁腸百結虛成著。」
4. **攜離**：離心，背叛。南朝梁・丘遲〈與陳伯之書〉：「部落攜離，酋豪猜貳。」
5. **天啟三分局**：上天所開啟，或為改朝換代之際。唐・徐浩〈謁禹廟詩〉：「鼎革固天啟，運興匪人謀。」此處乃特指國共兩黨，於廬山會議之後，中共內部數度分裂的局勢，國事再度陷入對立的僵局。
6. **興廢**：興盛和衰廢。南朝梁・劉勰・《文心雕龍・史傳》：「表微盛衰，殷鑒興廢。」
7. **功爭九仞山**：為山九仞，功虧一簣，比喻功敗垂成。《尚書・周書・

旅獒》：「不矜細行，終累大德。為山九仞，功虧一簣。」

鑑賞

本詩押上平聲十五刪韻，元旦之際詩友目擊世局的胸懷，殷鑒興廢，彼此唱和以為興寄。涂公遂當時沉潛南洋大學，看似淡出時局，然而來詩中，反映與李光耀當局在自由主義方面的歧見，本詩項聯「積磊空成腸百結，逐流真覺夢無顏」即書寫其人失意掛懷，依舊透顯出不甘岑寂的端倪。再者有感於當年國共兩黨廬山會議，中共內部已有分裂的態勢，原本對於國民黨的大好形勢，再度因為內部資源整合分歧，錯失興廢繼絕的契機。再度審顧天下興廢的詭譎態勢，中國人又將情何以堪？腹尾二聯，則著眼於再造歷史的機緣實屬難得，卻又屢番錯失契機，功虧一簣；縱有臥虎藏龍的滿腹經綸，尚且只能置身局外，冷眼旁觀。而今詩友之間的酬酢，不外乎暢敘胸中塊壘，對於筆墨之外，功敗垂成的現實世界而言，豈不是最大的悲哀！

驚夢　陳旻志述解

含笑相看忽斷腸，夢迴驚起夜蒼茫。漫言白傅歌長恨，[1]竟似微之歎悼亡[2]。河鼓[3]天孫[4]傷語讖[5]，錦裳羅襪鎖塵箱。劇憐舊巷前宵過，滿架花枝失舊香。

題解

此詩作於癸卯年（1963），勞氏三十六歲。「驚夢」本乃《牡丹亭》戲曲劇目，敘述杜麗娘背著父母至後園春遊，夢中與書生柳夢梅園中相會，夢醒事後，麗娘尚且心向夢境不已。本詩為悼亡之作，午夜夢迴，審顧前塵往事，祇能作為無盡踱蹀傷感的抒懷。

註釋

1. **漫言白傅歌長恨：**漫言，浮泛不切實際的話。白傅歌長恨，典出白居易〈長恨歌〉，敘述楊貴妃入宮、安祿山造反、馬嵬坡之變、唐玄宗請道士尋求貴妃魂魄等故事。

2. **微之歎悼亡**：微之，唐代詩人元稹字。歎悼亡，六朝潘岳有〈悼亡詩〉三首，情意淒切，元稹藉以自比，亦有〈悼亡詩〉三首，以誌夫妻之情。
3. **河鼓**：星座名。位於牛宿西北，居銀河之南，與織女星相對。有三星，中間一顆最亮，旁邊兩顆較淡且位置稍下。此處乃謂彼此的關係，已然今非昔比。
4. **天孫**：織女星的別稱。牽牛星與織女星，相傳織女為天帝孫女，長年織造雲錦天衣。嫁給牛郎後，荒廢織事，天帝大怒。責令織女與牛郎分離，只准兩人於每年七夕相會一次。後比喻分離兩地，難以會面的夫妻或情侶。
5. **傷語讖**：乃指當時即有語懺之意，一如牛郎與織女之宿命。

鑒 賞

此詩押下平聲七陽韻，本詩題名驚夢，語多興寄；人間塵緣今非昔比的感慨，排山倒海而來。特別是由項聯的「漫言」悼亡，下迄尾聯「劇憐」舊香的心色遞嬗，透顯出寤寐之間，夢境與實象，彼此無奈割捨的詩境。

此意可與黃宗羲〈不寐〉一詩參照：「年少雞鳴方就枕，老人枕上待雞鳴。轉頭三十餘年事，不道消磨只數聲。」，宋詩偏重沉潛，以筋骨思理見勝；以此觀景，腹聯所謂天界牛郎織女的無奈，以及人間愛情種種不能圓成的遺憾，每多朝花夕拾、別有會心的感慨。尾聯所言「劇憐舊巷前宵過，滿架花枝失舊香。」徒增夢醒之際的喟嘆，此番心境誠如勞氏先前在一九五九年的新詩〈晚步〉中闡述：「當夜鐘一度又一度在人們夢外低吟，縱是最末的殘音，也不會殘留多久；但孤零的散聲與濃深的死寂同樣真實，別管短促或悠長，它們是自在的『有』」。

他甘於靜守靈智的清冷，確認朦朧才是生命的享受。在驚夢中覺醒，一切的「有」，如同海上蜃樓的存在；他可以介入其中，又能欣賞置身於外。勞詩之耐人尋味處，正是那一份契屬於理性的優容，方能以哀矜勿喜的層境，充分品味生命的晚步。

甲辰（一九六四年　三十七歲）

甲辰秋應崇基聘，戲柬謙老　吳冠宏述解

歷刼禪心井不波，馬牛呼應[1]久成訛。抱關[2]末世情無憾，伴食朱門[3]辱轉多。漸木[4]暫為高枕[5]計，在田[6]休唱大風歌[7]。頻年[8]桃李[9]天涯滿，憔悴[10]文中[11]欲奈何。

題解

此詩作於甲辰年（1964），勞氏三十七歲。原懷一身壯志，但因時局無以為之，遂應崇基聘，繼續以師為業，此種幽微之心境不易與他人道，故作此詩寄給忘年之交——李璜先生，以言志抒懷，李璜先生，號伯謙，故以「謙老」稱之，是當時中國青年黨的三位中心人物之一，素喜吟詠，為勞氏先父之友，但與勞氏相互了解更甚於同輩，可謂忘年之交。其相關資料可參勞氏〈書生本色與國土襟懷—憶李幼椿先生〉一文，收入《思光人物論集》（香港：香港中文大學出版社），九十一～九十五頁。

註釋

1. **馬牛呼應**：即呼牛呼馬，亦作「呼牛作馬」，比喻是非本無一定的標準，毀譽隨人而定，不加計較。在此當指俗世之職稱等級，如在香港中文大學崇基學院中教授、副教授、高級講師、講師等職級不免有混淆職級的亂象，然勞氏對此外在名份無所掛心，任呼牛馬，因此他雖已在崇基學院任職講師多年，在此卻仍從最初等級——講師做起。
2. **抱關**：《孟子．萬章下》：「仕非為貧也，而有時乎為貧；娶妻非為貧也，而有時乎為養。為貧者，辭尊居卑，辭富居貧。辭尊居卑，辭富居貧惡乎宜乎？抱關擊柝。」《漢書．貨殖傳》注：「抱關，守門者也。」在此指找到足以自立的職業。

3. **朱門**：古代王侯貴族的府第大門漆成紅色，以示尊貴，後泛指富貴人家。《梁書．陶弘景傳》：「雖在朱門，閉影不交外物，唯以披閱為務。」唐．杜甫〈自京赴奉先縣詠懷五百字〉：「朱門酒肉臭，路有凍死骨。」
4. **漸木**：指剛找到託身之所。典出於《易．漸卦》爻辭：「六四，鴻漸于木，或得其桷。無咎。」
5. **高枕**：墊高枕頭睡覺，比喻安臥閒適。《戰國策．齊四．齊人有馮諼者》：「馮諼曰：『狡兔有三窟，僅得免其死耳。今君有一窟，未得高枕而臥也。請為君復鑿二窟。』」《戰國策．魏一．張儀為秦連橫說魏王》：「為大王計，莫如事秦，事秦則楚、韓必不敢動；無楚、韓之患，則大王高枕而臥，國必無憂矣。」
6. **在田**：《易．乾卦九二》：「見龍在田」，見字古代與「現」字通用，即「現龍在田」意，承初九「潛龍勿用」後，象徵尚處於發展階段，仍未能大展鴻圖。
7. **大風歌**：《史記．高祖本紀》：「高祖還歸，過沛，留。……酒酣，高祖擊筑，自為歌詩曰：『大風起兮雲飛揚，威加海內兮歸故鄉，安得猛士兮守四方！』令兒皆和習之。」唐．司馬貞《史記索隱》按：「過沛詩即大風歌也。」
8. **頻年**：連年。《後漢書．李固傳》：「皇太后聖德當朝，攝統萬機，明將軍體履忠孝，憂存社稷，而頻年之閒，國祚三絕。」
9. **桃李**：比喻所栽培的門生後輩。《韓詩外傳．卷七．第二十章》：「魏文侯之時，子質仕而獲罪焉，去而北遊，謂簡主曰：『從今已後，吾不復樹德於人矣。』簡主曰：『何以也？』質曰：『吾所樹堂上之士半，吾所樹朝廷之大夫半，吾所樹邊境之人亦半。今堂上之士惡我於君，朝廷之大夫恐我以法，邊境之人劫我以兵，是以不樹德於人也。』簡主曰：『噫！子之言過矣。夫春樹桃李，夏得陰其下，秋得食其實。春樹蒺藜，夏不可採其葉，秋得其刺焉。由此觀之，在所樹也。今子所樹，非其人也。故君子先擇而後種也。』」
10. **憔悴**：《史記．屈原賈生列傳》：「屈原至於江濱，被髮行吟澤畔。顏色憔悴，形容枯槁。」

11. **文中**：隋代王通，本有志於天下，但與隋煬帝談過話，到處看過以後，知道不行，便回去講學，培養年輕一代。弟子們在他死後，私謚他為「文中子」，並將其同弟子們質疑問難的語錄，整理成《文中子》一書。文中子用「王道」作為文化評判的標準，認為中國正統知識分子心中的儒家文化當優於佛道文化，希望把中國文化重新拉回到儒家文化的正確軌道，經過文中子學生們的共同努力，遂開出了初唐「貞觀之治」的文治。作者以此典故，一則自喻莫可奈何之情，亦當有退而求其次透過教育以冀望後學之意。

鑒賞

此詩押下平聲五歌韻。

勞氏面對不可為的時局，只得暫時放下經世濟國之宏願，在心境上遂起講辦大學的轉折，於是接受香港中文大學崇基學院的聘請，在學校任職，這番心情，旁人未必能知曉了解，故寄詩給忘年之交——李幼椿先生，以一抒己志心懷。

首聯形容勞氏在歷經多次刧難後，受聘來到崇基任教，如今已心如古井而無波無瀾，因此職稱名份皆可任人呼喊，亦無欲無求。

項聯以「抱關末世情無憾」形容自己既然身處亂世而難有作為，因此捨富貴而任一守門小吏也不遺憾，至少不必「伴食朱門」，即依附權貴而屈己受辱，說明在此亂世，投身於學界以克盡職守至少比居位在朝卻未能行道更適合自己。

腹聯以《易經》「漸木」、「在田」兩典之意象，顯示大展鴻圖之時勢未至，在此之際，當如鴻雁歛羽般隱居休養，遂應崇基之聘，暫時得以安居，來自持修身，也如現龍在田般，一步一腳印，以走更遠的路。值此之時，自不必像漢高祖般吟唱〈大風歌〉，企求人才齊集以共謀大業，更無須冀望風起雲湧再造時勢。

尾聯再言自己投身教育多年，桃李滿天涯，這真是令人欣慰的事，然作者對於心懷深願卻不能在現世實現理想的文中子，歎世不可為遂以講學作育英才以寄望於下一代，想必是深有同感，故結之以「憔悴文中欲奈何」一句，喜悲交織，正是勞氏以家國興亡為己任又心懷教育文化之理想的寫照。

整首詩表現出勞氏的儒者情懷，儒家的理想主義塑造了士人的生命形象——以參與政治、改革社會為其理想之實現，所謂「閒居非吾志，甘心赴國憂」，然事與願違，詭譎難料的政治局勢逼得作者不得不從政治社會的參與中引身而退，將謀國圖治的入世熱忱轉向教育、文化與學術，這一首詩在應崇基聘的現實際遇下，充分展現了勞氏作為一傳統知識分子出處進退的幽微心境。

甲辰孟秋，賈保羅先生將赴歐講學，臨歧惘然，賦七律一章送別，並乞吟正　吳冠宏述解

一海東西理足持[1]，頻年青眼[2]向誰施？學能識大思方熟，義欲求精困不疑。心事回天[3]輕躓蹶[4]，國風造陸[5]出雄奇。炎陽七月南溟[6]路，珍重樽[7]前說後期。

題解

一九六四年七月，勞氏好友賈保羅先生將赴歐洲講學，賈保羅先生荷蘭人，原本任教於中大崇基學院之宗教研究所，將前往瑞士蘇黎世大學執教，臨歧惘然，指臨別前夕，因悲傷而神情惚恍。勞氏思及好友學精識大，及彼此平日論學種種，不捨之情油然而起，於是賦作此七律表達送別祝福之意。

註釋

1. **一海東西理足持**：《象山全集》：「宇宙便是吾心，吾心即是宇宙。東海有聖人出焉，此心同也，此理同也。西海有聖人出焉，此心同也，此理同也。」作者用此典故指賈保羅與他雖各來自東方與西方，地域有別，但如同心學所謂人同此心心同此理，兩人理自無隔。

2. **青眼**：《晉書・阮籍傳》：「籍又能為青白眼，見禮俗之士，以白眼對之。」
3. **回天**：能移轉不易挽回的形勢，或諫止某種行動。
4. **躓蹶**：音ㄓˋ ㄐㄩㄝˊ（zh4 jue2）。挫折、失敗之意。《論衡校釋・物勢》引《正義》曰：「《字林》云：『跆，躓也。』躓謂倒蹶也。將欲發言，豫前思定，然後出口，則言得流行，不有躓蹶也。」
5. **國風造陸**：此指填海造陸的荷蘭傳統，而賈保羅先生正是由此出身的雄奇之才。
6. **南溟**：《莊子・逍遙遊》：「北冥有魚，其名為鯤。鯤之大，不知其幾千里也。化而為鳥，其名為鵬。鵬之背，不知其幾千里也；怒而飛，其翼若垂天之雲。是鳥也，海運則將徙於南冥。南冥者，天池也。」
7. **樽**：酒杯。

鑒賞

此詩押上平聲四支韻。

首聯一句從陸九淵心學之語轉來，表示兩者雖源自東西不同的文化背景，但不減彼此同心相契之「理」，並用阮籍青白眼典故，說明賈保羅先生的人品及其在作者心中的地位，自非一般人可及。

項聯從「學」與「義」總評賈保羅先生，讚賞賈保羅先生的博學多聞的識見及才能，在學問方面尤能精益求精，即使有困頓之處，也致力排難解惑，達到不疑之境，可見賈先生是真正在做學問的人，自非一般以學問沽名釣譽者。

腹聯並論彼此，以成相互輝映之趣，先言自己念茲在茲的皆在如何旋乾轉坤之事，但是卻對此中顛跛不順毫不在意，而賈保羅先生來自有造陸傳統的荷蘭，亦為雄奇大志之人才，這一聯對兩者雖出身有東海與西海之遙，卻依然能在「理」上相通契合有了更進一步的說明，原來他們都是雄奇大才，能高瞻遠矚，有英雄惜英雄之意。

尾聯回到這即將離別的七月豔陽天，南溟之路遙遠無際，因此在餞席把酒之際，請君珍重，並祝福後會有期。

這一首送別詩，勾勒出兩位志同道合的朋友，偶會交心於中大崇基，卻已必須面對臨別送行之苦，畢竟知己得來不易，作者惘然之情可想。

甲辰除夕書懷，即柬幼椿先生　吳冠宏述解

其一

眾中語默漸隨緣，無復雄談樂放顛。學不媚人唯解惑，情非遯世偶觀禪。鏡寒已改安仁髮[1]，日落難爭祖逖鞭[2]。二十年中恩怨意，一時和酒逼愁邊。

其二

高城暮色正蒼茫，何處登樓[3]是故鄉？霧隱豹斑迷黑白，戰餘龍血漬玄黃[4]。南飛鵲老殘棋冷，西去牛多[5]墜緒亡。誰念兩京張樂地[6]？含愁萬戶怯年荒。

其三

過江群士竟何如，市井狂趨乞餕餘[7]。幾見名僧譏祐傳，[8]更無遊俠補遷書。[9]爭蝸[10]依樣疑秦鹿[11]，呼馬隨心亂魯魚[12]。建極[13]立言吾未老，友聲四海許高居。

其四

未挽橫流[14]感刼灰，燈花[15]急景[16]忽相催。炎精[17]運歇蒼天死，蛇母悲生赤帝來[18]。論世共憐多魂礧[19]，買山[20]誰為引蓬萊[21]？終年此夕宜高詠，大海東風欲動雷。

題解

一九六四年除夕，勞氏三十七歲。時光荏苒，忽焉歲末，知交李幼椿先生除夕邀宴，兩人當日述往、觀今、探來，必有所交心共感，作者回想過往身家世態局勢，莫不興愁懷憂緒，但在難為、不可為之中，仍有所自期，因作此詩組四首抒懷，並寄給好友幼椿先生分享。

註 釋

1. **安仁髮**：《昭明文選》潘岳〈秋興賦序〉：「晉十有四年，余春秋三十有二，始見二毛。」《秋興賦》：「斑鬢彪以承弁兮，素髮颯以垂領。」
2. **祖逖鞭**：《世說新語．賞譽》：「劉琨稱祖車騎為朗詣，曰：『少為王敦所歎。』」南朝梁．劉孝標注引《晉陽秋》：「劉琨與親舊書曰：『吾枕戈待旦，志梟逆虜，常恐祖生先吾箸鞭耳！』」
3. **登樓**：表懷舊之意。東漢時王粲曾作〈登樓賦〉：「登茲樓以四望。聊暇日以銷憂。……情眷眷而懷歸兮，孰憂思之可任？憑軒檻以遙望兮，向北風而開襟。……悲舊鄉之壅隔兮，涕橫墜而弗禁。」唐．劉良《文選注》（《五臣注》）：「仲宣避難荊州，依劉表，遂登江陵城樓，因懷舊而有此作，述其進退危懼之狀。」
4. **玄黃**：黑與黃。這裡指天地的顏色。《易經．坤卦．文言》：「夫玄黃者，天地之雜也，天玄而地黃。」南朝梁．劉勰《文心雕龍．原道》：「夫玄黃色雜，方圓體分。」
5. **西去牛多**：此當從「西去青牛」轉來，老子出關，獨自乘牛西行，出關以後莫知其所終，在此轉用此典，唯老子一人獨行，而當時知識分子卻是集體出走，故以「西去牛多」稱之。
6. **兩京張樂地**：漢代合稱西京長安、東京洛陽為兩京。張樂即設樂，演奏音樂之意。
7. **餕餘**：餕，音ㄐㄩㄣˋ（jun4）。吃剩或祭拜過的食物。
8. **幾見名僧譏祐傳**：祐傳即《名僧傳》，此傳原託名梁代僧佑所撰，後證實為梁代莊嚴寺僧釋寶唱所作。世上被稱為名僧者往往受人尊從，不過，因此，也使空門產生了爭名的現象。此句言當時爭名之士甚多。
9. **更無遊俠補遷書**：司馬遷《史記．遊俠列傳》，歌頌遊俠能急人之難的俠義行為。此句言當時已不見這般能捨己為人之人。
10. **爭蝸**：蝸角之爭，喻所爭者小。《莊子．則陽》：「有國於蝸之左角者，曰『觸氏』；有國於蝸之右角者，曰『蠻氏』，時相與爭地而戰。」
11. **秦鹿**：《史記》卷九十二〈淮陰侯列傳〉：「秦之綱絕而維弛，山東大擾，異姓並起，英俊烏集。秦失其鹿，天下共逐之，於是高材疾足者先得焉。」南朝宋．裴駰《史記集解》：「張晏曰：『以鹿喻帝位也。』」

12. **魯魚**：《抱朴子內篇》卷十九〈遐覽〉：「書字人知之，猶尚寫之多誤。故諺曰，書三寫，魚成魯，虛成虎，此之謂也。」
13. **建極**：典出《尚書．周書．洪範》：「皇建其有極」。建，建立。極，原義為屋脊之棟，引申為中正的治國最高準則。建極，就是要建立中正的治國方略。
14. **橫流**：有兩種解釋。一說，水四處漫溢的樣子。《孟子．滕文公上》：「當堯之時，天下猶未平，洪水橫流，氾濫於天下。」另一說，《穀梁傳．序》：「孔子睹滄海之橫流，乃喟然而歎曰：『文王既沒，文不在茲乎！』」唐．楊士勛《穀梁傳疏》：「今以為滄海是水之大者；滄海橫流，喻害萬物之大，猶言在上殘虐之深也。」
15. **燈花**：燈心餘燼結成的花形。俗以為吉祥的徵兆。北周．庾信〈對燭賦〉：「本知雪光能映紙，復訝燈花今得錢。」《西京雜記》卷三：「樊將軍噲問陸賈曰：『自古人君皆云受命于天，云有瑞應，豈有是乎？』賈應之曰：『有之。夫目 得酒食，燈火華得錢財。』
16. **急景**：光陰迅速。南宋．樓鑰〈次韻翁處度同遊北山詩〉：「我攜舊記訪陳跡，正恐急景不得延。」急景凋年：光陰急逝，歲殘年盡。後多指歲暮。《文選．舞鶴賦》：「於是窮陰殺節，急景凋年；涼沙振野，箕風動天。」
17. **炎精**：應火運而興的王朝。《文選．為石仲容與孫皓書》：「昔炎精幽昧，曆數將終。」唐．吳筠〈建業懷古詩〉：「炎精既失御，宇內為三分。」
18. **赤帝**：相傳漢高祖曾斬白蛇，後有老嫗哭訴此白蛇乃其子，為赤帝子所殺，後遂稱漢高祖為赤帝子。《史記．高祖本紀》：「高祖以亭長為縣送徒酈山，徒多道亡。……高祖被酒，夜徑澤中，令一人行前。行前者還報曰：『前有大蛇當徑，願還。』高祖醉，曰：『壯士行，何畏！』乃前，拔劍擊斬蛇。蛇遂分為兩，徑開。行數里，醉，因臥。後人來至蛇所，有一老嫗夜哭。人問何哭，嫗曰：『人殺吾子，故哭之。』人曰：『嫗子何為見殺？』嫗曰：『吾，白帝子也，化為蛇，當道，今為赤帝子斬之，故哭。』」

19. **磈礧**：音ㄎㄨㄟˊㄌㄟˋ（kui2 lei4），山石不平的樣子。

20. **買山**：《世說新語・排調》：「支道林因人就深公買印山，深公答曰：『未聞巢、由買山而隱。』」

21. **蓬萊**：山名，古代傳說中，東方的海中仙山。《漢書・郊祀志上》：「自威、宣、燕昭使人入海求蓬萊、方丈、瀛洲此三神山者，其傳在勃海中。」

鑒賞

歲末書懷，有反躬回顧及展望自期二義，勞氏作此詩組四首，先言自身成長、再言家國之思與世局之變、三論當下學風、四就整體政局世運，不論那一關懷層次，皆就書懷二義多做發抒，寫來誠摯動人，在世態炎涼中，更見勞氏胸襟器宇之不凡。

第一首押下平聲一先韻。此首詩直抒己懷，首聯先言自身由早年之狂放滔辯轉趨沉靜隨緣，這當與年歲增長、閱歷漸多有關。項聯闡述自己追求學問唯在解惑，並不去迎合別人，面對人生雖尚無隱遯之意，但當時正編撰通識之課程講義，鑽研佛學偶爾也有觀禪以明心的體悟。腹聯以「安仁髮」、「祖逖鞭」的典故傷己年歲老大，豪情難再，「鏡寒」、「日落」兩詞之運用更加突顯了流逝之生命的難擋與無奈。尾聯重思昔日種種恩怨，不禁借酒澆愁，此愁字包涵多少無奈，亦由此帶出以下三首詩作。

第二首押下平聲七陽韻。此詩寫家國之思與世局之變。首聯言高城暮色、登樓懷歸的意象，營造出自己離鄉背井，不知鄉關何處的悲涼。項聯言大陸內鬥不已、臺灣衝突迭起，爭亂頻仍，是非難辨，而歷史所造成的傷害卻歷歷可見。腹聯言分裂局勢既成，南渡者無心北伐，整個反攻的情勢已冷卻下來了，又有不少知識分子遠遁西方，處身於文化迴異的西方社會中，傳統文化的餘燼也日漸消亡殆盡。尾聯言港臺人士還有誰會惦念那昔日大陸歌舞繁華之盛景，而今卻是大饑荒下難覓溫飽的愁苦百姓呢！

第三首押上平聲六魚韻。此詩論當下學風，特別是當時的新亞學院，各路人馬聚集，弊端叢生，令人感歎。首聯批評南渡來港之士，沒有真正的作為，反而如市井百姓般趨炎附勢，汲汲於名利之事；項聯言在此士風衰頹之際，許多人已沒有古時遊俠捨己為人的精神，人人彼此相輕，自私自利，在爭奪個人名利；腹聯再批當時之知識分子爭權奪位、做學問也粗疏浮淺、錯誤馬虎。尾聯自述自己尚有建極立言的大志，因為讀書人本當廓清天下，以國家興亡為己任，以承續道統為己志，繼往開來，海內外的朋友也對勞氏的抱負、志向多所肯定。

第四首押上平聲十灰韻。此詩從整體世運的角度來抒懷。首聯先述未能力挽狂瀾的遺憾，而今時光奔逝，歲月催人老。項聯寫世代交替，歷史不停地流轉變化，眼看著政局更迭，未來的運勢仍難料無端。腹聯言談論世局，不免感歎時代的多舛不安，有人勸李先生到南洋隱居避世，即使想要買山而隱，尋求淨土，又有誰真能引領我們進入蓬萊之仙境？在此年終之際，勞氏仍覺意氣未衰，滿懷希望，等待未來有春雷再起！

這四首年終書懷之作，集勞氏憂世、傷時之諸多心情感懷而來，不僅存在著對時局士人的批判，也有深自的期許心願，因此寄給忘年之交的知己——李幼椿先生，以表抒自己的心情。

丙午（一九六六年　三十九歲）

丙午元日，聽幼椿先生話長城往事，因賦長句以贈

吳冠宏述解

高墉當日誤張弓，鷹隼狂飛卅一載中[1]。黨禍屢傳收李膺[2]，〈語增〉早見辨王充[3]。先機進退神常裕，順世推移[4]道易通。矰[5]網至今天下滿，猶龍老子臥東風。

題解

此詩作於丙午年（1966），勞氏三十九歲。是年元旦，與幼椿先生閒話家常，回憶當年在長城山海關的往事，長城往事乃指南京政府北伐成功不久，九一八事件爆發，山海關附近率多抗日群眾，在此之際，人心思動，然南京政府卻按兵不動，當時若能有效地集結各方勢力，必能掌握局勢，以防止日軍的擴張與侵擾，此正是青年黨凝聚人心、大有可為之際，李幼椿先生有識於此，已準備就緒，整軍待發，然因青年黨之領導者——曾琦，作風保守，反對其抗日主張，因而中途作罷。勞氏想及李幼椿先生歷經抗日、行憲、神州板蕩諸事，在世變中有卓識及理念之堅持，又能掌握進退之先機，令人佩服，於是賦作此詩贈與李幼椿先生，以稱賞其優遊亂世全身而退的智慧。

註釋

1. **高墉當日誤張弓，鷹隼狂飛卅載中**：反用《易・解卦》：「公用射隼于高墉之上，獲之，無不利」之典。表示若一槍未中，就會變成驚動目標，導致無法獵得的結果，勞氏以此意象來比喻李幼椿在長城一事中，原有心為青年黨經由抗日的行動以謀得先機，掌握形勢，卻因主流意見的反對而作罷，於是青年黨失去了發展的先機，三十年來無法控制衰敗的情勢。隼，音ㄓㄨㄣˇ（zhun3）。

2. **黨禍屢傳收李膺**：東漢末，桓帝、靈帝之際，宦官干政弄權，朝綱大敗，太學生起而批判，反遭奸宦構陷，被捕入獄者數百人，而校尉李膺、大將軍竇武、太傅陳蕃等人均被殺。前後共兩次，朝中賢良盡失，史稱為黨錮之禍。在此以黨錮之禍的李膺，比喻李幼椿先生因曾從事抗日活動，在南京政府與日本人簽和平協議後而屢有收押遇難之傳聞，以見其處境之危。
3. **〈語增〉早見辨王充**：王充，字仲任，東漢會稽上虞人，博通百家之言，持自然之論，反對災異之說，著有《論衡》八十五篇，《論衡》中有〈語增〉一篇。《論衡校釋．論衡舊評》：「《俞樾湖樓筆談》七：『古人文字喜為已甚之辭，稱其早慧，則曰顏淵十八天下歸仁；語其晚成，則曰曾子七十乃學，名聞天下。王充有〈語增〉之篇，非無見也。』」在此以喻有社會學背景的李幼椿先生，考證古代祭祀的風俗，治學成績斐然可觀
4. **順世推移**：《史記．屈原列傳》：「夫聖人者，不凝滯於物，而能與世推移。」
5. **矰**：音ㄗㄥ（zeng1），古代繫有生絲以射鳥雀的箭。

鑒賞

此詩押上平聲一東韻。勞氏因幼椿先生談及長城往事而作，因此全詩以幼椿先生為主軸。

首聯以「高墉當日」比喻當時幼椿先生主意以長城山海關之抗日行動發難，而此正是青年黨可為之機，然用一「誤」字傳達了形勢比人強的命運，致使幼椿先生最後必須獨走高飛，與主流勢力漸行漸遠。

項聯從「政治」與「學術」上來展現李先生傲人之卓識，因其剛直之性格，有澄清天下之志，不依附權勢而同流合污，因此不時有被收押迫害的傳聞；在學術上他投注於古史的考證，亦每能不依傍傳統，勇於表達自己的新見。

腹聯以「先機進退神常裕，順世推移道易通」說明抗日勝利後，國、青兩黨合議參政，幼椿先生又再一次與黨內主流意見不合，認為

青年黨不應喪失其監督制衡國民政府的角色，因此不接受任職經濟部長的安排，從後來的發展情勢看來，李先生之能退正是他洞燭先機的表現，因此能從容免禍、與世推移。

尾聯以「矰網至今天下滿」比喻李先生身處亂世之中，危機埋伏四起，國、共兩陣營都對他虎視眈眈，然早慧深智之幼椿先生卻依然能如老子般優遊處世而無傷，這當是他視富貴與我如浮雲，又能有道家退一步則海闊天空的人生智慧使然。

作者以「高墉當日誤張弓」勾勒長城往事，從黨禍之頻傳與矰網之佈滿天下可知有過人之才的李先生，在詭譎多變、艱屯難測的亂世中可謂危機四伏，隨時面臨生命的威脅，然幼椿先生卻能沉晦以免患，遂得以如虛舟遨遊逍遙於驚濤駭浪之世，「國無道，其默足以容」，正是李先生深智的寫照。

聞白崇禧病逝臺灣　吳冠宏述解

其一

南渡[1]棋殘事久非，頻憐霍衛[2]鎖征衣。飛書又報將軍死，落葉輕霜感夕暉。

其二

霸才末世早鷹揚[3]，諸葛呼名未易當。江漢千秋嗚咽水，呂家終竟誤襄陽[4]。

其三

韜機剩向橘中參[5]，伏櫪深知驥未甘[6]。北去降王休寄語，肯從鶯草戀江南？

其四

尚記趨庭面使君[7]，與亡緘口獨論文。石崇有婢窺簾笑[8]，又是狂言一老軍。

其五

如夢風雲念惘然，徐翁妙語憶當年。山川八桂清奇甚，卻欠雄峰上插天。

案：亮齋生前常謂桂林山水清妙，獨無高峰，正如桂人不能擔當大事也。

題解

此詩作於丙午年（1966），勞氏三十九歲。聞知白崇禧將軍在臺灣因病辭世，有感而發，遂作五首七言絕句，從各個面向抒發自己對白將軍一生壯志未酬的看法。

註釋

1. **南渡**：有二說。一說，晉五胡亂華，晉室渡江，自洛陽遷都建業，稱為南渡。另一說，宋徽、欽二宗，為金人所執，宋室自汴梁，遷都臨安，亦稱為南渡。
2. **霍衛**：指衛青、霍去病二人。
3. **鷹揚**：《詩經・大雅・大明》：「維師尚父，時維鷹揚。涼彼武王，肆伐大商，會朝清明。」漢・毛亨《傳》：「鷹揚，如鷹之飛揚也。」
4. **呂家終竟誤襄陽**：意指南宋呂文煥死守襄陽，孤城無援，最後南宋依然難逃滅亡命運。
5. **橘中參**：泛指下棋一事。典出《玄怪錄・巴邛人》：「巴人異之，即令攀橘下，輕重亦如常橘。剖開，每橘有二老叟，鬢眉皤然，肌體紅潤，皆相對象戲，身長尺餘，談笑自若，剖開後亦不驚怖，但相與決賭。」明朝朱晉楨著《橘中秘》專談象棋之術。
6. **伏櫪深知驥未甘**：《宋書・樂志三》：「魏武帝〈步出夏門行・龜雖壽〉：『老驥伏櫪，志在千里。烈士暮年，壯心不已。』」
7. **使君**：對官吏、長官的尊稱。《三國志・蜀書・先主備傳》：「曹公從容謂先主曰：今天下英雄，惟使君與操耳。」
8. **石崇有婢窺簾笑**：《太平御覽》卷九百六十五：「《世說新語》：『王大將軍嘗至石崇家，如廁，見漆箱中盛乾棗，本以塞鼻，王遂食盡，群婢莫不笑。』」

鑒 賞

此五首七言絕句之組詩，乃勞氏聞白崇禧將軍病逝臺灣有感而作。

第一首押上平聲五微韻。此詩寫白將軍南渡來臺已久，遠離家國困守於此，曾經如霍去病、衛青般縱橫沙場，如今卻已久鎖征衣，又傳來其竟老死於臺灣，這般際遇不免使人落寞惆悵，深感生命有限無常、歲月流逝不再。

第二首押下平聲七陽韻。此詩寫白將軍曾以霸才之姿早有表現、在亂世中曾意氣飛揚，備受矚目，因而有小諸葛之稱。然其謀略、格局不足，未必能名符其實，不免感歎家國之命運正如南宋依賴呂文煥固守襄陽般，最後終必落得山河變色的下場，江漢之水悲鳴著亡國的悲痛，千載之年任其悠悠。

第三首押下平聲十三覃韻。此詩記白將軍退守臺灣後，韜光養晦，無所作為，僅剩下在棋局中談兵法，烈士暮年，其實仍心存匡世之志，然年華已逝、時運不濟，不免心有未甘。當時不接受敵軍的勸降，如今又那裡肯在草長鶯飛之際空徒眷戀江南，此首寫白將軍今非昔比又緬懷眷念舊志故情，令人感歎再三。

第四首押上平聲十二文韻。此詩記作者依稀記得白將軍曾來訪作客，在家中會面時他不論家國興亡，卻和作者談論起文章一事，然文章一事終非白將軍所長，這番景象使作者不免想起石崇女婢竊笑大將軍王敦的窘狀，畢竟是個口出狂言的老粗漢。

最後一首押下平聲一先韻。作者運用徐亮齋的妙語給白將軍一個歷史的定位與評價，徐先生曾言及桂林山水清妙，然獨無可以插天的雄壯高峰，以喻桂人不能擔當大事，眼見白將軍曾如煙似夢般地風起雲湧，最後卻惘然無成，正是桂人清妙有餘卻不見雄奇的寫照吧！

白崇禧將軍病逝臺灣，作者藉此訊息，展現神州失守、退據臺灣、老死而未能回歸的遺憾，可見其書寫的不僅是白將軍一人，更是一個失落時代的縮影，古今的歷史時空，透過詩之記憶的串聯，讓我們看到了命運重蹈的悲哀，作者尤親證一老將的繁華與凋零，最後巧用徐翁妙語，多少餘恨感慨盡在不言中。

偶聞友人言以麻油注瓶花，可收培灌之效，試之良然。戲成一絕　謝奇懿述解

點脂瓶水勝靈泉[1]，一夜繁枝競吐妍。莫歎寄根[2]無淨土[3]，解施人力便回天。

題解

本詩作於丙午年（1966），勞氏三十九歲。作者藉生活小事，以花喻己，在蓬寄感慨中，面對未來時局仍不失樂觀之期待。

註釋

1. **靈泉**：唐．李白〈安州應城玉女湯作〉詩：「神女歿幽境，湯池流大川。陰陽結炎炭，造化開靈泉。」此處係舉靈泉與瓶水對比。
2. **寄根**：離鄉漂泊。唐．張蠙〈觀江南牡丹〉詩：「北地花開南地風，寄根還與客心同。眾芳盡怯千般態，幾醉能消一番紅。」
3. **淨土**：佛土名，謂莊嚴潔淨，無五濁之極樂世界。北朝．顏之推《顏氏家訓．歸心》篇：「何況神通感應，不可思量，千里寶幢，百由旬座，化成淨土，踊出妙塔乎？」

鑑賞

本詩押下平聲一先韻。全詩即事抒懷，麻油培灌瓶花，本生活趣事，而勞氏信手拈來，寄之以家國之思，憂心時局。本詩首二句點題，麻油雖常見之物，然竟勝似回春靈泉，能使無根之瓶花一夜競開，創造奇蹟。三、四句轉，勞氏由此瓶花受麻油之奇蹟「小事」興發，結合其生平際遇，一方面表現出蓬寄於世的身世之感，一方面也表達出對時局發展之看法。其中第三句「寄根無淨土」，知作者於時

局動盪之中，實有無土無民之感慨。然作者居此晦暗時局，反能力求向上，而有樂觀之期許，祈冀光明。故本句以「莫歎」二字發端，勉為自勵，而第四句「解施人力便回天」則不僅為自勵，更有廣求志士共同奮鬥之樂觀心態。由此，本詩藉瓶花吐妍之事，興發時局之感懷與看法，一方面顯露勞氏對當時流寓之士之殷盼，一方面亦可得見勞氏積極光明之思想。

丙午三月郊遊，口占　謝奇懿述解

其一

風雲[1]意氣倦中年，半日村遊且息肩[2]。未必習勞須運甓[3]，提壺親煮在山泉。

其二

坡陀[4]阡陌望中青，野鳥嚶嚶倚樹聽。忽見榴花紅欲吐[5]，始驚嶺外[6]久飄零。

題解

此二詩作於丙午年（1966）陰曆三月，勞氏三十九歲。本次郊遊係友人邀請至其香港新界之別墅散心，原計畫住宿兩天，然實際僅半天即回。整組詩歌以郊遊之事起興，抒寫遊賞之樂與流寓之思，間亦微露家國之感。

註釋

1. **風雲**：喻人之際遇。《易・乾卦・文言》：「雲從龍，風從虎，聖人作而萬物覩。」此謂同類相感，後以喻人。漢・班固《漢書・敘傳》：「今吾子幸游帝王之世，躬帶冕之服，浮英華，湛道德，矕龍虎之文，舊矣。卒不能攄首尾，奮翼鱗，振拔洿塗，跨騰風雲，使見之者景駭，聞之者嚮震。」
2. **息肩**：卸去負擔。《左傳・襄公二年》：「鄭成公疾，子駟請息肩於晉。」

3. **運甓**：晉．陶侃運瓦自勵之事。晉．裴子《語林》：「陶太尉既作廣州，優游無事．常朝自運甓於齋外，暮運於齋內。人問之，陶曰：『吾方致力中原，恐為爾優游，不復堪事。』」甓，音ㄆㄧˋ（pi4）。
4. **坡陀**：同「陂陀」，不平貌。唐．杜甫〈北征〉詩：「坡陀望鄜畤，巖谷互出沒。我行已水濱，我僕猶木末。」
5. **榴花**：山石榴花，即杜鵑花，三月開花。唐．白居易〈山石榴寄元九〉詩：「九江三月杜鵑來，一聲催得一枝開。……拾遺初貶江陵去，去時正值青春暮。商山秦嶺愁殺君，山石榴花紅夾路。」
6. **嶺外**：古以廣東五嶺為界，五嶺以南稱嶺外或嶺南，有遠離中原飄泊之意。唐．沈佺期〈嶺表逢寒食〉詩：「嶺外無寒食，春來不見餳。洛陽新甲子，何日是清明。」

鑒賞

陰曆三月，適逢暮春時節，故本組詩歌藉郊遊一事，以郊遊實事及暮春之景起興，在郊遊之樂中，興發勞氏流寓之思與家國之感。

本組詩第一首押下平聲一先韻。首二句以一「倦」字為中心，一方面顯現出作者遭亂飄盪之思，一方面也應題目，交代郊遊之行之原委。其中「且」字頗見委曲，蓋聊以此「半日」之遊稍慰己心耳。三、四句正面寫此次郊遊之樂。「習勞運甓」、「提壺親煮」字面上為郊遊之行之細部敘寫，然作者用陶侃事，則亦可窺見勞氏雖值中年，然仍欲勉自振作、壯心不已之心懷。此心懷並與「倦」字相對，隱然形成一張力，表現含蓄。

第二首押下平聲九青韻。首二句以景起，「望中青」、「倚樹聽」分屬視覺、聽覺，讀來動靜有致，以見遊玩之樂，並與前首詩歌末尾相接。三、四句轉，而以「忽見」二字為樞鈕。第三句先寫榴花之美麗待放，承上啟下。而意欲綻放、即將開展燦爛歲月之榴花，對比此刻之作者，已年歲老大而歲月蹉跎，故第四句以「始驚」起，表達出時不我與之飄零感慨。而此榴花之燦爛生命與漂泊他鄉「倦客」之對比，更見身世之悲。整體而言，本組第二首詩歌藉遊覽所見，而由景入情，暗寓時不我與及生命飄零之感。因此，細繹本首詩歌，亦側面可見作者流寓他鄉之「倦」意，而隱然與第一首為表裏。

聞殷海光解職，慨然有作　謝奇懿述解

依稀劫火照咸陽[1]，黨禍[2]驚傳到楚狂[3]。十載書空呼咄咄[4]，當時折檻[5]意昂昂。名緣曲學非阿世[6]，筆挾真情自吐光。屈指妙才[7]零落盡，西風南海夜蒼茫。

題解

此詩作於丙午年（1966），勞氏三十九歲。是年發生「臺大哲學系事件」，殷海光被迫離開臺大。殷海光生命歷程曲折，常懷英雄主義。一九四九年來臺後主張政治改革，與雷震相唱和，遂為當局所忌。先後曾計畫組織「自由主義聯盟」及組黨，並參加《自由中國》雜誌，擔任編輯，撰寫文章不輟，以喚起人民之社會意識、針砭時政。一九六〇年，雷震被捕，《自由中國》遭查封。一九六六年，殷海光又受迫離職，臺灣之政治迫害及言論控制日甚。本詩乃勞氏聞殷海光被迫離職後，感殷氏之遭遇而悲嘆時局。

註釋

1. **劫火**：項羽入關屠城事。《史記・項羽本紀》：「居數日，項羽引兵西屠咸陽，殺秦降王子嬰，燒秦宮室，火三月不滅；收其貨寶婦女而東。」
2. **黨禍**：原指東漢黨錮之禍，作者因喻時事。《後漢書・孝桓帝紀》：「司隸校尉李膺等二百餘人受誣為黨人，並坐下獄，書名王府。」
3. **楚狂**：指殷海光。楚狂，殷氏為湖北黃岡縣人，為楚地，因以喻之。唐・李白〈廬山謠寄盧侍御虛舟〉詩：「我本楚狂人，鳳歌笑孔丘。」此典源於《論語・微子》篇：「楚狂接輿，歌而過孔子曰：『鳳兮，鳳

兮，何德之衰？往者不可諫，來者猶可追。已而，已而，今之從政者殆而。』孔子下，欲與之言。趨而辟之，不得與之言。」

4. **咄咄**：感嘆聲、驚怪聲。《後漢書・嚴光傳》：「咄咄子陵，不可相助為理邪？」又《晉書・殷浩傳》：「浩雖被黜放，口無怨言，夷神委命，談詠不輟，雖家人不見其有流放之慼。但終日書空，作『咄咄怪事』四字而已。」咄，音ㄉㄨㄛˋ（duo4）
5. **折檻**：朱雲直言折檻事，此處以喻殷海光在國民政府統治時，無懼政局險惡，直言高論。《漢書・朱雲傳》：「至成帝時，丞相故安昌侯張禹以帝師位特進，甚尊重。雲上書求見，公卿在前。雲曰：『今朝廷大臣上不能匡主，下亡以益民，皆尸位素餐，孔子所謂『鄙夫不可與事君』，『苟患失之，亡所不至』者也。臣願賜尚方斬馬劍，斷佞臣一人以厲其餘。』上問：『誰也？』對曰『安昌侯張禹。』上大怒，曰：『小臣居下訕上，廷辱師傅，罪死不赦。』御史將雲下，雲攀殿檻，檻折。雲呼曰：『臣得下從龍逢、比干遊於地下，足矣！未知聖朝何如耳？』」御史遂將雲去。於是左將軍辛慶忌免冠解印綬，叩頭殿下曰：『此臣素著狂直於世。使其言是，不可誅；其言非，固當容之。臣敢以死爭。』慶忌叩頭流血。上意解，然後得已。及後當治檻，上曰：『勿易！因而輯之，以旌直臣。』
6. **曲學阿世**：原出於漢・轅固生與公孫弘事，此處「曲學」指殷海光學問之門徑，而「非阿世」則指殷氏言行非為干求世名而行。《史記・儒林傳》：「今上初即位，復以賢良徵固。諸諛儒多疾毀固，曰『固老』。罷歸之。時固已九十餘矣。固之徵也，薛人公孫弘亦徵，側目而視固。固曰：『公孫子，務正學以言，無曲學以阿世！』自是之後，齊言詩，皆本轅固生也。諸齊人以詩顯貴，皆固之弟子也。」
7. **妙才**：漢・班固〈離騷序〉：「雖非明智之器，可謂妙才也。」

鑒賞

本詩押下平聲七陽韻，藉殷海光其人其事以抒懷。

本詩首聯點題，以項羽屠咸陽與東漢黨禍二事述殷海光解職事。

「依稀」二字為明喻，而「驚傳」二字不只顯現勞氏憂心殷海光先生之遭遇，更是對統治階級明目之大膽行徑，感到震撼。是故，作者以「劫火」、「黨禍」比此刻之臺灣，一方面可見民生之凋殘動盪與株連之廣，更可見勞氏對當時統治臺灣之國民黨政府之針砭。

項聯、腹聯正寫殷海光，而見其人之性情、為學、抱負與為國之志。項聯著眼於殷氏面對外在時局之表現，「書空」表現出殷氏面對不可為情勢之憤鬱，「折檻」顯露其人勇往直前、九死未悔之意志，表現出進取無懼之勇者形象。腹聯由外而內，上句言殷氏之學問雖非常道，但仍為狂者之正直表現，故以「非阿世」言之。下句則由此正直之性情更進一步，寫殷海光文章皆其人「真情」之自然流露，故能於濁世之中大放光芒，發揮影響。

尾聯由殷氏之遭遇擴大，傷悼其人其類。「屈指」二字可見難捨之情，而「零落」則更令志士感悲。而末句結以無限蒼茫之景，亦可見勞氏憂國之思與淑世之志，可謂與天地同悲矣。泛觀全詩，本詩雖因殷先生遭遇而寫，亦應是感同類之際遇而發。由此推論，則詩中「折檻之意」、「吐真之筆」亦當不限於殷海光先生，而是涵括當時關懷時局之夥伴及作者自己，從中表現出深刻身世之感。如是，則本詩亦可當為言志、感時之作。

丙午初度，中夜獨坐，成三律書感　謝奇懿述解

其一

流寓光陰恰易過，瓶花又照醉顏酡[1]。漸安獨夜緣愁盡，慣破重圍任敵多。風雨平生無媚骨，江山向晚[2]有狂歌[3]。窺窗涼月如眉小[4]，百劫[5]初心喜不磨。

其二

重樓燈火接秋風，成敗爭棋一笑中。遣執偶談三乘[6]義，知非[7]猶待十年功。眼前花果才難歎，道左衣冠[8]世變窮。莫指董

公誇健者，[9]群兒自貴便英雄。[10]

其三

朋儔寥落各殊方，亂世橫流羝角羊[11]。王粲遠遊[12]成老大，劉伶酣酒[13]廢文章。玉臺不待徐陵序[14]，塵海頻傳李靖狂[15]。我亦鏡中傷髮齒[16]，年年袖手對滄桑。

濟昌旅加美數年又返臺矣。思恭近年不寫一字，聞放浪自喜。亮齋昔年曾戲謂予詩稿刊印時即為作序，今詩未刊而亮齋已逝世矣。達生落拓多年，世俗莫識其懷抱也。

題解

本詩作於丙午年（1966），勞氏三十九歲。年近四十，又逢生日，而中宵獨坐，遂有感。

註釋

1. **酡**：飲酒面紅貌。宋玉〈招魂〉：「美人既醉，朱顏酡些。」酡，音ㄊㄨㄛˊ（tuo2）。
2. **向晚**：將晚。《三國志・吳書・華覈傳》「誠宜住建立之役，先備豫之計，勉墾殖之業，為饑乏之救。唯恐農時將過，東作向晚，有事之日，整嚴未辦。」
3. **狂歌**：楚狂接輿事，此處以喻勞氏自己，原出處見〈聞殷海光解職，慨然有作〉詩註三。
4. **窺窗涼月如眉小**：委離傷國之悲。如眉小，勞氏為本詩在陰曆八月初八生日前後，新月小似彎曲之眉。宋・王沂孫〈眉嫵〉：「漸新痕懸柳，澹彩穿花，依約破初暝。便有團圓意，深深拜，相逢誰在香徑。畫眉未穩，料素娥、猶帶離恨。最堪愛、一曲銀鉤小，寶簾掛秋冷。」
5. **劫**：佛經言天地形成至毀滅為一劫，此處指很長的時間。《法苑珠林・劫量述意》：「夫劫者，蓋是紀時之名，猶年號耳。」
6. **三乘**：佛教因學佛者接受能力不同，因此以車乘喻佛法，將學佛者區分為三，分別為聲聞、緣覺、菩薩等三乘。《大乘莊嚴經論》卷2：

「善趣及三乘，大悲有三品。」又唐・皎然〈能秀二祖贊〉：「三乘同軌，萬法斯一。」乘，音ㄕㄥˋ（sheng4）。

7. **知非**：知曉以往所習不正。漢・劉安《淮南子・原道訓》：「蘧伯玉年五十而知四十九年非。」
8. **道左衣冠**：東晉偏安江左，時北方士族多有渡江而南者，此處指當時避難海隅之知識份子。
9. **董公誇健者**：此處藉董卓與袁紹事喻當時海外文士自負之情狀。《後漢書・袁紹傳》：「卓議欲廢立，謂紹曰：『天下之主，宜得賢明，每念靈帝，令人憤毒。董侯似可，今當立之。』紹曰：『今上富於春秋，未有不善宣於天下。若公違禮任情，廢嫡立庶，恐 議未安。』卓案叱紹曰：『豎子敢然！天下之事，豈不在我？我欲為之，誰敢不從！』紹詭對曰：『此國之大事，請出與太傅議之。』卓復言『劉氏種不足復遺。』紹勃然曰：『天下健者，豈惟董公！』橫刀長揖徑出，懸節於上東門，而奔冀州。」
10. **群兒自貴便英雄**：此處藉西漢霍光事隱喻當時士人，時而相互吹捧，僭稱英雄。《漢書・霍光傳》：「先是，後元年，侍中僕射莽何羅與弟重合侯通謀為逆，時光與金日磾、上官桀等共誅之，功未錄。武帝病，封璽書曰：「帝崩發書以從事。」遺詔封金日磾為秺侯，上官桀為安陽侯，光為博陸侯，皆以前捕反者功封。時衛尉王莽子男忽侍中，揚語曰：『帝（病），忽常在左右，安得遺詔封三子事！群兒自相貴耳。』光聞之，切讓王莽，莽酖殺忽。」
11. **羝角羊**：喻進退兩難。《易・大壯・上六》：「羝羊觸藩，不能退，不能遂。」
12. **王粲遠遊**：王濟昌年四十方去美攻讀博士，學成返臺，因以王粲老大喻之。唐・李商隱〈安定城樓〉詩：「迢遞高城百尺樓，綠楊枝外盡汀洲。賈生年少虛垂淚，王粲春來更遠遊。永憶江湖歸白髮，欲回天地入扁舟。不知腐鼠成滋味，猜意鵷雛竟未休。」指王粲依附劉表事。《三國志・魏書・王粲傳》：「獻帝西遷，粲徙長安，左中郎將蔡邕見而奇之。時邕才學顯著，貴重朝廷，常車騎填巷，賓客盈坐。聞粲在門，倒屣迎之。粲至，年既幼弱，容狀短小，一坐盡驚。邕曰：『此王公孫也，有異才，吾不如也。吾家書籍文章，盡當與之。』年十七，司徒辟，詔除黃門侍郎，以西京擾亂，皆不就。乃之荊州依劉表。」

13. **劉伶酣酒**：劉思恭當時在臺生活放浪自喜，因以劉伶酣酒事喻之。《晉書・劉伶傳》：「劉伶字伯倫，沛國人也。身長六尺，容貌甚陋・放情肆志，常以細宇宙齊萬物為心。澹默少言，不妄交游，與阮籍、嵇康相遇，欣然神解，攜手入林。初不以家產有無介意。常乘鹿車，攜一壺酒，使人荷鍤而隨之，謂曰：『死便埋我。』其遺形骸如此。嘗渴甚，求酒於其妻。妻捐酒毀器，涕泣諫曰：『君酒太過，非攝生之道，必宜斷之。』伶曰：『善！吾不能自禁，惟當祝鬼神自誓耳・便可具酒肉。』妻從之・伶跪祝曰：『天生劉伶，以酒為名。一飲一斛，五斗解酲。婦兒之言，慎不可聽。』仍引酒御肉，隗然復醉。」

14. **玉臺不待徐陵序**：南朝陳・徐陵輯歷來古詩而成《玉臺新詠》一書，因自序，該書著錄於《隋書・經籍志》。此處以徐陵喻徐亮齋先生，亮齋先生曾答應為勞氏詩稿作序未果，故言「不待徐陵序」。

15. **塵海頻傳李靖狂**：李達生當時落拓海外，因以唐・衛國公李靖事喻之。《舊唐書・李靖傳》：「李靖，本名藥師，雍州三原人也。祖崇義，後魏殷州刺史、永康公。父詮，隋趙郡守。靖姿瑰偉，少有文武材略，每謂所親曰：『大丈夫若遇主逢時，必當立功立事，以取富貴。』其舅韓擒虎，號為名將，每與論兵，未嘗不稱善，撫之曰：『可與論孫、吳之術者，惟斯人矣。』初仕隋為長安縣功曹，後歷駕部員外郎。左僕射楊素、吏部尚書牛弘皆善之。素嘗拊其床謂靖曰：『卿終當坐此。』」

16. **傷髮齒**：唐・韓愈〈祭十二郎文〉：「吾年未四十，而視茫茫，而髮蒼蒼，而齒牙動搖。」勞氏年值三十九，因此喻已。

鑒賞

本組詩共三首，為感時傷懷之作。「丙午初度」，光陰又逝，適逢作者生日，而「中夜獨坐」，靜思時局，以及友朋、自身之奮鬥際遇，能不感慨，因以抒懷。

第一首押下平聲五歌韻。首聯上句應題，以時起，正見「丙午初度」之意。「流寓」歲月荏苒，又添一歲，而勢不可為，因此以「恰易過」表現出置身局外，靜觀時局之無奈意味。下句寫現今之生活，「又照」、「醉顏」隱然見勞氏遭逢時難之流浪與身世之感。項聯以降敘志抒情，「漸安獨夜緣愁盡，慣破重圍任敵多。」有宋詩意味，「盡」、「慣」二字鍊字、鍊意，而見勞氏渡過重重險難，然奮厲之心不減。腹聯二句承上啟下，前句續言勞氏屢經困頓，絲毫不向權威妥協之風骨；後句則轉就此刻時局明言己之生活及持守。「江山向晚」喻當時中共局勢有極大變化，然局勢變化難測，而獨力難為，是故以「狂歌」二字言之。此二字恰與首聯「醉」字呼應，一方面有旁觀意味，而見勞氏之家國隱痛與無奈佯狂之懷，一方面也藉「楚狂」典故言己之旁觀實表不苟之志從未稍減。尾聯面向未來，「窺窗涼月」合「八月初八」之景，是寫時局之危，然亦可窺見希望。下句「百劫初心喜不磨」則續言己之初心不減，始終如一。如此，則見勞氏之精神實長有一光明之根源矣，因此常能於時局動盪之無奈悲傷之中超越，進而自強不已、百折不易。縱觀本詩，全詩重心在己，而結以時局之關懷，從中得見勞氏艱毅之心志、風骨與奮鬥之心境過程。而就文字而言，本詩最末結以時局之論，亦下開次首詩論時、寫時之內容。

次首押上平聲一東韻，全詩重心在時局之論述。首聯為全詩主旨，前句「重樓燈火接秋風」以景起，意境與第一首相連，而後句以「爭棋」譬海外所觀之時局，以「一笑」二字表現出旁觀無奈之心境。項聯以降循此心境細述此時情之勢與情感。項聯主要寫自身為學，上句言勞氏當時除以中國文化要素為研究對象外，偶亦兼及佛教書籍之撰述。下句「知非」句用典，謙言己之學識修養仍待努力。腹聯由內而外，前句寫己教學之感，後句推及其他士人，其言「世變」途窮，隱喻當時文革知識份子遭遇之慘。尾聯諷喻時勢，以此二句寫當時避難流亡之士，多有自吹自擂之舉。「群兒自貴」，係藉西漢霍光等人事隱喻當時士人，時而相互吹捧，冒充英雄，然僅能「自相貴耳」，無所謂於大局。簡言之，本詩係先言「一笑」之無奈心境，後於項聯以降以客觀之角度分寫己之自處與時局面貌耳。

第三首押下平聲七陽韻。全詩以勞氏在臺時共同參與鼓吹自由主義讀書會之四位友人為對象，分寫其遭際。濟昌，王濟昌，建築師，今在臺教書。思恭，劉思恭，當時落拓度日，後於臺灣大學兼課，教授邏輯學。亮齋，徐亮齋，早逝，著述未果。達生，李達生，時在海外。

本詩承第二首尾聯，重心則在抒寫當時友朋之際遇、而兼傷己，頗有世亂飄蕩之身世之感。王粲、劉伶、徐陵、李靖分指濟昌、思恭、亮齋、達生諸位先生。而諸位先生於世亂之中分散各地，遭遇不一，然亦時局下進退兩難之境之種種表現矣。尾聯由友朋而傷己，「年年袖手對滄桑」一句有無限之傷感。

縱觀本組詩結構嚴整，第一首由己之情懷起，而及於客觀時局之敘論，以及當時儕類之際遇，最末結以己身，有首有尾。

丙午仲秋，偶與龍宇純先生車中閒話，各驚老大。夜歸戲爲長句，即柬宇純先生　謝奇懿述解

經世文章濟世心，扶疏枝葉未成陰。每嘲骨相[1]難為下，不慕時名肯媚今？立本象山[2]輕小節，投荒舜水[3]抱孤琴。披肝[4]漫笑多狂語，學統如絲[5]歎劫深。

題解

此詩作於丙午年（1966），勞氏三十九歲。時勞氏已任教香港中文大學二年，於火車上與龍宇純先生談論中國學統思想，時大陸正進行文化大革命，臺灣亦毫無生氣，未見作為，因而有歎。

註 釋

1. **骨相**：相術有骨相之法，藉以推論人之性、命，漢代王充《論衡》有〈骨相篇〉。勞氏幼年曾有高人為其看相，言其「得乎下不得乎上」，因以喻今日勞氏為上所忌之情形。
2. **象山**：陸九淵，字子靜，曾於象山講學，學者稱象山先生。曾謂：「學苟知本，六經皆我注腳。」勞氏此處以象山先生喻己。
3. **舜水**：朱之瑜，號舜水，明末儒者。明亡，朱舜水奔走海外，圖恢復之舉，然事竟不成，後東渡日本，終老其地。此處以言己逃難，避居香港。
4. **披肝**：喻竭誠相見，盡所欲言。《漢書．路溫舒傳》：「大將軍受命武帝，股肱漢國，披肝膽，決大計，黜亡義，立有德，輔天而行，然後宗廟以安，天下咸寧。」
5. **學統如絲**：指中華文化學術承傳之危機，其時中國大陸文革迫害正盛，海外臺灣等地亦無作為。

鑒 賞

本詩押下平聲十二侵韻。勞氏與龍宇純先生皆當世大儒，而遭逢時變，感慨益深，本詩即藉此次會話一抒作者身為儒者關心家國之心及立身之基。

詩以勞氏自述為重心，首聯首句先言「經世」、「濟世」二語，明確可見勞氏儒者之襟懷。次句展望未來，「未成陰」是作者期待自己其應有進一步之代表著作，知其自我要求之嚴、期待之高。項聯、腹聯分別自命、性二路言己立身、為學之本。項聯「每嘲骨相難為下」，是自先天之命立說，係藉作者幼年看相事喻其本性不苟，故為上所忌，亦不獲上之喜。「不慕時名肯媚今」承上句，言己無須跟隨流俗，而恆見顯勞氏之自覺。腹聯二句由末而本。明言立性本意，故以象山、舜水二位先生自喻，其中舜水之喻尤見勞氏面對亂世之思緒。尾聯二句承腹聯，由己敘及於世局，明言當時中華文化之危機。

「披肝」二字見勞氏無所保留之意，而見勞氏與龍宇純先生交遊之真與相知之深，故「漫笑」、「狂語」實為詆態，而「學統如絲」為真言，見二位先生超越時局、繫心文化之遠大觀照。

丙午中秋，贈達生　謝奇懿述解

不袒親私不計功，騰嘲俗口兩愚公[1]。氣分南北強殊趣，[2]事別經權[3]意可通。揭帖[4]舊曾三罪討[5]，流言未礙此心同。藥師科跣狂如許，倘待虬髯醉玉鍾。[6]

題解

此詩作於丙午年（1966），勞氏三十九歲，主要抒寫勞思光與李達生先生二人之交遊。

註釋

1. **愚公**：愚公移山事，古代寓言，事見《列子．湯問篇》。
2. **氣分南北強殊趣**：李達生為徐州人，在蘇北，籍貫與勞氏一南一北，因喻之。南北之異始見《中庸》一書，其文曰：「子路問強。子曰：『南方之強與？北方之強與？抑而強與？寬柔以教，不報無道，南方之強也，君子居之。衽金革，死而不厭，北方之強也，而強者居之。故君子和而不流，強哉矯！中立而不倚，強哉矯！國有道，不變塞焉，強哉矯！國無道，至死不變，強哉矯！』」
3. **經權**：《孟子．離婁上》：「淳于髡曰：『男女授受不親，禮與？』」孟子曰：『禮也。』曰：『嫂溺。則援之以手乎？』曰：『嫂溺不援。是豺狼也。男女授受不親，禮也。嫂溺援之以手者，權也。』曰：『今天下溺矣，夫子之不援，何也？』曰：『天下溺，援之以道。嫂溺，援之以手。子欲手援天下乎？』」
4. **揭帖**：古代公文書。元．虞集〈京畿都漕運使善政記〉：「其出納也，務為均平。收支之數，有所勘會，止從本司揭帖圖帳申報，無煩文也。」明代常用揭帖公開責備他人。此處以言當時勞思光與李達生先生二人共同起草之「七十三人宣言」，該宣言主要在反蔣介石之統治，國民黨香港黨人戲稱其為「七十三烈士」。

5. **三罪討**：此處以南明福王之三罪討指二人曾共同參與發表宣言，聲討蔣氏政權之事，事見清．孔尚任《桃花扇》第七回，言主角侯朝宗聞欲立福王時，曾歷數三大罪，力主福王不可立。其文云：「朝宗聞立福王之言，遂大聲疾呼說：『老先生差矣！福王分藩敝鄉，晚生知之最悉，斷斷立不得！他有三大罪，人人俱知，老先生豈未聞乎？待晚生一一述來，求老先生參酌。福王者，乃神宗之驕子，母妃鄭氏淫邪不法，陰害太子，欲行自立，謀儲纂位，一大罪也。且秉性驕奢，于分蕃之時，將內府金錢偷竊殆盡，盈裝滿載而去，及寇逼河南，舍不得一文助餉，以至國破家亡，貪財誤國，二大罪也。其父死于賊手，暴尸未葬，他竟忍心遠避，乘此離亂之時，納民妻義，忘父好色，三大罪也。有此三罪，君德有虧，如何可圖皇業？』」按：《桃花扇》中的「三大罪」係據晚明史料福王「七不可立」之說而來。明末時期，兵部侍郎呂大器、御史張慎言、詹事姜曰廣曾移牒史可法，言福王有「不孝、虐下、干預有司、不讀書、貪、淫、酗酒」等「七不可立」之事，此事在《桃花扇》即移借為侯生所言之「三大罪和五不可立」之說，見夏燮《明通鑒．附編》卷一及徐鼒《小腆紀年．附考》卷五。

6. **藥師科跣狂如許，倘待虬髯醉玉鍾**：藥師，李靖本名藥師。李靖、虬髯事見於《太平廣記．虬髯客傳》，該傳奇以隋末天下大亂為其背景，此處以李靖之狂與虬髯之醉分別喻指李達生與勞氏，得見二人友誼。科跣，音ㄎㄜ（ke1）ㄒㄧㄢˇ（xian3）。

鑒賞

本詩通押上平聲一東、二冬韻。君子之交，「和而不同」，勞氏與達生先生身處亂世，其關懷世事之心相合，而二人之個性、時事之看法則未必相同，本詩敘及勞氏與達生先生之情誼即如此。

詩篇首二句明言勞、李二位先生為人，不輕從流俗，剛正不偏，此即兩位先生之相合也。而項、腹二聯則敘勞氏與達生之互動，以見二位先生「和而不同」之行。「氣分南北」、「事別經權」係就二人之出身、遇事見解說明差異，然「別經權」亦同時寫出二人實有共同歸趨，故繼之言二人曾共同起草宣言之事，而言「流言未礙此心同」，可見二位先生之和。由此，則兩位先生或有見事不一之處，然究其用心則一，如同隋末虬髯與李靖二人，身懷絕藝，雖各有其志，然同樣繫心時局，而情如兄弟也，因此在詩末分別以李靖與虬髯喻之。

感時　七律四首　陳慷玲述解

其一

紅衣[1]百萬動煙塵，宿將元勳待罪身。三載不言成大變，八方如夢頌長春。登臺依舊南人相[2]，觀禮誰為上國賓？聞說秋風秦隴路[3]，蠟丸[4]密使走強鄰。

其二

重關不見客卿[5]回，坐抱心書[6]獨主裁。怒馬[7]平生誇百戰，小星[8]遲暮[9]出三臺[10]。塚中枯骨[11]南朝恨，裙下姦人上將材。日落滄溟觀氣象，希夷[12]睡眼未全開。

其三

南通交趾[13]北祁連[14]，大獄無名孰瓦全[15]。逆耳諫詞呼厲鬼，踏波圖影飾飛仙。怨音苦楚招魂曲，盛會荒唐默照禪[16]。聚鐵九州[17]遺笑後，又看新劫舊山川。

其四

乍慶開元已式微，降人漫唱不如歸。漢衰共噪黃天立，[18]宋滅行看白雁飛。[19]豎子倖成無久享，[20]英雄坐老負先機。船山[21]意倦興亡日，史筆如繩定是非。

題　解

此二組丙午年〈感時〉詩共十二首，為丙午年（1966），勞氏三十九歲時所作。此年發生了文化大革命，我們先把一九六六年前相關的歷史變動做一概述：一九四九年十月一日「中華人民共和國中央人民政府」成立，改北平為北京，毛澤東為主席。一九五四年開始舉辦「全國人民代表大會代表」普選，毛澤東仍為主席，後來毛聲望下跌，到了一九五八年第二屆人代大會，改選劉少奇任主席，毛澤東則已退居第二線從事理論工作，不過，毛乃暗自佈局欲奪回實權。一九六四年第三屆人代大會，劉少奇連任主席，毛澤東則藉由推行「社會主義教育運動」整肅異己，從整肅劇本評論事件，後擴大到政治人物的整肅，如《海瑞罷官》一案，彭真和鄧小平受到牽連，到了一九六六年，毛澤東、林彪更發動「文化大革命」，將劉少奇以「叛徒、內奸、工賊」罪名清算，毛奪回實權。（參見《匪情年報》（中共研究雜誌社，1971）頁2～16～17）

註釋

1. **紅衣**：指紅衛兵。一九六六年以前，共產黨黨政組織、共青團、工會、婦聯會等團體，已被劉少奇、鄧小平所控制，毛澤東、林彪缺乏群眾基礎，廣泛利用熱情的青少年組織紅衛兵，作為「文化大革命」的主力軍，向當權派造反。
2. **南人相**：指王安石為相之事。宋．呂中《宋大事記講義》：「康節在天津橋上聞杜鵑聲曰，朝廷將用南人為相，天下自此多事矣。」
3. **秦隴路**：秦時設隴西郡，在今甘肅省邊境，故秦隴路指通往西邊的道路，在此指蘇聯。
4. **蠟丸**：北宋．歐陽修、宋祁《新唐書》卷一百五十三、列傳第七十八「顏真卿」條下載：「肅宗已即位靈武，真卿數遣使以蠟丸裹書陳事。」將信裝於蠟丸內除了防潮，更重要是保密。
5. **客卿**：指蘇聯顧問團。
6. **心書**：即《孟德心書》，又作《孟德新書》，相傳三國時曹操所撰兵書。《三國演義》第六十回：「修曰：『適修以丞相所撰《孟德新書》示之，彼觀一遍，即能暗誦，如此博聞強記，世所罕有。松言此書乃戰國時無名氏所作，蜀中小兒，皆能熟記。』操曰：『莫非古人與我暗合否？』令扯碎其書燒之。」這裡指個人意見言。

7. **怒馬**：即「怒馬獨出」也，表脫穎而出之意。北宋・蘇軾〈方山子傳〉:「方山子怒馬獨出，一發得之」。
8. **小星**：暗指江青姬妾的身分，《詩經》召南有〈小星〉一篇，為小臣感嘆遠役勞苦之詩，但〈詩序〉以為「小星，惠及下也。夫人無妒忌之行。惠及賤妾，進御於君」、鄭《箋》亦云「諸妾夜行，抱衾與床帳，待進御之」，故小星指小妾，清人姚際恆已將此解斥為邪說，但小星已成為妾的別稱。又江青曾演電影，但並未走紅，此為「小星」另層一意義。
9. **遲暮**：江青生於一九一四年，故至一九六六年文革時，已約五十多歲，故云遲暮。
10. **三臺**：《晉書》卷十・志第一・天文志：「三臺六星，兩兩而居，起文昌，列抵太微。一曰天柱，三公之位也。在人曰三公，在天曰三臺。」故「三臺」為星名，指上臺、中臺、下臺，共六星，兩兩相對，古人以星象象徵人事，稱三公為三臺。
11. **塚中枯骨**：《三國志・蜀書・先主傳第二》:「袁公路豈憂國忘家者邪、冢中枯骨，何足介意。」塚中枯骨指無能為力的人。
12. **希夷**：指宋人陳摶，字圖南，自號扶搖子，生於唐末五代時，居華山修道，宋太宗時，賜號希夷先生。
13. **交趾**：郡名，漢置，故治在今越南河內，指極南之地。
14. **祁連**：山名，在甘肅省張掖縣西南，指西北之地。
15. **瓦全**：《北齊書》卷四十一列傳第三十三「元景安」條下載：「大丈夫寧可玉碎，不能瓦全。」此指忍辱偷生。
16. **默照禪**：為宋代曹洞宗之宏智正覺禪師所倡導之禪風。默，指沈默專心坐禪；照，即以慧來鑑照原本清淨之靈知心性。正覺認為實相即是無相之相，真心即是無心之心，真得即是無得之得，真用即是無用之用，故主張以「坐空塵慮」來默然靜照，兀兀坐定，不必期求大悟，唯以無所得、無所悟之態度來坐禪。

17. **聚鐵九州**：典出《史記》卷六〈秦始皇本紀〉：「……收天下兵，聚之咸陽，銷以為鐘鐻，金人十二，重各千石，置廷宮中。」這裡指一九五七年十一月，毛澤東提出「以鋼為鐵，全民躍進」的口號，要求在十五年的時間內在等主要工業品的產量超過英國，一九五八年八月十七日，中共中央在北戴河召開政治局擴大會議，通過「全民為生產一千零七十萬噸鋼而奮鬥」的決議，掀起全民大煉鋼鐵的運動，不僅浪費了人力、物力的資源，並造成全國二百億元的損失。
18. **漢衰共噪黃天立**：《後漢書》卷七十一・皇甫嵩朱儁列傳：東漢末，張角策動的黃巾之亂，提出「蒼天已死，黃天當立，歲在甲子，天下大吉」的口號，因為漢以火德王、漢道衰，代漢興起的當為土德，土色黃，故張角自稱黃巾、起義者當著黃巾，以順五行。
19. **宋滅行看白雁飛**：明・周清原《西湖二集・徐君寶節義雙圓》：「元朝伯顏丞相進兵安吉州，攻破了獨松關〔勞批：似有誤。林案：當為「獨松關」。〕，師次於皋亭山，少帝出降。是日元兵進駐錢塘江沙上，謝太后禱祝道：『海若有靈，波濤大作。』爭奈天不佑宋，三日江潮不至。先前臨安有謠道：『江南若破，白雁來過。』白雁者，蓋伯顏之讖也。」
20. **豎子倖成無久享**：《世說新語》第三十三〈尤悔〉：「王導、溫嶠俱見明帝，帝問溫前世所以得天下之由。溫未答，頃，王曰：『溫嶠年少未諳，臣為陛下陳之。』王迺具敘宣王創業之始，誅夷名族，寵樹同己，及文王之末，高貴鄉公事。明帝聞之，覆面箸牀曰：『若如公言，祚安得長！』」
21. **船山**：王夫之（1619～1692），明清之際湖南衡人，字而農，號薑齋。明末舉人，清兵南下，在衡陽舉兵抗清，兵敗，逃亡廣東，效力於南明桂王政權，後辭職還鄉，因其在衡陽縣石船山下著書立說數十年而終，故世稱船山先生。

鑒賞

其一押上平聲十一真韻，其二押上平聲十灰韻，其三押下平聲一先韻，其四押上平聲五微韻。

其一詩中首聯「紅衣百萬動煙塵，宿將元勳待罪身」，一九六六年「八屆十一中全會」決定將「紅衛兵」作為文革運動中的「革命群眾組織」，於是「紅衛兵」變成合法的團體，林彪任總司令、賀龍任參謀長，周恩來任顧問。毛澤東先後八次接見各地擁至北平的紅衛兵，共計達一千二百萬人，紅衛兵從機關學校文化的「鬥」、「批」、「改」，進而到社會的「鬥」、「批」、「改」，成為打擊劉、鄧的主要力量。所以這裏說的「動煙塵」，指到處迷漫著一種鬥爭的不安氣氛。一九六六年十二月二十五日，中央工作會議中，劉、鄧被迫當眾批判，檢討錯誤。一九四九年共黨政權建立時，他們都是有功勞的「宿將元勳」，可是短短十幾年的時間，其身分一轉成了「待罪身」。一二句合觀，則「紅衣百萬動煙塵」的目的就是在鬥垮劉、鄧，所以「宿將元勳」「待罪身」兩極化的並列，顯示了在政治鬥爭的殘酷，永遠只有功罪二極，非功即罪、非罪即功，沒有中間的模糊地帶，而首句「紅衣百萬動煙塵」所帶來的不安至此有了具體的落實。

項聯所描述的對象就是毛澤東，首句以靜動對比的方式敘寫，「三載不言」是靜，指毛澤東在好幾次的典禮上都不說話，行事作風非常詭異，有人甚至懷疑那是毛的替身，但「成大變」時局果然開始變化，在「三載不言」靜的烘托下，更顯出強烈的動蕩感。而次句「八方如夢頌長春」則形容群眾擁戴他如夢如癡的盛況。

腹聯首句「登臺依舊南人相」，指大陸亂象叢生的局勢從中共掌握政權至文化大革命爆發後一直沒有改善，「南人相」用了邵康節的典故，指江西人王安石為相之事，此時正是湖北人林彪被毛澤東重用的時候，不過，林彪被重用反使局勢更增添混亂。次句「觀禮誰為上國賓」，是指當時紅衛兵在天安門舉行大會，蘇聯代表受邀，不過，那時因為中、蘇關係惡化，蘇聯代表不想出席，故誰來觀禮呢？以問句表肯定，意即沒有人來觀禮。

尾聯「聞說秋風秦隴路，蠟丸密使走強鄰」，是指當時有一傳聞，說是新疆這一地帶的軍團與蘇聯有祕密勾結，所以說不管是在檯面上，或者檯面下都可以看出中、蘇關係趨於惡化的現象。以此作結，更顯示中共當時不管在內政或外交上都處於非常混亂的狀況。

其二詩中首聯首句「重關不見客卿回」指的是一九六〇年，蘇聯與中共因政策不合而撤走了顧問團，兩國關係破裂，任憑劉少奇和周恩來有意緩和雙邊關係亦不見蘇聯回轉之跡象。次句「坐抱心書獨主裁」是說此時蘇聯顧問團不來，毛澤東更加狂妄專斷，主張無需他人的協助，憑他個人的見解亦可建設中國。首聯兩句形成因果關係。

項聯二句分別指向毛澤東身邊的林彪與江青。首先「怒馬平生誇百戰」指林彪，「怒馬」語出蘇軾〈方山子傳〉，但勞氏自云此為不成典的典故，當時大家都受冷落，只有林彪陪毛澤東站在臺前，如怒馬獨出。而「小星遲暮出三臺」則指小妾江青，一九六六年五月中共中央設立中央文化革命小組，她擔任副組長一職，自此開始了她的政治生涯。「出三臺」指江青在眾多有功的高階黨員中脫穎而出。

腹聯首句「塚中枯骨南朝恨」為作者的感嘆，眼看著中國發生了大動亂，臺灣卻無能為力。次句「裙下姦人上將材」指江青任中央文化革命小組副組長時，很多拍馬屁的人都進入了政治核心，變成了重要人物，如當時組員有張春橋、姚文元等人，再加上一九七三年中共十屆一中全會上被選為中央委員會的副主席的王洪文，漸漸形成後來所謂的「四人幫」。

尾聯「日落滄溟觀氣象，希夷睡眼未全開」具體的作者形象進入文本，因為觀氣象者即為作者，他自比為精於算學的陳摶，陳摶曾經一睡百日，此云「希夷睡眼未全開」指陳摶還在睡，還看不見世局有什麼高明的情勢發展。

其三詩中首聯首句「南通交趾北祁連」從空間角度切入，指由南到北的整個中國，次句「大獄無名孰瓦全」到處清算鬥爭、興大獄。「無名」為無緣無故、沒來由的禍災。「孰瓦全」以問句表肯定，即使想忍辱偷生也不行，沒有一個人躲得掉。在這個廣闊的空間中，充滿了惶惶不安的殺伐氣氛。

項聯以一鬼一仙做對比，首句「逆耳諫詞呼厲鬼」為更具體的描述文革時期的鬥爭，只要是有異議的反對者都被打入牛鬼蛇神的行列。而次句「踏波圖影飾飛仙」，指一九六六年七月毛澤東橫渡長江、群眾高聲歡呼一事，此句的「仙」與上句的「鬼」相對，凡持異議者皆為鬼，但是「飾」字則表現出濃濃的矯作意味。

腹聯則是一動一靜。首句「怨音苦楚招魂曲」，「招魂」雖出自《楚辭》的篇名，但勞氏表示此乃諷刺大陸廣播中一片吵架罵人的聲音，非常的嘈雜。而次句「盛會荒唐默照禪」則言毛澤東晚年在大會上都不說話，裝神秘，讓人有種種揣測的荒唐現象。

尾聯首句「聚鐵九州遺笑後」指在一九五八年大鍊鋼鐵的運動，鍊出了很多不能用的鋼鐵，計有三百多噸土鋼、四百一十六噸土鐵，造成全國二百億元的損失。這種行為真的是聚九州鐵、鑄一個錯，成為國際間的笑話。但次句「又看新劫舊山川」，文化大革命對中國而言，又是另一次的劫難，但「舊」山川所歷的劫不僅是這一次，「又」字雖是再一次，但亦帶有無數次的指向，未來還不知會發生多少次的劫難。「新」劫不斷的產生、「舊」山川不斷的被磨損毀壞，令觀者非常的痛心。

此組詩前三首旨在描寫大陸的情況，第四首則在嘆息大局。其四詩中首聯首句「乍慶開元已式微」，一般而言，開國時會有盛世氣象，但剛成立的中共政權卻無此兆，把開元至今這十幾年的時間濃縮在「乍」和「已」這兩個字中，「乍」是突然，顯示歡慶開元的短暫急促；「已」是已經，有一種拉長的喟嘆之感，局勢衰微已成定局，呈現出「急」──「緩」強烈對比的節奏感，把情緒從高處牽引到低盪的谷底。次句「降人漫唱不如歸」，則言當時大陸文革，知識份子動輒得咎，不過，還是有很多人老愛勸海外知識份子回大陸的現象。

項聯「漢衰共噪黃天立，宋滅行看白雁飛」，指到處都是衰象，大陸上，中共政權無發展；在臺灣，國民黨政權亦無發展。此二句皆用了亂象之典故，「漢衰共噪黃天立」指東漢末年的黃巾之亂，而「宋滅行看白雁飛」則指南宋滅亡前有一〈江南謠〉說：「江南若破，白雁來過。」此句後傳為宋滅之讖。可見弊端、亂象叢生為滅國之兆也。

腹聯云國內及海外之情況，國內是「豎子倖成無久享」，勞氏認為毛有權術，但不是英雄，「豎子」是小子，「倖」者僥倖，表示中共政權是僥倖得來的，並不會長久。「無久享」用了《世說新語》之典故，晉明帝得知取天下黑暗的內幕後，發出「祚安得長」的嘆息。而次句「英雄坐老負先機」則指海外的有志之士，大家都辜負了光陰，沒有好好的掌握機會。

尾聯首句「船山意倦興亡日」，用了明末大儒王船山的典故，王船山原本反清，失敗後認為興亡之事難論爭，遂著書以史筆定是非。「倦」字指勞氏當時心態消極，對現實政治不抱希望。次句「史筆如繩定是非」之語氣非常的堅決肯定，「繩」者準繩也，如王夫之一樣，以史官之筆正直公平的論斷是非。

感時　續八首　陳慷玲述解

其一

陣迷黑白局難收，食虎相驚北有蚼[1]。不待長陵[2]埋赤帝[3]，已聞老雉[4]戮韓侯[5]。京畿[6]百里頻馳檄[7]，博士千家半繫囚。昨夜江南傳道絕，臺城[8]白骨又新邱。

其二

老姦鉤距[9]擅心裁，暮氣苛殘益可哀。虎賁[10]諸兒緣壁過，緹騎[11]萬里自天來。真看入甕[12]行周法，忍念開基賴楚材。他日車前雙豕立[13]，莫將圖貌憶雲臺[14]。

其三

清標劉靜[15]望如仙，唇齒相依四十年。金匱題名曾詒眾，珠襦[16]坐帳忽行權。材官[17]星布寧誠服？子女梟鳴乞苟全。鐃鼓顛狂爭賀捷，可憐孤注視山川。

其四

高密[18]英年有壯圖，捉刀人[19]莫笑侏儒[20]。化身半世忘名姓，辯舌當時易主奴。首事芟夷[21]興大獄，屢遷銜秩[22]位中樞[23]。深機詭術徒為累，[24]畢竟藏珠誤賈胡。[25]

其五

刑賞無方事可知，藏弓[26]翻趁獵圍時。嶺南冀北承新命，穎水吳山有舊思。八翼[27]傳謠輕入罪，一城揭帖浪為辭。見收黨錮人千百，對簿應驚某在斯[28]。

其六

江東公瑾[29]美風儀，樽俎[30]多年賴主持。久慣縱橫隨左右，偶調粉墨亂雄雌。鄭居兩大翻為福，秦豈無人且待時。獺祭雀窺[31]深險極，幾曾一念惜瘡痍。

其七

上庠[32]伴食老元瑜[33]，忽訝春雷變蟄穌[34]。密令盡歸書記筆，卑顏悔拂相公鬚。[35]指揮自喜驕群士，興廢真疑託匹夫。十萬軍中驂乘[36]過，撫心可解歎暌孤[37]。

其八

狂流百載遍西東，用眾均財色尚紅。豈意國鈞歸甲胄[38]，虛言政本在農工。蕭墻[39]魚爛[40]存亡際，禹鼎[41]瓜分指顧中[42]。弱宋暴秦成底事，不堪廣武歎英雄。

題解

此組〈感時〉續八首，與丙午〈感時〉四首同作於丙午年（1966）文化大革命之際，勞氏三十九歲。〈感時〉四首旨在綜論整體局勢，〈感時〉續八首對文革重要人物予以分論。

註釋

1. **蚼**：音ㄍㄡˇ（gou3），蚼犬，北方大犬，不僅食人，更能飛食虎豹。《說文解字》十三篇上云：「北方有蚼犬，食人……《周書》：『渠搜以䶂犬，能飛食虎豹。』䶂同蚼，借䶂䶂字為之耳。」

2. **長陵**：漢高祖之陵，在陝西省咸陽縣東。

3. **赤帝**：《史記卷八・高祖本紀第八》：「高祖被酒，夜徑澤中，令一人行前。行前者還報曰：『前有大蛇當徑，願還。』高祖醉曰：『壯士行，何畏！』乃前，拔劍擊斬蛇。蛇遂分為兩，徑開。行數里，醉，因臥。後人來至蛇所，有一老嫗夜哭，人問何哭，嫗曰：『人殺吾子，故哭之。』人曰：『嫗子何為見殺？』嫗曰：『吾子，白帝子也，化為蛇，當道，今為赤帝子斬之，故哭。』」側面影涉漢高祖為赤帝子。

4. **老雉**：呂后，名雉，字娥姁。

5. **韓侯**：韓信。呂后在高祖尚未去世前就殺了韓信

6. **京畿**：京城。

7. **檄**：軍中文書的通稱。

8. **臺城**：城名，在南京市北玄武湖畔。

9. **鉤距**：《漢書》卷七十六〈趙尹韓張兩王傳〉第四十六「趙廣漢」條下載：「廣漢為人彊力，天性精於吏職。見吏民，或夜不寢至旦。尤善為鉤距，以得事情。鉤距者，設欲知馬賈，則先問狗，已問羊，又問牛，然後及馬，參伍其賈，以類相準，則知馬之貴賤不失實矣。唯廣漢至精能行之，它人效者莫能及也。」

10. **虎賁**：賁，音ㄅㄣ（ben），勇士也，此指紅衛兵。

11. **緹騎**：緹，有紅義。緹騎，指著紅衣的士兵，原為漢執金吾的侍從，後來變成逮捕犯人的官役通稱。此指紅衛兵。

12. **入甕**：請君入甕。典故出自北宋・司馬光《資治通鑑》卷二百四・唐紀二十・則天后天授二年中云，周興和來俊臣都是武則天任用的酷吏。有人密告周興與丘神勣同謀，武則天命來俊臣逮捕周興，來俊臣請周喝酒「謂興曰：『囚多不承，當為何法？』興曰：『此甚易耳！取大甕，以炭四周炙之，令囚入中，何事不承！』俊臣乃索大甕，火圍如興法，因起謂興曰：『有內狀推兄，請兄入此甕！』興惶恐叩頭伏罪。」

13. **豕立**：《左傳．莊公．八年》：「冬十二月，齊侯游于姑棼，遂田於于貝丘。見大豕，從者曰：『公子彭生也。』公怒，曰：『彭生敢見！』射之，豕人立而啼。公懼，隊于車，傷足喪屨。」《史記》卷三十二〈齊太公世家〉第二記載：「齊襄公殺彭生……以謝魯彭生死而為彘。」所以豕（豬）為彭生靈魂所寄託之處。
14. **雲臺**：東漢南宮中之雲臺閣，明帝追念功臣，畫鄧禹等二十八將像於其上，稱為雲臺二十八將。
15. **劉靜**：為劉文靜（西元568～619）之簡稱。劉文靜與裴寂為友，並為唐朝開國功臣。《新唐書》卷八十八列傳第十三「劉文靜」條下載：「劉文靜字肇仁，自言系出彭城，世居京兆武功。……倜儻有器略。」
16. **珠襦**：貫珠為飾的短衣，《漢書》卷六十八〈霍光金日磾傳〉第三十八：「太后被珠襦，盛服坐武帳中。」此指江青。
17. **材官**：武卒。
18. **高密**：指鄧禹，為東漢開國勛臣，首任宰相。少時在長安就學，十三歲能背誦《詩》，與劉秀為學友，劉秀非常賞識他的才能，即位後，任命鄧禹為大司徒，與光武帝謀畫帳中，建武十三年，被封為高密侯。
19. **捉刀人**：《世說新語．容止》第十四：「魏武將見匈奴使，自以形陋，不足雄遠國，使崔季珪代，帝自捉刀立牀頭。既畢，令間諜問曰：『魏王何如？』匈奴使答曰：『魏王雅望非常，然牀頭捉刀人，此乃英雄也』魏武聞之，追殺此使。」
20. **侏儒**：身材短小之人，鄧小平的身高約一百五十公分，故云。
21. **芟夷**：刈草，後引申為斬除亂賊。
22. **銜秩**：**官吏階位。**
23. **中樞**：中央政府。
24. **深機詭術徒為累**：指鄧小平受《海瑞罷官》一案牽連下放勞改一事。歷史學家吳晗寫了一齣戲劇《海瑞罷官》，講述明代地方行政長官海瑞，因為糾正地方上的不公正，引起地方官吏不滿，最後被皇帝革職的故事。姚文元於一九六五年十一月上海文匯報發表〈評新編歷史劇海瑞罷官〉，批判此劇之目的在為毛澤東一九五九年罷免彭德懷一事翻案。當時代理書記彭真處理此事，試圖妥協，在〈關於當前學術討論的匯報提綱〉中，強調真理之前人人平等，後來彭真因此被罷免。鄧小平對這整件事的態度都和毛相反，他不同意中央對吳的批判，且在批判彭真的會議上也沒有附和，故在文革時被點名批鬥，下放到江西勞改。

25. **畢竟藏珠誤賈胡**：用剖腹藏珠之典，《資治通鑑》卷一九二〈唐紀八・太宗貞觀元年〉上謂侍臣曰：「吾聞西域賈胡得美珠，剖身以藏之，有諸？」侍臣曰：「有之。」上曰：「人皆知彼之愛珠而不愛其身也；吏受賕抵法，與帝王徇奢欲而亡國者，何以異於彼胡之可笑邪！」魏徵曰：「昔魯哀公謂孔子曰：『人有好忘者，徙宅而忘其妻。』孔子曰：『又有甚者，桀、紂乃忘其身。』亦猶是也。」上曰：「然。朕與公輩宜戮力相輔，庶免為人所笑也！」

26. **藏弓**：《史記》卷四十一〈越王勾踐世家〉第十一：「范蠡遂去，自齊遺大夫種書曰：『蜚鳥盡，良弓藏；狡兔死，走狗烹。越王為人長頸鳥喙，可與共患難，不可與共樂，子何不去？』」《史記》卷九十二〈淮陰侯列傳〉第三十二：「狡兔死，良狗烹；高鳥盡，良弓藏；敵國破，謀臣亡」，後以「鳥盡弓藏」的典故表示事成而功臣被害。

27. **八翼**：《晉書》卷六十六列傳第三十六「陶侃傳」條下載，陶侃：「夢生八翼，飛而上天，見天門九重，已登其八，唯一門不得入。閽者以杖擊之，因墜地，折其左翼。」因為陶侃夢生八翼，別人就讒言說他之所以會做這夢，是因為他有這個背叛之意。

28. **某在斯**：即我在此。《論語・衛靈公》第十五：「師冕見，及階，子曰：『階也』，及席，子曰：『席也。』皆坐，子告之曰：『某在斯，某在斯。』師冕出，子張問曰：『與師言之道與？』子曰：『然！固相師之道也』」。

29. **江東公瑾**：指三國時代的周瑜，字公謹，輔佐孫策平江東。

30. **樽俎**：盛酒食之器，宴享時用之。

31. **獺祭雀窺**：獺性貪食，常捕多魚而陳列於水邊，如人陳物而祭，謂之

「獺祭」。「雀窺」雀性貪窺。故獺祭雀窺指小人在旁窺視，伺機而動。

32. **上庠**：古大學之稱也。
33. **元瑜**：三國魏阮瑀之字，為建安七子之一，事曹操，與陳琳同管記室，軍國書檄，多琳瑀二人所作。
34. **蟄穌**：每年三月的驚蟄過後，春雷初動，會把潛伏在土中之蟲驚醒，是謂蟄穌。
35. **卑顏悔拂相公鬚**：《宋史》卷二百八十一列傳第四十「寇準」條下載：「丁謂出準門至參政，事準甚謹。嘗會食中書，羹污準鬚，謂起，徐拂之。準笑曰：『參政國之大臣，乃為官長拂鬚邪？』謂甚愧之，由是傾構日深。」
36. **驂乘**：陪乘也，古乘車之法，尊者居左，御者居中，更有一人居右，以備傾倒。名曰驂乘。
37. **睽孤**：《易・睽》：「九四，睽孤。遇元夫，交孚，厲，無咎。象曰：『交孚無咎，志行也。』」言遇貴人得志之意。
38. **甲冑**：打使時護身的衣服與護頭的帽子，此指軍隊、武力。
39. **蕭墻**：指內部潛在的禍害，即內戰也。《論語・季氏》第十六：「吾恐季孫之憂，不在顓臾，而在蕭牆之內也」。
40. **魚爛**：形容荒蕪的樣子。《史記》卷六〈秦始皇本紀論〉第六附錄東漢・班固曰：「河決不可復壅，魚爛不可復全」。
41. **禹鼎**：大禹所鑄之銅鼎，後人以此象徵國家的命運。
42. **指顧中**：指顧之間即彈指之間，形容極短暫的時間。

鑒賞

其一押下平聲十一尤韻，其二押上平聲十灰韻，其三押下平聲一先韻，其四押上平聲七虞韻，其五押上平聲四支韻，其六押上平聲四支韻，其七押上平聲七虞韻，其八押上平聲一東韻。

其一詩中首聯首句「陣迷黑白局難收」為此組詩的總論，言時局黑白不分、難以收場。此下各句及以下七首則以具體人物來描述如何的「陣迷黑白局難收」。次句「食虎相驚北有蚼」，是指「虎」和

「蚼」都是攻擊性很強的動物，但是「蚼」的出現居然會使「食虎相驚」，表示「蚼」具有異常殘暴的特性，故勞氏以「蚼」來比喻毛澤東的好鬥性格，自劉少奇以下都被他清算了！

項聯「不待長陵埋赤帝，已聞老雉戮韓侯」，此處用了劉邦和呂后的典故來暗示毛澤東和江青。劉邦還沒有死，呂后已將韓信誅殺，而一九六六年文革，毛澤東都還健在，江青也同當年的呂后一般，開始誅殺功臣，如羅瑞卿、彭德懷都被清算。「不待」、「已聞」顯示江青急欲掌權的政治野心。

腹聯「京畿百里頻馳檄」的「檄」是軍中文書，凡徵召、罪責、曉慰等皆用之。由下句可知，這裏文書的遞送都是罪責，在拘提犯人。「頻」字也表示了受罪責的人數極多，次句「博士千家半繫囚」，則指這些罪人的身分多半是大學的教授。

尾聯敘清算運動由北至南，已到了南京。勞氏點明作此詩時已到文革第二階段。「昨夜江南傳道絕」的「傳道絕」，指聖賢之道的傳授斷絕，因為知識份子都被清算了，因此，下句感慨「臺城白骨又新邱」！尾聯不僅悲憐北方被清算的知識份子，又感慨南方文風將受到嚴重摧殘，南方知識分子亦無法倖免於難。

其二詩中先敘毛澤東的嚴苛，後敘與毛關係最深的彭真及彭德懷之下場。首聯首句「老姦鉤距擅心裁」的「姦」是一個極端負面的字，集「私、邪、惡、亂……」等所有不好的意思於一字，而「老姦」指晚年的毛澤東（1893～1976），一九六六年時他已七十四歲，故云「老」。此時的他非常擅於「鉤距」之術，此為漢以來就有的一種偵探術，利用情報整人，「鉤」字道出其尖銳陰險的性格。次句「暮氣苛殘益可哀」，「暮氣苛殘」即與首句的「老姦鉤距」對應，「老姦鉤距」較具體而形象；「暮氣苛殘」則形容其抽象的氣，「益可哀」愈來愈悲哀。

項聯敘彭真與彭德懷被逮捕的經過。「虎賁諸兒」與「緹騎」皆指紅衛兵，首句「虎賁諸兒緣壁過」指紅衛兵攀牆逮捕彭真一事。次句「緹騎萬里自天來」指彭德懷一九六五年被流放至四川成都，一九六六年共產黨派人坐飛機抓他回來公審一事。首句是橫向的，次句是縱向的，拉出一個闊大的空間，而此中到處都是虎視眈眈、無孔不入的紅衛兵。

腹聯「真看入甕行周法」用的典故是武則天時期請君入甕的逼供法，這是一種以其人之道還治其人之身的辦法。此典暗指彭真任北京市長曾時擔任清算大會的主席，但在一九六六年的「五一六通知後」，地位反轉，彭真失勢被鬥。文革時，當權者利用此法讓人們自相殘殺。次句「忍念開基賴楚材」講的是彭德懷，他是毛澤東復出後所倚重的軍事主力，但最後的下場還是很淒慘，此以問句反詰，把當權者的冷血殘暴更推進一層。

尾聯「他日車前雙豕立，莫將圖貌憶雲臺」為設想未來之詞，他日當這些被殺之功臣的靈魂，如彭生之靈化為豬人站在車前驚嚇自己時，再想為他們重新置入功臣行列就太晚了。此處所指之「雙豕」暗扣「彭」姓，指彭真和彭德懷，當初的大功臣，現在都是罪人了。

其三詩中所云為劉少奇（1898～1969）。首聯首句「清標劉靜望如仙」，以唐朝開國功臣劉文靜代指劉少奇，且兩人皆外表倜儻，內涵器略，給人有一股脫俗的氣質。次句「唇齒相依四十年」指劉少奇和毛澤東的親密的友好關係長達四十年，不過，其下場還是和劉文靜一般，所謂：「高鳥盡，良弓藏」。

項聯講毛澤東行事詭異，出耳反耳。首句「金匱題名曾誥眾」指劉少奇在一九五九年的第二屆全國人民代表大會上當選 中華人民共和國主席，成 毛澤東的接班人，毛澤東曾明確的說過：「我死後，就是他」。不過，劉後來與毛不合，引起毛的猜忌，毛就藉由妻子江青之手將劉除掉，這情勢就像西漢時廢昌邑王一樣，都是藉由前任領導者的妻子出面來處理，故次句「珠襦坐帳忽行權」就是藉用這個典故來指涉這件事情。當時江青的角色，就像漢昭帝的皇后——上官太后一樣，忽然被付予權力來清算現任領導者。所以下面二聯所述劉少奇的生平急轉直下，在政治舞臺完全失去了立足的餘地。

腹聯指劉少奇的部下及子女，在其失勢後的反應，首句「材官星布寧誠服」指劉手下的勢力很大，未必能乖乖聽命；而次句「子女梟鳴乞苟全」指江青曾單獨召見劉少奇的女兒，策動她起來造父親的反，為了乞求苟活而不顧父女情分。

尾聯首句「鐃鼓顛狂爭賀捷」，當權派慶賀文化大革命的成功，以震耳欲聾的聲音表現其勝利，但「顛狂」二字透露當權者失去規範的瘋狂狀態。接著次句「可憐孤注視山川」，則呈現完全相反的靜默。這時毛對別人都不信任，就連自己所組織的黨，他也不信任，也要清算。從毛連自己所組織的黨都能視如敝屣的事件上，就可知毛的性格是何等的冷面無情。勞氏分析這個情況，就覺得毛的領導路線已脫離馬列主義，而這現象將使得中國的馬列主義運動，走入一個自我否定的奇怪路向上。總之，這樣動亂的局勢，可憐的還是蒼生百姓無所措手足。

其四詩中講的是鄧小平（1904～1997）。首聯首句「高密英年有壯圖」，高密為漢代的鄧禹，扣鄧小平的姓氏，他早年曾赴法讀書，不到二十歲就加入中國共產黨，政治企圖心非常強。次句「捉刀人莫笑侏儒」用曹操典，莫笑捉力人是侏儒，鄧小平身材短小，故云「侏儒」。

項聯首句「化身半世忘姓名」鄧小平一九〇四年出生時叫「鄧先聖」，後來進入新式小學就讀到留學法國期間就自取筆名為「鄧希賢」，等到一九二七年後又自改名字為「鄧小平」，因此，別人也搞不清楚他的本名與筆名究竟是哪一個？次句指鄧小平曾代表中共去莫斯科參加國際共產會議，在會議上他主張毛澤東的修正路線，與當時蘇聯的主張意見相左一事。本來中共一向聽從莫斯科的號令，不過，現在中、蘇關係惡化，中共不再聽命蘇聯的指揮。鄧小平在會議上與蘇聯代表意見相左即代表中共有意脫離蘇聯掌控的意味，故云：「辯舌當時易主奴」。

腹聯首句「首事芟夷興大獄」，「首事芟夷」指鄧小平在一九五五年中共八屆一中全會上，當選為中央委員會總書記，提倡的都是破壞性的運動，「興大獄」點出這些活動所造成的後果。他早在一九五二年他就推動了三反、五反，至一九五七年任毛澤東反右運動中心的主任，使一百八十萬知識分子被打成右派，二百五十萬工農被打成壞分子，數千萬的百姓進了監獄、勞改隊。一九五八年，支持毛澤東「大躍進」、「大鍊鋼鐵」、「三面紅旗」、「人民公社」等運動，造成全國大飢荒，餓死數千人。但也因此「屢遷銜秩位中樞」，鄧屢次升遷，從入川時西南政治局的書記，到文革之前，他已升到到了總書記，一九六五年更晉升到國務院副總理一職。

尾聯首句言鄧有滿腹的機巧智術，所以，就讓毛感覺他陽奉陰違與劉暗交，乃藉「海瑞罷官」一案，一起清算掉他們，故諷刺鄧是「深機詭術徒為累」。而末句的「畢竟藏珠誤賈胡」為史筆的論斷，鄧小平喜歡玩弄詭術機巧，但終如剖腹藏珠的故事一樣，使災禍波及自身。

其五詩中論陶鑄。首聯綜寫陶鑄的人生經歷，陶鑄因受毛澤東賞識而重用，從地方的書記做起，最後當上了中共中央中南局第一書記，在文革時期，又擔任中央文革顧問一職，但不久遭到江青等人的迫害而被清算。首句「刑賞無方事可知」，講當政者的賞罰沒有規範準則。次句「藏弓翻趁獵圍時」的「翻」是反而，在獵圍野獸時，反將武器良弓藏起。暗示中共政權正需人才時，卻急著將人才清算鬥爭，再次突顯首句「無方」的詭譎難測。

項聯描述陶鑄早年與毛澤東的友好關係，首句「嶺南冀北承新命」指一九二九至一九三三年間，毛澤東與紅軍在贛南、閩西與國民黨作戰，陶鑄先後擔任中共福建省委秘書長、書記、漳州特委書記、省委組織部長和福州中心市委書記，毛澤東對他評價很高，抗日戰爭勝利後，派陶鑄到東北，先後擔任遼寧、遼吉、遼北省委書記，東北野戰軍第七縱隊政委，東野政治部副主任。次句「穎水吳山有舊思」還是寫他的經歷，「穎水吳山」泛指南方，在一九四九年後，陶鑄擔任過中共廣西省委代理書記，中共中央華南分局書記，中共廣東省委第一書記。

腹聯部分，陶鑄的人生開始轉折。首句「八翼傳謠輕入罪」，

「八翼」出自晉書陶侃夢生八翼的語典，主要扣緊陶鑄的姓氏，並形容謠言滿天飛的景況。「一城揭帖浪為辭」指文革時，紅衛兵攻擊他的大字報隨處張貼。此聯的「輕」「浪」都帶有一種隨意性，講陶鑄無辜受害。

尾聯首句「見收黨錮人千百」，文革時，共產黨內受到迫害者不計其數，而末句「對簿應驚某在斯」的語氣有一種驚訝感，對簿公堂時赫然發現陶鑄也在其中，令大家非常的意外。

其六中描寫周恩來（1898～1976）。首聯首句「江東公瑾美風儀」為周瑜，以此代指風度翩翩的周恩來。次句「樽俎多年賴主持」，指周恩來自一九四九年中華人民共和國建立後，就一直擔任政府總理一職，亦曾兼任外交部長，中國人民政治協商會議全國委員會副主席、主席，中共中央副主席，中央軍委副主席等職，肩負著繁重的事務，一直是中共中央主要的主持者。

項聯首句「久慣縱橫隨左右」他自從一九三五年遵義會議上支持毛澤東後，即成為毛主要的軍事助手，一直隨之左右，他不但能力強，更是絕頂聰明，將自己明確的定位於輔臣，使他能縱橫在險惡的政局中屹立不搖。次句「偶調粉墨亂雄雌」早年的周恩來是南開新劇團中男扮女裝的旦角演員。此聯似云周恩來的個性伸縮自如、非常有彈性。

腹聯「鄭居兩大」春秋時的鄭國雖處於晉、楚兩大勢力之間，卻利用兩大關係安然存活，此以鄭國的處境比擬周恩來的處境，他與傳統勢力關係深，卻也不反對江青、林彪掌權，是當時唯一平衡的勢力，故云「翻為福」，表示周不但沒有受到政治威脅，反而將情況轉危為福。「秦豈無人且待時」指秦國沉潛圖強，後來取得了霸主的地位，此為勞氏預測之詞，周恩來現在就像秦未稱霸前的狀況，表面奉承文革勢力，暗地則謀略伺機反制的對策。

尾聯承上聯之意，勞氏表達了他對周恩來為人處世的看法。「獺祭雀窺深險極，幾曾一念惜瘡痍」指周面對文革勢力就像小人在旁侵食、窺視這樣，他其實也是一位城府很深，很有權謀的人。他對文革勢力坐大的反感並不是因為他關心百姓民生受到影響的問題，而是因為他關注到這個問題將使他們黨內部的勢力分配失去平衡。因此，勞氏認為周恩來是愛黨勝過愛民。

其七詩中論毛澤東的私人祕書陳百達。首聯首句「上庠伴食老元瑜」，陳百達非掌大權之人物，有很長的一段時間在北大開課，掌管毛澤東的文件。次句「忽訝春雷變蟄穌」，文革時，毛澤東不好意思只重用江青，也用了陳百達。

項聯首句「密令盡歸書記筆」他的職務是掌管重要文書，次句「卑顏悔拂相公鬚」以丁謂替寇準拂鬚反受辱的典故，說陳百達取悅劉少奇又後悔一事。

腹聯首句「指揮自喜驕群士」，他與毛澤東同車檢閱部隊，非常的得意。次句「興廢真疑託匹夫」，然而他與軍隊無關、亦無群眾基礎，勞氏質疑其「自喜」之心態。

尾聯「十萬軍中驂乘過，撫心可解歎睽孤」，指陳伯達站在毛澤東身邊檢閱部隊，應知自己不具有這種能力。

最後一首則呼應開首之論，總評當時整個中國的局勢。其八詩中首聯首句「狂流百載遍西東」，從時間及空間的角度形容馬列主義運動的狂潮。次句「用眾均財色尚紅」點出共產黨的特色：群眾運動、取消私產、自稱紅軍。

項聯首句「豈意國鈞歸甲冑，虛言政本在農工。」共產黨本以工農為主，但後來都是軍人掌權，名實不合，說是一套，做又是一套。尤其經過文革將共產黨的系統打亂，只剩下軍事系統。

腹聯「蕭墻魚爛存亡際，禹鼎瓜分指顧中」則云指大陸政局不穩定，勞氏預料毛澤東死後不久，大陸可能會發生內戰，國家又再度被地方軍閥給瓜分。不過，勞氏此評斷並未發生，因為，華國峰清算完四人幫後，自知文革勢力無法與軍方勢力對抗，所以很快就將政權轉交給當時受軍方擁戴的鄧小平，導致內戰未發生。

尾聯首句云：「弱宋暴秦成底事」，感嘆當時臺灣和大陸的領導者，一個像南宋的懦弱皇帝無守復失土的決心，另一個像秦代殘暴的君主苛政必敗。故勞氏感此尾聯次句乃有阮籍登廣武之嘆，說：「時無英雄，遂令豎子成名」。

丁未（一九六七年　四十歲）

丁未元日試筆　彭雅玲述解

其一

士女珠簪炫[1]夜光，千家曲巷薦[2]爐香。越人[3]百代仍尊鬼，楚客[4]中年最憶鄉。江左烽煙[5]歌白馬[6]，燈前術數[7]證紅羊[8]。星流曆改尋常事，卻向閒時感舊狂。

其二

危言[9]長句[10]久成編，檢點[11]奚囊[12]一瓤然[13]。鳴鐸[14]漸能防畫虎[15]，吹篪[16]未許賦游仙。頻年[17]天下求芳草，何處泥中湧白蓮。放眼千秋觀世變，大言輕易笑龍川[18]。

案：伯兄[19]有游仙曲見寄欲和而未成章也。

其三

豺聲蜂毒[20]任相侵，計歲方宜不動心[21]。樂散黃金憐馬骨，[22]坐聽碧海起龍吟[23]。幾人目論[24]供談笑，萬卷神遊閱古今。一念三千[25]親證後，肯將懷抱歎孤琴。[26]

案：予初入四十。

題解

丁未年（1967），勞氏四十歲。元日，一年之第一日，指農曆年初一。試筆，開筆寫詩之意也。

註釋

1. **炫**：照耀，照亮的意思。指女人穿戴著珠寶頭飾在夜空中閃閃發亮。
2. **薦**：獻插。
3. **越人**：指今浙江、福建、廣東一帶的人，亦稱為「百越」、「百粵」。
4. **楚客**：指今湖南、湖北、廣西一帶的人。

5. **江左烽煙**：江左指長江下游以東的地方，即今江蘇省南部等地。《晉書・桓宣傳》卷八十一：「善音樂，盡一時之妙，為江左第一。」宋・陸游〈水調歌頭〉：「江左占形勝，最數古徐州。」烽煙指烽火燧煙，為戰爭的代稱。此暗指大陸文化大革命。
6. **白馬**：古代祭祀時所用的歌曲。唐・白行簡《李娃傳》：「於是奮髯揚眉，扼腕頓顙而登，乃歌白馬之詞。」又唐末・朱溫的謀士李振不是進士出身，很痛恨進士出身的大臣，他慫恿朱溫，將宰相裴樞以下的大臣三十多人殺於白馬驛，投屍黃河，而且說這些人自稱清流，是應該把他們投入濁流。見《資治通鑑・唐昭宣天佑二年》。
7. **術數**：術指方術，數是計算推算之意，《漢書》稱數術。術數意指以種種方術，觀察自然界可注意的現象，來推測人和國家的氣數和命運。蔔筮、占龜、占星、命理、相術、太乙、奇門、六壬、堪輿、擇日等等，中國古代統稱之 術數，近現代或西方則名曰預測學。
8. **紅羊**：古人以丙午、丁未為國家發生災禍的年份。丙丁均屬火，色赤，未屬羊，故以紅羊稱國難。此指中國大陸發生文化大革命（1966～1976）。
9. **危言**：當名詞使用，指正直的言論，如《論語・憲問》：「邦有道，危言危行；邦無道，危行言孫」。當動詞使用，指不畏危難直言不諱，亦可解作驚人之語，如「危言聳聽」。此處指勞氏憂時之言。
10. **長句**：七言古詩，不限句數，故唐人稱之為「長句」，如杜甫〈蘇端薛復筵簡薛華醉歌〉：「近來海內長句，汝與山東李白好」。而元稹、白居易用長句稱七律和十二句以上的七言排律，如元稹〈寄舊詩與薛濤因成長句〉、白居易〈長句呈謝〉為七律，白居易〈偶以拙詩數首寄呈裴少尹侍郎蒙以盛製四篇一時酬和重投長句美而謝之〉是七言排律。
11. **檢點**：審慎仔細的檢查，如《三國演義》第三回：「檢點宮中，不見了傳國玉璽。」後引申為指道德、行為上的注意約束。
12. **奚囊**：古女婢為奚，男僕為隸。《新唐書・文藝傳》記載李賀每天早上出門，騎著瘦弱的馬，隨從女婢背著古錦囊，每有佳句，便投入錦囊中。後遂以奚囊指詩囊。

13. **囅然**：開懷大笑的樣子，今多用以形容女子的微笑。囅，音ㄔㄢˇ（chan3）。《莊子．達生》篇：「桓公囅然而笑曰：此寡人之所見者也。」唐白居易〈酬思黯相公見過弊居戲贈詩〉：「村妓不辭出，恐君囅然咍。」咍，音ㄏㄞ（hai）。

14. **鳴鐸**：即振鐸。古時宣布政令或教化時搖鈴以警眾，如《國語．吳語》：「王乃秉枹，親就鳴鐘鼓，丁寧、錞于，振鐸。」後以振鐸指從事教職。

15. **畫虎**：描繪老虎的樣子卻畫得不像，反倒畫成一條威猛盡失的狗。語出《後漢書．馬援傳》：「效季良不得，陷為天下輕薄子，所謂畫虎不成反類犬者也。」比喻人好高騖遠，但能力不足，仿效失真，變得不倫不類。

16. **吹篪**：吹笛也。篪，音ㄔˊ（chi2），俗或省寫成箎，管樂器名，以竹為之，長者尺四寸，小者尺二寸，形狀似笛，橫吹，有八孔。《詩經．小雅．何人斯》：「伯氏吹壎，仲氏吹篪。」指哥哥吹壎，弟弟吹篪，兄弟合奏出旋律優美的音樂，後遂以「伯壎仲篪」比喻兄弟相親相愛。

17. **頻年**：連年。《後漢書．李固傳》：「皇太后聖德當朝，攝統萬機，明將軍體履忠孝，憂存社稷，而頻年之閒，國祚三絕。」

18. **龍川**：南宋陳亮（1143～1194），字同甫，號龍川，永康（今浙江省永康縣）人。才氣超邁，喜談兵，志存經濟，一生力主北伐。孝宗、光宗二朝，迭詣闕上書，言興復之策。其政論筆鋒犀利，氣象萬千，曾啟許：「至於堂堂之陣，正正之旗，風雨雲雷交發而并至，龍蛇虎豹變現而出沒，推倒一世之智勇，開拓萬古之心胸，自謂差有一日之長。」著有《酌古論》、《龍川文集》、《龍川詞》，卒謚文毅。其詞慷慨激昂，風格豪放，如〈水調歌頭．送章德茂大卿使〉：「…當場只手，畢竟還我萬夫雄。……萬里腥檀如許，千古英靈安在，磅　幾時通。胡運何須問，赫日自當中。」即表現其北伐的政治抱負。

19. **伯兄**：即勞先生堂兄勞榦。勞榦，字貞一，一九〇七年一月十三日生，北京大學畢業，曾任中央研究院歷史語言研究所研究員，臺灣大學教授，美國加州大學洛杉磯分校教授，一九五八年獲選為第二屆中研院院士，退休後獲美國加州大學洛杉磯分校頒榮譽教授，二〇〇三年八月三日病逝美國。勞榦為當代史學大師，其在秦漢史領域之貢獻，尤為史學界欽佩，不論在官制、地理、人口、經濟、社會諸方面，均足以發千年未解之覆，補班馬未載之筆。而遠赴居延遺址，考釋居延漢簡，以闡明漢代邊塞制度及屯戍生活，使居延研究成為顯學。其史學造詣冠絕一時外，書法雄渾，詩語卓然，有《成廬詩稿》結集。〈遊仙曲〉（見《詩稿》頁11）講究詞華，以文人之筆觀世變，講臺灣政局，蔣家政權，頗有晚唐李賀的筆路。

20. **豺聲蜂毒**：比喻人凶猛狠毒似豺、蜂一般。見《左傳．文公元年》：「是人也，蜂目而豺聲，忍人也。」《史記．秦始皇本紀》：「秦王為人，蜂準長目，摯鳥膺，豺聲，少恩而虎狼心。」此處指香港的親臺文人對自由主義份子的攻擊。

21. **不動心**：語出《孟子．公孫丑上》第二章：「孟子曰：『我四十不動心。』」

22. **樂散黃金憐馬骨**：戰國時，燕國昭王繼承王位，打算招納賢士興振邦，他問郭隗如何才能找到有才能的人，郭隗向燕昭天講一個故事。「從前，有個國君願用千金買一匹良馬。可是三年過去，無人入宮獻馬。後來一位侍臣帶了千金去尋求良馬。他花了千金買回來的竟是一副良馬骨頭。侍臣說：「這樣，才表明國君尋求良馬的誠意！」接著，郭隗說：「大王招賢納士，不妨從我開始。」燕昭王當即重用郭隗。果然，天下賢士雲集燕京。後遂以「千金買骨」形容迫切招聘天下賢人。

23. **龍吟**：龍的鳴聲。

24. **目論**：全憑目之所見，即遽下論斷，指見識淺薄。

25. **一念三千**：中國佛教天臺宗的基本思想之一。謂眾生一個心念活動，就含括宇宙萬有，輪迴和解脫的一切總和。《止觀輔行傳弘決》卷五之三：「但以自他等觀推於三假，並未云一念三千具足。」

26. **肯將懷抱嘆孤琴**：阮籍〈詠懷詩〉：「夜中不能寐，起坐彈鳴琴。」王維〈竹里館〉：「獨坐幽篁裏，彈琴復長嘯。」士人頗以彈琴抒懷。句中懷抱則有苦心孤懷之意與孤琴相對應。

鑒賞

三首七律分別押七陽韻，一先韻，十二侵韻。

勞氏二十八歲離臺即長年居港，一九六七年邁入四十歲，三首詩作於農曆年初一。第一首詩首聯、項聯即景入詩，寫港人過年大街小巷千家萬戶都舉香拜祖，而士女名媛則穿戴珠寶頭飾爭奇鬥艷在夜空中閃閃發亮。勞氏年少時即通術數，除了拈韻以後，喜以術數自娛。腹聯指出丁未年中國發生文化大革命這個大浩劫，印證了中國術數之說，而文化大革命破四舊，許多知識份子被清算鬥爭。按照自然的法則，觀看星象的流變、人事的更易，雖然都是稀鬆平常之事，只是感時憂世的勞氏，即使在春節假期，也不得閑暇，不禁發起舊時議論國運時勢的狂氣。

第二首詩原為唱和所作，和堂兄勞榦所寄的〈遊仙詩〉。首聯勞氏說明和詩因為雜事耽擱下來始終未能完成，春節期間收拾書房時，赫然發現未完成的詩稿，不禁失笑。項聯第一句勞氏點出自己到香港從事教職後，漸能使學生不再好高騖遠，第二句則回應堂兄的〈遊仙詩〉說明自己仍舊是紅塵俗人，無法學仙人吹笛逍遙於世外。勞氏主張民主自由，從臺灣到香港，常以言論針砭時政，始終以國運的振興為志業，腹聯中的「頻年」、「何處」，流露出勞氏亟求天下賢才（芳草）清流（白蓮）以救國的苦心。放眼古今歷史觀察世局變化，最後尾聯勞氏藉南宋陳亮自遣；陳亮一生主張北伐，孝宗、光宗二朝屢發策論力圖復興宋室；其實笑陳亮之大言，乃自笑自我排解而已。

孟子說：「我四十不動心」，四十歲是人生另一個階段，揮別青年邁向中年，進入四十歲，到底人生態度應該如何呢？第三首詩一開始便藉孟子語起興，年屆不惑者，本應動心忍性，任憑俗世親臺文人對自由主義主張的凶狠攻訐。千金買馬骨，表示自己對人才的重視；

坐聽碧海生濤，則顯示勞氏縱橫之氣。勞氏博覽古今群籍、觀察世俗各種淺論，終究不願「摧眉折腰事權貴，使我不得開心顏」，腹聯親自證悟天臺的「一念三千」，表示經歷一個心念起動萬千的體證後，一切成住壞空都可以平淡視之，都可以不動心，末句將胸懷襟抱寄託於孤寂的琴聲中。

有寄　彭雅玲述解

挑燈猶記戒行裝，[1]又見傳郵自遠方。相伴最憐風雨夕，[2]獨居喜在水雲鄉。通文[3]乍可供重譯，履世應知集眾長。[4]昨夜買花經曲巷，繁枝照眼不成香。

題解

此詩作於丁未年（1967），勞氏時年四十。古詩常以「有寄」為詩題，或指己有所感，藉詩以寄託情懷，或指聞知親友情事，寄詩以感懷。此詩屬後者。按詩中所指即後來的勞師母。

註釋

1. **挑燈猶記戒行裝**：挑燈，撥動燈心燭蕊，即點燈也。戒，戒備。行裝，指行囊、行李。
2. **相伴最憐風雨夕**：古人常表達在風雨夜珍惜友朋相聚的詩句，如韋應物〈寄全椒山中道士〉：「今朝郡齋冷，忽念山中客。澗底束荊薪，歸來煮白石。欲持一瓢酒，遠慰風雨夕。落葉滿空山，何處尋行跡。」白居易〈喜友至留宿〉：「村中少賓客，柴門多不開。忽聞車馬至，云是故人來。況值風雨夕，愁心正悠哉。願君且同宿，盡此手中杯。人生開口笑，百年都幾回。」李商隱〈夜雨寄北〉：「君問歸期未有期，巴山夜雨漲秋池。何當共翦西窗燭，卻話巴山夜雨時。」
3. **通文**：指在香港通曉英文，到加國蒙特羅則又可兼習法文。
4. **履世應知集眾長**：指處世之道應該知道集合眾人的長處。

鑒賞

此詩屬七律，押七陽韻。

首聯，勞氏言其收到朋友遠自加拿大寄來的郵柬，便憶起那晚為朋友送行的情形，好像才剛發生不久，因而寄詩以訴心中所感所懷。李商隱〈夜雨寄北〉云：「君問歸期未有期，巴山夜雨漲秋池。何當共翦西窗燭，卻話巴山夜雨時。」項聯，勞氏言：朋友相聚，印象最深的莫過於風雨夜晚，如今，朋友已出國留學，不過，朋友能夠在水雲相間空靈幽遠的城市（指加國首都蒙特羅）讀書，勞氏亦為其祝福。腹聯，勞氏則勉勵朋友通曉英文法文，可以從事翻譯工作，經歷年歲更替以後，知道處世之道在於能集合眾人的優點。最後尾聯則是藉景抒情。想起昨夜經過曲折的小巷去買花，勞氏走進花店，映入眼簾的雖然是茂繁的花枝，而竟然聞不到一點香味，寫出心情對於嗅覺的影響，也道出勞氏心中一股濃郁的離情。

讀宋史絕句　彭雅玲述解

其一

八家文采薄相如，[1]無奈詞人厭讀書。[2]黨錮[3]黃巾[4]譏獻帝，始知歐九[5]信空疏[6]。

其二

抗席龍門史筆豪，[7]莫將才略擬蕭曹。[8]拜麻反促清流禍，[9]愧絕忠宣識品高。[10]

其三

變法熙寧未竟功，[11]金陵一臥負英雄。[12]呂家投啟無聊甚，[13]卻賞高文造語工。[14]

其四

取表登堂創例新，[15]佳兒入座作朝賓。[16]東園雲對西園雨，[17]剩有焦郎[18]敢笑人。

其五

南渡君臣樂小邦，浪誇天塹指長江。[19]笙歌[20]日醉西湖酒，軍報初來便勸降。[21]

題解

此詠史七絕五首，作於丁未年（1967），勞氏時年四十。

註釋

1. **八家文采薄相如**：八家，指唐宋八大家；薄，接近；相如，指司馬相如。
2. **無奈詞人厭讀書**：文人雖有文采，可惜讀書不精。此暗諷歐陽修〈朋黨論〉。
3. **黨錮**：東漢有二次黨錮之禍。桓帝時宦官為害嚴重，一些名士發出批評朝政的言論來攻擊宦官，宦官反而誣告李膺等名士與太學生私自組黨批評朝廷，於是捕李膺等二百餘人。第二年，雖然免除黨人的罪，但卻終身被軟禁，不得自由行動，這是第一次「黨錮之禍」。靈帝即位，只有十二歲，也是母后臨朝，外戚主政的局面。名士想與外戚合作，殺掉宦官，但事機洩漏，造成外戚竇武自殺，陳蕃遇害，名士李膺等一百多人被捕全都死在監獄中，但也牽連太學生被捕有一千多人，被禁足的也多達六、七百人之多，這是第二次「黨錮之禍」。
4. **黃巾**：指東漢靈帝以張角為主的黃巾民變。張角，冀州鉅鹿郡（今河北寧晉縣西南）人，信奉黃老，通法術，會咒語，許多病人喝下他加持過的符水，不藥而癒，因而被奉若神明，信徒愈來愈多，達數十萬人，遍及青、徐、幽、冀、荊、揚、兗、豫八大州，包括今天江蘇、安徽、江西、湖南、湖北、山東、河南、河北等省分，張角運用陰陽五行的迷信，喊出「蒼天已死，黃天當立；歲在甲子，天下大吉」的口號，並在說好在甲子年三月五日發動軍事政變。「蒼天」指的是東漢王朝，依照金木水火土的五行循環迷信，漢朝是火德，是紅色的，火生土，所以土德取而代之，而土為黃色，因此張角的信徒以黃色頭巾為標幟，象徵他們這土德將取代衰竭的火德。

5. **歐九**：歐陽脩（1007～1072），字永叔，晚號醉翁，又號六一居士，宋廬陵人（今江西省吉安縣）。工詩、詞、散文，所作文章，為世所重，是當時文壇領袖。官至樞密副使參知政事，卒諡文忠。著有《新五代史》、《文忠集》、《六一詞》等，並與宋祁合修《新唐書》。「九」乃其行第，即大排行序。
6. **信空疏**：信，實在。空疏，空虛空洞。此諷歐陽脩〈朋黨論〉評論朋黨的言論，空疏而沒有根據。
7. **抗席龍門史筆豪**：此句指司馬光（1019～1086）饒富司馬遷的史才史筆雄健，在北宋為相地位聲望高。抗，匹敵。龍門，是司馬遷的故鄉。司馬光，字君實，宋陝州夏縣涑水鄉人，哲宗初，入朝為相，罷王安石新法，恢復舊制，卒贈溫國公，諡文正，世稱為「涑水先生」，著有《資治通鑑》、《稽古錄》、《涑水紀聞》等。
8. **莫將才略比蕭曹**：此句言司馬光地位高且有史才，但是他的才能謀略卻比不上漢初相國蕭何和曹參。
9. **拜庥反促清流禍**：指司馬光返朝執掌相位，反而加速北宋的黨禍。王安石變法失敗後，司馬光奉堅決反對變法的宣仁太后之命返回京城，開始主持中央工作。到第二年九月病逝前，以一年半時間及其與王安石同樣不聽任何反對意見的精神，將十七年變法新政全部廢除。包括于民于國兩相便利的免役法在內。史稱「元祐更化」。堅決反對變法，但贊成實行免役法的蘇東坡、范純仁等人，建議司馬光區別對待，保留那些經實踐證明合理的新政，免得用另一種方式繼續糟蹋了老百姓。結果，遭到司馬光斷然拒絕。致使蘇東坡、范純仁等人相當惆悵地歎息：「奈何又一位拗相公」。
10. **愧絕忠宣識品高**：指范純仁。范純仁是范仲淹的兒子，他為人正派，政治見解與司馬光同屬保守派。宋神宗廢掉丞相王安石後不久就死了，哲宗趙煦繼位，太后高氏掌握了宋朝實權。高太后任命司馬光擔任宰相，范純仁與司馬光同時升遷。由於過去司馬光一直受到王安石的排擠，所以這次東山再起，司馬光要全面廢除新法。范純仁也贊成廢除新法，但他不同意全面廢除，他對王安石提出的「青苗法」十分讚賞。

11. **變法熙寧未竟功**：熙寧為宋神宗年號（1068～1077），指宋神宗啟用王安石變法圖強。未竟功，不成功。
12. **金陵一臥負英雄**：此句指王安石變法失敗以後，臥居江寧府（即今南京）。宋哲宗元祐元年（1086）四月，王安石在去世，時年六十六歲。
13. **呂家投啟無聊甚**：呂家，指呂惠卿。投啟，指給王安石的信。無聊甚，指書信內容甚為無聊。呂惠卿（1032～1111），字吉甫，北宋南安水頭鎮樸兜村人（一稱晉江人）。一生歷事五朝，神宗朝積極參與王安石變法，是王安石變法的重要人物，王安石事無大小，必與惠卿謀之。呂惠卿的著作有《道德真經傳》4卷、《孝經傳》1卷、《道德經注》4卷、《論語義》10卷、《莊子義》、《呂吉甫文集》、《新史吏部式》2卷、《呂吉甫奏議》70卷、《縣法》10卷、《弓試》1部、《建安茶用記》2卷、《中太乙宮碑銘》等。其中《道德真經傳》4卷、《縣法》、《新史吏部式》、《弓試》和《奏議》，都是變法和經國治世的論著。目前便僅存收入《道藏》的《道德真經傳》4卷，及收入南安《豐州集稿》的〈縣法序〉一篇。
14. **卻賞高文造語工**：只是欣賞文章高妙，造語工巧。
15. **取表登堂創例新**：指蔡京攬權，新創至朝官家中取辭職信一事。
16. **佳兒入座作朝賓**：佳兒，指蔡京的兒子蔡攸。蔡攸銜命至蔡京家中取職辭信，其身份為使臣，自然成為蔡京座上貴賓。
17. **東園雲對西園雨**：此指蔡京權傾一時。北宋・周煇（1127～?）《清波雜志》卷六載：「蔡京罷政，賜鄰地以為西園，民屋數百間。一日，京在園中，顧焦德曰：『西園與東園景致如何？』德曰：『太師公相東園嘉木繁蔭，望之如雲；西園人民起離，淚下如雨：可謂「東園如雲，西園如雨」也！』語聞，抵罪。或云：『一伶人何敢右詆公相之非？特同輩以飛語嫁其禍云。』」周煇，字昭禮，泰州人，欽宗靖康元年生。《清波雜志》為宋代著名的筆記，書中記載了宋代的一些名人軼事；保留了不少宋人的佚文、佚詩和佚詞；記載了當時的一些典章制度、風俗、物產等。

18. **焦郎**：指宋伶人焦德。戲劇理論家劉守鶴在《祁陽戲》中提到的祁陽戲劇的專祀神為焦德。據說十一月初二日是焦德侯爺的生日，平常是安置於戲班的祖先堂上，出外演出時隨班運走，安置於演劇地方，初五和十五，神前燒香，參見《祁陽劇的班子及班規》。
19. **浪誇天塹指長江**：天塹，天然的河海險要地。長江的形勢險要，有如天然的塹溝。《南史・恩倖傳・孔範傳》：「長江天塹，古來限隔。」此指南宋君臣耽於逸樂，以長江勢險要而偏安於江南。
20. **笙歌**：泛指奏樂唱歌。
21. **軍報初來便勸降**：南宋度宗咸淳十年（1274）蒙古人直逼臨安（今杭州）。德祐元年（1275）南宋丞相賈似道為了挽救頹勢，不得不親自出馬，督師駐蕪湖，又派遣宋京前往元軍大本營與伯顏議和，希望像南宋理宗景定元年（1260）開慶密約一樣，輸歲幣，稱臣。被伯顏拒絕了。

鑒賞

此五首分別押魚、豪、東、真、江韻。

歐陽修認為朋黨有君子和小人兩種分別，主張人君要用君子之朋黨，不要用小人之朋黨，不能善用朋黨，如紂使人人異心不為朋，漢獻帝禁絕善人為朋，唐昭宗誅戮清流之朋，都導致了國家亂亡。這種看法勞氏認為只是文人之見，勞氏認為小人之朋黨為利，固然不可取，君子如果為道而為朋黨，便不能坦蕩蕩，無法免於剛愎自用。勞氏不僅論史反對朋黨，論學則反對門戶，其自身執鞭於杏壇謹嚴公正不為己私，均可見勞氏之識見及道德勇氣。第一首詩便是在反駁歐陽脩〈朋黨論〉的論點。首聯評歐陽修名列唐宋八大家之一，文采接近司馬相如，可惜讀書不精、思慮不全，所謂「為人君者，但當退小人之是偽，用君子之真朋，則天下治矣」，這種朋黨論，便是導致北宋人事爭鬥、國勢衰竭的原因，實在是空疏之見。

第二首詩第一句肯定司馬光的史才、史筆可與司馬遷分庭抗禮，第二句貶司馬光的政治才略比不上蕭何、曹參。原因何在呢？第三句接著指出原因在於司馬光返朝執掌相位，反而加速北宋的黨禍。第四句作結，評司馬光剛愎自用，愧對好友范純仁的提醒。王安石變法失敗後，哲宗趙煦繼位，太后掌握了宋朝實權，司馬光奉堅決反對變法的宣仁太后之命返回京城，開始主持中央工作。由於過去司馬光一直受到王安石的排擠，所以這次東山再起，司馬光要全面廢除新法，他以一年半時間將十七年變法新政全部廢除，史稱「元祐更化」。范純仁等人同樣反對變法，但建議司馬光保留那些經實踐證明合理的新政，免得用另一種方式繼續糟蹋了老百姓，如王安石推行的青苗法是在每年青黃不接時由政府以較低的利息貸款或借穀給農民，秋天以後償還，這種作法對農民有利，使那些「兼併之家不能乘其急以邀倍息」，富裕戶也要依照一定額度貸款、納息，這樣便可以「多取於豪強，以濟貧弱」，這一政策促進了農業生產的發展，穩定了北宋的統治，富國效果十分明顯。范純仁對司馬光說王安石制定的法令有其可取的一面，不必「因人廢言」，他希望司馬光虛心「以延眾論」，如果什麼意見都必須是自己提出的，什麼辦法都必須是自己想出來的，身邊就會出現阿諛奉承的人。可惜司馬光並不以此為意，只把范純仁的看法當作耳邊風，致使范純仁等人相當惆悵地歎息：「奈何又一位拗相公」。司馬光因其著述《資治通鑒》廣為後人稱頌，但在革除新政上卻顯得剛愎自用、一意孤行，愧對好友的規勸。司馬光執政僅八個月，即病死任內。

第三首詩論王安石與呂惠卿事。北宋嘉祐二年（1057），呂惠卿登進士第，被授真州推官。任期滿至京師，樞密使曾公亮薦為集賢殿校勘。當時王安石主持集賢院，兩人經常研討經義而成為至交。呂惠卿與王安石交情甚密。呂惠卿的岳父高惠連於熙甯元年（1068）去世，呂惠卿的父親呂璹於熙寧三年（1070）病逝，墓誌銘都是出自王安石之手。熙寧二年（1069），王安石當權，推行變法，極力舉薦志同道合的惠卿。惠卿的政治、學術思想，王安石瞭解最為深刻，他對神宗說：「惠卿之賢，豈特今人，雖前世儒者未易比也。學先王之道而能用之者，獨惠卿而已。」（《宋史・呂惠卿傳》）司馬光等人力排新法，變法舉步維艱。熙寧二年十一月，惠卿利用進講機會，引經據典當面駁倒司馬光的「曹參不變蕭何之法、得守成道」的反新法言論。王安石變法失敗後，便臥居南京，呂惠卿寫信安慰他，王安石認為書信的內容相當無聊，但卻能欣賞惠卿的文采。

第四首詩評北宋奸臣蔡京獨攬朝權，荒唐奢華，藉伶人焦德譏諷之語，朝政不清，招致靖康之變，其來有自。蔡京（1047～1126），字元長，仙遊縣楓亭人。曾參與支持王安石變法，哲宗元祐元年（1086）司馬光任宰相，廢止王安石新法，復差役制，蔡京又積極追隨司馬光，受到賞識。哲宗紹聖元年（1094），蔡京任戶部尚書，此時司馬光已死，他又幫助章惇重行新法，推行雇役制，又得章惇賞識。後徽宗即位，蔡京被降為端明殿龍圖閣學士，不久又貶至杭州任職。崇甯元年（1102）後，蔡京又被重用，歷任大名府知府、戶部尚書、左丞、右仆射、太師等職，可見蔡京詭譎善媚。蔡京屢罷屢起，先後五度為相，獨攬朝權，廣收賄賂，曾創制到朝官家取辭職信的先例，其子蔡攸奸惡尤有過之，不到幾年時間蔡攸的權力與父親相當，人稱這一對父子為「大蔡學士」、「小蔡學士」。蔡京晚年，蔡攸借機看望父親，蔡京正與客人坐談，蔡攸進去後，急忙拉住父親的手作把脈狀，說：「大人脈緩，是不是身體不適？」蔡京回答兒子說：「沒有什麼不適的。」蔡攸走後，客人問蔡京：「這是為什麼？」蔡京回答說：「我這個兒子想借疾病之名罷我的官。」沒多久，徽宗派蔡攸到蔡京家中取退職信，這種兒子逼退父親，竟然還成為父親座上賓的事情，令人覺得荒唐。本詩一、二句，乃評蔡京自食惡果。蔡京無視人民疾苦，晚年力倡「豐亨豫大」之說，大興土木，建造宮殿，設立道觀，加重百姓負擔。宋人筆記《清波雜志》曾載蔡京奢華無度，已有豪華的東園，為建造西園，毀民屋數百，百姓無歸所，當時只有伶人焦德，不畏權貴敢以「東園如雲，西園如雨」語直接譏諷蔡京。伶人的勇氣似乎更勝有言詮能力的為官者。

第五首詩評南宋君臣偏安誤國。南宋時期，抗金名將輩出，數度打敗金兵。然高宗等為一己之私利，屈膝求降，對金人談虎色變，滿足於偏安一時，沉於逸樂，不思振作復國。其子孫亦仿效高宗，一味以偏安為榮，一旦強敵壓境，遂措手無策。宋君既以偏安為得計，乃寵信奸佞之人，不求進取但求偷安，南宋一朝，多由佞臣當國，先有高宗時之秦檜，後有史彌遠、賈似道之流，外則割地賠款、賣國求榮，內則殘害忠良、敗壞朝政，遂予異族入侵以可乘之機，終至滅亡。一九四九年國民政府退守臺灣，情勢與南宋相似，本詩表面上在詠南宋偏安之計失策，其實是憂慮臺灣抗敵的戰鬥能力。

丁未初度，適慧蓮寄柬來賀，詩以答之　彭雅玲述解

錦柬朱封[1]萬里程，依稀笑語祝長生。蒓羹[2]尚記初逢日，雞炙[3]還催久別情。行樂好酬[4]相勸意，著書[5]聊作不平鳴。歸來踏徧長街月，寒葉西風正滿城。

題解

此七律作於丁未年（1967），勞氏四十歲。這首詩為贈答詩。慧蓮，即勞師母，當時遠赴加拿大蒙特羅攻讀教育碩士。

註釋

1. **錦柬朱封**：書信。
2. **蒓羹**：蒓或寫作蓴，音ㄔㄨㄣˊ（chun2），植物名，多年生水草，葉橢圓形，浮生水面，莖葉背面有黏液，夏日開紅紫色花，多生於池沼中。蒓菜嫩葉通常用以作羹湯，味道鮮美。勞氏和勞師母第一次見面時，吃蒓菜湯。
3. **雞炙**：烤雞。炙，燒烤。北方館多興吃童子雞。
4. **酬**：報答。
5. **著書**：當時勞氏正在撰寫《歷史的懲罰》一書。

鑒賞

贈答詩一開始往往會呼應詩題，本詩首聯明點贈答詩的緣起。首聯說說接到慧蓮從遠方寄來的生日賀卡時，彷彿看到她笑著為我慶生的模樣。看到特殊場合吃過的食物，是最能勾起人回憶的了，項聯藉和烤雞追憶認識慧蓮和慧蓮離開時的情形。腹聯回應慧蓮的賀卡，並表明勤於著書的態度；雖然行樂人間是報答好意相勸的最佳方式，然而著述不輟，實是胸中有塊磊不吐不快。勞氏耿介孤高，一心窮究興亡之際，承擔國運文運，因而長年胸懷沈重，尾聯寓情於景，勞氏描寫漫步在遙長的街頭上，踏著月色歸家時，「任重道遠」的使命感，絲毫沒有慶生的喜樂，只感受到城市裏充滿秋風掃葉的寒意。此詩押八庚韻。

臺灣友人來函，詢及近狀並論時局，詩以答之

彭雅玲述解

冉冉[1]流光逼鬢絲，消寒[2]新錄十年詩。殘書架上皆親選，過客門前輒婉辭。犬吠欲驚高閣夢，[3]蝶飛苦戀夕陽時。長留細草當窗綠，[4]茂叔[5]胸懷世未知。

案：此詩作於殷海光[6]罹黨禍後，時日記之不真，姑置於丁未。

編者案：實際上殷海光遭臺大哲學系解職，在丙午年（1866）八月，但表面排課的形式則維持到丁未年（1967）七月。

題解

此七律作於丁未年（1967），勞氏時年四十。本詩為贈答詩。臺灣友人暗指極右派人士胡秋原。自由主義份子對殷海光事件相當反感，極右派人士如胡秋原曾在《中華雜誌》撰〈左舜生之文與勞思光之詩〉批評自由主義，胡為文後頻頻致意勞氏有無新作，試探勞氏的反應，勞氏遂作詩諷刺胡等人，並用以明志。

註釋

1. **冉冉**：緩慢行進的樣子。
2. **消寒**：每年一旦冬至來臨，天氣即日冷一日，俗謂之「九九寒天」。一般都得到冬至後的八十一天，才見春風送暖。古人為了計算這段日子，於是想出製圖計日的方式，以畫梅、畫圓圈或填影格字等形式來記載。如明朝以前的「九九消寒圖」，多是一株八十一瓣的梅花或有八十一小圈的九叢圓圈，過了冬至，逐日塗滿一瓣或一小圈以計日。古人在冬至後，聚集朋友，輪流出錢飲酒的聚會，稱之「消寒會」，或是「九九消寒會」。《紅樓夢》九十二回：「明兒不是十一月初一日麼？年年老太太那裡必是個老規矩，要辦消寒會，齊打夥兒坐下喝酒說笑。」
3. **犬吠欲驚高閣夢**：指胡秋原等人幫國民黨整肅知識份子。
4. **長留細草當窗綠**：語出周敦頤「綠滿窗前草不除」《易傳》說：「生生之謂易」、「天地之大德曰生」，生生是生而又生，自然界生生不息，萬物充滿生意，世界因此就有了無限的情趣。宋代幾位大哲學家都提倡用這種審美眼光去觀照宇宙萬物，如：周敦頤喜歡「綠滿窗前草不除」，人問他為什麼不除草，他說：「欲觀天地生物氣象」。程顥窗前茂草覆砌，有人勸他芟除，他說：「不可！欲常見造化生意。」又在盆池養小魚數尾，時時觀之，有人問其故，他說：「欲觀萬物自得意」。
5. **茂叔**：周敦頤（1017～1073），字茂叔，宋道州營道（今湖南省道縣）人。著《太極圖說》及《通書》，為宋理學之開山祖，二程皆其弟子，世稱濂溪先生，卒謚元公。
6. **殷海光**：一九一九年生，原名福生，後改名海光。原籍湖北省黃岡縣，一九三八年，入讀西南聯合大學哲學系。一九四二年，考入清華大學哲學研究所。一九四五年，投筆從戎，加入青年軍。一九四六年，獲聘為《中央日報》主筆，並擔任金陵大學講師，講授「哲學與邏輯」課程。一九四九年赴臺擔任臺大講師，後因雷震、胡適等人之邀，成為《自由中國》的主筆之一。一九五四年以哈佛燕京學社訪問學人身份，赴美研究。一九五五年返臺執教。一九六〇年，國民黨限制言論自由，《自由中國》被迫停刊，殷氏人身安全也受到威脅。一九六五年出版《中國文化的展望》，國民黨以此書「反對傳統文化精神」等罪名查禁。一九六六年發生「臺大哲學系事件」，殷海光被迫離開臺大，生活困頓抑鬱。一九六九年因胃癌去世。

鑒賞

殷海光先生自一九四九年來臺，即在臺大哲學系講學，先後開設課程有邏輯、邏輯經驗論、羅素哲學、理論語意學、科學的哲學、現代符號邏輯、歷史與科學等，影響當時哲學系的學風極深，許多學生以及青年學者都視他為思想導師。一九四九年十一月雷震、胡適、傅斯年等人籌辦的《自由中國》在臺北創刊，當時蔣介石與陳誠均提供實質支援，因為發刊的目的是為了宣傳自由與民主以對抗共產主義，所以初期內容明顯以反共為主，兼及團結自由派人士及民社、青年兩黨份子，初期雷震對當局也提出溫和的規箴，但並沒有絲毫反對派的色彩。後來韓戰爆發，美國開始支持臺灣，中共的威脅趨緩，內政的興革變成迫切問題，另一方面國民黨積極鞏固政權，在政、軍、文教及地方，黨的威權式一元控制體系逐漸成形，其嚴密程度為大陸時期所未見。在這兩個趨勢刺激之下，《自由中國》的自由主義傾向轉濃，而其原先以反共為旨的自由、民主主張，也隨著國民黨集權體制的發展，演變成具有強烈現實意義的批評武器。五〇年代殷海光在《自由中國》扮演鋒利的健筆，在思想戒嚴時期，標舉自由主義的大纛，發揚民主與自由。一九六〇年國民黨壓制言論，發生《自由中國》被封事件，一九六五年以「反對傳統文化精神」等罪名查禁殷氏《中國文化的展望》，一九六六年殷海光被迫離開臺大，生活從此困頓抑鬱。

勞氏此詩作於殷海光先生發生「臺大哲學系事件」後，殷海光事件後，臺灣自由主義派的朋友去函給勞氏，關心勞氏在海外的情形，信中並論及臺灣局勢緊張的情形。勞氏作此詩酬答臺灣友人，首先說隨著韶光慢慢流逝催逼著鬢角髮絲發白，離臺赴港十多年來，多半以拈韻作詩排憂解悶。接著回答臺灣友人的關切，說明十年來香江生活相當簡約，只有讀書絕少應酬，除了親自挑選書架上的殘缺不全的書籍讀讀外，往往婉謝門前俗客的邀約。腹聯兩句諷刺極右派人士有如「犬吠」般，想要驚醒位於「高閣」的知識份子，有如飛蝶般「苦戀夕陽時」。詩句最後推崇周敦頤高於世人的胸懷和氣度，周敦頤喜歡「綠滿窗前草不除」，他用《周易》「生生不息」的審美眼光去觀照宇宙萬物，世人不了解他「欲觀天地生物氣象」的胸襟懷抱，遂問他為什麼不除草。勞氏與殷海光先生都主張民主自由，末以周敦頤觀庭草生機自喻氣節。此詩押四支韻。

戊申（一九六八年　四十一歲）

碧玉　王隆升述解

寓所不遠，有小院植碧桃一株，橫枝當風，色作微紅，雖秋日無花而風姿可喜，車過見之。明日往尋，則重扉深掩，竟不得復見矣。詩以記之。

碧玉真憐出小家，[1]不披綺繡[2]自風華[3]。輕車[4]夜過香侵夢，半臂秋寒色映霞[5]。嫩葉有緣[6]承雨露[7]，墜英[8]無奈[9]辱[10]泥沙。桃源[11]忽失漁郎[12]路，惆悵長街起暮鴉。

案：此詩作於戊申秋間，時方居太子道[13]也。

題解

此詩作於戊申年（1968），勞氏四十一歲。〈碧玉〉一詩筆法，乃擬風塵女子以說碧桃風姿，為戲作耳。碧玉為女子名，據《樂苑》所載，為南朝宋汝南王之愛妾，生卒年不詳。勞氏某日偶然見得碧桃一株，迎風之姿態甚為可愛，復於次日再尋，有未見之遺憾，故有此作。

註釋

1. **碧玉真憐出小家**：語本無名氏〈碧玉歌〉之「碧玉小家女」，指小戶人家的女兒，可以憐愛。後以「小家碧玉」指平常人家年輕貌美的少女。無名氏〈碧玉歌〉云：「碧玉破瓜時，郎為情顛倒。芙蓉陵霜榮，秋容故尚好。碧玉小家女，不敢攀貴德。感郎千金意，慚無傾城色。碧玉小家女，不敢貴德攀。感郎意氣重，遂得結金蘭。」（《樂府詩集》卷四十五〈清商曲辭二〉）
2. **綺繡**：五彩華麗的絲織品。語本《漢書》卷二十八〈地理志下〉：「故其俗彌侈，織作冰紈綺繡純麗之物，號為冠帶衣履天下。」
3. **風華**：風韻才華，形容一個人內才外貌極為出眾。此指碧桃姿態之美甚。

4. **輕車**：輕便的車子。語本唐・韓愈〈送石處士序〉：「若駟馬駕輕車就熟路，而王良、造父為之先後也。」
5. **秋寒色映霞**：秋日寒色主紅，與「陽光照在雲層上所映出的紅色光彩」之霞色輝映。唐・王勃〈滕王閣序〉有：「落霞與孤鶩齊飛，秋水共長天一色。」句。桃花為紅，橫枝爛漫，故言。
6. **有緣**：有緣分。指一切遇合，若宿緣前定。語本《三國志》卷十四〈魏書・董昭傳〉：「曹今雖弱，然實天下之英雄也，當故結之。況今有緣，宜通其上事，并表薦之。」
7. **雨露**：實解為雨滴和露珠，亦指雨露之恩，比喻恩惠德澤。唐・劉禹錫〈蘇州刺史謝上表〉：「江海遠地，孤危小臣。雖雨露之恩，幽遐必被。」
8. **墜英**：即落英、落花。晉・陶淵明〈桃花源記〉：「夾岸數百步，中無雜樹，芳草鮮美，落英繽紛。」
9. **無奈**：無可如何、不能如何之意。《初刻拍案驚奇》卷十：「只為點繡女事急，倉卒中，不暇思前算後，做此一事，也是出于無奈。」此指碧桃凋落後，為泥沙所染，非出於自願之意。
10. **辱**：為……所玷汙。
11. **桃源**：比喻風景優美而人跡罕至的地方，亦用於比喻心目中理想的世界。晉・陶潛《陶淵明集》卷六〈桃花源記〉：「晉太元中，武陵人，捕魚為業。緣溪行，忘路之遠近。忽逢桃花林，夾岸數百步，中無雜樹，芳草鮮美，落英繽紛。漁人甚異之。復前行，欲窮其林。林盡水源，便得一山。」
12. **漁郎**：年輕的漁夫。唐・許渾〈灞上逢元九處士東歸〉詩：「舊交已變新知少，卻伴漁郎把釣竿。」「桃源忽失漁郎路」句即本晉・陶潛〈桃花源記〉。
13. **太子道**：太子道位於今九龍旺角一帶。一九二二年四月，英皇喬治五世的太子愛德華訪港。期間愛德華對九龍一條正開發成花園洋房區之街道甚為欣賞，港府因而將此街命名為Prince Edward Road（愛德華太子道），簡稱太子道。一九七九年一月十二日分拆為東西兩段。分別為太子道東、太子道西。

鑒賞

此詩押下平聲六麻韻。

閱讀此詩，讓人想起崔護之故事。某年清明時分，崔護進京應試落第，獨自到城郊散心，見一宅院花木扶疏，甚為幽靜。好奇敲門，美女啟扉，崔護告之口渴，女子便邀入內奉茶。翌年，崔護，再度拜訪，卻見門庭深鎖，未見伊人，悵恨不已，故賦詩一首〈題都城南莊〉:「去年今日此門中，人面桃花相映紅，人面不知何處去，桃花依舊笑春風。」雖然詠花詠人畢竟不同，初見憐愛與未見遺憾之感卻是如此相似。

首聯云「碧玉真憐出小家，不披綺繡自風華。」書寫勞氏對於碧桃愛憐之情，也呈顯花韻的秀美之姿。葉夢得《石林詩話》云:「緣情體物，自有天然工妙。」此詩狀寫物象，緣情體物，刻劃惟肖，寫照傳神，讓人見詩而想見碧桃之風貌。

小家碧玉的風華，不必披上織錦繡衣，在秋寒映霞的時分裡，更是教人傾心。清夜花香，是嗅覺的美感；秋光與霞色輝映，是視覺的沉醉。因而次聯說「輕車夜過香侵夢，半臂秋寒色映霞。」

詩歌詠物，普遍的是對於所詠物件的容貌與姿態，難寫的則是精神與情態。腹聯「嫩葉有緣承雨露，墜英無奈辱泥沙。」進行轉折——「承」雨露、「辱」泥沙，生動地書寫著「碧玉」的姿容與情狀。雨露恩澤之後，取而代之的是深陷泥沙之中的命運。強烈的對比，不禁讓人有「林花謝了春紅，太匆匆。」的慨嘆！

花之開合，代表盛衰之理。花開花落總有時，失去再見丰姿的機會，來日恐怕花已落盡，為沙泥所噬，一片悵恨的心情，在長街飛起暮鴉的同時，汩汩流洩。因而引致出「桃源忽失漁郎路，惆悵長街起暮鴉。」的話語。

從偶然的相遇到未見的落寞，再由落英繽紛的設想與憐愛，想到欣羨桃花源的恬淡、自然，想要前去，卻又不能得償所願。理想世界，似乎是遙不可及的夢想。

相較於「桃源忽失漁郎路」的虛寫，「惆悵長街起暮鴉」則是亦實亦虛。說是實，因長街有鴉飛起；說是虛，亦可能非真有鴉，而是具有託意。

「街」，相比於「路」、「道」，具有狹小而侷限的意象，加上「長」街所引起的「幽」感，已經使情境凝縮在「深沉鬱結」之中，而突然飛起的「鴉」，又加重孤黯情緒，更何況又是「暮鴉」！

「烏夜啼」之意象，自六朝以來，從吉兆轉變成為凶兆，讓文學中的「鴉」總帶有落寞、失意或不祥的意味。也因此勞氏是否有馬致遠〈天淨沙・秋思〉「枯藤、老樹、昏鴉」引致「斷腸人在天涯」的慨嘆，也就更耐人尋味了。

書枚先生以長排見寄，用昌谷〈惱公〉原題原韻。讀後步韻奉答　王隆升述解

嶺南[1]經歲[2]住，愁見荔枝[3]紅。破筆文千卷，[4]輕霜髮幾叢。[5]友疏[6]逃毀譽[7]，才退[8]厭華穠[9]。指物[10]推堅白[11]，聲形考洞筒。茶香煎缶水，[12]餐進賴盤蕻[13]。倦伏嘲寒雀[14]，紛紜[15]笑倮蟲[16]。夷居[17]原落拓[18]，肉食顧尨茸[19]。行輩[20]尊盧植[21]，門庭[22]迓[23]孔融[24]。忘年[25]交客路，譜曲識宗風[26]。丈昔初遊宦，名高賦采蓉[27]。平生幾興廢[28]，斯世一牢籠[29]。佈奕憐爭鹿[30]，拈花[31]善避蜂。胡亡[32]欣革復[33]，倭患[34]轉屯蒙[35]。職本籌鹽鐵，[36]謀非課布賨。[37]掩關疑待兔，[38]窺室暗驚熊。[39]忽報祈盟使，咸誇射日[40]弓。受降[41]方晉爵[42]，升閣又飛虹[43]。淮漢傷諸將，[44]苗蠻亂百峒。[45]車徒[46]皆瓦解[47]，邸宅[48]半塵封[49]。讖[50]竟徵烏鵲[51]，誰能制毒龍[52]。盡傾劉氏鼎，[53]枉賜鄧家銅。[54]垂暮[55]猶亡命[56]，投荒[57]暫寄蹤。奇音效啁哳[58]，迂論[59]耐冬烘[60]。對酒思吳鱠[61]，烹羔念魯

葱。[62]詩懷殘夜雨[63]，鄉夢故江楓[64]。孤島貪酣枕，虛辭說射墉。[65]問蛙言益拙，[66]弄蟀興偏濃。[67]詭智屠牛坦[68]，餘威大樹馮[69]。燕巢姑寓幕，[70]爨火任焚桐。[71]赤縣[72]重誅戮[73]，蒼黎[74]失去從。魔牙厲豺虎[75]，鬼焰舞簾櫳[76]。獻頌[77]呼堯舜，傳儲[78]擬鎬豐[79]。國鈞[80]藩鑄[81]印，民食野栽菘[82]。悖法憑褒婦，淫刑[83]用越僮[84]。老農翻振鐸，[85]稚子競乘驄[86]。魏政歸司馬，[87]燕疆據慕容。[88]治安[89]無賈誼[90]，構禍有江充[91]。積骨[92]蘇臺[93]上，群盲[94]羿彀[95]中。羊奔哀羝角，[96]絲紊[97]恨蓬鬉[98]。唇齒[99]憂虞虢[100]，輿圖[101]混邰邛[102]。親離眾須畔，[103]窮極變應通。[104]少小[105]矜[106]肝膽[107]，浮沈[108]每困慵[109]。暑眠嫌獨覺，晚步偶相逢。展讀[110]新詞健[111]，先張睡眼忪。運寧終坎陷[112]，象豈永貞凶[113]。息息[114]星移斗[115]，看看[116]羽換宮[117]。飄零[118]難屈我，矍鑠[119]況如翁。珍重黃精[120]飯，殷勤布襪縫。三元期改數，[121]五岳[122]好聽鐘[123]。更續談禪[124]約，挑燈[125]辯性空[126]。

題解

此詩作於戊申年（1968），勞氏四十一歲。夏書枚以李賀〈惱公〉長律詩為韻，於芳洲詩社聚會時給詩友欣賞，勞氏則步韻相和。

長排即排律，詩體名，就律詩定格加以鋪排延長，故名。每首至少十句，有多至百韻者，但句數必成雙。除首、末兩聯外，上下句都需對仗；亦有隔句相對，稱為「扇對」。

此詩題目云「昌谷惱公原題原韻」，昌谷即李賀（790～816），字長吉，生於貞元七年，卒於元和十二年（790～816），河南福昌（今河南宜陽）人，家居昌谷，以樂府詩著稱。其〈惱公〉詩云：「宋玉愁空斷，嬌嬈粉自紅。歌聲春草露，門掩杏花叢。注口櫻桃小，添眉桂葉濃。曉奩粧秀靨，夜帳減香筒。鈿鏡飛孤鵲，江圖畫水葓。陂陀梳碧鳳，腰裊帶金蟲。杜若含清露，河蒲聚紫茸。月分娥黛破，花合靨朱融。髮重疑盤霧，腰輕乍倚風。密書題荳蔻，隱語笑芙蓉。莫鎖茱萸匣，休開翡翠籠。弄珠驚漢燕，燒蜜引胡蜂。醉纈拋紅網，單羅挂綠蒙。數錢教叱女，買藥問巴賨。匀臉安斜雁，移燈想夢熊。腸攢非束竹，胘急是張弓。晚樹迷新蝶，殘蜺憶斷虹。古時填渤澥，今日鑿崆峒。繡沓褰長幔，羅裙結短封。心搖如舞鶴，骨出似飛龍。井檻淋清漆，門鋪綴白銅。隈花開兔徑，向壁印狐蹤。玳瑁釘簾薄，琉璃疊扇烘。象床緣素柏，瑤席卷香葱。細管吟朝幌，芳醪落夜楓。宜男生楚巷，梔子發金墉。龜甲開屏澀，鵝毛滲墨濃。黃庭留衛瓘，綠樹養韓馮。雞唱星懸柳，鴉啼露滴桐。黃娥初出座，寵妹始相從。蠟淚垂蘭燼，秋蕪掃綺櫳。吹笙翻舊引，沽酒待新豐。短佩愁填粟，長弦怨削菘。曲池眠乳鴨，小閣睡娃僮。褥縫篸雙線，鉤縚辮五總。蜀煙飛重錦，峽雨濺輕容。拂鏡羞溫嶠，薰衣避賈充。魚生玉藕下，人在石蓮中。含水彎蛾翠，登樓潠馬鬃。使君居曲陌，園令住臨邛。桂火流蘇暖，金爐細炷通。春遲王子態，鶯囀謝娘慵。玉漏三星曙，銅街五馬逢。犀株防膽怯，銀液鎮心忪。跳脫看年命，琵琶道吉凶。王時應七夕，夫位在三宮。無力塗雲母，多方帶藥翁。符因青鳥送，囊用絳紗縫。漢苑尋官柳，河橋閡禁鐘。月明中婦覺，應笑畫堂空。」〈惱公〉一詩，鋪寫人物之形貌風神，詞語奇特而綺麗。前人讀之多有晦澀不通之感，實是李賀以暗示之法營造朦朧境界，使讀者於不易理解中亦可欣 詩中清辭麗句與奇妙創思。如「歌聲春草露」以春草上的露珠狀寫歌聲之 潤清亮；「發重疑盤霧，腰輕乍倚風。」表現美人綽約丰姿。末了寫美人難近的悵然及妻子對詩人艷遇難再的幸災樂禍，更是特別。

此詩以步韻方式為之。步韻即是為詩時押韻、用字次序和前人之作相同，亦步亦趨，故稱步韻，亦稱次韻。步韻之作，往往表示唱和者讀原作後的感受，以體現唱和者對原作所懷的欽羡之感。亦有表現另一題材以抒心境者，勞氏詩即為此類。在韻腳全部被限定的情況下，作者組織詞彙受到比格律嚴格之限制，屬高難度之寫作。

註 釋

1. **嶺南**：嶺南在中原人眼裡為嶺外。唐・宋之問〈渡漢江〉有詩云：

「嶺外音書斷，經冬復歷春。」在歷史上，嶺南與中原交通與音訊不暢通，遠離政治權力中心，為歷代貶官或流放之地。

2. **經歲**：經者，恆常、時常之意。《文選・嵇康・與山巨源絕交書》：「然經怪此意尚未熟悉於足下，何從便得之也？」經歲即經年，年復一年。
3. **荔枝**：北宋・蘇軾〈初食荔枝二首〉其二：「羅浮山下四時春，盧橘楊梅次第新。日啖荔枝三百顆，不辭長作嶺南人。」因荔枝生產嶺南，至嶺南為貶謫，故云愁見荔枝紅。
4. **破筆文千卷**：破，盡、窮盡。唐・杜甫〈奉贈韋左丞丈二十二韻〉：「讀書破萬卷，下筆如有神。」
5. **輕霜髮幾叢**：東坡在紹聖四年，在惠州有〈縱筆〉一詩：「白髮蕭散滿霜風，小閣藤寄病容。報道勞氏春睡美，道人輕打五更鐘。」據王文誥註：「按此詩，執政聞而怒之，再貶儋耳。」此「執政」，乃指章惇而言。
6. **友疏**：朋友稀少、不親近。
7. **毀譽**：非議與稱讚。《抱朴子・外篇・自敘》：「而洪之為人，信心而行，毀譽皆置於不聞。」
8. **才退**：文采才華減損、衰減。
9. **華穠**：豔麗、華麗。形容花的鮮豔盛麗。亦比喻女子的美麗。唐・李白〈清平調三首〉之二：「一枝穠豔露凝香，雲雨巫山枉斷腸。」
10. **指物**：公孫龍《指物論》：「物莫非指，而指非指，天下無指，物無可以為物，非指者，天下無物，可謂指乎？」指本無有，依物而存，但物如無指，人也無法肯定物的存在。也就是說，指非物，物也非指，但如果沒有指，或者不用指，則我們對物便無辦法說出或使人們知道他存在。然而，如果沒有物的存在，指也無可，並且指也不能指，因為無物，指根本就不能存在。而指在指物論內，說的乃是物的聲形色貌，而不是物的自身。聲色形貌必須依物而存在，而物不用聲色形貌指出，則人無法看見或聽到他。同時人多以為物莫非指，也就是以指為物，所以公孫龍才特別在指物論中加以更正，認為說「物是指」可，而說「指是物」則不可。

11. **堅白**：戰國時公孫龍子的學說。主張一塊「堅白石」中，其堅、白、石三個組成要素，是各自分離而不能同時被認知的。

12. **茶香煎缶水**：缶，音ㄈㄡˇ（fou3），盛酒漿的瓦器，腹大口小，有蓋。《說文解字》：「缶，瓦器，所以盛酒漿。」此句即煮茶、烹茶意。唐．孟貫〈贈棲隱洞譚勞氏詩〉：「石泉春釀酒，松火夜煎茶。」

13. **蕻**：音ㄏㄨㄥ丶（hong4為去聲一送之韻字）、亦讀ㄏㄨㄥ（hong1），菜類的長莖。宋．梅堯臣〈志來上人寄示酴醿米花并壓塼茶有感〉詩：「宣城北寺來上人，獨有一叢盤嫩蕻。」植物名。十字花科，一年生草本植物。芥菜的一種，葉長圓，緣呈鋸齒狀，花黃，味略辛辣，雪天此菜獨青，多醃製以供食用。或稱為雪裡紅、春不老。

14. **寒雀**：寒天之雀鳥。北宋．蘇軾〈南鄉子．梅花詞，和楊元素〉：「寒雀滿疏籬，爭抱寒柯看玉蕤。」

15. **紛紜**：：盛多而雜亂。《文選．王褒．四子講德論》：「紛紜天地，寂寥宇宙。」

16. **倮蟲**：倮，音ㄌㄨㄛˇ（luo3），指身無羽毛鱗甲之動物。

17. **夷居**：《論語．子罕篇》：「子欲居九夷。或曰：『陋，如之何。』子曰：『君子居之，何陋之有。』」孔子志在行道，而道不行，但不怨天尤人，此處不行，可往他處，所以「欲居九夷」。「欲」是僅有此意而已。有人認為，九夷之地鄙陋，奈何能居。（「陋」是意指沒有文化，人民不懂禮義。孔子說，君子居在那裡，則不陋。）

18. **落拓**：行跡放任，不受拘檢。《北史》卷四十一〈楊敷傳〉：「素字處道，少落拓有大志，不拘小節。」亦作樂託、落托。或云失意、不得志。清．吳偉業〈臨江仙．落拓江湖常載酒〉詞：「落拓江湖常載酒，十年重見雲英，依然綽約掌中輕。」亦作落魄。

19. **尨茸**：雜多紛亂的樣子。《左傳．僖公五年》：「狐裘尨茸，一國三公，吾誰適從？」

20. **行輩**：行，音ㄏㄤˊ（hang2）。行輩，指排行的輩分。唐．韓翃〈送崔秀才赴上元兼省叔父〉詩：「詩家行輩如君少，極目苦心懷謝朓。」亦指同輩。

21. **盧植**：盧植（？～192），字子幹，涿郡（今河北涿縣）人。為東漢政治家、經學家。少師事馬融，靈帝時徵為博士，後任九江太守，徵拜議郎。黃巾起事，靈帝派軍征討。時盧植為北中郎將，因未賄賂宦官左豐，左豐回朝盡言盧植壞話。靈帝怒，盧植幾被處死，幸因鎮壓黃巾之亂有功免罪，並官至尚書。旋因反董卓議廢少帝，罷官，隱居上谷。曹操曾稱許盧植「名著海 ，學為儒宗，士之楷模，國之楨幹。」此指書枚。
22. **門庭**：門戶。《莊子・達生》：「田開之日，開之操拔篲，以侍門庭，亦何聞於夫子。」亦作庭戶、戶庭。
23. **迓**：音一Ｙ丶（ya4），迎接之意。《左傳・成公十三年》：「及侯麗而還，迓晉侯於新楚。」
24. **孔融**：孔融，字文舉，漢末魯國人，孔子二十世孫。生於東漢桓帝永興元年（153），卒於東漢獻帝建安十三年（208），終年五十六歲。東漢末文學家，曾任北海相，時稱孔北海。又任少府、大中大夫等職。幼有異才。性寬容好士，多賓客。工詩，為建安七子之一。所作文章簡潔有力，亦有譏嘲之篇。劉勰稱讚孔融「氣盛於筆」，「詩文豪氣直上」。此處為勞氏自指。
25. **忘年**：不分年齡。《北史》卷一〇〇〈序傳〉：「每於私室接遇，恆盡忘年之歡。」《幼學瓊林》卷二〈朋友賓主類〉：「心志相孚為莫逆，老幼相交曰忘年。」即指勞氏與書枚之交。
26. **宗風**：禪宗五家各自的教學特色。《宏智禪師廣錄》卷五：「迄至於今，宗風未墜，家法常存。」
27. **采蓉**：〈涉江採芙蓉〉：「涉江採芙蓉，蘭澤多芳草，採之欲遺誰，所思在遠道。還顧望舊鄉，長路漫浩浩，同心而離居，憂傷以終老。」
28. **興廢**：興盛和衰廢。南朝梁・劉勰《文心雕龍・史傳》：「表徵盛衰，殷鑒興廢。」
29. **牢籠**：比喻束縛、控制。釋迦牟尼佛曾在《金剛經》中云：「凡所有相，皆是虛妄，若見諸相非相，即現如來。」此意為一切的相均是虛假。對還未修行圓滿的人而言，不易理解，因一般人認為有形有相之物方是實在、具體的，無形、抽象的則是虛假的；然而《金剛經》的說法卻相反，認為一切有形有相之物都是虛假，沒有形相才是真實。所謂虛妄，或可稱為牢籠。凡是有形有相的事物都是心靈的牢籠，會關住、鎖住我們的心，故云牢籠。

30. **爭鹿**：語本《史記》卷九十二〈淮陰侯傳〉：「秦失其鹿，天下共逐之，於是高材疾足者先得焉。」鹿為獵取的對象，比喻帝位；爭鹿比喻爭奪政權，亦稱逐鹿。

31. **拈花**：本指釋迦牟尼在靈山會上說法，手持鮮花示眾，然眾人皆面無表情、不解禪意，只有維摩訶迦葉面露笑容，世尊遂將心法傳於迦葉。見《五燈會元》卷一〈釋迦牟尼佛〉。後世以拈花微笑比喻以心傳心、參悟禪理的樣子。亦可喻為會心或默契之意。

32. **胡亡**：指滿清王朝覆亡。

33. **革復**：《易經》有〈革卦〉與〈復卦〉。革，變革，改革之意。去故也，即為革新、改革，即謂去舊。所謂「已日乃孚」，是指改革成功的時候，乃是得信于人的時候。即是得信於人之時，才算改革完成之時。復，反也。復即果實剝落到地上，復又再發芽生根，陽生於下而復返其所也。復卦卦象預示陽氣復生之兆。陽氣復生預示著萬物的復生，生生不已之意。

34. **倭患**：指日軍侵略。

35. **屯蒙**：《易經》有〈屯卦〉與〈蒙卦〉。屯見而不失其居，蒙雜而著。屯卦與蒙卦是上下相反的綜卦。〈屯卦〉，草昧之始也，艱險見於外，雖處群陰之中，而動初九、九五二陽皆得其正位，因此不失其居也。屯，為利建侯，君子以經綸之時。〈蒙卦〉，啟蒙，啟發愚蒙，即未有知識之始。雜者，未知所定也。九二、上九不當位，二陽雜乎四陰之中，必然繁雜多亂，爻陽位陰為雜處，皆易見也。可發其蒙，故著也。

36. **職本籌鹽鐵**：古有鹽鐵使，掌鹽鐵稅收的事，唐肅宗開始設置，歷代因襲，至元代乃廢。夏書枚曾任江西的鹽務局長。

37. **謀非課布賨**：賨，音ㄘㄨㄥˊ（cong2）。南蠻的一種賦稅。此指夏任江西鹽務局長時曾提倡過一個減稅的財政計畫。

38. **掩關疑待免**：比喻拘泥守成，也用來比喻妄想不勞而獲，或等著目標自己送上門來。《韓非子・五蠹》：「宋人有耕者，田中有株，兔走觸株，折頸而死。因釋其耒而守株，冀復得兔，兔不可復得，而身為宋國笑。」此指當時對日抗戰的情況，國民黨想採取「以空間換取時間」的方式，進行長期抗戰，消極等待國際援助。
39. **窺室暗驚熊**：典出明・胡應麟《少室山房筆叢・九流緒論下》：「晉平公夢朱熊窺其屏，惡之而疾，問於子產，對曰：『昔共工之卿曰浮游，敗於顓頊，自沉於淮。其色赤，其言善笑，其行善顧，其狀如熊。』」這裡是指蘇聯就像窺室的熊一樣，對中國有所圖謀，所以，他一方面支持中國抗日，一方面又扶持中共作亂，趁機謀利。
40. **射日**：傳說堯時后羿射落九個太陽。見《淮南子・本經》。後用以比喻攻克強敵。此處意指抗日戰爭之勝利。
41. **受降**：接受敵軍的投降。《後漢書》卷二十二〈朱祐傳〉：「大司馬吳漢劾奏祐廢詔受降，違將帥之任，帝不加罪。」
42. **晉爵**：舉起酒杯，表慶賀之意。
43. **飛虹**：虹如翔飛之狀，故曰飛虹。這裡是指漢代所謂「日作飛虹」的災異之象，暗喻中國當時雖然抗戰勝利，不過，衰象卻現，大局已壞。
44. **淮漢傷諸將**：齊建武元年（494）即北魏太和十八年，北魏乘南齊蕭鸞篡奪帝位之機，興師南下進攻南齊淮漢（今淮河中遊沿岸）地區。魏軍雖曾派拓拔衍、劉敞、王肅等人攻打襄陽、義陽等地，魏帝亦親自督軍，然猶無能取勝。魏帝採納相州刺史高閭、尚書令陸睿的建議，放棄攻齊淮漢計劃，下令回師，退兵洛陽。此指徐蚌會戰，淮河流域為戰局勝敗的關鍵點。
45. **苗蠻亂百峒**：「峒」為早期海南島黎族政治組織的名稱。各峒以山嶺、河流為界，有固定的地域。為地名用字：苗、傜、僮、侗等民族的聚居區域。分布在廣西、貴州等部分山區。《清史稿・列傳・三百二・土司四・貴州》：「苗蠻蠢動，諸擅兵相攻者，蹂躪地方，無有寧日。」此指國共內戰時雲、貴地區曾發生幾次叛變事件。
46. **車徒**：兵車及步卒。《周禮・夏官・大司馬》：「群吏撰車徒，讀書契、辨號名之用。」

47. **瓦解**：比喻全部解體或潰散。《淮南子·泰族》：「則瓦解而走，遂土崩而下。」
48. **邸宅**：邸，高級官員的住所。《漢書》卷六十四上〈朱買臣傳〉：「初，買臣免，待詔，常從會稽守邸者寄居飯食。」宅，住所、住處。
49. **塵封**：擱置已久，被塵土蓋滿。《宋史》卷一四一〈樂志〉：「移眄俄空，寶鑑脂澤塵封。」
50. **讖**：音ㄔㄣˋ（chen4），預測災異吉凶的言論或徵兆。《文選·左思·魏都賦》：「藏氣讖緯，閟象竹帛。」
51. **烏鵲**：烏鴉喜與鵲同巢。曹操〈短歌行〉：「月明星稀，烏鵲南飛。繞樹三匝，何枝可依。」此指國民政府南遷臺灣之事。
52. **毒龍**：比喻愚妄嗔癡之禍害，即指存於人心的貪欲妄想。《涅槃經》：「但我住處，有一毒龍，其性暴急，恐相為害。」唐·王維〈過香積寺〉有「薄暮空潭曲，安禪制毒龍」句。
53. **盡傾劉氏鼎**：鼎，為古代傳國的寶器。相傳夏禹鑄九鼎以為傳受帝位的重器。《左傳·宣公三年》：「定王使王孫滿勞楚子，楚子問鼎之大小輕重焉。」指的是國民黨之基業盡付諸流水。
54. **枉賜鄧家銅**：鄧通，蜀郡南安人，為漢文帝之寵臣，因諂媚而受文帝賞識，曾賜給蜀郡嚴道銅山，許其鑄幣，形成「吳鄧錢佈天下」之局，嚴重擾亂了貨幣制度。後被景帝免官，家財盡沒，窮困而死。見《漢書·鄧通傳》。這裡指先總統蔣公在財政上所用非人，因此，培養出一群腐敗的勢力，影響經濟民生，最後斷送國民黨在大陸的基業。
55. **垂暮**：比喻年老。南宋·張元幹〈醉落魄·雲鴻影落〉詞：「天涯萬里情懷惡，年華垂暮猶離索。」
56. **亡命**：原指改變姓名而逃亡，泛指流亡、逃亡。《史記》卷八十九〈張耳、陳餘傳〉：「張耳嘗亡命游外黃。」《文選·陸機·謝平原內史表》：「張敞亡命，坐致朱軒。」
57. **投荒**：流放到荒遠的地方。唐·柳宗元〈別舍弟宗一〉詩：「一身去國六千里，萬死投荒十二年。」

58. **啁哳**：音ㄓㄡ　ㄓㄚˊ（zhou1 zha2），狀聲詞。形容繁雜細碎的聲音。《楚辭・九辯》：「鴈廱廱而南遊兮，鶤雞啁哳而悲鳴。」此指夏氏之說話。
59. **迂論**：迂闊不切事理的言論。
60. **冬烘**：糊塗、迂腐。唐・鄭薰主持考試，誤以為顏標是魯公（顏真卿）的後代，把他取為狀元。當時有人作詩嘲笑：「主司頭腦太冬烘，錯認顏標作魯公。」（見五代漢・王定保《唐摭言》卷八〈誤放〉）。後多用來嘲笑古代私塾老師，或不明事理、不識世務的書呆子。宋・范成大〈四時田園雜興詩〉：「長官頭腦冬烘甚，乞汝青銅買酒迴。」即指腐儒意。
61. **鱠**：細切的魚肉。通「膾」。集韻・去聲・太韻：「膾，說文：『細切肉也。』或從魚。」宋・陸游・〈雙頭蓮・華鬢星星〉：「空悵望，鱠美菰香，秋風又起。」
62. **烹羔念魯葱**：李賀〈感諷詩〉：「去去走犬歸，來來坐烹羔。」大陸蔥以山東為最，故烹煮羊肉時，懷念山東之魯蔥。
63. **夜雨**：唐・李商隱〈夜雨寄北〉：「君問歸期未有期，巴山夜雨漲秋池。何當共翦西窗燭，卻話巴山夜雨時。」
64. **江楓**：唐・張繼〈楓橋夜泊〉：「月落烏啼霜滿天，江楓漁火對愁眠。」
65. **虛辭說射墉**：虛辭，不實的言詞。射墉表解除逆亂的意思。《周易・解卦》曰：「公用射隼于高墉之上，獲之，無不利。〈象〉曰：『公用射隼，以解悖也。』」此指臺灣言反攻大陸之論恐成虛妄之詞。
66. **問蛙言益拙**：井底之蛙。《莊子・秋水》：「井蛙不可以語於海者，拘於虛也。」用以比喻見聞偏狹，識見短淺的人。故若問蛙，則言當更為笨拙、不靈活。諷刺當時論調可笑。
67. **弄蟀興偏濃**：使蟋蟀相鬥，以決勝負的遊戲。《宋史》卷四七四〈奸臣傳・賈似道傳〉：「嘗與群妾踞地鬥蟋蟀。」「蟋蟀」亦為《詩經・唐風》之篇名。《詩・大序》：「蟋蟀，刺晉僖公也。」此言有逗弄蟋蟀之濃厚興致，或有諷刺意。此指偏安作樂之意。
68. **屠牛坦**：人名。漢・賈誼〈治安策〉：「屠牛坦一朝解十二牛，而芒刃不頓者，所排擊剝割，皆眾理解也。」

69. **大樹馮**：人名，指東漢・馮異。《東觀漢記校注》卷九〈馮異傳〉：「馮異，字公孫，為人謙退，與諸將相逢，輒引車避道。每止頓，諸將共論功伐，異常屏止樹下，軍中號『大樹將軍』。」

70. **燕巢姑寓幕**：燕巢於幕，本指燕築巢於幕簾上。語本《左傳・襄公二十九年》：「夫子之在此也，猶燕之巢於幕上。」杜預《注》：「言至危。」燕子將鳥巢築於布幕之上，比喻處境非常危險。此指臺灣自身求苟安，大陸文革破壞，只能旁觀。

71. **爨火任焚桐**：反用《後漢書》卷六十下〈蔡邕傳〉：「吳人有燒桐以爨者，邕聞火烈之聲，知其良木，因請而裁為琴。果有美音，而其尾猶焦，故時人名曰焦尾琴焉。」的典故，原典有惜才的喻意，現在任焚桐，就表示不惜才了！

72. **赤縣**：中國的代稱。亦稱神州赤縣或赤縣神州。《史記》卷七十四〈孟子、荀卿傳〉：「中國名曰赤縣神州。赤縣神州內自有九州，禹之序九州是也，不得為州數。」

73. **誅戮**：殺戮。《史記》卷六〈秦始皇本紀〉：「遂興師旅，誅戮無道，為逆滅息。」這裡指大陸的文化大革命。

74. **蒼黎**：唐・杜甫〈贈衛八處士〉詩：「少壯能幾時，鬢髮各已蒼。」黎者，眾民。亦曰群黎、黎民。《詩經・小雅・天保》：「群黎百姓，遍為爾德。」百姓、民眾。《史記》卷二〈夏本紀〉：「能安民則惠，黎民懷之。」蒼黎者，頭髮斑白的百姓也。

75. **豺虎**：比喻凶狠貪婪的惡人。《文選・王粲・七哀詩二首之一》：「西京亂無象，豺虎方遘患。」《三國演義》第十三回：「呂布，豺虎也，若得兗州，必圖冀州。」《詩經・小雅・巷伯》：「取彼譖人，投畀豺虎。」

76. **簾櫳**：竹簾與窗牖，或窗牖上的竹簾。北宋・歐陽修〈采桑子〉（群芳過後西湖好）詞：「垂下簾櫳，雙燕歸來細雨中。」

77. **獻頌**：《三國志》卷二十〈魏書・第二十・武文世王公傳〉：「昔唐叔歸禾，東平獻頌，斯皆骨肉贊美，以彰懿親。」當時大陸紅衛兵皆高呼「毛澤東萬歲」之口號。

78. **儲**：將要繼承王位的人稱皇儲或太子。《資治通鑑》卷二七六〈唐紀五・明宗天成三年〉：「今卜嗣建儲，臣未敢輕議。」此指毛澤東令林彪為繼承人一事。

79. **鎬豐**：西周文王時建都豐，武王時定都鎬，故後世以「鎬豐」代稱京師。

80. **鈞**：權衡。《後漢書》卷六十六〈陳蕃傳〉：「鈞此二者，臣寧得禍，不敢欺天也。」

81. **藩鑄**：藩，指古代諸侯王的封國、屬地。如「藩國」。《文選・曹植・贈白馬王彪詩序》：「後有司以二王歸藩，道路宜異宿止。」鑄，造就、培養之意。南朝梁・劉勰《文心雕龍・徵聖》：「陶鑄性情，功在上哲。」此指當時地方勢力興起，軍區擁兵自主。

82. **菘**：植物名。十字花科蕓薹屬，二年生草本。變種極多，形似油菜，葉片較大，呈倒卵形，波狀緣邊，春日開黃花。通稱為「白菜」。此指人民衣食不足。

83. **淫刑**：指濫用刑罰。《左傳・僖公二十三年》：「淫刑以逞，誰則無罪。」

84. **越僮**：越地之童僕。王充《論衡・物勢篇》：「長仞之象，為越僮所鉤，無便故也。」此指用小孩為紅衛兵之亂象。

85. **老農翻振鐸**：搖鈴。古時宣布政令或教化時，用來警眾。《周禮・夏官・大司馬》：「司馬振鐸，群吏作旗。」此指讓農民到大學講演之事。

86. **驄**：音ㄘㄨㄥ（cong1），毛色青白相雜的馬。《說文解字》：「驄，馬青白雜毛也。」唐・李白〈長干行二首〉之二：「行人在何處，好乘浮雲驄。」

87. **魏政歸司馬**：司馬，複姓。此處指司馬懿（179～251）。字仲達，三國魏溫縣人。有雄才，多權變，文帝甚親重之，屢出師與蜀相諸葛亮相抗，使亮不能得志於中原，後以丞相執國政。其孫司馬炎終篡魏稱帝，建立晉朝，追尊為宣帝。晉為司馬氏執政，故云「魏政歸司馬」。此指文革後中央政權改由軍方勢力掌握。

88. **燕疆據慕容**：慕容，複姓。源出於胡人，如後燕成武帝慕容垂。五胡十六國有前燕、後燕，均據燕疆，故云「燕疆據慕容」。此指文革後地方上又變為軍閥割據。
89. **治安**：平治安定。《管子．形勢解》：「生養萬物，地之則也；治安百姓，主之則也。」
90. **賈誼**：世稱賈生，洛陽（今河南洛陽東）人，西漢傑出的政論家、文學家。生於高祖七年（西元前200），卒於文帝十二年（西元前168）。初受河南郡守賞識、推荐，被文帝召為博士，旋遷太中大夫，遭周勃、灌嬰等排擠，貶為長沙王太傅，後為梁懷王太傅。曾屢次上疏論政，建議實施「敬士愛民」，「重本抑末」，以及削弱諸侯，抗擊匈奴等政策，其著述現存《新書》五六篇、疏七篇、賦五篇。賈誼對於文帝統治時期的政治、經濟、軍事、文化等問題，曾作過相當深刻的分析，並提出不少重要的對策；其中，以治安策最為著稱。為梁懷王太傅時，因懷王墜馬而死，賈誼自責，年餘亦卒。
91. **江充**：江充，邯鄲人。《漢書．江充傳》載漢武帝征和年間「是時，上春秋高，疑左右皆為蠱祝詛，有興亡，莫敢訟其冤者。（江）充既知上意，因言宮中有蠱氣，先治後宮希幸夫人，以次及皇后，遂掘蠱於太子宮，得桐木人。太子懼，不能自明，收充，自臨斬之。」江充利用武帝畏惡巫蠱的弱點，嫁禍於衛皇后和戾太子劉據。故云「構禍有江充」。漢武帝晚年信任江充，江充誣陷太子劉據，劉據被迫起兵討江充，兵敗自殺。
92. **積骨**：聚積的屍骨。《晉書》卷十二〈志．第二．天文中．雜星氣．流星〉：「其國人相斬為爵祿，飛星大如缶若甕，其後皎然白，長數丈，星滅後，白者化為雲流下，名曰大滑，所下有流血積骨。」
93. **蘇臺**：蘇臺即姑蘇臺。處於吳越江南。從商、周到秦、漢，盛行建築高臺，以供帝王遊宴。如：殷商有鹿臺，西周有靈臺，春秋吳王則有姑蘇臺。春秋末年，吳王夫差為取悅西施，在靈岩山頂建造館娃宮，又在紫石山增築姑蘇臺。吳越爭霸的刀光劍影，早已化作漁樵閒話。
94. **群盲**：梁．蕭子顯《廣弘明集》卷十九〈法義篇．第四之二〉：「御講波若義，百福殊相同入無生，萬善異流俱會平等，故能導群盲而並驅，方六舟而俱濟，成菩提之妙果，入槃之玄門，三明不能窺其機，七辯不能宣其實。」

95. **羿彀中**：彀，音ㄍㄡˋ（gou4）。中，音ㄓㄨㄥ（zhong1）。弓箭所射及的範圍。《莊子・德充符》：「遊於羿之彀中，中央者中地也，然而不中者命也。」

96. **羊奔哀羝角**：《易經・大壯卦》（此卦意為闡述壯大的運用原則）：「九三。小人用壯。君子用罔。貞厲。羝羊觸藩。羸其角。象曰。小人用壯。君子罔也。」意思是九三陽爻剛強過度，小人會利用此壯大氣勢來欺凌他人，但君子則不屑為此，然而此時堅守正道，亦會帶來危險，猶如公羊去抵觸藩籬，角被藩籬掛住了，無法擺脫。羝，音ㄉㄧ（di1），指公羊。《漢書》卷五十四〈蘇武傳〉：「乃徙武北海上無人處，使牧羝，羝乳乃得歸。」顏師古《注》：「羝，牡羊也。」

97. **絲紊**：絲織品雜亂。

98. **鬉**：音ㄗㄨㄥ（zong1），為獸類頸上之毛。

99. **脣齒**：嘴脣與牙齒。《文選・陸機・文賦》：「思風發於胸臆，言泉流於脣齒。」亦比喻關係密切。《文選・孫楚為石仲容與孫皓書》：「外失輔車脣齒之援，內有毛羽零落之漸。」元・關漢卿《單刀會》第四折：「孫劉結親，以為脣齒，兩國正好和諧。」

100. **虞虢**：春秋時期，晉國想吞並鄰近的兩個小國虞和虢，大臣荀息向晉獻公獻計，欲攻兩國，需以離間之計，使之互不支持。故以「脣亡齒寒」的形象比喻，強調虞、虢彼此的禍福與共。見《左傳・僖公五年》所載：「晉侯復假道於虞以伐虢，宮之奇諫曰：『虢，虞之表也；虢亡，虞必從之。晉不可啟，寇不可翫。一之謂甚，其可再乎？諺所謂輔車相依，脣亡齒寒者，其虞、虢之謂也。』」此指文革必定失敗。

101. **輿圖**：指疆土、疆域。宋・陸游〈書事詩〉：「聞道輿圖次第還，黃河依舊抱潼關。」《元史》卷七〈世祖本紀・四〉：「輿圖之廣，歷古所無。」亦指描繪地球表面狀態的圖幅，即地圖。此處二意均可通。

102. **郜邛**：郜，音ㄍㄠˋ（gae4），國名。周的姬姓諸侯之一，春秋時為宋所滅。故址位於今山東省城武縣東南。或謂地名。春秋時晉邑。約位於今山西省祁縣西方。邛，音ㄑㄩㄥˊ（qiong2）一指小土山。《詩經・陳風・防有鵲巢》：「防有鵲巢，邛有旨苕。」《毛亨傳》：「邛，丘也。」《孔穎達正義》：「美草多生於高丘也。」一指姓而言。如周代有邛疏。

103. **親離眾須畔**：畔者，違背、背叛之意，同「叛」。《論語・雍也篇》「君子博學於文，約之以禮，亦可以弗畔矣夫。」親離眾叛，形容不得人心，處境孤立。《左傳・隱公四年》：「公問於眾仲曰：『衛州吁其成乎？』對曰：『臣聞以德和民，不聞以亂。以亂，猶治絲而棼之也。』」勞氏認為毛澤東發動文革，將造成眾叛親離的現象。

104. **窮極變應通**：窮極則變通，言事情到極點時，則會發生變化。《野叟曝言》第三十一回：「天下事，惟陷之深者，其出愈速；窮極則變，理有固然。」《易經・繫辭下》：「易窮則變，變則通，通則久。」指當事物發展到極點、窮盡的時候，就必須求變化，變化之後便能夠通達，適合需要。此為勞氏下的斷言，認為文革即將要結束！

105. **少小**：年幼的時候。《文選・曹植・與楊德祖書》：「僕少小好為文章，迄至於今二十有五年矣。」

106. **矜**：指敬重、推崇之意。《漢書》卷四十八〈賈誼傳〉：「嬰以廉恥，故人矜節行。」或指莊重自持意。《論語・衛靈公》：「君子矜而不爭，群而不黨。」

107. **肝膽**：比喻忠誠不二、赤誠之意。《史記》卷九二〈淮陰侯列傳〉：「臣願披腹心，輸肝膽，效愚計，恐足下不能用也。」此為勞氏自述之語。

108. **浮沉**：表示隨波逐流意，即比喻追隨世俗之態。《史記》卷一二四〈游俠傳・序〉：「豈若卑論儕俗，與世沉浮而取榮名哉！」或比喻盛衰。

109. **慵**：懶意。唐・白居易〈贈友詩五首之二〉：「畬田既慵斫，稻田亦懶耘。」

110. **展讀**：打開書籍來閱讀。《聊齋志異》卷七〈宦娘〉：「躬詣其齋，見詞便取展讀。」於此露題，即指見書枚之詩。

111. **新詞健**：指新作之筆力強而有勁。

112. **坎陷**：《說卦傳》：「乾，健也。坤，順也。震，動也。巽，入也。坎，陷也。坎為水，在《易經》中「坎」所代表的涵義為「水」較少，大多代表「險陷」。〈屯卦〉、〈彖卦〉：「動乎險中」。〈蹇卦〉、〈彖卦〉：「險在前也」，均是以坎為險。《說卦傳》，以坎為陷，蓋坎之為險多因其陷之故。既陷又隱，故為險。看得見的險可以躲避，看不見的才是真危險。

113. **貞凶**：為《易經》之詞。《周易》講變通，不可自認堅守正道，即一意孤行，故貞字出現，會伴隨反面陳述，或警告不宜堅守貞道時，路越走越窄。〈貞〉是卜問匡正之意 。《說文》云：「貞，卜問也。」意為提醒凶事已有跡象，尚未到不可挽回的地步，凶事的起因及解決之道，在爻辭中均有脈絡可循。

114. **息息**：呼吸相續。北宋．蘇軾〈沐浴啟聖僧舍與趙德麟邂逅〉詩：「酒清不醉休休暖，睡穩如禪息息勻。」

115. **星移斗**：星斗移位。比喻時光的流逝。元．喬吉《兩世姻緣》第二折：「他便眼巴巴簾下等，直等到星移斗轉二三更。」

116. **看看**：音ㄎㄢ ㄎㄢ（kan1 kan1），漸漸之意。唐．劉禹錫〈酬楊侍郎憑見寄〉詩：「看看瓜時欲到，故侯也好歸來。」

117. **羽換宮**：音階由宮、商、角、變徵、徵、羽、變宮七聲組成。羽換宮，表示聲調之變化。

118. **飄零**：比喻身世不幸，生活無依，四處流浪。唐．劉滄〈旅館書懷〉詩：「秋看庭樹換風煙，兄弟飄零寄海邊。」

119. **矍鑠**：音ㄐㄩㄝˊ ㄕㄨㄛˋ（jue2 shuo4），老而強健之意。《後漢書》卷二十四〈馬援傳〉：「援據鞍顧眄，以示可用。帝笑曰：『矍鑠哉！是翁也。』」宋．蘇軾〈入峽〉詩亦有：「矍鑠空相視，嘔啞莫與談」之語。

120. **黃精**：植物名。百合科黃精屬，多年生草本。葉似百合，花為白色或淡綠色，果實黑，根管狀。根與莖皆可入藥，具補脾潤肺的療效。

121. **三元期改數**：天、地、人。唐・王昌齡〈夏月花萼樓酺宴應制〉詩：「土德三元正，堯心萬國同。」亦指天地曆術之改變。農曆正月初一，為三元之始。南朝梁・宗懍《荊楚歲時記・正月》：「正月一日，是三元之日也。」「三元」亦為術數用語。術數家以六十甲子配六宮，必一百八十年後度盡，故以一甲子為上元，第二甲子為中元，第三甲子為下元，合稱為「三元」。此處之「三元」應為揉合天地人及術數之意，期許天地政局有一番新氣象。

122. **五岳**：中岳嵩山、東岳泰山、西岳華山、南岳衡山、北岳恆山，合稱為「五岳」。《文選・陸機・漢高祖功臣頌》：「波振四海，塵飛五岳。」

123. **聽鐘**：唐・韋應物〈夕次盱眙縣〉：「獨夜憶秦關，聽鐘未眠客。」

124. **禪**：禪那的簡稱。為佛教的修行方法之一，即靜思之意。如：坐禪、禪定。北宋・蘇軾〈沐浴啟聖僧舍與趙德麟邂逅〉詩：「酒清不醉休休暖，睡穩如禪息息勻。」亦指佛法、佛理。《水滸傳》第四回：「老僧自慢慢地教他念經誦咒，辦道參禪。」此指夏氏當時喜談佛教唯識論。

125. **挑燈**：熬夜。

126. **性空**：佛教用語。謂一切現象都沒有實體。《大智度論》卷三十一：「眾生空、法空，終歸一義是名『性空』。」或稱為「自性空」。

鑒賞

此詩採鄰韻通押之方式，押上平聲一東、二冬韻。

此詩分為四段。結構嚴謹、脈絡分明。第一段自「嶺南經歲住」至「肉食顧尨茸」，說自己港居感想；第二段「行輩尊盧植」至「枉賜鄧家銅」，講勞氏與書枚的關係，並通過書枚的一生起伏講時代變局；第三段「垂暮猶亡命」至「窮極變應通」，雖寫書枚逃難居港的客居情懷，然亦有暗託己懷之意，並藉此論及海峽兩岸政局的發展情況；第四段「少小矜肝膽」至「挑燈辯性空」，又收回勞氏與書枚之關係作結。

此詩詩意相承而下，雖為長篇之作，卻感受明快節奏，沒有黏滯之感，因而讓人把焦點置於詩歌所表現的歷史情愫之中，而非是句句對仗的功夫。此詩開頭先言勞氏自己；中段書寫夏書枚；由夏書枚之境遇引出回憶大局。詩中亦提及對日抗戰與國共戰爭，並對當時文革的現象與未來局面的變化多所著墨，正是詩中力量呈現之所在。

本詩大量且靈活用典，頗見匠心；起伏跌宕、隱秀曲折；承轉分明、篇法緊湊。尤其以五字一句，欲表現一歷史事件或其感受，非為易事。然勞氏以詠史之筆，揮灑自如，一氣呵成，雖名為和韻，卻無「和韻詩語意容易窒礙不通」之感。從其詩句中，感受勞氏思想及情感之啟始、進而鋪展、收束之跡，與昌谷之〈惱公〉一詩相較，風格迥異。

就文字風格來說，昌谷以艷麗奇絕為擅，可惜堆砌與雕鏤之感甚深，雖有細膩風華之態，卻流於贅累鋪陳。勞氏之詩則依實有據，化舊典為今典，融古事為今意，文字精采。尤其以著筆當下之時空為起，用追溯之方式回顧歷史，儼然是中國近代史之縮影，興衰成敗之狀，歷歷在目。

就詩中內涵而言，昌谷寫男女幽會與婦人之泣笑，未脫艷情詩之情意；勞氏詩則統攝大局，談己顧彼，既有個人之情感，亦有家國之懷思。其大小固不同矣。

己酉（一九六九年　四十二歲）

感懷　王隆升述解

蓬島[1]燕城[2]共夕陽，江山霸氣日消亡。偏安[3]世謾譏夷甫[4]，公論[5]人知薄贊皇[6]。屈問費辭天久死，[7]莽廷陳頌國同狂。[8]前宵一枕連明雨[9]，悵絕[10]昌黎[11]感鬢霜[12]。

題解

此詩作於己酉年（1969），勞氏四十二歲。此詩題為感懷，抒發對於兩岸時局之感慨。

註釋

1. **蓬島**：即東海中之蓬萊仙島。此當指臺灣。《山海經》云：「蓬萊山在東海中，島上諸仙人及不死之藥皆在。其物禽獸盡白，宮闕以黃金銀作成。」
2. **燕城**：指北京。北京有二十多個別稱，如「燕都」，春秋戰國時代，七雄之一的燕國，因臨近燕山而得名，故國都稱為燕都；如「燕京」，唐肅宗乾元二年（759），史思明自稱燕帝，以范陽為燕京。因北京有「燕都」、「燕京」之名，故勞氏云「燕城」。此處用借代方式，以「燕京」代表「中國大陸」。
3. **偏安**：封建王朝失去中原地區，而偏處於部分領土之意。《三國志》卷三十五〈蜀書·諸葛亮傳〉：「先帝慮漢、賊不兩立，王業不偏安，故託臣以討賊也。」
4. **夷甫**：王衍字夷甫，曾任黃門郎、尚書令、司空、司徒。善談玄，終日唯讀老莊為事，每提玉柄麈尾，與手同色，義理有所不安，隨即更改，世號「口中雌黃」，後進之士，莫不仿效。王衍雖居輔佐重任，卻只思自全，不念經國之事。石勒、王彌攻陷京城，王衍被俘。為免一死，言己「少無宦情，不豫世事。」（豫，逸樂之意。《爾雅・釋詁上》：「豫，樂也。」邢昺・《疏》：「豫者，逸樂也。」），並勸石勒「稱尊號」為帝。石勒曰：「君名蓋四海，身居重任，少壯登朝，至於白首，何得言不豫事邪！破壞天下，正是君罪」。王衍臨死前曾有：「向若不祖尚浮虛，戮力以匡天下，猶可不至今日。」之悔。見《晉書・王衍傳》。

5. **公論**：指公眾或公正的評論。南朝宋・劉義慶《世說新語・品藻》：「王曰：『噫！其自有公論。』」

6. **贊皇**：李德裕，字文饒，唐朝宰相、政治家、詩人，太和七年文宗封為贊皇伯。為牛李黨爭中李黨的領袖，前宰相李吉甫之子，初為翰林學士，後被牛黨貶謫為西川（今四川成都）節度使，其間擊潰吐蕃，收復疆土。後受唐武宗信任，為宰相，排斥牛僧孺等人，破回紇、斥宦官。唯處事專斷，為朝臣怨恨，武宗死後，即為宣宗撤職，流放至海南，貶為崖州司戶參軍。宣宗大中三年（西元849）卒於崖州，年六十三歲。

7. **屈問費辭天久死**：屈原有〈天問〉篇。對於「天問」意義，看法分歧，漢人王逸認為是「問天」之意（《楚辭章句》：「天尊不可問，故曰天問」。）；郭沫若云「是屈原把自己對於自然和歷史的批評，採取問難的方式提出」。（《屈原賦今譯》）。〈天問〉表現的是流放之後的思想情緒。屈原問天，花費了許多詞彙，但老天仍沒有給予回答。

8. **莽廷陳頌國同狂**：王莽字巨君，漢孝元皇后之姪。以國戚一門貴顯。莽位居宰相，封新息侯，立孺子嬰，攝位改元，國號曰新。《漢書・王莽傳》贊云：「莽既不仁而有佞邪之材，……肆其奸慝，以成篡盜之禍。……及其竊位南面，處非所據，顛覆之勢險於桀、紂，……滔天虐民，窮兇極惡，流毒諸夏，亂延蠻貉，猶未足逞其欲焉。……昔秦燔《詩》、《書》以立私議，莽誦《六藝》以文奸言，同歸殊途，俱用滅亡……。」西漢末年，五德終始說盛行，為王朝更迭提供合法依據。漢德已衰，新聖將興，故王莽假托符命以新聖人自居，受到許多人的擁護，如揚雄欲趨奉王莽，著〈劇秦美新〉，歌誦王莽功德，故曰「國同狂」。

9. **連明雨**：指下一整夜，直至天明之雨；亦指下至第二日之雨。此處當可見勞氏一夜未眠之狀。

10. **悵絕**：「悵」，悵恨；「絕」，極、甚；「悵絕」即絕悵、非常悵恨之意。

11. **昌黎**：韓愈，字退之，河南河陽人，生於唐代宗大歷三年（768），祖籍昌黎（今河北省昌黎縣），世稱韓昌黎。晚年任官吏部侍郎，因稱韓吏部。諡號文，故又稱韓文公，早孤，由嫂鄭氏撫養成人。七歲讀書，十三歲能文。年二十赴長安應試，三試不第，二十五歲方中進士。曾先後在汴州、徐州節度使幕府任職。又曾為四門博士、監察御史，因上書請寬民徭役及租賦，被貶連州陽山令。憲宗元和元年（806），獲赦，任國子博士，後任刑部侍郎。元和十四年（819），憲宗迎佛骨至大明宮，韓愈上表反對迎佛骨，被貶潮州刺史，後又移袁州。穆宗即位，歷任國子祭酒、兵部侍郎、吏部侍郎、京兆尹兼御史大夫等職。長慶四年（824）敬宗即位，同年十二月韓愈在京因病去世，享年五十七歲。

12. **鬢霜**：鬢髮霜白。唐・韓愈・〈祭十二郎文〉：「吾年未四十，而視茫茫，而髮蒼蒼，而齒牙動搖。」

鑒賞

此詩押下平聲七陽韻。

此詩為勞氏書寫兩岸時局情狀，並抒發感慨。

首聯云「蓬島燕城共夕陽，江山霸氣日消亡。」是對於時局之體會。不論是臺灣或是大陸，都是政局混亂，千古江山的豪情壯志，早已灰飛煙滅。面對這樣的世局，是最能體會李商隱〈登樂遊原〉：「夕陽無限好，只是近黃昏。」的嘆息的。

在大陸方面，從一九六六年以來的文化大革命，打著以破壞性的活動，對舊文明與文化形式揚棄的旗幟，恣意且暴力地進行奪權的鬥爭，造成舊的倒了，新的卻未建立，傳統的古籍文物受到破壞，千年的豐富遺產遭到空前浩劫。而在一九六六年六月至一九六九年間，正是第一階段迫害與鬥爭越演越烈之時，勞氏已強烈感受到民族命運正在迅速衰微的情狀。

在臺灣方面，一九六五年六月三十日，美國停止經濟援助，代表臺灣經濟正迎向發展的年代，然而在政治「建設」，卻未必理想。一九六七年十月十日，當時蔣中正總統曾言反攻大陸是「以時間換取空間」、「三分政治，七分軍事。」說明了必須遷就環境現實，即使大陸處於文革，卻也無法完成建國復國之希冀；除此之外，一九六〇年雷震被捕，說明臺灣仍處於政治封閉的立場。一九六八年尼克森贏得美國總統寶座，重用季辛吉，以現實主義的外交取向，推動與中共「關係正常化」，亦使臺灣處於飄搖地位。因之大陸與臺灣正處於「共夕陽」之時，民族大氣日漸衰敗。

次聯云：「偏安世謾譏夷甫，公論人知薄贊皇。」言王夷甫與李德裕兩個歷史人物。既是偏安，即表示當政者未能做好國事。王衍去世前曾感嘆若年輕時不尚空談，努力治理天下，或許不至淪為罪人。而李德裕貶崖州，得意翻成失意人。雖然李德裕本人不見得是惡人，但是與他相關的牛李黨爭，因觀念歧義而衍生的意氣之爭，卻對唐朝之政治有嚴重影響。當時朝廷之人非附李即隨牛，文宗甚且曾有「去河北賊（藩鎮）非難，去此朋黨實難。」之嘆！而唐亦因外有藩鎮跋扈、異族邊擾，內有宦官朋黨之禍，加速走向滅亡。此聯說明夷甫因偏安不經國事，而為世人所譏；贊皇因身陷黨爭而為人所薄，主要表達的，恐怕是一種遺憾——人世間總是不乏像夷甫清談誤國、贊皇黨爭肇禍的人，卻少有懷抱理想卻又能治理國事的賢者吧！對臺灣而言，以為經濟建設得甚好而自得；對大陸而言，當時有李富春掌管經濟，甚得稱讚，然在民間之公論認為他徒有虛名。因而此二句有兩岸情況封閉，仍自以為高之嘆。

腹聯云「屈問費辭天久死，莽庭陳頌國同狂。」屈原被流放，感慨楚國混亂，故書寫〈天問〉，以滿腹問題，對天地提出質疑。全篇提出一百七十多個問題，在疑問中，有著試圖理解世界原本面貌的精神。然而，屈原問天，費了那麼多詞彙，但天卻沒有給回應。這是否也代表了勞氏的心境？所謂的文化，是以關懷人文為中心的，然而這種關懷人的文化，卻與專制政權的統治者利益相衝突，對於自由主義與文化理想沒有被認同，不正是最讓勞氏深感遺憾的嗎？有些人的良心建言，不為有權者重視，然而，更讓人心痛的是「權力使人腐化，絕對的權力使人絕對地腐化。」卻也有些掌權者，圖謀一己之利，運用掌控的權勢，讓盲目的生民隨之起舞，白居易〈放言五首〉其三：「周公恐懼流言日，王莽謙恭未篡時。向使當時身便死，一生真偽復誰知？」正說明王莽未篡的謙恭是虛假的，故而他的「揭竿而起」形成舉國「同狂」的氛圍。正確的理想無人聞問，惑眾的言論卻形成瘋狂的崇拜，也許這正是勞氏對於當時的政治情勢看透的最大感觸吧！

尾聯以「前宵一枕連明雨，悵絕昌黎感鬢霜。」作結，表達的是憾恨之情。蔣捷〈虞美人〉說：「悲歡離合總無情，一任階前、點滴到天明。」用聽雨的意象，概括著少年、壯年與暮年的人生流轉。在靜夜聽雨之中，是否能夠參透生命的玄機？「一枕連明雨」所代表的不只是失眠的情態，更是承載著一個知識份子無法擁抱文化的失意傷感。昌黎南貶，長途跋涉，藍關險境的困頓，讓內心滿是痛苦；一個去國的游子，又如何在民族衰亡墮落的時代中，不會生起一股寂寞的憂傷？

己酉初秋，晤伯兄於洛城，共步街衢，閒話舊事，歸成二律　王隆升述解

其一

興亡身世[1]兩難論，萬感茫茫步日昏。同輩[2]宗支[3]餘二客[4]，殊方[5]歲月長諸孫。辭名俗網嗟霜鬢，分饌[6]深堂憶白門[7]。莫指嶙峋[8]疑侘傺[9]，平生喜不受人恩。

其二

未須司馬[10]誚[11]形神，講席[12]消磨十五春。權實[13]漫為賢首[14]

判[15]，圓通[16]差免契嵩[17]嗔[18]。尚懷饑溺[19]群生劫[20]，肯[21]羨逍遙[22]獨樂人。高閣華燈[23]如此夜，不堪故國正煙塵[24]。

題解

此詩作於己酉年（1969），勞氏四十二歲。勞氏自一九五五年以來，已有近十五年未與堂兄勞榦見面。此則勞氏與堂兄共步洛城長街，慨嘆歲月流逝、感懷身世，兼而有憂思故國之意。

註釋

1. **身世**：指人生的境遇。
2. **同輩**：輩分相同。《隋書》卷六十四〈沈光傳〉：「帝每推食解衣以賜之，同輩莫與為比。」
3. **宗支**：同姓的宗親及分支。
4. **二客**：指勞氏及其兄勞榦。
5. **殊方**：原指不同的方法或方向。《淮南子．泰族》：「趨行不得不殊方。」此處意指異鄉。《文選．班固．西都賦》：「踰崑崙，越巨海，殊方異類，至於三萬里。」又如唐．杜甫〈九日〉詩云：「殊方日落玄猿哭，舊國霜前白雁來。」
6. **饌**：泛指酒食菜餚。
7. **白門**：俗稱南京為白門。
8. **嶙峋**：多用於嶙峋傲骨。形容人高傲不屈，剛毅正直。
9. **侘傺**：音ㄔㄚˋ ㄔˋ（cha4 chi4），失志的樣子。《楚辭．離騷》：「忳鬱邑余侘傺兮，吾獨窮困乎此時也。」指勞榦視勞氏形瘦。
10. **司馬**：即指司馬談，夏陽（金陝西韓城）人。漢武帝建元、元封之間任太史令。於漢武帝建元至元封（西元前140～105）年間曾談論儒、道、墨、名、法、陰陽等「六家要旨」，意見見於《史記．太史公自序》之中。司馬談的〈論六家要旨〉將儒、墨、道、法、名、陰陽六家作了簡要分析，其主旨為比較各家之長短。
11. **誚**：音ㄑㄧㄠˋ（qiao4），責備、責怪之意。《呂氏春秋．慎行論．疑似》:「丈人歸，酒醒而誚其子。」

12. **講席**：教師講學的座位。《梁書》卷三十四〈張緬傳〉:「文筵講席，朝遊夕宴，何曾不同茲勝賞，共此言寄。」

13. **權實**：即是權教與實教的結合稱謂。適宜於一時之教法為「權」，眾生（梵語 bahu-jana）根機未成熟，由淺入深，逐漸使人覺悟的教法，種種權宜方便，稱之為權教。究竟而不變的教法，叫做「實」，修行的根機能成就無上大法，即是指直說究竟妙理，立刻就能使人覺悟的教法，稱之為實教。當時勞氏正清理哲學史佛教之問題。

14. **賢首**：唐武則天時高僧，名法藏（643～712），本姓康。十多歲即至京城參與高僧說法。學問精深，聲譽日隆。二十二歲時武則天於京城為之舉行受戒儀式， 予「賢首菩薩」稱號，自此聲名更大。翻譯佛經和著述一百多卷，被公認為華嚴宗之創始人。

15. **判**：指「判教」，即是對內容、風格多樣的佛典和佛說，加以類別、疏理和會通的工作，為中國佛教思想的中心課題。

16. **圓通**：一意為性情圓融，不固執己見。另一意為佛教用語。稱佛、菩薩達到沒有無明、煩惱的障礙，恢復清淨本性的境界。《大佛頂首楞嚴經》卷五:「根選擇圓通，入流成正覺。」宋・范成大〈晚集南樓〉詩:「懶拙已成三昧解，此生還證一圓通。」此處意為佛教用語。

17. **契嵩**：宋僧。廣西人，俗姓李。生於真宗景德四年（1007），卒於神宗熙寧五年（1072），專意於習禪著書，深受推崇。七歲隨從東山沙門，十三歲得度；十九歲遊於衡山，因有所悟。又嘗遊於江西湖北間。篤信觀世音菩薩，皆唸聖號而寢。著有《原教論》，主倡儒佛一致之說，以駁儒者排佛之論，而致力於儒釋之會通。六十六歲圓寂。

18. **嗔**：生氣、發怒。《東坡志林》卷三〈異事下〉記載：蘇軾謂「契嵩禪師常瞋，人未見其笑。」契嵩為不苟言笑之人。

19. **饑溺**：即「人饑己饑，人溺己溺」之意。看別人受飢餓或溺水，就像自己受飢餓溺水一樣。語本《孟子・離婁篇上》。

20. **劫**：梵語音譯「劫波」（kalpa）的略稱，巴利語 kappa。音譯劫波、劫跛、劫簸、羯臘波。意譯分別時分、分別時節、長時、大時、時。

原為古代印度婆羅門教極大時限之時間單位。佛教沿之，而視之為不可計算之長大年月，故經論中多以譬喻故事喻顯之。簡而言之，「劫」即是一個極為長久的時間單位。佛教以世界經歷若干萬年即毀滅一次，再重新開始為一劫。婆羅門教認為世界應經歷無數劫，一說一劫相當於大梵天之一白晝，或一千時（梵 yuga），即人間之四十三億二千萬年，劫末有劫火出現，燒燬一切，復重創世界；另一說則以為一劫有圓滿時、三分時、二分時、爭鬥時等四時。

21. **肯**：那裡、怎麼。表示反問的語氣，相當於「豈」。唐・岑參〈梁園歌送河南王說判官〉詩：「當時置酒延枚叟，肯料平臺狐兔走。」
22. **逍遙**：自由自在、不受拘束。《莊子・讓王》：「逍遙於天地之閒，而心意自得，何以天下為哉！」
23. **華燈**：裝飾華美、光彩燦爛的燈。《文選・劉楨・贈五官中郎將詩四首》其四：「明月照緹幕，華燈散炎輝。」
24. **煙塵**：輕煙塵埃，亦指邊疆寇警。南朝梁・蕭統〈七契〉：「當朝有仁義之睦，邊境無煙塵之警。」此當指中國大陸情勢詭譎而煙火滿佈。

鑒賞

此詩其一押上平聲十三元韻，其二押上平聲十一真韻。

士人創作，多有傷晚悲秋之歎，因而心繫家園故國的情狀，構成此詩的基本詠調。

此詩言及勞氏之家世及與伯兄勞榦之情誼。

第一首開頭即說「興亡身世兩難論，萬感茫茫步日昏。」「難」、「茫」、「昏」等字所帶引出的負向情緒，瀰漫詩中。勞榦當時任教於美國加州大學洛杉磯分校。勞氏自港赴美，與堂兄共聚，在秋日黃昏，共步街道，惹起的思懷，竟是「興亡」與「身世」的憂感。

這兩種傷感，未因兄弟相見而沖淡，卻在「同輩宗支餘二客，殊方歲月長諸孫。」的悵然中倍見牢愁。

「辭名俗網嗟霜鬢」，指勞榦自感年老體衰，不想接受臺灣中研院的邀請任史語所長。「分饌深堂憶白門」，是說勞氏在大陸時，曾至南京休假，住於伯兄之家。而今即使已在俗世塵網中蒼老了容顏，卻讓勞氏回憶起早年生活，可見兄弟之情深厚。

「莫指嶙峋疑侘傺，平生喜不受人恩。」表達的是寧可努力於失落的文化辛苦中形體消瘦，也不喜去趨炎附勢，討好權力，更可見勞氏的孤高之情。然而我們也將發現：在嶙峋傲骨的風範中，掩藏著一個失意的心靈。面對家國的興亡與歷史的憾恨，雄傑挺拔之精神，卻又如此浩然。

第二首書寫講席生涯，亦顯時光的流逝。

首聯云「未須司馬誚形神，講席消磨十五春。」司馬談論六家要旨曾批評儒家「神大用則竭，形大勞則敝。」認為精神過度使用就會衰竭，身體過度勞累則會疲憊，當身體和精神受到擾亂之時便不得安寧。勞氏人生態度雖然不是儒家宗派立場，但當時之生活味道仍是儒家精神，仍承擔一切責任，因而認為不要嘲笑儒家精神，作育英才而經歷了十五年時光。

次聯說「權實漫為賢首判，圓通差免契嵩嗔。」勞氏此時正清理中國哲學史的佛教問題，因此鑽研佛教義理學說（從印度到中國的變化），對於華嚴判教的權實問題與經典的探究甚為用功，故而以佛教典故言說「講席」之情狀，且說明勞氏也非不苟言笑之人。

腹聯云「尚懷饑溺群生劫，肯羨逍遙獨樂人。」說的是勞氏心境並非是獨善其身——作為一個學者身分，面對「群生劫」，終究無法棄之不顧，因而「即此羨閒逸」欲「逍遙獨樂」的念頭，無能實現。

末了以「高閣華燈如此夜，不堪故國正煙塵。」收束，呈顯孤懷情調——佇立在高臺樓閣上，華燈初亮，而此時的故國，卻正沉淪在煙塵迷漫中。此情此景，對於一個懷抱文化激情的志者而言，何能堪受？

文人對於理與勢的嚴重偏離時代，最是驚心。勞氏與勞榦都是具有強烈歷史感的智慧之士，在遠行的腳步中，依然關注著中華文明。詩中所呈顯的，看似一種悲觀主義，卻蘊含著深刻思想，堪破生命的底蘊，抵達存在的本質。在痛苦與悲情中，儼然存在著一份讀書人的清醒。

看似兄弟相遇之情的主題，放置在「時代」這一個宏大的背景之中，也就呈顯不同的意義。

哈佛校園晚步　王隆升述解

銳頂崇樓儼[1]刺雲，晚鐘聲細尚徐[2]聞。賣瓜[3]此地多名士[4]，種菜何人識使君[5]。鼠步[6]赹趄[7]如畏客[8]，鴿飛玄白[9]自成群。濃寒屈指[10]秋將半，端[11]應清愁逼二分[12]。

題解

此詩作於己酉年（1969），勞氏四十二歲。為勞氏以學人身分至哈佛大學訪問之作。某日，至楊聯陞家中小聚用餐，黃昏時分，經過哈佛校園，漫步其中，有感時光流逝之作。哈佛大學（HARVARD UNIVERSITY, U.S.A.），坐落在美國東北海岸波士頓市（Boston City）旁之劍橋市（Cambridge City），是美國最早的私立大學之一，前身為哈佛學院。一六三六年十月二十八日麻塞諸塞（Massachusetts）海灣殖民地議會通過決議，決定籌建一所像英國劍橋大學的高等學府。一六三六年在麻塞諸塞的劍橋正式開學。

註釋

1. **儼**：彷彿、好像。唐・趙嘏〈詠端正春樹〉詩：「一樹繁陰先著名，異花奇葉儼天成。」
2. **徐**：緩慢。北宋・蘇軾〈赤壁賦〉:「清風徐來，水波不興。」
3. **賣瓜**：語本老王賣瓜，自賣自誇，為歇後語。謂自誇己身的優點、長處。
4. **名士**：有名的人士。《三國志》卷六〈魏書・袁紹傳〉:「議郎何顒等，皆名士也。」《文明小史》第二十二回：「楊觀察是當今名士。」亦指名望高而不在位的人。《禮記・月令》:「開府庫，出幣帛，周天下，勉諸侯，聘名士，禮賢者。」
5. **使君**：尊稱奉天子之命，出使四方的使者。《後漢書》卷十六〈寇恂傳〉:「非敢脅使君，竊傷計之不詳也。」對官吏、長官的尊稱。《三國志》卷三十二〈蜀書・先主備傳〉:「曹公從容謂先主曰:『今天下英雄，惟使君與操耳。』」此處意指勞氏自香港來美進行學術訪問，猶如具有使者身分。

6. **鼠步**：形容行事小心謹慎或惶恐至極。此實言哈佛校園松鼠極多，且在人群中行走。
7. **趑趄**：音ㄗ ㄐㄩ（zi1 ju1），即趑趄不前，想要往前卻又猶豫不進。另，「趑趄卻顧」意為形容離別欲行時，卻仍回頭，依依不捨。《野叟曝言》第一四九回:「各國王、國妃俱貪 看園中奇景，臨別時趑趄卻顧，十步九回。」此處言「鼠步趑趄」，描繪松鼠行步之態。
8. **畏客**：畏者，怯懦、有戒心之態。《易經・震卦・象》:「雖凶無咎，畏鄰戒也。」客者，寄旅於外的人。唐・王維〈九月九日憶山東兄弟〉:「獨在異鄉為異客，每逢佳節倍思親。」
9. **玄白**：《晉書》卷五十五〈列傳・第二十五・夏侯湛〉:「其遠則欲升鼎湖，近則欲超太平。方將保重嗇神，獨善其身，玄白沖虛，仡爾養真。」《白陽三祖照心燈經・天使舒羽紫禁城無戒嚴品・第九十二》:「若觀白羽，不見玄羽，人別何相？如是翔空，物我同體乎！玄白翔之美甚，僅知翔美，其不解也。」玄，者清黑色也。白者，淨澄之色也，此處指群鳥飛起舒翔之姿。
10. **屈指**：用手指計算事物的數量。比喻數量很少。《三國志》卷十七〈魏書・張郃傳〉:「屈指計亮糧，不至十日。」
11. **端**：事物的起始。《孟子・公孫丑》:「惻隱之心，仁之端也。」另亦可解為「果真」之意。北宋・蘇軾〈水龍吟・小舟橫截者江〉詞:「武昌南岸，昔遊應記。料多情夢裡，端來見我，也參差是。」此處兩說應均可通。
12. **二分**：北宋・葉清臣〈賀聖朝〉:「滿斟綠醑留君住。莫匆匆歸去。三分春色二分愁，更一分風雨。花開花謝、都來幾許。且高歌休訴。不知來歲牡丹時，再相逢何處。」此指季節容顏已具二分，逼近三分之滿；亦可指一年之時光流逝。

鑒賞

此詩押上平聲十二文韻。

進入哈佛校園，映入眼簾的是粗狀的樹幹，樹蔭深處有著古色古香、拱門迴廊的紅磚宿舍，路旁一座比人還高的基座上刻鏤著「John Harvard和1638」的字樣。活潑的松鼠就在雕像、人群與草叢間自在來去，這是一幅寧靜的圖畫。

三〇年代，前蘇聯政府將屬於莫斯科聖丹尼爾修道院文化遺產的古鐘賣給美國，安置在哈佛大學洛威爾學院（Lowell House）。因著這樣的緣故，學院特意將兩座建築改成鐘樓。從此以後，古鐘落腳在大西洋的異國，一住，就是七、八十個年頭，成為哈佛校園的一份子。

四十年前的秋天，勞氏來到哈佛大學，想必也感受到這份黃昏的寧謐吧！「銳頂崇樓儼刺雲，晚鐘聲細尚徐聞。」在哈佛校園中鳴歌了四十年的晚鐘響起，迴蕩在空中，和高聳入雲的尖樓搭配，揉成聲形相映的美景與旋律。

次聯說「賣瓜此地多名士，種菜何人識使君。」勞氏猶如使者身分，自港赴美。在人才濟濟的哈佛大學，誰人能識得使君身分和飽涵之人文意念？

「鼠步趑趄如畏客，鴿飛玄白自成群。」人，總是有豪壯之志。只是，踏踩在不熟悉的境界裡，面對未可欲知的未來，總會步如趑趄，徘徊不前。對照翔飛自在的鴿群，一個獨步異國遊子的身影，更是增添惆悵！雖然未必有雨，然而卻讓人不禁想起戴望舒〈雨巷〉裡「撐著油紙傘，獨自彷徨在悠長，悠長又寂寥的雨巷。」的情景。

末了說「濃寒屈指秋將半，端應清愁逼二分。」三分季節的顏色，今日已具二分，在異國學院的秋晚中獨行，深厚的感情在詩句中拔高，身體與心理上的雙重孤獨感，隨者時光與季節的流逝，總是更加深刻。

李商隱〈初食筍里呈坐中〉詩云：「皇都陸海應無數，忍剪凌雲一寸心！」生命猶如初露的新筍，擁有長成高聳入雲綠竹的未來。面對生命中的每次挑戰，便是覓得智慧的契機，我們不忍心剪下具有凌雲之志的筍芽，因為每一株筍芽，都代表著一份生機，也蘊藏了無限的創造力。在儼然刺雲的建築與迴響雲天的鐘聲中，是否也意味著勞氏飽容著「寸心可以凌雲」的偉大志向？

以自身的生命體驗與自然對話，秋晚的校園閒步，暫且拋開學術的氛圍，傳達歷史的沉重與滄桑感，也傳遞了勞氏來到遙遠國度，進行一場精神苦旅的意義。

據說，屬於俄羅斯的古鐘，將從洛威爾學院拆除，落葉歸根。而我們文化的根，在哪裡？

日暮獨步憶寅恪先生詩有感　王隆升述解

昔傳陳叟[1]傷春句[2]，燈火[3]英倫感歲華[4]。我亦孤懷當去國[5]，誰容大難更謀家。[6]五年奇劫[7]鄉書[8]絕，一枕[9]危樓[10]鬢雪加。興廢待爭風雨[11]急，黃昏曠野立天涯。

案：其時方訪問普林斯頓[12]。

編者案：勞氏一九七〇年訪普林斯頓時，農曆歲次猶在己酉（1969年2月17日～1969年2月5日），故詩繫於己酉年。

題解

此詩作於己酉年（1969），勞氏四十二歲，於普林斯頓講學。黃昏時分獨自步行，思及陳寅恪之詩文，因而有作。陳寅恪（1890～1969），江西修水人。史學大師。少即用功讀書，史籍、文集以至小說、佛典，無不瀏覽。學術涉獵中外，學識極淵博，於歷史、文學、哲學、宗教、語言學等均有造詣。陳寅恪的主要研究課題為隋唐史、佛教史、交通史等，但對近代研治文史者最大的啟發，乃在於他對學術的熱忱與方法。他通曉語言學，深信「讀書必先識字」，又能匯通各領域，以此證彼，詩文互證。生平可參考汪榮祖《史家陳寅恪傳》、何廣棪《陳寅恪著述目錄編年》、《陳寅恪遺詩述釋》、《陳寅恪論文集補編》、陸鍵東《陳寅恪的最後廿年》。

註釋

1. **叟**：稱謂。對老年男子的尊稱。《孟子．梁惠王上》：「叟，不遠千里而來。」
2. **傷春句**：比喻容易受外物而感動。陳寅恪晚年撰寫《柳如是別傳》，借傳修史，寫出一部明清文化痛史，有「痛哭古人，留贈來者」及「刻意傷春，貯淚盈把」句，可見陳寅恪寫此書時之心境。而其〈臥病英倫七律二首之二〉詩有：「傷別傷春更白頭。」故云「陳叟傷春句」。
3. **燈火**：陳寅恪〈臥病英倫七律二首〉之二詩有：「英倫燈火高樓夜」之句。詩中之「燈火」即本此句而來。
4. **歲華**：年華。唐．劉方平〈秋夜汎舟〉詩：「歲華空復晚，鄉思不堪愁。」
5. **去國**：離開本國。唐．李白〈擬恨賦〉：「或有從軍永訣，去國長違。」離開朝廷或京都。北宋．范仲淹〈岳陽樓記〉：「登斯樓也，則有去國懷鄉，憂讒畏譏，滿目蕭然，感極而悲者矣。」
6. **誰容大難更謀家**：大難，極大的災難。《易經．明夷．彖》曰：「內文明而外柔順，以蒙大難，文王以之。」謀家，商議家中之事。此句意為家國已逢大難，談不到私人家庭之事。
7. **五年奇劫**：指文革自一九六六年發生至此詩書寫之時，已近五年。
8. **鄉書**：家書。唐．王灣〈次北固山下〉詩：「鄉書何處達？歸雁洛陽邊。」
9. **一枕**：語出「一枕黃粱」。比喻美好的事物轉眼成空。《兒女英雄傳》第三十八回：「倉皇一枕黃粱夢，都付人間春夢婆。」
10. **危樓**：高樓。唐．殷堯藩〈和趙相公登鸛雀樓〉詩：「危樓高架泬寥天，上相閒登立綵旃。」此處「危樓」亦由陳寅恪〈臥病英倫七律二首〉之二詩之「英倫燈火高樓夜」脫胎換骨而來。
11. **風雨**：比喻艱難困苦。
12. **普林斯頓**：普林斯敦大學（PRINCETON UNIVERSITY, U.S.A.）創校

於一七四六年，一八九六年以前為紐澤西學院，為美國著名學府，位於紐約和費城之間的普林斯頓上。在學術上享有極高的聲譽。

鑒賞

此詩押下平聲六麻韻。

此詩以「昔傳陳叟傷春句」為起，讓人不禁對於陳寅恪悽愴之晚年，進行深邃的尋憶。

陳寅恪〈臥病英倫七律二首〉之二詩云：「金粉南朝是舊游，徐妃半面足風流。蒼天已死三千歲，青骨成神二十秋。去國欲枯雙目淚，浮家虛說五湖舟。英倫燈火高樓夜，傷別傷春更白頭。」對日抗戰勝利後，陳寅恪遠赴英倫治眼疾。然而因抗戰延誤的行程，加上醫生的誤診，陳寅恪的眼疾終究無法醫治，進而雙目幾乎失明。這首詩便是在此狀況下書寫而成。原本陳寅恪可以留在牛津、劍橋等校任教，但他終覺故國是不可離棄的，還是執意回國。

去國懷鄉，是每一個有良知的知識份子所懷有的氣節。中國大陸，一場文化浩劫的現在進行式，導致文明沒落、光輝黯淡。走出固守的窗櫺，在異域裡，以知識分子的良知，為現實的困頓與興廢盛衰把脈。因而「我亦孤懷當去國，誰容大難更謀家。」可見陳寅恪崇高的堅持與學術的成就，必然深深影響著勞氏。

此詩「燈火英倫感歲華」句脫胎自「英倫燈火高樓夜」，「我亦孤懷當去國」感源於「去國欲枯雙目淚」，「一枕危樓鬢雪加」則意與「英倫燈火高樓夜，傷別傷春更白頭。」呼應。更可見勞氏閱讀陳寅恪之詩作，內心必然有深刻感懷。

尾聯說「興廢待爭風雨急，黃昏曠野立天涯。」遙思風雨飄搖的故國，卻有他鄉曠野獨立的遺憾，不同的作者在不同的環境氛圍與歷史中所抒發的情感，顯然有著讓人驚心的相似。從個人的現狀延伸到家國與文化的困境，讀之教人傷感。

庚戌（一九七〇年　四十三歲）

初抵普大寄香港友人　王隆升述解

渡江[1]當日少年[2]遊，去國方驚已白頭[3]。懷舊[4]儼經[5]無量劫[6]，卜居[7]偶住最高樓。頻因講席論興廢，厭向豪家伴唱酬[8]。卻喜生徒多捷悟，雄談且釋[9]古今愁。

題解

此詩作於庚戌年（1970），勞氏四十三歲。為勞氏抵達普林斯頓大學後，以詩寄懷友人之作。時常有留學生至勞氏家問學，勞氏甚喜此氣氛而不喜一般世俗之應酬，故於此詩抒懷。

註釋

1. **渡江**：語本晉代．祖逖北伐，渡江時在船上敲著船槳發誓的故事。典出《晉書》卷六十二〈祖逖傳〉。南宋．文天祥〈正氣歌〉：「或為渡江楫，慷慨吞胡羯。」
2. **少年**：即指年輕。晉．阮籍〈詠懷詩十七首〉之八：「平生少年時，輕薄好絃歌。」
3. **白頭**：白色的頭髮。唐．杜甫〈春望詩〉：「白頭搔更短，渾欲不勝簪。」後常用以比喻年老。此處以「白頭」表示歲月流逝及去國懷鄉之情的加重效果。
4. **懷舊**：念舊、懷念往昔。《文選．班固．西都賦》：「願賓攄懷舊之蓄念，發思古之幽情。」
5. **儼**：莊重、恭敬。《詩經．陳風．澤陂》：「有美一人，碩大且儼。」〈毛亨傳〉：「儼，矜莊貌。」《楚辭．離騷》：「湯禹儼而祗敬兮，周論道而莫差。另一意為整齊。晉．陶淵明〈桃花源記〉：「土地平曠，屋舍儼然。」亦有彷彿、好像之意。唐．趙嘏〈詠端正春樹〉詩：「一樹繁陰先著名，異花奇葉儼天成。」此處應指「彷彿」意，「儼經」應指「彷彿經歷」意。

6. **無量劫**：不可計量之意。指空間、時間、數量之無限，亦指佛德之無限。《法華義疏》卷十：「六情不能量，故名無量；又不墮三世，名為無量；又言無空、有之量，故稱無量。」婆羅門教認為世界應經歷無數劫，故曰無量劫。
7. **卜居**：意指選擇居住的地方。《史記》卷四〈周本紀〉：「成王使召公卜居，居九鼎焉。」然亦可說具屈原〈卜居〉，雖流放卻清廉正直以自潔身之意。
8. **唱酬**：即酬唱以詩詞互相酬答唱和。唐・鄭谷〈右省補闕張茂樞〉詩：「積雪巷深酬唱夜，落花牆隔笑言時。」
9. **釋**：解除、消散。《國語・晉語四》：「遂伐曹、衛，出穀戍，釋宋圍。」

鑒賞

此詩押下平聲十一尤韻。

本詩以對照方式，表達情緒之差異。以「渡江當日少年遊」的年輕壯志，對照「去國方驚已白頭」的傷感，形成巨大的反差；以「豪家唱酬」之厭，對照「生徒雄談」，突顯講席釋愁之樂。於是，有志未遂的感慨，便會得到稀釋。

首聯云「渡江當日少年遊，去國方驚已白頭。」昔日方至香江，未屆而立之年，猶有少年豪氣；時光流逝，轉眼間，已至不惑之年，故而有深沉感慨。

次聯云「懷舊儼經無量劫，卜居偶住最高樓。」思懷舊事，閱讀佛經，知無量劫之真諦；選擇高樓，遠眺凝思，以為遠遊卜居之所。屈原以通過問卜的方式，在〈卜居〉中提出如何做人與處世的嚴肅問題，並且揭櫫善惡、光明黑暗的衝突，表現的是對於真理的堅持與不妥協精神，而「最高樓」不也正是對於自己居高室下，不受限囿、不與俗人同流的氣質嗎？

如果生命是一個可以切割的流程，少年的豪游之情與蒼顏白髮的驚懼，構成成長的悲喜蕩漾起伏，使詩歌的內蘊充滿深度與力量。

三聯云「頻因講席論興廢，厭向豪家伴唱酬。」勞氏具有文化使命感，故而在講席之間，談論民族興廢；至於富豪之家的筵席邀約，則是不具興致。

捷悟的學生，尤須有識才學者的引導，方能登堂入室。尾聯云「卻喜生徒多捷悟，雄談且釋古今愁。」生命總有一定的節奏。雖有古今歷史興衰之歎，卻能在與學生雄談言語之間，消釋濃郁悲感。「厭向豪家伴唱酬」的婉拒，固然阻隔了對於外界的交流，然而卻可在師生的對話中，尋得一份情感的依傍。

然而，勞氏是否因而心靈逍遙，沒有任何羈絆了呢？恐怕未必吧！請看「且釋古今愁」，也許，只有在師生的交流之際，方能讓勞氏的憂時感事，暫且得到舒緩。對於一個懷抱理想與堅持的文化主體而言，承擔的責任，實是捨我其誰啊！

書懷並贈子健伉儷　王隆升述解

水活[1]長湖躍錦鱗[2]，倚欄霜鬢[3]又驚春[4]。寧堪[5]勝日[6]供談笑？漸悔浮名[7]辨幻真[8]。赤縣[9]龍爭[10]疑鼎覆[11]，烏衣燕去戀巢新。[12]平生勁骨[13]窮[14]尤健，分作危邦[15]末世[16]人。

題解

此詩作於庚戌年（1970），勞氏四十三歲。為勞氏感故國衰微（危）抒懷之作，並以此詩寄劉子健夫婦。劉子健（1919～?），早年曾擔任史丹佛大學歷史學教授。一九六三年十一月，曾自美返臺，於中央研究院訪問期間，倡導成立「宋史座談會」（Colloguium on Sung History）。後於普林斯頓大學東亞系任教，對宋史及宋後中國發展的軌跡、文化史極有研究。其《兩宋史研究彙編》，為研究宋史重要著作，其認為北宋、南宋之際，中國文化從開放和具有創新性轉向收斂與精細，逐漸失去創造性，終於導致此後近千年中國歷史發展的遲滯。牟宗三曾於五〇年代哈佛費正清（John Fairbank）主持的學術研討會上，認定「劉氏是試圖將全數的中國傳統史學和西方社會科學所發展出來的知識工具結合起來的人物。」關於劉子健生平及研究地位，可參考《新學術之路——中央研究院歷史語言研究所七十周年紀念文集下冊》、黃寬重〈劉子健與史語所〉、柳立言〈史語所與劉子健〉、柳立言〈劉子健的治學與教學〉（《宋史座談會成立三十週年學術研討會文集》，宋史座談會，臺北市：中國文化大學，1994）。

勞氏為此詩時，正值於普林斯頓大學講學，住所之後為湖泊，秋日結冰，春日漸融，見景抒懷，而有此詩。

註釋

1. **水活**：即活水意，有源頭會流動的水。南宋・張炎〈南鄉子・野色一橋分〉詞：「野色一橋分，活水流雲直到門。」倒置之後，形象及流動性更強。
2. **錦鱗**：光彩似錦的魚。北宋・范仲淹〈岳陽樓記〉：「沙鷗翔集，錦鱗游泳，岸芷汀蘭，郁郁青青。」此指春日已至。
3. **霜鬢**：白色的鬢髮。唐・韋應物〈答重陽〉詩：「坐使驚霜鬢，撩亂已如蓬。」
4. **驚春**：因春日來臨而驚時間流逝之快速。清・納蘭性德〈浣溪沙〉：「誰念西風獨自涼，蕭蕭黃葉閉疏窗。沈思往事立殘陽。被酒莫驚春睡重，賭書消得潑茶香。當時只道是尋常。」
5. **寧堪**：豈、哪裡、難道。《戰國策・趙策三》：「十人而從一人者，寧力不勝，智不若耶？」「堪」者，勝任、承受《論語・雍也》：「人不堪其憂，回也不改其樂。」「寧堪」應指「哪裡能夠承受」之意。
6. **勝日**：指節日或親朋相聚的日子。《晉書・衛玠傳》：「遇有勝日，親友時請一言，無不咨嗟以為入微。」
7. **浮名**：虛名。唐・李白〈留別西河劉少府〉詩：「東山春酒綠，歸隱謝浮名。」

8. **幻真**：虛假、不真實的為幻；非空為真。或指一種綜合視覺、聽覺、觸覺等感官模擬的虛構空間或情愫。
9. **赤縣**：即指赤縣神州，中國的代稱。《史記》卷七十四〈孟子、荀卿傳〉：「中國名曰赤縣神州。赤縣神州內自有九州，禹之序九州是也，不得為州數。」
10. **龍爭**：比喻各強爭鬥。元．馬致遠《漢宮秋》第二折：「枉以後龍爭虎鬥，都是俺鸞交鳳友。」
11. **鼎覆**：即折鼎覆餗（餗，音ㄙㄨˋsu4），比喻不勝負荷必致失敗。《梁書》卷一〈武帝本紀上〉：「祏怯而無斷，暄弱而不才，折鼎覆餗，翹足可待。」
12. **烏衣燕去戀巢新**：烏衣巷原為謝安望族聚居之地，終日車水馬龍，人聲鼎沸；東晉滅亡四、五百年後，原本輝煌富麗的高門大院早已破敗荒蕪，成為平民百姓的棲身之所，繁華顯赫已隨時間腳步煙消雲散，成為陳跡，只剩下古橋、舊巷仍固執的佇立於殘陽斜照中，徒然讓人感嘆世事變化無常。唐．劉禹錫〈烏衣巷〉：「朱雀橋邊野草花，烏衣巷口夕陽斜。舊時王謝堂前燕，飛入尋常百姓家。」此處指世局改變，香港地位不保，諷刺有些人向中共靠攏，猶如燕找新巢。
13. **勁骨**：剛正不屈之風骨。
14. **窮**：困阨、不顯達。《論語．衛靈公篇》論語：「君子亦有窮乎？」
15. **危邦**：不安寧的國家。《論語．泰伯篇》：「危邦不入，亂邦不居。」邢昺疏：「危者，將亂之兆也，不入。」
16. **末世**：一個朝代衰亡的時期。《易經．繫辭下》：「《易》之興也，其當殷之末世。」西晉．張華〈輕薄篇〉詩：「末世多輕薄，驕代好浮華。」亦作末代、季世、叔世。

鑒賞

此詩押上平聲十一真韻。

朱熹〈觀書有感〉詩云：「半畝方塘一鑑開,天光雲影共徘徊，問渠那得清如許？為有源頭活水來。」塘水清澈潔淨，才能映照出天光雲影之美。做學問也是如此，若要充實智識過人，便需引進源頭活水。活水所代表的不啻是一種活潑生機之所在。因而錦鱗之躍游於活水長湖中，呈現生命力之蓬勃朝氣。只是，「江水東流」的意象，卻也輕易地喚醒時光流逝，不再回頭的感慨！故而倚闌眺望，一覽春景的同時，卻也一併接收到光陰荏苒、年華老去的訊息。時光的流逝意味者生命的消耗，故而首聯以「水活長湖躍錦鱗，倚欄霜鬢又驚春。」之語，表現生命的落差。

次聯言「寧堪勝日供談笑，漸悔浮名辨幻真。」表達念親之失落感與追逐功名之悵悔。每逢佳節倍思親，總是無法堪受談笑，在生命之流的自我檢視中，逐漸清晰什麼是浮名與幻真。原來，人世間的名利竟是如此不真實啊！

腹聯云「赤縣龍爭疑鼎覆，烏衣燕去戀巢新。」表達家園大地經歷一場浩劫之後的蒼涼，鳳去臺空，人事已非。

末聯以「平生勁骨窮尤健，分作危邦末世人。」收束，表達失意與憾恨之情。一方面說自己，另一方面說劉子健伉儷。平生懷有的豪情志氣，如今卻因邦國之不安寧而分據兩地，猶如衰敗王朝的遺民般。「勁骨」因「窮」而益「健」，卻是「危邦」「末世」之人，強烈的對照，讓人不勝唏噓。

一個王朝的沒落，縱使有複雜因素，教人嘆息與扼腕，卻也有一個不忍的單純理由，讓人嘆息！

懷普城諸友　王隆升述解

懷普城諸友——杜維明

高臥村樓又一春，伴遊長羨少年[1]身。九州[2]興廢[3]誰為主，午夜歌呼[4]偶結鄰。

每話桑麻[5]思故土，靜觀[6]形氣[7]析微塵[8]。莫嗟客履匆匆去[9]，已卜[10]英才[11]啟運新。

題解

此詩作於庚戌年（1970），勞氏四十三歲。為勞氏離開普林斯頓大學後，思懷友朋杜維明之作。杜維明（1940～），祖籍廣東南海，一九四〇年出生於昆明，一九六一年畢業於東海大學，一九六二年獲哈佛燕京學社獎學金後前往哈佛大學深造，獲碩士、博士學位。一九八八年獲選美國人文社會科學院院士，曾於一九八八年擔任美國哈佛大學東亞系主任，並榮膺美國人文藝術科學院哲學組院士。杜勞氏曾任教普林斯頓大學三年，柏克萊加州大學十年，並在北京大學、臺灣大學、香港中文大學和法國高深學院講授儒家哲學，為哈佛大學講座教授，亦自一九九六年出任燕京學社社長至今。二〇〇一、二〇〇二年分別榮獲第九屆國際Toegye研究獎和聯合國生態宗教獎。二〇〇四年受聘為蘇大名譽教授及文學院現代中外文化關系研究所學術諮詢委員。杜維明從事儒學研究，曾受教於周文傑，並藉由周氏引介，認識當時在師範大學開設中國哲學講座的牟宗三。杜維明曾至哈佛求學，六〇年代美國學術界研究中國的學者分為兩派，一派偏重當代研究，在哈佛以費正清為代表；一派注重對傳統文化研究純學術研究，代表是燕京學社。杜氏選擇了後者。推崇儒家文化所蘊涵的道德理性、人文關懷和入世精神，研究以中國儒家傳統的現代轉化為中心，並使儒學復興說成為當時文化討論中的一派顯學。自二十世紀七〇年代以來，關注經濟發展並引發文化思考，產生世界性影響。

註釋

1. **少年**：年輕。《文選・阮籍・詠懷詩十七首》之八：「平生少年時，輕薄好絃歌。」此即指普城諸友。
2. **九州**：中國古代分天下為九個行政區，稱為九州。歷來說法不一，有《禹貢》九州、《爾雅》九州、《周禮》九州等分別。一般乃指《周禮》九州，為揚、荊、豫、青、兗、雍、幽、冀、并。後用作中國的代稱。宋・陸游〈示兒詩〉：「死去玄知萬事空，但悲不見九州同。」

3. **興廢**：興盛和衰廢。南朝梁．劉勰《文心雕龍．史傳》：「表徵盛衰，殷鑒興廢。」
4. **歌呼**：一邊歌唱，一邊呼喊。《史記》卷五十四〈世家．曹相國世家．第二十四〉：「相舍後園近吏舍，吏舍日飲歌呼。從吏惡之，無如之何，乃請參游園中，聞吏醉歌呼，從吏幸相國召按之。乃反取酒張坐飲，亦歌呼與相應和。」
5. **桑麻**：桑與麻。為農家養蠶、紡織所需，後借為農事之代稱。《文選．江淹．雜體詩．陶徵君》：「但願桑麻成，蠶月得紡績。」
6. **靜觀**：靜默的觀察事物。宋．程顥〈秋日偶成〉詩：「萬物靜觀皆自得，四時佳興與人同。」
7. **形氣**：形體表現的精神。《文選．班固．幽通賦》：「形氣發於根柢兮，柯葉彙而零茂。」
8. **析微塵**：微塵，佛教稱物質無法分割的最小單位為「極微」。七個極微成一微塵。用以形容極細的物質。北齊．顏之推《顏氏家訓．歸心》：「何故信凡人之臆說，迷大聖之妙旨，而欲必無恆沙世界，微塵數劫也。」唐．李商隱〈北青蘿〉詩：「世界微塵裡，吾寧愛與憎。」「析微塵」所指即是喜談符號結構、數術思維問題。
9. **客履匆匆去**：勞氏與維明友善，共話故國局勢，惟勞氏留待普大時間未久，便又返港，故言「客履匆匆去」。
10. **卜**：預料、事先推斷。《史記》卷六十五〈孫子、吳起傳〉：「試延以公主，起有留心則必受之，無留心則必辭矣。以此卜之。」
11. **英才**：才華特出的人。《孟子．盡心上》：「孟子曰：『君子有三樂……得天下英才而教育之，三樂也。』」此即是勞氏讚許杜維明之才，亦見寄望甚深。

鑒賞

此詩押上平聲十一真韻。

首聯云「高臥村樓又一春，伴遊長羨少年身。」少年遊俠總是意氣風發。春去春又回，一代新人總是為代謝的人事進行一場光輝的蛻變。這樣的改變，讓人羨慕卻又欣喜。

頷聯云「九州興廢誰為主，午夜歌呼偶結鄰。」此聯頗有感慨，關心中國前途的主力究竟在何處？恐怕旅居於外的少年比起國內的人事更有承擔。談論九州興廢之理，尤需有理智的探討與交流領悟，因而，屋舍的比鄰進而衍生文化心靈相契的比鄰，更顯重要。

腹聯云「每話桑麻思故土，靜觀形氣析微塵。」凝結的愛國之情與細膩的現實感，深深地扎印在兩個具有使命感的獨立主體中。

末尾以「莫嗟客履匆匆去，已卜英才啟運新。」為結，表達燕有去來，人有聚散之意；並且表達對於杜氏寄望甚深之意。相較於「客履匆匆去」的微小變化，勞氏已然看出展望的端倪，洞悉未來的發展，一個重要的變化才要產生，英才的顯現，正在成形。而我們也確實看到了勞氏銳利的眼光及判斷。

在西洋的國度裡審視中國文明，對於後輩學者的讚揚，亦即對中華文化的傳承有著無限期待。

懷普城諸友——陳大端

朋儕[1]久說陳[2]驚坐[3]，相見方知實勝名。端士擇交[4]常有節，達懷樂水自無爭。[5]殷勤[6]句讀[7]殊方教[8]，瀟灑[9]廬居[10]冷眼[11]明。屬國[12]佚聞[13]搜秘史[14]，廿年涵泳[15]待功成。

題解

此詩作於庚戌年（1970），勞氏四十三歲。為勞氏離開普林斯頓大學後，思懷友朋陳大端之作。陳大端為歷史學家。曾於普林斯敦大學主持中文教學，與史學家牟復禮（Frederick Mote）、為同窗學友。普大原只有東方語言文學系（Department of Oriental Languages and Literature），一九六八年建立東亞系，陳氏推動中文教學，甚有成就。著有《世界通史》、《雍乾嘉時代的中琉關係》等書。

註釋

1. **朋儕**：同輩的朋友。《初刻拍案驚奇》卷四：「那三鬟女子，因為潘將軍失卻玉念珠，無處訪尋，卻是他與朋儕作戲，取來掛在慈恩寺塔院相輪上面。」
2. **陳**：即指陳大端。
3. **驚坐**：驚動所有在座的人。《漢書》卷九十二〈游俠傳・陳遵傳〉：「陳遵字孟公。……時列侯有與遵同姓字者，每至人門，曰陳孟公，坐中莫不震動。既至而非，因號其人曰陳驚坐云。」
4. **擇交**：慎擇良友。唐・白居易〈寓意詩五首〉之三：「乃知擇交難，須有知人明。」指陳氏交友謹慎之意。
5. **達懷樂水自無爭**：樂水指有才智的人，通達事理，周流無滯，像水一般活躍而富於變化，故喜好水。語出《論語・雍也》：「知者樂水，仁者樂山。」無爭指的是毫無爭執。《兒女英雄傳》第一回：「與人無患，與世無爭。」
6. **殷勤**：懇切、周到。《儒林外史》第三十回：「道士不知什麼意思，擺上菓碟來，殷勤奉茶。」
7. **句讀**：古人指文章休止和停頓處。文中語意完足的稱為「句」，語意未完而可稍停頓的稱為「讀」。書面上用圈和點來標記。唐・韓愈〈師說〉：「彼童子之師，授之書而習其句讀者，非吾所謂傳其道、解其惑者也。」
8. **殊方教**：殊方指的可以是不同的方法或方向，也可以是外國。此指對於外國人進行教導工作。
9. **瀟灑**：形容人清高絕俗、灑脫不羈。唐・杜甫〈飲中八仙歌〉：「宗之瀟灑美少年，舉觴白眼望青天。」
10. **廬居**：簡陋的小屋，指生活自得之意。
11. **冷眼**：冷靜、客觀。《初刻拍案驚奇》卷十七：「我娘如此口強！須是捉破了他，方得住絕。我再冷眼張他則個。」此處「冷眼」指的是對國家大事旁觀，避免紛爭。

12. **屬國**：主權隸屬於宗主國的國家。即一切內政、外交都須接受宗主國的支配。此指琉球。
13. **佚聞**：正史上沒有記載的或已散失的零星傳聞。
14. **秘史**：指的是陳氏所收集之琉球史料。
15. **涵泳**：陶冶、品味。唐・韓愈〈禘祫議〉:「臣生遭聖明，涵泳恩澤。」

鑒賞

此詩押下平聲八庚韻。

首聯言「朋儕久說陳驚坐，相見方知實勝名。」以見面相談方知眾人所言並非溢美之詞，突顯陳大端之才猶勝於名氣。亦為後句的「功成」之望下一伏筆。

次聯以「端士擇交常有節，達懷樂水自無爭。」說明君子擇交，當以氣節為首，並且表現陳氏樂水無爭之胸懷，是一位具備睿智的君子。陳氏當時曾開辦中國語言中心，不同於學校之正規教育，故開班收費，一方面提高普大學生之華文程度，另一方面也有些營收。因而勞氏此句，稱讚陳氏開辦課程之用心，同時也以好友身分，開玩笑地戲稱陳氏自營事業，亦有收穫。

三聯「殷勤句讀殊方教，瀟灑廬居冷眼明。」說陳氏之奉獻與氣質。「殷勤句讀殊方教」一指陳氏以不同的方法，盡心為中文教育付出；亦指遠至異國，推展華文教育，奉獻心力。「瀟灑廬居冷眼明」則稱許陳氏看待事物之冷靜、客觀及廬居自在之節儉風範。

結尾以「屬國佚聞搜秘史，廿年涵泳待功成。」期勉。陳氏著有《世界通史》等書，對於歷史事件之還源不遺餘力，且當時正對於琉球史料進行蒐密查察，因而勞氏認為：終有一天，陳氏將會功成名就。

在懷抱理想的道路上，功成名就並非唾手可得，「佚聞」之「搜秘」是一段艱辛的過程。因此，勞氏的詩句是一種稱讚，也是一種激勵。只是，以好友的立場而言，二十年的時間固是漫長的學術生命，卻不免也有些過久啊！

生命個體的價值和意義，得到認同，一步步攀向高峰的可能性也愈鮮明。

懷普城諸友——劉子健

英豪[1]自古薄儒冠[2]，白雪[3]絃高未易彈。徒見聲華[4]驚俗口[5]，稍除痼疾[6]賴禪觀[7]。石銘[8]別署[9]傷窮世，酒發雄談樂剖肝[10]。極目風雲[11]天地仄[12]，亡秦[13]誰與共艱難。

題解

此詩作於庚戌年（1970），勞氏四十三歲。為勞氏離開普林斯頓大學後，思懷友朋劉子健之作。

註釋

1. **英豪**：英雄豪傑。《三國志》卷十四〈魏書．郭嘉傳〉：「策新并江東，所誅皆英豪雄傑，能得人死力者也。」
2. **儒冠**：儒者所戴的帽子。《史記》卷九十七〈酈生傳〉：「諸客冠儒冠來者，沛公輒解其冠，溲溺其中。」此即指儒生。唐．杜甫〈奉贈韋左丞丈二十二韻〉：「紈褲不餓死，儒冠多誤身。」
3. **白雪**：樂曲名。傳說春秋時晉國師曠或齊國劉涓子所作陽春白雪。陽春取其「萬物知春，和風淡蕩」之義。白雪則取其「凜然清潔，雪竹琳琅之音」之義。較為深奧難懂的音樂。相對於通俗音樂而言。《文選．宋玉．對楚王問》：「客有歌於郢中者，其始曰下里巴人，國中屬而和者數千人。其為陽阿礴嗅，國中屬而和者數百人。其為陽春白雪，國中屬而和者不過數十人。」後亦用以比喻精深高雅的文學藝術作品。
4. **聲華**：指聲譽光耀。《淮南子．俶真訓》：「今夫積惠重厚，累愛襲恩，以聲華嘔苻，嫗掩萬民百姓，使知之欣欣然。」亦指美好的名聲。《文選．南朝梁．任彥昇．宣德皇后令》云：「客游梁朝，則聲華藉甚，薦名宰府，則延譽自高。」
5. **俗口**：指通俗之話語。明．陸時雍《詩鏡總論》：「詩有靈襟，斯無俗趣矣；有慧口，斯無俗韻矣。乃知天下無俗事，無俗情，但有俗腸與俗口耳。」

6. **痼疾**：久治不癒的疾病。《抱朴子・內篇・微旨》：「抱痼疾而言精和鵲之技，屢奔北而稱究孫吳之等。人不信者，以無效也。」此指劉當時曾有身體疾病而言。
7. **禪觀**：坐禪觀法。指坐禪時修行種種觀法。《景德傳燈錄》卷二〈師子尊者章・大五一・二一四下〉：「有波利迦者，本習禪觀。」此處指劉以禪觀解憂。
8. **石銘**：以石刻鏤。唐・柳宗元〈謝除柳州刺史表〉：「銘心鏤骨，無報上天。」
9. **別署**：另外的、特殊、與眾不同的署名。指的是劉喜刻圖章，所刻均是如「末路人」等古怪別號。
10. **剖肝**：比喻開誠相待。《三國演義》第二十一回：「承變色而起曰：『公乃漢朝皇叔，故剖肝瀝膽以相告，公何詐也？』」
11. **風雲**：比喻變化莫測。唐・李白〈猛虎行〉：「楚人每道張旭奇，心藏風雲世莫知。」
12. **仄**：狹小。《漢書》卷四十九〈鼂錯傳〉：「險道傾仄，且馳且射。」一說傾斜。《管子・白心》：「日極則仄，月滿則虧。」
13. **亡秦**：語本《史記》卷七〈項羽本紀〉：「楚雖三戶，亡秦必楚也。」意思是楚國雖為暴秦所滅，但匯合楚國遺民之力，也能滅亡秦國。比喻只要有決心，力量雖小，終會取勝。此指改變大陸政權之意。

鑒賞

此詩押上平聲十四寒韻。

此詩所寫，為尚未赴訪大陸之前的劉子健，詩中所言，具有劉氏當可擔負文化復興之重責大任。

首聯以「英豪自古薄儒冠，白雪絃高未易彈。」為起，慨歎「文人相輕，自古而然。」的陋習，因而讓具有光明靈魂的智者，必須忍受異常的孤寂。

次聯「徒見聲華驚俗口，稍除痼疾賴禪觀。」一方面指劉氏在學術方面的成就，另一方面說明靜觀禪坐，可稍解久治不癒之疾病。

腹聯「石銘別署傷窮世，酒發雄談樂剖肝。」「石銘」一句，指劉氏刻石，多帶有世道之窮的嘆息；「酒發」之句，則指勞氏與劉氏共聚，因為知音好友，故可開懷而飲、無話不談。不論是「傷窮世」的凝重，「樂剖肝」的舒緩，都是一種交心的人生況味。

結尾以「極目風雲天地仄，亡秦誰與共艱難。」收結，文字似淡而實不淡，頗有「念天地之悠悠，獨愴然而涕下。」的鬱結之情！

犧牲常是獲得成功的前提，以秦漢觀來看，中共的集權，必有努力為人民爭取自由的政權可改變，故「誰與共艱」即有「興漢亡秦」之意。「亡秦」的艱難，猶如背負著十字架，在「極目風雲」的天涯獨立之中，若有靈犀一點通的友朋契心相伴，亦是無愧的追求吧！

可惜的是劉子健原是自由主義之倡導者，卻在文化大革命尚未結束前，便訪大陸，對勞氏來說，或許會是一種遺憾吧！

懷普城諸友——童世綱

十萬緗囊[1]孰護持[2]，楚材[3]曾受魏公[4]知。干戈[5]乍免三元劫，卷冊長懷一字師[6]。人事每憐貂可續[7]，豹斑寧[8]畏管相窺[9]？開樽[10]偶話興亡[11]夢，遺憾江城夜鬥棋[12]。

題解

此詩作於庚戌年（1970），勞氏四十三歲。為勞氏離開普林斯頓大學後，寄予友朋童世綱之作。童世綱（1911～1982），湖北人，畢業於武漢文華大學圖書館系。胡適氏為普林斯頓大學葛思德東方圖書館館長時，童為胡之助手。一九五二年秋天，童接替胡繼任為圖書館館長一職。胡曾對童云：「至少須在這裡待上十年，才有成功的希望，將來您就是一位文化大使。」童世綱接任館長一職，直至七十年代後期才退休，前後擔任將近二十五年館長一職，獲「終身名譽館長」之榮譽。童去世後，校方為表彰其貢獻，於館內借書臺上立一銅牌，有「凡來此借書者，都應該感謝童博士」一語。編著有《胡適文存索引》。（童世綱氏與胡適、東方圖書館等相關資料，可參閱陳紀瀅著：《胡適、童世綱與葛思德東方圖書館》，臺北市：重光文藝出版社，1977）此詩因屬友朋間私誼之作，此首具有玩笑之意味，與前三首規矩寫作態度不盡相同。

註釋

1. **緗囊**：緗，淺黃色的。《樂府詩集》卷二十八〈相和歌辭三．古辭陌上桑〉：「緗綺為下裙，紫綺為上襦。」囊者，口袋、袋子。唐．杜甫〈重贈鄭鍊〉詩：「鄭子將行罷使臣，囊無一物獻尊親。」淺黃色的袋子。此處指圖書而言。
2. **護持**：保護支持。《三國演義》第五十四回：「國老曰：『玄德寬心：吾為公告國太，令作護持。』」
3. **楚材**：楚才晉用。楚國的人才為晉國所用。語本《左傳．襄公二十六年》：「雖楚有材，晉實用之。」童世綱為湖北人，故以楚材稱之。
4. **魏公**：即韓魏公。此處指胡適。
5. **干戈**：比喻兵事、戰亂。《論語．季氏》：「邦分崩離析而不能守也，而謀動干戈於邦內。」
6. **一字師**：稱能改正或更動文句中一個字的老師。宋．陶岳《五代史補》卷三〈僧齊己傳〉：「齊己作早梅詩，有前村深雪裡，昨夜數枝開之句，鄭谷改數枝為一枝，齊己不覺下拜，時人稱谷為一字師。」此處指童常言胡適教導其「『卷』、『冊』不同」之事，因是友朋間語，故有玩笑意味。
7. **貂可續**：續貂，指濫竽充數的官吏。明．劉基〈夜坐有懷呈石末公〉詩：「雄豪竊據皆屠狗，功業輿臺總續貂。」比喻事物前後銜接不相稱，後續者不及前者。今多用以自謙接續他人未完成的事業或著作。此指童接續胡適為館長事。
8. **寧**：豈、難道。《戰國策．趙策三》：「十人而從一人者，寧力不勝，智不若耶？」

9. **管窺**：見識狹小。《後漢書》卷三〈肅宗、孝章帝紀〉：「朕在弱冠，未知稼穡之艱難，區區管窺，豈能照一隅哉！」比喻所見狹小，未得全貌。
10. **樽**：酒器。《玉篇・木部》：「樽，酒器也。」
11. **興亡**：興盛與滅亡。《大宋宣和遺事・元集》：「說破興亡多少事，高山流水有知音。」
12. **江城夜鬥棋**：鬥棋，下棋。宋・呂岩〈浣溪沙・春情〉：「日正長時春夢短，燕交飛處柳煙低。玉窗紅子斗棋時。」書寫一女子沉浸於相思中，為排遣苦悶故與友人於窗前鬥棋排憂。此處指的是張治中與熊式輝下棋之事，興發慨歎。時童屬張治中一派。日本投降之時，蔣介石總統曾詢問張治中接收東北意願。張晚上與熊下棋，提及此事。熊提接收東北是大事，故與政學系張群等人討論，卻將東北接收事攬成自己之事，而將張治中改派至西北。此處之意即是：若沒有當年的夜棋之會，也不會演變至此憾恨地步。

鑒賞

此詩押上平聲四支韻。

從寓意的角度來看，此詩雖書寫懷友之情，卻亦含有對於國家危難而發之慨然情懷。

首聯云「十萬緗囊孰護持，楚材曾受魏公知。」以沉重之感慨開啟詩情，頗有誰來管理豐富藏書之歎，故云「十萬緗囊孰護持」。而「楚材曾受魏公知」所指的是童氏接續胡適擔任圖書館長一職，且童氏曾受教於胡氏，故云。

「干戈乍免三元劫，卷冊長懷一字師。」在佈局上，以「護持」之功、「楚材」之譽，進而帶出「一字師」之身分。在歷史事件的衝突中，通過勞氏之個體感悟，書寫童世綱的生命體驗與回歸，亦呈顯了文人的價值風範。只是看似價值風範的背後，實是一段有趣的過往，童氏因為胡適的指導「卷冊不同」知識常掛嘴邊，而被陳大端等人視為玩笑，從一字之師的崇敬到有趣的話語，亦可見友朋之間是可以自在書寫生命情境，而不會有隔閡的。

三聯云「人事每憐貂可續，豹斑寧畏管相窺。」童氏繼任胡適為館長，當時或許曾有後任不如前任的疑慮；只是，童氏若具有豹斑之姿，則應可堪大任，可不必畏於他人無可勝任之批評。雖然「狗尾續貂」有揶揄意味，然而卻亦可見童氏對於自己擔任館長一職，是頗有自負意味的。

尾聯云「開樽偶話興亡夢，遺憾江城夜鬥棋。」以張治中與熊式輝下棋之事為結，興起興亡往事之慨，頗有遺憾之意。

看似玩笑的詩情，雖是熟友之間的戲話，實則亦隱含有興亡與回憶的傷感。

孔目湖書感　林碧玲述解

遠志豪情付坐忘[1]，偶將遊屐伴冠裳。[2]登樓忽有王郎恨，[3]如此湖山似故鄉。[4]

案：是年會於米蘭孔目湖某氏別業，主辦者狄伯瑞也。

題解

此詩作於庚戌年（1970），時勞氏四十三歲。是年美國哥倫比亞大學（Columbia University）東亞語言和地區研究中心主任狄伯瑞（William Theodore De Bary，1919～），在意大利（Italy）米蘭（Milan）孔目湖（The Lake Como）召開「十七世紀中國思想研討會（Conference on Seventeenth-Century China Thought）」。勞氏時為普林斯頓大學（Princeton University）訪問學人，應邀與會發表論文，因遊憩於孔目湖而觸景生情。

會中勞氏發表有關東林分裂之論文，但會後以非其興趣所在，並未修改論文交付結集出版。然勞氏頗肯定該會之紀念意義，以為與會者頗能見一時代之學界情況。外國學者既包括瑞士、德國與其他歐洲漢學研究學者，以及狄百瑞之博士班弟子，另日本有吉川幸次郎。中國學者亦難得齊聚一堂，比勞氏年長者有唐君毅（1909～1978）、明史專家房兆楹（1908～1985），年輕學者則有成中英（1935～）、杜維明（1940～）、錢新祖（1939～2004）等。會議論文集題名：《理學之開展》（The unfolding of Neo-Confucianism），獻給唐君毅先生，紐約哥倫比亞大學出版社於一九七四年出版，收在《東方文化研究》第十輯（Studies in Oriental Culture No. 10）。

案語之「別業」即「別墅」，所在地孔目湖是意大利第三大湖，以純淨明亮著稱，勞氏中譯名營造出「明亮大眼睛」之美感意象，與臺灣坊間音譯為柯模、科莫、科摩等意境頓殊。

註釋

1. **坐忘**：忘，音ㄨㄤ（wang1）。道家謂物我兩忘，澹泊無慮，與道合一的精神境界。《莊子・大宗師》：「墮肢體，黜聰明，離形去知，同於大通，此謂坐忘。」
2. **偶將遊屐伴冠裳**：指此次會議之起源與勞氏之出席皆出於偶然。詳見「鑑賞」。屐，音ㄐㄧˋ（ji4），鞋也；遊屐即遊蹤之意。冠裳，音ㄍㄨㄢ（guan1）ㄔㄤˊ（chang2），本喻文人高士，此指與會之各國學人。
3. **登樓忽有王郎恨**：此引王粲〈登樓賦〉以表世亂離鄉之痛。王粲十七歲，遇董卓為亂，避難荊州，依附劉表。粲滯留荊州十二年，未受重用，懷才不遇，鬱鬱寡歡，遂作〈登樓賦〉抒發憂思，以表懷鄉之情、不遇之感。生平見《三國志・魏書・王粲傳》。
4. **如此湖山似故鄉**：勞氏祖籍湖南長沙，也以湖南人自居。實則勞氏生於陝西西安，八歲（1935）時因其父奉命剿匪調至四川，而隨父由北京遷居成都。又因抗戰（1937～1945）緣故，在此生活至十八歲（1945），長沙祖宅僅於抗戰勝利後，隨父返鄉祭祖一週。此句所謂故鄉湖山，乃指四川江邊山形；勞氏謂與會之四川人唐君毅先生亦有此感。

鑒賞

此詩乃異國睹景而思鄉傷離之作。仄起首句押韻，下平聲七陽。

發句「遠志豪情付坐忘」，寫當前賞景感受。明淨清新的湖光山色使人心曠神怡、渾然忘我，而暫時卸下了文化抱負與歷史重擔；「付坐忘」傳神的表現了物我交融之情。

句二「偶將遊屐伴冠裳」，回溯會議與赴會緣起，「偶」字實有一段故事。是年勞氏為普林斯頓大學訪問學人，代表普大到哥倫比亞大學出席一研討會。此研討會邀美國東部各大學請一教授參加，座中激發論題甚多，而每有論及明之東林者，然論點卻頗不統一，座旁之狄百瑞遂請勞氏發言。勞氏謂籠統談東林未得其實，東林基本有二趨勢，其一為講究氣節，其二則以詞章見勝。前者繼承儒家德治傳統，出處有節而不與滿清妥協，如黃梨洲（1610～1695）等。後者則文人之流，立身行事並不合於儒家氣節觀念，如江左三大家錢謙益（1582～1664）、吳梅村（1609～1672）、龔鼎孳（1615～1673）等。狄氏聞之，謂此三家彼皆生疏，應俟機進而討論。次日勞氏回普大，旋獲狄氏來電，告已申請經費將舉辦此次會議。故此會之召開，或可謂勞氏偶然間接促成，而其與會亦偶然之事。

句三、四「登樓忽有王郎恨，如此湖山似故鄉」，承「遊」字而觸景生情，抒發國破亂離之痛。不意迎面而來的湖邊山形，竟有故鄉四川江邊山影的味道，頓使本來純為循階「登樓觀景」的漫遊，轉為「登樓思鄉」的怊悵。「似」字之驚歎與「恨」字之遺憾，一起定格於「忽」字的天外勾痛之中，真蕩氣迴腸而再難「坐忘」！區區四句而起承轉合圓足、抑揚合度，宛如掌珠生輝；絕句之宜於捕捉剎那之印象與情思，此即一例。

贈吉川先生　林碧玲述解

詩品文衡[1]萬口傳，東瀛人望重經筵。[2]故山花鳥今招隱，[3]已領騷壇四十年。[4]

案：吉川治文學批評，久享盛名，曾為日皇講官。予晤之於意大利，其時甫退休也。吉川有詩相贈，故予以此答之。

題解

此詩作於庚戌年（1970），時勞氏四十三歲，吉川（1904～1980）六十六歲，一起出席「十七世紀中國思想研討會」。兩人比鄰而座，吉川即席賦詩相贈，勞氏旋以此詩酬答。勞氏謂吉川贈詩用東坡典故，頗能合乎辭章要求，遠超乎一般外國漢學家之辭章水平，幾可視為中國人之作，能詩如此頗為不易。惟言談間，吉川自謂生於光緒甲辰年，勞氏以為頗有遺老口吻；然此亦可視為吉川素以「中國」為「我國」之一貫表現。

註釋

1. **詩品文衡**：言吉川的文學成就與地位。詩品兼二義，一指對詩的品評，二指詩作的格調。前者指吉川的中國古典詩論成就，後者指吉川之中國古典詩創作品第。文衡，舊時指文章試士的取捨權；評文如以秤稱物，故曰「文衡」。此指吉川之文學批評成就及其學術地位。
2. **東瀛人望重經筵**：此言吉川清譽隆著，曾為日皇講官。東瀛，即日本，如清．俞樾選編日本詩作，即題名為《東瀛詩記》。人望，聲望。經筵，古代帝王為研讀經史而特設的御前講席，宋時始稱經筵。
3. **故山**：故鄉的山，多借指故鄉。《文選》謝朓〈初發石首城〉詩：「故山日已遠，風波豈還時。」
4. **招隱**：招人歸隱，如晉．左思、陸機均有〈招隱〉詩，詠隱居之樂，見《文選》。唐．駱賓王〈同辛簿簡仰酬思玄上人林泉〉四首之一：

「聞君招隱地，髣髴武陵春。」此言吉川剛退休之事。

5. **騷壇**：唐・杜牧〈雪晴訪趙嘏街西所居三韻〉：「命代風騷將，誰登李杜壇。」後因稱詩界為騷壇。

6. **四十年**：指吉川二十七歲（1932）自中國回去日本之後，至與會之時。

鑒賞

此詩即席酬答吉川幸次郎；仄起首句押韻，下平聲一先。

吉川少時便極富中國情懷，一九二二年（十八歲）春，初遊中國江南便嘗慼喟：「中國天生為吾之戀人。」是年入京都帝國大學文學部文學科，時值京大「中國研究」之鼎盛時期，受教於狩野直喜、內藤湖南、青木正兒、鈴木虎雄等名師，更醉心於中國文學。一九二八年四月至一九三一年二月（二十四至二十七歲）留學北京三年，使其益發認同中國文化，乃至多次被誤認為中國人。返日後，更以被京大教授桑原騭藏誤認為中國留學生而洋洋自得，自以為是與研究對象形神合一的表徵。且日後吉川授課、演講時，所言之「貴國」乃指日本，而「我國」卻指中國；正是以中國文化為自家文化，而理想儒教中國為其精神家園。

吉川素以「感動的表白」與「世界的描寫」為文學使命，以相應之「飛躍」與「緻密」的審美觀念為詩歌成立之必要條件，並以杜詩為典型，或謂其乃杜甫千載而後之異國知己。其一生著述等身，有《吉川幸次郎全集》二十七卷存世，而以杜甫研究、元雜劇研究屹立於國際漢學界，成為戰後日本最富有國際影響力之中國文學研究者。嘗為文〈清末之詩：讀《散原精舍詩》〉，於宋詩與同光體有一定造詣，故其詩能得勞氏讚譽實非偶然。

詩歌酬唱最忌浮誇不誠，此詩聚焦於吉川之文章光華。句一「詩品文衡萬口傳」，讚其成就。句二「東瀛人望重經筵」，美其聲望。句三「故山花鳥今招隱」，寫其榮退，末句「已領騷壇四十年」，則總論其終生貢獻，頗有慰其退而無憾之意。寥寥四句已總賅吉川之自我認同與客觀榮譽，句句真實而在在熨貼人心，可謂善盡以絕句寫人持贈之功。

曾履川以新刊《范伯子詩》見贈，讀後成三律識感，即柬曾先生　林碧玲述解

其一

散原有筆健摩天，[1]奇峭通州足比肩。[2]詩以同光[3]收此局，世非唐宋付誰傳？及今〈乾〉上〈屯〉終日，[4]貽我金聲玉振篇。[5]莫謂南豐娛老耳，[6]詞人濡沫[7]例相憐。

其二

授鉞元臣備海防，[8]遜朝疑史極譸張。[9]謀皮竟昧誰為虎，[10]疐尾頻驚別有狼。[11]吳楚群英虛幕府，[12]煙威一敗喪艅艎。[13]《集》中剩得傷神語，讜論忠姦國欲狂。[14]

其三

頻年默照擬禪僧，[15]今夕咿唔罷不能。[16]坐負江山頭益白，閒評詞賦力猶勝[17]。天心竟爾窮東野，[18]婦靨將無感宛陵？[19]一架陳書從義類[20]，韓文[21]范《集》合同層。

題解

組詩三首作於庚戌年（1970），時勞氏四十三歲，詩友曾克耑以自印《范伯子詩集》相贈，勞氏讀後以三律抒發感想，並以書信寄給曾氏。

曾克耑（1900～1976）字履川，福建閩侯人，生於四川。工書，擅詩文，著有《頌橘廬叢稿》七十三卷。曾氏啟蒙自祖父伯厚公，讀詩先誦同光體贛派代表義寧陳三立（號散原，1853～1937）之《散原精舍詩》。及冠赴京，受學于桐城吳闓生（號北江，1877～1949）之門，學詩、古文辭；讀太老師同光體吳派領袖范伯子詩。後復從游於陳三立與同光體閩派前輩陳衍（號石遺，1856～1937），是以對同光體之派別淵源與特色，皆深造有得，而為著名之同光體後裔

詩人。

范伯子（清咸豐四年～光緒三十年，1854～1904）原名鑄，字銅士、銅生，後更名當世，字无錯，號肯堂，以行長，世稱范伯子，為范仲淹十世孫徙通州（今江蘇南通市）支裔。今世有江東范氏詩文世家之稱，即指江蘇南通范氏家族，自明代嘉靖二十三年（1544）范應龍至今之范曾，共十三代之詩人。范曾編有《南通范氏詩文世家》，選錄十三代二十一家詩文，范伯子居第十代；在其世即曾以二十年時光精編《通州范氏詩鈔》四卷五百一十九篇，收錄自范應龍以下歷代祖先之殘存詩稿。清末狀元張謇嘗總論范伯子詩文謂：「非獨吾州二百五十年來無此手筆，即與並世英傑相衡，亦未容多讓。」然范伯子自十七歲後，九試未得一第，遂於婚後三十五歲時，決絕於科舉仕宦之途，轉而投身教育改革之救國道路，為南通市近代教育之主要宣導者和奠基人之一。惜壯志未酬，其繼室姚倚雲為桐城派古文宗師姚鼐侄曾孫女，人多尊稱為范姚夫人者，嘗賦〈哀詩〉以弔，云：「風雪歸招愛國魂，雪光慘照淚光深，最憐第一傷心事，辜負生平教育心。」

范伯子文宗桐城，詩學蘇黃，以學宋詩聞名詩史，為清同治、光緒年間最重要詩人之一，乃傑出同光體詩家，與親家陳散原並為詩壇領袖，又與河北武強賀濤（1947～1911）文詩對揚，世目之為「南范北賀」。范氏散文兼具高屋建瓴之氣勢與沖澹含蓄之意境，為晚期桐城派在江蘇之代表。其詩氣骨崚嶒、曠蕩遒健、沉鬱悲壯、恢宏熾烈，在同光體詩人中獨樹一幟，錢仲聯譽之為「高踞崑崙之巔」。其為散原所錄〈中秋次韻高季迪張校理宅玩月〉詩，散原亦嘗謂：「誦之歎絕，蘇黃而下，無此奇矣。」范氏平生之詩作，不啻為一部浩大之晚清史詩，舉凡官場腐敗、民生凋弊，乃至甲午、戊戌、義和團、庚子等世變，無不入詩以鑑。作品多收錄於《范伯子詩文集》，有詩十九卷、文十二卷。

曾克耑論清詩之著始自同光體，而憾世人多知陳散原、鄭海藏（名孝胥，1860～1938），而鮮聞其開宗大師之太老師范伯子，遂以闡發幽微、承先啟後之心，著〈論范伯子詩〉一文。其論曰：「覃及勝清之末，肯堂先生卓然起江海之交，憂時憤國，發而為歌詩，震蕩歙辟，沉鬱悲壯，接迹李、杜，平視坡、谷，縱橫七百年間無與敵焉，洵近古以來不朽之作也。」曾氏生四年而范氏卒，兩人之詩合列同光體，其文則具出桐城派，且兩家遠祖曾鞏（1019～1083）與范仲淹（989～1052）皆為宋之大儒文豪，而垂裔並為海內兩大詩世家。曾氏嘗編《曾氏十二世詩略》及《通州范氏十二世詩》。

勞氏謂曾克耑與范伯子同具懷才不遇之感。其時《范伯子詩集》在大陸幾乎失傳，曾氏為令范詩得以傳世，遂以所存版本自印五百份，但分贈圖書館與詩壇友人，而未發售。勞氏年少曾氏二十七，與曾氏既有香港中文大學的同仁之誼，又為芳洲詩社之忘年詩友，且皆為同光體詩人，又與范伯子同抱憂國淑世襟懷與現代化改革意識，故得曾氏以詩集相贈。勞氏讀後感慨深切，遂賦詩以報。

註釋

1. **散原有筆健摩天**：散原，陳三立（1853～1937）之號，字伯嚴，江西義寧州（今修水縣）人。晚清同光體贛派代表人物，曾被譽為中國最後一位傳統詩人。早年詩學韓愈、黃庭堅，風貌又似孟郊。曾克耑嘗謂陳氏詩顏色濃烈、音節激越，非山谷所能範，學六朝詩入而能出；又謂聞諸陳家九小姐言散原早年詩學龔定庵（名自珍，1792～1841）。其後自成一家，蒼莽獨兀、奧衍精瑩而骨重神寒，故此稱其「健摩天」，即高拔近天。陳氏為維新四公子之一，促其父湖南巡撫陳寶箴（1831～1900）推行新政。至光緒二十四年戊戌變法（1898年6月11日～9月21日）以「招引奸邪」之罪，父子同遭革職，隔年父逝，遂漸絕意政治而純作詩人。晚年沉鬱，有遺老意味，自詠「憑欄一片風雲氣，來作神州袖手人」。唯民族氣節依舊錚然，蘆溝橋事變（1937年7月7日）後嚴斥日偽政權招納，或謂以八十五高齡絕食五日而死，或謂因感國家遭受侵略，激憤而死。著有《陳三立集》，收其父逝後，經宣統三年（1911）辛亥革命，至民國九年（1921）七十歲時居上海租界為止詩作。長子畫家陳衡恪，為范伯子女婿，三子陳寅恪為史學家。

2. **奇峭通州足比肩**：論范伯子詩氣骨崚嶒，足以與陳散原相提並論。奇峭，本謂山勢奇特峻峭，此喻詩筆勁健峭拔。通州，今江蘇南通市，范伯子生籍，以地望表之。比肩，並肩齊等，喻地位或聲望相等，南朝梁．劉勰《文心雕龍．明詩》：「張、潘、左、陸，比肩詩衢。」此則喻詩作風骨相當。

3. **同光**：指清詩同光體。此派興起於同治、光緒年間，陳衍《石遺室詩話》：「丙戌在都門，蘇戡告余，有嘉興沈子培者，能為同光體。同光體者，余與蘇戡戲目同光以來不專宗盛唐者也。」可知此派雖主祧唐祖宋，然實主不專宗盛唐，故能自覺發掘夙享盛名之杜甫、李白、韓愈、白居易、蘇軾、黃庭堅等之可崇處，又重新探索與發揚柳宗元、孟郊、韓偓、梅堯臣、王安石、陳師道等之法門。當時即有「宋骨唐面」與兼採「晚唐北宋」之說。此派詩作本領與特色要為唐詩與宋詩、學人與詩人、作文與作詩一氣相通。重要人物有吳派范當世、贛派陳三立，閩派鄭孝胥、陳衍。

4. **及今〈乾〉上〈屯〉終日**：指到了如今禍亂敗亡的艱難時運。〈乾〉上，《周易．乾》：「上九，亢龍有悔。」陽盡亢極，將致災難而有悔。〈屯〉終，《周易．屯》：「上六，乘馬班如，泣血漣如。」處屯極而陰柔無應，不離於險。

5. **貽我金聲玉振篇**：指曾克耑贈所印《范伯子詩集》給勞氏。貽，贈送。《詩經．邶風．靜女》：「靜女其孌，貽我彤管。」我，指勞氏。金聲玉振，孟子稱讚孔子聖德全備，正如奏樂，以鐘發聲，以磬收樂，集眾音之大成。《孟子．萬章下》曰：「孔子，聖之時者也。孔子之謂集大成。集大成也者，金聲而玉振之也。金聲也者，始條理也；玉振之也者，終條理也。始條理者，智之事也；終條理者，聖之事也。」後用以比喻才德兼備、聲名洋溢而受人敬仰；此用以形容《范伯子詩集》。

6. **莫謂南豐娛老耳**：言曾克耑印製《范伯子詩集》，並非只是老來自娛，而是有心發揚范詩。南豐，北宋曾鞏，字子固，建昌南豐（今江西南豐）人，世稱南豐先生，唐宋八大家之一。此借以指曾克耑，乃古典詩作習用手法。娛老，老年從事某事以自娛。《漢書・敘傳下》：「疏克有終，散金娛老。」此時曾氏已七十歲，故此言娛老。

7. **濡沫**：以口沫互相潤溼，為「相濡以沫」的藏詞，語出《莊子・大宗師》：「泉涸，魚相與處於陸，相呴以濕，相濡以沫，不如相忘於江湖。」

8. **授鉞元臣備海防**：授鉞，指賦予兵權。元臣，大臣，指晚清建立北洋水師的李鴻章（1823～1901）。備海防，籌備海防。十九世紀之七十年代，李鴻章深切體認列強威脅來自海上，故提出「海防論」，倡議建立近代化海軍。同治十三年（1874），李氏於〈籌議海防摺〉中提出系統性訂購鐵甲大船，同組北、東、南三洋艦隊，並輔以沿海陸防之設想，形成中國近代海防戰略。中法戰爭（1883～1885）後，鑒於福建船政水師覆敗，清政府決定「大治水師」，於光緒十一年（1885）成立海軍衙門，醇親王奕譞（1840～1891）總理海軍事務，李鴻章為會辦，北洋水師於是建立。

9. **遜朝疑史極譸張**：指清朝咸豐政變，而後慈禧垂簾聽政，乃為虛誑的可疑歷史。遜朝，朝音ㄔㄠˊ（chao2），退位的朝代，指清朝。疑史，謂真相未明的可疑歷史。譸，音ㄓㄡ（zhou1），譸張為「譸張為幻」之藏詞。欺詐、誑騙世人，《尚書・周書・無逸》：「民無或胥譸張為幻。」此句指咸豐辛酉政變，又稱祺祥政變、北京政變。咸豐十一年（1861）帝駕崩，發生「垂簾之爭」，慈禧、恭親王奕訢等人奪權，整肅咸豐死前所指派的「贊襄政務王大臣」肅順等八大臣，從此慈禧聽政，命奕訢為議政王大臣，入軍機處。

10. **謀皮竟昧誰為虎**：批評清朝雖亟欲自強，然洋務運動卻對俄寄託希望，又以為可聯日抗歐，實則無一可靠，是為糊塗之舉。為，音ㄨㄟˊ（wei2）。昧，糊塗、愚昧。此句為「與虎謀皮」之重造與變用，原作「與狐謀皮」；《太平御覽・符子》：「周人有愛裘而好珍羞，而與狐謀其皮；欲具少牢之珍，而與羊謀其羞。言未卒，狐相率逃於重丘之下，羊相呼藏於森林之中。」比喻與所謀者有根本之利害衝突，故事必不成。李鴻章信任日俄兩國，其左右相信與日同文同種，可聯日對抗西方勢力。光緒十年（1884），朝鮮爆發「甲申事變」，日本乘機出兵，清兵應朝鮮之請，擊敗了叛黨與日軍。光緒十一年（1885），北洋大臣李鴻章與日本簽屬《天津條約》，亦稱《朝鮮撤兵條約》，雙方約定朝鮮若有重大事變，中日雙方出兵需事先知照。此款本為制約日本，然卻反為爆發甲午戰爭結下禍胎。光緒二十二年（1896）又與俄簽訂《中俄密約》，亦稱《禦敵互相援助條約》或《防禦同盟條約》，本欲藉此共同防禦日本，然而中國東北三省遂因而逐漸淪為俄國的勢力範圍。

11. **疐尾頻驚別有狼**：指慈禧當政後，反改革的后黨勢力成為掣肘，是李鴻章洋務運動失敗之內因。疐，音ㄓ ㄟ(zhi4)，踩到。此句為「狼疐其尾」、「跋胡疐尾」之重造與變用；《詩經．豳風．狼跋》：「狼疐其尾，載跋其胡。」跋，踐踏。胡，項下的垂肉。本言老狼項下垂肉而長尾，進則踐其胡，退則踏其尾，喻進退兩難。此由「別」字可知指身後另有踏尾之狼，以喻內有掣肘而處境凶險。

12. **吳楚群英虛幕府**：指李鴻章所任命之出身南方的主將們，皆不足以堪當大任。吳楚群英，指與甲午戰爭相關之出身南方江浙、兩湖、閩廣、安徽、江西等地的北洋水師諸將領。如籌建北洋水師的李鴻章為安徽人。在定遠艦上受傷而自盡的北洋水師提督丁汝昌（1836～1895）亦為安徽人；傳其「只識弓馬」，不懂海戰，純因同鄉之誼與政治傾向而受命。以致遠艦自殺攻擊日之吉野艦，終致殉難的鄧世昌（1849～1894）祖籍為廣東人。北洋水師高級將領，被稱為「實際之提督」，最後炸沉定遠艦而自殺殉國的劉步蟾（1852～1895）為福建人。又范伯子為江蘇南通人，其時為李鴻章家之西席，故亦屬之。幕府，原作「莫府」，指將帥在外的營帳。軍旅無固定住所，以帳幕為府署，故稱幕府，後亦用以稱將軍府。《史記．李廣傳》：「大將軍使長史急責廣之幕府對簿。」

13. **煙威一敗喪艅艎**：指北洋艦隊在清光緒二十年（1894）之中日甲午戰

爭中全軍覆沒。煙威，煙臺與威海衛。威海衛為重要軍港，港西與煙臺接壤，為北洋海軍及其艦隊的駐泊之所；在甲午海戰中失守，北洋艦隊全軍覆滅。艅艎，音ㄩˊ ㄏㄨㄤˊ（yu2 huang2），船名，本指華麗的船，此指北洋軍艦隊。《抱朴子．博喻》：「艅艎鷁首，涉川之良器也。」

14. **謾論忠姦國欲狂**：指甲午戰敗，舉國歸咎李鴻章，猛烈而浮泛的加以抨擊。甲午戰敗後，李鴻章受命赴日講和，簽訂「馬關條約」（1985年4月17日），割讓臺灣、澎湖與遼東半島，並賠償二萬萬兩銀。因此國人既批評其用人不當而導致戰敗，又斥責其賣國而以奸臣視之。謾論，泛論。謾，音ㄇㄢˋ（man4）。
15. **頻年默照擬禪僧**：勞氏自謂長期端坐伏案用功研究中國出路問題，可與禪僧之默究淨治相比。頻年，連年。默照，指「默照禪」，乃宋代曹洞宗宏智正覺禪師所提倡之禪法，以「默默忘言，昭昭現前。鑒時廓爾，體處靈然」的靜坐守寂、默究淨治，作為淨除妄緣幻習而復性證悟的修行法門。擬，比照、相比。《荀子．不苟》：「言己之光美，擬於舜禹，參於天地，非夸誕也。」
16. **今夕咿唔罷不能**：今晚吟詠范伯子詩至欲罷不能的地步，此言范《集》之引人入勝與勞氏讀《集》之投入。咿唔，讀書聲；清蔣士銓〈鳴機夜課圖記〉：「母手任操作，口授句讀，咿唔之聲，與軋軋相間。」此言吟詠范詩。罷不能，欲罷不能，想要停止卻做不到；《論語．子罕》：「夫子循循然善誘人，博我以文，約我以禮，欲罷不能。」
17. **勝**：音ㄕㄥ（sheng1），勝任。
18. **天心竟爾窮東野**：天意竟然如此陷孟郊於困阨。天心，天帝的意志。竟爾，竟然如此。窮，困阨、不顯達。東野，唐．孟郊（751～814）之字，湖州武康（今浙江德清）人。早年屢試不第，漫遊南北，流寓蘇州。及過中年，始中進士，五十歲應東都選，授溧陽尉，以吟詩廢務，被罰半俸。河南尹鄭餘慶辟為水陸轉運判官，定居洛陽。鄭餘慶移鎮興元軍，任為參軍。赴鎮途中暴疾而卒。其為詩也慘澹經營，苦心孤詣，多窮愁之詞，即蘇軾所謂「詩從肺腑出，出輒愁肺腑」，屬苦吟詩派，繼承杜甫而別開蹊徑，有《孟東野集》十卷。東野詩為同光體所崇習，此句嘆孟郊一生不得意，藉以喻十七至三十五歲間，九試未得一第的范伯子。

19. **婦靨將無感宛陵**：整日在家笑臉取悅妻子，欣賞妻子的容色，莫非未感受到梅堯臣詩作中其妻的殷切提醒？婦靨，「靨」本指人面頰上的微渦，此言妻子的容顏，出自宋．梅堯臣〈初冬夜坐憶桐城山行〉：「吾妻常有言，艱勤壯時業。安慕終日間，笑媚看婦靨？自是甘努力，於今無所慴。」將無，表懷疑、揣測之語氣詞，即莫非未、難道不。宛陵，宋．梅堯臣（1002～1060），字聖俞，世稱「宛陵先生」，宣州區人，撰《宛陵集》。堯仕途不得志，妻死子夭，家境困窮，雖一生不得意，猶艱勤力持。其詩風格質樸平淡，狀物鮮明，含意深遠，間出奇巧，有「宋詩開山祖之稱」；歐陽修自稱不如，並尊之為「詩聖」；《宋史》稱：「宋興以詩名家為世所傳，如梅堯臣者，蓋少也」；陸游稱其為李杜以後的第一大家；宛陵詩亦為同光體所崇習。此句喻范伯子心境，雖仕途不得意，然仍致力於教育救國，而其妻亦能知心扶持。

20. **義類**：按義分類。晉．杜預《左傳．序》：「其微顯闡幽，裁成義類者，皆據舊例而發義。」

21. **韓文**：指唐．韓愈（768～824）的文章。《舊唐書．韓愈傳》：「故愈所為文，務反近體，抒意立言，自成一家新語。後學之士，取為師法。當時作者甚眾，無以過之，故世稱『韓文』焉」。韓愈為古文運動的領袖，「唐宋八大家」之首，蘇軾讚其「文起八代之衰」。

鑒賞

組詩三首乃吟詠《范伯子詩集》所生之歷史感懷。

其一平起首句押韻，下平聲一先；旨在破題以明創作緣起，貴在格局宏大。前四句以中國古典詩史為背景，標定范伯子之詩體與身分，後四句則呼應詩題之「新刊見贈」與「誌感即柬」。首聯「散原有筆健摩天，奇峭通州足比肩」，直論范詩風骨，以見新刊價值。散原詩為同光體之代表，勞氏肯定范詩足以媲美之，故以烘雲托月手法，藉稱譽散原勁健凌霄之詩骨，以推崇范詩嶄拔峭勁之氣象；此聯造語和筆力之清勁峭拔，不讓前賢。項、腹聯「詩以同光收此局，世非唐宋付誰傳？及今〈乾〉上〈屯〉終日，貽我金聲玉振篇」，寫曾氏新刊與見贈，展現宏觀詩史見識。同光體為清詩代表，亦為中國古典詩之結穴，然因古今詩體嬗遞，如今已然式微，故以「收此局」直陳史實，以「付誰傳」慨吐心聲。此已隱然指向曾氏憂范詩失傳而重印之用心；且腹聯強調當時既值險亂，又避居海隅，更見曾氏此舉之發幽顯微。故尾聯「莫謂南豐娛老耳，詞人濡沫例相憐」，回應曾氏深意，知其非為晚年自娛，乃因與范氏同感不遇，且對范詩敬惜有加；「濡沫相憐」已道盡此中幽情。此詩項聯與腹聯有意學范筆，接連之流水對與腹聯不尋常之「二、五句式」，未見雕琢而工中透奇，清茶淡墨卻氣韻弘深。

其二仄起首句押韻，下平聲七陽；旨在以詩論史，痛思晚清洋務運動之失敗，而為三律之中堅。范氏一生正逢晚清巨變與改革浪潮，其詩集不啻為一部晚清史錄。勞氏詩承同光體，又具謀求中國問題出路之史懷，故特以影響國族文化命脈、現代化改革進程，以及遠東與世界戰略格局甚鉅之甲午戰爭為主，而論籌建海防與北洋水師之李鴻章。李氏以籌辦海防成為重要洋務運動人物，可謂晚清改革藍圖之總設計師，然其歷時二十年之海防戰備，卻盡敗於甲午一役，同時宣告有清三十餘年洋務運動之破產，而導致戊戌變法與孫中山革命。范氏曾任李家教席，范《集》中多有感時論世之作，亦嘗評論李氏及其成敗之因。勞氏賦此詩前二年，本其「興亡關懷」而探究洋務運動之歷史成就與失敗原因，嘗專事李鴻章考證，故讀范《集》相關詩作，感慨特深而不能無詩以論。

首聯「授鉞元臣備海防，遜朝疑史極譸張」，點出洋務運動主事與背景。發句挑出權臣李鴻章及其海防論政策。句二論洋務運動之朝政背景，「疑史」指辛酉政變之后黨奪權，埋下洋務運動變生肘腋一面之伏筆，「極譸張」之筆力與論斷均感森嚴。項聯「謀皮竟昧誰為虎，蹇尾頻驚別有狼」，宏觀深論洋務運動失敗之內外因素。以重造和變用「與虎謀皮」、「狼蹇其尾」典故，論外交政策之不當與后黨反改革之掣肘；「昧」字刺顢頇而沈痛，「別」字諷迂腐而無奈。腹聯「吳楚群英虛幕府，煙威一敗喪艅艎」，寫甲午戰爭北洋水師之覆滅。句五論覆滅主因。評李氏用人不當，猶以鄉土意識優先而漠視專業；身為李家教席之范氏，亦在所評之列；「虛」字精準而痛切。今從李氏之外交與用人判斷，可知其據鄉土近親意識取才論交，仍是傳統宗法社會「血緣原則」思維之變相發用，執此而欲行現代化改革，無異升山採珠；此亦可見改革最終非深入文化底層之價值意識不可。句六寫慘遭覆滅。北洋水師招架無力，基地失守而全軍覆沒；「敗」、「喪」二字寫實而慘烈；「煙威」本指實地，卻巧構出視聽交加之烽火意象，可謂無心插柳。尾聯「《集》中剩得傷神語，謾論忠姦國欲狂」，批判其時對戰敗省思力之貧弱。句七特就范氏而言。對於具有改革抱負之范氏，最終只能徒留感傷與無奈，既深表同情與感慨，亦暗含春秋責備賢人之意。結句泛論朝野人士。遺憾其時舉國人心紛亂，僅能浮面的論定功過，而未能徹底深究洋務運動失敗的真正原因；由此亦可反襯勞氏面對歷史之窮理以承當的態度。

其三平起首句押韻，下平聲十蒸；旨在論定范詩之價值。首聯「頻年默照擬禪僧，今夕咿唔罷不能」，以靜動對比之手法，寫讀范詩之情懷觸動。自言連年為謀國族與文化出路，率多從事知性思辯活動，有如禪僧之靜觀冷照，已不輕易湧動情意波瀾；以禪修喻潛研，乃勞氏習用修辭之一，如三十二歲〈無題〉云：「生涯漸覺解枯禪」。然范詩不僅詩路同調，且內容亦多為勞氏所關懷與深研之中國現代化進程，故能契合勞氏史懷，而讀之竟至欲罷不能。是以項聯「坐負江山頭益白，閒評詞賦力猶勝」，進而寫評詩意興，自言復國之志雖未有成，然猶具足評詩之興致與能力；以「坐負頭白」對比「閒評力勝」，不僅顯示對評詩的把握，更流露壯志難圖的深切感慨。腹、尾聯收筆，即論范氏其人其詩。腹聯「天心竟爾窮東野，婦豎將無感宛陵？」藉同光體所推崇之孟郊、梅堯臣為喻，肯定范氏雖生平不得意，然猶奮力改革救國，惜壯志未酬，幸而留有詩集傳世。尾聯「一架陳書從義類，韓文范《集》合同層」，遂藉分類歸架之手法，評定范《集》地位當如韓愈之古文，而為集部大家；此舉看似容易，然實賴宏深之文化識見。

三律騰起平落而縱橫開闔、扣題緊切而結構嚴整。觀其鍊字則重處如黃金在冶，鬱而凝深；輕處如閒雲舒空，淡而自然。既寫印贈的曾氏之情，又寫《詩集》作者范氏之懷，復又寫受贈之閱讀人勞氏之感，且深入論史評詩，洵屬可貴，堪稱范伯子與曾氏之難得知音。

辛亥（一九七一年　四十四歲）

辛亥閏月，幼椿先生以新編《學鈍室詩草》見示，讀後率爾得句，即以柬幼椿先生，並乞吟正

林碧玲述解

同氣忘年[1]誼轉深，壯懷長笑井無禽[2]。酒樽北海[3]當時夢，《詩曆》南雷萬劫心。[4]繞樹遙憐烏鵲盡，[5]隔樓喜聽老龍吟。[6]信知肥遯[7]非逃世，巨眼[8]分明辨古今。

題解

此詩為勞氏謳吟李幼椿《學鈍室詩草》後有感而作，且隨即錄寄李氏；要在借詩以贊人。作於辛亥年（1971）閏月；是年閏農曆五月小，國曆當在六月二十三至七月二十一；時勞氏四十四歲。

李幼椿，名璜（1895～1990），號學鈍，四川成都人。一九〇八年入讀成都洋務局英法文官學堂。一九一三至一六年於上海震旦學院修法語，與曾琦、左舜生等相識訂交。一九一八年在北京參加王光祈、李大釗、曾琦等發起組織的少年中國學會。一九一九至二四年就讀法國巴黎大學，獲文科碩士學位。赴法留學前，有〈留別少年中國學會同人〉書，公開反對馬克思主義在中國之傳播。一九二三年十二月與曾琦等發起組織中國青年黨，標榜國家主義；當時對外稱「國家主義青年團」，一九二九年始公開青年黨黨名。一九二四至二七年先後任教於武大、川大與北大。一九二五年左舜生入黨後，並稱為「曾、李、左」，三人同為該黨中心人物。一九二六年曾任該黨中央執行委員，一九四五年退出政壇。著有《學鈍室回憶錄》，坊間流傳有《學鈍室詩草選書百首》，為李氏於一九七五年在香港自行出版。

李氏長勞氏三十二歲，為忘年之交，原為勞父在關外抗日時期所識之友人。但其後多年未有交往，至勞氏一九五五年赴港，始再與李

氏會晤，時李氏已六十歲。其後兩人常會談近代政治內幕與評論時政，多年未曾間斷。所論之密要者，如一九三二至三三年之李氏領導長城抗日義勇軍，與一九四五年李氏「退出政壇」的重大政治判斷。

《學鈍室詩草》有數首與勞氏相關之詩，而本書所錄亦有十四首與李氏相關之詩，其中勞氏四十五歲（1972）時所賦〈壽幼椿先生有序〉七律八首力作，乃以詩為傳，備述李氏生平大事。而《思光人物論集》中嘗以「書生本色與國士襟懷」稱譽李氏，且言其為能知勞氏優缺點之忘年知己。又謂其原治社會學，深受涂爾幹（Emile Durkheim 1858～1917）思想的影響，教研所專亦在此，然興趣廣及文史之學，亦頗具詞章功力。

註釋

1. **同氣忘年**：同氣，具有相同性質的事物互相感應。《周易・乾・文言傳》:「同聲相應，同氣相求。」後喻志趣相同者每自然相投合。忘年，猶言忘年交。指不拘年齡輩分，而成為莫逆之交。李幼椿為中國青年黨創始人之一，該黨之自我定位為一「革命政黨」，反對共產主義，以「國家主義之精神、全民革命的方式外抗強權，力爭中華民國之獨立與自由，內除國賊，建設全民福利的國家」為其宗旨。其中國家主義精神與勞氏奉持之自由主義精神頗不相侔，然勞氏謂青年黨之國家主義一直未定，而核心人物中曾琦的民族情感較強，李氏則現代性思想較重，至於實際政治活動則在抗拒馬列與國民黨。據此，則李、勞同具反專制極權之精神與救國拯時之壯志。
2. **井無禽**：《周易・井》:「初六，井泥不食，舊井無禽。」言如久未修井，淤泥堆積，故禽不一顧，人不汲食，為眾所共棄。此喻世亂政昏，賢人皆隱而不出。
3. **北海**：原泛指北方最遠的地區，此指李幼椿在北京時的政治生涯。《左傳・僖公四年》:「君處北海，寡人處南海，惟是風馬牛不相及也。」
4. **《詩曆》南雷萬劫心**：《詩曆》南雷，即黃宗羲《南雷詩曆》，又名

《黃梨洲詩集》。黃宗羲（1610～1695）字太沖，號南雷，學者稱梨州先生，清餘姚（今屬浙江）人。所著《明夷待訪錄》充滿社會批判精神與理想社會追求，藉以呼應李幼椿之社會學專業，且《詩曆》成於明亡之後，亦如李氏詩集之成於國破之後。萬劫，即萬世，指永遠；佛家認為世界一成一毀為一劫。此句言李氏為萬世開太平之襟懷。

5. **繞樹遙憐烏鵲盡**：此句寫神州變色，而蔣氏政權在臺據戒嚴法行使獨裁，致使賢士盡流海外，勞氏遠距在港而深致其同情。以「樹」喻蔣氏政權，「烏鵲」借喻為賢士，典用曹操〈短歌行〉：「月明星稀，烏鵲南飛。繞樹三匝，何枝可依？」感慨政權南遷之後，人才不得知遇而何處依託？
6. **隔樓喜聽老龍吟**：隔，動詞。隔樓，指賦詩吟詠之聲為重重高樓所阻隔，表空間距離；唐・羅隱〈中元夜泊淮口〉詩云：「敧枕正牽題柱思，隔樓誰轉繞梁聲？」聽，讀去聲，音ㄊㄧㄥˋ（ting4），意為聆聽、傾聽。喜聽，愉快的聆聽。老龍，指晚年之李幼椿。一九四九年十二月中共佔領四川成都前數日，李氏攜眷飛港，從此進入晚年隱居階段，以授課與寫作自娛，故言「老龍吟」。唐・施肩吾〈安吉天寧寺聞磬〉詩云：「玉磬敲時清夜分，老龍吟斷碧天雲。」
7. **肥遯**：《周易・遯》：「上九，肥遯，無不利。」肥，朱熹《周易本義》：「寬裕自得之意。」喻上九處亂世之時，遠引退避，無所留戀。此論抗日勝利後，李幼椿主張青年黨黨務發展應深入基層，並拒絕國民黨以經濟部長之位邀攬入閣，避免青年黨淪為政壇點綴品而自喪前途。然而此番識見與主張，卻不為黨內同志所了解與支持，李氏遂不再參與黨務，而遠走上海，自動退出政壇。
8. **巨眼**：善於鑑別是非真偽的眼力與見識。

鑒　賞

此詩為讀知交李幼椿之《學鈍室詩草》，而賦詩以贊之作。仄起首句押韻，下平聲十二侵。

首聯「同氣忘年誼轉深，壯懷長笑井無禽」，先明勞、李關係及其基礎。發句為兩人忘年深誼定位，並強調其基礎在懷抱相同，「轉」字蘊含相知過程之漸進時間感。句二為前句「同氣」之明證。以「舊井無禽」之減字修辭，描寫懷有相同懷抱之兩人，對於政局之共同感受與論點；冷觀未加養才用賢之當局，也只能議論、嘲諷以抒無奈。項聯寫李氏志行。句三「酒樽北海當時夢」，言回顧政治生涯之感受。以門庭若市、賓客眾多之北京鼎盛時期為表徵，泛說李氏過往之政治理想與生涯；然而於今把酒言歡之際，但覺恍如一夢。句四「《詩曆》南雷萬劫心」，表彰李氏經世懷抱。藉黃宗羲之社會關懷，凸顯李氏為萬世開太平之理想與社會學專長。詞用「萬劫」而非「萬世」，固承宋詩之習，亦在強調時代之苦劫磨難。腹聯譏刺時政與稱美李氏情操。句五「繞樹遙憐烏鵲盡」，評論時政，亦為下句詠嘆李氏情操之背景。藏詞與重造曹操〈短歌行〉，藉烏鵲南飛而繞樹何依？喻蔣氏政權遷臺後，據戒嚴法而專制獨裁，致群賢不願依止而盡流海外。「遙」字精密老練，既表客觀空間距離之遠隔，亦表主觀憐憫情意之綿延，而言外又不無自傷之意。句六「隔樓喜聽老龍吟」，歌詠李氏情操而流露知遇之情。以「老龍吟」泛指李氏晚年在港生活，「吟」字更突顯其賦詩遣懷以呼應詩題，且以欣然聆賞李氏詩作之「喜聽」一詞，表勞氏對李氏晚年退隱之情操的理解和肯定，得見勞氏身為知音的態度。細品此聯，以「知遇」為樞紐，而展開對比之脈絡，手法婉轉精妙。不知不遇，便如近在眼前矗立之大樹，終究不能讓審慎繞樹觀望的烏鵲安然依止，反而盡皆選擇遠走高飛。相知相遇，詩魂吟哦之聲，縱有重重高樓阻隔，又何能斷絕知音對其情懷密碼的諦聽、共鳴與回應？尾聯不最是撫慰靈魂的知心語？「信知肥遯非逃世，巨眼分明辨古今」，論贊李氏之風骨識見，尤以「觀世巨眼」之評價，深切肯定李氏於一九四五年婉拒入閣與退出政壇之重大政治判斷。勞氏以為此「退」並非逃避歷史擔當，而是獨具鑑別是非與興衰之過人先識，是以於明年〈壽幼椿先生有序〉七律八首之總結中，便以「士從進退觀先識」，盛贊李氏此「退」之高明意義。

此律先敘望年深交，次寫主人翁生平志行、情操；而綜觀與特寫兩眩，盛年和暮景全備。通篇明以表知音情誼而暗則感傷時代，諷刺時政與歌詠主體對比鮮明，縱橫上下而法度謹嚴，洵情真語切而堪慰知己。

辛亥重九雜感　林碧玲述解

其一

玉環西使忽重臨，[1] 寇媾迷離象外尋。[2] 苦戀前盟忘世變，[3] 乍驚落葉已秋深。[4] 依遼石晉衣冠恥，[5] 啟漢嬴秦造化心。[6] 頭白天涯書劍客，[7] 從容醒眼且高吟。[8]

其二

嚴氣高城夜漏長，[9] 久無殘夢向江鄉。[10] 馭民真見言為法，[11] 謀國寧拘富始強？[12] 霸局爭先愁兩大，[13] 天機觀復愛初陽。[14] 頻年指掌論興廢，[15] 懶續《南華．應帝王》。[16]

案：此二律作於中共與美國籌議建交時，雖料秦祚不長，亦有期盼新機之意。落葉一聯，指臺灣而言。

題解

組詩二首作於辛亥年（1971）「重九」，即農曆九月九日，亦稱「重陽」。時勞氏四十四歲，是年之重陽為國曆十月二十七日，乃中華民國宣布退出聯合國之後兩天。此詩記錄勞氏對當時國際局勢重大轉變之觀察、評論與感懷，所論包括美國與中共建交以對抗蘇聯霸權之政策，美、中、臺三方關係之演變，以及對中國大陸在此新國際架構中之發展的觀察與期待；由於諸多感慨盈懷錯雜，故題為「雜感」。

案語之「秦祚」指中共政權。案語所謂「中共與美國籌議建交時」，實指當時美國總統尼克森（Richard Milhous Nixon 1913年1月9日～1994年4月22日）採取聯合中共對抗蘇聯之政策，勞氏期盼此政策能對中國大陸產生開放作用以創造新機。然而中華民國因此政策，而不願接受與中共在聯合國形成「雙重代表權」，於是年十月二十五日宣布退出聯合國；此即案語所謂「落葉一聯，指臺灣而言」。

其後，尼克森於一九七二年二月二十一日至二十八日訪問中國大陸，二十八日在上海發表《中美聯合公報》（即《上海公報》）。一九七五年十二月一日至五日，美國總統福特（Gerald Rudolph Ford, Jr.，1913年7月14日～2006年12月26日）訪華，會見毛澤東（1893年12月26日～1976年9月9日）。一九七八年十二月十六日，在卡特（James Earl Carter, Jr，1924年10月1日～）總統任內，中美發表《中美建交公報》，宣佈兩國自一九七九年一月一日起互相承認並建立外交關係。在建交公報中，美國政府承認只有一個中國，臺灣是中國的一部分；中華人民共和國政府是中國的唯一合法政府，美國人民將同臺灣人民保持文化、商務和其他非官方關係。於是和臺灣斷交、撤走駐臺美軍、終止《中美共同防禦條約》（Sino-American Mutual Defense Treaty，相應於今日之國際局勢，時人已多稱之為「臺美共同防禦條約」）。是年四月十日，美國國會訂定《臺灣關係法》（Taiwan Relations Act），其要旨為「美國支持一個中國政策，但統一如何以和平方式達成，要靠雙方進行兩岸對話。如果中國企圖以武力而非對話來達成，美國將提供軍事物資使其無法成功。」

中美建交一方面造成臺灣在國際上之孤立處境，一方面也開啟大陸在世界發展的新機。自八〇年代之初，鄧小平已指出「和平與發展」為時代主題。一九九一年底蘇聯解體、冷戰結束，國際格局由「兩極」轉變為「一超多強」；二〇〇八年全球金融危機之後，更轉變為「後一超多強」；在在促使大陸深化此認知與實踐主軸。進入二十一世紀之後，大陸更積極倡導建設「和諧世界」。凡此，與一九四九年之後，近四十年的「革命與戰爭之時代」的認識與實踐，顯見大陸對外戰略思維之變革。經濟改革開放三十年來，如今大陸已具「新興大國」的地位，與傳統大國的美國成為「應對共同挑戰的夥伴關係」。

然而在政治上，大陸仍然主張：「堅持馬列主義毛澤東思想、堅持社會主義道路，堅持無產階級專政（後改為人民民主專政），堅持中國共產黨的領導」等「四項基本原則」（也稱「四個堅持」），並且置之於「立國之本」的高度。此外，兩岸交流日趨多元緊密，胡錦濤在二〇〇七年的「中共十七大」報告中，雖曾對兩岸關係提出規範性的新展望，呼籲「在一個中國原則的基礎上，協商正式結束兩岸敵對狀態，達成和平協定，構建兩岸關係和平發展框架，開創兩岸關係和平發展新局面。」而且學者也相與共謀和平發展路徑，而提出各種兩岸關係之論述。不過，至今中共政府仍未放棄對臺用武的敵對意識，既未能正視臺灣為一個憲政秩序實體與承認中華民國憲法，且對臺灣之國際參與，一貫採取「打壓與封鎖」的鬥爭思維，成為兩岸建立「互信」與營造「安全」的基本障礙。

註 釋

1. **玉環西使忽重臨**：玉環西使，語出南朝齊．丘遲（希範）〈與陳伯之書〉：「白環西獻」而換其字；白環，白色之玉環。六臣註《文選》：「善曰：《世本》曰：『舜時西王母獻白環及佩。』」後即以「白環西獻」謂他國遣使獻禮。此指一九七一年七月一日和十月下旬，美國總統國家安全事務助理季辛吉（Henry Alfred Kissinger 1923年5月27日～）兩次密訪大陸，為尼克森總統之訪問預做準備。
2. **寇媾迷離象外尋**：寇媾，敵對或友好關係。《周易．屯》六二爻、〈賁〉六四爻、〈睽〉上九爻，皆有「匪寇，婚媾」之辭。迷離，模糊。《樂府詩集．木蘭詩》：「雄兔腳撲朔，雌兔眼迷離。」象外，超逸物象之外。《文選》晉．孫綽（興公）〈遊天臺山賦〉：「散以象外之說，暢以無聲之篇。」此句言在美蘇冷戰之背景下，美國尼克森總統為對抗蘇聯而籌與中共建交，派季辛吉兩度密赴大陸為其訪問預作準備。此舉既開啟中美關係之新機，亦造成國際局勢之新變化；原來壁壘分明之自由民主與共產極權兩陣營，界線隨之模糊，敵友關係亦因而變得曖昧不清。故勞氏論美國與中共籌議建交之歷史意義與未來影響，乃有超乎當前現象之外者。

3. **苦戀前盟忘世變**：世變，即時移世變，指時日變遷，世事亦隨之改變。此句言臺灣政府昧於時移世變，未能體認國際局勢之大變化，片面認定根據一九五四年之《中美共同防禦條約》，美國不會改變對臺關係。
4. **乍驚落葉已秋深**：落葉秋深，用「落葉知秋」義，本「一葉知秋」語典；《淮南子．說山》：「以小明大，見一落葉而知歲之將暮。」喻由細小之徵兆，可預測事物之發展趨向和變化。此句言由季辛吉之密訪大陸，可知美國與中共建交已成定局，其不利於臺灣之趨勢不可逆轉。
5. **依遼石晉衣冠恥**：石晉，五代石敬塘所建之後晉政權（936～946）。依遼石晉，即石晉依遼，指石敬瑭為求遼國助其建立政權，遂以稱臣、尊父、賄賂與割燕雲十六州為條件；其中尤以割讓屏障中原之燕雲十六州影響為巨，遼國因此而日益壯大，對中原構成嚴重威脅。此乃借言中共依靠蘇聯。衣冠，士大夫之穿著；《論語．堯曰》：「君子正其衣冠」，以喻中共知識份子。此句言中共知識份子視依靠蘇聯之傳統路線為恥辱與墮落，因而想聯美以擺脫蘇聯。
6. **啟漢嬴秦造化心**：造化，指自然之創造化育。《莊子．大宗師》：「今一以天地為大鑪，以造化為大冶。」此句言盼望中共能因與西方民主國家接觸而逐漸開放，轉而發展出自由民主之社會文化。如此則極權專政的中共歷史，便如同開啟恢弘漢朝之前的短暫嬴秦一樣；而由此弔詭之歷史進程，亦將得見天地生生不息以化育萬物之心。
7. **頭白天涯書劍客**：天涯，天之邊際，指極遠之地方。三國魏．曹植〈升天行〉：「中心陵蒼昊，布葉蓋天涯。」書劍，書和劍，謂能文能武，唐．陳子昂〈送別出塞〉：「平生聞高義，書劍百夫雄。」此指勞氏既從事學術教育，又投入自由主義文化運動。此句言勞氏義不帝秦，為了反對極權統治而選擇客居香港，且為圖謀中國文化之出路，長期竭誠投入學術研究與自由主義運動，一番苦志孤懷、勞心奮行，乃致中年便已白頭。
8. **從容醒眼且高吟**：醒眼，清醒之眼睛，比喻頭腦清醒。宋．楊萬里〈初夏〉：「提壺醒眼看人醉，布穀催農不自耕。」此句言勞氏對中國問題之研究深密積厚，故面對此牽動世局之重大演變，自覺仍能以崇理靜觀之態度、清醒洞徹之眼目，從容持允的客觀評論，不致於為世變所驚惑。然而相對而言，亦不免有冷智旁觀之味道，故言「高吟」。

9. **嚴氣高城夜漏長**：嚴氣，指肅殺蕭索之秋氣，又喻時代黑暗。高城，「高城深池」之省，《荀子・議兵》：「堅甲利兵不足以為勝，高城深池不足以為固。」本喻防守堅固，此則反用其意而言自我封閉、對外隔絕。夜漏，古代以銅壺滴漏計算時間，故稱夜間時刻為「夜漏」。此句描寫中共內部長期處於封閉之極權統治狀態，尤其自一九六六年五月開始以來，已經長達六年之文化大革命運動仍然持續，江清一夥（此時尚無「四人幫」之名）之勢力還在拉高，使人倍感情勢幽暗、險峻。

10. **久無殘夢向江鄉**：江鄉，家鄉、故鄉。唐・戴叔倫有詩題〈江鄉故人偶集客舍〉。此句言海外時人多因鄉愁而回歸大陸，然而反極權專制之勞氏，早已對此不存任何一點幻想。

11. **馭民真見言為法**：馭民，統馭人民。言，指《毛語錄》。此言大陸文革時期奉《毛語錄》為法律，以《毛語錄》治國。

12. **謀國寧拘富始強**：寧，豈、難道。拘、局限。暗指中國大陸雖窮，然而倘使中共能有一套治國謀略，也不一定要先求富才能強大。

13. **霸局爭先愁兩大**：霸局，世界霸權之局勢。爭先，搶先。愁，憂慮。兩大，指美、蘇兩國。此言中共欲爭霸天下，美、蘇為其兩大壓力，因而必得藉聯美以擺脫蘇聯。

14. **天機觀復愛初陽**：天機，上天生物之奧祕。觀復愛初陽，《周易・復》卦一陽來復於初，而生機更發。《周易・復・彖傳》：「復，其見天地之心乎？」此論文革之後，中國若能有大改變，則仍有生機。

15. **頻年指掌論興廢**：指掌，用手指指著手掌紋理以示人，喻極易明白了解之事理，為「如指諸掌」、「明如指掌」、「瞭如指掌」之省。《論語・八佾》：「或問禘之說。子曰：『不知也。知其說者之於天下也，其如示諸斯乎！』指其掌。」此句言連年都只指著手掌比畫與論說世局變化，雖然論理甚明，卻無實際作為。

16. **懶續《南華・應帝王》**：《南華》即《南華經》，為《莊子》一書之別稱。唐玄宗天寶元年下詔稱《莊子》一書為《南華真經》，後簡稱為《南華經》。〈應帝王〉，《莊子》內篇之七，旨在論為政之道。此句言自感對政局無實際作為，因而不欲多論為政之道。

鑒賞

組詩二首為出自「興亡關懷」的觀世變、感時局之作。

其一為平起首句押韻，下平聲十二侵。概論美中密謀建交，而臺灣猶昧於世局。首聯「玉環西使忽重臨，寇媾迷離象外尋」，寫美國與大陸關係新啟，及其對世界局勢的深遠影響。自此大陸、美、蘇、臺之關係皆將全面步入新局面，而國際格局亦將隨之改變。首句「玉環西使」更字運用「白環西使」典故，以免與句七之「頭白天涯」重用「白」字；「忽」字有世事難料之意味；「重」字既為寫實語，亦顯出慮深謀遠而循序漸進之外交策略與節奏。句二之「尋」字蘊含勞氏的深觀熟思，且與結句「從容醒眼且高吟」呼應，而顯出勞氏之明睿知性與歷史識見。項聯「苦戀前盟忘世變，乍驚落葉已秋深」，感嘆臺灣的國際應變能力。句三之「苦」字與「忘」字，極狀臺灣故步自封的政治判斷，對顯出句四「乍驚」之難以挽回與毫無退路的無奈。腹聯「依遼石晉衣冠恥，啟漢嬴秦造化心」，評論與期許美中關係。句五析論中共聯美所蘊之民族文化情感，句六流露美中建交對中共自由化願景之期待。前三聯但見時事評論之理致，幸句四化理論語為富覺受意象之比喻，頓感靈活生動。尾聯「頭白天涯書劍客，從容醒眼且高吟」，則回筆書寫觀史、論史者自身，為評論者現身自述其情。句七「天涯」顯超然局外的清醒旁觀味，而結句之「從容」、「醒眼」與「高吟」，透透身、眼、口之層層動作，強化種種感官意象，而交織出高達之士面對巨變的自信。

其二為仄起首句押韻，韻押下平聲七陽。續寫對中共內部的觀察與期待，有即事意味。首聯「嚴氣高城夜漏長，久無殘夢向江鄉」，自表情意。句一以「嚴氣」、「高城」、「夜漏長」等感官意象，經營出肅殺淒清之深秋氣氛，以暗刺文革之漫長幽慘；既扣題點明時節，亦寄託一己失望寂寥之情。故句二直言了無歸去之思，「久無殘夢」何等悲涼！豈其獨無鄉思？然山河色變，自由精神豈容與極權專政共立？項聯「馭民真見言為法，謀國寧拘富始強？」批中共之治國無方，句三批判文革崇奉《毛語錄》之狂人政治特性；「以言為法」既背離現代「民主」精神，亦違傳統「教化」之道，故言「馭民」。句四質疑「求霸以反霸制霸」，而無所不用其極的求富致強政策。腹聯「霸局爭先愁兩大，天機觀復愛初陽」，回筆再論中美謀交一事，句五明中共聯美離俄之求強爭霸心思；「愁」字洞識而熨貼。句六期許中共能因聯美而受自由化影響以帶來文化生機；「愛」字情深而文明。尾聯「頻年指掌論興廢，懶續《南華．應帝王》」，再述己身感受。自感長期以來，剖析世局縱能切理得當而洞燭機先，然猶深以未能切實致用為憾！掌中興廢，何足多論？「頻年」與「懶續」對比強烈，而各接以「指掌」與「應帝王」二典，比喻中肯論政和無心參政，既妥切又巧妙。

二律以中美密謀建交為骨，而以廣論中臺政情、世界變局與勞氏心境為枝葉。於詩作固為枝繁葉茂而扶疏四布；然於時局卻不無秋寒蕭瑟之感，而倍生思復望春之情；勞氏一片「興亡關懷」盡付其中矣！

壬子（一九七二年　四十五歲）

壽幼椿先生　有序　徐慧鈺述解

壬子新春，幼椿先生夜過寓樓，談天下事，意興遄發[1]。是日固先生懸弧[2]前夕，俗例稱觴為壽[3]，先生則厭酬酢[4]，曰吾寧樂此夜話也。余與先生兩代論交[5]，相知深切，比年罕有投贈之作，今值良辰，豈得無詩，因賦八律，以博一粲[6]，並乞吟正

其一

清談[7]獨向管家樓[8]，絕勝金樽[9]對俗流[10]。世有群兒供笑罵，胸無寸累樂吟謳。剛經柔史原餘事，北塞西溟[11]幾舊遊。莫道市廛[12]誰識面，平生螻蟻[13]視王侯。

其二

避地幽居[14]意自歡，偶因鄉訊一憑欄。河山竟見蹲劉季[15]，霜雪寧妨臥謝安[16]？智悟環中輕毀譽，興亡局內識艱難。茶温欲續瓜棚語[17]，料峭東風起暮寒。

其三

縱橫最憶少年狂，[18]抗手群英會朔方。[19]一日分鑣龍戰野，[20]幾番移鼎海生桑。[21]結盟圖霸東西帝，[22]窺境陳師左右王。[23]但使足兵能足食，龐侯豈必笑周郎。[24]

其四

屈指親知百感侵，隆昌[25]膽略憶宏深。半生同氣甘啣石[26]，晚節殊途失斷金[27]。共治忍忘雞口諺[28]，遠游哀剩屋梁吟[29]。人間終始談何易，悵絕成連[30]海上琴。

其五

書生犯難即英雄，[31]立馬長城戰火紅。[32]拒寇[33]正宜營塞外，稱王何必定關中[34]？誰教布奕[35]拘成格，坐令投戈失舊封。[36]四十

年來傳偽史，可憐焦爛轉為功。

其六

八年心力付憂勞，一嚮爭嘗訝爾曹。[37]張穀[38]與酣天子夢，傍籬歌起月兒高[39]。漁簑隱遯思嚴老，[40]井水甘寒賞薛濤[41]。變到焚書[42]身早退，解牛人自善藏刀。[43]

其七

犵鳥蠻花[44]倦客情，披肝[45]最憶話深更。有為善惡皆憑勢，寡斷賢愚枉異名。私錄[46]削成公案[47]在，虛銜[48]解盡仔肩輕。閒時領略無求樂，笑挈兒童步晚晴。

其八

隱市傳經[49]總任緣，熱腸冷眼老依然。士從進退觀先識[50]，天以逍遙奉大年[51]。子弟西川傷碧血，[52]門庭南國[53]寶青氈[54]。澄清[55]我亦平生志，笑約期頤[56]敞壽筵。

題解

李幼椿（1895～1990），名璜，四川成都人。一九一八年與王光祈等發起「少年中國學會」。一九一九年至法國留學，專研社會學，深受涂爾幹（Durkheim）思想的影響。一九二三年在法國留學期間與曾琦等創立「中國青年黨」。一九二四至一九二七年回國任教，先後於武大、川大、北大授課。一九二五年左舜生入黨後，三人同為該黨中心人物，並稱為「曾、李、左」。一九二六年任該黨中央執行委員。一九三二至一九三三年與翁照垣等參與長城抗日之役。一九三三至一九三五年參加四川剿匪與抵禦朱毛西來。一九三七至一九四一年參與國民參政會。一九四五年赴美參加舊金山的聯合國制憲大會。一九四一至一九四七年參與民主同盟與政協會議。一九四八年任該黨代理主席，十一月來臺，其後曾移居美國落杉磯。一九五五年勞氏由港赴臺時與幼椿先生會晤，時幼椿先生已六十歲。其後兩人常相聚談，多年未曾間斷。晚年旅居香港，以授課寫作自娛，生活甚為自得。後因李夫人病重，需有人照顧，不得不移居臺灣。一九九〇年以九十六高壽謝世。

幼椿先生長勞氏三十二歲，是勞氏之父在關外抗日時期相識之長輩，後多年未有聯繫。一九五五年勞先生由港赴臺時，再度與幼椿先生會晤，時幼椿先生年已六十。其後兩人常相聚談，詩歌酬唱，多年未曾間斷，可謂忘年知己。勞先生《思光詩選》中計有十四首與幼椿先生相關的詩；幼椿先生《學鈍室詩草》中亦選錄多首與勞氏酬唱之詩，二人可謂相知甚深。

此詩作於壬子年（1972）春，李幼椿先生七十八壽誕前夕。是夕幼椿先生過訪勞氏寓樓，雖逢懸弧前夕，但幼椿先生厭酬酢，寧此夜話。是夕二人暢談天下事，意興遄發，因以詩歌投贈。此詩凡七律八首，以祝壽為由，備述幼椿先生生平大事，並流露相知相惜之情。

註釋

1. **意興遄發**：興致疾發。遄，音ㄔㄨㄢˊ（chuan2），疾速。
2. **懸弧**：古時生男曰懸弧，昔俗尚武，家中生男，則於門左掛弓一張，故稱之。其後男子生日亦稱「懸弧」。此謂幼椿先生之壽誕。
3. **稱觴為壽**：即指壽誕以觴酒宴客之俗。觴，音ㄕㄤ，（shang1），以酒飲人或自飲。
4. **酬酢**：應酬交往。
5. **兩代論交**：幼椿先生長勞氏三十二歲，就年輩而論，原是與勞氏之父在關外抗日時期相識，但其後多年未有聯繫。直至一九五五年，勞氏由港赴臺時，再度與幼椿先生會晤，時幼椿先生已六十歲。其後兩人常相聚談，多年未曾間斷，為忘年知己。
6. **粲**：笑貌。
7. **清談**：猶清議。談論的內容以對人物、時事的批評為主。
8. **管家樓**：此用管寧之白帽樓之典，此喻指勞先生寓樓。
9. **金樽**：酒樽之美稱。
10. **俗流**：社會上流行的風俗習慣。多含貶義。《禮記・射義》：「幼壯孝弟，耄耋好禮，不從流俗，脩身以俟死者，不在此位也。」

11. **北塞西溟**：邊境遠地。塞，音ㄙㄞˋ（sai4），邊界可據守之要地。溟，音ㄇㄧㄥˊ（ming2），海。
12. **市廛**：市中店鋪。
13. **螻蟻**：螻蛄與螞蟻，泛指微小的生物。《莊子・列禦寇》「在上為烏鳶食，在下為螻蟻食。」
14. **避地幽居**：避居幽遠之地。
15. **劉季**：即漢高祖劉邦，字季，沛豐邑人。初為泗水亭長，秦末群雄並起，沛人立為沛公，與項羽同伐秦，先羽入關；羽立為漢王。尋羽引兵東歸，乃先定三秦，出關攻羽，卒滅羽而有天下，國號漢，定都咸陽。在位十二年崩，廟號高祖。
16. **謝安**：晉・陽夏人，字安石，風度秀徹，神識沉敏，少有重名，徵辟不就，隱居會稽之東山，以聲色自娛。後受桓溫徵為司馬，進拜侍中，孝武帝立，溫權震中外，陰有異志，安與王坦之盡忠匡翼，終能輯穆，溫卒，為尚書僕射，領中書令，苻堅兵百萬次淮肥，京師震恐，安為征討大都督，指揮將帥，大破之，進太保，出鎮廣陵，疾篤還朝卒，諡文靖，贈太傅，世稱謝太傅。
17. **瓜棚語**：鬼故事。清・王漁洋題《聊齋誌異》詩云：「姑妄言之姑聽之，豆棚瓜架雨如絲。料應厭作人間語，愛聽秋墳鬼唱詩。」
18. **縱橫最憶少年狂**：此言幼椿先生自年少才氣縱橫，其於一九一八年與王光祈等發起「少年中國學會」，一九一九年至法國留學。
19. **抗手群英會朔方**：朔方，北荒之地。漢武帝逐匈奴，取河南地，置朔方郡。故城在今鄂爾多斯右翼後旗境。此句應言其於一九三二至一九三三年間與翁照垣等參與長城抗日之役的英勇事跡。
20. **一日分鑣龍戰野**：分鑣，分道。梁・蕭統《文選・序》：「各體互興，分鑣並趨」。龍戰野，本謂陰陽二氣交戰。《易經・坤卦》：「上六，龍戰於野，其血玄黃」。後遂以喻群雄爭奪天下。此句應指國共之間的內戰。
21. **幾番移鼎海生桑**：移鼎，改朝換代。海生桑，謂世事變遷之速。《神仙傳》：「麻姑謂王方平曰：『接待以來，已見東海三為桑田，向到蓬萊水淺，淺於往者會時略半也；起將復為陸乎？』」此句應指山河變色，國民黨失去大陸政權，退守臺灣。

22. **結盟圖霸東西帝**：此句言當時中共已掌握大陸政權，想擺脫蘇聯稱霸，故欲與美國結盟來抗衡蘇聯。

23. **窺境陳師左右王**：左右王，匈奴於單于之下設有左、右賢王，是地方的最高長官。這裡以「左右王」借指蘇聯來對「東西帝」，言當時北方的蘇聯以大軍壓境來威脅中共。

24. **龐侯豈必笑周郎**：龐侯即龐統，周郎即周瑜。此處以龐統喻李幼椿，周瑜喻周恩來。《三國演義》第五十七回：「魯肅邀請龐統入見孫權……權曰：『公之才學，比公瑾何如？』統笑曰：『某之才學，與公瑾大不相同。』權平生最喜周瑜，見統輕之，心中愈不樂」，勞氏借用此一典故，言幼椿先生當時評論周恩來的才幹，並沒有輕視之意，而是就事論事理性評斷。

25. **隆昌**：此指「青年黨」之創始人曾琦，他是四川隆昌人。曾琦（1892～1951），原名昭琮，字錫璜，四川隆昌人，清光緒十八年生。早年留學東瀛，提倡愛國，反日反帝，其後發起「少年中國學會」，創建「中國青年黨」，創辦《醒獅週報》，一生鼓吹國家主義運動，為國事而奔走。民國四十年卒。著有《曾琦先生文集》，收錄其專著、政論、時評與講演稿。

26. **半生同氣甘啣石**：啣石，即精衛填海之精神。《山海經．北山經》：「發鳩之山，有鳥焉，名曰精衛，其鳴自詨，常銜山之木石，以堙於東海。」啣，銜之俗字。此句或謂與幼椿先生一起創立「青年黨」的同志，如曾琦等人。創黨以來，皆抱著報國淑世之心，如精衛填海般，默默耕耘，不畏艱難，為黨國而犧牲奮鬥。

27. **晚節殊途失斷金**：斷金，謂同心協力或情深義厚。《易．繫辭上》：「二人同心，其利斷金」。此句或謂當初一起為黨國犧牲奮鬥的同志，經不起高官厚祿之誘惑，晚節不保，失去同心。一九四五年抗日勝利後，國民黨為了粉飾民主之名，力邀起青年黨、民社黨入閣參政。當時青年黨之黨魁曾琦（慕韓）受邀出任國府委員，幼椿先生與左舜生分任經濟部長及農林部長。當時許多青年黨人都彈冠相慶，只有幼椿先生堅持初衷，拒絕入閣，曾、李自此意見不同。

28. **雞口諺**：即『寧為雞口，無為牛後』之諺語。雞口，雞喙也，常以喻低微而安寧之地位。《史記・蘇秦列傳》：「臣聞鄙諺曰：『寧為雞口，無為牛後』今西面交臂而臣事秦，何異於牛後乎？」張守節正義：「雞口雖小，猶進食；牛後雖大，乃出糞也。」

29. **遠游哀剩屋梁吟**：此句假杜甫〈夢李白〉「魂來楓林青，魂返關塞黑。落月滿屋梁，猶疑照顏色！」之詩意，寫幼椿先生在大陸變色時，曾琦先生將遠去美國，路過上海卻未得與之送別，深表遺憾。

30. **成連**：人名，春秋時人，伯牙嘗從學琴。《樂府題解》「伯牙學琴於成連，三年而成，至於精神寂寞，情之專一，尚未能也。成連曰：『吾師方子春，今在東海中，能移人情。』乃與伯牙俱往至蓬萊山，留宿，謂伯牙曰：『子居習之，吾將迎師。』刺船而去，旬時不返，伯牙近望無人，但聞海水洞汩崩折之聲，山林窅冥，群鳥悲號，愴然而嘆曰：『先生將移我情！』乃援琴而歌，曲終，成連回，刺船迎之還，伯牙遂為天下妙手。」

31. **書生犯難即英雄**：此句言幼椿先生以書生領兵抗日，實為英雄。據《學鈍室回憶錄》載，幼椿先生於東北抗日時，曾與張學良有所接觸，張氏曾對幼椿先生說：「我帶了這麼多的兵，還不及你一個教授帶一批文人來得有力量，有自由，只要膽大，說幹就幹。我現在才了解孫中山先生當年那樣窮，能夠發揮那樣大的革命力量啊！」幼椿先生則想：「但張就不了解，就是要窮與在野，纔能發揮得出有主張的革命力量，一旦在朝有權有勢，再來號召革命，那種革命便為權與勢所淹沒，力量便渙散了呢！」（見《學鈍室回憶錄》，頁 143）

32. **立馬長城戰火紅**：此句應寫一九三二至一九三三年，幼椿先生與翁照垣先生於長城抗日之英勇事跡。（見《學鈍室回憶錄》六〈翁照垣與長城抗日之役〉，頁 139 ～ 161）

33. **寇**：此處應指日寇。

34. **關中**：今陝西省之地，別稱關中。潘岳《關中記》：「東自函關，西至隴關，二關之間，謂之關中。」

35. **布奕**：即步棋；步局。

36. **坐令投戈失舊封**：坐令，猶言致使；空使。投戈，放下武器，謂休兵。舊封，舊有疆域。

37. **一臠爭嘗訝爾曹**：臠，音ㄌㄨㄢˊ（luan2），肉塊。訝，音ㄧㄚˋ（yi4），驚詫。爾曹，汝輩、你們。

38. **張彀**：張滿弓弩。彀，音ㄍㄡˋ（hu4），箭靶。

39. **月兒高**：為古曲名。 據聞朱元璋濫殺功臣之際，有一臣子佯狂高唱《月兒高》避禍。

40. **漁簑隱遯思嚴老**：嚴老，即指嚴光。字子陵，東漢初浙江餘姚人，曾與漢光武同遊學。劉秀即帝後，光改名隱居。光武召之入京，詢以治國安民之策，邀臨朝政，不就。歸隱富春山，耕釣以終，後人名其釣處曰嚴陵瀨。此句乃因幼椿先生掛冠而去後，曾任漁業公司理事長，故云。

41. **薛濤**：唐時名妓。字洪度，本長安良家女，父鄖，宦遊卒蜀中，母孀居貧甚，乃墮樂籍，知音律，工詩詞，喜與時士游。韋皋、白居易、杜牧等皆嘗與唱和。僑寓成都百花潭，親製松花紙及深紅小彩牋，裁書供吟，酬獻賢傑，時號薛濤牋。今其地有薛濤井，相傳即薛濤製牋汲水處，晚衣女冠服，居碧雞坊，剏吟詩樓，相傳有詩五百首。

42. **焚書**：燒毀書籍。多指秦之焚書。《史記．儒林列傳》：「及至秦焚書，書散亡益多。」此喻時局大變。

43. **解牛人自善藏刀**：此引庖丁解牛之典。《莊子．養生主》載：「庖丁為文惠君解牛，奏刀騞人，莫不中音，文惠君贊嘆其技藝之妙。庖丁釋刀云：『平生宰牛數千頭，而今宰牛時全以神運，目未嘗見全牛，刀入牛身若無厚入有間，而遊刃有餘，因此牛刀雖已用了十九年，而其鋒利仍若新發於硎。』」善，擦拭。藏，收藏。

44. **犵鳥蠻花**：邊遠蠻荒之地的景致，此暗指晚年定居之香港。犵，音ㄐㄧㄝˊ（jie2），我國少數民族名。

45. **披肝**：表示真誠相見。

46. **私錄**：私人之記錄。此指幼椿先生寫個人之回憶錄。
47. **公案**：公案有數解。一作官府案件文卷。二作案件。三作話本、戲曲、小說分類之一。四作佛教禪宗指前輩祖師的言行範例。此應作案件，指幼椿先生所經歷過之歷史事件。
48. **虛銜**：空職稱。
49. **隱市傳經**：隱居朝市，傳授經典。晉．王康琚〈反招隱詩〉：「小隱隱陵藪，大隱隱朝市。」此言幼椿先生晚年隱於繁華的香港街市，並於多所學校兼課。
50. **先識**：先見遠識。漢．應劭《風俗通．怪神．城陽景王祠》：「讀見先識，權發酒令。」
51. **大年**：謂長壽。《莊子．逍遙遊》：「小知不及大知，小年不及大年。」
52. **子弟西川傷碧血**：西川指四川；碧血，忠臣烈士所留之血。《莊子．外物》：「萇弘死於蜀，藏其血，三年而化為碧。」。此句乃言大陸變色後，仍有不少青年黨子弟在四川游擊，英勇抗匪，死傷慘重。
53. **門庭南國**：門庭，指其入門弟子。南國，泛指我國南方。《楚辭．九章．橘頌》：「受命不遷，生兮南國。」幼椿先生晚年旅居香港，以授課寫作自娛，此句或指其在香港所收之子弟。
54. **青氈**：汎指傳家之舊物或舊業。《晉書．王獻之傳》：「王獻之在齋中臥，偷人取物，一室之內畧盡。獻之臥而不動，偷遂登榻，欲有所覓。子敬因呼曰：『石染青氈是我家舊物，可特置否？』於是群偷置物驚走。」《語林》亦載此事。
55. **澄清**：清澈、明潔。
56. **期頤**：一百歲。語本《禮記．曲禮上》：「百年曰期、頤」。頤，音一ˊ（yi2），保養。

鑒賞

此組詩計有七律八首，第一首押下平聲十一尤韻。第二首押上平聲十四寒韻。第三首押下平聲七陽。第四首押下平十一侵韻。第五首押上平聲一東韻。第六首押下平聲四豪韻。第七首押下平聲八庚韻。

第八首押下平一先韻。

第一首破題，以白描之手法，寫夜話暢談之情景。首聯寫夜話，扣緊寓樓夜話的主題，言寧與知己夜話，勝過金樽賀壽。此顯現幼椿先生厭酬酢，不同於流俗的本色。項聯論世俗，笑罵現世兒孫輩之行徑，並抒己無官無位，胸次無累之樂。腹聯述興致，言退出政壇後，有閒暇去重溫經史，重遊故地遠勝。尾聯言風骨，其雖已退出政壇，不為世人所識，但仍風骨凜然，視高官顯達如同螻蟻。

第二首寫幼椿先生退出政壇之心境。首聯言隱退與思鄉，雖避地幽居，但心境甚歡；然偶聞鄉訊，仍會憑欄遠眺，有所感慨。此時大陸政權已落入毛澤東之手，毛澤東具有草莽性格，故項聯以劉邦喻之，並用「蹲」字生動的形容出草莽的性格。而大陸時勢已成了這樣的定局，此時已淡出政壇的幼椿先生不免有所感慨，故此聯勞氏以「神識沉敏，少有重名，徵辟不就」的謝安喻之，並用「臥」字生動形容隱士潛藏養晦的性格。腹聯勞氏更加正面的形容幼椿先生是一位悟毀譽，識時艱的人。尾聯敘夜話，則又扣緊夜話之題，以續《聊齋》瓜棚語、東風料峭之情境，營造夜話之氣氛，亦暗喻當時政局之詭異。

第三首追憶幼椿先生少壯事跡及國共之爭。首聯抒壯懷，言其年少時與王光祈等發起「少年中國學會」，又至法國留學與曾琦等建立「中國青年黨」之壯舉；以及壯年與翁照垣等於東北、長城抗日之英勇事跡。項聯言內戰，寫國共之間一旦分道揚鑣，即展開突襲野戰；幾番戰合議談之後，終究破局，移鼎改朝，國民黨失去大陸政權。腹聯，寫中共掌握大陸政權後，毛澤東欲擺脫蘇聯控制，而與美國結盟，共同對抗蘇聯之事。尾聯則言當時幼椿先生評論周恩來，並質疑其是否能兼顧大陸的軍事和經濟問題一事，說明幼椿先生是就事論事，理性評論周恩來的才幹，並沒有輕視人之意。

第四首為幼椿先生感歎，同志為德不終。首聯感親知，屈指一算至親知己，百感交集。遙想當年一起組黨奮鬥之同志曾琦，當初是心懷宏深，膽略過人之士。項聯惋殊節，言半生同氣之同志，當初為了理想，如同精衛填海般，不畏艱難，努力奮鬥；其後何以禁不起高官厚祿之誘惑，晚節不保，失去初衷。腹聯論俗諺，以俗諺「寧為雞口，毋為牛後」警惕青年黨同志，青年黨雖為小黨，但至少是雞口；與國民黨共治後，雖能成其大，卻淪為牛後。「遠游哀剩屋梁吟」，則遺憾大陸變色後，曾琦先生遠赴美國，客死他鄉，幼椿先生感歎當時未能送行，心情誠如杜甫哀悼李白之悲。尾聯悵移情，感歎人世間能始終如一，堅持操守者談何容易？如幼椿先生者，也只能移情海外，獨自愁悵。

第五首論幼椿先生抗日事跡。首聯言抗日，幼椿先生以書生領兵抗日，立馬長城，建立不少戰績。項聯論內蒙邊境建國之事。青年黨在長城抗日期間，正是他們最強勢，大有可為的時候，他們曾一度逼使日軍主和派人士遣使議和，當時日軍議和的條件是同意讓青年黨在內蒙邊境建國，不過遭黨魁曾琦所拒。腹聯便言黨魁曾琦拒絕與日議和之事，當時曾琦拘泥於敵對的形式，認為日軍與我方水火不容，所以拒絕日軍主和派之議，坐失在塞外鞏固組織之機。「九一八事變」，後日軍主戰派佔領東北三省，張學良失去原有的領地；另外，青年黨因失去塞外鞏固之機，導致他們亦無法保持原有的優勢，與日軍主戰派周旋，抵制他們侵中的攻勢。尾聯則言對日抗戰勝利後，四十年來國民黨總是獨攬抗日之功，抹滅青年黨早期抗日之英勇事跡，使這段史實湮沒無人知曉，其實國民黨抗日初期是焦爛無功的。

第六首言抗戰勝利後，國民黨發起三黨共同施政綱領時，幼椿先生知進退，不同流合污參與政權分配一事。首聯辨名利，言歷經八年心力憂勞的抗日戰爭，勝利後令人驚訝的是，爾曹竟為名位而爭鬥不已。頸聯喻福禍，暗諷當時各黨同志們正酣主政的美夢，唯有幼椿先生洞察時局，獨清遠禍。腹聯思隱樂，言功成後退隱，過嚴光般漁隱之生活，嚐薛濤井之甘甜。尾聯明保身，言宜於時局未亂之前先行告退，如同庖丁藏刀般地明哲保身。

第七首寫幼椿先生之退隱生活。首聯寫倦客話舊，言幼椿先生退隱於犵鳥蠻花之地，時有倦客思歸之情，是夕與勞氏披肝夜談至深更。項聯論善惡賢愚，為其夜談之內容，評論善惡賢愚。腹聯言卸銜寫史，卸職後幼椿先生撰寫回憶錄，記錄當時的公案；且虛銜盡解，責任亦輕。尾聯享餘年，言退隱後能領略無求之樂，得以含飴弄孫，以娛晚年。

第八首寫幼椿先生之近況。首聯言隱市，幼椿先生近年隱居香港大城市裡，並在多所學校講課授經，依然有著熱腸冷眼之特質。項聯識進退，幼椿先生具先識，知進退，不棧戀名位；上天應予以逍遙之晚年。腹聯傷子弟，哀憐故鄉四川之青年黨子弟，於大陸變色後仍勇於犧牲，在當地游擊，英勇抗匪，死傷慘重；然今日所教南國之子弟，看重生命，不願自我犧牲。尾聯約期頤，則流露相知相惜之情，共約白頭，並敞壽筵。

英時過港來寓所長談，慨然有作，即柬英時

徐慧鈺述解

其一

高文[1]亂世慰平生，共對滄桑眼倍明。一使東來傳有約，[2]千秋南渡例無成。[3]張皇人競從牛後，[4]詭譎言多擬𣫍聲。[5]欲問先機[6]何處是？開軒長笑指棋枰。

其二

少時意氣說狂夫，絕倒生涯鄭俠圖[7]。入世言詮[8]禍梨棗[9]，開天心事老江湖。勤培花果期春發，厭伴師儒悼德孤[10]。我相年來消欲盡，莫從成敗論吾徒。

其三

花鳥爐峰[11]是舊遊，重來應感異春秋。奇裝過市三千國，[12]酣舞連宵十二樓。[13]淑世諸公餘指使，[14]研經故侶各沉浮。汗青[15]珍重班生筆[16]，一局風雲劫未收。

題解

余英時（1930～），安徽潛山人，生於天津。一九五〇至一九五五年就讀於香港新亞書院及新亞研究所，師從錢穆先生。一九五六至一九六一年就讀於哈佛大學，師從楊聯陞先生，獲得史學博士學位。一九七四年當選中央研究院院士，一九七七年榮獲香港中文大學榮譽法學博士，一九八四年榮獲美國明德學院榮譽文學博士。曾任密西根大學、哈佛大學、耶魯大學、康乃爾大學教授，香港新亞書院院長兼中文大學副校長。現任普林斯頓大學講座教授，中央研究院院士。他是中國思想史的權威，但他與一般講求專精的史學家不同，他學術興趣從古代史一直到當代。他一系列貫通古今中西的通論性著作，以及在中文報刊發表的時事及文化評論，均對全球華人社會產生莫大的影響。英時先生強調學術的自由，曾引用古希臘哲人的話「吾愛吾師，更愛真理」，而用中國古人另一句話「當仁不讓」來形容自己求學的態度。著有《漢代中外經濟交通》、《歷史與思想》、《史學與傳統》、《中國思想傳統與現代詮釋》、《文化評論與中國情懷》、《中國文化與現代變遷》、《歷史人物與文化危機》、《士與中國文化》、《方以智晚節考》、《論戴震與章學誠》、《紅樓夢的兩個世界》、《中國近代思想史上的胡適》、《陳寅恪晚年詩文釋證－兼論他的學術精神與晚年心境》、《猶記風吹水上鱗－錢穆與現代中國學術》、《現代儒學論》等。

此詩作於壬子年（1972），是年余英時經過香港，順道過訪勞氏寓所。勞氏與之長談，感慨良深，作此組詩柬之。

註釋

1. **高文**：優秀詩文，此句言美余英時之文。晉．葛洪《抱朴子．喻蔽》：「格言高文，豈患莫賞而減之哉。」當時余英時一系列貫通古今中西的通論性著作，及中文報刊發表的時事及文化評論，已對全球華人社會產生莫大影響力。

2. **一使東來傳有約**：「一使東來」，是指美國國務卿季辛吉。季辛吉先生於一九七一年七月九日訪問中國。當時即已向中共總理周恩來承諾美國不支持「臺灣獨立」「兩個中國」、「一中一臺」之立場，並提出兩岸可「政治演進」，認同周恩來之主張，臺灣應歸回中國的主張。
3. **千秋南渡例無成**：言千秋以來，南渡的王朝，沒有北伐成功之案例。此句實則因季辛吉之訪問中國大陸，美中間的協議，讓知識份子感慨，反攻大業之難成。
4. **張皇人競從牛後**：張皇，慌張之意。牛後，牛的肛門，比喻處於從屬地位。張炳麟〈雜感〉：「寧為牛後生，毋為雞口活。」此句言為了壯大聲勢，有很多人慌張跟隨眾人之後。
5. **詭譎言多擬鷇聲**：詭譎，音ㄍㄨㄟˇ（gui3），ㄐㄩㄝˊ（jue2），狡詐。鷇，音ㄎㄡˋ（kou4），由母哺食的幼鳥。此句言狡詐的語言，往往佯裝稚幼的聲音說出。
6. **先機**：先占有利的時機。明．何景明〈種麻篇〉：「先機失所豫，臨事徒嗟歎。」
7. **鄭俠圖**：流民圖之代稱。《宋史．鄭俠傳》載：鄭俠任監安上門職務時，以所見居民流離困苦之狀，令畫工繪成流民圖上奏，宋神宗看了以後，一夜睡不著覺，第二天下了責躬詔，罷去方田、保甲、青苗諸法。後以「鄭俠圖」代稱流民圖。
8. **言詮**：謂以言語解說。《陳書．傅縡傳》：「言為心使，心受言詮。」
9. **禍梨棗**：舊時印書多用棗木、梨木雕版，因謂濫刻無用的書為「禍棗梨」。
10. **悼德孤**：《論語．里仁篇》：「子曰：『德不孤，必有鄰』」《集解》何晏注：「方以類聚，同志相求。故必有鄰，是以不孤也。」悼德孤，即言哀傷自己孤立無援。
11. **花鳥爐峰**：此指香港的太平山，其又名香爐峰。
12. **奇裝過市三千國**：指香港地區，各地有穿戴奇裝異服之人，充塞於街市。
13. **酣舞連宵十二樓**：指香港的酒筵歌舞通宵達旦，令人流連於各地的舞榭歌樓。

14. **淑世諸公餘指使**：指使，指揮別人做事。此處用《禮記・曲禮上》：「人生十年曰幼，學。二十曰弱，冠。三十曰壯，有室。四十曰強，而仕。五十曰艾，服官政。六十曰耆，指使。七十曰老，而傳。八十、九十曰耄，七年曰悼，悼與耄雖有罪，不加刑焉。百年曰期，頤」之典故，說明新亞那些以淑世自許的教授們如今歲數已高。

15. **汗青**：史策。文天祥〈過零丁洋〉詩：「人生自古誰無死，留取丹心照汗青。」

16. **班生筆**：指史筆。班生，指班固（西元32～92年），東漢人，字孟堅，他學習《史記》的體制，著成了中國第一部斷代史《漢書》。

鑒賞

此組詩計有七律三首。第一首押下平聲八庚韻。第二首押上平七虞韻。第三首押下平聲十一尤韻。

此組詩為詩柬，為勞氏與英時先生深夜長談，感慨良深之作。

第一首與英時先生論文評事。首聯美高文，言英時先生之文章，在此亂世足以安慰人心；尤其共同經歷滄桑後，看其文章特別明瞭。項聯言美使東來，季辛吉之訪問中國大陸，與周恩來之協議，讓知識份子感慨千秋南渡例無成，臺灣的反攻大業恐怕亦將如此。腹聯諷世人，一般世人總是競相從後跟隨，所發之言論大多是瞎猜不實之言。尾聯識先機，余英時問中國未來之大勢如何？如何識得先機？勞氏則打開軒窗長笑指著棋盤，局勢如棋。

第二首論己處世之道。首聯言年少氣狂，謂己少時意氣狂傲，且不太注意形貌；如今山河淪陷，寄居他鄉有如絕倒之難民。項聯言對入世之舉的感慨，己雖寫了很多文章，出了很多書，不過這些對於當年大學時，有意為國開創新局的我助益多少呢？心中不禁生起老江湖的感慨。腹聯又振作起精神言教育英才是自己時下最感自慰的入世之舉，並言自己處世的態度，並沒有受到身旁一些愛怨天尤人的師朋影響。尾聯言近來已看淡成敗俗譽，體悟功成不必在我之理，故已不從事功的成敗來定位自我的價值。

第三首言回顧與前瞻。首聯言舊地重遊，英時先生重返舊地重遊，應感受到時光的流逝，人事景物之變異。項聯寫當時香港景象，到處充滿著穿戴奇裝異服，流連於酒筵舞榭，通宵達旦的人。腹聯歎人事變遷，英時先生此度回港時，當年教他的老師輩，於今歲數都高了，而同窗們畢業後的前程也各不相同，有人飛黃騰達，有人沉淪不振。尾聯言期許，勉勵英時先生繼續著書立說，並警惕他修亂世之史要謹慎論斷，因為現在的世局看起來，還是詭譎未定啊！

英時寄近作步韻報之　廖湘美述解

人間誰許撥寒灰[1]，逼眼[2]滄桑更幾迴。車過山川皆客路，心安朝市等林隈[4]。久疑配命[5]關多福，翻悟全生貴不材[6]，風雨滿天懷舊切，殷勤尺素[7]手親裁。

題解

此詩作於壬子年（1972），勞氏四十五歲。是年香港新亞書院欲聘任哈佛大學的余英時先生返港擔任書院院長，其業師楊聯陞先生便寄詩相贈余氏，余氏亦和詩於楊氏，並將所和之詩寄於勞氏觀看，勞氏觀後亦作此詩和之，故勞氏題此詩名。

註釋

1. **寒灰**：（1）即死灰。《三國志・魏書・劉廙傳》：「起煙於寒灰之上，生華於已枯之木。」（2）比喻心死。唐・杜甫〈喜達行在所詩三首之一〉：「眼穿當落日，心死著寒灰。」本詩宜作「死灰」解之。
2. **逼眼**：指當時世局多變，實難有作為。
4. **隈**：音ㄨㄟ（wei1）。（1）水流彎曲的地方。《淮南子・覽冥》：「田者不侵畔，漁者不爭隈。」（2）山彎曲的地方。《管子・形勢》：「大山之隈，奚有於深。」（3）角落。《文選・左思・魏都賦》：「考之四隈，則八埏之中；測之寒暑，則霜露所均。」本詩宜作「角落」解之。

5. **配命**：天命定數，語出《詩經．大雅．文王》：「無念爾祖，聿修厥德。永言配命，自求多福；殷之未喪師，克配上帝。宜鑒于殷，駿命不易。」
6. **翻悟全生貴不材**：「全生」典出《莊子．養生主》：「吾生也有涯，而知也無涯。以有涯隨無涯，殆已；已而為知者，殆而已矣。為善無近名，為惡無近刑。緣督以為經，可以保身，可以全生，可以養親，可以盡年。」勞氏自謙不材，故不能為國家大局所用之工具，故能全生。
7. **尺素**：書信。《文選．古樂府．飲馬長城窟行》：「客從遠方來，遺我雙鯉魚；呼兒烹鯉魚，中有尺素書。」

鑒賞

此詩押上平十灰韻，首句入韻。

此七律詩主要書寫先生因余英時轉任在即，面對世局多變所興起之感懷。首聯「人間誰許撥寒灰，逼眼滄桑更幾迴。」即言世事變化滄桑，非人力所能扭轉作為。項聯「車過山川皆客路，心安朝市等林隈。」回想半生到處漂泊為客，但是只要心安，處於林隈亦不在乎。腹聯「久疑配命關多福，翻悟全生貴不材。」先生質疑自己的配命，若承認配命，則不知是否有所作為，如求多福者，則不信配命。反觀世情，不成材者，因不能做為工具，反能全生。尾聯「風雨滿天懷舊切，殷勤尺素手親裁。」在世事多變難料的現勢下，還是提筆書信，遙寄遠人知交舊識，聊以慰藉。

甲寅（一九七四年　四十七歲）

甲寅除夕　廖湘美述解

其一

世味詩情逐歲殊，漸移飲序畏屠蘇[1]。文章習見訛魚豕[2]，法禁[3]唯聞疾俠儒。病對佳辰驚齒髮，夢回高枕[4]感江湖。子雲[5]素薄雕蟲[6]事，俯仰生涯負故吾[7]。

其二

浮沈萬象各前因，容物翻宜草木親。慣臥書城非困學[8]，高吟人海又逢春。每緣理熟忘門戶[9]，稍喜心平定偽真。昨夜寒燈憶年少，頓憐芻狗[10]是斯民。

其三

日高猶許市樓眠，擾擾蝸爭[11]一囅然[12]。久客似忘家萬里，不鳴[13]寧止鳥三年。雷音瓦缶[14]今何世，鵬翼雲霄別有天，悟徹華嚴[15]成壞義，定中光景且流連。

其四

已廢陶家漉酒巾[16]，頗同坡老詎[17]知津[18]。煙塵滿眼供遲暮，風雨彌天換早春[19]。稚女[20]誦詩初合律，故交通問漸無人。屈伸[21]眼底觀消息，笑對盈窗草色新。

題解

此詩作於甲寅年（1973），勞氏四十六歲。為勞氏歲末有感抒懷之作。

註釋

1. **屠蘇**：（1）一種藥草。闊葉，可與肉桂、山椒、白朮、防風等調合為「屠蘇酒」。（2）草庵、平屋。《宋書．索虜傳》卷九十五：「燾所住屠蘇為疾雷擊，屠蘇倒，見壓殆死，左右皆號泣。」（3）一種寬簷帽。形狀似屋，可遮陽。《晉書・五行志》卷二十八：「時童謠曰：『屠蘇鄣日覆雨耳，當見瞎兒作天子。』」本詩宜以「藥草」解之。古人之習，飲酒由長者先。惟屠蘇酒反之，以年少者先飲。此言「畏屠蘇」，表示感慨歲月不待，馬齒徒長。

2. **魚豕**：魯魚，語本《抱朴子・內篇・遐覽》：「書三寫，魚成魯，帝成虎。」亥豕，語本《呂氏春秋・慎行論》：「有讀史記者曰：『晉師三豕涉河』，子夏曰：『非也，是己亥也。夫己與三相似，豕與亥相似。』」後遂指因文字的形體相近而致傳抄或刊刻錯誤。亦作「魯魚亥豕」。
3. **法禁**：指大陸文革後採取法家的立場。
4. **高枕**：本為墊高枕頭睡覺。亦可喻安臥閒適。《三國演義》第一〇三回：「其家主從容自在，高枕飲食而已。」此處則感歎人事浮沈於江湖，恍如一夢。
5. **子雲**：揚雄，字子雲，西漢成都人。其人口吃而博學深思，少喜作賦，多仿司馬相如，後薄之而棄，遂作〈太玄〉以擬《易》，作《法言》以擬《論語》，仿〈倉頡〉篇作〈訓纂〉，仿〈虞箴〉作〈州箴〉。
6. **雕蟲**：比喻為辭作賦時之雕琢修辭。南朝梁・劉勰《文心雕龍・詮賦》：「此揚子所以追悔於雕蟲，貽誚於霧縠者也。」此處即指「為文」一事。
7. **俯仰生涯負故吾**：此指勞氏以為文章乃雕蟲小技，壯夫所不為。但回顧不禁感慨，一生之從事僅區區為文、治學之事。
8. **困學**：遭遇難題，始發憤學習之。《論語・季氏》：「生而知之者，上也；學而知之者，次也；困而學之，又其次也。」後指刻苦勤學。宋・朱熹〈困學詩〉：「困學工夫豈易成？斯名獨恐是虛稱。」此處宜以前者解之。
9. **門戶**：此指學術派別的分歧。
10. **芻狗**：古祭祀時用草編結成的狗形，用後棄之。《三國志・魏書・方技傳・周宣傳》卷二十九：「芻狗者，祭神之物。」後比喻輕賤無用之物。《老子》第五章：「天地不仁，以萬物為芻狗；聖人不仁，以百姓為芻狗。」此處宜以後者解之。

11. **蝸爭**：典出《莊子・則陽》：「有國於蝸之左角者曰觸氏，有國於蝸之右角者曰蠻氏，時相與爭地而戰，伏尸數萬。」蠻氏是蝸牛右角上的國家，觸氏是左角上的國家，兩國爭地，每十五日便一戰，死傷逾萬。比喻為小利而時起爭端，故言「蝸角之爭」、「蠻觸相爭」。此處隱喻時局。

12. **囅然**：囅音ㄔㄢˇ（chan3）。開懷大笑的樣子。《莊子・達生》：「桓公囅然而笑曰：『此寡人之所見者也。』」後多形容女子之微笑。唐・白居易〈酬思黯相公見過弊居戲贈詩〉：「村妓不辭出，恐君囅然咍。」

13. **不鳴**：此指勞氏感慨香港的輿論影響力愈來愈小，所以便少發言論。

14. **雷音瓦缶**：比喻平庸無才德的人卻居於顯赫的高位；亦可用來比喻拙劣的文章卻風行於世。典出屈原〈卜居〉：「。世溷濁而不清，蟬翼為重，千鈞為輕，黃鐘毀棄，瓦釜雷鳴；讒人高張，賢士無名。吁嗟默默兮，誰知吾之廉貞？」戰國楚臣屈原流放江南，於是作〈九歌〉、〈卜居〉等篇，以明己志。〈卜居〉寫其不得楚王召見，遂問於太卜，以解疑惑。該文形容庸人才質雖只瓦釜，卻能發出如雷巨響。屈原以「黃鐘」喻賢士，「瓦釜」喻讒人，感嘆小人得志，而世人無法了解他的高潔堅貞。宋・黃庭堅〈再次韻兼簡履中南玉〉詩三首之三：「經術貂蟬續狗尾，文章瓦釜作雷鳴。」便以「瓦釜雷鳴」比喻文章之拙劣與風行。

15. **華嚴**：中國佛教宗派之一。以華嚴經為該宗教義的依據，故稱為「華嚴宗」。此派從盛唐立宗，至武宗滅佛後，逐漸衰微。

16. **已廢陶家漉酒巾**：漉，音ㄌㄨˋ（lu4），過濾。三國魏・曹植〈七步詩〉：「煮豆持作羹，漉豉以為汁。」晉・陶淵明〈歸田園居〉五首之五：「漉我新熟酒，隻雞招近局。」概勞氏作此詩時，已患胃病一年有餘，其間乃謝 杯中之物。

17. **謔**：戲弄調笑。《詩經・鄭風・溱洧》：「伊其相謔，贈之以勺藥。」唐・李白〈將進酒〉：「陳王昔時宴平樂，斗酒十千恣歡謔。」

18. **知津**：津，渡口。知津指知道渡河口。《論語・微子》：「長沮桀溺耦而耕，孔子過之，使子路問津焉。長沮曰：『夫執輿者為誰？』子路曰：『為孔丘。』曰：『是魯孔丘與？』曰：『是也！』曰：『是知津矣。』」後比喻能辨識路徑。唐．許敬宗〈安德山池宴集詩〉：「獨歎高陽晚，歸路不知津。」本詩此處則語典出蘇軾〈八月七日，初入贛，過惶恐灘〉：「七千里外二毛人，十八灘頭一葉身。山憶喜歡勞遠夢，地名惶恐泣孤臣。長風送客添帆腹，積雨浮舟減石鱗。便合與官充水手，此生何止略知津。」

19. **早春**：時值除夕而近春天。
20. **稚女**：勞氏之女於三、四歲時即隨其習誦詩詞。
21. **屈伸**：彎曲及伸直。引申為進退。《文選．張衡．南都賦》：「出言有章，進退屈伸，與時抑揚。」此言勞氏觀於世局變化而有所屈伸。

鑒賞

這四首七律乃勞氏歲末抒懷之作。第一首旨在感歎自己的現狀與過去自我的期許不同。此詩押上平七虞韻，首句入韻。首聯「世味詩情逐歲殊，漸移飲序畏屠蘇。」藉著喝屠蘇酒的順序 ,興發對歲月流逝之歎。項聯「文章習見訛魚豕，法禁唯聞疾俠儒。」感歎時人為文多有疏漏訛處，而大陸文革後期採法家立場，對文人多所壓抑限制。腹聯「病對佳辰驚齒髮，夢回高枕感江湖。」歲末病中回想奔波江湖多年，如夢倏忽已過大半生。尾聯「子雲素薄雕蟲事，俯仰生涯負故吾。」舉揚雄素薄為文之見，感歎自己終身從事為文與治學與過去志願並不同。

第二首表現勞氏在治學的歷程中，仍不時傷時憂民。此詩押上平十灰，首句入韻。此詩押上平十一真韻，首句入韻。首聯「浮沈萬象各前因，容物翻宜草木親。」世局多變，人事已非，因果昭然，只餘山川草木彷彿相識。項聯「慣臥書城非困學，高吟人海又逢春。」勞氏終身努力治學，不料竟開展了人生另一扉頁。腹聯「每緣理熟忘門戶，稍喜心平定偽真。」說明治學歷程中所懷抱的態度是，只問是非，不執著於派別問題。尾聯「昨夜寒燈憶年少，頓憐芻狗是斯民。」遙想年少之際，反觀今時，頓悟在動盪不安的世局中，哀憐那些受苦者往往是無辜的百姓。

第三首有牢騷意味。此詩押下平一先韻，首句入韻。首聯「日高猶許市樓眠，擾擾蝸爭一囅然。」感慨世人多為小利而引發無謂的爭戰。項聯「久客似忘家萬里，不鳴寧止鳥三年。」有見於香港輿論界的影響力愈來愈小，是以勞氏有兩三年光景少發言論。腹聯「雷音瓦缶今何世，鵬翼雲霄別有天。」過去勞氏的發言或許仍有一些作用，然而時勢畢竟不同。尾聯「悟徹華嚴成壞義，定中光景且流連。」曉悟世事變化自有定理，姑且安住在現世中。

第四首表現勞氏仍抱持著樂觀態度面對多變的人生。此詩押上平十一真韻，首句入韻。首聯「已廢陶家漉酒巾，頗同坡老詎知津。」勞氏因胃病一年多，已不喝酒多時，心境猶比蘇軾樂知津的心態。項聯「煙塵滿眼供遲暮，風雨彌天換早春。」感慨半生奔疲，在這近春的除夕，仍舊風雨滿天。腹聯「稚女誦詩初合律，故交通問漸無人。」敘小女兒三四歲之際隨自己誦詩識詩律，然而過去的舊識卻一一離去。尾聯「屈伸眼底觀消息，笑對盈窗草色新。」勞氏仍對人生抱存希望，笑看人間變化屈伸。

乙卯（一九七五年　四十八歲）

雜詩　四首　廖湘美述解

其一

一夕行朝未制宣，北征舊夢已成煙。盛時身手誇天授[1]，晚景風雲變踵旋。幕府有才誰正命[2]？英雄無福竟高年。平生功過紛綸[3]甚，合付佳兒[4]繼火傳。

其二

霸才乘勢易鷹揚[5]，槊[6]當年定四方。自赦朱溫[7]留國患，遂教項羽歎天亡[8]。分河玉斧[9]謀先拙，爭席金陵[10]事更狂。卻記鄴[11]城全盛日，嵩呼[12]萬歲有吳王[13]。

其三

朔野秋風燧[14]火張，哀兵分與日偕亡[15]。丹書[16]列國新盟約，白骨千軍古戰場。背水功成資北拱[17]，回天[18]志定許南強。可憐八載屯蒙[19]際，田竇[20]笙歌夜未央[21]。

其四

殘宋真依海上槎[22]，飾終儀典[23]尚豪奢。崇祠青骨容稱帝，絕徼[24]炎風未是家。秉筆[25]近臣譏狗尾[26]，從亡諸將悼蟲沙[27]。中原回首山河異，誰向東京錄夢華[28]。

題解

此詩作於乙卯年（1974），勞氏四十七歲。此四首乃感於已故總統蔣介石先生一生興衰所發之作。

註釋

1. **天授**：語出《史記．淮陰侯列傳》：「上常從容與信言諸將能不，各有差。上問曰：『如我能將幾何？』信曰：『陛下不過能將十萬。』上曰：『於君何如？』曰：『臣多多而益善耳。』上笑曰：『多多益善，何為為我禽？』信曰：『陛下不能將兵，而善將將，此乃言之所以為陛下禽也。且陛下所謂天授，非人力也。』」此處意指當時許多人稱許蔣氏為一時之英雄。

2. **幕府有才誰正命**：幕府，古代軍中將帥運籌治事之所。《三國演義》第二十二回：「幕府董統鷹揚，掃除兇逆。」此處意指有才幹的將才往往不能善終。
3. **紛綸**：唐人以後為詩，多以「紛綸」代「紛紜」之語。
4. **佳兒**：指蔣經國。
5. **鷹揚**：（1）威武奮揚如鷹。《詩經．大雅．大明》：「維師尚父，時維鷹揚。」（2）特出。比喻文名遠播，如鷹之飛揚。《文選．曹植．與楊德祖書》：「昔仲宣獨步於漢南，孔璋鷹揚於河朔。」此處應取前者之意。
6. **橫槊**：槊乃武器名，一種長矛。《舊唐書》卷一百四十：「建安之後，天下之士遭罹兵戰，曹氏父子鞍馬間為文，往往橫槊賦詩，故其遒壯抑揚、冤哀悲離之作，尤極於古。晉世風概稍存。」本詩以曹操比喻蔣中正。
7. **朱溫**：指五代．梁太祖朱全忠（西元851～912）。本名溫，五代梁碭山人。初從黃巢為盜，降唐後賜名全忠，官至宣武節度使。篡唐稱帝，國號梁。後為其子朱友珪所殺，廟號太祖。
8. **遂教項羽歎天亡**：意指判斷錯誤。
9. **分河玉斧**：宋太祖趙匡胤認為唐朝的滅亡是由於南詔的原因，因而不想再有大理國犯邊之事，便用玉斧在地圖上沿大渡河劃了條線，便云：「此外非吾所有也。」與大理國劃江而治。
10. **金陵**：即今南京市及江寧縣地。戰國楚時為金陵邑，秦時稱秣陵，三國吳建都於此，改名建業。
11. **鄴城**：地名。春秋時齊邑，秦漢時改置縣。故城約在今河南省臨漳縣境內。此詩意指曹魏政權。
12. **嵩呼**：古時對天子的祝頌辭。《儒林外史》第三十五回：「宮女們持了宮扇，簇擁著天子陞了寶座，一個個嵩呼舞蹈。」

13. **吳王**：曹丕曾被封為吳王。

14. **燧**：古代用以取火的器具。《韓非子・五蠹》：「有聖人作，鑽燧取火，以化腥臊。」

15. **與日偕亡**：典出《尚書・商書・湯誓》：「（王曰）……夏氏有罪，予畏上帝，不敢不正。今汝其曰：『夏罪其如臺？』夏王率遏眾力，率割夏邑，有眾率怠弗協。曰：『時日曷喪？予及汝皆亡！』夏德若茲，今朕必往。爾尚輔予一人，致天之罰，予其大賚汝。爾無不信，朕不食言。爾不從誓言，予則孥戮汝，罔有攸赦。」夏桀曾自比太陽，與日同在。商湯討伐夏桀之際，宣稱百姓如以「時日曷喪？予及汝皆亡！」詛咒夏桀。此處之「日」意指侵華的日軍。

16. **丹書**：（1）用硃筆定罪的文書。《左傳・襄公二十三年》：「執其手，賂之以曲沃，初斐豹隸也，著於丹書。」（2）古代頒給功臣的契券。《漢書・高惠高后文功臣表》卷十六：「於是申以丹書之信，重以白馬之盟，又作十八侯之位次。」（3）周文王所得的緯書。南朝梁・劉勰《文心雕龍・正緯》：「則是堯造綠圖，昌制丹書其偽三矣。」此處應以第一釋義解之。

17. **背水功成資北拱**：意指抗戰勝利，皆賴百姓熱烈擁護。

18. **回天**：（1）比喻權力極大，可扭轉天的運行方向。唐・盧照鄰〈長安古意詩〉：「別有豪華稱將相，轉日回天不相讓。」（2）比喻能夠轉移難以改變的情勢。《新唐書・張玄素傳》卷一〇三：「魏徵嘆曰：『張公論事，有回天之力，可謂仁人之言哉。』」本詩應以後者解之。

19. **屯蒙**：屯（音ㄓㄨㄣ，zhun1）、蒙，皆易經六十四卦卦名。屯卦，震（☳）下坎（☵）上。象剛柔始交而難生之義。蒙卦，坎（☵）下艮（☶）上。進退兩難，不知所適之象。二卦之象皆顯遭逢艱難之際，此正為本詩之意。

20. **田竇**：《史記・魏其武安侯列傳》：「魏其侯竇嬰者，孝文后從兄子也。」又「武安侯田蚡者，孝景后同母弟也，生長陵。魏其已為大將軍後，方盛。」。〈傳贊〉「魏其、武安皆以外戚重，灌夫用一時決筴而名顯。魏其之舉以吳楚，武安之貴在日月之際。然魏其誠不知時變，灌夫無術而不遜，兩人相翼，乃成禍亂。武安負貴而好權，杯酒責望，陷彼兩賢。」意指竇嬰、田蚡皆杖外戚權貴之便，恃權而為任為。

21. **夜未央**：夜未盡。《詩經・小雅・庭燎》：「如何其？夜未央。」《文選・曹丕・燕歌行》：「明月皎皎照我床，星漢西流夜未央。」此處意指日夜笙歌不絕。
22. **槎**：音ㄔㄚˊ（cha2），木筏。唐・孟浩然〈歲暮海上作詩〉：「為問乘槎人，滄洲復誰在。」（2）樹枝。唐・盧照鄰〈行路難〉：「君不見長安城北渭橋邊，枯木橫槎臥古田。」本詩應以「木筏」解之。
23. **飾終儀典**：意指死後追思儀典的陣仗。
24. **絕徼**：徼音ㄐㄧㄠˋ（jiao4）邊界、邊塞。《史記・司馬相如傳》：「南至牂柯為徼。」絕徼，意指邊區。
25. **秉筆**：執筆為文。《文選・顏延年・皇太子釋奠會作詩》：「侍言稱辭，惇史秉筆。」
26. **狗尾**：此用「狗尾續貂」典。古代近侍之臣以貂尾為帽冠之飾，晉時朝廷任官浮濫，致使貂尾不足，遂以狗尾代之，以諷刺任官太濫。《晉書・趙王倫傳》：「每朝會，貂蟬盈坐，時人為之諺曰：『貂不足，狗尾續。』」後亦比喻用較差的接續在好的後面。
27. **蟲沙**：比喻微小無足輕重的東西。唐・皇甫枚〈王知古〉：「某蟲沙微類，分及湮淪；而鐘鼎高門，忽蒙採拾。」
28. **東京錄夢華**：（1）漢時稱洛陽為「東京」。如張衡有〈東京賦〉。（2）宋時稱開封亦為「東京」。夢華：比喻追思往事，恍如夢境。本詩意指《東京夢華錄》，作者孟元老，自號為幽蘭居士，為北宋末至南宋初時人，生平不詳。出身官宦家庭，得以隨家人遊歷南北。宋徽宗崇寧年間至當時北宋的首都汴京城遊歷，直到靖康之禍時才離去往南。他在京城旅居二十三年之久。南宋高宗紹興年間撰書。書寫當時奢侈之社會風氣，也寫南宋初期的兵荒馬亂，孟元老親身經歷北宋晚年首都的繁華景象，又親歷見北宋亡國之痛，不禁慨歎前後強烈對比：

「古人有夢遊華胥之國，其樂無涯者，僕今追念，回首悵然，豈非華胥之夢覺哉！」

鑒賞

第一首總論蔣介石先生一生之起伏。此詩押下平一先韻，首句入韻。首聯「一夕行朝未制宣，北征舊夢已成煙。」過去蔣介石曾領導國民軍贏得勝利，如今北征舊夢已成過往雲煙。項聯「盛時身手誇天授，晚景風雲變踵旋。」以韓信與漢高祖對話比喻蔣氏極盛時曾被誇做英雄，但好景不常，風雲變色。腹聯「幕府有才誰正命，英雄無福竟高年。」蔣氏幕府中的人才多半已犧牲了，蔣氏雖長壽，卻無福實踐自己的舊夢。尾聯「平生功過紛綸甚，合付佳兒繼火傳。」對於蔣氏一生的功過評論紛紜，不過最後蔣氏遺願尚可託付子孫蔣經國傳繼下去。

第二首旨在說明國共期間的蔣氏政權。此詩押下平七陽韻，首句入韻。首聯「霸才乘勢易鷹揚， 槊當年定四方。」遙記當年蔣氏雄才霸勢平定四方。項聯「自赦朱溫留國患，遂教項羽歎天亡。」蔣氏因一時判斷錯誤，徒留後患而失國。腹聯「分河玉斧謀先拙，爭席金陵事更狂。」是指當年蔣氏與共產黨劃區而治失策，使共產黨能藉由佔據西北之機，發展勢力，與之抗衡。尾聯「卻記鄴城全盛日，嵩呼萬歲有吳王。」則指即便蔣氏當年失策，導致共產黨日後壯大，不過，回想蔣氏的勢力在強盛時期，也曾經教共產黨屈服，共產黨的主席毛澤東那時就曾公眾大喊過:「蔣主席萬歲」，可證之。

第三首書寫歷經艱辛的對日抗戰，終於贏得勝利之果。此詩押下平七陽韻，首句入韻。首聯「朔野秋風燧火張，哀兵分與日偕亡。」指中日之戰如火般地蔓延開來，哀兵遍野。項聯「丹書列國新盟約，白骨千軍古戰場。」犧牲了無以計數的生命，辛苦換來了與列國簽訂新的盟約。腹聯「背水功成資北拱，回天志定許南強。」艱苦的抗戰勝利得到民眾的擁護。尾聯「可憐八載屯蒙際，田竇笙歌夜未央。」感慨在此艱難之際，黨內已有腐化之勢。

第四首旨在說明蔣氏退守來臺的境況。此詩押下平六麻韻，首句入韻。首聯「殘宋真依海上槎，飾終儀典尚豪奢。」蔣氏政權飄揚過海至臺，蔣氏亡故時儀式辦得風光盛大。項聯「崇祠青骨容稱帝，絕徼炎風未是家。」委身邊區畢竟無法回返中原，如今只剩白骨一付在祠徒供後人憑弔。腹聯「秉筆近臣譏狗尾，從亡諸將悼蟲沙。」指蔣氏旁文臣未有特出者，而過去從亡兵將則多如蟲沙。尾聯「中原回首山河異，誰向東京錄夢華。」回首中原山河早已易主，又有誰能幫忙記錄留下過去的美好呢！

普城即事　吳幸姬述解

頻年世事歎鮎魚[1]，卻向殊方認故居。楊柳殷勤仍作碧，友生問訊未全疏。身同鴻漸[2]宜安桷[3]，象玩龍潛[4]且著書。依樣湖山供嘯傲，鬢霜無奈老相如[5]。

案：是年予再訪普林斯頓[6]，仍居麥基樓原址，入門景物恍如昔日，徘徊興感。次日作此律。

題解

這首七律作於乙卯年（1975），勞氏四十八歲。勞氏曾於一九七〇年（四十三歲）初訪普林斯頓大學，這一年再訪，仍居原址，故地重遊，感懷遂起，故發為詩歌以詠之。

註釋

1. **鮎魚**：魚名。依《爾雅・翼》所載，鶗魚，身滑無鱗，謂之鮎魚，言黏滑也。一名鯷魚，善登竹，以口銜葉，而躍於竹上。大抵能登高，其有水堰處，輒自下騰上，愈高遠而未止，諺曰鮎魚上竹。喻克服困難達目的也。
2. **鴻漸**：喻仕進也。《易・漸》：「鴻漸於木」。孔〈疏〉：「鴻，水鳥也；漸進之道，自下升高，故取譬鴻飛自下而上也。初之始進未得祿位，上無應援，體又窮下，若鴻之進于河之木，不得安寧也。」

3. **桷**：《六書故》：「桷，鴻駢趾不能木栖，得桷可安。桷，蓋柯之大者，取以為椽。」《易．漸》：「鴻漸于木，或得其桷」。朱子〈本義〉：「桷，平柯也」。
4. **龍潛**：即潛龍也。本謂聖人在下隱而未顯之象。喻遭時不遇之英雄也。《易．乾》：「初九，潛龍勿用」。《文言》曰：「初九曰潛龍勿用，何謂也？子曰：龍德而隱者也，不易乎世，不成乎名，遯世無悶，不見是而無悶，樂則行之，憂則違之，確乎其不可拔，潛龍也。」
5. **相如**：謂漢司馬相如。司馬相如，成都人，字長卿。少好書，學擊劍，慕藺相如之為人，口吃而善著書。景帝時，為武騎常侍，病免。武帝時，以獻賦為郎。通西南夷有功，尋拜孝文園令，又以病免。所作有〈子虛〉、〈上林〉、〈大人〉等賦。詞藻瑰麗，氣韻排宕，為漢代之詞宗。揚雄稱之曰：長卿之賦，非自人間來，神化之所至也。見《史記》卷一一七，《漢書》卷五十七。
6. **普林斯頓**：普林斯頓大學（PRINCETON UNIVERSITY, U.S.A.）創校於一七四六年，一八九六年以前為紐澤西學院，為美國著名學府，位於紐約和費城之間的普林斯頓上。在學術上享有極高的聲譽。

鑒賞

這首七律主要書寫勞氏再訪普林斯頓大學時所興起的感懷。首聯「頻年世事歎鮎魚，卻向殊方認故居。」即言自離開普城後，世事多變，未能如「鮎魚上竹」克服困難達到目的。多年過去，今日舊地重遊，竟有如返鄉一般的情思升起。項聯「楊柳殷勤仍作碧，友生問訊未全疏。」由景寫情，前句既言景物依舊，亦點出時令正值春天；後句則言闊別多年，昔日熟悉之友生前來問訊，仍見情意。腹聯「身同鴻漸宜安桷，象玩龍潛且著書。」則以「鴻漸安桷」、「象玩龍潛」來表述自己選擇著書安頓生命。這一表述等於回應了前聯所謂「友生問訊」。尾聯「依樣湖山供嘯傲，鬢霜無奈老相如。」則言面對普城如此湖光山色，亦不免有司馬相如臨老之嘆。這首詩押的是上平聲六魚韻。

乙卯歲除書懷　吳幸姬述解

其一

嚴氣[1]宵深逼鬢絲，天涯節序旅人知。平湖冰解隨緣活，故國雲封[2]入夢遲。東壁雄文供考信[3]，南雷苦志託明夷[4]。眼前萬木凋如此，尚有群鴉急繞枝。

其二

民志唯尊木偶[5]靈，非儒今見別傳經。長城久壞傷甘露[6]，巨廈誰支惜大星[7]。一鼠虎鳴偏作態，數峰曲罷不成青。堯城[8]舜塚[9]誰知路？白雁中原日暮聽。

其三

世事鴻泥[10]任淺深，笑啼各付去來今。廿年孤往留鋼骨，百劫相煎證道心。西北妖虹狼在戶[11]，東南眉月[12]鳥歸林。平生不灑新亭淚[13]，喜對吳鉤[14]伴夜吟。

其四

魚羹雞脯佐辛盤，餞歲聊分幼女歡。七日預占來復近[15]，頻年漸覺遠遊難。興非畏客無新識，病久忘醫恃內觀[16]。今夜詩成春有信，五更[17]風過不知寒。

案：是夜黎明時忽轉暖，亦罕有事也。

題解

這四首七律作於乙卯年（1975），勞氏四十八歲。旅美的勞氏在此歲末年終之際，聞知周恩來死亡的消息，感己憂時之情頓生，遂發為詩歌以紀之。

註釋

1. **嚴氣**：嚴寒之氣也。《文選・謝惠連・雪賦》：「玄律窮，嚴氣升，焦溪涸，湯谷凝」。

2. **雲封**：雲鎖也。趙冬曦〈飲酎用樂賦〉：「銅駝月冷，金門雲封」。
3. **東壁雄文供考信**：「東壁」乃指清人崔述（字武承）。其人幼有奇才，乾隆間舉於鄉，嘉慶間歷知福建省羅源、上杭諸縣，有廉聲。後乞歸，以著述終老。述之學以考證為主，不墨守舊說，無從考證者輒以不知置之，不敢妄言以惑世。所著甚夥，惟《考信錄》最有名。其自序云：「居今日欲考唐虞三代之事，是非必折衷孔孟，而真偽必取信於《詩》、《書》，而聖人之真可見，聖人之道可見也」。
4. **南雷苦志託明夷**：「南雷」乃指明末清初人黃宗羲（字太沖，號梨洲）。其父尊素死詔獄，宗羲具疏訟冤，袖長錐錐許顯純等，莊烈帝歎為忠義孤兒。歸益肆力於學，盡發家藏書讀之。不足，復借鈔之，建續鈔堂於南雷，以承東發之緒。受業劉宗周，南太學諸生作留都防亂公揭，瑺禍諸家子弟，推宗羲為首。及江南奄黨糾宗周，並及宗羲，會清兵至得免。隨孫嘉績、熊汝霖諸君於江上，魯王以為左僉都御史。後海上傾覆，乃奉母返里，畢力著述。其學主先窮經，而求事實於史，以濂洛之統，綜會諸家，從游日眾。康熙中舉鴻博，薦修明史，均力辭，詔取所著書宜付史館，史局大案，必咨之。卒年八十有六。私謚文孝。著有《南雷文定》、《明儒學案》等書數十種。學者稱南雷先生。其所撰《明夷待訪錄》一書，乃論治平之法，其目分原君、君臣、原法、買相、學校、取士、建都、方鎮、田制、兵制、財計、胥吏、奄官十三類。宗羲自序云：「吾雖老矣，如箕子之見訪，或庶幾焉。豈因夷之初旦，明而未融，遂祕其言也」。觀此知其名書之旨矣。
5. **木偶**：《史記・孟嘗君傳》：「孟嘗君將入秦，賓客莫欲其行，諫不聽，蘇代謂曰：今但代從外來，見木偶人與土偶人相與語，木偶人曰：天雨，子將敗矣。土偶人曰：我生於土，敗則歸土，今天雨，流子而行，未知所止息也。今秦虎狼之國也，而君欲往，如有不得還，君得無為土偶人所笑乎？孟嘗君乃止。」喻神化毛澤東。
6. **甘露**：謂甘露之變。唐文宗太和九年，宰相李訓、王涯等謀誅宦官，詐使人言左金吾廳事後石榴樹上有甘露，請帝觀之，而密伏甲兵於廳內，蓋欲藉此引諸宦者至而殺之也。宦官仇士良率諸宦先帝至，窺見甲兵，大驚告變，遽扶帝輦入內，一面聲言李訓等謀行大逆，急召禁兵至，李訓、王涯等皆被殺，夷其族。史稱甘露之變。（參《新唐書・李訓傳》卷179。）

7. **大星**：《史記・天官書》：「東有大星，曰狼。狼角變色多盜賊。下有四星曰弧，直狼。」喻周恩來。
8. **堯城**：堯都平陽。〈括地志〉云：今晉州所理平陽故城是也。喻幽居之地。
9. **舜塚**：《史記・五帝本紀》云：舜「踐帝位三十九年，南巡狩，崩於蒼梧之野。葬於江南九疑，是為零陵。」《集解》云：「《皇覽》曰：舜冢在零陵營浦縣，其山九谿皆相似，故曰九疑。《傳》曰：『舜葬蒼梧，象為之耕。』《禮記》曰：『舜葬蒼梧，二妃不從。』」
10. **鴻泥**：喻經過之痕跡。蘇軾〈和子由澠池懷舊〉：「人生到處知何似，應似飛鴻踏雪泥，泥上偶然留指爪，鴻飛那復計東西」。
11. **狼在戶**：狼乃東方星名。《史記・天官書》：「東有大星，曰狼。狼角變色多盜賊。下有四星曰弧，直狼」。狼在戶，指狼星高照。
12. **眉月**：謂新月如眉也。
13. **新亭淚**：東晉諸名士於江蘇省江寧縣新亭飲宴，感國土淪喪，歎息流淚，後因以喻憂時者。《晉書・王導傳》：「過江人士，每至暇日，相要出新亭飲宴。周顗中坐而歎曰：風景不殊，舉目有山河之異。皆相視流涕，惟導愀然變色曰：當共戮力王室，克復神州，何至作楚囚相對泣邪？」
14. **吳鉤**：刀劍名，頭少曲故名。
15. **七日預占來復近**：《易・復》：「亨，出入無疾，朋來無咎。反復其道，七日來復，利有攸往。」指勞氏從《易經》的復卦看兩岸之局勢。
16. **內觀**：反省。《列子・仲尼》：「務外游，不知務內觀」。此處謂調理。
17. **五更**：謂午前四時，戊夜。漢魏以來，一夜區分為五分。甲夜（初更、今午後八時）、乙夜（二更、午後十時）、丙夜（三更、午前零時）、丁夜（四更、午前二時）、戊夜（五更、午前四時），或謂五鼓，或謂五夜。詳見《漢官舊儀》、《顏氏家訓．書證》。

鑒賞

這四首七律均發於歲末年終之際，勞氏聞知唯一可以制衡四人幫的周恩來已亡，深感周死而毛澤東未死，將來必殃及海內，故發為詩歌以言感己憂時之懷。

第一首詩感己憂時。首聯「嚴氣宵深逼鬢絲，天涯節序旅人知。」即言天涯作客對節令變換的深刻感受。「嚴氣宵深」一詞，即破詩題。項聯「平湖冰解隨緣活，故國雲封入夢遲。」則承上聯而說，意謂嚴冬一過，湖水自然冰解而魚兒又能隨緣活躍於湖上，然而，勞氏卻無力撥雲夢見故國。旅美的勞氏在此歲末年終之際，聞知周恩來死亡的消息，感己憂時之情頓生，因此，勞氏在腹聯「東壁雄文供考信，南雷苦志託明夷。」自嘲在中國政局詭變之中和文化將墜之際，自己卻僅能像崔述般考證古史（勞氏此刻正在撰寫《中國哲學史》一書），繼而想起了黃宗羲作《明夷待訪錄》以檢討明亡事由。尾聯「眼前萬木凋如此，尚有群鴉急繞枝。」則是呼應首聯「嚴氣宵深逼鬢絲」的具象描述，藉以暗喻當時很多華人在美國開會就如同開求職的研討會一般，在亂世中亟覓安身之所。這首詩押的是上平聲四支韻。

第二首詩描寫勞氏對周恩來死後四人幫爭鬥情形的看法。首聯「民志唯尊木偶靈，非儒今見別傳經」即言周恩來死後，四人幫將毛澤東神化，而以法非儒，批鬥鄧小平、劉少奇等人。項聯「長城久壞傷甘露，巨廈誰支惜大星」則以唐文宗時的甘露之變來暗喻四人幫逼林彪叛變，可謂自毀長城。周恩來一死，無人可以制衡四人幫，將使國家陷入動亂飄搖之中，故云：「巨廈誰支惜大星」。腹聯上句「一鼠虎鳴偏作態」喻鄧小平為副總理後的作為，而下句「數峰曲罷不成青」則喻江青能力不好，人緣又差，即使從毛澤東那裡獲得權力，但毛死後江青必敗。勞氏環顧大陸整個局勢的走向，文化大革命後期形式上是衰了，故於尾聯「堯城舜塚誰知路？白雁中原日暮聽。」中發問，毛澤東晚年是會失權如堯帝幽居堯城，還是一如舜帝積勞而死呢？這首詩押的是下平聲九青韻。

第三首詩旨在感時明心。首聯「世事鴻泥任淺深，笑啼各付去來今」狀勞氏此刻坦然以對世事的多變。勞氏接著在項聯「廿年孤往留鋼骨，百劫相煎證道心。」中表述自己廿年來對家國的關心與忠貞，雖歷百劫而不曾動搖改志。腹聯前句「西北妖虹狼在戶」喻中蘇的緊張關係，後句「東南眉月鳥歸林」則喻臺灣當局對文化大革命的漠不關心，一副無事悠閒狀。面對海峽兩岸的局勢，勞氏在尾聯「平生不灑新亭淚，喜對吳鉤伴夜吟。」中表述了他的態度。勞氏不願像東晉仕紳一般，除了哭泣之外，無計可施；他寧可佩帶刀劍，共赴國難。這首詩押的是下平聲十二侵韻。

第四首詩呼應詩題綜述近況。首聯「魚羹雞脯佐辛盤，餞歲聊分幼女歡。」述勞氏在除夕夜有幼女承歡之樂。項聯「七日預占來復近，頻年漸覺遠遊難。」則言勞氏占得復卦，謂其病情有康復之跡；同時，勞氏覺得近年早已不勝遠遊。腹聯「興非畏客無新識，病久忘醫恃內觀。」敘述勞氏居家養病期間，既無結交新朋友，亦不再就醫，端靠自我調理來療癒其胃病等病根。尾聯「今夜詩成春有信，五更風過不知寒」則敘述勞氏雖徹夜寫詩，但因那夜黎明時忽轉暖，故晨風襲身亦不覺得寒冷。這首詩押的是上平聲十四寒韻。

丙辰（一九七六年　四十九歲）

聞京訊有感　吳幸姬述解

其一

狂才[1]當世更誰先？蹴踏[2]乾坤[3]廿八年[4]。蛇哭舊傳興赤帝[5]，鰲鳴竟兆立黃天[6]。從龍[7]麻閣[8]頻呼逆，畫虎[9]椒房[10]濫竊權。舉目山河奔鹿[11]急，好拈史筆[12]待新編。

其二

毒龍[13]老性益難馴，已作君師欲作神。用眾漫誇言即法，戮功真擬道無親。經綸[14]但喜移山計[15]，圖讖[16]先徵覆手[17]人。聞說南朝[18]頒教令，還憑枯骨市[19]寬仁。

其三

訃音[20]猶使萬方驚，豈有梟雄[21]負此生。力廢秉彝[22]張羿彀[23]，苦專大柄[24]鑿堯城。東夷[25]昔授漁人利[26]，北虜[27]今陳獵塞兵。占盡榮華仍是夢，可憐成敗未分明。

其四

洞庭[28]落木望歸魂，秦嶺[29]斜陽認故屯。一代風雲從此盡，百年俎豆[30]付誰尊？流傳紙貴[31]塗鴉[32]句，顛倒聲喧指鹿[33]言。曾向咸陽[34]觀鹵簿[35]，消亡霸氣感中原。

題解

這四首七律作於丙辰年（1976），勞氏四十九歲。是年北京傳來毛澤東死訊，故勞氏寫此組詩以抒其對毛氏政權的看法。

註釋

1. **狂才**：謂志極高而行不掩的人才。《論語．子路》：「子曰：不得中行而與之，必也狂狷乎！狂者進取，狷者有所不為也。」〈集注〉：「狂者，志極高而行不掩」。勞氏在此以「狂才」論謂毛澤東。毛澤東（1893～1976），湖南湘潭人，字潤之，湖南省立第一師範畢業，曾任北京大學圖書館助理員。一九二一年，加入中國共產黨，自此以後，一路領導叛亂，策動暴動，至抗戰勝利後，更指揮中共全面擴大叛亂，以武力篡奪大陸河山。一九五〇年，成立中華人民共和國，自任主席，不斷發動權力鬥爭，鞏固個人獨裁地位。一九六六年，發動文化大革命，摧毀中國文化，唆使無知青年，清算鬥爭，焚燒屠殺，慘絕人寰。

2. **蹴踏**：踐踏也。杜甫〈韋諷錄事宅觀曹將軍畫馬圖引〉：「霜蹄蹴踏長楸間，馬官廝養森成列。」
3. **乾坤**：即天地。杜甫〈登岳陽樓〉：「吳楚東南坼，乾坤日夜浮」。
4. **廿八年**：毛澤東自對日抗戰勝利後至一九七六年死，共廿八年。
5. **蛇哭舊傳興赤帝**：《史記・高祖本紀》：「高祖被酒，夜徑澤中，拔劍斬蛇，蛇分為兩。後人來至蛇所，有一老嫗夜哭。人問何哭？嫗曰：吾子，白帝子也。化為蛇當道，今為赤帝子斬之，故哭。」《集解》：「應劭曰：赤帝，堯後謂漢也。」故赤帝子即謂漢高祖也。
6. **鰲鳴竟兆立黃天**：「鰲」字有二義：《說文新附》：「鰲，海中大鱉也。」《一切經音義・十九》：「鰲，海中大龜也，力負蓬（萊）、瀛（洲）、（方）壺三山」。《後漢書・孝靈帝紀》：「二年六月，北海地震。東萊、北海海水溢」。《後漢書・志第十五・五行三》：「靈帝熹平二年，東萊海出大魚二枚，長八九丈，高二丈餘。明年，中山王暢、任城王博並薨。」注云：「京房《易傳》曰：『海出巨魚，邪人進，賢人疏。』臣（劉）《昭》謂此占符靈帝之世，巨魚之出，於是為徵，寧獨二王之妖也！」據此可知，「鰲鳴」一詞，當指東漢靈帝熹平二年，北海地震，鰲魚自東萊海出現一事。至於「黃天」一詞，乃漢黃巾賊張角之自稱。他自以為土德代漢，有天下之意。《後漢書・孝靈帝紀》：「中平元年，鉅鹿人張角，自稱黃天。」《宋書・符瑞志》：「中平元年，黃巾賊起，云：蒼天已死，黃天當立」。依史載，故云：「鰲鳴竟兆立黃天」。喻改朝換代。

7. **從龍**：謂從帝王創業也。龍喻帝王。《易・乾》：「雲從龍，風從虎，聖人作而萬物睹」。
8. **麻閣**：朝廷綸命曰麻。故麻閣當指中央官署。
9. **畫虎**：語出《後漢書・馬援傳》：「所謂畫虎不成，反類狗者也。」《顏氏家訓・雜藝》：「畫虎不成，多所傷敗。」
10. **椒房**：謂皇后所居之殿。又皇后亦稱椒房。《爾雅翼》：「椒實多而香，漢世皇后稱椒房，……取其實蔓延盈升。以椒塗屋，亦取其溫暖。」
11. **奔鹿**：疾走之鹿。
12. **史筆**：謂書歷史所用之筆。亦指歷史家記載之筆法。
13. **毒龍**：有毒之龍也。《五代史・唐祖家人傳》：「僧誠惠自言，能降龍。嘗過鎮州，王鎔不為之禮，誠惠怒曰：吾有壹龍五百，當遣毒龍揭片石，常山之人，皆魚鱉也。會明年滹沱大水，壞鎮州關城，人皆以為神。
14. **經綸**：以治絲之事，喻規畫政治也。《中庸》：「惟天下至誠，為能經綸天下之大經。」
15. **移山**：喻有志竟成。《列子》中有愚公移太行、王屋二山事。此言毛澤東有毛三篇，其中一篇即為愚公移山，故在此詩中「移山」一詞乃喻其硬來蠻幹。
16. **圖讖**：謂河圖洛書等符命之書。言王者受命之徵驗也。《後漢書・光武紀》：「宛人李通等，以圖讖說光武曰：劉氏復起，李氏為輔。」〈注〉：「圖，河圖也。讖，符命之書。讖，驗也，言為王者受命之徵驗也。」指毛澤東的「毛」似唐以後有的覆手的圖讖。
17. **覆手**：猶云反手、覆掌。喻事之至易也。
18. **南朝**：東晉後，宋、齊、梁、陳四朝均據南方之地，史稱南朝。此處指臺灣。
19. **市**：買、求。
20. **訃音**：訃告也。從外告人死，謂之訃音也
21. **梟雄**：謂凶狡強悍之雄傑。《後漢書・袁紹傳》：「除忠害善，專為梟

雄。」

22. **秉彝**：人心所執持之常道也。與秉夷同。《詩・大雅・烝民》：「民之秉彝，好是懿德。」
23. **張羿彀**：張弩也。《莊子・德充符》：「遊於羿之彀中中央者，中地也，然而不中者，命也。」
24. **大柄**：大權也。《禮記・禮運》：「禮者，君之大柄也。」
25. **東夷**：東方未開化之地。又東方蠻人。《左氏・襄・二十九》：「杞，夏餘也，而即東夷。」此處指日本。
26. **漁人利**：即鷸蚌相爭，漁人得利。喻兩者相爭不下，而第三者安享其利也。喻共產黨。
27. **北虜**：北方之蠻族、敵人。此處指蘇聯。
28. **洞庭**：湖名。在湖南省境，為中國第一淡水湖。
29. **秦嶺**：亦名秦山，即終南山，簡稱南山。自甘肅省天水縣蜿蜒東行，橫亙陝西省南部，直至河南省陝縣。主峰在陝西省長安縣南。沿途有鳥鼠、朱圉、太一、太華諸名，總稱秦嶺山脈，參《讀史方輿紀要・陝西・名山》。
30. **俎豆**：古祭祀時盛物之兩種禮器。
31. **紙貴**：即謂洛陽紙貴。依《晉書・文苑傳》所載，左思欲賦三都，移家京師，詣著作郎張載，訪岷邛之事，構思十年。賦成，皇甫謐為賦序，張載為注魏都，劉逵注吳、蜀而序之。張華見而歎曰：班、張之流也。於是豪貴之家，競相傳寫，洛陽為之紙貴。今以喻著作之風行一時。
32. **塗鴉**：謂書寫拙劣也。
33. **指鹿**：即謂指鹿為馬。喻顛倒是非也。《史記・秦二世本紀》：「趙高欲為亂，恐群臣不聽，乃先設驗。持鹿獻於二世曰：馬也。二世笑曰：丞相誤耶，謂鹿為馬。問左右，左右或默，或言馬以阿順趙高，或言鹿者。高因陰中諸言鹿者以法。」此喻香港之左派言論。
34. **咸陽**：秦代都城。
35. **鹵簿**：《漢官儀》：「天子車駕次第，謂之鹵簿。兵衛以甲盾居外為前導，皆著之簿，故曰鹵簿。」

鑒賞

這四首七律乃是針對毛澤東而作。

第一首詩綜論毛澤東的一生。勞氏在此既評其人，亦評其事，可見其史詩的筆法。首聯「狂才當世更誰先，蹴踏乾坤廿八年」述及毛澤東自對日抗戰勝利後至一九七六年死，以領袖之姿在政治場域爭鬥了廿八年，故勞氏以「狂才」論之。項聯「蛇哭舊傳興赤帝，鱉鳴竟兆立黃天」則藉漢高祖劉邦竄起的傳說，以及東漢末年黃巾賊起的災異論說，來隱喻毛澤東建立中華人民共和國的歷程。腹聯「從龍麻閣頻呼逆，畫虎椒房濫竊權」則進一步藉漢代權臣弄權和后妃干政的典故，來隱喻劉少奇、鄧小平和江青等人與毛澤東之間的權力鬥爭。尾聯「舉目山河奔鹿急，好拈史筆待新編。」則述及勞氏有感於中華民國建立不久，卻因國共內戰而使國民政府退守臺灣，改由毛澤東所建立的中華人民共和國統治大陸，山河變色之快，一如疾走之鹿，揭開了歷史的新頁。這首詩押的是下平聲一先韻。

第二首詩直寫毛澤東晚年掀起文化大革命的權力爭鬥。首聯「毒龍老性益難馴，已作君師欲作神。」暗指毛澤東在一九六六年文化大革命發生的初期，已年邁七十三歲的他唯恐自己「大權旁落」而重回「第一線」，並神化了自己。他從武漢游罷長江回到北京，就奪了劉少奇和鄧小平的權，並親自指揮文革，召開中共八屆十一中全會「炮打劉少奇、鄧小平司令部」，另立林彪為「接班人」。項聯所謂「用眾漫誇言即法，戮功真擬道無親。」則指毛澤東在文革期間，藉由「毛語錄」完全掌握了輿論與思想，唆使青年，利用紅衛兵，清算鬥爭有功者，焚燒屠殺，慘絕人寰。腹聯「經綸但喜移山計，圖讖先徵覆手人。」則指毛澤東集黨政軍大權於一身，呼風喚雨，發動一次又一次的運動，如同愚公移山般硬來，透過階級鬥爭，如「覆手」般輕易地分裂中國社會。尾聯「聞說南朝頒教令，還憑枯骨市寬仁。」則言蔣經國先生令人不要對毛亡事件發表激烈的言論。這首詩押的是上平聲十一真韻。

第三首詩論及毛澤東對歷史的影響。首聯「訃音猶使萬方驚，豈有梟雄負此生。」點出毛澤東的死訊。項聯「力廢秉彝張羿彀，苦專大柄鑒堯城。」寫毛澤東推動文革，破壞中國傳統文化，以集權於一身。腹聯「東夷昔授漁人利，北虜今陳獵塞兵。」則指毛澤東雖然利用中蘇衝突在對日抗戰中擴展了自己的軍力，繼而取得國民政府在大陸的政權，但是，在他死後，北京方面卻仍然在一權力爭鬥之中。尾聯「占盡榮華仍是夢，可憐成敗未分明。」則是對毛澤東政治生涯的總結。勞氏以為，毛澤東生前雖然集權於一身，並且安排了接班人，但是在他死後，政局卻沒有因此穩定下來，而是繼續爭鬥不休。這首詩押的是下平聲八庚韻。

第四首詩寫毛澤東的死和文革後傳統文化的斲喪。首聯「洞庭落木望歸魂，秦嶺斜陽認故屯。」是就毛澤東乃湖南湘潭人而發。項聯「一代風雲從此盡，百年俎豆付誰尊。」乃是貶詞，意謂毛死後，誰能長期祭拜懷念他呢？腹聯「流傳紙貴塗鴉句，顛倒聲喧指鹿言。」則言毛澤東死後，中共當局以行政力量大量印發毛詩，可見其對毛語錄的重視與利用，而如香港左派的一些言論，亦言及毛死後許多人為其哀哭等等顛倒是非之語。尾聯「曾向咸陽觀鹵簿，消亡霸氣感中原。」則藉項羽看秦王立而謂「彼可取而代之」的典故，來隱喻毛澤東稱雄當代的一生，亦終致消亡殆盡，而同時表露傳統亡後之英雄人物已多不見的感嘆。這首詩押的是上平聲十三元韻。

深秋即事四首　吳幸姬述解

其一

寶槨[1]琉璃骨尚溫，嚴秋兵氣壓都門[2]。由來瓜豆[3]尋常理，莫詈阿奴[4]獨負恩。

其二

武帳[5]珠襦[6]忽渺茫，伐功[7]歸惡總譸張[8]。十年粉墨[9]荒唐甚，付與哀蟬泣建章[10]。

其三

呼寇呼王覆掌[11]間，昭陽殿[12]閣閉重關。奉安[13]他日長陵[14]路，豐沛[15]兒郎領上班[16]。

其四

萬眾歌呼遍鳳城[17]，春申金鼓[18]夜連明。竄人剩有香山[19]月，曾照金輪[20]入夢情。

題解

這四首七絕作於丙辰年（1976），勞氏時年四十九歲。勞氏於詩中表述他對毛澤東死後清算四人幫事的一些看法。勞榦先生有詩〈和仲瓊新歲感懷〉四首七絕（見《成廬詩稿》），其所和即勞氏詩題原名〈深秋即事〉四首。此年勞氏有詩〈感時〉，即是此處的〈深秋即事〉。

註釋

1. **櫬**：套在棺材外面的大棺材。
2. **都門**：謂入京都之門也，轉為京師之意。
3. **瓜豆**：謂種瓜得瓜，種豆得豆。
4. **阿奴**：尊長稱卑幼之詞。指華國鋒。
5. **武帳**：置有五兵之帳也。《史記・汲黯傳》曰：「上嘗坐武帳中。」〈集解〉：「應劭曰：『武帳，織成為武士象也。』孟東曰：『今御武帳置兵闌五兵於帳中。』韋昭曰：『以武名之示威。』」
6. **珠襦**：貫珠為飾之短衣。《漢書・霍光傳》曰：「太后被珠襦，盛服坐武帳中，侍御數百人。」
7. **伐功**：《鹽鐵論》篇名。漢昭帝時，詔郡國舉賢良文學之士，問以民所疾苦，皆請罷鹽鐵、榷酤，與御史大夫桑弘羊等互相詰難，桓寬集其所論，為書六十篇。後權酤雖罷，而鹽鐵如舊，故是書以「鹽鐵」為名，言皆述先王，稱六經，而於桑弘羊、車千秋深著微詞焉。根據《史記》與《漢書》的記載，桑弘羊在漢武帝時為治粟都尉，領大農丞，盡筦天下鹽鐵，作平準法，國用以饒。元封中，官御史大夫，與霍光同受遺詔，輔昭帝。後自伐其功，怨望霍光，與上官桀謀反，伏誅。

8. **譸張**：欺誑也。《尚書・無逸》曰：「民無或胥譸張為幻。」
9. **粉墨**：指「粉墨登場」而言，謂文革十年，事同戲場也。
10. **建章**：漢宮殿名。宮在未央宮西，長安城外。《漢書・武帝本紀》曰：「太初元年，柏梁臺災，起建章宮。」
11. **覆掌**：即反掌。喻成事之易也。
12. **昭陽殿**：宮殿名。漢成帝築，昭儀趙合德之所居也。
13. **奉安**：謂君父死而安葬之。
14. **長陵**：指漢高祖之陵，在陝西省咸陽縣東。
15. **豐沛**：漢高祖，沛之豐邑人，即位後，復其民，後人因謂帝王之故鄉為豐沛。
16. **領上班**：指漢高祖曾為泗水亭長也。《史記・高祖本紀》正義曰：「秦法十里一亭，十亭一鄉。亭長，主亭之吏。」
17. **鳳城**：指長安也，帝都也。此處指北平。
18. **金鼓**：鉦也，樂器名。王先謙曰：「鉦，鐃也。其形似鼓，故名金鼓。」
19. **香山**：山名。在河北省北平市西北。清乾隆時建靜宜園於此。
20. **金輪**：車之美稱。梁簡文帝〈答湘東王書〉：「鳴銀鼓于寶坊，轉金輪於香地。」武則天曾自稱金輪皇帝。此處指江青之圖奪大權。

鑒賞

第一首詩描寫毛澤東死後四人幫的爭鬥。首聯「寶槨琉璃骨尚溫，嚴秋兵氣壓都門。」即謂毛澤東剛死，屍骨未寒，但清算四人幫的爭鬥卻起。勞氏以為，從歷史的角度來看，四人幫的爭權奪利亦屬必然。茲因周恩來的死，才有四人幫作主的局面，然而，名義上雖由華國鋒接任，但在毛死後，四人幫卻欲擁江青為主，因此，面對江青罵華國鋒忘恩負義一事，亦在情理之中，故尾聯即云：「由來瓜豆尋常理，莫詈阿奴獨負恩。」這首詩押的是上平聲十三元韻。

第二首詩乃承前首詩意而說江青宮闈主事之功過。勞氏在首聯「武帳珠襦忽渺茫，伐功歸惡總譸張。」中以「武帳珠襦忽渺茫」喻江青於宮闈中原欲掌大權卻不成，而於下句「伐功歸惡總譸張」則以漢御史大夫桑弘羊輔佐昭帝時自伐其功勞，而與攝政大臣霍光起衝突，終因牽涉謀反而致伏誅為典，比喻當時輿論將四人幫的清算鬥爭的功過都推到江青身上，乃屬誇張之舉。最後，勞氏在尾聯上句用「十年粉墨荒唐甚」來評述毛澤東以「黨領袖」之姿，自一九六六年至一九七六年所發起的「文化大革命」，運用黨外群眾力量打碎黨機構的顛倒是非、黑白不分、爭權奪利的荒唐行徑。經過文化大革命之後，中國境內的勢力雖得以重新整合，但文化命脈之斲喪，卻難以復元，故勞氏於尾聯下句云：「付與哀蟬泣建章」，即以柏梁臺災後，漢武帝起建章宮為典作結，以哀此文化之浩劫。這首詩押的是下平聲七陽韻。

第三首詩寫毛澤東死後，四人幫被清算一事。勞氏在首聯「呼寇呼王覆掌間，昭陽殿閣閉重關。」中以成者為王敗為寇的歷史借鏡來述說四人幫被清算的結果，下句「昭陽殿閣閉重關」即謂江青原欲掌大權，其後卻被軟禁在中南海，隨後又被移往香山。江青的權力來自於毛澤東的得勢，毛一死，江青的權力便受到挑戰，因此，勞氏在尾聯「奉安他日長陵路，豐沛兒郎領上班。」中借漢高祖稱帝的典故來暗喻當初隨毛澤東打拼的軍隊，今日卻出面欲打倒四人幫。這首詩押的是上平聲十五刪韻。

第四首詩重在表述對清算四人幫之後中國勢力走向的看法。勞氏於首聯「萬眾歌呼遍鳳城，春申金鼓夜連明。」描述四人幫被打倒後，鄧小平取得政權，在北平的歡聲鼓舞景象。勞氏以為，鄧小平雖靠軍人上臺，但亦已知不能全靠軍人。政壇爭權奪利的多變與短暫，歷史上的殷鑑不遠。因此，勞氏於尾聯「窺人剩有香山月，曾照金輪入夢情。」中即藉由武則天的典故來比喻江青原欲掌大權，卻被軟禁在香山的史實。以上四首皆以四人幫之爭鬥為題材，不可分說。這首詩押的是下平聲八庚韻。

丁巳（一九七七年　五十歲）

讀史　吳幸姬述解

伊水[1]清且曲，生彼空桑兒[2]。結盟視曠夏[3]，報郼唯一詩[4]。割烹[5]雖讒語，東日夢[6]堪嗤。胡為鄒魯[7]儒，盛譽擬君師。文獻久不徵[8]，仲尼言可思[9]。何況干祿[10]人，託古語爭奇。君子貴立義[11]，成敗何足疑。伐功[12]為曲說，丈夫有不為。止樊多青蠅[13]，論世多諛詞。疏窗觀史乘[14]，長笑動鬚眉。

題解

這首古詩作於丁巳年（1977），勞氏五十歲。勞氏藉詠伊尹輔佐商湯成就王業之傳說，以明其史觀。勞氏以為，新史學需要有文獻的考據。

註釋

1. **伊水**：即伊河。源出河南省盧氏縣熊耳山，東北流經嵩縣、伊陽、洛陽、偃師，南入於洛。又曰伊川。《尚書．禹貢》：「伊、洛、瀍、澗，既入於河。」《禹貢錐指》：「賈讓言，大禹鑿龍門，闢伊闕。當時伊水為害必甚，故禹治四水，以伊為先，伊既入洛，乃疏以入河，最後治瀍、澗也。」
2. **空桑兒**：空桑，古地名。伊尹之生地，在今河南省陳留縣南。《讀史方輿紀要》：「莘城，又，縣南十五里有空桑城，相傳伊尹生此，蓋因莘城而名。」又《史記索隱》：「皇甫謐曰：伊尹，力牧之後，生於空桑。」故所謂空桑兒，即謂伊尹也。伊尹，商之賢相，名摯，耕於有莘氏之野，湯三以幣聘之，始往就湯。湯伐桀，滅夏，遂王天下，伊尹之功為多，湯尊之為阿衡。湯崩，其孫太甲無道，伊尹放之於桐。

三年，太甲悔過，復歸於亳。年百歲卒。帝沃丁葬以天子之禮。見《史記殷本紀》、《孟子・萬章上》。

3. **結盟視曠夏**：語出《呂氏春秋・愼大》：「湯欲令伊尹往視曠夏」

4. **報鄣唯一詩**：鄣，殷國名。《呂氏春秋・愼大》：「湯為天子，夏民親鄣如夏。」《呂氏春秋・愼勢》：「湯其無鄣，武其無岐賢也。」〈注〉：「岐湯武之本國。」《史記會注考證》：「梁玉繩曰：孟子言伊尹五就湯，五就桀，《尚書大傳》言伊尹仕桀，聞日亡吾亦亡之言，遂去夏適湯。」《尚書・湯誓》：「夏王率遏眾力，率割夏邑，有眾率怠弗協，曰：『時日曷喪，予及汝皆亡！』」

5. **割烹**：語出《孟子・萬章上》：「人有言『伊尹以割烹要湯』有諸？」《史記殷本紀》：「伊尹名阿衡。阿衡欲干湯而無由，乃為有莘氏媵臣，負鼎俎，以滋味說湯，致于王道。」

6. **東日夢**：《今本竹書紀年疏證》卷上：「湯在亳，能修其德。伊摯將應湯命，夢乘船過日月之傍，湯乃東至於洛，觀帝堯之壇，沈璧退立，黃魚雙踴，黑鳥隨之止於壇，化為黑玉。又有黑龜，並赤文成字，言夏桀無道，成湯遂當代之。檮杌之神，見於邳山。有神牽白狼銜鉤而入商朝。金德將盛，銀自山溢。湯將奉天命放桀，夢及天而舐之，遂有天下。商人後改天下之號曰殷。」（出《宋書・符瑞志》）此處意指傳聞。

7. **鄒魯**：孔子，魯人，孟子，鄒人，後世言文教興盛之地，輒稱鄒魯。《莊子・天下》：「鄒魯之士，縉紳先生。」

8. **文獻久不徵**：語出《論語・八佾》：「子曰：夏禮，吾能言之，杞不足徵也；殷禮，吾能言之，宋不足徵也。文獻不足故也。足，則吾能徵之矣。」朱〈注〉：「杞，夏之後。宋，殷之後。徵，證也。文，典籍也。獻，賢也。言二代之禮，我能言之，而二國不足取以為證，以其文獻不足故也。」

9. **仲尼言可思**：參《論語・為政》：「子張問：十世可知也？子曰：殷因於夏禮，所損益，可知也；周因於殷禮，所損益，可知也；其或繼周者，雖百世，可知也。」

10. **干祿**：求取名位利祿。《論語・為政》：「子張學干祿。」〈朱注〉：「干，求也。祿，仕者之奉也。」
11. **君子貴立義**：見《論語・里仁》：「子曰：君子之於天下也，無適也，無莫也，義之與比。」又《論語・衛靈公》：「子曰：君子義以為質，禮以行之，孫以出之，信以成之；君子哉！」以及《論語・微子》：「子路曰：君子之仕也，行其義也。道之不行，已知之矣！」
12. **伐功**：《鹽鐵論》篇名。該書乃漢朝桓寬所撰。漢昭帝時，詔郡國舉賢良文學之士，問以民所疾苦，皆請罷鹽鐵、榷酤，與御史大夫桑弘羊等互相詰難。寬集其所論，為書六十篇。後榷酤遂罷，而鹽鐵如舊，故是書以鹽鐵為名。言皆述先王，稱六經，而於桑弘羊，車千秋深著微詞焉。
13. **止樊多青蠅**：語出《詩・小雅・青蠅》：「營營青蠅，止於樊。愷悌君子，無信讒言。」謂大夫刺幽王也。
14. **史乘**：史書也。《孟子・離婁下》：「孟子曰：王者之跡息而《詩》亡，《詩》亡然後《春秋》作。晉之《乘》，楚之《檮杌》，魯之《春秋》，一也。」

鑒賞

這首詩由伊尹事蹟發詠，以明勞氏對歷史的看法。首二句由「伊水」、「空桑」兩個專詞點出伊尹其人，接著三、四兩句則藉「視曠夏」、「報鄣」以言歷史上有關伊尹和商湯君臣之間的遇合傳說，而五、六兩句則藉「鄒魯儒」以隱喻伊尹相湯之歷史評價。在孟子「吾聞其以堯、舜之道要湯，未聞以割烹也。」的表述裡，顯然他是以孔子所謂「君子之於天下也，無適也，無莫也，義之與比。」的標準來評價伊尹的。

然而，面對文獻不足以證驗的歷史傳說，我們究竟要如何做出相應而合理的詮釋呢？勞氏於九、十兩句云：「仲尼言可思」。亦即文獻不足固然會影響我們對歷史事件之真假的判斷，但是，我們還是可以從歷史的演變與發展中，對歷史做出相應而合理的詮釋。準此，勞氏對古往今來追求名位利祿的人每每託古以惑眾的行為深感不宜，所以勞氏在十一、十二句「何況干祿人，託古語爭奇」之後，馬上標舉出「君子貴立義，成敗何足疑。」這一歷史人格的評價。緊接著，勞氏即以十五、十六句「伐功為曲說，丈夫有不為」以論漢御史大夫桑弘羊因自伐其功而終致身敗名裂的史事。勞氏藉「割烹」與「伐功」點出伊尹與桑弘羊這兩位歷史人物的功過以資對照，讓我們思及歷史論斷與詮釋的不易。在勞氏看來，「止樊多青蠅，論世多諛詞」。勞氏以為，孟子以下對伊尹的說法都太傳統，而司馬遷則以漢代的制度來說古史，這都肇因於文獻不足。因此，勞氏以為，新史學需要有文獻的考據。至於類似伊尹傳說等歷史的論斷與詮釋，則勿須太嚴肅以對，故勞氏於末二句即說：「疏窗觀史乘，長笑動鬚眉」。這首詩押的是上平聲四支韻。

戊午（一九七八年　五十一歲）

唐君毅先生輓辭　陳旻志述解

其一

赤手爭文運，堅誠啟士林[1]。離明傷入地，[2]震泥感重陰。[3]直論[4]求全切，前期負望深。塵箱檢遺札，汗背[5]淚沾襟。

其二

逼眼玄黃血，[6]人間患作師[7]。曹隨[8]寧自畫，杜斷[9]舊相知。儒效[10]非朝夕，才難[11]況亂離。平生弘道志，成敗莫輕疑。

其三

深密[12]宣三性[13]，華嚴[14]演十玄[15]。眾長歸役使，孤詣攝通圓[16]。堅白[17]觀兒戲，雌黃[18]付世緣。江河終不廢，[19]百卷視遺編。

其四

五百推名世，[20]天心未易求。說難[21]人藐藐[22]，窮變事悠悠。司馬無私語，[23]春秋重復仇。[24]騎箕[25]儻[26]回首，遺憾望神州。

題解

唐君毅（1909～1978）四川宜賓人。近代中國哲學家，畢業於南京中央大學，歷任四川、華西、中央諸大學教授。民國三十八年避難香港，與錢穆、張丕介等創辦新亞書院。民國六十七年，因肺癌病逝香港。畢生以重振中國哲學為職志，且精通中西哲學思想，建構成一套上承程朱，貫通天人的唯心哲學體系。著有《中國哲學原論》、《人文精神之重建》、《生命存在與心靈境界》等書。勞、唐兩人乃因徐復觀主編《民主評論》之故而結識，屆此奠定深厚的論學與交情。

此詩作於戊午年（1978），勞氏五十一歲。時值香港中大摯友唐君毅先生辭世之慟。撫今追昔，審視彼此文化志業上未竟的願景，輓詞中筆端揮寫的，誠然是時代的典型，以及難以平復的況味。特別是兩人在哲學、教育、性情與學界立場上，往往大異其趣，卻能和而不同、同而不和。勞氏認為關鍵在於一個「共」字，唯有彼此在論學、論世上，咸有此一共識，方能在學術上獲致相應的共評，以及性情上的契合。

註釋

1. **士林**：文士之泛稱。
2. **離明傷入地**：離明，《易經》離卦 是中間的一個陰爻，附著於兩個陽爻的形象；象徵火，火的內部空虛，外表光明。象徵光明的意涵。離明傷入地，即明夷，創傷，通「痍」。「明夷」乃《易經》卦名，離下坤上。象徵賢者不得志，憂讒畏譏。《易經・明夷卦・彖曰》：「明入地中，明夷，內文明而外柔順以蒙大難，文王以之；利艱貞，晦其明也。」此處用典之義，是指唐先生個人曾經占卦，結果有失明之虞象，後來也的確患有眼疾之苦。
3. **震泥感重陰**：震，《易經》震卦名，卦形代表雷電，爻象皆為一陽萌生於二陰（重陰）之下。震下震上，表示君子體察到雷電交感而來的現象，即以恐懼之心，修養其身。感重陰，此處乃指《易經》震卦第四爻：「九四，震遂泥。象曰：震遂泥，未光也。」此象並與宋代陳亮對於朱熹的建言一致，當時其為朱子卜《易》，得一「重陰所錮」的震卦之象，陳亮即力勸朱子應出山共謀國事，方能解噩紓困。
4. **直論**：讜論，正直的言論。議論理直氣壯，從容不迫無所畏懼。宋・蘇舜欽〈祭滕子京文〉：「往在諫列，讜論侃侃，屢觸權要，卒就貶竄。」
5. **汗背**：汗流很多，溼透了背部。形容工作辛勞或非常慚愧、驚恐的樣子。
6. **逼眼玄黃血**：玄黃血，黑與黃，指天地的顏色。《易經・坤卦・文言》：「夫玄黃者，天地之雜也，天玄而地黃。」此處乃特指時值亂世。

7. **作師**：好為人師，喜歡當別人的教師。典出《孟子・離婁下》：「人之患在好為人師。」此處乃指亂世興學之不易。
8. **曹隨寧自畫**：曹隨，乃典出「蕭規曹隨」，漢代曹參繼蕭何為相國，舉事皆無所變更，參見《漢書・曹參傳》。比喻後任的人，依循前任所訂的規章行事。寧自畫：寧，豈。畫ㄏㄨㄛˋ（huo 4），當有限制之意解時，讀為此音。此處乃指如照其腳步行事，則會有所限制，有畫地自限之意。
9. **杜斷**：唐太宗時，宰相房玄齡和杜如晦共掌朝政，房氏多謀略，杜氏善決斷，因此有「房謀杜斷」之稱。典出《舊唐書・列傳第十六・房玄齡》世傳太宗嘗與文昭圖事，則曰：「非如晦莫能籌之。及如晦至焉，竟從玄齡之策也。」蓋房知杜之能斷大事，杜知房之善建嘉謀。此處乃意指兩人共事的默契，唐先生一向知曉勞氏對於學術與教育理念的堅持。
10. **儒效**：效，明也，儒者的效用。《荀子・儒效篇》：「因天下之和，遂文武之業，明主枝之義，抑亦變化矣，天下厭然猶一也。非聖人莫之能為。夫是之謂大儒之效。」此處乃指唐氏推崇勞氏，對於行政事務，乃長於決斷與定見。
11. **才難**：人才難得。《論語・泰伯》：「孔子曰：『才難，不其然乎？』」
12. **深密**：唐代一代高僧的法號。本新羅人。十五歲遊學長安，從法常、僧辯學習經論。玄奘回國後，前往就學，精研唯識。著有《解深密經疏》四十卷、《仁王經疏》六卷等多種。尤其《解深密經疏》於九世紀初由法成譯成藏文，對西藏佛教有重大的影響。
13. **三性**：佛教用語。三性，指遍計所執性、依他起性和圓成實性。遍計所執性謂虛妄的現象；依他起性謂條件和合而成的現象；圓成實性謂清淨本性。三性一際，乃指無論是虛妄的現象，都是真如本性隨緣而起，真實和虛妄是互相貫通，三性是同一，融通無礙。
14. **華嚴**：中國佛教宗派之一，以《華嚴經》為該宗教義的依據，故稱為華嚴宗。發展出法界緣起、十玄、四法界、六相圓融的學說，發揮事事無礙的理論。此派從盛唐立宗，至武宗滅佛後，逐漸衰微。

15. **十玄**：華嚴宗的學說，華嚴宗認為一切的現象都互為條件，互相包含，是一個圓融自在的關係。因此確立十玄門：一、同時具足相應門；二、因陀羅網境界門；三、祕密隱顯俱成門；四、微細相容安全門；五、十世隔異成門；六、諸藏純雜具德門；七、一多相容不同門；八、諸法相即自在門；九、唯心迴轉善成門；十、托事顯法生解門。以詮釋此理，謂之十玄門，或稱為十玄緣起。
16. **通圓**：佛教用語，稱佛、菩薩達到沒有無明、煩惱的障礙，恢復清淨本性的境界。
17. **堅白**：戰國時公孫龍子的學說，主張一塊堅白石中，其堅、白、石三個組成要素，是各自分離，而且不能同時被認知的概念。
18. **雌黃**：舊時用來塗改文字的顏料，妄下雌黃比喻任意、輕率的纂改文字，亂下評論。北齊・顏之推《顏氏家訓・勉學》：「校定書籍，亦何容易？自揚雄、劉向方稱此職爾。觀天下書未遍，不得妄下雌黃。」
19. **江河終不廢**：不廢，乃指不停止、不撤除、不摒棄。唐・杜甫〈戲為六絕句六首〉之二：「王楊盧駱當時體，輕薄為文哂未休。爾曹身與名俱滅，不廢江河萬古流。」
20. **五百推名世**：德業勛望，聞名於世。《孟子・公孫丑下》：「五百年必有王者興，其間必有名世者。」
21. **說難**：質問、責備。如非難、問難、責難。《左傳・隱公元年》：「不言出奔，難之也。」辯駁、辯論。
22. **藐藐**：不經意、留心的樣子。《詩經・大雅・抑》：「誨爾諄諄，聽我藐藐。」
23. **司馬無私語**：乃指宋・司馬光，畢生磊落為國，臨終前仍無一語提及私事。
24. **春秋重復仇**：乃指《春秋》一書，孔子據魯史修訂而成，為編年體史書。所記起自魯隱公元年，迄魯哀公十四年。其書常以一字一語之褒貶寓微言大義。本指齊哀公因紀侯進讒言，被周天子處死，九世之後，齊襄公終於消滅紀國，為先祖報仇之事。見《公羊傳・莊公四年》。後比喻歷時長久，不共戴天的仇恨。

25. **騎箕**：箕、尾皆二十八星宿的星名。相傳武丁的宰相傅說死後升天，跨身於二星之上。語出《莊子．大宗師》：「夫道，有情有信，無為無形；可傳而不可受，可得而不可見。……傅說得之，以相武丁，奄有天下，乘東維，騎箕尾，而比於列星。」後以此比喻人死後升天，常用作輓辭。
26. **儻**：ㄊㄤˇ（tang 3），未定之詞也，如果、倘若，同「倘」。

鑒賞

此一組詩，第一首押下平聲十二侵韻，第二首押上平聲四支韻，第三首押下平聲一先韻，第四首押下平聲十一尤韻。本系列組詩，旨在緬懷大哲唐君毅畢生的文教志業與學思境界，前兩首揭示了民國三十八年避難香港，與錢穆、張丕介等人目擊國族亂離、文化花果飄零的悲慨，促成有識之士雖無文王猶興的志業。遂以創辦新亞書院，視為一肩荷擔文教深耕的根據地。勞氏十分感佩唐先生等人，明夷待訪的志節。對於當代文化，殷憂啟聖的影響力，已然是早有定論。第一首之項聯有謂「離明傷入地，震泥感重陰。」乃回顧當時唐氏眼睛視網膜之傷，曾在新年卜易得一明夷卦，即有此一失明的卦象。再者也意指勞氏對於唐君毅本人的評價，雖是一代人豪，惜哉長期深陷學界與行政之糾葛，身邊又無明理通達之人為其疏通，故有此一「傷明」之痛。此例也與宋代陳亮對於朱熹的建言一致，陳亮即力勸朱子應出山共謀國事，方能解「重陰所錮」之象。勞、唐兩人乃因徐復觀主編《民主評論》之故而結識，但在論學上對於儒學復興的立場，兩人的看法不同，勞氏認為要先疏通儒學何以衰微的歷史脈絡，並對於儒學內在理路的疏漏有所批判，故與唐君毅、牟宗三等人標舉「當代新儒家」的立場不同。

另一方面對於教育哲學的看法，兩人也有不同的認知取向。唐氏著重傳承文化慧命的書院教育，而以儒門道統之興廢繼絕為志業，可以成為一家之言的典範。然而勞氏則認同現代大學之理念，強調應該廣泛知識選擇，提昇學人理論能力，供其自由發展，並不局限在一家之言。反映出當時亂世興學，知識份子急切為國的寫照，吳志華在〈深水埗的哲人足迹〉（香港：《明報》2005年1月9日）指出：「深水埗哲學之道的起點是桂林街與醫局街交界的一幢唐樓，是五十年代初一群中國著名的哲學家居住和講學的地方，他們包括錢穆、唐君毅等人，是當代新儒家的代表人物，在學術界享負盛名。這批新儒家哲人繼承宋明儒學修己安人、內聖外王的傳統，並以現代哲學的觀點重新詮釋中國哲學。面對三十年代全盤西化論的挑戰，新儒家學者主張重新認識中國歷史文化的價值，並重建中國人文精神和倫理道德傳統。一九四九年下旬，錢、唐二人以流亡學人的身分抵港，在深水埗貧民區定居，以桂林街六十一至六十五號為校址，與經濟學者張丕介一起創辦了新亞書院，希望在香港弘揚他們人文教育的理想。哲人在深水埗生活了六年，桂林街、醫局街、南昌街、北河街和欽州街一帶都留有他們的足迹。桂林街新亞書院舊址是一幢落成於一九四九年的唐樓。當年錢、唐、張三人窮困不堪，得到商人王岳峯的支持，才租下這幢住宅的三、四樓作校舍。全校五十多名師生就擠在這不足一千八百呎，設備簡陋的校舍中上課，錢、唐、張三位教授亦居住於學校內。當時的新亞是全香港最窮的大專院校：「校舍交不出房租、教授拿不出薪水、學生繳不出學費」。學生大部分是來自調景嶺的流亡學生，身無分文，晚間露宿於學校的天臺或樓梯間。新亞哲人經常要四處勸捐借貸，以維持學校的運作。但他們卻窮得快樂，仍一直堅持艱險奮進、困乏多情的教育理想，以及復興中國文化的使命。」

此一歷史配景，勞詩中述寫的「赤手爭文運，堅誠啟士林」以及「逼眼玄黃血，人間患作師」等情景，宛若如在目前。同時此番現實逼仄，卻又滿腔壯懷激烈的弘道志趣，俱為彼此多年來心照不宣以及砥礪學術的默契所在。

第二首項聯「曹隨寧自晝，杜斷舊相知。」一語，乃指出唐先生雖與勞氏在學術與教育上立場不同，甚至於對於嗣後新亞書院，如何納入香港中文大學的體系，兩人在法規上，以及崇基、新亞、聯合三所書院的聯邦制度上，每有衝突，並不一意配合唐氏的主張，但是對於勞氏著重審議決斷與謀事待人的定見，唐氏不僅具有雅量，並對勞氏的志業寄予厚望。顯然必須正視人文化成的績業，並非一蹴可及，更何況人才的養成教育？斯人斯景，而今細加揀擇昔日往返的信件，豈不教人痛失人間知音。

第三首詩作，旨在推崇唐氏蔚為大觀的哲學成就，首聯所謂「深密宣三性，華嚴演十玄」指出唐氏為學之進路，深受佛教唯識學與華嚴宗之啟發。唐君毅的著作甚多，特別是《中國哲學原論》鉅著，乃針對原道、原性、與原教等系列重大命題的疏通去礙，猶如佛教之判教與圓教勘定之功，建樹非凡。將中國哲學之開展與糾葛，以其畢生縱恣的才情與精深的學養，驅遣自如觸類旁通。遠非俗儒或淺薄學人，妄論學統。甚至於食新不化，對於文化道統的隔閡，正仰賴於唐氏等人的學術洞察與願力，方能盈科而後進，成就宏觀的視域。

第四首則以思想史家的本色，為唐氏的一生志業作一鳥瞰。並援引孟子所謂：「五百年必有王者興，其間必有名世者。」的史觀加以詮釋，認為抗懷當代、逆流而上的信念，正是唐氏不為人惑的可貴之處，尤其對於當時的國民黨政權，仍試圖以其個人的思想學問，進言感化當局，勞氏認為此舉無異於緣木求魚。當局既然無意改革，唐氏可貴之處，正在於他出入於中、西、印等文化領域，勞氏更是認為，當代新儒家中，唯有唐氏如實完成功夫論的體系，並以成德功夫的境界，視為終身奉行不懈的學人。

輓詩之外，勞氏並撰有〈成敗之外與成敗之間：憶君毅先生並談「中國文化」運動〉一文，（收錄於《人文》唐君毅先生紀念特刊，香港：新亞書院中國文化學會），試圖為唐氏的歷史定位加以詮釋。然而就客觀形勢而言，勞詩中對於海峽兩岸的分裂，總不免心生喟嘆，縱然像唐先生此一為國無私的典型，雖已仙逝；但是那股反共復國、壯歲心旌的書生情懷，依舊迴盪在彼此的心靈深處，永難平息。唐氏生前尚且期待大陸文化大革命之後，能夠懷抱畢生著述，重返神州撥亂返正的心願，已然無法實現，誠為知識份子平生最大的遺憾。

感時　陳旻志述解

江山霸氣會全消，北馬南船[1]總寂寥。李子落時春意盡，王瓜生後暑威驕。[2]白駒戶隙催遲暮，烏鵲天涯學早朝[3]。莫道渡河千古恨[4]，華燈宮苑正笙簫。

編者案：此詩《思光詩選》題作〈聞臺信偶成〉，且誤置於壬子年（1972），時勞氏四十五歲。

題解

此詩作於戊午年（1978），勞氏五十一歲。感於時局之瞬息萬變，以詩為史，縱覽興亡。

註釋

1. **北馬南船**：我國地理環境南方多湖泊河川，北方多陸地，故交通工具有船馬之異。
2. **李子落時春意盡，王瓜生後暑威驕**：王瓜，立夏之后十日王瓜生。以其大于土瓜，故以王字 之。宋・梅堯臣〈醉中和王平甫〉：「王瓜未赤方牽蔓，李子才青已近樽。我最年高雜年少，風流還有杜陵孫。」意指春夏更迭，時空與人事俱已改變。本句乃有指涉當年李煥為王昇鬥垮之時事。
3. **烏鵲天涯學早朝**：早朝，朝廷中的晨間朝會。烏鵲，喻賢才，東漢・魏・曹操〈短歌行〉：「月明星稀，烏鵲南飛，繞樹三匝 ，何枝可依 。山不厭高 ，海不厭深，周公吐哺 ，天下歸心。」而以烏鵲南飛，本為書寫動亂中賢才四處奔競的氛圍，並以烏鵲擇木而棲，喻賢才需擇主而事的知所歸宿。進而抒發了時光易逝，吾人渴望招納賢才，建功立業的急切心情。表達作者求賢若周公吐哺，天下歸心，以及實現一統天下的抱負。本處乃嘲諷豎子當道，僭越正統的亂象。
4. **渡河千古恨**：渡河，宋・陸游〈北望〉：「北望中原淚滿巾，黃旗空想渡河津，丈夫窮死由來事，要是江南有此人。」表現出南渡愛國詩人，一意北伐的胸懷與志業。

鑒賞

本詩押下平聲二蕭韻，此期目擊兩岸奇詭而多變的政治局勢，興發時光短促、人生幾何的慨嘆。有鑒於時日見淺，而眼下大業未成，匡扶濟世之才又極為難得，是以腹聯表現為世相逼仄的緊迫感，以及時不我予的焦灼感。並有感於時無豪傑，以致於豎子當道的荒謬現象。遂證之以史，批判古來偏安與短視的政權，縱使滿目華燈輝映、宮苑池沼繁華如斯，畢竟難以跳脫廢池喬木衰敗的宿命。

己未（一九七九年　五十二歲）

己未孟秋，史稿既成，夜坐無聊。偶成一律，即柬端正　陳旻志述解

故紙堆中暫息肩，青燈獨夜意茫然。信知正學[1]常違世，坐見橫流[2]竟拍天。牛馬任呼[3]隨俗例，風雲觀變[4]感華年。伊川[5]逝後思楊謝[6]，何日寒齋一論禪[7]？

題解

本詩作於己未年（1979），勞氏五十二歲。是年勞氏《中國哲學史》鉅作史稿殺青之際，有感於唐君毅先生辭世之後的學界現象，觸景而發，遂以詩筆題贈老友唐端正先生。唐端正，唐君毅弟子，新亞書院哲學系第一位學生，香港中文大學退休教授，著有《先秦諸子論叢》等書。

註釋

1. **正學**：正確的道理，亦作正路。《韓非子．說疑》：「朋黨比周以事其君，隱正道而行私曲。」
2. **橫流**：比喻災禍、動亂。唐．王維〈謝除太子中允表〉：「復宗社於墜地，救塗炭於橫流。」
3. **牛馬任呼**：亦作呼牛作馬，比喻是非本無一定的標準，稱呼或毀譽隨人而定，不加計較。語本《莊子．天道》：「昔者子呼我牛也，而謂牛；呼我馬也，而謂之馬。苟有其實，人與之名而弗受，再受其殃。」
4. **風雲觀變**：風雲，比喻變化莫測。觀變，即觀世之變，此處乃言大陸當局的變化。
5. **伊川**：程頤，字正叔，號伊川先生，宋洛陽人。為學以誠敬為本，主窮理，言行以聖人為模範。與兄程顥，合稱為二程，開創洛派理學，

著有易傳、春秋傳等，皆合輯於《二程全書》中。此處乃指唐君毅先生。

6. **楊謝**：楊龜山與謝上蔡，兩人皆為程顥、程頤的得意弟子，著書講學，推尊程氏為正宗，下開宋明理學中程朱學派的先河，主張性命和理氣之說。此處乃指唐氏門生，有勸勉唐端正之意。
7. **寒齋一論禪**：寒齋，乃謙稱自已所住的屋舍。論禪之「禪」乃為押韻之故，此處乃指哲學上的商榷。

鑒賞

本詩押下平聲一先韻，乃為詩人俯仰於著述書齋中的感時之作，項聯「坐見橫流竟拍天」一語，正是許多知識份子抗懷當代學風，矢志著述立言的動機。憤世嫉俗的因故，不外乎以講明正學為己任，一如宋代理學的興起，也正是因應佛老思想，以及科舉之學的腐敗而代興，並寓有破暗開山之功。箇中尤以程伊川的立身治學至為謹嚴，無論是剖辨異端、讜論時政，程門立雪的道統，皆與唐君毅是輩，荷擔文化慧命的學術定位，前後呼應。

勞氏治學素以思想史見長，在衡論歷代思潮的遞嬗之外，卻又不能無視於當代思潮邪說橫流的局面，腹聯「牛馬任呼隨俗例，風雲觀變感華年」一語，正為長年治學的感慨。此期勞氏的學術代表作《中國哲學史》業已竣工，一方面正值唐君毅先生辭世後的感慨，誰又能荷擔此一文化道統之慧命？長年沉潛於史料的字裡行間，試圖闡釋個人抱負的微言大意，總不免有著若干難清難理的牢騷，想與人傾吐一快。遂以此詩，與學友唐端正互勉之，並期許他能承繼唐先生之學統與志業；來日寒舍相聚，商榷此番治學的心得，以及分享並肩論道的快慰。

端正步韻答前寄之作，有勸予勿談禪學之意，再作長句謝之　陳旻志述解

稷下荀卿[1]笑賤儒，廿年[2]吾亦愧生徒。寧耽彼岸[3]忘人極[4]？將喪斯文[5]痛世途。隱德[6]自嘲觀否塞[7]，元夫偶遇解睽孤。[8]邇來漸證圓通理，萬戶千門[9]任卷舒[10]。

題解

此詩作於己未年（1979），勞氏五十二歲。勞氏因前作〈己未孟秋，史稿既成，夜坐無聊，偶成一律即柬端正〉詩中涉及論禪之語，唐端正先生遂有疑慮寄懷之作回贈。唐氏予勞氏詩的首聯作：「道義担承仗鐵肩，聖賢寂寞古來然。」尾聯作：「老師此日推荀況，領袖群倫莫戀禪。」，實誤解本詩尾聯「何日寒齋一論『禪』」之「禪」，並非禪學之禪，乃為押韻之故，所指實為哲學的意涵。

註釋

1. **稷下荀卿**：稷ㄐㄧˋ（Jih 4），戰國時代在稷下（今山東省臨淄縣北）學宮游學立說的學術團體。是囊括多種學說的團體，著名的人物有宋銒、尹文、彭蒙、慎到、田駢、環淵、鄒衍、魯仲連等，孟軻、荀況及其弟子亦曾遊學於此。影響其後的莊周、惠施、公孫龍、韓非等外，漢初黃老之學，也有著密不可分的關係。
2. **廿年**：二十年。
3. **彼岸**：佛教用語，指解脫後的境界，為涅槃的異稱。在此比喻吾人所嚮往的境界。
4. **人極**：天、地、人為三極之道。《易經・繫辭上》：「六爻之動，三極之道也」，亦稱為「三才」。
5. **斯文**：禮樂制度、教化。《論語・子罕》：天之將喪斯文也，後死者不得與於斯文也。

6. **隱德**：龍德而隱者也，典出《乾卦・文言傳》中的潛龍勿用：「初九曰潛龍勿用。何謂也？子曰：『龍德而隱者也。不易乎世，不成乎名。遯世無悶，不見是而無悶。樂則行之，憂則違之，確乎其不可拔，乾龍也。』」意謂有如龍之才德卻潛藏不露，不因世局混亂而改變節操，亦無所煩憂，用典之義為自嘲。
7. **觀否塞**：察看、審視。「觀」亦為易經卦名，坤下巽上，象先王教化風行於世之義。「否」亦為易經卦名，坤下乾上，象天地不交，萬物阻塞不通之義。《禮記・月令》：「天地不通，閉塞而成冬。」
8. **元夫偶遇解睽孤**：睽孤，易經「睽」卦義理，兌下離上。象睽違乖異之義，離群孤獨。元夫，亦典出易經「睽」卦之卦辭。睽孤，遇元夫，交孚，厲，無咎。在此處「元夫」則兩人意見儘管相反，而誠信足以交孚。意指極為重要、不尋常之人，即是指唐端正先生而言。
9. **萬戶千門**：比喻事物的機栝，《易經・繫辭上》：「天尊地卑，乾坤定矣。」句下引韓康伯注：「乾坤，其易之門戶。」
10. **卷舒**：捲縮盈舒，《淮南子・原道》：「與剛柔卷舒兮，與陰陽俛仰兮。」

鑒賞

本詩押上平聲七虞韻，本詩乃為酬謝學友覆詩之作，雖聚焦於前詩中誤認為論禪的環節，卻又寓寄個人學思心境的轉變。歷來知識份子往往有「逃禪」的顧忌，就算是友朋之間論學，也以此為議題。首、項二聯中，勞氏對於那些醉心於彼岸解脫、倡言頓悟之學的領域，並非一意的排拒，反而是竭力鼓吹法效儒林稷下游學立說，矢志於講明正學的人文化成之道，而非徒然媚俗，或者墨守成規之輩的價值取向。更何況先生浸淫於易學的視域，當不忘奠基人極，方能拯救斯文，確立天地人三才的健全格局。

腹聯所謂「元夫偶遇解睽孤」，乃指出唐端正實為極為重要的論學同道；因此一旦論及思想史的演變，儒釋道三教的分合與錯綜變化，就一如卦爻之間的排列組合關係，實乃就事論事，正是此期勞氏於治學上的一大精進。尾聯所言「邇來漸證圓通理，萬戶千門任卷舒」，勞氏自嘲此期多少帶有牟宗三先生講論的氣味；這也是大凡有志於暢通文化慧命之士，如何對治天地不交、萬物不通，以及人心睽違的瓶頸。一但豁然開朗，則眾物之表裡精粗，以及觸類旁通，勢必大有可觀。

山居即事　陳旻志述解

其一

山居倍覺世情疏[1]，入眼風光足畫圖。醉酒村人爭蟹爪[2]，分魚稚女弄狸奴[3]。聞車乍記塵囂近，對月何妨帽影孤[4]。假日掩關酣午睡，卻驚殘夢舊京都。

其二

興廢真成壁上觀[5]，偶因當[6]戶惜芝蘭[7]。茫茫萬古多遺憾，草草平生[8]敢自寬。高枕玄思忘夜永[9]，疏窗嚴氣卜[10]冬寒。頻年勘破升沉[11]理，始信伊川境至安。[12]

其三

誰擲金輪碎大千，[13]麻姑慣說海成田。[14]鄧林有恨難追日，[15]華嶽何緣欲接天？[16]惑眾尚聞宣四教[17]，足民未必效三年。[18]劇憐曲散城西後，[19]萬戶飛霜絕管弦。[20]

其四

回天心事百無成，暮景相侵意轉平。每悔多言刪少作，[21]久排眾議感孤明。昏昏世亂誰先覺？落落才難幾後生。知命忘憂吾分定[22]，玉龍深鎖莫狂鳴。[23]

題解

此詩作於己未年（1979），勞氏五十二歲，時居香港中文大學第九苑時期，暫借山居歇腳，目擊光景，信手成系列組詩。

註釋

1. **疏**：冷落稀疏。
2. **蟹爪**：僅為單純吃螃蟹之意，以顯生動之村居寫照。
3. **狸奴**：貍貓的別名。
4. **帽影孤**：孤獨一人，亦作孤形單影。
5. **壁上觀**：比喻坐觀成敗，不幫助任何一方。
6. **當**：值、正值。
7. **芝蘭**：史書謂孔明居四川之時，以芝蘭當門戶，為其擋路者也。在此乃指涉大陸文化大革命，儼然當世人才之浩劫。偶因當戶惜芝蘭，此句乃哀弔人才遭受蹂躪，而寓有抒發興亡之感。
8. **草草平生**：憂勞的樣子，《詩經・小雅・巷伯》：「驕人好好，勞人草草。」式《毛亨・傳》：「草草，勞心也。」
9. **夜永**：徹夜、通宵，劉孝標〈廣絕交論〉：「范張款款於下泉，尹班陶陶於永夕。」
10. **卜**：預料、事先推斷，例如勝敗可卜。
11. **升沉**：形容宦途的進退窮達。唐・李白〈送友人入蜀詩〉：「升沉應已定，不必問君平。」
12. **始信伊川境至安**：宋代理學家程伊川素以謹嚴著稱，晚年他人詢問其人畢生守禮是否勞苦？伊川對曰：「正因為守禮，乃至樂之境，何苦之有？」此處用典之義，乃勞氏歷經許多事件的成敗得失之後，深切體認到循禮才是最善之道。
13. **誰擲金輪碎大千**：金輪，月亮之別名。宋・蘇軾〈和子由詩四首之一〉：「聞道逢春思濯錦，更須到處覓菟裘。恨君不上東封頂，夜看金輪出九幽。」大千，大千世界的簡稱。此處乃指毛澤東之於神州之無比浩劫，實為天翻地覆的災難。
14. **麻姑慣說海成田**：麻姑，本為傳說中的仙女。姓黎字瓊仙，建昌人，修道於牟州東南姑餘山，宋徽宗政和中，封為真人，事見晉・葛洪《神仙傳・麻姑》。海成田，大海變為陸地，陸地淪為大海，或云滄海桑田。比喻世事無常，變化很快。此處乃指涉大陸四人幫時期，江青為一介女流，卻由翻雲覆雨、下迄樓起又樓塌的戲劇性變化。

15. **鄧林有恨難追日**：上古神話故事。傳說夸父威猛好勝，乃與太陽追趕競走，路上極度乾渴，遂喝光了黃河、渭水依然不夠，再往北邊大澤去找水喝，卻渴死在途中。他隨身的手杖棄置在地上，後來長出了一片桃林，典出《山海經・海外北經》。後以此比喻不自量力，或有雄心壯志，但未竟大業。此處指涉鄧小平一意效法毛澤東模式，實為徒勞無功。
16. **華嶽何緣欲接天**：華嶽為山名，位於陝西省華陰縣渭河盆地南，為五嶽中的西嶽，因形如蓮花，故稱為華山。此句用來表現為屹然不動的樣子，指涉華國峰有何理由得以取代？
17. **宣四教**：孔子四大教育要目：文、行、忠、信，《論語・述而》：「子以四教：文、行、忠、信。」此處乃專指鄧小平的四個堅持政策。
18. **足民未必效三年**：典出《論語・先進》：「比及三年，可使足民。」
19. **劇憐曲散城西後**：指涉大陸官方彈壓天安門大字報，以干預言論自由的動作。
20. **萬戶飛霜絕管弦**：飛霜，降霜。管弦，泛指音樂，亦有音樂教化之意涵。此處指涉從此一系列思想宰制效應之後，大陸思想界重新進入黑暗統治時期。
21. **每悔多言刪少作**：少作，早期著述。乃謂不滿早期未成熟的作品，《三國志・魏書・陳思、王植傳》裴松之注：「脩家子雲，老不曉事，彊著一書，悔其少作。」
22. **吾分定**：本分所定、命定，《孟子・盡心下》：「君子所性，雖大行不加焉，雖窮居不損焉，分定故也。」
23. **玉龍深鎖莫狂鳴**：匣中寶劍，切莫再有不平之鳴，宋・陸游〈長歌行〉：「國讎未報壯士老，匣中寶劍夜有聲。」原指名劍的神奇靈通，比喻人雖在野，而聲名遠播於外。

鑒賞

本組詩第一首押上平聲七虞韻，第二首押上平聲十四寒韻，第三首押下平聲一先韻，第四首押下平聲八庚韻。

此一組詩純是載記山居生活之寫照，即使是競綠賽青的氛圍，目光所及，依舊擺脫不掉平素知識份子議政論學的慣性。第一首即事寫作背景，乃聚焦於毛澤東死後、華國峰登臺的動盪階段。第二首首聯謂「偶因當戶惜芝蘭」，意謂人才若是阻礙政治方向，將被斷然犧牲；即指當時大陸文革雖結束，仍舊持續打壓知識份子。第三首則全然批判大陸情勢，抒發自毛氏、四人幫、鄧小平、華國峰等人，率皆造成不得民心、經濟崩盤、思想界禁錮苦悶的情狀，作一諷喻的書寫。第四首則自剖個人當時感受，此刻詩人的心境，依然繾綣於洞鑒時局的餘韻，所言「山居」，不過是借境調心。「興廢真成壁上觀，偶因當戶惜芝蘭」即為此一組詩真實的基調；前兩首尚且看得到山居人情的互動，以及生活步調之慵懶，繼而不免觸景生情，審顧平生志趣，終究失眠中宵。

「每悔多言刪少作，久排眾議感孤明」則是後兩首體現的基調；對於自己好發異議的個性，只好援引神話寓言，加以自嘲。卻又一意孤行，對於俗學誤人的亂象，始終抱持撥亂返正的自我期許。匣中寶劍的吟嘯，猶如自己的苦心孤見，始終無力扶正陸沉的悲哀；對於世途的潮起潮落，此刻縱使悠然山居沈吟，卻也只能以詩言志，壓抑滿腔激越的不平之鳴。

縱觀勞詩中出現率最高的字眼，大概不外乎「世途」、「世道」、「世局」等等系列「以世為體」複合的意象，因此可見先生並非那些流漣光景之徒，而一直是眷顧世情的黽勉儒者。此一特質也呼應了明代東林學派顧憲成、高攀龍等人揭示的「紀綱世界」以及「與世為體」的精神；相對於現下學者之為文治學，只求「為人之學」的現象大相逕庭 。東林書院門聯中「風聲 雨聲 讀書聲 聲聲入耳」以及「家事 國事 天下事　事事關心」的寫照，而今觀來似乎已經不合時宜。勞詩寓目時艱的筆觸，更應與其一系列議政的時論，等量齊觀。誠如唐君毅、錢穆、徐復觀等人學術志業之規模，都不自外於「時局」的感悟，故能成就學問與生命境界的千彙萬狀。箇中沉鬱的詩質基調，值得我輩今日提思警策。

庚申（一九八〇年　五十三歲）

庚申除夕　吳冠宏述解

其一

雞肋[1]生涯久病身，朱箋從俗署迎春。浮名累己衰尤切，苦趣觀生悟轉真。剩有歡容酬稚女，漸明定分學常人。疏窗走筆償文債，不覺流年[2]換舊新。

其二

衣冠幾處悼蟲沙[3]，故國風高日急斜。燕雀下堂[4]仍有夢，豺狼遮道[5]總無家。衰時更化[6]談何易，積勢爭雄事可嗟。長想少年匡救志，不堪霜鬢臥天涯。

題解

此詩作於庚申年（1980），勞氏五十三歲。時值除夕，感念歲月飛馳與世事多變而有此作。

註釋

1. **雞肋**：《後漢書》卷五十四〈楊震傳〉：「夫雞肋，食之則無所得，棄之則如可惜，公歸計決矣。」
2. **流年**：比喻如流水般消逝的時間。唐・杜甫〈雨詩〉：「悠悠邊月破，鬱鬱流年度。」
3. **蟲沙**：《太平御覽》卷九百一十六〈羽族部三・鶴〉引《抱朴子》曰：「周穆王南征，一軍盡化，君子為猿為鶴，小人為蟲為沙。」後以猿鶴蟲沙比喻將士出征戰死沙場。
4. **燕雀下堂**：唐・劉禹錫〈烏衣巷〉：「朱雀橋邊野草花，烏衣巷口夕陽斜；舊時王謝堂前燕，飛入尋常百姓家。」
5. **豺狼遮道**：《漢書》卷七十七〈孫寶傳〉：「豺狼橫道，不宜復問狐狸。」比喻奸人掌握大權，專斷橫行。

6. **更化**：《漢書》卷五十六〈董仲舒傳〉:「為政而不行，甚者必變而更化之，乃可理也。」此指政令教化的改革。

鑒賞

這兩首詩皆為勞氏歲末感時之作，每屆歲末迎春之時，最是讓人傷懷，因而有此二詩。

第一首詩押上平聲十一真韻。勞氏用「雞肋生涯」起詩，將生活的平淡滋味，如身體的漸覺老邁、從俗寫作春聯、與稚女天倫之樂、平日寫作研究、償還文債的生活，時光在這點點滴滴的活動中流逝，換得一些累己的浮名，也在不斷地歷事反省中，明白自己的性分天命，而有不少的真悟，在常人有常樂中，平穩從容地生活。

第二首詩押下平聲六麻韻。勞氏一反前詩的平常況味，轉為對時事局勢的慨歎，神州文革後，有不少知識知分子在此劫難中喪失生命，鄧小平雖提出改革開放的口號，但政局依舊詭譎多變，令人不安，失勢的人仍力圖扭轉頹勢，猶存復興的想望，然奸人當道自不能有真正的改革，在當權無道之下欲有所作為談何容易？美蘇爭強的國際情勢使中國未來的命運更是叵測，不免讓人心驚長嘆，勞氏想起自己年少時一心匡救天下的大志，而今年華漸長，卻仍是走筆過生活，這種「不堪」的滋味，讓先生前詩的「雞肋生涯」有了新的意味。

綜觀二詩，前詩寫家居，後詩感家國，可以感受勞氏「邦無道，隱居以求其志」的君子胸襟，雖然時不我予，雖然自言「學常人」，但是觀玩其二詩可知，勞氏仍以家國時事為念，具有以國家興亡為己任的儒者風範。

壬戌（一九八二年　五十五歲）

壬戌八月，慕寰先生榮休，同人餞於雅苑。席間出近作長句相示，遂步原韻奉答　吳冠宏述解

蹈海孤懷老仲連[1]，肯從傀儡問媸妍。屠龍[2]志在思啣石[3]，射虎[4]人歸夢控弦[5]。幾見桐根能免火[6]，久憐榆莢[7]誤呼錢。南溟[8]煙雨容高臥，但得無求不學仙。

題解

此詩作於壬戌年（1982）八月，勞氏五十五歲。時值香港中文大學邢慕寰先生榮退，一些同事為他祝賀餞別，宴飲於雅苑。邢慕寰（1915～1999），湖北黃梅人，經濟學家，曾任香港中文大學講座教授、系主任、研究院院長、臺灣中央研究院院士，創辦中研院經濟研究所，培育數代人才，不僅在經濟理論方面有極精深的造詣，亦善古典詩詞，有極好的傳統文人修養。邢慕寰先生在杯酒酬酢中以他的近作長句（七言古詩）出示友人，勞氏感念其人其志，遂用其詩韻作此詩和答之。

註釋

1. **仲連**：《史記》卷二十三〈魯仲連鄒陽列傳〉：「新垣衍曰：『吾視居此圍城之中者，皆有求於平原君者也；今吾觀先生之玉貌，非有求於平原君者也，曷為久居此圍城之中而不去？』魯仲連曰：『世以鮑焦為無從頌而死者，皆非也。眾人不知，則為一身。彼秦者，棄禮義而上首功之國也，權使其士，虜使其民。彼即肆然而為帝，過而為政於天下，則連有蹈東海而死耳，吾不忍為之民也。所為見將軍者，欲以助趙也。』……其後二十餘年，燕將攻下聊城，聊城人或讒之燕，燕將懼誅，因保守聊城，不敢歸。齊田單攻聊城歲餘，士卒多死而聊城不

下。魯連乃為書，約之矢以射城中，遺燕將。……燕將見魯連書，泣三日，猶豫不能自決。欲歸燕，已有隙，恐誅；欲降齊，所殺虜於齊甚眾，恐已降而後見辱。喟然歎曰：『與人刃我，寧自刃。』乃自殺。聊城亂，田單遂屠聊城。歸而言魯連，欲爵之。魯連逃隱於海上，曰：『吾與富貴而詘於人，寧貧賤而輕世肆志焉。』」

2. **屠龍**：《莊子．列禦寇》：「朱泙漫學屠龍於支離益，單千金之家，三年技成而無所用其巧。」此指高超的技藝，卻沒有地方可以表現他的技巧。《法書要錄．張懷瓘書估》：「五等之外，藝多賢哲，聲聞雖美，功業未遒。空有望於屠龍，竟難成於畫虎。」

3. **啣石**：《山海經》卷三〈北次山經．發鳩之山〉：「又北二百里，曰發鳩之山，其上多柘木。有鳥焉，其狀如烏，文首、白喙、赤足，名曰精衛，其鳴自詨。是炎帝之少女名曰女娃，女娃游於東海，溺而不返，故為精衛，常銜西山之木石，以堙於東海。」《校注》引郭璞《述異記》：「昔炎帝女溺死東海中，化為精衛。偶海燕而生子，生雌狀如精衛，生雄如海燕。今東海精衛誓水處，曾溺此川，誓不飲其水。一名誓鳥，一名冤禽，又名志鳥，俗呼帝女雀。」

4. **射虎**：《史記．李將軍列傳》卷一百〇九：「廣出獵，見草中石，以為虎而射之，中石沒鏃，視之石也。因復更射之，終不能復入石矣。廣所居郡聞有虎，嘗自射之。及居右北平射虎，虎騰傷廣，廣亦竟射殺之。」

5. **控弦**：拉弓，也指弓箭手、兵卒。《史記．劉敬叔孫通傳》：「冒頓為單于，兵彊，控弦三十萬。」「射虎人歸夢控弦」即指心志遠大之人，隱退之後仍心繫未成之願。

6. **桐根免火**：《後漢書》卷六十〈蔡邕傳〉：「吳人有燒桐以爨者，邕聞火烈之聲，知其良木，因請而裁為琴，果有美音，而其尾猶焦，故時人名曰『焦尾琴』焉。」在此反用此典故，比喻人才被浪費。

7. **榆莢**：榆樹所結的果實，先結果，後長葉，果實形狀像小錢，相聯成串，俗稱榆錢，可供食用。《漢書》卷三〈高后紀〉引應劭曰：「本秦錢，質如周錢，文曰『半兩』，重如其文，即八銖也。漢以其太重，更鑄莢錢，今民間名榆莢錢是也。民患其太輕，至此復行八銖錢。」又《漢書》卷二十四〈食貨志下〉：「漢興，以為秦錢重難用，更令民鑄莢錢。」《注》引如淳曰：「如榆莢也。」榆莢俗號為榆錢而非真錢，比喻名不符實。

8. **南溟**：《莊子．逍遙遊》：「北冥有魚，其名為鯤。鯤之大，不知其幾千里也。化而為鳥，其名為鵬。鵬之背，不知其幾千里也；怒而飛，其翼若垂天之雲。是鳥也，海運則將徙於南冥。南冥者，天池也。」

鑒賞

此詩押下平聲一先韻。刑慕寰先生在香港中文大學多年，與勞氏有志一同，榮退之際，慕寰先生以詩相示，勞氏感念其人其志，亦奉答以詩。

首聯以「魯仲連」這個亂世中憂患謀國的君子意象來比喻刑先生，認為他乃志高見卓之人，哪裡肯向傀儡一般的掌權之人詢問自己表現的好壞？繼之以「屠龍」的典故，比喻其有才而無處可施，以「射虎」的典故，稱美其即使退場仍未能忘情自己對理想的堅持，勾勒出邢先生具有儒者有所不為與有所為的狂狷精神。然眼見中大的學生人才被蹧蹋犧牲，學界又普遍存在著名不符實的現象，學風敗壞至此猶不免令人心憂感歎。值此之際，遂知他榮退後雖可過著與世無爭、無求淡泊的生活，但相信他關懷世情的心未減，畢竟他終究非學仙忘世之人。

這首詩先生善用典故，以典故深厚的意象與義蘊，來說明邢先生的心志、胸懷、際遇及其面對的存在情境。首聯用「魯仲連」的歷史人物形象，當即勾勒出慕寰先生人品識見的高潔，項聯以「屠龍」、「射虎」兩典故生動地表現出慕寰先生不為流俗的儒者心志，腹聯一轉，暗喻中大學風的頹敗，點出刑先生的隱痛與掛念，尾聯又回扣仲連高隱無求卻關懷世情的君子形象。整首詩首尾一氣呵成，用典自然生動，展現出勞氏對邢先生的尊崇與感懷。

步慳字韻東策縱先生　吳冠宏述解

自倦交游出語慳[1]，幾回虛櫝任珠還[2]。靜觀世運愁如海，坐證禪心月滿山。詞賦漫誇千古事，丹鉛[3]已奪半生閒。天涯歌嘯忘華髮，肯向蓬萊乞駐顏。

題解

此詩作於壬戌年（1982），勞氏五十五歲，用慳字韻作此詩，寄給好友周策縱先生。周策縱，美國陌地生威斯康辛大學東亞語文學系及歷史系教授，著有《五四運動史》、《論王國維人間詞》、《文林：中國人文研究》、《破斧新詁——詩經研究之一》、《古巫醫與「六詩考」——中國浪漫文學探源》等。

註釋

1. **慳**：ㄎㄥ（keng1），儉省。韓愈〈山南鄭相公樊員外詩〉：「辭慳義卓闊，呀豁疚掊掘。」
2. **虛櫝任珠還**：櫝，音ㄉㄨˊ（du2），《韓非子・外儲左上》：「楚人有賣其珠於鄭者，為木蘭之櫃，薰以桂椒，綴以珠玉，飾以玫瑰，輯以羽翠，鄭人買其櫝而還其珠。」
3. **丹鉛**：丹砂和鉛粉，是古人校勘文字的用具，引申指考訂的工作。韓愈〈秋懷詩〉：「不如覷文字，丹鉛事點勘。」

鑒賞

這首詩押上平聲十五刪韻。是勞氏寫給周策縱先生的詩，以詩為信，言簡意瞻。

首聯勞氏稱自己因倦於交游而吝於出語，幾次友人來函皆未能致意，故以 「幾回虛櫝任珠還」 自嘲。項聯寫自己這一段日子的心境，若靜觀時局、世運的變化，則心憂如海深；若回觀自己修道坐禪的心得，卻是如月滿山般恬然自足，清淨喜悅。腹聯繼寫生活，自道平日作詩寫賦，暢談千古事，寫作考訂等研究工作也佔去大半時間，這兩句表現出作者以詩賦懷古今事，以研究寄託心志的生活面相。尾聯遂再言早已忘記自己年歲老大，不必求長生不老，更不需要為青春流逝傷懷。

此詩充滿了恬然自足的氣息，雖然不脫先生關懷時事、憂國憂民的基調，但是就自身生活而言，能與詩賦著作為伍，卻仍是飽滿充實的，洋溢著一種學者為己的光輝。

癸亥（一九八三年　五十六歲）

癸亥開筆　吳冠宏述解

寒雨連朝逼歲除，朱蘭黃桔抵桃符[1]。邊城客久安殊俗，亂國憂深負壯圖。卜象玩辭爭水火，鄉風團肉[2]薦珍珠。不須重訴華年感，百劫孤懷尚故吾[3]。

案：除夕年飯有珍珠丸，蓋兩湖舊俗也。

題解

此詩作於癸亥年（1983）開歲之時，勞氏五十六歲，時值開春，感時抒懷，遂作此詩為癸亥年的第一首詩。

註釋

1. **桃符**：南朝梁・宗懍《荊楚歲時記・正月・門飾與門神》，隋・杜公瞻《注》引莊周云：「有掛雞於戶，懸葦索於其上，插桃符於傍，百鬼畏之。」又清・富察敦崇《燕京歲時記・春聯》：「春聯者，即桃符也。」
2. **團肉**：圓形肉塊，即肉丸子。
3. **故吾**：故我，舊日的我。《莊子・田子方》：「雖忘乎故吾，吾有不忘者存。」

鑒賞

此詩押上平聲七虞韻。除舊佈新之際，最易傷懷，此詩為勞氏有感於新年風俗，而興感抒懷之作。

由首聯可知當時連日陰雨綿綿，而勞氏家佈置著朱蘭黃桔增加吉祥喜氣，春聯倒是不貼了。項聯自述離鄉前來港臺已有極長的年歲了，國家仍在紛亂之中，而自己深深的憂慮也從未止息，如今卻只能說辜負年少時的一片雄心壯志。腹聯記年節之際，以占卦卜人事吉凶、以珍珠丸子憶湖南鄉俗。尾聯再申明自己不論年華如何老去，自己的心志仍然如一，是不會改變的。

「人在異鄉為異客，每逢佳節倍思親」，這是由於觸景生情，而佳節景致正是種種的民俗活動。但在異鄉居久了，便也從當地之俗，若為當地之人，惟心中仍深隱著對遙遠故鄉的眷戀，這種深致難言的情懷便易在心中翻騰發酵，形成詩情的張力，而勞氏離鄉正由於國難，遂將此鄉情更化為對家國濃郁的責任感，與深致無奈的憂思愁緒。只是滔滔紅塵中，一切隨大化運轉，不可掌握，唯一清朗可知者，正是自己始終如一的心志吧！

陌地生書感　吳冠宏述解

又作天涯十日遊，小城文會偶勾留。百年垂涕蒼生劫，一夢驚心白髮愁。世變悲憐桐尾盡[1]，才難珍重鳥嚶求[2]。竹前芳草青青出，含笑支笻[3]暫解憂。

題解

此詩亦為癸亥年（1983）作，勞氏五十六歲。勞氏因為會議需要，到美國陌地生勾留十天，因而有感。陌地生，美國威斯康辛大學所在地。

註釋

1. **桐尾盡**：《後漢書》卷六十〈蔡邕傳〉：「吳人有燒桐以爨者，邕聞火烈之聲，知其良木，因請而裁為琴，果有美音，而其尾猶焦，故時人名曰『焦尾琴』焉。」此應指人才不被珍惜而耗盡。
2. **鳥嚶求**：《詩經．小雅．伐木》：「伐木丁丁，鳥鳴嚶嚶。出自幽谷，遷於喬木。嚶其鳴矣，求其友聲。 相彼鳥矣，猶求友聲。矧伊人矣，不求友生。神之聽之，終和且平。」南宋．朱熹《集註》：「此燕朋友故舊之樂歌。故以伐木之丁丁興鳥鳴之嚶嚶而言鳥之求友，遂以鳥之求友喻人之不可無友也。人能篤朋友之好，則神之聽之，終和且平也。」

3. **笻**：音ㄑㄩㄥˊ（qiong3），《廣韻．平聲．鍾韻》：「笻，竹名，可為杖，張騫至大宛得之」

鑑賞

此詩押下平聲十一尤韻，為勞氏在異地書懷之作。首聯寫出遊原因，是陌地生威斯康辛大學舉辦學術會議，故得以浪跡至此，以文會友。項聯敘述在異地遠觀家國，及思省自己一生，眼看著家國同胞歷此劫難，已有百年之久，轉眼間自己也從意興風發的青年轉生白髮，這種心驚和無奈，又如何能明言呢？腹聯遂繼言世事多變，大局難撐，多少人才在亂世中被浪費蹭蹋，而珍貴難得的人才正是家國復興有望之所在，面對這無可如何的世運中，不免令人心生感慨。尾聯再回到眼前之景，見年輕一輩人才，正如青青芳草般生機盎然，展現無限的希望，讓人不覺精神一振，令笑迎之，人世的紛擾，且暫由他去。

這首詩運用空間距離的拉遠，使人對時間的感覺更為敏感，百年一夢的對舉，產生的震撼效果是相當強烈的，滾滾紅塵東逝水，百年中多少人事興衰，而一夢醒悟，那種了然、恍惚、不堪、牽掛，種種人事的演變，人的生離死別，都變得格外清晰。人才難得，而勞氏於此更覺朋友相知相惜的美好，也為美才無端浪費而深嘆。最後瞬間拉回眼前景致，在異地以文會友中，又欣見年輕子弟意興風發，因而得到了撫慰和寄託，詩便在這心靈時空的轉換中表現了作者存在的悲喜。

與策縱、英時夜談術數　吳冠宏述解

辭辯年來厭舊狂，卻從三式[1]演興亡。圖文考異徵推背[2]，讖記傳訕笑閉房[3]。苦索形聲詮綠鴨[4]，不堪旅鼎[5]卜紅羊[6]。江河萬古東流急，放坐雄談遣夜長。

題解

此詩為勞氏於癸亥年（1983）時某夜，和好友周策縱先生與余英時先生徹夜談論術數後所作。

註釋

1. **三式**：《五代史》卷七十一〈許寂傳〉：「寂少有山水之好，汎覽經史，窮三式，尤明易象。」《五代史》卷一百三十一〈趙延義傳〉：「延義世為星官，兼通三式，尤長於袁、許之鑒。」《四庫全書總目》卷一百〇九〈子部術數類二〉：「六壬、遁甲與太乙世謂之三式。」按：「三式」之學尚有一說：雷公、太乙、六壬，見《唐六典》。
2. **推背**：即《推背圖》。相傳為唐代李淳風與袁天綱共同編著的圖讖，預言歷代變革興衰之事。
3. **閉房**：《魏書》卷七〈高祖孝文帝紀〉：「九年春正月戊寅，詔曰：『圖讖之興，起於三季。既非經國之典，徒為妖邪所憑。自今圖讖、祕緯及名為孔子《閉房記》者，一皆焚之。』」
4. **綠鴨**：《燒餅歌》：「九尺紅羅三尺刀，觀若：見任逍遙。閹人尊重不修武，雖有胡人二八秋。桂花開放好英雄，折缺長城盡忠孝，周家天下有重復，摘盡李花枉勞功，黃牛背上鴨頭綠，安享國家珍與粟，雲蓋中秋迷去路，胡人依舊胡人毒，水浸月宮主上立，禾米一木併將去，二十三人八方居。」
5. **旅鼎**：卦名。《周易》卷九〈序卦〉：「革物者莫若鼎，故受之以鼎。」王弼《注》：「革去故，鼎取新。既以去故，則宜制器立法以治新也。鼎所以和齊生物成新之器也。故取象焉。」《周易》卷六〈旅卦〉：「旅，小亨。旅貞吉」句下《疏》：「《正義》曰：『旅者，客寄之名，羈旅之稱。失其本居而寄之他方謂之為旅。』」《周易》卷九〈序卦〉：「窮大者，必失其居，故受之以旅。」兩卦有刼數之象，指經刼後情勢才能好轉。

6. **紅羊**：南宋・柴望《丙丁龜鑒》：「丙午丁未者有一，其年皆值中國有浩劫戰亂之年。」以丙屬火，色赤，未肖羊，故名「紅羊劫」。

鑒賞

此詩押下平聲七陽韻，為勞氏生活偶記，洋溢著文人占玩術數的氣息。

好友相聚，或談時事、或話家常，勞氏這次卻和好友們談論起歷來的數術之學。首聯寫道以辭辯難的友人已不再是舊日年少輕狂，遂利用三式來探討興亡、推算國運；項聯以「推背」、「閉房」說明術數圖讖之學，相較於《閉房》的傳訛不實，《推背》似更值得考異求徵；腹聯藉《燒餅歌》「黃牛背上鴨頭綠」一典，揭示術數詮解綠鴨、一探真相的的苦索，而勞氏從必須遇刼才能好轉情勢的「旅」、「鼎」兩卦中，卜算紅羊劫，看到中國命運的不堪與多舛；尾聯以江河萬古東流急，表現歲月之匆匆流逝，而勞氏與好友縱談千古，在歷史與術數的世界中一夜高談暢論，三位高才的術數之夜，讓人興豪氣萬千、意興風發之想，也真值得以詩記錄之吧！

癸亥夏，與秀煌應慕寰先生邀，小飲雅苑，歸而有作　吳冠宏述解

晚晴山雀噪流霞，買醉相攜向酒家。江左[1]勝遊千劫夢，海隅幽隱滿村花。殘棋[2]未捨爭先意，直論常興拂世[3]嗟。人傑只今零落盡，相看撫鬢感霜華[4]。

題解

此為癸亥年（1983）夏天，勞氏五十六歲之作，勞氏和何秀煌應慕寰先生的邀請，到雅苑聚餐飲酒，歸家後有感遂作此詩。何秀煌先生，香港中文大學哲學系教授，曾任香港中文大學哲學系主任、文學院院長、通識教育主任，著有《記號學導論》、《文化・哲學與方

法》、《語言與人性——記號人性論闡釋》等。

註釋

1. **江左**：指長江下游以東的地方，即今江蘇省南部等地。
2. **殘棋**：殘餘未下完的棋。南宋・陸游〈悲秋〉：「病後支離不自持，湖邊蕭瑟早寒時。已驚白髮馮唐老，又起清秋宋玉悲。枕上數聲新到雁，燈前一局欲殘棋。丈夫幾許衾懷事，天地無情似不知。」
3. **拂世**：拂，音ㄅㄧˋ（bi4），矯正世風。《漢書・王莽傳上》：「然而折節行仁，克心履禮，拂世矯俗，確然特立。」
4. **霜華**：此指白髮。明末清初・周亮工〈示友詩〉：「戰瘢莫向燈前看，恐惹霜華上霜毛。」

鑒賞

此詩押下平聲六麻韻，是勞氏與好友相聚，聚散之後有感而作，全詩散發著好友間相知相惜的情誼。

由首聯可知：勞氏赴約時在黃昏，有彩霞鳥語為伴，好友美酒相伴，他們的心情也是歡愉的。項聯指心雖緬懷百難千刧的故國勝景，如今在這海隅幽隱之地安居，也正是滿村繁花的美境。腹聯運用「殘棋」的意象以喻年過半百的人生，人生如殘棋，但是先生仍然認真生活，胸懷家國文化，一點也沒有退隱的意思，仍不時直論當時世風政局的惡劣，而常興矯俗匡世的慨歎。尾聯有感年華老去，人才凋零，友人間心懷澄清天下之志，又目睹現實之無奈、歲月之無情，相知相惜之情溢於言表。

初秋即事　吳冠宏述解

射隼[1]屠龍願已遲，疏窗晚眺雨如絲。吟成金石[2]誰堪語，坐困丹鉛自可嗤[3]。友代烹茶賓作主，女能問學父兼師。百年世變吾將老，凋落雄懷獨笑時。

題解

此詩作於癸亥年（1983）初秋時節，勞氏五十六歲，記錄某日的生活片段及感懷。

註釋

1. **射隼**：《周易》卷八〈繫辭下〉：「《易》曰：『公用射隼，於高墉之上，獲之無不利。』子曰：『隼者禽也，弓矢者器也，射之者人也。君子藏器於身，待時而動，何不利之有？動而不括，是以出而有獲，語成器而動者也。』」
2. **金石**：金，鐘鼎彝器。石，碑碣石刻。金石指用以頌揚功德的箴銘。《史記》卷六〈秦始皇本紀〉：「群臣相與誦皇帝功德，刻於金石，以為表經。」又金石亦可指鐘磬等樂器。《左傳・襄公九年》：「以金石之樂節之，以先君之祧處之。」
3. **嗤**：譏笑。

鑒賞

此詩押下平聲六麻韻。記述癸亥年初秋時某晚，勞氏家居生活的片段，由詩中可知，當晚下著毛毛細雨，有好友來訪，因女主人不在，故好友彷若主人般沏茶，自在地談笑著，而勞氏的小女向父親問學，爸爸便作起老師來了。這幅天倫之樂是如此地美好，可是勞氏卻還是有著淡淡的愁緒，這是關於國難未息，自己徒有用世之志與才能，卻未能發揮出來，而今年歲漸長，只在金石考訂中過此一生，不免心急心驚，這種無奈和悵然，在這細雨獨眺之中特別會被引動出來。因此就小我而言，固然已若萬事俱足；但就家國大我而言，這份時不我與的缺憾，有志難伸的惆悵，便有如輕霧般籠罩著作者心懷。

甲子（一九八四年　五十七歲）

步邢慕寰先生原韻奉寄　吳冠宏述解

雲海黃昏入混茫，天涯歲晚易懷鄉。眠牛受雨初驚夢，噪雀迎風急作狂。未免俗情傷聚散，依然孤志辯興亡。遣憂康節[1]思長醉，無奈頻年失酒腸。

題解

此詩當作於癸亥年（1983），勞氏五十六歲，勞氏用邢慕寰先生詩之韻，即作此詩，寄與慕寰先生，以表其憂局傷時之懷。

註釋

1. **康節**：邵雍（1011～1077），字堯夫，宋代范陽（今河北省涿縣）人。寓洛四十年，稱所居為「安樂窩」，卒諡康節。

鑒賞

此詩押上平聲四支韻。此詩由景起句，首聯之雲海混茫是景致，也是一種意象，那種山雨欲來風滿樓的感覺，小我牽繫在歷史時空、人際網絡與自然變化中，這不可明言的混茫力量，便好似黃昏的雲海般，在此年終歲晚之際，尤使浪跡天涯的作者易生懷鄉之情。項聯繼而以「眠牛」、「噪雀」比喻香港情勢之變化，中港關係之定調與發展都令人膽顫心驚。腹聯指出在這無常的時代裡，雖然使人不免陷入喜聚悲散之俗情，但勞氏卻能始終秉持孤志深願，關懷家國之興亡。尾聯言及作者面對歷史家國的刼難不幸，知而不可得解，縱使想如康節般以酒長醉，常樂以忘憂，無奈卻只能藉酒澆愁愁更愁，自嘲如此不僅無補於事，亦無法消受，而這種面對混茫時無奈卻又不願妥協的複雜情緒，正是勞氏幽微心境的寫照。

乙丑（一九八五年　五十八歲）

新春即事　謝奇懿述解

其一

又買瓶花向市廛[1]，佳辰誰復計華顛[2]。頻看興廢思來日，偶憶歡娛感少年。高隱山川無樂土[3]，退居詞賦待新編。遺懷有女通三式[4]，演易占星[5]漸得傳。

其二

暝坐南窗味早寒，養心今已絕微瀾。滄桑幾輩談天寶[6]，文采當時詡建安[7]。宿志艱難仍獨往，世情詭譎付旁觀。眼前危幕憐巢燕，無奈楸枰[8]局已殘。

其三

應接隨緣任幻真，久安蓬寄[9]樂閒身。眾中話舊驚遲暮[10]，夢後看花惜早春。高會又經文字劫[11]，清言偶識虎龍人[12]。乾坤萬古終無息，會見玄思出日新。

哲學會議中晤亞培爾，腹聯指此。

題解

本組詩作於乙丑年（1985），勞氏五十八歲。本組詩共三首，三首各應「新春」題意，一、二首分抒作者面對新春變動時局之自處與感懷，末首則藉由新春時參與哲學會議，抒發其著述傳世之志。一九八三年起，鄧小平主導下的改革開放已有一段時期，中英兩國正針對香港回歸問題進行談判。勞氏曾組織香港前景社並提出香港未來看法，唯此一建議雖為英方接受，卻被鄧拒絕。同時，本年新春勞氏香參加港中文大學哲學會議，為期兩天，座次與德國學者亞培爾為鄰，因藉此次交流抒懷。

註釋

1. **市廛**：市中的商店，亦指商店雲集之地。南朝宋・謝靈運《山居賦》：「山居良有異乎市廛。」廛，音ㄔㄢˊ（chan2）。
2. **華顛**：白首，指年老。《後漢書・崔駰傳》：「唐且華顛以悟秦」。唐・李賢注：「《爾雅》曰：『顛，頂也。』華顛謂白首也。」
3. **樂土**：**《詩經・碩鼠》**：「碩鼠碩鼠，無食我黍。三歲貫女，莫我肯顧。逝將去女，適彼樂土。樂土樂土，爰得我所。」東漢・鄭玄箋：「樂土，有德之國。」
4. **三式**：術數學之六壬、奇門、太乙等三門，此處以「三式」為占筮之術。《四庫全書》：「六壬與遁甲、太乙、世謂三式，而六壬其傳尤古，或謂出於黃帝、玄女，固無稽。要其為術，固非後世方技家所能造。大抵數根於五行，而五行始于水，舉陰以起陽，故稱壬焉；舉成以亥生，故用六焉。」六壬、奇門、太乙合稱三式，為帝王之術，古人有「通三式乃為神」之說。太乙以星象對應中國地區，占地區興衰為主；奇門參用三元計算，方式較為複雜，以占測用兵制敵為主；六壬理論複雜，但占法較為容易，主要用來占測日用百事。
5. **演易占星**：漢人以為周文王以八卦為基礎，演易重卦，因得六十四卦並注吉凶，本詩在此以「演易」為命理之術。占星，為星占之術，亦命理一法。
6. **談天寶**：天寶，唐玄宗年號。唐玄宗天寶年間，號為盛世，然末年遭變，安史之亂起，文人遂以身遭亂離而懷盛世為話天寶。唐・元稹〈行宮〉詩：「寥落古行宮，宮花寂寞紅。白頭宮女在，閒坐說玄宗。」
7. **詡建安**：建安，東漢末年獻帝年號。建安年間，文人多集於魏都鄴下，而以二祖、陳王與建安七子為代表，此時期之詩歌風格勁健，故有「建安風骨」之稱。南朝梁・鍾嶸《詩品》曾贊建安七子為「幹之以風力，潤之以丹采」，能令「聞之者動心」。
8. **楸枰**：棋盤又稱為「枰」，而製枰之材質，以楸木為貴，因此又以「楸枰」稱圍棋棋盤。唐・溫庭筠〈觀棋〉詩：「閑對楸枰傾一壺，黃華坪上幾成盧。」楸枰，音ㄑㄧㄡ（qiu1），ㄆㄧㄥˊ（ping2）。

9. **蓬寄枰**：北周・王褒〈出塞〉詩：「飛蓬似征客，千里自長驅。塞禽唯有雁，關樹但生榆。背山看故壘，繫馬識餘蒲。還因麾下騎，來送月支圖。」以飛蓬比離鄉去國之遊子，蓬寄之意類此。
10. **遲暮**：比喻年華老去。屈原《離騷》：「惟草木之零落兮，恐美人之遲暮。」
11. **文字劫**：指該次會議法國學者對德國學者之理論別有意見，彼此爭議頗鉅。
12. **清言偶識虎龍人**：清言，以玄理喻哲學理論。虎龍人，指「亞培爾」。本句指勞氏於會議中仳鄰而坐，因而偶然相識。

鑒賞

本組詩共三首，三首各應「新春」題意，而抒勞氏於新春之所見、所感及哲學會議之所遇。

第一首詩押下平聲一先韻。詩篇內容主要偏重勞氏自身之感受及生活，言其對香港未來局勢失望，惟有教女兒術數，聊以消遣耳。首聯次句「佳辰」點題，「瓶花」即此新春之「即事」，而見其新春之喜，無復記年齒矣。項聯由實轉虛，首句思量過去，展望未來，「頻看」二字可見作者關懷時局之心。次句憶少年往事，於今昔對比之中，兼有個人身世之感與家國感懷。腹聯承項聯之思，而表現出失望無奈之意。本聯上句「無樂土」隱見勞氏用世之胸懷，身雖隱而必非停於隱者。是故下句歸之以「新編」、「詩賦」，可見勞氏託寓之隱衷耳。尾聯二句宕開，明言「遣懷有女」，是知勞氏高隱之時，雖有宿志難伸之委曲，然幸有家庭之圓滿安慰，暫以安居也。而此二句並可見勞氏與女摯愛之深，與勞氏之女實已得勞氏命理之傳矣。

次首押上平十四寒韻。主要抒寫勞氏時局之思，而知其關懷之心。首聯前句應題，「早寒」二字不惟寫出「新春」之景，並隱然得見作者之情耳，「味」字值得深玩；後句則得見勞氏修養之新境。項聯二句憶昔，前句「滄桑幾輩」似有感慨，實是自感慨之中超越，故後句敘少年往日種種情狀，見其青年飛揚之姿，以求振奮。腹聯二句承上，繼言作者未改少年之志。故首句明言勞氏之志，其自己身言「宿志」，言「艱難」、「獨往」，得知勞氏雖歷經險難「滄桑」，然終不改早年之志向矣。次句「世情詭譎」所指即當時香港回歸之議，似有難挽之勢。然勞氏面對眾多紛擾，亦不輕易妥協，而寧以「付」旁觀，更顯勞氏堅志。尾聯直言現況，「危幕」一句似有山雨欲來之感，而末句言殘局則隱然見時局不復可求。如此，則本詩應有志士無力回天之憾矣。

本組詩最末一首押上平聲十一真韻，主要偏重哲學會議之抒發，以見作者以轉求學術之不朽耳。亞培爾係德國現象學、詮釋學者，對理論有深入研究，將形上學化為先驗語用學。亞培爾為哈伯瑪斯長期夥伴，此次香港哲學會議係代替哈氏與會，兩日會議與勞氏仳鄰而座，二人相互交換意見，先生重之。

本詩首聯仍就時局著眼，其言「應接隨緣任幻真，久安蓬寄樂閒身」，是在世亂飄蕩的身世之感中，應之以「隨緣」之樂言以自我安適。項聯仍繼此意緒，一方面自蓬寄進一步寫「話舊」之「驚」、「夢後」之覺，一方面「應接」此情，而以「早春」賞花逆挽，可見勞氏珍惜當下之心。腹聯書「即事」，即勞氏於哲學會議晤亞培爾之事。然此處以會議繼首、項二聯，亦未嘗不是因惜己身、惜當下的學術之學術之「樂」之具現。故腹聯轉寫會議，上句「高會」點出時地，「文字劫」為會議記事，寫會議中法德學者之交鋒；下句言「清言偶識」，知勞氏與亞培爾先生兩人雖偶然結識，喜能於交流切磋間得一「新相知」，故「樂莫」之甚。尾聯承腹聯之意，由哲學會議群英之高論，而寄希望於未來之學術，己以撰述為志事之心亦因而顯露。由此，本詩前半以身世之感言安身之樂，下半轉寫學術之會，看似與前二者無關，實是以撰述立言為亂世樂居之出路也。

丁卯（一九八七年　六十歲）

退居吟　謝奇懿述解

其一

小園花發散微香，收拾殘書坐晚涼。未了人間龍虎劫[1]，吳鉤[2]夜夜吐奇光。

其二

講席經年倦舌耕[3]，繞階花果已垂成。行藏君子[4]觀時義[5]，豈似歐公畏後生？[6]

其三

氣節原難救世衰，桓靈郭李[7]總蒿萊[8]。思量不事王侯[9]意，翻喜如瓢五石才[10]。

其四

百家競異衍龍魚[11]，荊棘胸中漸掃除。未似廉公能善飯[12]，儻容黃氏晚成書。[13]

其五

幼女靈聰膝下依，十年成長燕思飛[14]。不須授我平生學，第一消愁演紫微[15]。

其六

形貌皋陶[16]類削瓜，少年潘鬢[17]已霜華。於今厭聽長生術，心駐無涯薄有涯[18]。

其七

詩酒當時憶放顛，朱顏雲鬢對華筵。海桑[19]急換閒情盡，不賞笙歌二十年。

其八

唐音漢骨[20]費才思，豈必雕蟲[21]後世知？詩稿平生隨手棄，退居方錄遺懷詞。

案：是年予移居康樂園，雖賦退居，知世亂不容高臥。韻兒將赴北美入學。予晚年書稿尚未成，故於詩中及之。

題解

本組詩作於丁卯年（1987），勞氏六十歲。其時香港世局紛亂，勞氏居康樂園，多有所感。組詩末首末句云：「退居方錄遺懷詞」，與題目「退居吟」相應，是本組詩實遺懷之作也。

註釋

1. **龍虎劫**：指時局變化，為當時世亂背景之描寫。《易．乾卦．文言》：「雲從龍，風從虎。」
2. **吳鉤**：戰國吳國之制刀。《戰國策．趙策》：「吳干之劍，肉試則斷牛馬，金試則截盤匜。」是吳國當時之刀劍利於當世。宋．沈括《夢溪筆談》：「吳鉤，刀名也；刃彎，今南蠻用之，謂之葛黨刀。」可知其名稱與刀形。
3. **舌耕**：指授課。晉．王嘉《拾遺記》：「皆口受經文，贈獻者積廩盈倉。或云：賈逵非力耕所得，誦經口倦，世為舌耕。」
4. **行藏君子**：《論語．述而》云：「子謂顏淵曰：『用之則行，舍之則藏，惟我與爾有是夫！』子路曰：『子行三軍則誰與？』子曰：『暴虎馮河，死而無悔者，吾不與也；必也臨事而懼，好謀而成者也。』」
5. **時義**：《易經》特重時義，時變則事亦變，通曉時義方可立命。宋．朱熹〈答范伯崇書〉云：「易，變易也，隨時變易以從道也。易也，時也，道也。自其流行不息者言之，則謂之易。自其變易無常者言之，則謂之時。而其所以然之理，則謂之道。」
6. **歐公畏後生**：歐公，指宋代歐陽修，字永叔，號「醉翁」、「六一居士」，唐宋八大家之一。歐公畏後生，宋代歐陽修至晚年時時重改舊作，夜半不寐。夫人勸阻曰：「何自苦如此，尚畏先生嗔耶？」修答以「不畏先生嗔，卻怕後生笑矣。」事見《朱子語類輯略》。

7. **桓靈郭李**：桓靈，東漢桓靈二帝。郭、指郭泰，李、指李膺，二人為東漢後期之清流代表人物。桓靈二帝時，有黨錮之禍，李罹禍而郭得免。《後漢書・黨錮傳》：「李膺字元禮，潁川襄城人也。……是時朝廷日亂，綱紀穨阤，膺獨持風裁，以聲名自高。士有被其容接者，名為登龍門。及遭黨事，當考實膺等。案經三府，太尉陳蕃卻之。曰：『今所考案，皆海內人譽，憂國忠公之臣。此等猶將十世宥也，豈有罪名不章而致收掠者乎？』不肯平署。帝愈怒，遂下膺等於黃門北寺獄。膺等頗引宦官子弟，宦官多懼，請帝以天時宜赦，於是大赦天下。膺免歸鄉里，居陽城山中，天下士大夫皆高尚其道，而汙穢朝廷。……陳蕃為太傅，與大將軍竇武共秉朝政，連謀誅諸宦官，故引用天下名士，乃以膺為長樂少府。及陳、竇之敗，膺等復廢。……後張儉事起，收捕鉤黨，鄉人謂膺曰：『可去矣。』對曰：『事不辭難，罪不逃刑，臣之節也。吾年已六十，死生有命，去將安之？』乃詣詔獄。考死。」
8. **蒿萊**：原指墳頭野草，後借指荒墳。《韓詩外傳》卷一：「原憲居魯，環堵之室，茨以蒿萊，蓬戶甕牖，桷桑而無樞，上漏下溼，匡坐而絃歌。子貢往見之，原憲楮冠黎杖而應門，正冠則纓絕，振襟則肘見，納履則踵決。子貢曰：『嘻，先生何病也！』原憲仰而應之曰：『憲貧也，非病也。』」
9. **不事王侯**：《易・蠱卦・上九》：「不事王侯，高尚其事。」
10. **五石才**：言己懷大才，然面對世務卻似無用。《莊子・逍遙遊》：「惠子謂莊子曰：『魏王貽我大瓠之種，我樹之成而實五石。以盛水漿，其堅不能自舉也。剖之以為瓢，則瓠落無所容。非不呺然大也，吾為其無用而掊之。』莊子曰：『夫子固拙於用大矣。宋人有善為不龜手之藥者，世世以洴澼絖為事。客聞之，請買其方百金。聚族而謀曰：「我世世為洴澼絖，不過數金；今一朝而鬻技百金，請與之。」客得之，以說吳王。越有難，吳王使之將。冬，與越人水戰，大敗越人，裂地而封之。能不龜手，一也；或以封，或不免於洴澼絖，則所用之異也。今子有五石之瓠，何不慮以為大樽而浮乎江湖，而憂其瓠落無所容？則夫子猶有蓬之心也夫！』」

11. **衍龍魚**：原為漢代雜技魚龍變化的表演，後指變幻的戲術。《隋書．音樂志中》：「及宣帝即位，而廣召雜伎，增修百戲。魚龍漫衍之伎，常陳殿前，累日斷夜，不知休息。」
12. **廉公能善飯**：此處言己有胃疾，連善飯都無法，有無可奈何之意。《史記．廉頗列傳》：「廉頗居梁久之，魏不能信用。趙以數困於秦兵，趙王思復得廉頗，廉頗亦思復用於趙。趙王使使者視廉頗尚可用否。廉頗之仇郭開多與使者金，令毀之。趙使者既見廉頗，廉頗為之一飯斗米，肉十斤，被甲上馬，以示尚可用。趙使還報王曰：『廉將軍雖老，尚善飯，然與臣坐，頃之三遺矢矣。』趙王以為老，遂不召。」宋．辛棄疾即以為詞，一抒英雄無用武之地之悲鬱，其〈永遇樂〉詞云：「千古江山，英雄無覓，孫仲謀處。舞榭歌臺，風流總被，雨打風吹去。斜陽草樹，尋常巷陌，人道寄奴曾住。想當年，金戈鐵馬，氣吞萬里如虎。元嘉草草，封狼居胥，贏得倉皇北顧。四十三年，望中猶記，烽火揚州路。可堪回首，佛狸祠下，一片神鴉社鼓。憑誰問，廉頗老矣，尚能飯否。」
13. **儻容黃氏晚成書**：指明末者者黃宗羲至晚年方有所成，而有種種著作，其早年之《明儒學案》仍承繼劉蕺山之業。
14. **燕思飛**：喻人子受父母呵護長成而自立，然勿忘反哺之恩。唐．白居易〈燕詩示劉叟〉詩：「一旦羽翼成，引上庭樹枝。舉翅不回顧，隨風四散飛。」其序云：「叟有愛子，背叟逃去，叟甚悲念之。叟少年時，亦嘗如是，故作《燕詩》以諭之矣。」
15. **紫微**：紫微斗數之稱，係古代命理之術。此法利用星曜不同的意義，闡釋人生命運之萬千現象，其中所重之紫微星為諸星之首，故稱為「紫微斗數」。「紫微」指的北極星，「斗」指南北斗，以天上的南北斗為主星佈於命盤，用來推算祿命，稱為斗數。
16. **皋陶**：《尚書．虞書．舜典》：「皋陶，蠻夷猾夏，寇賊姦宄，汝作士，五刑有服。」孔安國傳：「士，理官也。」皋陶，音ㄍㄠ（gao1），一ㄠˊ（yao2）。

17. **潘鬢**：晉・潘岳《秋興賦》:「斑鬢髟以承弁兮，素髮颯以垂領。」其序云:「晉十有四年，余春秋三十有二，始見二毛。」
18. **無涯、有涯**:《莊子・養生主》:「吾生也有涯，而知也無涯，以有涯隨無涯，殆已。」勞氏此詩蓋以無涯之學術輕視有涯之生命。
19. **海桑**：滄海桑田。
20. **唐音漢骨**：漢、唐二世文學斐然，各有特色而為後世典範。唐・李白〈宣州謝朓樓餞別校書叔雲〉詩:「蓬萊文章建安骨，中間小謝又清發」，即為對漢世文學之贊許。清・沈鈞德《元詩別裁集》序:「循元詩盛軌，弗墜唐音，而溯源於《風》、《騷》、漢、魏。」亦見同時對漢唐之肯定。
21. **雕蟲**：指文章。漢・揚雄《法言・吾子》篇云:「『或問吾子少而好賦』。曰:『然。童子彫蟲篆刻。』俄而曰:『壯夫不為也。』

鑒賞

本組詩共計八首，以退居生活為綱領，述及作者身居亂世之志、致力著述之意，以及親情互動等情懷。

第一首押下平聲七陽韻。本詩前二句應題，為退居生活之實寫，「微香」、「殘書」、「晚涼」皆見勞氏閒適之情。末二句思緒轉深，「龍虎劫」言世亂，而「吳鉤」、「吐光」即見作者「世亂不容高臥」志向之自述。

次首押下平聲八庚韻。詩中亦寫勞氏之志，而藉「退居」字面展開。首句「講席經年倦舌耕」直寫「退居」，次句「花果已垂成」是勞氏多年講授教育學子有成之語。末二句續自「退居」生發，三句「行藏」二字即勞氏對退居之自省，其運用《易經》「時義」之義，見作者之退居實為面對亂世不得已之作為，而末句則是以歐公之典言作者雖隱於世，然宿志未曾稍減之氣節。

第三首押上平聲十灰韻。本詩承次篇篇末，其以「氣節」始，轉出作者竟因此而難為世用的無奈。本詩首二句言外在之局勢，而點明「氣節」二字，見勞氏之志節，然「世衰」「蒿萊」之際，實有無力回天之感。三、四句自敘所感，言已向來高蹈自居，不向權威屈服，而以大格局自居觀世，不輕易妥協。然亦因此難為世人所用，而有才大難用之感慨。

第四首押上平聲六魚韻。作者寫作本詩之背景，勞氏當時已完成解析哲學、後現代主義等理論之爬梳；又逢其堂兄勞榦先生退休，贈七律一首，其中詩句云：「神劍無光聯北斗，閒雲有意出長安？」有意請勞氏移民美國，陪伴作詩、談話，勞氏因反思退休安頓之事。由此，則本詩為本組詩之轉折，其由世亂轉至學術，以勞氏之學術工作為敘寫對象，明言其撰述之志，以見其退居之積極。首句「百家競異」指學術研究，次句「荊棘掃除」，乃逐漸掃除治學理論之疑難，而知作者自身學問貫通無礙。三、四句亦承此意。第三句以「廉公善飯」為喻，言勞氏自謙無力於救國。末句自第三句轉，而以「晚成書」言勞氏致力於學問著述之事業，已有所成。

第五首押上平聲五微韻。本詩以側筆寫「退居」生活，而以勞氏與女兒親情之互動為綱領。首二句見勞氏女兒之靈慧與長成，為作者退居生活之溫暖。三、四句承第二句，而言勞氏女兒承知勞氏命理之學，更可安慰。由此進一步思之，此一紫微命理之理，其為本組詩第二首所言「時義」乎？其為勞氏專注著述生活之成果乎？由此，則「第一消愁」與「退居」之愍世之志與著作之勤或可得其解矣。

第六首押下平聲六麻韻，直言勞氏專於著述之樂。首二句言年華逝去之速。三句言「厭聽」，是知勞氏已越壽夭之境。四句反用《莊子・養生主》之意，而知勞氏之「樂於學」而「不知老之將至」矣。

第七首押下平聲一先韻，言勞氏關懷世事之懷。首二句寫勞氏早年之繁華景；三、四句一轉，「閒情盡」一句沈痛，明見世亂之下勞氏心繫時局之志，故有「不賞笙歌二十年」之語。「不賞笙歌二十年」，指勞氏早年對音樂、及傳統藝術等曾有涉獵，曾在北京聽戲，然中年之後已有改變，故言不賞笙歌已久。

末首押上平聲四支韻，藉以回應全篇，而以文章寫作為對象，寫己一生之詩文著述，實寓深意。首、二句見勞氏無意於文章藻繪也；

三、四句應題，由「隨手棄」、「遣懷詞」知，勞氏詩文實不苟作矣。

縱觀全詩，有勞氏遭逢世亂之志，有勞氏親情之流露，亦有勞氏著作之心、用世之懷。而筆法上，有正面之描寫，亦有側面之敲擊，亦有全篇之統攝。而這八首詩歌，皆可以「退居」二字為綱領，以「遣懷」二字為主旨貫通矣。

戊辰（一九八八年　六十一歲）

戊辰夏應清華之約，來臺作專題講演。晤濟昌、思恭於臺北。品茗小談，遂成一律　陳慷玲述解

退居[1]猶未免倉皇，再渡蓬萊[2]擬故鄉。晚市樓臺疑海蜃[3]，故人眉髮證滄桑。坐聽啼鳥前塵[4]逼，醉策屠龍[5]舊夢涼。三十三年哀樂意，苦茶相勸滌愁腸。

案：予自乙未赴港，即未再入臺。解嚴後方作此遊，計三十三年矣。

題解

本詩作於戊辰年（1988），勞氏六十一歲。詩序云：「戊辰夏應清華之約，來臺作專題講演」，「戊辰」即為民國七十七年，詩後案語云：「案予自乙未赴港，即未再入臺。解嚴後方作此遊，計三十三年矣」，勞氏自「乙未」（民國四十四年，二十八歲）離臺，至「戊辰」（民國七十七年，六十一歲）返臺，其中離臺時間長達三十三年。「晤濟昌思恭於臺北」，「濟昌」指王濟昌，建築師，曾任成大建築系主任。「思恭」為劉思恭，勞氏北大之同學，曾在臺大兼任邏輯課程。

註釋

1. **退居**：退休閒居。《莊子．天道》第十三：「以此退居而閒游江海，山林之士服」。
2. **蓬萊**：蓬萊山，古代傳說中的仙山名，泛指仙境。《史記．卷二十八．封禪書》第六：「自威、宣、燕昭使人入海求蓬萊、方丈、瀛洲，此三神山者，其傅在勃海中。」臺灣為海島，以蓬萊喻之。
3. **海蜃**：《史記．卷二十七．天官書》第五：「海旁蜄氣象樓臺，廣野氣成宮闕然。」大氣中由於光線折射作用，有時會在海面或沙漠中出現

亭臺樓閣等幻象，古人誤以為是蜃吐氣所形成的，故「海蜃」喻虛幻的事物。

4. **前塵**：佛教語，《楞嚴經》卷二：「佛告阿難：『一切世間大小內外，諸所事業，各屬前塵。』」謂當前由色、香、味、觸、法六塵組成的非真實境界。此指往事。
5. **屠龍**：《莊子・列禦寇》第三十二：「朱泙漫學屠龍於支離益，單千金之家，三年技成而无所用其巧」。

鑒賞

此詩押下平聲七陽韻。

首聯首句「退居猶未免倉皇」之「退居」指離臺一事而言，乙未年（1955）時正值臺灣「白色恐怖」時期，而「倉皇」一詞暗示離臺時的匆忙急迫。次句「再渡蓬萊擬故鄉」，「蓬萊」指臺灣，勞氏為湖南長沙人，於民國三十八年（1949）至臺灣，臺灣可說是他的第二故鄉，對這裏有一種極深刻複雜的情感，但自民國五十四年（1955）至香港後，再度回到臺灣已是民國七十七年（1988）了，中間歷經了三十三年。「擬」字說出了一種陌生感，試圖找回初至臺灣的印象。

項聯「晚市樓臺疑海蜃，故人眉髮證滄桑」點題，與濟昌、思恭等老朋友相見。勞氏離臺時為二十八歲，此次回臺已六十一歲，故云「晚」，而「海蜃」的典故及「疑」字一再的強調與朋友相見時那種虛幻不真的感覺。「故人眉髮證滄桑」雖未云「故人眉髮」如何如何，但「滄桑」二字含蓄的點出了眉髮的花白、神情的蒼老。眼前之景推翻了前句的懷疑，「證」字卻堅定而有力的說明了這次的見面的真實。

腹聯「坐聽啼鳥前塵逼，醉策屠龍舊夢涼」，老友見面後應是熱烈的寒喧，但此處不寫人語，反寫鳥聲，對照出乍見之際無限的感慨，一聲聲的啼鳥，將往事一幕一幕的重演一次，「前塵」指前事，三十三年之前的往事在這一刻層層疊疊的湧上心頭，「逼」字的力量強烈，描述瞬間潰決的回憶。等初見面的激動情緒稍稍平緩後，酒也開始發揮作用，朦朧之中感覺到「醉策屠龍舊夢涼」，「屠龍」一典出自莊子，意指空有一身高超的技藝，但終是派不上用場，過往熱烈的雄心壯志已隨著歲月而轉淡轉涼了。

尾聯「三十三年哀樂意，苦茶相勸滌愁腸」，總結離開三十三年的心情。由「苦茶相勸滌愁腸」可知，此處雖云「哀樂」，但意義全集中在「哀」，而不見「樂」。又因為是「苦茶」，不但不能抒解心中之愁苦，反而愈滌愈愁。

己巳（一九八九年　六十二歲）

蕭箑父自武大寄詩，以二律答之　陳慷玲述解

其一

傳箋萬里喜新詞，劫後文心尚苦持。南海騰潮觀世變，中原落日繫鄉思。豺狼道路誰相問[1]，泉幣泥沙事可知。我亦少年天下志，西風霜鬢感衰遲。

其二

平生進學擬登山，蹎蹶徘徊只等閒。殘景丘遲[2]空悵望，綵毫郭璞久追還[3]。無涯理境歸言外，有限文章付世間。成壞[4]華嚴[5]參勝解，不妨啼鳥聽關關。

編者案：此詩寫於己巳年（1989），六十二歲上半年，時勞氏猶在清華大學。蕭氏來詩或在戊辰（1988）。

題解

此二詩作於己巳年（1989），勞氏六十二歲之時。蕭箑父是武漢大學哲學系教授，寄詩給勞氏及余英時，描述大陸的現況。勞氏以兩首律詩回應，第一首表達對國事的看法，第二首概述自己的現況。此二詩分別押上平聲四支韻、上平聲十五刪韻。

註釋

1. **豺狼道路誰相問**：《後漢書・卷五十六・張王种陳列傳》第四十六「張綱」條下載：「漢安元年，選遣八使徇行風俗，皆耆儒知名，多歷顯位，唯綱年少，官次最微。餘人受命之部，而綱獨埋其車輪於洛陽都亭，曰：『豺狼當路，安問狐狸！』」，遂進奏彈劾大將軍梁冀、河南尹梁不疑。
2. **丘遲**：字希範，初仕齊，官至殿中郎，後仕梁，官至司空從事中郎。

3. **綵毫郭璞**：《南史・卷五十九・列傳》第四十九「江淹」條下載：「夢一丈夫自稱郭璞，謂淹曰：『吾有筆在卿處多年，可以見還。』淹乃探懷中得五色筆一以授之。爾後為詩絕無美句，時人謂之才盡。」
4. **成壞**：於佛教的宇宙觀中，一個世界的成立、持續、破壞，又轉變為另一世界的成立、持續、破壞，其過程可分為成、住、壞、空四期，稱為四劫。
5. **華嚴**：指《華嚴經》，為如來成道第二十七日，於菩提樹下為文殊、普賢等上位菩薩所宣說之自內證法門。

鑒賞

第一首首聯「傳箋萬里喜新詞，劫後文心尚苦持」，回應蕭箑父自武漢大學寄詩一事，「萬里」點出空間、「劫後」點出時間，指文化大革命以來。蕭箑父是武漢大學的資深教授，在文革曾被清算，作者嘉勉他在遭逢大劫後還能堅持理想的精神。項聯「南海騰潮觀世變，中原落日繫鄉思」。「南海」指居於南方的臺灣，以潮水的翻騰喻臺灣時局變化很大，雖身在遠方，但中原仍是故國，對它還是有一種懷念。腹聯指當時彼岸的政治與經濟狀況，首句「豺狼道路誰相問」指的是當時彼岸專政的方式，這裏用了漢代張綱的典故，漢順帝時，外戚梁冀權勢極大，貪贓枉法。當時朝廷派張綱至外糾舉不法官員，他很生氣的說：「豺狼當路，安問狐狸」，真正的「豺狼」正是梁冀，暫不必去管狐狸，故直接揭露梁冀的罪行。但是這裏的「誰相問」是個問句，現在哪還有像張綱這樣的人去勇於揭發這樣的情況？次句「泉幣泥沙事可知」，則以貨幣論的原理論當時彼岸危險的局勢。尾聯「我亦少年天下志，西風霜鬢感衰遲」回到自身，我年輕時也曾胸懷大志，但是如今已經老了，「西風霜鬢感衰遲」充滿了深深的無奈。

第二首抒發自己最近的感慨。首聯首句「平生進學擬登山」是預定的治學進程，本想像登山一樣的按部就班，但是次句「躑躅徘徊只等閒」，指治學的實際的狀況卻是緩慢不順，這是勞氏自謙自己在學問上的蹉跎。項聯「殘景丘遲空悵望，綵毫郭璞久追還」，用了唐代李群玉〈寄長沙李待御〉詩：「未以綵毫還郭璞，乞留殘景與丘遲」的典故自喻。丘遲極有文才，八歲能屬文，仕齊，「時勸進梁王及殊禮，皆遲文也……。時高祖著連珠，詔群臣繼作者數十人，遲文最美」，但現在是「殘景」，作者自覺已到暮年，即使有文才亦是「空悵望」了；而「綵毫郭璞」指的是江淹的五色筆被郭璞追討回去後，無法再創作佳文了，勞氏感嘆五四以來接二連三的文化運動，一種盛況已經過去了。腹聯「無涯理境歸言外，有限文章付世間」，這是勞氏的自處之道，把前二聯的無力一掃而空，拉開了視野，真正的至道是無法言說的，所體悟到的並不一定能寫出來，留存於世間的是只有限的。尾聯還是延續著腹聯的開解意態，「成壞華嚴參勝解，不妨啼鳥聽關關」，首句以《華嚴經》的理論講成、住、壞、空，成中有壞、壞中有成，很多事情都是互相依倚的，以此來看世間之事，則一切都不必重視，安慰蕭箑父看開一點，達到「不妨啼鳥聽關關」的自然境界，「不妨」是可有可無，解開我執的束縛，無處不恬淡自適。

六四夜坐　陳慷玲述解

其一

密檄[1]深宵出，千軍向鳳城[2]。群呼驚國賊，赤手歎書生。浩浩蒼黎劫，悠悠末世名。傷時無涕淚，坐聽雨連明。

其二

當戶芝蘭發，芟除例可知。[3]苦心謀國意，直論剖肝時。筆擬陳琳檄[4]，災同元祐碑[5]。撫懷吾亦愧，臨難竟何為。

案：是夜北京大舉鎮壓民運，從此作瓜蔓抄，大局急壞矣。香港風雨終宵，獨坐不能成寐，遂作以上二律。次首懷嚴家其，蓋此時嚴既發表「五一七」宣言，人皆度其不能免禍。予在嚴來港出席「人文研究學會」主辦之「華人地區政經現代化國際會議」時，曾與深談，頗知其懷抱。此時愴然不已，未料嚴終能脫網也。用陳琳故事，即指

「五一七」宣言。

題解

此二詩編年於己巳年（1989），勞氏六十二歲。是年六月四日，北京發生鎮壓民運的天安門事件。當日凌晨，數十萬解放軍攜帶重裝備武裝入城，血染天安門，民主女神被拆，學生被迫撤離，具體死傷人數至今未公開。

註釋

1. **筆擬陳琳檄**：「檄」為文體名，古時官府用以征召、曉喻、聲討的文書。《說文》大篇上云：「以木簡為書，長尺二寸，謂之檄，以徵召也。」「陳琳檄」典出《三國志》卷二十一魏書〈王粲傳〉附〈陳琳傳〉：「太祖並以琳、瑀為司空軍謀祭酒，管記室，軍國書檄，多琳、瑀所作也。」裴松之注引三國魏魚豢《典略》：「琳作諸書及檄，草成呈太祖。太祖先苦頭風，是日疾發，臥讀琳所作，翕然而起曰：『此愈我病。』數加厚賜。」後以陳琳檄泛指檄文。
2. **鳳城**：京都的美稱。
3. **當戶芝蘭發，芟除例可知**：《三國志．卷四十二．蜀書十二》「周群」條下載：「裕又私語人曰：『歲在庚子，天下當易代，劉氏祚盡矣。…』人密白其言。…主常銜其不遜，加忿其漏言，乃顯裕諫爭漢中不驗，下獄，將誅之。諸葛亮表請其罪，先主答曰：『芳蘭生門，不得不鉏。』裕遂棄市。」
4. **陳琳檄**：《三國志．卷二十一．魏書二十一．王衛二劉傅傳第二十一》「陳琳」下載傳：「軍國書檄，多琳、瑀所作也。」裴松之注引三國魏魚豢《典略》：「琳作諸書及檄，草呈太祖，太祖先苦頭風，是日疾發，臥讀琳所作，翕然而起曰：『此愈我病。』數加厚賜。」後以陳琳檄泛指檄文。
5. **元祐碑**：「元祐碑」即是「元祐黨籍碑」，又稱「元祐黨人碑」、「元祐奸黨碑」，刻於北宋崇寧三年（1104），宋徽宗書、刻石置於文德殿門東壁，碑文列司馬光、蘇軾、秦觀、黃庭堅等三百零九人為奸黨，蔡京後又自書頒行各州軍立石。北宋自王安石變法以來就形成新、舊黨爭，由於政治觀點的不同，逐漸演化成私人恩怨，至北宋中後期，對政敵的打擊愈來愈殘酷，已漸漸破壞了政治結構的穩定，「元祐黨人碑」可說是北宋最後一波的清算鬥爭。

鑒賞

此二詩分別押下平聲八庚韻、上平聲四支韻。

其一詩中首聯「密檄深宵出，千軍向鳳城」，營造出大難將至的緊張氣氛，「密檄」的「密」字是暗中進行的，「檄」者檄文，是古代一種軍事性的文告，從事征伐時的一種聲討性的文字，「深宵」所發出的「密檄」必定是機密又不尋常，整個六四事件從四月十五日胡耀邦逝世時已開始，學生自此要求民主改革，響應人數也愈來愈多，歷時一個多月之後，中共當局終於在六四清晨發出「密檄」，征討天安門前絕食抗議的學生，「千軍」即指解放軍，浩浩蕩蕩開著坦克車馳向天安門廣場。政治當局切斷一切理性談判的空間，以武力鎮壓沸騰的民主呼聲。

項聯首句「群呼驚國賊」，指到處都是打倒李鵬的口號，次句「赤手歎書生」指屠殺知識份子，身處香港的勞氏聽到這個消息，什麼也不能做，只能空自為學生擔心。

腹聯「浩浩蒼黎劫，悠悠末世名」從一個大的時空角度悲憫感嘆六四事件，「浩」者大也，對百姓來說這是一場極大的劫難，但換來的僅是「悠悠末世名」，「悠」者長也，與「浩」字相比，顯得輕飄無力，犧牲了性命所換來的，也只是歷史洪流中的一小點，二句並列，顯出無限的感慨。

尾聯「傷時無涕淚，坐聽雨連明」，從項聯的「歎」到本聯的「傷」，可知作者的情緒愈來愈沈重，無法藉由哭泣發抒，聽著外面的雨聲終夜不能成眠，末句的「雨」暗示出先生混亂紛雜而悲傷的心境。

其二詩中首聯「當戶芝蘭發，芟除例可知」，用的是劉備殺張裕的典故，張裕如同學運領導者嚴家其，他所發表的〈五一七宣言〉，令執政者相當不滿而萌生殺意。「芝蘭」固然為優秀人才，但「當戶發」卻阻礙了執政者的進路，光芒外露遭致了「芟除」的命運，此聯冷靜的從歷史觀照中得出定理式的結論，暗示嚴家其因性格而導致的悲劇。

項聯首句「苦心謀國意」即為小注中的「懷抱」，嚴家其是個有理想的愛國志士。而「直論剖肝時」則說出二人的交情，勞氏於詩後案語云：「予在嚴來港出席『人文研究學會』主辦之『華人地區政經現代化國際會議』時，曾與深談，頗知其懷抱」，二人曾深入暢談政治理想。

腹聯首句「筆擬陳琳檄」以陳琳檄泛指檄文，此以陳琳作檄文之才喻嚴家其作〈五一七宣言〉。次句「災同元祐碑」指北宋末清算舊黨的政治鬥爭，因元祐碑牽涉的人數眾多，與六四天安門事件同屬政治方面的集體現象。

尾聯「撫懷吾亦愧，臨難竟何為」回到自身，感到慚愧的是什麼忙也幫不上。前三聯的語氣極客觀冷靜，但在末云「竟何為」，才以自問的形式表達出對嚴家其現況的高度關切。

喜聞嚴家其脫險　陳慷玲述解

雷車一夕震神州，十載空勞借箸謀[1]。檄草當時甘碎玉，釣臺何處許披裘[2]。南疆脫險民心驗，北國淫刑霸氣收。莫向天涯傷客寄，建安龍鳳尚依劉。

題解

此詩作於己巳年（1989），勞氏六十二歲之時。嚴家其是六四民運的領導者，勞氏於香港所辦的「華人社會政治經濟現代化研討會議」中結識嚴先生[1]，當時曾至勞氏家夜坐暢談政治抱負，二人甚為契合，勞氏對嚴先生相當企重。六四當夜，勞氏徹夜未眠，於〈六四夜坐〉二詩中，表達對嚴先生的高度關切，本詩則是獲知嚴先生脫險後的喜悅。此詩押下平聲十一尤韻。

註釋

1. **借箸謀**：《史記》卷五十五〈劉侯世家〉第二十五：「張良從外來謁。漢王方食，曰：『子房前！客有為我計橈楚權者。』具以酈生語告，曰：『於子房何如？』良曰：『誰為陛下畫此計者？陛下事去矣。』漢王曰：『何哉？』張良對曰：『臣請藉前箸為大王籌之。』」「箸」為筷子，「謀」為籌劃，「借箸謀」意指以筷子指畫，為人說明謀略。
2. **釣臺何處許披裘**：《後漢書》卷八十三〈逸民列傳〉第七十三「嚴光」條下載：「嚴光字子陵，一名遵，會稽餘姚人也。少有高名，與光武同遊學。及光武即位，乃變名姓，隱身不見。帝思其賢，乃令以物色訪之。後齊國上言：『有一男子，披羊裘釣澤中。』帝疑其光。……將授諫議大夫之職給他，不屈，乃耕於富春山，後人名其釣處為嚴陵瀨」。

鑒賞

首聯「雷車一夕震神州，十載空勞借箸謀」，「雷車」指武裝的坦克車，在六四凌晨駛入天安門，壓死靜坐抗議的學生，這件事震驚全國。「十載空勞借箸謀」用張良為劉邦策劃的典故，指嚴家其數年

---

1 此次會議請嚴家其報告中國政治現代化的問題，因有推動大陸自由化的口氣，回去受到了批評。嚴先生原本因辦理護照時受阻而無法參加這次會議，勞氏請香港政府透過英國大使館，以正式的申請送件，方才獲准，他在飛往香港的途中寫了一篇「談勞思光精神」的文章，感謝勞氏不懼權威、據理力爭的精神，到達會場時已是會議的第二天了，此次會議整個過程讓嚴先生深受感動，二人也因此結交。

來爭取民主的種種謀畫全部落空。項聯「檄草當時甘碎玉，釣臺何處許披裘」，首句的「檄」為檄文，是古代一種軍事性的文告，從事征伐時的一種聲討性的文字，指嚴家其所擬的「517宣言」打倒李鵬的文字，嚴家其也知道這是一種寧為玉碎、不為瓦全的舉動，有一種徹底一拼的決心。次句「釣臺何處許披裘」則用了東漢嚴光不欲出仕而披羊裘釣澤中的典故，嚴光暗扣嚴家其的姓，「何處」為一問句，反轉了原典，指嚴家其在六四事件發生後，在大陸無處容身。腹聯「南疆脫險民心驗，北國淫刑霸氣收」，首句云嚴家其脫險經過，當時廣東下令封鎖，但是靠著支聯會動員民間的力量，仍然順利脫險了，「民心驗」說出了民心之歸向，使首聯的「空勞」暫時得到舒緩。而次句「北國淫刑霸氣收」則說明了執政當局的強硬態度已有轉變。尾聯首句「莫向天涯傷客寄」，此時嚴先生逃到法國，勞氏安慰他現在的逃亡生活只是暫時的，次句「建安龍鳳尚依劉」指建安時期，諸葛亮和龐統都住在荊州，為躲避曹操勢力，依附劉備。連諸葛亮和龐統這種人中龍鳳都曾經歷過非常時期，勉勵嚴家其一定能度過難關。

送韻兒加大入學，校門相別，黯然無語，夜歸旅舍，口占一律，即寄韻兒代函　陳慷玲述解

襁褓[1]相依十八年，道旁執手轉茫然。不辭親送來重海，未免傷離對暮天。旬日宴遊憐若夢，半生哀樂逼無眠。從今休作孩提態，世亂才難早著鞭[2]。

案：是年八月韻兒隨母先來臺十日，朋輩款待，朝夕相宴遊，故腹聯及之。

題解

此詩編年於己巳年（1989）。勞氏送女兒至加州大學讀書。

註釋

1. **繈褓**：「繈」縷絡繩以約小兒於背也，「褓」小兒被也。繈褓指孩童。
2. **著鞭**：《晉書》卷六十二・列傳第三十二「劉琨」條下載：「與范陽、祖逖為友，聞逖被用，與親故書曰：『吾枕戈待旦，志梟逆虜，常恐祖生先吾著鞭。』」，「著鞭」猶言著手進行、開始做，後常以勉人努力進取。

鑒賞

此詩押下平聲一先韻。

首聯之「繈褓」指年幼的孩童，在父母的眼中，孩子永遠是孩子，「相依」描述父女關係的親密，在女兒十八歲以前因夫人身體不好，女兒都由父親照顧，從來沒有分開過。但是現在女兒要離家赴美讀書，「道旁執手轉茫然」是父女分手的那一刻，手一放開後，女兒就要獨自留在異地唸書了，「茫然」指做父親的內心五味雜陳、百感交集。

項聯「不辭」表面上看來是不推辭，好像是消極的，但實際是主動的、自發的，講的是父親親自護送女兒至學校、放不下心的心情。但是「未免傷離對暮天」，勞氏本年六十三歲，故自云「暮天」，此時又面臨別離之事，倍覺份外傷心。

腹聯首句「旬日宴遊憐若夢」，十日為一旬，此即為詩後小注所云：「是年八月韻兒隨母先來臺十日，朋輩款待，朝夕相宴遊」，「憐若夢」回想女兒入學前來臺十日的相聚時光，實在過得太快了，如同一場夢。次句「半生哀樂逼無眠」想起自己這半輩子的哀樂際遇，無法入睡。

項聯及腹聯的寫法都是因與女兒分離而自傷感嘆。尾聯仍回到女兒身上，叮囑女兒獨自在異地求學該注意的事，「從今休作孩提態」，女兒在人情世故方面仍不成熟，「休」者不要，雖是禁止性的語氣，但充滿了慈父的關愛之情。「世亂才難早著鞭」的「著鞭」為著手進行，勉勵女兒要培養自己的實力，我已是「暮天」的年歲了，在亂世生存只能靠自己了。處處表現出父親對女兒的期許。

清華雜詠　一九八九～九〇；十首錄四　徐慧鈺述解

其一

莫將水木憶名園[1]，世運艱貞別起元[2]。俯瞰風城[3]千萬戶，一樓如塔據高原[4]。

其二

治學今須借楚材[5]，魚龍[6]結伴四方來。濫竽[7]我亦隨緣住，一枕西園[8]臥碧苔[9]。

其三

紛紛群士競風華，各騁才思儼一家。黃氏量天[10]張釋數[11]，笑看老樹吐新芽[12]。

其四

小城猶許避囂塵，歲月匆匆又換春。酒肆茶坊多識面，只緣長是客中身。

題解

一九八九年，臺灣解嚴後一年，勞氏履行當初「臺灣解嚴後，願意到臺灣講學」的承諾，應清華大學人文學院的首任院長李亦園先生之邀請，在臺灣清華大學擔任特聘教授。當時首任人文學院院長李亦園，高瞻遠矚，滿懷理想，希望能請訪邀集國內外之學者、菁英，共同整理中國的傳統文化，治出新成績。勞氏此詩一則寫當時之臺灣清大之學風，一則也抒發個人之心境。

註釋

1. **水木憶名園**：水木名園，此指北京的清華大學水木園，臺灣清華大學於臺灣復校後，亦興建水木園。駐足於此，令人不禁憶起北京的清華大學水木園。

2. **別起元**：清華大學於臺灣復校後，另創新局，開展新的紀元，亦興建新的水木園。
3. **風城**：此指新竹市，此地靠海風大，向有風城之稱。清華大學於臺灣復校，創校於新竹市，故云。
4. **一樓**：乃指臺灣清華大學人文學院的建築，此樓由臺灣清華大學人文學院的首任院長李亦園先生創建，敦請臺灣著名的建築大師李祖源先生設計。此樓的建築特色有如建築在高原上的塔樓，與北京清華大學的建築風貌不同。
5. **借楚材**：比喻借用他國人才。語出《左傳．襄公二十六年》：「聲子通使於晉，還如楚。令尹子木與之語，問晉故焉，且曰：『晉大夫與楚孰賢？』對曰：『晉卿不如楚，其大夫則賢，皆卿材也。如杞梓、皮革，自楚往也。雖楚有材，晉實用之。』」
6. **魚龍**：魚龍雜處，從四方請來各類人才。
7. **濫竽**：此為謙詞。比喻沒有真才實學的人，混在行家中充數。或指拿不好的東西充場面，典出《韓非子．內儲說上》：「齊宣王使人吹竽，必三百人。南郭處士請為王吹竽，宣王說之，廩食以數百人。宣王死，湣王立，好一一聽之，處士逃。」
8. **西園**：此指勞氏住在清華大學的西苑。原指西園雅集的活動，相傳於北宋期間舉行的一場盛大的文人聚會，根據題名為米芾為李公麟〈西園雅集圖〉所寫的〈西園雅集圖記〉，有十五位文人高士聚集於主人王詵家的園林。參與人士為蘇軾，蘇轍，黃庭堅，米芾等十六等當時北宋最著名文學家、書法家，涵蓋了朝野、僧俗、海內外各個層面，為歷史上經典的文人相聚活動。
9. **臥碧苔**：面對碧苔之意。鄭板橋〈道情〉：「老樵夫，自砍柴，捆青松，夾綠槐。茫茫野草秋山外。豐碑是處成荒塚，華表千尋臥碧苔，墳前石馬磨刀壞。」
10. **黃氏量天**：黃氏，即黃一農，新竹清華大學物理博士、美國哥倫比亞大學物理系天文博士，為天文物理學家兼中國天文史學家。量，音ㄌ

ㄧㄤˊ（liang2）。量天，即宇宙學之量天術，測量星球的距離、宇宙的大小、了解宇宙的起源與可能的終結等；此指天文學。黃氏專長天文學，後轉社會天文學；當時欲據其天文學專業以釋〈五行志〉。

11. **張釋數**：張，指張永堂，臺灣大學歷史所博士，長於歷史與思想研究；釋數，解釋傳統數學。

12. **老樹吐新芽**：據李亦園的規劃，當時希望能請訪問學人整理中國傳統，治出新成績。

鑒賞

此詩為七絕四首，第一首仄起首押，押上平十三元韻；第二首仄起首押，押上平十灰韻；第三首平起首押，押下平六麻韻；第四首平起首押，押上平十真韻。

第一首寫清華的歷史與環境。此詩先從早期北京的清華大學水木園寫起，再寫清華大學於臺灣復校後，另創新局，亦興建新的水木園。人文學院李亦園院長，敦請臺灣著名的建築大師李祖源先生設計人文學院大樓，此樓的建築特色有如建築在高原上的塔樓，在此可以鳥瞰整個新竹市。

第二首寫清華網羅國內外的學者。人文學院李亦園院長聘請國內外各具才學的知名學者來清華講學，勞氏自謙為濫竽，忝在受聘的學者之列，住進清華的學人宿舍西苑。

第三首寫清華的學風。國內外各具才學的知名學者，相互競爭，各騁才思，為清華大學帶來不同的學風，著名的天文學者黃一農博士的天文物理學家；史學家張永堂博士，解釋傳統數學，引領當時的學術發展，人文學院李亦園院長希望能請訪問學人整理中國傳統，治出新成績。

第四首寫客居他鄉的孤寂。勞氏來到新竹講學，匆匆又過一年，因為隻身在臺，長年做客，與同是來自海內外各地的學者，往往會在酒肆茶坊碰面。

庚午（一九九〇年　六十三歲）

庚午元日書懷　陳慷玲述解

其一

匆匆遊屐[1]渡蓬萊，從俗佳辰一舉杯。芍藥半開徵節候，蘭枝雙插勝培栽。亡家身世常為客，憂國情懷總惜才。虎變[2]昨宵觀易象，笑看寰宇起風雷。

其二

幼女辭家歲序遷，三更通語祝新年。童心爾未傳家學，衰鬢吾猶累世緣。姊妹同根宜得護，朋儕異趣忌爭先。時危休戀鄉邦好，隨處江湖可泊船。

編者案：「勝培栽」三字，《思光詩選》原作「賞蓓蕾」，意象較為優美。然「蓓」字今雖亦讀為平聲，古詩韻則在上聲十賄，故有出律之虞，遂改之。

題解

此詩編年於庚午年（1990）。此為庚午年的元月一日，中國傳統的農曆新年。此二詩分別押上平聲十灰韻、下平聲一先韻。

註釋

1. **遊屐**：《宋書》卷六十七．列傳第二十七「謝靈運」條下載：「（謝靈運）尋山陟嶺，必造幽峻，巖嶂千重，莫不備盡，登躡常著木履，上山則去前齒，下山去其後齒。」後以「遊屐」指遊山玩水。
2. **虎變**：《易．革》：「九五，大人虎變，未占有孚。象曰：『大人虎變，其文炳也』」孔穎達疏：「損益前王，創制立法，有文章之美，煥然可觀，有似虎變，其文彪炳。」謂虎的花紋斑爛多彩，比喻因時制宜，革新創制，斐然可觀。

鑒賞

其一詩中首聯點題，在臺灣過新年。「匆匆遊屐渡蓬萊」指一九八八年再度回臺一事，「匆匆」、「遊屐」等語詞都帶有一種過客的心情，可與腹聯的「亡家身世常為客」合看。「從俗佳辰一舉杯」，雖是過客的心態，但在新年時節，不免照習俗舉杯慶賀。

項聯主要敘寫應景的花卉，芍藥複瓣，較能表達新年氣象，但此花約於立夏開花，在一月的時候不可能開花，但是現代的溫室栽培法讓新年時即可買到芍藥。至於蘭花則是春節應景的花卉，一般新年所賞的多為報歲蘭。

腹聯轉至自身，上聯的蘭花略略點出鄭思肖失根蘭花的典故，但說的是「亡家」而不是「亡國」。故「亡家身世常為客」講一種到處流浪的飄零感。「憂國情懷總惜才」，心中始終念念不忘國家的未來，「總惜才」指關心教學而言，本聯雖有飄零感，但並不頹喪。

尾聯「虎變昨宵觀易象，笑看寰宇起風雷」，在新年來臨之前，勞先生觀測今年的運勢，「虎變」為《易》「革」卦，革者革新也，故九五的象辭云：「大人虎變，其文炳也」，全面推行變革，勢如猛奮威，「笑看寰宇起風雷」承接上句而來，世界將有重大的變革，而「笑看」二字表示樂觀其成，把之前亡家身世常為客的飄零感一掃而空。

其二詩中首聯「幼女辭家歲序遷，三更通語祝新年」，家人團圓是新年的習俗，所以這一首將敘寫重點放在離家讀書的女兒身上。「幼女辭家歲序遷」指去年秋天送女兒入學，「三更通語祝新年」女兒透過電話向父親祝賀新年。

項聯首句「爾」指女兒，次句「吾」指自己。「童心爾未傳家學」女兒年紀還小，故先生未將自己畢生所學傳授給她。次句「衰鬢吾猶累世緣」我年紀雖大，仍無法脫離世俗的緣份中。

末二聯不忘叮囑女兒，腹聯著重於是同輩中的關係，「姊妹」、「朋儕」都指女兒身旁的同學朋友，大家要互相愛護照顧，容忍體諒，切忌爭奪。

尾聯囑咐女兒把視野放遠、隨遇而安，不要拘泥於家國的限制，到處都可以安身立命。

庚午中秋，與清華諸生登人社院高臺觀月，口占一律書懷　陳慷玲述解

恰似坡公遠謫身，隨緣樽酒慶佳辰。詎知入海屠龍手，來作登樓望月人。簫管東南天一角，槐柯上下夢千春[1]。衰顏苦志茫茫意，剩向生徒笑語親。

題解

庚午年（1990）中秋節，於清華大學人社院觀月所作。

註釋

1. **槐柯上下夢千春**：此典出自唐代李公佐《南柯太守傳》，故事敘述廣陵人淳于棼酒後做夢，夢中被大槐國國王招為駙馬，並任命他為南柯太守，後來公主病死，淳于棼被送回故里，夢醒，掘古槐，見其蟻穴積土如夢中之槐安國，後以此典喻人生如夢。

鑒賞

此詩押上平聲十一真韻。

首聯首句「恰似坡公遠謫身」，以東坡去鄉不得歸自比暫居臺灣的情形。而適逢中秋佳節，與清華大學的學生「隨緣樽酒慶佳辰」，「隨緣」二字的語氣帶有一種姑且開解的意味。

項聯以「詎知」的問句起始，自己一身絕藝，本想有所作為，怎知現在只能在此登樓望月，結合上聯的「隨緣」來看，人生果真有很多事都是預料不到的，不得不隨緣。

腹聯拉開了空間和時間，「簫管東南」指臺灣雖然熱鬧繁榮，但也只是一角江山；而「槐柯上下夢千春」用了南柯一夢的典故喻臺灣

的政治糊里糊塗，槐柯上是夢、槐柯下也是夢。「夢千春」無數的繁華轉瞬間就過去了。

尾聯之「衰顏」為外在形容的衰老、「苦志」指內心雖還苦苦堅持最初的理想，「茫茫意」，對未來感到非常迷惘，「剩向生徒笑語親」在此只能與學生們暢敘歡飲、共度佳節了。

庚午冬，聞陳生中芷臥病，詩以問之　陳慷玲述解

歲寒方厭客天涯，問疾英年益可嗟。已覺秋霜損顏色，漫拋心血負芳華。天機密紐隨緣悟，學海雄觀逐世加。且截眾流[1]申一義，菩提煩惱本雙遮[2]。

案：陳生問予以三式[3]之學，又選修予所授哲學史課程，故腹聯云云。其病似與抑鬱有關，故揭天臺[4]義以勸之，因病用藥，非逃禪也。

題解

庚午年（1990）冬天，勞氏聽聞學生陳中芷生病，乃作此詩慰問之。

註釋

1. **截流**：禪林用語，謂僅用一言一句，即可截斷一切分別妄想心的作用，終息千萬算計，當下即呈現本體之真相。
2. **菩提煩惱本雙遮**：佛教有所謂的「遮詮」之說，即是遮詮與表詮，這是語言中兩種表達方式，「遮詮」從反面作否定的表述，排除對象不具有之屬性，以詮釋事物之義者。「表詮」乃從正面作肯定之表述，以顯示事物自身之屬性而論釋其義者。
3. **三式**：術數家語，指遁甲、太乙、六典。
4. **天臺**：天臺宗在教義上認為一切事相都是法性真如的表現，一切眾生皆有佛性，了解這個道理，就能解脫成佛，並用一念三千、三諦圓融加以發揮。

鑒賞

此詩押下平聲六麻韻。

首聯首句「歲寒方厭客天涯」言自身，「客天涯」在他鄉作客的心情已是飄流不安的，又遇到萬物凋零的「歲寒」，使作客天涯的心情更為低沈。次句「問疾英年益可嗟」言陳中芷臥病一事，自己的心情已不佳，又聽說陳生臥病，愈增添心中的感嘆。

項聯揣想陳生的景況，「已覺秋霜損顏色」為外在環境的衰敗凋落，而「漫拋心血負芳華」的「漫」為空自之意，白白的浪費心血辜負了青春年華。

腹聯「天機密紐隨緣悟，學海雄觀逐世加」，詩後小注云：「陳生問予以三式之學，又選修予所授哲學史課程，故腹聯云云」，三式之學及哲學史，都是在探究人存在於世間的原理原則，勞先生以「隨緣悟」、「逐世加」告訴陳生這種體悟不是一朝一夕的事，水到渠成有其因緣際會。

尾聯之「眾流」指各種說法，「且截眾流申一義」暫時截斷各種紛雜的說法，「申一義」申明佛教天臺義。「菩提煩惱本雙遮」，「菩提」者智慧也、無上正等正覺，與「煩惱」似為相對立的概念，但此二者實為一體的兩面，菩提即煩惱、煩惱即菩提。勸陳生以達觀的態度面對世事，病體自然可以痊癒。

「二十一世紀」雜誌酒會中晤述先，欣然有作

陳慷玲述解

積緒經年快一傾，恍如雲起對群英。舊邦宿疾無長計，新義精思笑晚成。俗累未容娛暮歲，浮名已覺誤平生。嚴寒此日風多厲，珍重人間護友聲。

案：新亞雲起軒乃朋輩聚談之所，予近方著書，重論哲學功能。

題解

庚午年（1990）。「二十一世紀」雜誌創刊於香港，是九十年代上半期中國思想界最重要的知識份子公共領域雜誌。此雜誌追求超越學術的普遍思想，力圖反映時代精神，發揮知識份子的批判意識。述先：劉述先（1034～）生於上海，江西吉安人，美國南伊利諾大學哲學博士。一九九〇年時為香港中文大學哲學系講座教授兼系主任。此詩押下平聲八庚韻。

鑒賞

首聯點「二十一世紀」雜誌酒會，與老朋友相見暢敘。並回想起在新亞書院雲起軒論學聚談的時光。

項聯敘自己目前的狀況，「舊邦宿疾無長計」指勞氏看出執政者無心做事，對臺灣的政治感到失望；而「新義精思笑晚成」則指自己埋首於建構理論，「笑晚成」為勞先生自謙之詞。

腹聯主要抒發感嘆，「俗累未容娛暮歲」當時勞氏在清華教書，身體狀況非常不好，年紀雖然大了，還是為俗務所累；「浮名已覺誤平生」此生為俗世的名聲所誤，二句為因果關係，因為浮名而導致俗累。

尾聯首句「嚴寒此日風多厲」指當時是冬天，也暗示時代的艱難，次句「珍重人間護友聲」仍是回到劉述先，朋友情誼還是最重要的。

癸酉（一九九三年　六十六歲）

秋日赴會劍橋，初卸行裝，晚步哈佛園中，口占記感　彭雅玲述解

楓葉飄寒宿雨[1]收，征塵[2]初洗且勾留[3]。重門[4]乍認開新道，銳頂猶能指舊樓。幾輩英賢[5]同隔世，十年衰病獨當秋。思量杜老繁霜句[6]，濁酒難消萬古愁。

題解

癸酉年（1993）秋，勞氏受邀重訪哈佛大學，住在哈佛招待所，此詩乃當時抒懷之作，為七言律詩。

註釋

1. **宿雨**：前夜的雨。
2. **征塵**：車馬行走所揚起的塵土。
3. **勾留**：逗留，停留。
4. **重門**：多層大門。
5. **英賢**：指任教哈佛大學中國漢學家楊聯陞、洪業，西方漢學家費正清等人。
6. **杜老繁霜句**：典出杜甫〈登高〉詩：「風急天高猿嘯哀，渚清沙白鳥飛迴。無邊落木蕭蕭下，不盡長江袞袞來。萬里悲秋常作客，百年多病獨登臺。艱難苦恨繁霜鬢，潦倒新停濁酒杯。」

鑒賞

首聯勞氏點出重訪哈佛大學的時節和天候，放下行囊便信步校園。時序入秋，北美楓紅秋意頗涼，前夜的雨停後，更使得空氣飄著一股寒意。項聯談重遊舊地所見，勞氏發現校園的景觀有些改變，但

仍能指出記憶中的舊樓。腹聯談重遊舊地所感、慨嘆當年在哈佛的舊識，如楊聯陞、洪業、費正清等人，如今已一一凋零，只賸自己一人獨對秋風。勞氏因時變，客居香江，此情此景，不禁興起杜甫「萬里悲秋常作客，百年多病獨登臺」的客居心情，尾聯化用杜甫詩句，更翻轉出藉酒難以銷愁的無奈。此詩仄起首押，押尤韻。

甲戌（一九九四年　六十七歲）

伯兄以近作見寄，步韻作答　林碧玲述解

其一

重綿不敵晚寒侵，始覺衰癃日共深。覆楚無成餘白髮，[1]避秦有約證初心。[2]生涯草草詩情歇，[3]世運茫茫卜象尋？[4]畢竟難消人我相[5]，夢中幾度玉龍[6]吟。

其二

舊書積稿伴宵長，肯問錢標別紫黃？[7]我厭九還甘速朽，[8]人貪一臠競先嘗。[9]中原豺虎矜殘霸，孤島風濤送夕陽。漢苑吳宮[10]無片瓦，絕憐詞客賦〈連昌〉[11]。

題解

組詩二首作於一九九五年元月，為中國大陸改革開放之第一個十年，一九八九「六四天安門事件」之後六年，即將面臨「香港回歸」之前二年，時勞氏新曆年齡初入六十八歲。由於農曆甲戌年自一九九四年二月十日至一九九五年一月三十日，故詩作繫於甲戌年（1994），陰曆年齡為六十七歲。此詩錄自陳耀南著：〈詩藝哲懷兩妙奇〉，收入劉國英、張燦輝合編，二〇〇三年香港中文大學出版之《無涯理境——勞思光先生的學問與思想》。二〇〇五年七月二十三日勞氏將原詩其二「肯問」訂正為「肯向」，「速老」訂正為「速朽」，「射虎」訂正為「豺虎」。二〇〇六年三月二十五日，勞氏謂「肯向」仍以作「肯問」為宜。

伯兄，即長兄，此指勞氏之大堂哥勞榦先生（1907～2003）。此詩乃勞氏答勞榦之作，詩題「步韻作答」，可知所用韻字及其次，皆同於勞榦原作。由於勞榦《成廬詩稿》出版於一九七九年，其原作為晚出，故《詩稿》自是未及收錄。

註釋

1. **覆楚無成餘白髮**：自言反共復國大業尚未成功，而生命已瀕臨老境。覆楚，滅楚。漢．司馬遷《史記．伍子胥列傳》載：「始伍員與申包胥為交，員之亡也，謂包胥曰：『我必覆楚。』」此言推動中國自由化，反共、反馬列主義。餘白髮，此用「伍子胥過昭關，一夜急白了頭」事典；出自清．蔡元放改編之《東周列國誌》，〈第七十二回　伍尚捐軀奔父難　子胥微服過昭關〉；唯此但託言已至老境。
2. **避秦有約證初心**：指勞氏不願接受中共極權統治，且遵守臺灣解嚴始願來臺的約定，據此以證明其反極權專制，追求「自由中國」的志向。避秦，典用「義不帝秦」；漢．劉向《戰國策．魯仲連義不帝秦》。此當指離港來臺，不受中共極權統治。香港將於一九九七年由英國交歸大陸政權，一九八七年適逢臺灣解嚴，且勞氏自中文大學榮退，因而次年勞氏遂應清華大學之聘登臺講學，從此客居臺灣講學至今。有約，指勞氏出自價值觀的自我約定，義有雙重：一指勞氏赴港後，嘗表明「臺灣解嚴才願來臺」，不受極權統治；二指勞氏不改堅決反共、義不帝秦的氣節。國民黨在臺執政初期，將勞氏著作列為禁書，有些甚至列為「匪書」。蔣經國時代曾派代表到海外邀請勞氏等文化運動者到臺觀光，勞氏表明制度沒有根本變化便不來。代表請問勞氏具體意見，勞氏告以：「禁我書可以，但不能戒嚴，解除戒嚴才願來臺。」此見勞氏對於時政的更革，著重先攻其大。其次，勞氏於一九八八年再次入臺之初，並未辦理入籍，有觀察而不急於定籍之意。逮及九七將至，既復用中華民國身分證，並於九七時根據「香港基本法」，選擇使用香港身分證。由此明志之舉，可知彼既不願單純做香港人，更不願正式成為中華人民共和國的國民，其反極權之苦志，臨老猶絲毫不肯妥協。初心，指推動中國自由化的反極權、反獨裁、反共之志向。
3. **生涯草草詩情歇**：指近日生活馬虎、不夠認真，也沒有詩興。生涯，語本《莊子．養生主》：「吾生也有涯，而知也無涯。」後用以指所過的生活或所經歷的人生。此應是言近來生活的自我觀感。草草，粗率、不認真：此乃謙詞；宋・陸游〈暮歸舟中〉：「詩情終草草，虛遣鬢毛斑。」

4. **世運茫茫卜象尋**：言中國的出路茫昧不明，得藉《易》占一探消息否？茫茫，不明的樣子，此應指看不見中國問題的出路與希望所在。卜象，指《易》占之卜卦觀象。
5. **人我相**：佛教語，本謂執著於有情的生命體為實我，又稱人我執。然此當指肯定主體性與世界的文化理想。
6. **玉龍**：唐人稱「劍」的別名。唐・李賀《昌谷集・雁門太守行》：「報君黃金臺上意，提攜玉龍為君死。」此句自述懷抱猶存。
7. **肯問錢標別紫黃**：此句言心繫文化大業，豈肯在追求財富上費心思？錢標者，古用以簡捷計算大量錢幣之標誌；宋・司馬光《資治通鑑・梁紀四・卷第一百四十八》：「每錢百萬為一聚，黃榜標之；千萬為一庫，懸一紫標。」
8. **我厭九還甘速朽**：九還，指「九還丹」，又稱「九轉金丹」，為道教成仙之術，指經過九次提煉而成的丹藥，服食後可以成仙，見晉・葛洪《抱朴子・金丹》。此句言嫌棄追求長生不老，而情願快速衰老敗壞，亦為述志語，表別有懷抱而不戀形軀長生。
9. **人貪一臠競先嘗**：重造「鼎嘗一臠」典故，《呂氏春秋・察今》：「嘗一脟肉而知一鑊之味、一鼎之調。」原喻由部分可推知全體，然此句別用其義，旨在描述貪逐小名小利之時風。
10. **吳宮**：吳王夫差為西施建「館娃宮」，即今中國大陸蘇州城西，靈岩山頂之靈岩寺舊址。西元前四百七十三年，為越王勾踐付之一炬。
11. **〈連昌〉**：元稹〈連昌宮詞〉，與白居易〈長恨歌〉齊名，此詩以唐玄宗與楊貴妃之愛情為骨幹，詠開元、天寶時事。宋・洪邁《容齋隨筆》載：「〈長恨歌〉不過述明追愴貴妃始末，無他激揚，不若〈連昌詞〉有監戒規諷之意。」

鑒賞

組詩為感時白心之作，以「香港九七回歸」為焦點，對伯兄直情傾吐，而本於「興亡關懷」之「自我境界」，亦隨之彰顯無遺。二律皆平起首句押韻，其一下平聲十二侵，其二下平聲七陽。

其一寫面對將至之「九七」的心境與應對。首聯「重綿不敵晚寒侵，始覺衰癃日共深」，表心境。藉隆冬寒天與體病神疲，烘托出一片蕭索心境；「不敵」、「始覺」與「日共深」三語，交織出「時不我與」的怵惕感。項聯「覆楚無成餘白髮，避秦有約證初心」，扣緊「九七」大事，寫時局之感與進退之道。句三感慨平生推動「自由中國」，而反共、反馬列的抱負尚未成功，卻已至白髮皤皤的老境；疊用伍子胥「覆楚」與「白髮」二典以強化感受；而「無成」則至感沈痛與無奈。句四寫進退之道。直言不願接受極權統治，而離港來臺講學，一則實現「解嚴始願來臺」之約，二則證明反共立場始終不變。此聯以「餘白髮」對「證初心」，悽愴心境與明健氣節交映，在深沉的慨歎中直挺剛骨，透露出文化關懷不減，為尾聯之伏筆。腹聯「生涯草草詩情歇，世運茫茫卜象尋？」悲語話淒涼，為詩二尾聯凋零之音的前奏。先謙言苟且生活，詩興蕭索而無佳作以呈；進而反詰索《易》玩占能觀取些消息？更流露出對九七後中國出路的絕望與迷茫感。此聯既傾訴低迷心境，復觀論世運，而以「生涯草草」對「世運茫茫」，蒼茫淒涼感已極！尾聯「畢竟難消人我相，夢中幾度玉龍吟」，則復重堅心志。儘管扭轉世運之功非一時可立，且形軀難免老化，然而文化意識真實無妄，歷史責任不容迴避，是以君子任重道遠而剛健自強，於夢中猶存心不忘。然而一生懷抱悃款、志行不苟，卻回天路難，老來只能於夢中仗劍獨行而排奡縱橫，豈不令人深感悲涼？此聯倍見情志之真切與淒楚，如此冷熱交煎身心，無怪乎首聯之吟「衰癃日共深」了！

其二旨在表明心志與諷刺時政。首聯「舊書積稿伴宵長，肯問錢標別紫黃？」與項聯「我厭九還甘速朽，人貪一臠競先嘗」，皆明志與諷時兼著。首句藉「書之舊」、「稿之積」與「宵之長」，勾勒出漫漫黑夜中伏案身影的孤獨與堅毅；而句二「肯問」一語，斷然止步於紫黃錢標的富麗誘人；句三進而以「九還之厭」、「速朽之甘」，對比句四世人之「貪饕競嘗」。此皆以我、人對舉之法，藉常年夙夜匪懈於研著的文化承當，對比性的批判爭逐卑名小利與形軀迷戀的物化時風，最顯自我境界。腹聯「中原豺虎矜殘霸，孤島風濤送夕陽」，論世衰道亡。批判兩岸三地之政治氣象，識斷嚴明，意象鮮活，文字精練，尤為可觀。「矜殘霸」亟寫極權肆意的中共，於六四後在國際上已顯凋落相，然卻猶以極權自負而炫耀其殘餘之霸氣；「矜」字傳神透力。「送夕陽」則兼寫政局動盪不安的港臺兩地，悵望其高峰之已過而衰頹之將至，勢如目送夕陽西沉之有以必然。尾聯「漢苑吳宮無片瓦，絕憐詞客賦〈連昌〉」，哀九七港劫。再以誇飾法回扣至為關心的港歸中共大事，暗暗憂心九七之後，不管就國際政經地位，或做為中國自由化運動的基地，香港都將從興盛趨向沒落，而只剩下讓詞人墨客為文憑弔的可憐光景罷了。

細嚼二律，酬答伯兄固為賦詩緣起，然而九七香港交歸中共始為勞氏心頭大事，而為詩作之起興。於感時諷世之間，勞氏初心不滅、勁骨猶存，且清遠卓拔的氣節依然動人。然而縱有一身風骨，卻終究不能挽回傾頹之世運，只平添老懷無盡的悽愴；讀之宛若冷鋒襲身，既醒人心志而又不免同歸一歎！

丁丑（一九九七年　七十歲）

七十初度　徐慧鈺述解

其一

莫憶豪情說放顛，青燈[1]高枕慣無眠。姓名已任呼牛馬[2]，蹤跡真看溷市廛[3]。計歲期頤[4]三過二，積功幼學十當千[5]。頻年世味[6]消磨後，悵絕生徒敞壽筵。

其二

過秦詛楚[7]意誰論，長笑人前勸酒樽。天半彤雲[8]何處月？夢中黃葉舊時村。英豪水逝看看盡，緣業[9]絲纏歷歷存。一事平生猶自慰，不容辭色向權門。

題解

「初度」即始生之年時也，後稱生日為「初度」。勞氏此詩作於丁丑年（1997）七十歲生日時。是年正值香港九七大限，六月三十日江澤民率中國政府代表團抵達香港，出席香港政權交接儀式。勞氏詩中除抒發自己七十人生之感慨外，亦傷嘆香港九七大限之局勢。

註釋

1. **青燈**：光線青熒的油灯。借指孤寂、清苦的生活。
2. **呼牛馬**：指毀譽由人，悉聽自然。語本《莊子．天道》：「昔者子呼我牛也，而謂之牛；呼我馬也，而謂之馬。」
3. **溷市廛**：溷，音ㄏㄨㄣˋ（hun4），同混。市廛，市中店鋪。
4. **期頤**：一百歲。語本《禮記．曲禮上》：「百年曰期、頤」。頤，音一ˊ（yi2），保養。
5. **積功幼學十當千**：言自幼即勤勉積學，比別人多花十倍的努力。此典語出《中庸．二十章》：「人一能之，己百之；人十能之，己千之。」

6. **世味**：人世滋味；社會人情。
7. **過秦詛楚**：責難詛罵秦、楚二強之略弱之舉。過秦，為〈過秦論〉之省稱，漢．賈誼曾作〈過秦論〉，析論秦朝的過失，以警惕漢文帝國家興亡有道。詛楚，為〈詛楚文〉之省稱，為秦國石刻。內容為秦王祈求天神制克楚兵，復其邊城，故後世稱「詛楚文」。據考證，約為秦惠文王和楚懷王時事。已發現三石：一為「巫咸」，一為「大沈厥湫」，一為「亞駝」。
8. **彤雲**：紅雲、彩雲。
9. **緣業**：佛教語。謂善業為招樂果的因緣，惡業為招苦果的因緣，一切眾生皆由業緣而生。

鑒賞

此詩為七律二首。第一首詩押下平聲一先韻，第二首詩押上平聲十三元。

第一首憶往歎今。首聯憶往情，首句雖言莫憶，實則深深追憶著，有嚐盡愁滋味，欲語還休之感慨。追憶年少輕狂，放情縱顛之言行舉止。為了孤高的理想，已習慣青燈下孤獨與無眠。項聯寫近情，如今已經習慣毀譽由人，縱跡於塵世中。腹聯嘆流逝，百年人生已過三分之二；自幼年即有志於學，比別人多花十倍的努力。尾聯悵壽筵，則扣緊七十初度之旨，七十人生已飽嚐人世滋味，經歷社會冷暖，對於學生們所擺設之壽筵已無心緒享用。

第二首諷世慨時。首聯過詛時事，諷刺時下政治人物善變沒有操守的情況，一下過詛馬列主義，一下又揚稱馬列主義，毫無原則可言。因此，現在談這些政治人物沒什麼意義，不如大家一同飲酒相互勸勉吧！項聯借景抒情，寫當時自己對時勢有一種絕望之感，而心情上則衍生有身世過往之感，言舉頭但見半天的紅雲，卻看不見皓月之光，謂九七之後香港回歸大陸，之前在香港反共的一切努力都將付諸流水成為回憶了嗎？因此，對於香港反共的前途猶生茫茫之感。此聯可謂對仗工整，喻意深長。腹聯論緣業，思念昔日的師友親朋，許多已如流水般流逝；而自己也還有很多預定要做的事情尚未完成，而這些緣業未盡時，身上就好像披掛著千絲萬縷般，被糾纏著不放似的！尾聯再申己志，顯現生命的韌度與勁道，言此生足以自慰者，是堅持著理想，不向權貴低頭啊！

深秋即事　徐慧鈺述解

其一

幾處樓臺歎雀羅[1]，涼溫彈指[2]意如何？桑榆晚景[3]餘浮海，魂夢中原失渡河。俗曲朱離[4]空宛轉，閒情綠綺[5]久消磨。宵來細雨[6]淒寒甚，冉冉憂思枕上多。

其二

湔腸[7]病肺送餘生，宿願猶思立化成[8]。筆底風華半凋落，掌中興廢尚分明。西行車馬終何益，北去魚龍似有情。笑倒許由頻洗耳[9]，慣聽瓦缶競雷鳴[10]。

題解

一九八八年，勞氏再次來臺任教，先後於臺灣各大學擔任客座教授，一九八九至一九九二年，任臺灣清華大學客座教授；一九九一年，任臺灣師範大學客座教授；一九九二至一九九三年，任臺灣國立政治大學客座教授。一九九四年以後，任華梵大學哲學系講座教授。

此組詩寫於臺灣第十三屆縣市長選舉（民國八十六年十一月二十九日）之後，勞氏當時在中央研究院開會時，一時興懷成之。第一首寫感秋之涼意，與桑榆暮年之懷；第二首則述所看到的當時臺灣政治上、社會上及學界上的各種現象，並以相應之典故諷喻之。

註釋

1. **雀羅**：即「門可羅雀」之意，形容門庭冷落，來客絕少。語出《史記・汲鄭列傳論》：「始翟公為廷尉，賓客闐門；及廢，可設雀羅」。

2. **彈指**：捻彈手指作聲。佛家多以喻時間短暫。《僧祇》云：「二十念為一瞬，二十瞬為一彈指」。
3. **桑榆晚景**：比喻垂老之年。金・王彧〈禪頌〉：「桑餘晚景無多子，針芥人生豈易投」。
4. **朱離**：我國古代西部民族的音樂。《詩經・小雅・鼓鐘》「以雅以南，以籥不僭」。《毛傳》：「為雅為南也，舞四夷之樂，大德廣所及也。東夷之樂曰『昧』，南夷之樂曰『南』，西夷之樂曰『朱離』，北夷之樂曰『禁』」。「朱離」在此表面指西樂，事實上是在說明當時的人，崇洋媚外，追逐西洋音樂。
5. **綠綺**：古琴名。晉・傅玄〈琴賦〉序：「齊桓有琴鳴琴曰號鍾，楚莊有鳴琴曰繞梁，中世司馬相如有綠綺，蔡邕有焦尾，皆名器也。」後亦泛指琴。此處指古琴，勞氏善於彈古琴。
6. **細雨**：原謄錄為「秋雨」，經勞氏教示：訂正為「細雨」。
7. **湔腸**：浣腸。《史記・扁鵲倉公列傳》：「湔浣腸胃，漱滌五臟」。
8. **化成**：教化成功。《易・恒》：「聖人久於其道，而天下化成」。
9. **許由**：傳說中的隱士。相傳堯上以天下，不受，遁居於潁水之陽，箕山之下。堯又召為九州長，由不願聞，洗耳於潁水之濱。事見《莊子・逍遙遊》。
10. **瓦缶競雷鳴**：此取屈原問卜之語，即所謂「瓦缶雷鳴」也。瓦缶，古代陶土製的打擊樂器。戰國楚・屈原《楚辭・卜居》卷六：「世溷濁而不清，蟬翼為重，千鈞為輕，黃鐘毀棄，瓦釜雷鳴；讒人高張，賢士無名吁嗟默默兮，誰知吾之廉貞？」屈原以「黃鐘」比喻賢士，「瓦釜」比喻讒人，感嘆小人得志，世間沒人了解他的廉潔堅貞。「瓦釜雷鳴」比喻平庸無才德的人，卻居顯赫的高位。

鑒賞

此詩為七律二首。第一首詩押下平五歌韻，第二首詩押下平聲八庚韻。

第一首感秋涼。首聯抒冷暖，首句以樓臺的空可羅雀，喻人情冷落；次句寫人情之冷暖，往往在彈指間急速變化。項聯興晚懷，勞氏感慨迫於時勢，晚年仍飄流渡海，再度來臺任教。在午夜夢回，仍思念失去中原故鄉。腹聯歎曲調，言時下的年輕人多崇洋媚外，愛聽「朱離」般的洋腔洋調；已許久不彈「綠綺」，吟弄古調，抒懷遣愁。尾聯感秋寒，扣緊深秋的題旨，寫夜來的細雨，令人生寒，憂思不斷的籠上心頭，難以入眠。

第二首諷世局。首聯訴餘願，言晚年多病，恐將在湔腸病肺的情況下，度過餘生；但仍希望能完成教化學子的宿願。項聯感凋興，感歎才情雖不如從前，但仍對時代局勢有敏銳的判斷力。腹聯論刺移民之風，謂當時臺灣人民不安於臺灣，西行美國及北去中國大陸的移民很多。尾聯諷學風，謂當時的學界人士，徒好虛名、爭相出頭，如瓦缶競鳴，令人笑倒，頻想洗耳。

戊寅（一九九八年　七十一歲）

戊寅歲暮感懷　劉浩洋述解

厭看群兒[1]較重輕，殘書高枕度深更。世途九曲[2]成何事？人海孤行竟[3]一生。觀化[4]夙知身是患[5]，忘言[6]方契道無名[7]。前宵夢覺中原路[8]，凍雨玄霜滿鳳城[9]。

編者按：此詩作於一九九九年元月，時農曆歲次戊寅（1988年1月28日至1999年2月16日），故詩繫於戊寅年。

題解

本詩作於西元一九九九年元月，勞氏七十二歲。按該年國曆二月十六日始為己卯正月初一，此篇成於農曆年前，故繫於戊寅。

本詩為勞氏感時傷懷之作。詩題「戊寅歲暮感懷」，乃適值廿世紀末，勞氏當此歲暮，綜觀平生，則經霜傲骨，發而為深刻感慨，沉鬱而凝重。

註釋

1. **群兒**：指後生小輩。
2. **九曲**：極言人生困滯，波折不斷。
3. **竟**：完結、終了。
4. **觀化**：靜觀萬物造化。《莊子．至樂》：「生者，假借也；假之而生生者，塵垢也。死生為晝夜。且吾與子觀化而化及我，我又何惡焉？」此喻洞察世情，深諳人際往還中的是是非非。
5. **身是患**：既有寄寓人世的形軀，即有榮辱得失的憂患。《老子》第十三章：「吾所以有大患者，為吾有身。及吾無身，吾有何患？」此喻明哲保身，不願涉入人事紛擾。
6. **忘言**：心領神會，無需言詮。《莊子．外物》：「言者所以在意，得意而忘言。」此謂凡事了然胸臆，口不臧否人物。

7. **道無名**：做為宇宙本體的至道，無法以任何名相概念加以涵攝。《老子》第一章：「道可道，非常道；名可名，非常名。無名，天地之始；有名，萬物之母。」此謂唯有常保遠離人我是非的超然心境，才是契合道體清靜無為的生活態度。
8. **中原路**：指中國大陸。
9. **鳳城**：即帝都、京城，此指北京。

鑒賞

本詩傷世道之紛擾，暮年回首，頗有人心不古之嘆。詩作為仄起首句押韻，韻部下平聲八庚。

全詩以「厭」字起首，點出勞氏對部份學界人士動輒以研究成果互「較重輕」，其目的非為辯明真理，而是用以爭逐名利的浮誇風氣深感失望；「群兒」一語，既表明不屑隨俗起舞的人品格調，也展現學術耆宿對後生小輩的嚴厲督責。因而次句以「殘書高枕」的心境回應「厭看群兒」的情緒，除了抒寫出灑落自適的人生懷抱外，也以埋首經籍的生活寫照提點後學，唯有不知老之將至地窮究學問，才是身為學術工作者的當行本色。

項聯追憶平生，明點「歲暮感懷」之題。前句慨嘆生涯困蹇，一事無成，然以勞氏泰山北斗之學術地位，未嘗無意藉由自謙自抑暗諷「群兒」原是蝸牛角上爭何事。後句著力一「孤」字，反覆強調畢生寧可踽踽獨行，也絕不同流合污地閹然媚世；「人海孤行」四字，頗能體現勞氏雖千萬人吾往矣的生命堅持。

腹聯迭用《莊》、《老》典故，而意有所指。「觀化」、「忘言」云云，當是面對「群兒」爭勝的人事糾擾，採取明哲保身的謹慎態度，以免招致大患及身的榮辱毀譽。詩中以口不月旦為契合道體無名的自我解嘲，一方面昭示出遠離是非的悠然遠想，一方面也令人對學術圈黨同伐異的驕慢習氣感到啞然失笑。

尾聯以夢境作結，勞氏在雨雪霏霏的夢裡，回到昔日成長求學的北京，原鄉的記憶在歲暮感懷的氛圍中益加使人悵惘不已。然而此處的鄉愁亦未必宥於一時一地一人，若對應開篇「厭看」的憤世之情，則年少時孜矻求知、不計利害的純真心思，不僅滌蕩出每位學者渴盼真理的治學初衷，那纖塵不染的赤子之懷，也為勞氏的嘆息帶來一絲撫慰情緒的心靈寄託。

全詩始自「厭」字之憤激，而終於一「夢」之興寄，感時傷懷，沉鬱凝重，讀之令人低迴不已。

己卯（一九九九年　七十二歲）

己卯歲值公元一九九九，遂有所謂千禧年之說。除夕前一日送延韻返美，蓋留臺已三月矣。元旦餐後獨坐，蕭然有感，口占一律　吳幸姬述解

意興頻年井不波，南疆[1]一臥老東坡[2]。旅居三月懷眠食，曆序千秋任信訛。久習遠遊當世亂，翻因小聚感離多。滿城火樹[3]喧車馬，獨對青燈漫放歌。

題解

這首七律作於己卯年（1999），勞氏時年七十二。勞氏因女延韻來臺探親三月，恰於除夕前日返美，故有感於親子之離情而發為詩歌以紀之。

註釋

1. **南疆**：指臺灣。
2. **東坡**：宋人蘇軾之號。
3. **滿城火樹**：指臺北市市區之主要幹道兩旁之行道樹於元旦假期佈滿燈飾，入夜後燈火通明貌。

鑒賞

這首詩旨在表述勞氏晚年對親子離情之感懷。勞氏於首聯「意興頻年井不波，南疆一臥老東坡。」借東坡以喻自己晚年的隨遇而安。繼而，勞氏在項聯「旅居三月懷眠食，曆序千秋任信訛。」即破題言其女兒延韻留臺三月，勾起他從小照顧女兒的回憶。從女兒成長過程的懷想中，勞氏隨即思想起人們對千禧年的諸多傳說。在「旅居三月」與「曆序千秋」的對比中，點出勞氏之女延韻因身當亂世，早年

即遠赴美國求學，又長期與父母分離，雖早已安於亂離之苦，卻仍不免傷感於親子間的聚少離多，故腹聯即謂：「久習遠遊當世亂，翻因小聚感離多。」尾聯所謂：「滿城火樹喧車馬，獨對青燈漫放歌。」即從元旦歡樂喧鬧的臺北街頭，拉回到燈前獨坐賦詩的勞氏身上，此更突顯出勞氏在女兒遠離的不捨中，那安於孤獨的景況。勞氏於首聯總說晚年居臺的心境，而於尾聯又呼應詩題並述及當下賦詩自娛的景況，顯見袁子才性靈派的家法。這首詩押的是下平聲七歌韻。

庚辰（二〇〇〇年　七十三歲）

春日偶成　三月十九日　陳旻志述解

狗腳訶呼[1]向夜闌，涼溫覆掌[2]靜中看。流言牛鬼[3]真成笑，餘景鶯花[4]漫作歡。默照此心忘解脫，閒吟何事競高寒？邇來慣伴兒童語，遠避華軒謝病殘。

題解

此詩作於庚辰年（2000），勞氏年七十三，時值臺灣民選總統政黨首度輪替之夜，國內政局生態丕變，有感而發，語多史觀興寄之意。

編者案：此詩題名所知有三，《無涯理境——勞思光先生的學問與思想》（頁338）題為〈偶成〉；二〇〇五年一月十日彭雅玲所提供者，題曰〈春日偶成〉，詩末記「三月十九日」；二〇〇三年十月十四日編者謄錄勞氏手書於華梵大學哲學系研究室者，則題曰〈感時三月十九日〉。二〇〇五年七月二十三日勞氏教示，詩題定為〈春日偶成　三月十九日〉。又彭氏所錄內容與編者所錄亦間有出入，包括「涼溫覆掌靜中看」作「涼喧覆掌靜中觀」，「流言牛鬼真成笑」作「讕言牛鬼空成笑」，「餘景鶯花漫作歡」作「餘景鶯花強作歡」，今依勞氏同日教示，確定此文本。

註釋

1. **狗腳訶呼**：狗腳，古時罵皇帝之語。訶通呵，大聲斥責、怒罵。典出《北魏本紀》，東西魏分裂之際，高氏政權篡位前，尚且於年節與皇帝敬酒。嗣後因遲到有所怠慢，出則罵帝狗腳，此後專指批評皇權用語。本處指涉民國八十九年總統大選國民黨敗選之夜，國民黨員包圍黨部，認為黨主席李登輝輔選不力，要求他下臺一事。

2. **覆掌**：指翻雲覆雨、變溫變調之謂，亦即人的成敗變化極快。
3. **牛鬼**：比喻內容荒誕不經的作品。清．曹雪芹《紅樓夢》第八十二回：「更有一種可笑的，肚子裡原沒有什麼，東拉西扯，弄的牛鬼蛇神，還自以為博奧。」
4. **鶯花**：春時的景物。唐．盧仝〈樓上女兒曲〉：「鶯花爛熳君不來，及至君來花已老。」

鑒賞

本詩押上平聲十四寒韻。此詩乃目擊臺灣首度政黨輪替而作，首聯既憂心於亂象，又不忘針砭執政者神話變調、運錢出國等種種流言。腹聯「默照此心忘解脫，閒吟何事競高寒」一段誠屬快語，書寫詩人出入於娑婆世間，尚有一分根清心意，不為閒言與俗情所牽絆。任憑長夜犬吠莫名，對照著書案丹青，起興的是一分化外的存在感受。政局敏感期間，當時尚且有人居中，力邀勞氏出面諮詢新政府國事；然而勞氏志不在此，遂予以婉謝。更何況韶華如斯可貴，不如寄情於童稚的笑語歡顏，尚能常保無比欣慰的況味，不知老之將至。陸游詩作〈冬夜不寐至四鼓起作此詩〉有謂：「歲晚酒邊身老大，夜闌枕畔書縱橫。」或許可以對照本作的詩情與心境。

庚辰秋，宏一以策縱先生近作〈春遲〉見示，讀後囅然，戲作一絕，即柬策縱、宏一　陳旻志述解

理象隨時未易知，他山曾笑牧齋遲。[1] 豈期異代孫枝[2] 出，但解梅村[3] 讚佛詩。

查他山過錢牧齋墓，有句云：「生不並時憐我晚，死無他恨惜公遲。」

案：劉國英、張燦輝合編之《無涯理境——勞思光先生的學問與思想》將此詩誤繫於二〇〇一年（辛巳），題為〈戲步周策縱暮春絕句原韻〉。

題解

此詩作於庚辰年（2000），勞氏年七十三。本詩乃諷刺查良鏞（金庸）赴大陸，介入中共當局太深一事，乃與周詩呼應，並且詩意更遞進一層。周策縱〈春遲〉原詩謂：「我共春來春去遲，香江寒意蝶先知；故人每與蝶爭艷，袖手無言便是詩。」

吳宏一，臺灣大學中文系退休教授，香港中文大學中國語言及文學講座教授，著有《清代文學批評論集》、《詩經與楚辭》等書。周策縱（1916～2007）湖南祁陽人，教育家、作家、詩人。威斯康辛大學東亞語言文學系教授兼歷史系教授、東亞語言文學系系主任，著有《五四運動史》、《胡適與近代中國》等書。

註釋

1. **他山曾笑牧齋遲**：他山，即清初詩人查慎行，亦為金庸先祖。牧齋，即錢謙益，明末清初詩人、學者與藏書家；為學崇尚博雅，著有《初學集》等，後降清，入貳臣傳。查氏曾過錢氏墓園，有詩曰：「生不並時憐我晚，死無他恨惜公遲。」
2. **孫枝**：比喻子孫。宋．陸游〈三三孫十月九日生日翁翁為賦詩為壽〉詩：「正過重陽一月時，龜堂驩喜抱孫枝。」
3. **梅村**：即吳偉業，字駿公，號梅村，明末江蘇太倉人。官至少詹事，入清官國子監祭酒。工詩，尤長歌行紀事，以「梅村體」風行於世，號稱「詩史」。有〈清涼山贊佛詩〉指涉清順治帝未死，卻作和尚的疑案，運用清臣口氣與明遺老，前後迥異的敘述，表達諷刺之意。

鑒賞

本詩押上平聲四支韻，周策縱〈春遲〉原詩有謂：「故人每與蝶爭艷，袖手無言便是詩。」已然體現俯拾即是的「詩境」；面對春意的尾聲，有意隱喻文士晚節的行徑。

本詩則更遞進一層，乃有感於查良鏞（金庸）赴大陸一事，介入當局太深，如同當年查慎行與吳梅村詩中的興寄與諷喻；豈料卻在後代子孫的處境下，仍舊難脫晚節不保的評價。勞詩在此一意蘊中，遞進一層看到的不僅是「詩境」，更是「易象」與「禪境」。所謂的「目擊道存」、「技進於道」，對於學人的切身體悟，遠比文本與知識的建構來得如實。「豈期異代孫枝出，但解梅村讚佛詩」，勞氏對於斯人斯景的感懷，更是與時俱增，悲辛簇集。

辛巳（二〇〇一年　七十四歲）

新正即事　七律四首　吳冠宏述解

其一

滿城火樹[1]歲華新，小案瓶蘭一室春。逝去悲歡餘自笑，歸來花鳥尚相親。

詩腸[2]久澀無奇句，世味[3]多艱念故人。萬里夢回關塞路，清歌渺渺[4]最傷神。

其二

豆棚[5]幾度話連昌[6]，真見人間換海桑[7]。羝觸重藩[8]愁進退，馬臨修坂[9]苦玄黃[10]。

誰家倉廩容懷土？舉國冠裳樂處堂。莫問澄清[11]少年志，夷門[12]精魄已消亡[13]。

其三

換羽移宮[14]曲未央[15]，蓬萊[16]乞藥本荒唐。西園[17]黃白[18]傳常例，北苑[19]丹青羨舊藏。鵲渡銀河期七夕，鰲[20]翻玉軸悼重陽。劇憐魚碗沈淪日，外史書成漫抑揚。

其四

淮南[21]拔宅[22]易登仙，壇坫[23]時風別一天。入海成龍爭北向[24]，過江如鯽憶南遷。

士貪無節非關命，儒賤能尊自有緣，師道平生唯解惑，未須踽踽歎伊川[25]。

編者按：劉國英、張燦輝合編之《無涯理境——勞思光先生的學問與思想》將此詩誤題為〈辛巳除夕感懷〉。

題解

這四首七律即事詩，辛巳年（2001）新年所作，時先生七十四，回香港中文大學客座，綜觀時事有感。

註釋

1. **火樹**：比喻燈火繁盛。傅玄〈失題詩〉：「枝燈若火樹，庭燎繼天光。」
2. **詩腸**：作詩的情思。孟郊〈哭劉言史詩〉：「精異劉言史，詩腸傾珠河。」
3. **世味**：人在世上所感受的種種情味。陸游〈臨安春雨初霽詩〉：「世味年來薄似紗，誰令騎馬客京華。」
4. **渺渺**：幽微遼遠的樣子。《管子・內業》：「渺渺乎如窮無極。」
5. **豆棚**：借《豆棚閑話》書名之意旨，指和友人閑論古今。《豆棚閑話》，小說名，艾衲居士編，刊於清乾隆年間，共分12則，以在豆棚下談話為線索，由12個故事連貫組成，故名。
6. **連昌**：連昌宮，在今河南省宜陽縣，唐高宗顯慶3年置。此當借指當朝時事。
7. **換海桑**：滄海變桑田，比喻世事多變，人生無常。
8. **羝觸重藩**：羝：音ㄉㄧ（di1），公羊。此指牡羊角觸勾在層層的籬笆上，比喻進退兩難。《易・大壯》：「羝羊觸藩，羸其角。」
9. **修坂**：長長的斜坡。坂：山的斜坡。
10. **玄黃**：生病的樣子。《詩・周南・卷耳》：「陟彼高岡，我馬玄黃。」
11. **澄清**：《世說新語・德行》第一則「陳仲舉言為士則，行為世範，登車攬轡，有澄清天下之志。」
12. **夷門**：夷門為戰國魏大梁城的東門，因夷門山而得名，在今河南省開封縣城內東北隅。《史記・魏公子列傳》曰：「魏有隱士曰侯嬴，年七十，家貧，為大梁夷門監者。公子聞之，往請，欲厚遺之。不肯受，曰：『臣脩身潔行數十年，終不以監門困故而受公子財。』公子於是乃置酒大會賓客。坐定，公子從車騎，虛左，自迎夷門侯生。……公子過謝侯生。侯生曰：『臣宜從，老不能。請數公子行日，以至晉鄙軍之日，北鄉自剄，以送公子。』論曰：「吾過大梁之墟，求問其所謂夷門，夷門者，城之東門也。」在此當指侯生的風範，侯生修身自持，性高而行潔，至老終不慕名利，卻願為知己而死，因此他所看守的夷門，也為司馬遷所忻慕。

13. **精魄已消亡**：典出《史記．刺客列傳》中田光告燕太子之語，其文曰：「太子逢迎，卻行為導，跪而蔽席。田光坐定，左右無人，太子避席而請曰：『燕秦不兩立，願先生留意也。』田光曰：『臣聞騏驥盛壯之時，一日而馳千里；至其衰老，駑馬先之。今太子聞光盛壯之時，不知臣精已消亡矣。雖然，光不敢以圖國事，所善荊卿可使也。』」尾聯二句皆詩人自況也，謂己如今年老力衰，不復少年時的雄心壯志。
14. **換羽移宮**：宮、商、角、徵、羽為五音，此用羽、宮的移換喻指政黨輪替。
15. **未央**：未盡、未止之意。
16. **蓬萊**：山名，古代傳說中，東方的海中仙山。《漢書．郊祀志上》：「自威、宣、燕昭使人入海求蓬萊、方丈、瀛洲此三神山者，其傳在勃海中。」
17. **西園**：漢上林苑。漢時，皇室畜養禽獸的園林。此指漢桓、靈時代太監賣官情事。
18. **黃白**：金銀的別稱。
19. **北苑**：南唐都城在建業，有苑在北，稱為北苑，時人董源，曾任北苑使，世稱董北苑。
20. **鰲**：音ㄠˊ（ao2）。海中大龜。玄應《一切經音義》25卷：「鼇，海中大龜也。力負蓬、瀛、壺三山。」
21. **淮南**：指漢淮南王劉安，傳說劉安隨八仙白日升天。
22. **拔宅**：道家語，因修道而全家成仙。《太平廣記．神仙．許真君》：「舉家四十二口，拔宅上昇而去。」
23. **壇坫**：音ㄊㄢˊ　ㄉㄧㄢˋ（tan2 dian4），指文人時常聚集應酬，而為世所宗仰的地方。
24. **北向**：指赴美留學的大陸學人又爭相回到大陸。韋齋詩存中的「北向」，都是指「心向大陸」，如〈辛丑人日〉：「嘶馬只今仍北向，祖龍終古向東遊」；或指「歸向大陸」，即如此詩。

25. **未須踽踽歎伊川**：踽音ㄐㄩˇ（jwu3），踽踽，獨行不進、無伴的樣子。

伊川，宋儒程頤的別號。頤居嵩縣西北，瀕臨伊川，世稱伊川先生。

鑒賞

這四首詩是先生回香港中文大學客座時，有感於時事所作的即事詩。四首一組，抒感興懷，憂時傷政。

第一首押上平十一真韻。此詩主在因時即景興懷，以起餘詩。首聯由眼前桌案上的蘭花，喚起勞氏時序「春」的到來，新的一年就此開始了，香港燈火通明，一片繁華景象。項聯寫昔日許多滋味，或悲或喜，在此新舊交替之際悄悄浮上心頭，當年如此激盪的心情皆成過眼雲煙，如今回想只餘自笑自遣的份，但是歸來仍覺花鳥親人，在這兒仍有份親切之感。腹聯寫在此情景激盪之下，不禁生起詩興，但是卻覺詩筆不暢，難有佳句，種種世間情味的反覆興湧之下，更加懷念起好友們。尾聯說道家鄉路遠只能夢回，想起當年好友們一起談論世事，意興風發，散發出知識份子任重道遠的擔當力道，如今卻有時不我與的悲感，這種幽遠難言的情思詩歌恐怕是最令人傷神的吧！

第二首押下平七陽韻。此詩先寫對大陸的憂思。首聯由作者與朋友數度談論大陸時事寫起，在這幾十年來整個大陸政局、政策的變換，真可由滄海桑田來形容。項聯進一步指出現在大陸開放，想要現代化，做法卻是片面的，中心權威思想未變，文化價值未立，就好像牡羊的犄角勾在重重的籬笆之中，進退兩難，又好像生病之馬面臨爬上長長斜坡的考驗，這種種表象的繁榮，其實蘊藏著更多更大的危機。腹聯轉而言社會現況，大部份老百姓的生活仍是艱苦的，但是那些幹部、有辦法的人卻只圖坐享眼前利益，沒有遠見。尾聯轉而慨嘆自己年老力衰，昔日胸懷澄清天下之大志，懷有捨我其誰的理想和抱負，而今只能認清時不我與的無奈了。

第三首押下平七陽韻。此詩書寫對臺灣的觀察與憂慮。首聯寫對政黨輪替的肯定，沒有永遠的執政黨，就像不能有長生不死的皇帝。

但是這次劃時代意義的選舉，仍然有賄選情事的出現，聽聞杜正勝出掌故宮，其中透露出的危機訊息，是值得大家注意的。腹聯先生以七夕鵲橋的典故，喻指不同經驗的兩岸——臺灣與大陸，這對分離已久的牛郎織女，期能在秋天搭起「三通」這座鵲橋，臺灣歷經翻天覆地的變動，正憑弔著九二一大地震的歷史創痛。尾聯談到憐惜在政黨輪替後蔣家的時代過去了，對於美國人撰寫《蔣經國外傳》，也只能任其褒貶了。

第四首押下平一先韻。勞氏筆鋒一轉，又回到自身的現實情境，再抒自己對當時士人與學風的感慨。首聯指出大陸開放之政策實施後，知識分子來此聚集應酬，產生不少雞犬登天的現象。項聯言及大陸學人赴美留學有如入海成龍，學成之後爭相回國，希冀能入朝來攫取權位，不禁讓人回憶起當年江河色變時，知識份子不得不逃往港臺，避難有如過江之鯽，那種悽惶蒼涼，今昔相映之下，更讓人感慨良深。腹聯直指這些學人貪婪失節，只顧汲汲營營自身權勢，種種的作為不能推諉於時勢，以為人皆如此非己獨然，此實與天命國運無關，而在於自己本身是否能修德自持，儒者向來或被貶抑或被尊揚，自是有其緣由的啊。尾聯勞氏綜觀今古、反省自身，心中又有份踏實，既然自己選擇了師道這一條安身立命之路，便負有師道之任，傳道、授業、解惑，盡己而後靜定，自能廓清現實之紛擾，而不須感慨自己踽踽獨行自持清高的孤寂，也無須歆羨伊川師風道傳之盛美。總結於此，遂散發出一種自我省思整頓後豁然開朗的清明氣息。

辛巳中秋，黃昏獨坐，偶成一律　徐慧鈺述解

依然獨坐[1]遣黃昏，避俗忘機[2]靜掩門。左袒誰懷劉氏統[3]？高眠此即謝公墩[4]。虛生[5]已慣安常分，後死翻教厠達尊[6]。尚有朋徒陪晚酌，不須惆悵夢朱闇[7]。

題解

是時勞氏任職華梵大學哲學系講座教授。由於家眷在香港，勞氏必需往返港臺兩地，常於七月中回香港，八月中再來臺。此詩一則感歎新學期開始，又將返臺面對獨坐黃昏的孤寂；一則針砭當時的臺灣的政壇，諷喻政黨輪替後，紛紛變節的政壇人士。

註釋

1. **依然獨坐**：言新學期開始，勞氏復自港抵臺，又將獨自在異鄉做客。
2. **忘機**：言人沒有心機，連鷗鳥也能和他親近。見《列子．黃帝》。後以鷗鳥忘機指隱者恬淡自適，不存機心忘身物外。唐．李商隱〈贈田叟詩〉：「鷗鳥忘機翻浹洽，交親得路昧平生。亦作鷗鷺忘機。」
3. **左袒誰懷劉氏統**：左袒、劉氏，皆指漢朝，此喻國民黨。「左袒」本為古代喪禮中脫下左袖，露出左臂的禮儀。《儀禮．士喪禮》：「主人出，南面，左袒。」後指幫助、偏護某一方。漢高祖劉邦死後，呂后擅政，大封呂姓以培植勢力。呂后死，太尉周勃謀誅諸呂，行令軍中說：「為呂氏右袒，為劉氏左袒」，軍中皆左袒，為劉氏，叛諸呂，卒以滅之。事見《史記．呂太后本紀》、《史記．孝文本紀》。藉此諷喻當時政黨輪替，政壇人士紛紛靠綠，把原來的政治關係都忘了；國民黨出身的政治人物如宋楚瑜等輩，也曾想與當時的執政黨有所互動，結果一鼻子灰。
4. **高眠此即謝公墩**：高眠，高枕安眠，喻隱居。宋．王禹偁〈五更睡〉詩：「左宦離雙闕，高眠盡五更。」謝公墩即謝安墩，乃晉謝安與王羲之登臨處，在今南京市城東隅蔣山半山上。此句寫勞氏之隱居態度。
5. **虛生**：言虛度生命。此用虛生浪死典故，《舊唐書．卷七十六．太宗諸子傳．越王貞傳》：「諸王必須以匡救為急，不可虛生浪死，取笑於後代。」
6. **後死翻教廁達尊**：活得久反成為達尊。後死，活得久。教，音ㄐㄧㄠ（jiao1）；今「教」字作動詞，其義為「讓」、「使」，讀為四聲，此據詩韻讀為平聲。厠ㄘˋ（ci4），厠身。達尊，此句謙言勉強進入達尊之列。典出《孟子・公孫丑下》：「天下有達尊三：爵一，齒一，德一。」

7. **朱闈**：朱門。闈，宮門。勞氏出自名門之後，此處應指勞氏家族。

鑒 賞

此詩為七律一首，平起首押，押上平十三元韻。

此詩首聯寫自港返臺後的孤寂。新學期的開始，又將獨遣黃昏，經常掩門獨坐，以避俗事之干擾；頷聯首句借古諷今，針砭當時的臺灣的政壇。以和高祖劉邦死後，呂后擅政，培植呂姓勢力；呂后死後，太尉周勃謀誅諸呂，臣子們游走於劉、呂間的情形，諷喻政黨輪替後，政壇人士紛紛靠綠，許多國民黨出身的政治人物，想與當時的執政黨有所互動，卻弄得一鼻子灰。次句寫安隱之心境，在此擾攘不安的政局中，能以謝安高隱之心境去面對。頸聯言生命觀，此生已習慣過著安分守己的生活，因為活得久勉強進入達尊之列。尾聯則聊感欣慰，因為有學生相陪吃飯，所以不須因緬懷從前家中逢年過節的歡慶而感到惆悵。

壬午（二〇〇二年　七十五歲）

舊遊雜詠　七律四首　謝奇懿述解

其一　憶四川

西川[1]流寓少年身，哀樂餘痕入夢頻。野岸猿啼[2]巫峽雨[3]，晴簷鵲噪錦江春[4]。裁箋士女誇新句，對酒師儒話宿因。曾是重門嚴戍衛，[5]豈期白首走風塵。

其二　憶大巴山[6]

斜陽蔓草廢雄關[7]，峭壁危巖一水環。誰料輿圖付司馬[8]？猶傳虎帳釋嚴顏[9]。三分志業[10]功名外，百戰興亡指顧間。絕似少陵東郡日[11]，只今長憶大巴山。

其三　憶燕京

度劫燕都[12]夢迹涼，故居情事未全忘。狸奴[13]攀席親萱暖[14]，蟹母登盤薦[15]菊香。隔代衣冠仍入市，因時傀儡幾升堂。歸來竟有亡[16]家歎，一卷青燈客上庠[17]。

勝利後回北京

其四　憶金陵

繁華六代說南朝，自變金川[18]王氣消。乍見北征頒漢約[19]，驟來東寇痛秦燒[20]。雞鳴鯉躍餘謠讖[21]，虎踞龍蟠[22]付寂寥。記過高陵[23]春雨路，青天大纛[24]正飄飄。

勝利後過金陵小住

題解

本組詩作於壬午年（2002），勞氏七十五歲。四詩係依時間之先後次序，追憶勞氏抗日戰爭時避居四川、大巴山，以及勝利後歸北京、過南京之情事。

註釋

1. **西川**：指四川。
2. **野岸猿啼**：三峽中之巫峽兩岸常有猿啼哀聲。北魏‧酈道元《水經注》「江水」一段云：「自三峽七百里中，兩岸連山，略無闕處，重巖疊嶂，隱天蔽日，自非停午夜分，不見曦月。……每至晴初霜旦，林寒澗肅，常有高猿長嘯，屬引淒異，空谷傳響，哀轉久絕。故漁者歌曰：『巴東三峽巫峽長，猿鳴三聲淚沾裳。』」
3. **巫峽雨**：指蜀地巫峽雲雨變幻不定，迷離夢幻。戰國‧宋玉《高唐賦》：「昔者楚襄王與宋玉遊於雲夢之臺，望高唐之觀，其上獨有雲氣。 兮直上，忽兮改容，須臾之間，變化無窮，王問玉曰：『此何氣也。』玉對曰：『所謂朝雲者也。』王曰：『何謂朝雲。』玉曰：『昔者先王嘗遊高唐，怠而晝寢。』夢見一婦人曰：『妾巫山之女也。』為高唐之客，聞君遊高唐，願薦枕席，王因幸之。去而辭曰：『妾在巫山之陽，高丘之阻，旦為朝雲，暮為行雨，朝朝暮暮，陽臺之下。』」後常借指追憶已逝難追之愛情。
4. **錦江春**：指四川成都附近之地域。唐‧杜甫〈登樓〉詩：「錦江春色來天地，玉壘浮雲變古今。」
5. **曾是重門嚴戍衛**：勞氏童年時父親曾掌軍權，馮玉祥、閻錫山之戰後，勞父將軍權交出，及抗日戰爭起，蔣介石重新重用勞父，任驗編司令。勞父重掌軍權，因此家中有衛兵戍衛，本句係指勞氏居四川時家中氣氛。
6. **大巴山**：在陝西省西鄉縣東南，範圍包括四川北側漢水、長江之間諸山，其區域包括劍門天險。
7. **雄關**：當指劍門蜀道。蜀道為古時關中入蜀之險要道路，位於今錦陽附近，為秦嶺、巴山、岷山間之天險。劍門關乃蜀道最重要之關隘，其地寸草不生，山脈東西橫亙，峰勢似劍，直插雲霄。其中大小劍山對峙，宛若一門，故稱劍門。劍門蜀道從二劍山間穿越，山路絕險，古為兵家爭奪之地，諸葛亮六出祁山曾用此道。

8. **輿圖付司馬**：輿圖，原指地圖，此處指國家。司馬，指司馬炎一家，其所建晉王朝，將漢末三國分裂局勢結束，中國一統。
9. **虎帳釋嚴顏**：指三國時張飛義釋將軍嚴顏事。《三國志·蜀書·張飛傳》：「至江州，破璋將巴郡太守嚴顏，生獲顏。飛呵顏曰：『大軍至，何以不降而敢拒戰？』顏答曰：『卿等無狀，侵奪我州，我州但有斷頭將軍，無有降將軍也。』飛怒，令左右牽去斫頭，顏色不變，曰：『斫頭便斫頭，何為怒邪！』飛壯而釋之，引為賓客。」
10. **三分志業**：指劉備受諸葛亮隆中對三分天下之策，立國蜀地，以維漢室正統。唐·杜甫〈八陣圖〉詩：「功蓋三分國，名成八陣圖。江流石不轉，遺恨失吞吳。」
11. **少陵東郡日**：少陵，當指杜甫，曾居住長安城外少陵，因自號少陵野老。東郡，漢時屬兗州。唐·杜甫〈登兗州城樓〉詩：「東郡趨庭日，南樓縱目初。浮雲連海岱，平野入青徐。孤嶂秦碑在，荒城魯殿餘。從來多古意，臨眺獨躊躇。」
12. **燕都**：戰國時燕都城位於今北京，今即以燕都燕京為北京異稱。
13. **狸奴**：指貓。
14. **攀登親萱暖**：萱，指勞氏母親。時勞氏母親所養之貓，常攀爬至其身上依偎，故云親萱暖。
15. **薦**：獻也。
16. **亡**：音ㄨˊ（wu2），即「無」之意。
17. **上庠**：指今日之大學。《禮記·王制》：「有虞氏養國老於上庠，養庶老於下庠。」後上庠指國家最高之學府，即今日之大學。
18. **金川**：指明成祖推翻建文皇帝之事。明建文四年（1402），燕兵渡江。逼近京師金川門。時谷王樬、曹國公李景隆開門迎燕兵，都城陷，宮中火起，帝不知所終。
19. **北征頒漢約**：本句指國民黨北伐後所開之新局面。《史記·高祖本紀》：「與父老約法三章耳，殺人者死，傷人及盜抵罪。」
20. **東寇痛秦燒**：東寇，指日本。痛秦燒，借項羽入關中劫掠事，以指日本南京大屠殺。《史記·項羽本紀》：「居數日，項羽引兵西屠咸陽，殺秦降王子嬰，燒秦宮室，火三月不滅，收其貨寶婦女而東。」

21. **雞鳴鯉躍餘謠讖**：喻當時針對南京政府政權之預言甚多。雞鳴，六朝時讖語。南朝梁・沈約《宋書・五行志》「詩妖」記云：「晉武帝太康後，江南童謠曰：『局縮肉，數橫目，中國當敗吳當復。』又曰：『宮門柱，且莫朽，吳當復，在三十年後。』又曰：『雞鳴不拊翼，吳復不用力。』于時吳人皆謂在孫氏子孫，故竊發亂者相繼。」。鯉躍，南唐預言，言政權即將更替，宋・龍袞《江南野史》記云：「初有禪代之志，忽夜半寺僧撞鐘，滿城皆驚。逮旦召問，將斬之，云：『夜來偶得月詩。』先主令白，乃曰：『徐徐出東海，漸漸入天衢，此夕一輪滿，清光何處無。』先主聞之，私喜而釋之。又天祐中，諸郡童謠云：『東海鯉魚飛上天。』東海，徐氏之望；鯉與李姓音同也。天時人事，冥符有如此者也。」
22. **虎踞龍蟠**：指南京。《太平御覽・州郡部二・敘京都下》引晉・張勃《吳錄》云：「劉備曾使諸葛亮至京，因睹秣陵山阜，歎曰：『鍾山龍盤，石頭虎踞，此帝王之宅。』」
23. **高陵**：中山陵。
24. **青天大纛**：即青天白日旗。纛，音ㄉㄠˋ（dao4）。

鑒賞

本組詩共四首，四首當依時間之先後次序，勞氏抗日戰爭時追憶避居四川、大巴山，以及勝利後歸北京、過南京之情事。

第一首詩押上平十一真韻，為勞氏記居四川之情事，撫今追昔之作。首聯前句點出本詩時空，主要描寫勞氏十餘歲時，抗戰寄寓四川之種種。後句「哀樂餘痕入夢頻」由實轉虛，知抗戰時期時局雖然緊張，然當日生活至今猶尚追憶。項聯以降即就此具寫回憶，二句用典，以「巫峽」、「錦江」二景寫四川山水美，變化有致。腹聯為四川生活實事記載。前句「裁箋」句描寫勞氏與其家族兄弟姐妹寫詩互動之情形，刻畫當時家居生活氣氛；後句「對酒」則寫當時清朝耆老時而至勞家談論過往事。尾聯時空回到當前，撫想嘆今，「重門戍衛」寫過往家居之盛況，以襯末句「白首風塵」，突顯勞氏晚年竟居海外之感慨。

次首押上平十五刪韻，為勞氏奉父命過大巴山，覽歷史形勝之作。由於大巴山當地流傳三國故事甚多，故本詩多用三國典故發時代興亡之感。詩篇首聯二句言大巴山雄關險要之地，而昔日重地而今僅餘「斜陽蔓草」，能不感慨。項聯、腹聯詠史，興憑弔之意。項聯寫三國互爭，然終歸司馬，局勢雖變化難測，然張飛義釋嚴顏之事猶然流傳，為人所重。腹聯前句寫三國時蜀漢興國之事，「功名外」三字，見蜀漢劉備興國非為獨為己，且有興滅繼絕、維護正統之理想，意在言外。後句則自反面言，其言國家更替不過彈指之間，而留名後世有幾，二句連讀有強烈張力。尾聯抒懷，前句先藉昔日杜工部之東郡詩寫當年至大巴山歷史興廢之感；後句更轉一層，從今日回想當年身在大巴山之歷史感懷，反觀今日身處之現況局勢，境異情同，更添惆悵而已。

三首押下平七陽韻，寫勞氏抗日戰爭獲勝後回北京之聞感，感慨至深。首聯言「故居情事未全忘」，隱襯勞氏當時勝利回京，見北京幾經戰火後之感嘆。項聯二句寫勞氏幼時居京之情事，「狸奴」句寫勞氏母親與貓之感情極好，故貓常會跳至母親身上依偎，「蟹母」句則寫用菊花蒸螃蟹一事。腹聯二句實指抗日戰爭勝利後，北京猶有旗人身穿清代服飾，心念封建，一時冠蓋雲集，蔚為風尚，真有不知今世何世之感。然時勢已變，實已無有可能，然亦難測國勢未來。尾聯二句直抒感懷，而由小我之去從見大局。「亡家歎」寫戰後回歸故里，然家門已封，無處可去之悲。故於次句言己只有客寄北京大學，「青燈」陪伴，繼續課業。

末首押下平二蕭韻，記勞氏過金陵小住之見聞，隱喻局勢之詭譎。首聯懷古，寫南京自明代成祖遷都北京以來，即不為中國都城中心，以歷史之宏觀隱見其對南京國民黨政權之看法。項聯正寫當代之南京政權，上句寫北伐，言南京重為首都事；下句則續寫日本攻佔南京之大屠殺事，得見勞氏深痛戰火劫掠之慘狀。而「乍見」、「驟來」

二語，可知政權時勢之多舛難測。腹聯二句指抗日勝利後南京蕭條之情景。「雞鳴」事為當時流傳之南京國民黨政權之相關預言，暗示表面戰事勝利，然時局依舊動盪，人心未安。尾聯二句則記勞氏當時親見情事，字面寫中山陵青天白日旗飄揚之態，然「春雨」、「高陵」對比「大纛」飛揚，更可見腹聯之「寂寥」深味。

丙戌（二〇〇六年　七十九歲）

丙戌七月，返港小住，與生徒閒話，偶成一律

謝奇懿述解

趙州行腳[1]不知休，且向香城[2]問舊遊。充耳缶鳴[3]誰解事？驚心潮急又臨秋。衰癃[4]久失回天[5]志，客寄還分覆鼎[6]憂。尚述興亡供史乘，平生懷抱此中留。

註：中研院近史所方為予作口述歷史。

鑒賞

本詩作於丙戌年（2006），勞氏七十九歲。詩中回顧一生，顯現出志士老暮，繫心時局的深沈無奈之悲。幸有中研院近史所口述歷史之舉，勞氏唯有將平生之志及奮既之業，寄懷抱於青史，託希望於後世。

註釋

1. **趙州行腳**：唐代禪宗大師，僧名從諗，幼年出家，五十始雲遊四方，八十歲方止於趙州城東觀音院，人稱趙州和尚，行腳三十年。從諗大師善闡禪理，多項公案膾炙人口，後朝廷敕諡為「真際大師」，著有《真際大師語錄》。勞氏作此詩七十九歲，遂借言己一生因時亂漂泊之感。
2. **香城**：即香港。
3. **缶鳴**：楚・屈原《卜居》：「黃鐘毀棄，瓦缶雷鳴；讒人高張，賢士無名。」
4. **癃**：衰弱多病。《史記・平原君傳》：「臣不幸有罷癃之病。」
5. **回天**：指志士無力挽回時局之無奈。唐・吳兢《貞觀政要二》：「（魏徵嘆曰）張公遂有回天之力。」又丘逢甲《離臺詩》：「宰相有權能割

地，孤臣無力可回天。扁舟去作鴟夷子，迴首河山意黯然。」

6. **覆鼎憂**：《易・鼎卦》：「九四，鼎折足，覆公餗，其形渥。凶。」鼎足折斷，食物翻覆，比喻失敗，今有「折鼎覆餗」成語。此處有憂心時局難安，恐大局將有動亂之意。

鑒賞

本詩押下平聲十一尤韻。首聯點題，時勞氏客居臺北，返港小住，與昔日香港之生徒閒話。詩首句以「趙州行腳不知休」言己，表現出勞氏晚年居於臺北，此次返港雖有舊遊尋訪，然皆非家鄉，而見其二度漂泊之悲。「問」字有期待、再起之意，可知「不知休」非僅言己身，亦及於關懷世局之心。項聯首句言時局，「充耳缶鳴」一句論斷時局，可見勞氏關切國事之心；而本句與首聯之「問舊遊」相連，兼可知舊遊零落，益見勞氏志士凋零之悲。故項聯第二句繼之以「驚」字，是驚時日之不待，年華之老去；亦是驚時勢之不可為，無以回天。腹聯中轉，上句藉言衰老言失志，下句卻在「客寄」漂泊之中再次憂心時局，回環往復。憂心是主，而衰老失志是客，吞吐中見志士遲暮、壯心不已，卻志業難成之無限委曲。尾聯結以敦厚之筆，以幸有中研院近史所為勞氏作口述歷史之事，藉青史稍抒難平之深慨。

戊子（二〇〇八年　八十一歲）

冬寒即事　林碧玲述解

一枕渾忘世，[1]嚴寒臥島城。餘年矜大節，[2]垂暮畏浮名。[3]師友看將盡，[4]生徒或有成。龍潛麟獲日，[5]休更說河清。[6]

題解

此詩作於戊子年（2008）十一月三日。時勞氏年八十一，任華梵大學哲學系榮譽講座。因患肺疾多時，常感疲衰，又逢寒流酷冷，垂暮蕭索之際，不免回顧平生，爰有是作。

註釋

1. **一枕渾忘世**：一旦睡著了，便完全遺忘了世事。此言安枕養病之狀；勞氏隻身在臺講學，由於肺疾數月未癒，加以寒流來襲，故常需安臥靜養。忘，音ㄨㄤ（wang1）。
2. **餘年矜大節**：晚年面對重大的局勢變化，在進退之間，能敬慎地持守節操。此指在臺灣已解嚴，而香港將交歸中共的情況下，勞氏於一九八八年起來臺講學，且至今從未登陸一事。參見甲戌〈伯兄以近作見寄，步韻作答〉之「避秦有約證初心」註釋。餘年，老年、晚年。《文選》李密〈陳情表〉：「祖母無臣，無以終餘年。」矜，音ㄐㄧㄣ（jin1）敬慎。大節，面臨生死、存危、榮辱等重大變故時的節操；《論語．泰伯》中曾子以「臨大節而不可奪也」為「君子人也」。
3. **垂暮畏浮名**：老年以虛名自滿為戒。《論語．季氏》載孔子謂「君子有三戒」，而「及其老也，血氣既衰，戒之在得。」自二〇〇〇年（七十三歲）起，勞氏連年獲頒各種學術榮譽，包括二〇〇〇年中華民國斐陶斐榮譽學會傑出成就獎，二〇〇一年行政院文化獎，二〇〇二年第四十六屆教育部學術獎、第六屆教育部國家講座計畫主持人（2002～2005）、中央研究院院士（終身榮譽），二〇〇四年香港中文大學榮譽文學博士，二〇〇六年第十屆教育部國家講座計畫主持人（2006～2009）等等，故有此言。垂暮，比喻年老。畏，戒懼、恐懼。浮名，虛名。唐・李白〈留別西河劉少府〉：「東山春酒綠，歸隱謝浮名。」

4. **師友看將盡**：眼看著前輩師長、同代朋友，差不多都過世了。看，音ㄎㄢ（kan1），眼見，觀看。將，音ㄐㄧㄤ（jiang1），差不多，《孟子・滕文公上》：「今滕，絕長補短，將五十里也。」盡，死亡，《文選》陶淵明〈歸去來辭〉：「聊乘化以歸盡。」李善注：「盡謂之死。」
5. **龍潛麟獲日**：勞氏自少選擇不為世用，而潛心究學窮理以謀中國問題之出路；至今深感「自由中國」之理想猶未能實現，而自己已屆垂暮之年而停筆之時。龍潛，本《易經・乾卦》「初九，潛龍勿用」典故，而藏詞與移序。麟獲，比喻停筆，為「西狩獲麟」典故之藏詞與移序。《左傳・哀公十四年・經》：「春，西狩獲麟。」杜預注：「麟者仁獸，聖王之嘉瑞也。時無明王出而遇獲，仲尼傷周道之不興，感嘉瑞之無應，故因魯《春秋》而脩中興之教。 筆於『獲麟』之一句，所感而作，固所以為終也。」後以「絕麟」比喻理想抱負不得實現，或表示不事著述，從此絕筆。唐・李白〈古風〉五十九首之一：「希聖如有立，絕筆於獲麟。」
6. **休更說河清**：不要再以黃河水清的理想勸服人了。更，音ㄍㄥˋ（geng4）。說，音ㄕㄨㄟˋ（shui4）。河清，為「河清難俟」之藏詞用典，難以等待黃河之水變為清澈；《左傳・襄公八年》：「俟河之清，人壽幾何？」後比喻事成不易，費時漫長而難以等候。

鑒賞

詩人、志士、教師、哲學家，是文化人勞思光先生的生命四重奏，而「興亡關懷」則為其一貫基調。此詩乃老年病中自我評斷生命四境，而或為停筆之作。五律仄起，下平聲八庚。

首聯「一枕渾忘世，嚴寒臥島城」，寫冬寒養病況味。句一即事寄情。固寫臥病安養之實，然藏詞用「一枕黃粱」典故，已暗含人生如夢之感慨，而「忘世」亦隱有病中姑置蜩螗沸羹於外，而高臥自得之意。句二扣緊「冬寒」詩題。看似平常之事實與造語，然「嚴寒」之冷瑟、「島城」之孤離、「臥病」之老衰，已催逼出滿懷蕭索，而為反思平生之背景。項聯「餘年矜大節，垂暮畏浮名」，寫晚節與戒得修持。句三自省晚節猶健；「矜」字感受莊嚴，突顯勞氏畢生致力「自由中國」文化運動，而反獨裁、反共之一貫性，無愧其志士氣節。句四言老而更戒聲名之患；勞氏少年成名，始終對聲名之患戒懼以對。此句不言晚年所獲多項學術殊榮，翻上而寫以戒得存心，則其終生為世界化之中國窮究出路的學術貢獻已不言可喻。此聯雖僅語及晚節，實為總說一貫心志與人生態度。腹聯「師友看將盡，生徒或有成」，發薪傳感懷。句五既感慨一代之將盡，句六遂綜論繼起弟子之成就；「或」字情謙辭抑而不無寬慰。此聯情辭淡遠而有味，既流露勞氏面對大限而循理自安之態度，亦蘊含對以解惑為主之教育實踐與成果，以及師生之情的肯定與欣慰。尾聯「龍潛麟獲日，休更說河清」，抒志士垂暮之感。藏詞移序以連用「潛龍勿用」、「西狩獲麟」、「河清難俟」三典，而蘊藉深密；於冬寒老病之際，沈吟回顧此生的勞氏，終究難以迴避恐未能完成其「自由中國」之回天心事；畢生之苦志孤懷，遂化為道猶衰而筆將絕的幽幽一歎！

此詩在生命與季節之尾聲的清冷交滲中，吐露自我評斷而暗示絕麟停筆，在悲涼的感慨中，猶透顯其弘毅！

附錄一　早年詩歌舊作

甲戌（一九三四年　七歲）

聞雷　開筆詩　彭雅玲述解

鬱暢[1]原多變，休嗟[2]寂寞春。長空來霹靂，一震便驚人。

題解

此詩為勞氏的開筆詩，時年七歲，作於甲戌年（1934），由族中長輩命題。根據勞氏口述，長輩見其開筆詩後，即斷言勞氏「少年成名」。勞氏胸懷天下，少年即關心治亂興亡，早有經世之志，其望重士林之《少作集》，果印證長輩所言。

註釋

1. **鬱暢**：指天地之氣凝滯或通暢。根據勞氏口述「鬱暢」原作「通塞」，乃依其從兄勞榦建議而改。
2. **嗟**：感傷，哀痛。

鑒賞

過去讀書人要行四個禮，即開筆禮、進階禮、感恩禮和狀元禮。開筆禮起源於西周官學，形成於春秋時代，自孔子創辦私學時流傳至今，開筆禮是古時候讀書人一生學習的首次大禮，孩子完成這個儀式後，才可以正式開始學習。開筆禮是對大約四歲到七歲的學童進行一次「崇德立志」的啟蒙式教育，這種對少兒開始識字習禮的形式，又稱「破蒙」。

今日的「新春開筆」則為傳統年節的禮俗活動之一。勞氏七歲開始學作詩，此詩為勞氏開筆學詩所作的第一首詩，即所謂的「開筆詩」，非「開筆禮」。宛如民俗之度晬（捉週）儀式，從小以觀大。勞氏長輩習以開筆詩觀家中子弟之運命志格，當時長輩以「聞雷」為題，命勞氏為詩，勞氏信守拈詩如下：「通塞原多變，休嗟寂寞春。長空來霹靂，一震便驚人。」勞氏從兄勞榦見其開筆詩後，從練字及音節的角度，建議可將「通塞」二字改為「鬱暢」，先生欣然接受。根據勞氏口述，憶及七歲開筆詩，不僅顯示勞氏記性過人，亦充分顯示勞榦的詩學涵養素為勞氏所看重，且二人兄弟情深，幼年起習以詩相唱和。更可貴的是，從詩中可見勞氏早發的詩才和開闊的胸懷。此詩為五絕，押真韻。

己卯或庚辰
（一九三九或一九四〇，十二或十三歲）

雨後桃花　林碧玲述解

積霖[1]一夕漲方池，零落紅英滿碧墀。[2]片片更饒相映色[3]，夭夭應念始開時。[4]流年似水何須恨？[5]結子成陰會有期。[6]試看道旁楊柳樹，牧童爭折拂雲枝[7]。

題解

勞氏父親競九公於乙亥年（1935）因剿匪奉調至四川，八歲的勞氏遂由北京遷居成都。抗日戰爭期間（1937～1945），中央政府遷都重慶，勞氏之父、母兩家族，亦先後由故鄉湖南遷到成都之舊有庭園。勞母娘家為衡陽陳氏望族，先輩曾三代出任清朝之鹽運使，勞氏外公又為中華民國第一屆國會議員。勞氏母親即此大家十四名子女中之嫡長，身份特為高貴，因此遷來後方的幾位妹妹之家庭，即依長姐而與勞家比鄰聚居。唯有一姐之勞氏，遂得以在傳統文人大家族之園林文化氛圍中，與眾中表兄弟姊妹共學、同遊，從兒童長成為十八歲的少年。

勞氏七歲（1934）學賦詩，其家門教第，先學《聲韻》，後作論文，以韻律易於兒童朗誦熟記之故。所謂《聲韻》是指兒童學詩啟蒙讀物之《聲韻啟蒙》，茲舉其「東」韻為例：「雲對雨，雪對風，晚照對晴空。來鴻對去燕，宿鳥對鳴蟲。三尺劍，六鈞弓，嶺北對江東。人間清暑殿，天上廣寒宮。夾岸曉煙楊柳綠，滿園春雨杏花紅。兩鬢風霜途次早行之客；一蓑煙雨溪邊晚釣之翁。」可知熟背與理解《聲韻啟蒙》，無形中便培養了寫近體詩所要求的格律、對仗、韻腳等基本能力，與譬喻、用典等修辭手法，以及一定程度的文化根柢；這樣紮實的基礎訓練，在此詩已然充分發揮作用。

此詩寫於己卯年或庚辰年（1939或1940），乃勞氏十二或十三歲時之「窗課」，即幼時於書塾中的詩歌習作。「窗課」之作與「即事詩」不同。即事詩是就眼前情事、景物之感觸而作，因實有其事其情而賦。「窗課」則依題賦詩，結合生活經驗與想像力，運用文化資源以鍛鍊佈局、修辭等詩歌創作的基礎能力，進而以觀作者之情志。此詩乃某日書塾課中，勞氏之師命群小兒拈鬮分題賦詩，勞氏與三五中表皆拈得「桃花」題目，其師遂各添虛字以限，如「黃昏桃花」、「湖畔桃花」等等，而勞氏得〈雨後桃花〉一題，遂有是作。

註釋

1. **積霖**：下了很久而積聚的雨水。積，聚。霖，霖雨。唐．徐夤〈和尚書詠泉山瀑布十二韻〉：「數夜積霖聲更遠，郡樓敧枕聽良宵。」
2. **零落紅英滿碧墀**：凋落的桃花瓣兒，滿佈在長著青綠苔蘚的臺階上。零落，凋落；《楚辭》屈原〈離騷〉：「惟草木之零落兮，恐美人之遲暮。」紅英，紅花，此指桃花；唐．李乂〈侍宴桃花園詠桃花應制〉：「綺萼成蹊遍籞芳，紅英撲地滿筵（庭）香。」碧墀，因長滿苔蘚而呈青綠色的臺階。墀，音ㄔˊ（chi2），臺階上的平地。唐．武元衡〈四川使宅有韋令公，時孔雀存焉，暇日與諸公同玩，座中兼故府賓妓興嗟久之，因賦此詩，用廣其意〉：「動搖金翠尾，飛舞碧墀（階）陰。」
3. **相映色**：相互襯托顏色；唐．何希堯〈操蓮曲〉：「荷葉荷裙相映色，聞歌不見採蓮人。」
4. **夭夭應念始開時**：當念桃花初開時的美麗、繁茂。夭夭，形容桃樹的花、葉美麗而茂盛；《詩經．周南．桃夭》：「桃之夭夭，灼灼其華。」應念，當念，為古典詩歌之熟詞，如南唐後主李煜〈悼詩〉：「空王應念我，窮子正迷家。」
5. **流年似水何須恨**：何必怨怪光陰逝如流水呢？流年，光陰；唐．杜甫〈雨〉：「悠悠邊月破，鬱鬱流年度。」流年似水，移序「似水流年」以合律，言韶光逝如流水，一去不復返；《牡丹亭．驚夢．山桃紅》：「則為你如花美眷，似水流年。」

6. **結子成陰會有期**：桃樹能有結實和綠葉成陰的時候。結子，結果實。陰，音一ㄣ（yin1）成陰，枝繁葉茂而樹下成蔭。唐・崔顥〈孟門行〉：「北園新栽桃李枝，根株未固何轉移？成陰結實（子）君自取，若（借）問傍人那得知？」
7. **拂雲枝**：拂雲，高及雲天。拂雲枝，言樹枝高及雲天，表樹木高大茂盛；唐・馬戴〈高司馬移竹〉：「莫羨孤生在山者，無人看著拂雲枝。」

鑒賞

此詩雖為童蒙窗課，卻是結構嚴謹、筆法練達、辭藻嫻雅、意境悠遠的成熟之作。首句平起押韻，上平聲四支。

首聯「積霖一夕漲方池，零落紅英滿碧墀」，破題。發句寫昨夜積霖。「積」、「漲」二動詞連用，既激發出連綿風雨擊打而花落的視聽想像，亦強化了「一夕」的時間壓縮感。句二寫落英印象。「紅英」與「碧墀」的鮮明色差，「零落」與「滿佈」的一多映襯，深具清新而鮮潤之美。項聯「片片更饒相映色，夭夭應念始開時」，著墨雨後桃花。句三承上而細描落紅苔綠的交映之美。「片片」與「夭夭」巧語對照花落與花開之景象，並以「應念」之心靈參與，將逝而不反的時間之流，轉化為終始反復之生命延續。順此帶出句四回顧桃花初開之盛景，與腹聯「流年似水何須恨？結子成陰會有期」之反筆。句六前瞻結子成陰之可期，而巧以句五作為詩意之轉折點，將花落年逝所易生之感傷，轉為豐碩前景的希望心情。尾聯「試看道旁楊柳樹，牧童爭折拂雲枝」，以取證見收，而生面大開。其取證於拂雲楊柳，更具有豐富之詩文化意涵。以色而言，「桃紅柳綠」乃詩歌習對，《聲韻啟蒙》即謂「桃灼灼，柳依依，綠暗對紅稀。」以態而言，盛開之桃花與繁茂之楊柳，每因給人如煙似霧之觀感而一齊入詩，如唐・顧況〈露青竹杖歌〉即謂：「騎入桃花楊柳煙」。以境言，亦常並舉《聲韻啟蒙》已謂：「楊柳和煙彭澤縣，桃花流水武陵溪。」

此詩充分掌握「時間」與「景物變化」之「物與時遷」的動態歷

程，嚴守起、承、轉、合之佈局方法，運用初培之文化根基，而翻寫出充滿希望與前景之生命感。無怪乎當時四川「五老七賢」中的五老之一，前清翰林趙堯生以詩觀人，遂讚歎勞氏「必有後福」；以今觀之，誠為詩讖矣！

丁亥（一九四七年　二十歲）

有寄　王隆升述解

素札[1]殷勤[2]寄，驚開病睫垂。詩箋耀蓮采，珠字[3]抵梅枝[4]。頓覺神遙接，渾忘手倦支。訴懷憐宛轉[5]，審律喜精宜。尚記移家住，曾教接席[6]隨。寒溫細珍護，戰亂共安危。伴讀簾陰晚，聽歌日影移。煎茶朝煮雪，閉閣夜彈棋[7]。飾困[8]人爭笑，矜狂[9]婢暗嗤。芙蕖明灼灼，孤竹瘦離離。[10]小睡常依臂，輕嗔代拂眉。[11]量情真撫妹，[12]問字假為師。[13]驪唱[14]催春去[15]，魚書[16]和夢貽[17]。行行[18]年共改，渺渺[19]會難知。甘苦頻嘗後，[20]風塵獨客時。[21]理通憂漸解，氣斂貌如痴。業障終糾繫，[22]因緣任慾滋。[23]徘徊[24]空自悼，俯仰[25]欲何之？倚枕愁更鼓，登筵謝酒卮[26]。易牙[27]同果腹，反舌[28]似沈思。髮薄勝簪少，[29]神昏答韻遲。歡娛盡陳跡[30]，鷗鷺悵前期。[31]孰託傷離意？瀟瀟[32]雨萬絲。

案：此詩作於燕京，郵書未達，已隔人天。翹望瀟湘，歎不獨緣慳一面也。

題解

〈有寄〉為代書詩二十三韻，寄小劍表妹。

抗日戰爭期間，勞氏得與中表在成都的園林中一起成長。其中，比勞氏年幼四歲的姨表妹小劍，特為勞氏所鍾愛而養護如親妹。小劍資賦穎異，自幼心氣殊高；時群兒賦詩對聯，極富詩才之勞氏長姐每親加批改，已而小劍便顯不服氣。及至十三、四歲，小劍更顯氣韻特殊；行來冉冉無聲，極具脫俗逸塵之美；有如剔透琉璃而使人憐愛不已，然又恐其易脆而不敢輕易親近。長輩早已感其非人間之物，憂其恐不能延年，果然香消玉殞於二八佳人之齡，不免令人感嘆是否「未世劫來宜遠禍，瑤池籍在好題名」？案語之「翹望瀟湘」，在作者固以「瀟湘」表小劍之喪於湖南故鄉，然在讀者何嘗不無「瀟湘妃子」林黛玉之聯想？

抗戰勝利後，眾親友風流雲散；隔年勞氏赴北大就讀，早先小劍亦已回湖南故鄉，而兩人時有音書往來。此詩為勞氏賦詩代書以答小劍來詩之作，原作於北京，即案語所謂「燕京」，時為丁亥年（1947），勞氏二十歲，就讀北大哲學系。然而詩尚未寄達，表妹已病逝於故鄉，即案語所謂「郵書未達，已隔人天。」丁酉年（1957）勞氏在港發現此詩舊稿，遂將宿感未定數字，續加修飾以成。時勞氏已屆而立之年，雖然事隔十年之久，由案語之「翹望瀟湘，歎不獨緣慳一面也」，可見勞氏感傷猶深，亦益發可感其與小劍表妹之獨特情分。

註 釋

1. **素札**：書信，唐・韋應物〈答崔都水〉詩：「常緘素札去，適枉華章還。」乃融合「素書」與「玉札」為一詞。素，用絹帛寫的書信。《文選・古樂府・飲馬長城窟行》：「客從遠方來，遺我雙鯉魚。呼兒烹鯉魚，中有尺素書。」唐・元稹〈魚中素〉：「重疊魚中素，幽緘手自開。」玉札，尊稱他人的書簡信；唐・皮日休・〈懷華陽潤卿博士〉三首之三：「數行玉札存心久，一掬雲漿漱齒空。」
2. **殷勤**：亦作慇懃。指懇切、周到、親切之情意。《史記・司馬相如傳》：「相如乃使人重賜文君侍者，通殷勤。」
3. **珠字**：即字字珠璣，喻詩文之美。唐・杜牧〈新轉南曹出守吳興〉：「一杯寬幕席，五字弄珠璣。」此勞氏稱表妹之詩文。「珠」句脫胎自唐・杜甫〈春望〉：「家書抵萬金」。
4. **抵梅枝**：抵，價值相當，可互相頂換。唐・杜甫〈春望〉：「烽火連三月，家書抵萬金。」梅枝，表思念之意象；南宋・姜夔〈江梅引〉：「人間離別易多時。見梅枝，忽相思。」此勞氏流露其欣慰，言其思念之情，皆因讀其表妹真情可感且文采洋溢之詩箋，而頓感值得。

5. **宛轉**：「隨順變化」之意。《莊子．天下》：「椎拍輐斷，與物宛轉。」
6. **接席**：東漢．魏．曹丕〈與吳質書〉：「行則連輿，止則接席。」指接連而坐意。參見〈庚寅春謁李嘯風丈於臺灣，侍談竟夕。親長者之高風，顧前塵而微悵。吟俚詩四章，錄呈誨正〉四首之一：「忽喜靈光接席親」
7. **彈棋**：古代的一種棋戲。二人對局，白黑棋各若干枚，先放一棋子在棋盤的一角，用指彈擊對方的棋子，先被擊中取盡的就算輸。南朝宋．劉義慶《世說新語．巧藝》：「彈棋始自魏宮內，用妝奩戲。文帝於此戲特妙，用手巾角拂之，無不中。」
8. **飾困**：飾，遮掩。困，疲倦。此勞氏寫表妹掩飾倦容，以求繼續同嬉共遊。
9. **矜狂**：寫兒童天真無邪，故作狂態。
10. **芙蕖明灼灼，孤竹瘦離離**：芙蕖，荷花的別名。《爾雅．釋草》：「荷，芙蕖。」灼灼，鮮明、光盛貌；《詩經．周南．桃夭》：「桃之夭夭，灼灼其華。」孤竹，本指獨生、特出之竹，《周禮．春官．大司樂》：「孤竹之管，雲和之琴瑟。」此則指身形薄弱如一支孤零零的竹竿貌。離離，瘦伶仃之狀。前句喻小劍表妹之明麗，後句寫勞氏身形之清瘦。
11. **輕嗔代拂眉**：嗔，音ㄔㄣ（chen1），生氣之意。拂眉，輕輕抒解眉頭，比喻開解心事、情緒。
12. **量情真撫妹** ：量，衡量。撫，養。此句言唯有一姐，沒有弟妹的勞氏，衡量彼此的情分，真是養護小劍如親妹。
13. **問字假為師**：問字，比喻向人請教學問，故事出自《漢書．揚雄傳下》：「劉棻嘗從雄學作奇字」。此句寫小劍向勞氏問學，勞氏權充為老師。
14. **驪唱**：即驪歌之意。〈驪駒〉為逸詩之篇名，為告別之歌。《漢書．儒林傳．王式傳》：「式曰：『聞之於師：客歌〈驪駒〉，主人歌〈客毋庸歸〉。』」此指勞氏赴北京就學，小劍表妹歸故鄉湖南。
15. **催春去**：催，驅迫。春去，乃「春去秋來」之省語，形容光陰匆匆流逝，歲月如梭；明．高濂《玉簪記》：「春去秋來容易過，思兒念女淚沾裳。」

16. **魚書**：典出「烹鯉得書」，東漢．蔡邕〈飲馬長城窟行〉：「客從遠方來，遺我雙鯉魚。呼兒烹鯉魚，中有尺素書。」後因以「魚書」、「鯉書」表書信，宋．晏殊〈無題〉：「魚書欲寄何由達？水遠山長處處同。」
17. **和夢貽**：和，音ㄏㄢˋ（han4），與、跟。貽，音ㄧˊ（yi2），贈送、給予之意。此言將已夢寫在書信中寄給對方。
18. **行行**：音ㄒㄧㄥˊ（xing2），行走貌。〈古詩十九首〉其一：「行行重行行，與君生別離。」此處之「行行」意為徘徊不進的樣子。
19. **渺渺**：遠貌。《管子．內業》：「渺渺乎如窮無極。」「渺渺會難知」意指不知何時得以相見。
20. **甘苦頻嘗後**：指勞氏一家，於抗戰勝利後輾轉多方，先從成都至南京，再由南京至北京，後又赴東北，備嘗行旅之艱辛。
21. **風塵獨客時**：風塵，風起塵揚，天昏地濁，比喻旅途之勞累。獨客，指勞氏隻身再赴北京，就讀北大哲學系。
22. **業障終糾繫**：孽障，佛教指由於過去的惡行所造成的障礙；《華嚴經．世主妙嚴品》：「若有眾生一見佛，必使淨除諸業障。」糾繫，糾纏與牽掛，比喻煩擾不休。此句言人生終究有諸多煩惱的感受。
23. **因緣任愆滋**：因緣，相對於上句「業障」之佛教語，乃指佛教根本理論之一，因指主因，緣謂助緣，指構成一切現象的原因，佛教以此說明事物賴以存在的各種因果關係。《中論》卷一：「能說是因緣，善滅諸戲論。」任，聽憑。愆滋，錯過與發展。此句言人生的各種順逆因緣，就任憑它過去吧！
24. **徘徊**：紛雜起落。東晉．陶淵明〈閒情賦〉：「於時畢昴盈軒，北風淒淒，烱烱不寐，眾念徘徊。」
25. **俯仰**：舉止動作。《史記．范雎蔡澤傳》：「未敢言內，先言外事，以觀秦王之俯仰。」此指思考人生路向。
26. **卮**：音ㄓ（zhi1），盛酒器。

27. **易牙**：省字用「易牙饌」典故，春秋時齊桓公的寵臣易牙，長於調味，見《史記・齊太公世家》，後因稱烹調成的美味為「易牙饌」。「易牙同果腹」句意為食不知味。

28. **反舌**：鳥名，即百舌鳥。《禮記・月記・仲夏之月》：「小暑至，螳螂生，鵙始鳴，反舌無聲。」孔穎達《疏》：「反舌鳥，春始鳴，至五月稍止，其聲數轉，故名反舌。」「反舌似沈思」指默不多言。此聯以「易牙」之人名與「反舌」之鳥名相對，似有過寬之嫌，然其妙處在借鳥之「反舌」，以狀人之寡言無聲有如沈思。

29. **髮薄勝簪少**：勝，音ㄕㄥ（sheng1），禁得起、承受得了。簪，音ㄗㄢ（zan1），古人用來綰髮或固定頭冠的頭飾。此句以頭髮疏短比喻形軀清減不豐之貌。此奪胎自唐・杜甫〈春望〉：「白頭搔更短，渾欲不勝簪」。

30. **陳跡**：過去的事蹟；《莊子・天運》：「夫六經，先王之陳跡也。」

31. **鷗鷺悵前期**：典用「海客狎鷗」，言人沒有心機，連鷗鳥也能和他親近，見《列子・黃帝》：「海上之人有好漚鳥者，每旦之海上，從漚鳥游，漚鳥之至者百住而不止。其父曰：『吾聞漚鳥皆從汝游，汝取來，吾玩之。』明日之海上，漚鳥舞而不下也。故曰，至言去言，至為無為。齊智之所知，則淺矣。」。後又作「鷗鷺忘機」、「盟鷗鷺」，比喻人無機心俗念而忘身物外；北宋・陸游〈烏夜啼〉：「鏡湖溪畔秋千頃，鷗鷺共忘機。」前期，未來的時日。此句指因不知未來何時方能逸脫俗累而感悵然。

32. **瀟瀟**：風雨暴疾貌，《詩經・鄭風・風雨》：「風雨瀟瀟，雞鳴膠膠。」一說風雨聲。

鑒賞

〈有寄〉詩為現存韋齋詩稿中二首排律之一，亦是僅有的四首少作之一。排律又名臺閣體，取律詩對句加以延伸而成，排偶當在六句以上，且一韻到底。句成雙而數不定，故宜於敘事長歌，然每易流於文字堆砌，詩多為五言之作，而少有佳作。

此詩韻押上平聲四支韻，共計二十三韻。詩之佈局分三段，第一段自首句「素札殷勤寄」至「審律喜精宜」，寫收到小劍表妹之來詩的喜悅。第二段自「尚記移家住」至「渺渺會難知」，主要回憶抗戰時期，在成都與小劍表妹攜手共度的童年時光，而以勝利後的闊別與通信，作為承啟之轉折語。抗日戰爭的結束，即國共內戰的開始，而就讀北大哲學系，則是勞氏以興亡關懷為動力之哲學生命的起點。此詩之第三段自「甘苦頻嘗後」至「瀟瀟雨萬絲」，即落在初入哲學之門的勞氏，對小劍表妹傾訴成都別後的生命感受與省思；而以救亡圖存的民族歷史、未艾方興的國共內戰之大時代，以及個人隨嚴親輾轉遷徙之人生際遇為背景；終結以傷離之意，呼應南北郵書之實。

體味全詩情意，但感肺腑無隔，卻又不流於狎膩；寫童年親愛相隨則溫馨可感，寫少年闊別離思與感時懷憂，則幽深而低迴。全詩結構鋪排井然，各聯節奏與對句形式，亦能變化多端而不呆板。且用典豐贍，事典與語典、古典與今典，錯落有致；唯「業障終糾繫，因緣任愆滋」一聯造語冷智，與通篇抒情語言基調稍有不諧。然整體而言，此詩善盡排律之長，而迴避其短，可謂「洵美且異」！

小劍，一個既剛健又如詩的名字，一個氣味與眾不同又有稟賦的女孩子，她是勞氏的表妹，小時候和勞氏同住成都。

一日，勞氏之母親倚窗與姨母談天。這時，陽光灑落在一群嬉戲小孩的身上，於是勞氏之母親對姨母說：「妳看小劍像不像朵芙蓉？」勞氏的姊姊則說：「小劍像不像芙蓉我不知道，但是弟弟倒是像極了竹竿。」

青梅竹馬的童稚情趣，似乎比不上癡情男女的愛戀深情。然而，往事終究是無法磨滅的圖景，誰能不為這深刻而執著的至情動容？

從「芙蕖明灼灼，孤竹瘦離離」意象的美感效果中，渲染出一片如唐詩「文麗而思密，溫醇爾雅」之特性，同時也醞釀著一種似宋詩「如紗如葛，輕疏鮮朗」的風格。而更重要的是，芙蕖的雅韻與孤竹的尚節，不啻是一種人格的展現！

勞氏離家到北京唸書，收到表妹「殷勤」的問候，故而「驚開病睫垂」──即使猶在病中，仍是欣喜不已。

「接席隨」、「細珍護」、「共安危」、「伴讀」、「聽歌」、「煮雪」、「彈棋」、「小睡常依臂」、「輕嗔代拂眉」、「量情真撫妹」、「問字假為師」……種種情狀，無一不是眷戀與懷想的呢喃，舊時情景，歷歷在目；親愛深憐之情，溢於言表。

然而離歌輕起，時光匆匆；南北相隔，千里懷人；終究希望有見面一天。只是，又怎會知道這「渺渺會難知」竟成讖語……

徘徊俯仰的思索、美食當前而不食其味、倚枕神昏而形神清減，種種異鄉獨處的孤寂形象，都指向一個單純卻又濃烈的情感牽繫。

閱讀勞氏的〈有寄〉，走入其深沉的心理狀態，彷若在過去與現實的疊影定格裡，裁剪毫無止盡的憂傷，一個虛弱而淒涼的身影，讓人心酸，又教人心痛！

研讀勞氏之詩，固然可進入其認知的境界，並藉此貼近其哲學生命及哲學思想；另一方面，更有著涵泳其情意主體之可能。

這首〈有寄〉，是勞氏少有之情意詩，更顯彌足珍貴。「意悲而思遠」，神傷的情狀，收攝的不僅是勞氏所欲表達「青梅竹馬」之關係所透顯出來的純真情致，更是收攝所有閱讀者痛徹心扉的情緒！

丁亥冬，瑗姊將隨伏生姊丈歸江南，仿陳思贈白馬王體送別　陳旻志述解

今夏姊結褵，我曾貽[1]短句。謂今女有家，旦夕將遠去。燕臺[2]返征輪，匆匆成小聚。雖無聯榻歡，出入常相遇。姑衰[3]屢促歸，再留知不易。十月朔風寒，蕭然動離緒。啣杯賦祖歌，愁絕關山路。關山正風雪，姊去不可留。塞雲望江樹，萬里何悠悠。道路阻狼烟，保身宜善謀。同懷有傲弟，高堂皆白頭。眠食自調慎，勿貽遠人憂。夫婿本多才，亂國堪展籌。殷勤好相護，達志薄[4]王侯。抱此區區意，企望長凝眸。凝眸忽有淚，淚濕錦雲箋[5]。沉吟不能語，憂思動四弦。姊性素明健[6]，姊才不讓先。宜家[7]應

有術，豈待人稱賢。我生多舛厄[8]，文園病苦纏。[9]鏡影日嶙峋[10]，方寸[11]如瘠田。漸無揮洒筆，自笑尤自憐。聽彼蟋蟀吟，局促[12]傷我年。我年已逾冠，姊年長我三。同枝無兄在，雖女視如男。垂髫[13]學吟詠，把卷[14]肆清談。興亡每抒論，禪理常戲參。比年[15]忽寡語，意氣求深涵。毋責須自勵，文物[16]盛江南。江南蔚靈秀，茁生丹橘枝。經冬猶能綠，高節傲松姿。大父[17]資政公，遺言易簀[18]時。家風勿輕墮，墮則非吾兒。諸伯與父母，卅年凜自持。翳[19]姊慣疏放，未甘鞍轡[20]羈[21]。小德容出入，大節慎辨思。姊年固我長，庭訓[22]同聞知。所以絮絮[23]言，意豈為冗詞[24]。我抱膏肓[25]疾，姊歸無定期。歸期豈曰無？離情自悽惻[26]。玄霜裂草木，爐火黯無色。悢悢[27]欲語遲，舉頭日影仄。凍雀聲啞啞，予懷惄[28]焉結。膏車已候門，千金爭一刻。願祝行者安，強笑聲先咽。姑學達人言，浮生本蓬葉[29]。池塘夢可通，[30]勿苦山川隔。

題解

此詩作於丁亥年（1947），勞氏二十歲。仿陳思贈白馬王體，乃為頂真轆轤體。此詩第一首押去聲六御七遇韻，古二韻通押，第二首押下平聲十一尤韻，第三首押下平聲一先韻，第四首押下平聲十三覃韻。第五首押上平聲四支韻，第六首押入聲十三職韻。

再者所謂「陳思贈白馬王體」，乃典出三國魏曹植封陳王，卒諡思，故稱。白馬王，三國魏曹彪的封號，字朱虎，曹植異母弟。贈白馬王體，乃為一種律詩用韻的方法，亦名轆轤體。意指律詩中第二、第四句如果用甲韻，則第六、第八兩句須用與甲韻相通的乙韻。如先用七虞韻，則後可用六魚韻。因其用韻雙出雙入，此起彼落，有似轆轤，故稱之。

註釋

1. **貽**：贈給，遺留。

2. **燕臺**：地名，燕昭王所築的黃金臺，此處乃指由北京返回東北瀋陽的旅程。
3. **姑衰**：乃指翁姑（婆婆）體衰年長，且居鎮江。
4. **薄**：鄙視。
5. **錦雲箋**：美麗而鮮明的信紙。
6. **明健**：形容人生理、心理情況良好。
7. **宜家**：和順其家庭，語本《詩經．周南．桃夭》：「之子于歸，宜其室家。」今多用為女子出嫁時的祝賀語。
8. **舛厄**：不順利、困厄。
9. **文園病苦纏**：文園，漢朝司馬相如拜為孝文園令，後人遂以文園指司馬相如。事見《漢書．司馬相如傳下》。病苦纏，相如病渴，指司馬相如患有消渴疾（糖尿病），見《史記．司馬相如傳》，此處乃指自己像司馬相如，深受疾病所苦的樣子。
10. **嶙峋**：嶙ㄌㄧㄣˊ（shun2）峋ㄒㄩㄣˊ（shun 2），形容人清瘦見骨的樣子。
11. **方寸**：心緒、思緒。
12. **局促**：短促。《北史．夏侯道遷傳》：「人生局促，何殊朝露，坐上相看，先後間耳。」
13. **垂髫**：古時童子不束髮，故稱童子為垂髫。
14. **把卷**：拿著書。
15. **比年**：近年。
16. **文物**：禮樂典章。《左傳．桓公二年》：「文物以紀之，聲明以發之。」
17. **大父**：祖父。
18. **易簀**：簀，竹席。易簀，換竹席。典出《禮記．檀弓上》乃指曾子臨終時，因席褥為季孫所賜，自己未嘗為大夫，而使用大夫所用的席褥，不合禮制，所以命人換席，舉扶更換後，反席未安而死。後遂比喻人之將死。
19. **翳**：本指眼疾，此處乃為虛詞，嘆息之意。
20. **鞍轡**：指韁繩與套在牲口嘴中的銜勒。

21. **羈**：拘束、牽絆。
22. **庭訓**：父親的教誨。
23. **絮絮**：說話煩瑣不止，亦作絮叨。
24. **冗詞**：詩文中繁贅多餘的語句。
25. **膏肓**：心臟與橫膈膜之間的部分，舊說以為是藥效無法達到的地方，引申為病症已達難治的階段。
26. **悽惻**：悲傷。
27. **悢悢**：ㄌㄧㄤˋ ㄌㄧㄤˋ（liang4），惆悵、眷念。
28. 惄：ㄋㄧˋ（ni 4）憂思。《詩經・小雅・小弁》：「我心憂傷，惄焉如擣。」
29. **蓬葉**：隨風飄轉紛飛的蓬草。比喻人的漂泊不定。
30. **池塘夢可通**：乃指兄弟之情。典出南朝宋・謝靈運〈登池上樓〉：「池塘生春草，園柳變鳴禽，祁祁傷豳歌，萋萋感楚吟。」

鑒賞

本詩以古風體例，述寫姊弟之間雋永的情誼。不僅作為其姊出閣前後的心跡寫照，更能體現詩禮傳家的難能可貴。其姊自少即為才女英傑，早歲賦詩，全無閨閣脂粉習氣，二十歲時在四川期間，即以英文創作小說，投稿國外發表。平素更為勞氏並肩論道、切磋詩藝的最佳師友。姊弟多年的情誼，在其姊將由東北下嫁江南的此刻，對於勞氏而言，誠為咫尺天涯的況味。

十月朔風，蕭然離緒的氛圍，更將離別的意緒，拓寬為天地寂寥的景深。也因此塞雲遙望江樹，萬里如何悠悠？寄望其姊締結良緣，勿為家中境況牽掛煩憂。更何況姊夫少壯英明，時任職中央警官學校，對於國事究心奔走，應有可觀願景，得以與姊相得意彰，稍可寬慰兩地相思之愁緒。

詩中「同懷有傲弟，高堂皆白頭」一句，乃自嘲家中已有一個難搞的老弟了，希望吾姊在夫家應該好好表現，勿再增加家中兩老父母的煩憂。同時「凝眸忽有淚，淚濕錦雲箋」一句最具召喚效應，映襯其姊與勞氏之間蘊藉而深厚的情感；雖自比司馬相如同為衰病之感慨，實為入木三分的目擊神傷，沈吟不已。

「我年已逾冠，姊年長我三……母責須自勵，文物盛江南」一段回顧昔日姊弟傳習精進的寫照，其姊性素明健，早為人稱道。詩中寫到其姊兒時「興亡每抒論，禪理常戲參」，然而隨著年歲增長，其姊性情亦轉為成熟穩重，深涵寡言。出閣前後母親亦格外叮嚀，期許她能與鼎盛的江南夫家相得益彰。

「江南蔚靈秀，茁生丹橘枝……我抱膏肓疾，姊歸無定期」一段則將語氣上揚，直言其姊個性上，任性使氣的特質以及盲點，生動的將姊弟之間，長年的知己與默契，和盤托出。特別是祖父於辛亥革命前去世，對於家規遺言之重視，從容交待後人勿壞家風。也因此他格外擔心其姊如何在夫家延續家徽，以及當時偏向共產黨的政治傾向。再加上自已近來體檢，又有心臟病的困擾；顯然未來兩人難得再聚，遂以不厭其煩的提點作為叮嚀，體貼之意躍然紙上。

「歸期豈曰無？離情自悽惻……池塘夢可通，勿苦山川隔」一段乃有感於韶光之無情，就連其姊行將再度離別的影像，都倍顯慘舒。縱使熟稔於人生聚散哲理的必然，卻又無法超然事外，舉目愁懷糾結的況味之下，遂以此詩筆將情境延展，見證姊弟兩人思念的歷久彌新。

己酉（一九六九年　四十二歲）

詠紐約聯合國大廈，殘餘腹聯　王隆升述解

○○○○○○◎，○○○○○○◎。○○○○○○○，○○○○○○◎。
鑄像意深揮玉斧[1]，彈棋[2]劫[3]老幻金湯[4]。○○○○○○○，○○○○○○◎。

題解

此詩作於己酉年（1969），勞氏四十二歲。此詩題詠聯合國大廈，藉由蘇聯贈送雕像一事書感。時勞氏自美國西岸到東岸，至紐約聯合國大廈前，見蘇聯贈予的鑄像有鐮刀斧頭，其模樣有威脅式之味道——即是有赫魯雪夫「埋葬」資本主義之味道，故而有作，唯僅存腹聯。

註釋

1. **鑄像意深揮玉斧**：在紐約聯合國大廈前，有一座蘇聯送的，具有鐮刀意象的雕像。蘇聯國旗上除了鑲黃邊的紅星之外，另一圖案是鐵鎚與鐮刀，代表勞工與農民。可見蘇聯即使是贈送聯合國之雕像，亦充滿意識形態。
2. **彈棋**：彈棋是自漢以來之活動，用手指彈棋子打擊對方，將敵子打落棋盤為勝。南朝宋．劉義慶《世說新語．巧藝》：「彈棋始自魏宮內，……文帝於此戲特妙，用手巾角拂之，無不中。」杜、韓、柳等人都有參與彈棋之記載，柳宗元還曾寫下〈序棋〉一文。據漢蔡邕、魏曹丕、唐盧諭等人的〈彈棋賦〉及《古今圖書集成》中的〈彈棋經〉載：「豐腹斂邊，中隱四企。」、「豐腹上圓，頯根下矩。」棋盤下面為方，象徵土地，中間圓起，四角高聳，合起象徵五岳。因此，一個棋

盤，代表整個天下。因此，「彈棋」雖具遊戲性質，卻有士人應具天下觀胸襟與格局的意義。

3. **劫**：圍棋之名詞。圍棋中「劫」之意指的是黑棋提掉白子後，輪到白下又在同一區塊提掉黑子，如此棋形不變循環往復，棋局就無法終了，此形稱之「劫」。此處指的是美蘇兩大陣營相持不下，雙方均找不到機會功克對手，如同下棋打劫，無法打完。
4. **幻金湯**：金湯，比喻防守嚴密，無懈可擊。《後漢書・卷一・光武帝紀下・贊曰》：「金湯失險，車書共道。」「幻金湯」，看似是固若金湯，但畢竟是幻覺。此處意即是指美蘇兩方相持不下，好似一時無事，因而有虛幻的安全感。

附錄二　輓聯

壬寅（一九六二年　三十五歲）

輓胡適之先生　劉浩洋述解

一語繫興亡[1]，早八方冠蓋[2]競隨夷甫[3]前車，依然踽踽[4]人中，肯以大名投世網[5]。
百年[6]論風節，念四座虎狼[7]難犯德明東壁[8]，如此滔滔天下[9]，莫從細務[10]議清流。

題解

胡適之，即胡適（1891～1960），中國著名學者。原名嗣穈，學名洪騂，字希疆，後改名適，字適之，筆名天風、藏暉等。安徽績溪人。早年受學於美國哲學家約翰．杜威（John Dewey，1859～1952），獲哥倫比亞大學哲學博士學位。胡適提倡文學革命，為「新文化運動」的領袖之一，又宣揚民主、科學，成為中國自由主義的先驅。歷任北京大學教授、北京大學文學院院長、中華民國駐美利堅合眾國特命全權大使、美國國會圖書館東方部名譽顧問、北京大學校長、中央研究院院士、普林斯頓大學教授、中央研究院院長等職。

西元一九六二年二月二十四日，胡適病逝。勞氏身為胡適任教於北大時的學生，深受其自由主義精神的號召，因作此聯敬悼之。

註釋

1. **一語繫興亡**：指胡適「和比戰難」的名言。西元一九四九年初，國共徐蚌會戰結束，以蔣中正黃埔軍系為主的國民革命軍損耗殆盡，桂系將領李宗仁、白崇禧乘隙爭權，力主國共和談，逼迫蔣氏下野；時胡適睽諸情勢，提出「和比戰難」的見地，未幾和議果然破裂，中共揮軍渡江，進佔全中國。此一真知灼見，胡適曾言：「『和比戰難』這個名詞，將在未來戰史上會留下好幾頁的記錄。」

2. **冠蓋**：本指官吏的帽冠和車駕的頂蓋，後借稱達官顯要。東漢・班固〈西都賦〉：「紱冕所興，冠蓋如雲，七相五公。」
3. **競隨夷甫前車**：夷甫，即王衍，字夷甫，西晉人，仕至太尉，聲名藉甚，傾動當世。《晉書・王衍傳》：「累居顯職，後進之士，莫不景慕放效。選舉登朝，皆以為稱首。」昔老、中、青三代自由主義人士，欲合組「自由主義聯盟」抗衡國民黨專政，並敦請胡適主持其事，故勞氏乃有此喻。
4. **踽踽**：孤單行走的樣子。《詩經・唐風・杕杜》：「獨行踽踽，豈無他人？不如我同父。」踽，音ㄐㄩˇ（ju3）。昔胡適以堅持理念未必須組黨為由，婉拒主持「自由主義聯盟」，故勞氏乃有此評。
5. **世網**：猶言「塵網」，喻人浮於世，如陷網中，難得自由。東晉・陶淵明〈歸園田居詩〉之一：「誤落塵網中，一去三十年。」
6. **百年**：年壽的極限，喻身故之後。東晉・王嘉《拾遺記》卷九：「吾百年之後，當指白日，以汝為殉。」
7. **四座虎狼**：指壓迫自由主義人士的臺灣蔣氏政權。
8. **德明東壁**：用唐人陸德明堅守氣節、不附權貴的故實。《舊唐書・陸德明傳》：「王世充僭號，封其子為漢王，署德明為師，就其家，將行束脩之禮。德明恥之，因服巴豆散，臥東壁下。王世充子入，跪床前，對之遺痢，竟不與語。遂移病於成皋，杜絕人事。」時蔣中正為籠絡清議，曾指示其子蔣經國禮敬胡適為師，胡適託病不見，形同拒絕，故勞氏乃有此喻。
9. **滔滔天下**：形容世局混亂。《論語・微子》：「滔滔者天下皆是也，而誰以易之？」
10. **細務**：瑣碎的小事，此指立身行事上無需苛察的小節。《宋史・陳桷傳》：「時言事者率毛舉細務，略大利害。」

鑒賞

勞氏此聯推重胡適的識見、風骨與淑世的襟懷，並期望後人論定先賢時，應從大處著眼，不可泥小節而掩大德。

上聯首句以「一語繫興亡」盛稱胡適「和比戰難」的名言，一方面肯定胡適識見卓越，一方面也總括上聯對胡適淑世襟懷的肯定。以下三句敘述胡適向為中國自由主義先驅，在知識界享有極大影響力，但胡適從未邀名爭權，甚至婉拒以組黨方式涉足政治，他一貫稟持知識分子對真理與正義的堅持，在家國危亡之秋不計毀譽地貢獻一己之力。例如：胡適在對日抗戰期間曾出任駐美特命大使，成功爭取美國對中國的支持；政府遷臺後，又主持中央研究院，在蔣氏威權體制下為自由主義堅守方寸淨土。凡此，皆足徵其「肯以大名投世網」的淑世襟懷。

下聯以「百年論風節」評價胡適一生，強調應就風骨節操作為蓋棺論定的標準，並引出下聯對胡適大德不踰閑的由衷肯定。勞氏以唐人陸德明為喻，指出當日蔣氏政權每每軟硬兼施以籠絡清議，但胡適始終不為所惑，由此可見其人格之崇高。在勞氏眼中，恩師胡適於大節上有為有守，唯世俗人情則未必精細留心，例如胡適承擔家國重任時，部份輿論即因其活躍而橫生沽名釣譽之譏，但勞氏認為此乃恩師不避嫌忌的率性使然，況國事紛擾，有志者唯奔走之不暇，後人又何須定從「細務議清流」？

大凡今人論定前人時，總缺乏同情了解，或將古事看得極易，或將古人看得極愚，責人以嚴，頌己以智，故勞氏此聯乃強調大處著眼，觀懷抱而知志氣之廣，論風節而識人品之高，此聯所述，允為定評。

戊申（一九六八年　四十一歲）

輓熊十力先生　劉浩洋述解

四十年睥睨[1]狂流[2]，以參天地[3]為心，老臥孤樓爭絕學[4]。
九萬里河山浩劫[5]，念壹死生[6]之義，佇看雙樹[7]發奇光。

題解

熊十力（1885～1968），中國著名學者，北京大學教授。原名繼智、升恒、定中，字子真，晚號漆園老人。湖北黃岡人。早年投身反清革命，曾參與武昌起義、護法運動，後因軍閥割據，民國紛亂，始埋首於學術研究，完成《新唯識論》，建立「新儒家」哲學，在中國近代思想上影響深遠。

西元一九六八年五月二十三日，熊十力在「文化大革命」的長期壓迫下，絕食身亡。勞氏聞訊，因作此聯哀輓之。

註釋

1. **睥睨**：音ㄅㄧˋ ㄋㄧˋ（bi4 ni4），斜眼看人，引申有傲然不群之意。
2. **狂流**：狂蕩無知的潮流或人物，此指昔日中國大陸對馬列主義的狂熱信仰。
3. **參天地**：參贊天地化育。《中庸》:「可以贊天地之化育，則可以與天地參矣。」此指熊十力以建立儒家道德形上學為其畢生職志。
4. **絕學**：即將失傳的學問。北宋・張載〈西銘〉:「為往聖繼絕學，為萬世開太平。」此指熊十力面對「新文化運動」以來一片「全盤西化」的浪潮，依舊堅持中國傳統文化並加以發揚。
5. **河山浩劫**：此指中國共產黨於西元一九六六年掀起「文化大革命」，對中華文化造成難以彌補的斲傷。
6. **壹死生**：就形上層次的體悟，打破生、死對立，將二者視為一體。

《莊子・大宗師》：「孰能以無為首，以生為脊，以死為尻，孰知死生存亡之一體者，吾與之友矣。」此指熊十力面對「文革」批鬥，仍一心掛念道德形上學的建立，將個人生死置之度外。

7. **雙樹**：指釋迦牟尼在拘尸那拉城阿利羅跋提河邊的娑羅雙樹之間證入涅槃，此隱喻熊十力援佛入儒所建立的「新儒家」哲學體系。

鑒賞

勞氏此聯肯定熊十力畢生對中國傳統文化的堅持，同時評斷其所謂「新儒家」哲學乃是援佛入儒的一家之言，不宜定位為純正的儒學思想。

上聯首句以「睥睨狂流」表明熊十力對當年橫行中國的馬列主義勢難苟同，次句再以「參天地」一語點出熊十力冀望重建儒家道德形上學的學術宏願，末句一方面以「老臥孤樓」感嘆其晚年幽居中國大陸的孤寂蒼涼，一方面則以「爭絕學」一語肯定熊十力在一片打倒國故的西化聲浪中，依舊傾其耄耋之力從事中華文化的續絕與承傳。

下聯銜接「老臥孤樓」句而觸發「河山浩劫」的喟嘆，中共掀起的那場訴諸激情與仇恨的「文化大革命」，多少人文結晶與哲人典型都不幸在這非理性的血祭中成為政治迫害下的獻牲，而熊十力既無從力挽狂瀾，只能憤志於「壹死生」的形上世界，期待此株移植於佛學思想的《新唯識論》，得為其念茲在茲的「新儒家」哲學綻放出光彩爛然的奇珍異卉。

末句「佇看雙樹發奇光」一語，勞氏採用倒反式的曲筆，藉由佛典娑羅雙樹之喻，隱指熊十力的「新儒家」哲學，不宜屬之儒學，而當歸於佛學。此種暗寓褒貶的筆法，頗收《春秋》微言之妙，堪稱一絕。

己酉（一九六九年　四十二歲）

輓殷海光先生詩序　劉浩洋述解

夫西河選守，祁奚解不避仇[1]；惠子損年，莊生歎無與語[2]。蓋明一間[3]之公私，足別怨恩於月旦[4]；笑多方之詭曲[5]，未妨品賞乎英才。矧[6]乃值正學[7]之消沉，誰能免蔽？論偏安[8]之蕭索[9]，國竟無人！鄰笛三更[10]，頓啟安仁之賦[11]；生芻一束[12]，難抒徐子之懷[13]。蘭葉紛鋤[14]，蠅聲四逼[15]，詎[16]得無招魂之曲[17]，以付諸對酒之歌[18]哉？吾於殷君福生，識面於艱難之際[19]，早疑兒說之費辭[20]；構爭於微末之言，深訝灌夫之罵座[21]。無披肝[22]相見之歡，非抵掌[23]論文之列也。然而歧途揮淚，識楊朱之苦心[24]；勁草當霜[25]，喜禰衡之孤節[26]。方舉國若狂[27]之日，見斯人獨往[28]之風，固已不執一眚[29]，共期千古[30]矣……

題解

殷海光（1919～1969），中國著名學者，臺灣大學教授。原名福生，筆名海光。湖北黃岡人。早年受哲學大師金岳霖影響，攻讀清華大學哲學研究所。曾任中央日報主筆、金陵大學講師。西元一九四九年來臺執教，並參與胡適、雷震、傅斯年等人創辦的《自由中國》雜誌，鼓吹民主，批判時政，成為臺灣自由主義的代表人物之一。未幾「雷震案」爆發，《自由中國》遭政府查禁，殷海光亦迭受當局打壓。一九六六年臺大迫於形勢，決議不予續聘，殷海光身心煎熬，翌年罹患胃癌，兩年後病逝。

殷海光為勞氏學長，唯論學不甚相得，但勞氏對其志節仍敬重有加，故驚聞噩號，百感交集，因思作輓詩並序一首，表達追念之情。後詩序因故未竟，輓詩亦未及就，然綜觀序文粗稿，則勞氏和而不同、共期千古的君子風範，實已躍然紙上。

註釋

1. **西河選守，祁奚解不避仇**：指春秋晉祁奚不計前嫌舉薦仇敵解狐的美德，事見《左傳・襄公三年》。西河，西河之地，春秋時屬晉國疆域。祁奚，晉大夫，時方卸中軍尉之職，因舉薦接任人選。解，化解仇怨。
2. **惠子損年，莊生歎無與語**：指惠子早逝，論敵莊子為之嘆惋的美事，說見《莊子・徐無鬼》。惠子，即惠施，戰國宋人，先秦名家，與莊子時相辯難。損年，短損壽命。
3. **一間**：極微小的差別。《孟子・盡心下》：「殺人之父，人亦殺其父；殺人之兄，人亦殺其兄。然則非自殺之也？一間耳。」間，音ㄐㄧㄢˋ（jian4）。
4. **月旦**：評論人物。昔東漢許邵兄弟好評論鄉里人物，每月初一更換議題，時稱「月旦評」。
5. **笑多方之詭曲**：嘲諷惠子之學尚奇好辯，扭曲真理。《莊子・天下》：「惠施多方，其書五車，其道舛駁，其言也不中。」
6. **矧**：音ㄕㄣˇ（shen3），況且。
7. **正學**：指中國傳統文化。
8. **偏安**：指西元一九四九年後，國民政府自中國大陸退守臺灣一隅。
9. **蕭索**：形容衰敗的景象。
10. **鄰笛三更**：用西晉向秀作〈思舊賦〉追念摯友嵇康、呂安故實。〈思舊賦序〉：「鄰人有吹笛者，發聲寥亮。追思曩昔游宴之好，感音而嘆，故作賦云。」
11. **頓啟安仁之賦**：用西晉潘岳（字安仁）作〈懷舊賦〉思念親舊故實，意喻勞氏心有所感，因作輓詩並序一首。
12. **生芻一束**：用東漢徐穉往弔郭林宗母喪故實。《後漢書・徐穉傳》：「及林宗有母憂，穉往弔之，置生芻一束於廬前而去。眾怪，不知其故。林宗曰：『此必南州高士徐孺子也。《詩》不云乎：「生芻一束，其人如玉。」吾無德以堪之。』」

13. **難抒徐子之懷**：殷海光辭世時，勞氏身在美國，無法親弔，故有難抒其懷之嘆。
14. **蘭葉紛鋤**：比喻堅守原則的君子紛紛遭到迫害。蘭，古代視為君子的象徵。《孔子家語．在厄》：「且芝蘭生於深林，不以無人而不芳；君子修道立德，不謂窮困而改節。」
15. **蠅聲四逼**：比喻專事構陷的小人處處喧囂亂舞。蠅，古代對於讒人的形容。《詩經．小雅．青蠅》：「營營青蠅，止於棘。讒人罔極，交亂四國。」
16. **詎**：音ㄐㄩˋ（ju4），豈。
17. **招魂之曲**：指戰國屈原的〈招魂〉。
18. **對酒之歌**：指東漢曹操的〈短歌行〉。〈短歌行〉：「對酒當歌，人生幾何？」
19. **艱難之際**：指臺灣蔣氏政權箝制人民思想、言論自由的白色恐怖時期。
20. **兒說之費辭**：指戰國宋兒說能以虛言折服齊國學者，卻無法於現實中昧於道理。兒說，音ㄋㄧˊ ㄩㄝˋ（ni2 yue4）。《韓非子．外儲說左上》：「兒說，宋人，善辯者也。持『白馬非馬也』，服齊稷下之辯者。乘白馬而過關，則顧白馬之賦。故藉之虛辭，則能勝一國；考實按名，不能謾於一人。」此意喻殷海光雖以形式邏輯見稱，但勞氏疑其所論甚淺，有華而不實之嫌。
21. **灌夫之罵座**：指西漢灌夫鯁直敢言，曾於丞相田蚡座前藉酒痛罵，因獲罪族誅，事見《史記．魏其武安侯列傳》。此意喻殷海光輕躁易怒，辭鋒往來每每聲色俱厲。
22. **披肝**：即「披肝瀝膽」，喻坦誠相待。北宋．司馬光〈體要疏〉：「雖訪問所不及，猶將披肝瀝膽，以效其區區之忠。」
23. **抵掌**：即「抵掌而談」，喻相談甚歡。西漢．劉向《戰國策．秦策一》：「見說趙王於華屋之下，抵掌而談。」抵，音ㄓˇ，拍擊。
24. **歧途揮淚，識楊朱之苦心**：比喻面對世道洶洶、前途茫茫的憂慮。《淮南子．說林訓》：「楊子見逵路而哭之，為其可以南、可以北。」
25. **勁草當霜**：堅韌的草莖不畏嚴霜兀自挺立，此喻殷海光無視政治壓迫而能堅守立場、不屈不撓。

26. **禰衡之孤節**：指東漢禰衡因鄙薄曹操為人，傲然往見，臨門大罵，事見《後漢書・禰衡傳》；後世小說據此發揮，著力刻劃禰衡因不齒曹操心懷篡逆，故睹面痛責，藉此凸顯其堅貞節操，參見明・羅貫中《三國演義》第二十三回「禰正平裸衣罵賊、吉太醫下毒遭刑」。
27. **舉國若狂**：指國家慶典引領民眾陷入狂歡。《禮記・雜記下》：「子貢觀於蜡。孔子曰：『賜也，樂乎？』對曰：『一國之人皆若狂，賜未知其樂也。』」此喻當日臺灣各界均籠罩在一片非理性的國家意識形態中。
28. **斯人獨往**：意謂殷海光具有孤身抗俗、雖千萬人吾往矣的道德風範。
29. **不執一眚**：不拘執於細微過失。《左傳・僖公三十三年》：「大夫何罪？且吾不以一眚掩大德。」眚，音ㄕㄥˇ（sheng3），過失。
30. **共期千古**：共同追求流芳萬世的風骨節操。唐・蘇頲〈夷齊四皓優劣論〉：「激清一時，流譽千古。」

鑒賞

昔殷海光與勞氏論爭，勞氏於其人遂有「名緣曲學非阿世」之評（見一九六六年〈聞殷海光解職，慨然有作〉詩），意謂殷海光於治學上難免錯謬，但人格方面則深具抗衡當道的志節。本篇大抵稟持此一觀點，給予可敬「論敵」以理性而持平的歷史評價。

本文大體分成兩部分，自開篇「西河選守」至「對酒之歌」為一段，意在藉古君子遺風比擬兩人之間相違相知、相訾相惜的微妙情誼，並對殷海光憂憤致終一事表達沉重感慨。文中引祁奚／解狐、莊生／惠子的怨恩譏賞，即是以解、惠比殷海光，而以祁、莊自況。其人之怨譏，亦猶勞氏「曲學」之諷喻；其人之恩賞，一如勞氏「非阿世」之稱許。由是公私既明，小節不可掩大德，是故「正學之消沉，誰能免蔽」，而「曲學」之譏一笑泯其恩仇；目睹「偏安之蕭索，國竟無人」，則「非阿世」之賞一語達於千古。時值蔣氏專政、白色恐怖方興未艾之際，殷海光遭政治迫害，終至落拓病故，此一生命悲劇，看在同為自由主義信徒的勞氏眼裡，自是思緒難平，因有「對酒當歌，人生幾何」之嘆，並以相映磊落的「非阿世」之心，遙祭此等抗志不群的清流人傑。

自「吾於殷君福生」以下另起一段，記述兩人相識及周旋的梗概，藉以說明交惡的原委與勞氏對殷海光別具青眼的緣由。文中以「白馬非馬」之辯比喻勞氏對殷海光的「曲學」早已存疑，未料可資公評的辯難竟換得猶如「灌夫罵座」的嚴詞攻詰，兩人自此嫌隙大構。但即使私人過節橫隔胸中，勞氏依舊理性地肯定當蔣氏政權假借反共愛國等國家意識型態鉗制人民的思想言論時，僅有少數志士如殷海光，敢於刀鋸鼎鑊間抗顏高論，提倡民主、自由與法治，其猶「楊朱泣歧」的憂世與「禰衡罵曹」的風骨，頗能展現知識分子雖千萬人吾往矣的道德典範，此正是勞氏欲以「非阿世」一語與殷海光「共期千古」的立身大節所在。

本篇詩序雖未竟稿，但就現有內容觀之，勞氏既未從俗溢美，亦未懷怨攻訐，其論定殷海光一生，貶其「曲學」，褒其「非阿世」，充分展現自由主義的理性精神與「君子和而不同」的古哲遺風，令人由衷敬佩。

乙亥（一九九五年　六十八歲）

輓牟宗三先生　陳慷玲述解

施教意殷授業，持身則氣盡狂豪；晚歲儼開宗，講席孤懷爭剝復[1]。
訂交分屬忘年，論學則誼兼師友；當時曾證道，世情多變感滄桑。

題解

作於乙亥年（1995），勞氏六十八歲之時。牟宗三先生逝世時勞氏正好病癒出院，無法參加其葬禮，故寫輓聯以致意。牟宗三（1909～1995）生於山東棲霞縣，一九三三年於北京大學哲學系畢業後，曾先後在金陵大學、浙江大學等校任教，並講授邏輯學和西方哲學等課程。一九四九年去臺灣，任教於師範大學、東海大學，講授邏輯、中國哲學等課程。一九五八年與唐君毅、徐復觀、張君勱聯名發表現代新儒學家的綱領性文章〈為中國文化敬告世界人士宣言〉。一九六〇年至香港，任教於香港大學、香港中文大學新亞書院，主講中國哲學、康德哲學等。一九七四年退休後，專任新亞研究所教授。一九七六年應臺灣教育部客座教授之聘，講學於臺灣大學哲學研究所等處。一九九五年四月病逝於臺北。

註釋

1. **剝復**：「剝」、「復」皆為易經卦名，剝為剝落之象，復為往復，有物極必反之意。

鑒賞

牟宗三先生為現代新儒家重要代表人物，上聯講牟先生一生在學術上的功業及處世態度。上聯首句「施教意殷授業」指牟先生在授業上有韓愈的獨斷氣格，把所有的學問傳授給學生。次句「持身則氣盡狂豪」指其生活態度有狂士氣質，第三句「晚歲儼開宗」指牟先生在香港講學在還沒有圈子，但到臺灣儼然形成一個宗派。第四句「講席孤懷爭剝復」，其講學主要的基本目的就是在爭文化的興衰，牟先生的新儒學是透過儒家形上學的改造，目的則是代替基督教信仰，故云「爭剝復」。

下聯敘己與牟先生的交誼。首句「訂交分屬忘年」，勞氏與牟先生差距近十八歲，故云「忘年」。次句「論學則誼兼師友」，指二人在學術上的緣份非常深厚，亦師亦友。第三句「當時曾證道」，有一段時間二人談儒學改革問題，非常投契。第四句「世情多變感滄桑」，二人後來的想法紛歧，「感滄桑」表現出對牟先生逝世的遺憾。

癸未（二〇〇三年　七十六歲）

輓伯兄貞一　陳慷玲述解

上壽[1]享清名，有群書濟世，諸子承家；念善生善死之辭，此去應無遺憾在。
少年懷夜話，慮孤志忤時，多言[2]賈禍；以不忮不求[3]為勸，向來已負受知多。

題解

作於癸未年（2003），勞氏七十六歲之時為堂兄勞貞一所寫之輓聯。

註釋

1. **上壽**：《莊子．盜跖》第二十九：「人上壽百歲」，漢．王充《論衡》卷二八〈正說〉：「上壽九十，中壽八十，下壽七十。」勞貞一享年九十餘歲，故云「上壽」。
2. **多言**：《老子．虛用第五》：「多言數窮，不如守中。」
3. **不忮不求**：《詩經．邶風．雄雉》：「不忮不求，何用不臧？」

鑒賞

勞貞一先生為史學家，曾任中研院院士。上聯敘述勞貞一先生此世之成就圓滿。首句「上壽享清名」指堂兄活到九十餘歲。勞貞一一生逍遙自在，無可議之處，故云「清名」。次句「有群書濟世」指其史學方面的著作，「諸子承家」指堂兄育有三子一女，分別攻讀名校的物理、史學等科系。「念善生善死之辭，此去應無遺憾在」，做一個學人有一定貢獻，在世俗上已沒有遺憾。

下聯敘自己與伯兄少年夜話的往事，「慮孤志忤時，多言賈禍」

堂兄怕自己個性太耿直，不肯遷就世俗。「以不忮不求為勸」，勞氏年輕時極具批判精神，故堂兄以不與人爭的道家精神殷殷勸勉，「向來已負受知多」充滿感激之情，雖然堂兄關心我，但我依然不能照著他的話做，故出一「負」字。

附錄三　詞

戊戌（一九五八年　三十一歲）

烏夜啼　兒時居故都，庭中玉蘭經雨零落，輒親拾之，不忍見其委泥沙也。戊戌流寓香島，忽於友人處見玉蘭滿枝，感而譜此。　王隆升述解

閒庭曲檻[1]流霞[2]，舊時家[3]，記得雨中親拾玉蘭花。紅羊劫[4]，青衫客[5]，負[6]瓊葩[7]，一樣可憐[8]顏色[9]在天涯。

題解

此詞作於戊戌年（1958），勞氏三十一歲。勞氏於香港友人徐訏家，見玉蘭滿枝，因思故園零落玉蘭，今昔對比，牽引出滄桑之感，故有此作。

徐訏（訏音ㄒㄩ xu1）（1908～1980），浙江慈谿人，原名徐傳琮，字伯訏，筆名徐訏、東方既白，北京大學哲學系畢業，留學巴黎大學，後因抗日戰爭回上海。太平洋戰爭，至重慶，擔任中央大學教授，三十二年因在掃蕩報連載抗日小說《風蕭蕭》，聲名大噪。三十九年起，定居香港。曾任香港浸會學院中國語文系系主任，並先後任教於新加坡南洋大學及香港中文大學。創作戲劇、小說，亦有翻譯、評論及新詩。正中書局曾出版《徐訏全集》。

註釋

1. **曲檻**：檻，音ㄐㄧㄢˋ。曲折的欄杆。
2. **流霞**：紛散的雲霞。《舊唐書》卷七十四〈劉洎傳〉：「摛玉字於仙札，則流霞成彩。」亦指一種仙酒。唐．孟浩然〈宴梅道士山房〉：

「童顏若可駐，何惜醉流霞。」此處當指第一義。

3. **舊時家**：昔日故居。唐・劉禹錫〈烏衣巷〉：「舊時王謝堂前燕，飛入尋常百姓家。」
4. **紅羊劫**：指傳統八卦運數中的紅羊劫。最早提出紅羊說法，為南宋理宗年間柴望所著《丙丁龜鑑》。其中指出「丙午丁未者有一，其年皆值中國有浩劫戰亂之年。」亦即在每一甲子的六十年中，凡是逢丙午、丁未之年，社會上就會發生大的動亂及災禍。據其統計，自秦昭襄王五十二年丙午年（西元前255），至五代漢天福十二年丁未年（947年），其中共一千二百六十年，經過二十一次丙午、丁未之年，均發生了動亂不安或天災人禍。後人以丙丁屬火，於色為赤，未為羊，故稱「紅羊劫」，而午為馬，亦作「赤馬」，並引申其義，以紅羊隱喻國難。紅羊浩劫，指會有兵燹之災。此處應指中共蹂躪大陸。
5. **青衫客**：青衫，青色的衣服。多為低階的官服或卑賤者的衣服。亦指便服。唐・白居易〈琵琶行〉：「座中泣下誰最多？江州司馬青衫濕。」先生自謂青衫客，感今傷昔，頗有白居易天涯淪落之感。
6. **負**：背棄、違背之意。如：辜負。唐・李白〈白頭吟〉：「古來得意不相負，祇今惟見青陵臺。」
7. **瓊葩**：色澤如玉的花。唐・劉禹錫〈遊桃源一百韻〉：「青囊既深味，瓊葩亦屢摘。」
8. **可憐**：惹人喜愛卻又令人憐憫、惋惜之意。
9. **顏色**：色彩與姿色。

鑒賞

花褪殘顏，連接的是兩個世界——一個是當下的，玉蘭滿枝的真實世界、一個是遙遠的曾經，玉蘭委泥的悲傷神態。昔日的雨中拾花，也許只是基於年少所擁有的「不忍」之情，而今流離人生中，乍見滿枝玉蘭，惹起平生往事，不禁感懷。

韓偓〈惜花〉詩云：「皺白離情高處切，膩香愁態靜中深。眼隨片片沿流去，恨滿枝枝被雨淋。總得苔遮猶慰意，若教泥污更傷心。

臨軒一醆悲春酒，明日池塘是綠陰。」藉由落花之飄零，感嘆生命來自於外在摧折的遺憾。而此闋詞，除了表現玉蘭生命的悲劇之外，又訴說著什麼？「澗戶寂無人，紛紛開且落。」花開花落，本是天經地義的，然而「經雨」而「零落」代表著無情的侵襲，在「自然」的意義中增添許多傷感的訊息；即使是如此，「安息」而不奢侈的渴求，總該是落花走向生命終極的方式吧！

只是，這樣的慰藉，無法達成，玉蘭承受著更痛苦的沉淪，為污泥所包圍！被雨打落、被泥污染，是玉蘭無法抉擇的，在生命消逝的同時，一種更加重的無奈與悲傷，歷歷在目。於是，我們可以知道：「流寓香島」不僅僅是一種現實的境遇、情感的抒發，更是飽含著對於外力剝奪的深沉嘆息。

青衫之客，遭遇浩劫，縱有滿滿豪情，也只能徒呼負負，「一樣可憐顏色在天涯」既是玉蘭之命運，亦是流離遊子的淪落之感。

臨江仙　紀懷　王隆升述解

明鏡[1]鬢眉[2]啣石願[3]，浮生[4]長物[5]無多。華燈玉管[6]浪[7]銷磨。文章聊[8]復爾，興廢竟如何[9]？恁[10]是非情非恨際，依然牽惹絲蘿[11]。誰參[12]密意[13]病維摩[14]？可憐千萬劫[15]，弱水[16]自成波。

題解

此詞作於戊戌年（1958），勞氏三十一歲。此詞以紀懷為題，抒發壯年意氣消磨之傷感，表現對現實境遇之慨歎。

註釋

1. **明鏡**：清明的鏡子，《淮南子・俶真》：「莫窺形於生鐵，而窺形於明鏡者，以睹其易也。」亦可比喻見解清晰，《南史》卷七十六〈隱逸傳下・陶弘景傳〉：「弘景為人員通謙謹，出處冥會，心如明鏡，遇物便了。」又可形容人的明曉。
2. **鬢眉**：比喻成年男子。明・凌濛初《紅拂記》第四齣：「枉鬚眉不識人，卻被俺女娘們笑破口。」明鏡鬢眉，意指先生自己的樣子。

3. **啣石願**：黃帝幼女溺死東海，化為精衛鳥，銜木石以填東海。《山海經・北山經》云：「炎帝之少女名曰女娃，女娃游於東海，溺而不返，故為精衛，常銜西山之木石，以堙於東海。」此處指先生懷藏在心中，年少擁抱的崇高理想。
4. **浮生**：即是人生。語本《莊子・刻意》：「其生若浮，其死若休。」又唐・李白〈春夜宴從弟桃李園序〉：「而浮生若夢，為歡幾何？」
5. **長物**：多餘的東西。《晉書》卷八十四〈王恭傳〉：「恭曰：『吾平生無長物。』其簡率如此。」
6. **華燈玉管**：華燈指華麗之燈光，玉管指玉製的管樂器。此處指影劇界而言。
7. **浪**：此處為副詞，指輕率、隨意。唐・張籍〈贈王祕書詩〉：「不曾浪出謁公侯，唯向花間水畔遊。」
8. **聊**：姑且、暫且。宋・范成大〈四時田園雜興詩六十首之三十五〉：「無力買田聊種水，近來湖面亦收租。」
9. **如何**：無可奈何、怎麼辦。《詩經・秦風・晨風》：「如何如何，忘我實多。」
10. **恁**：音ㄖㄣˋ（ren4），如此、這樣。宋・歐陽修〈玉樓春〉（酒美春濃花世界）：「已去少年無計奈，且願芳心長恁在。」
11. **絲蘿**：兔絲和女蘿。語本《文選・古詩十九首・冉冉孤生竹》：「與君為新婦，兔絲附女蘿。」常用以比喻締結連理。
12. **參**：研究。如：參禪、參透。
13. **密意**：指身、口、意「三密」之一，亦是密宗「三密」中最主要的一環。因身體的內密與音聲的妙密，均憑藉意念發揮作用。在佛學之宗派修法，多以清靜其意，空了意念的妄想為主旨。
14. **病維摩**：《維摩經》云：「維摩詰言：『從癡有愛，則我病生；以一切眾生病，是故我病；若一切眾生得不病者，則我病滅。』」維摩經為大乘經典之一。經中維摩詰示現生病，以引來佛弟子和菩薩的探望，在病榻之前透過幽默、精采的辯論，批評當時流行的各種佛教思想。

再配合不可思議的神通，表達中觀思想，是中國和印度流行的佛教經典。維摩詰經之主角為維摩詰，意為淨名、無垢稱。

15. **劫**：梵語音譯「劫波」（kalpa）的略稱。一個極為長久的時間單位。佛教以世界經歷若干萬年即毀滅一次，再重新開始為一劫。劫亦指災難、災禍。《聊齋志異・卷一・嬌娜》：「今有雷霆之劫。」

16. **弱水**：傳說中仙境的河流。弱水三千，比喻險惡難渡的河海。《西遊記》第八回：「師徒二人正走間，忽然見弱水三千，乃是流沙河界。」

鑒賞

詞作以「銷磨」為詞眼，以「興廢」為中心，將年少「明鏡鬢眉啣石願」的堅定與昂揚與經歷「可憐千萬劫，弱水自成波」的嘆息對比，表現心境的變化。

詞作開頭言「明鏡鬢眉啣石願，浮生長物無多。」「明鏡鬢眉」，指勞氏自己的樣子；「啣石願」，則指勞氏懷藏在心中，年少擁抱的崇高理想。言勞氏攬鏡自照，感慨甚深，自覺許多東西都已失去，唯有自己的模樣及志氣猶在。

身為一個文化人，勞氏清楚地知道自己所懷抱的文化意識為何，故而以「明鏡鬢眉啣石願」表達文化關懷的豪氣，並且用「浮生長物無多」彰顯初心、唯一的文化理想。

只是，這樣的期待與責任，在大時代的變化衝突中，竟是孤木難撐大局，雖說「華燈玉管浪銷磨」是謙詞，卻也是一種面對現實遭際最深切而直接的感受。

華燈玉管，指影劇界而言。勞氏早年曾擔任香港文化工作協會書記，且曾受邀擔任影劇界之顧問。雖然初始目的，是希望藉由其研理富學來加強導演或演藝圈之文化氣質，然而，對於一個知識份子，本應在學術界開展其文化生命，卻必須書寫「雖屬善盡職責，卻是無關大局變化」的文章，無法在時代具有危機之時開展懷抱、承擔使命，是有深深遺憾的。故而言「文章聊復爾，興廢竟如何。」

下半闋以「恁是非情非恨際，依然牽惹絲蘿。」為起，實是勞氏在華燈藝界「銷磨」志氣的感慨。演藝世界的應對，自是人際關係中沒有意義卻又必須面對之事，如果只是因為與影劇圈人的形式應酬，而被誤以為一個文化心靈在通俗流行的五光十色中迷失自己，內心是否也會充滿無奈？

末了以「誰參密意病維摩，可憐千萬劫，弱水自成波。」為結，頗有深深感慨，生活中的面向與真正的心情，旁人是無法體會的。無緣大慈，同體大悲，勞氏以維摩詰自比，因此眾生有病，猶如己亦有病。然而眾人不解其的文化心靈，因而「誰參密意」就是文化人失落感的慨歎。

興廢是什麼？情恨又是什麼？生命自有盛衰，面對事局，無法拯救與改變的時候，是否該選擇隱逸的瀟灑或迴避的逃離？或者，依然讓受傷的文化心靈，對於變質的社會擁有不變的關懷？

「浪」、「聊」、「牽惹」、「病」、「可憐」實是負面心緒持續的表徵。何以如此？當是無法忘情吟歌的文化心靈對於困頓世間的深深嘆息吧！

乙巳（一九六五年　三十八歲）

乙巳除夕，夜宴於伯謙先生私宅，賦此乞正，調寄賀新郎　王隆升述解

車馬芳洲道。又喧闐[1]、千家爆竹，共迎春早。我已中年翁七十，相顧樽前一笑，負多少縱橫懷抱。北望中原南望海，漫紛綸[2]棋局何時了？誰竟免，此鄉老？佳辰歡趣頻年少。最嗟予、詩腸多澀[3]，酒腸偏小。講舌徒為從眾語，愧絕囊中舊稿，且相伴今宵醉倒。盧雉一呼[4]行樂耳，看青陽[5]破夜邊城曉。雲樹外，起啼鳥。

題解

此詞作於乙巳年（1965），勞氏三十八歲。勞氏赴李璜先生家，參與除夕夜宴，抒發對世局變化之憂，然亦呼盧行樂，頗似歡娛，實則樂中寄傷，感慨無限。伯謙即李璜。曾就讀成都英法文官學堂，上海震旦學院畢業，與曾琦、左舜生同學，一九一八年「少年中國學會」入會，留學巴黎大學，一九二三年十二月二日於巴黎與曾琦、何魯之、張子柱等人成立中國青年黨。賦此乞正，即希望對方能給予指正意。

註釋

1. **闐**：ㄊㄧㄢˊ（tian2），充塞、充滿。《史記》卷一二〇〈鄭當時傳〉：「始翟公為廷尉，賓客闐門。」
2. **紛綸**：紛亂。唐・杜甫〈麗人行〉：「犀箸厭飫久未下，鑾刀縷切空紛綸。」
3. **澀**：說話遲鈍而不流利。南朝宋・劉義慶《世說新語・輕詆》：「王右軍少時甚澀訥。」

4. **盧雉一呼**：古代用五木骰賭博，一面黑色，上刻牛犢；一面白色，上刻雉雞。盧、雉皆為骰子的花色名，一擲五骰若皆全黑，為最大，稱為「盧」；四黑一白，次之，稱為「雉」。盧雉一呼即是呼盧喝雉，形容賭博時的呼聲，亦指賭博。《野叟曝言》第十五回：「自從嗣了進門，喪事一毫不管，終日呼盧喝雉。」
5. **青陽**：春天。《文選・潘岳・射雉賦》：「於時青陽告謝，朱明肇授。」

鑒 賞

千家散竹，早春來臨，一個懷抱意氣的壯年之士與年屆七十的老翁進行一場忘年樽酒之約，互吐襟懷。

有志節的知識份子，即使是面臨困境，也會求取精神的安頓。流離的時代，許多人猶如征鴻一般，即使想要安身落土、偶留指爪，都是一件難事。當「縱橫懷抱」難以實現，「北望中原南望海，漫紛綸棋局何時了。」對於大陸與臺灣的世局慨歎，也就激盪不已。「誰竟免，此鄉老？」的苦悶傾吐，亦是心靈情緒的投影。

「詩腸多澀，酒腸偏小。」固然是客氣之語，卻也是一種寫實。「講舌徒為從眾語，愧絕囊中舊稿。」時中文大學猶待成設，學術風氣尚未建立，勞氏於崇基開課，講授基本學問，故而自謙未能將自己真正的學問與關懷授與學生，總是有些許遺憾。故而「相伴今宵醉倒」不是真正的歡笑，而是在醉飲中相互慰藉。

盧雉一呼之行樂，是人間偶一為之的熱鬧遊戲，算不得真正的歡悅與希望，唯有「青陽破夜」，邊城春曉，才是黑暗之後帶來的黎明。因而「雲樹外，起啼鳥。」的聲響，意味著展開新春的契機。

在或笑或傷的豐繁詩意裡，隱約透顯著勞氏孤絕感與蕭索的氣味，只是，一種昂揚的生命氣質，在開陽黎明中，猶然獨立。

壬申前後（一九九二年　六十五歲）

浣溪沙　王隆升述解

又積征塵[1]上客襟，相逢翻[2]覺別痕深，青萍[3]雪絮總浮沈。夜氣[4]正催秋似酒[5]，天涯會見[6]綠成陰，不須龜筮[7]費搜尋。

題解

此詞約作於壬申年（1992）前後，勞氏約為六十五歲之時。此詞詞意甚具歧義性。馮耀明以為此詞具有離騷傳統與時代感，全篇就政治而言，有興亡治亂之感；蔡美麗則認為此詞言綠葉成蔭子滿枝，通篇寫女子。

註釋

1. **征塵**：車馬行走所揚起的塵土。唐．王勃〈別人詩〉四首之一：「自然堪下淚，誰忍望征塵。」
2. **翻**：反而。唐．司空曙〈雲陽館與韓紳宿別〉詩：「乍見翻疑夢，相悲各問年。」
3. **青萍**：植物名。浮萍科青萍屬，浮水小草本。葉狀體呈扁平倒卵形，表裡皆綠色，無柄，根一條。夏秋間生小白花，外有佛燄苞。果卵形。浮生於水田或水塘上。
4. **夜氣**：平旦清明之氣。自入夜至於平旦，因人未與外界事物接觸，故而產生清明純淨之氣，於此時刻之精神最為清醒。《孟子．告子上》：「夜氣不足以存，則其違禽獸不遠矣。」另亦解為夜間的空氣。南朝梁．劉孝儀〈和昭明太子鍾山解講〉詩：「夜氣清簫管，曉陣爍郊原。」
5. **夜氣正催秋似酒**：即指秋氣似酒。秋氣，秋天蕭索的氣息或氣勢。《呂氏春秋．孝行覽．義賞》：「春氣至則草木產，秋氣至則草木落。」

此句指的是秋氣時眾人有醉意。

6. **會見**：與人會面、相見意。《儒林外史》第四十一回：「今幸會見表叔，失敬了。」
7. **龜筮**：古時占卜用龜，筮用蓍。即占卦之意。《書經．大禹謨》：「鬼神其依，龜筮協從，卜不習古。」

鑒賞

此詞詞意具有歧義性。馮耀明以為此詞具有政治意涵，是就時代的局勢而言；蔡美麗則認為此詞言綠葉成蔭子滿枝，書寫的是女子之情。

勞氏結束美國會議，回港途中停留臺灣，因而有作。詞作以「征塵」、「客襟」為起，既是寫實，亦呈顯去國懷鄉的失落。勞氏早年從大陸流離至臺，又從臺灣轉赴香港。離臺甚久，對於臺灣的政局隔閡，顯然許多。而此次過境臺灣，不禁有「青萍雪絮總浮沈」的慨嘆，這是第一層的詞意；除此之外，更深一層的慨嘆，應該是對於臺灣政局的演變吧！

下半闋為勞氏之感慨。雖然看似有遺憾之意，卻也有遺憾之後的看淡與領悟。然而，成陰之綠究竟指的是政治的？還是愛情的？

之所以會有這種歧異的產生，原因在於臺灣社會當時正處於政治對立的局面，而其中之一的政黨代表色便是綠色，因而有如此聯想，不論是「無心插柳柳成蔭」代表著無意間的舉動，竟產生意想不到的結果，或是「有心而為」，總而言之，氣候已成，因而有此「預言」式的詞意。

另一方面，蔡美麗則認為此詞言綠葉成陰子滿枝，通篇寫女子。而吳彩娥亦認為勞氏或有杜牧〈嘆花〉：「自恨尋芳到已遲，往年曾見未開時。如今風擺花狼藉，綠葉成陰子滿枝。」之詩意。

另一說法，或可說是人事變化的傷感嘆息。一如杜詩所言，以「嘆花」寄寓情懷，當「天涯會見綠成陰」之時，總有惆悵之失意之概。因而此詞或是懊悔時間無情，有歲月催人、人事已非的無奈感傷。

詩無達詁，此詞筆者以為可以有兩種含義：一指臺灣政局、一指人生情感。不論如何，此詞表現的是——事在人為，然而懊悔總來自於未及掌握之心念與行動，若要歸因於「龜筮」之「搜尋」的命定，何不省察自身當初的決定？（或者說，時局已成，無法變異）。

雖然「衍義」已非作者本意，可容有或多或少的讀者創造成分，然而，貼近作者本意，仍是十分重要的。筆者以為，若從「典故」與「衍義」等兩個面向連結來討論此作，或許更能接近作者本意。

此闋詞的「爭論」在於「政治」或「愛情」。

馮耀明以其研究哲學的背景，強調儒學現代化等問題，因而由其學術背景所關懷的面向，「理性探討」與「管理眾人之事」的政治面有貼合之處，自然對於勞氏的「天涯會見綠成陰」有臺灣政治情勢的解讀。同時，以當今政權多為男性掌握的現狀來看，「男性」所具有的「理性」觀點，將詞意引向政治，是十分自然的事。

而蔡美麗討論現象學，《紅樓夢》、「情慾解放」、「愛情觀」均是探討的材料或觀點，在哲學的討論中，亦觸及「情感」面向，因而由其學術背景所關懷的面向，「在理性探討中亦有感性成分」與「永恆的愛情主題」有貼合之處，自然對於勞氏的「天涯會見綠成陰」有愛情觀點的解讀。同時，以「女性」的「情感」特質來看，將詞意引向愛情，亦是十分自然的事。

以上嘗試說明了筆者以為馮蔡二人以其學術背景及性別意識，分別對於此詞的意涵進行不同詮釋的可能。

其次，就「典故」來看，勞氏的詩詞作品共有的特色便是大量運用典故。勞氏對於詩歌意在言外的審美特性是有相當自覺的，故而勞氏運用典故，除了是自如的運用之外，重要的是表現隱曲委婉的意義，具有暗示性的效果，讓「不盡之意，見於言外。」勞氏運用典故，信手拈來，未見有刻意或蹇澀之感，同時，因其家學傳承與自身好學之故，用典之精準與允當，自然沒有罅漏。那麼「天涯會見綠成陰」之典故既然來自於杜牧的〈嘆花詩〉，而嘆花詩又是杜牧與女子邂逅之事，當然此詞書寫「愛情」的可能性也就比「政治」大了。

甲戌（一九九四年　六十七歲）

高陽臺　甲戌冬，作於香港海桐閣寓所　王隆升述解

細雨侵簾，彤雲[1]如幕，曉寒暗透窗紗。徙倚[2]回廊，嫣紅猶見山花。霓裳翠羽[3]匆匆過，又匆匆、夢向天涯。漫咨嗟[4]，百劫悲歡[5]，幾度蟲沙[6]？平生意氣矜[7]懷抱，枉目驅豺虎[8]，手搏龍蛇[9]。老臥南疆，一身破國亡家。文章解惑非誇世，論千秋[10]、願已嫌奢。悵啼鴉，謝傳箏弦[11]，白傳琵琶[12]。

題解

此詞作於甲戌年（1994），勞氏六十七歲。勞氏於冬日攬景言情，傷老亦傷國，故有此作。

註釋

1. **彤雲**：紅色的雲彩。《文選．孫綽．遊天臺山賦》：「彤雲斐亹以翼櫺，皦日烱晃於綺疏。」亦指下雪前密布的灰暗濃雲。明．于謙〈題畫詩〉：「彤雲蔽天風怒號，飛來雪片如鵝。」此處應屬灰暗濃雲意。
2. **徙倚**：徘徊之意。《楚辭．遠遊》：「步徙倚而遙思兮，怊惝怳而乖懷。」
3. **霓裳翠羽**：霓裳，以霓所製的衣裳。指仙人所穿的服裝。《楚辭．九歌．東君》：「青雲衣兮白霓裳，舉長矢兮射天狼。」霓裳翠羽亦稱霓裳羽衣，即仙人所穿的服裝，五彩薄細，有如虹霓的衣服。《初刻拍案驚奇》卷七：「這些仙女，名為素娥，身上所穿白衣，叫做霓裳羽衣。」
4. **咨嗟**：嘆息。唐．李白〈蜀道難〉：「蜀道之難難於上青天，側身西望長咨嗟。」
5. **悲歡**：喜悅與憂傷。泛指人世間的各種感覺。《初刻拍案驚奇》卷

二十八：「榮悴悲歡，得失聚散。」

6. **蟲沙**：比喻微小無足輕重的東西。《太平御覽》卷九一六〈引《抱朴子》‧羽族部三‧鶴〉曰：「周穆王南征，一軍盡化，君子為猿為鶴，小人為蟲為沙。」相傳周穆王南征，全軍盡沒，君子化為猿與鶴，小人化為蟲與沙。後以猿鶴與蟲沙比喻將士出征戰死沙場。唐‧韓愈〈送區弘南歸〉詩亦言：「穆昔南征軍不歸，蟲沙猿鶴伏以飛。」
7. **矜**：此處指自誇、自負意。《史記》卷一二四〈游俠傳〉：「既已存亡死生矣，而不矜其能，羞伐其德。」
8. **豺虎**：比喻凶狠貪婪的惡人。《文選‧王粲‧七哀詩》二首之一：「西京亂無象，豺虎方遘患。」
9. **手搏龍蛇**：龍蛇本指賢愚優劣之人，相雜處。此處為偏義副詞，指「蛇」。《紅樓夢》第九回：「人多了，就有龍蛇混雜，下流人物在內。」
10. **千秋**：千年。比喻長久的時間。《文選‧李陵‧與蘇武詩》：「嘉會難再遇，三載為千秋。」
11. **謝傅箏弦**：謝傅，指謝安。傳說東晉時，桓伊曾撫箏而歌，諷諫孝武帝不應猜疑有功之臣宰相謝安。《晉書‧桓伊傳》記載：謝安女婿王國寶離間晉孝武帝與謝安之主相關係，造成猜疑。某日孝武召桓伊飲宴，謝安陪席而坐。桓伊撫箏，並請家奴為笛，「而歌〈怨詩〉曰：『為君良獨難。忠信事不顯，乃有見疑患，周旦佐文武，〈金滕〉功不刊，推心輔王政，二叔反流言。』聲節慷慨俯仰可觀。安泣下沾襟，……帝甚有愧色。」
12. **白傅琵琶**：白傅，指白居易。白居易聞琵琶女之音聲，慨歎「同是天涯淪落人」，而有貶謫意，故作〈琵琶行〉。

鑒賞

此詞心境低沉，瀰漫低迴的情調。

首句「細雨侵簾，彤雲如幕，曉寒暗透窗紗。」以雨中之幽景開啟黯然心緒，為平生意義氣銷磨的感慨抒懷鋪墊。

詞作接著表現嗟嘆之意：迴廊中的徘徊，代表心緒的悵然波動，縱有山花嫣紅的美景，從憂傷的眼神看來，只是徒增傷感罷了！不論是大自然的美景看來是心痛的，或者是人間美盛的「霓裳翠羽」，讓人擁有耳目感官的愉悅，都已成天涯遠夢。一生中許多往事，盡是人生悲歡，讓人嘆息！

下半闋轉入年少懷抱的回想，透顯身世之感。「平生意氣矜懷抱，枉目驅豺虎，手搏龍蛇。」指的是早年參與文化運動的志氣與理想。「平生意氣矜懷抱」正是豪揚的態度和人生哲學的燦然呈現，然而一個「枉」字的表出，卻是豪情壯志的最大挫傷，加上「老臥南疆」、「破國亡家」之痛，足以讓人的理想銷磨殆盡。

從「願已嫌奢」之語，彷彿閱讀到一個胸懷文化理想，卻少人理解的坎坷心靈。鴉啼的悵恨不是真正的悵恨，天涯淪落、恨無知音的悵然，才是真正的悵然。故而「謝傳箏弦，白傅琵琶。」的戛然而止，頗有雙關的意味，箏弦與琵琶只是表象，內在深長韻味的隱意——凡人未識的懷抱、踽踽遊子的傷感——才是詞心。

己卯（一九九九年　七十二歲）

齊天樂　一九九九年除夕　王隆升述解

佳辰不預笙歌[1]會，高眠市樓寒雨。嚼蠟[2]世情[3]，凝霜[4]詩筆，靜夜茫茫[5]無緒[6]。蝶飛栩栩[7]。向冷月昏時[8]，劫灰[9]深處。似有幽靈，兩三[10]相向含冤[11]語。問人間黃粱[12]熟未？猛青燈[13]照眼[14]，此身何處？幾輩英豪？幾番成敗？都付大江東去[15]。悲歡何據？且手拂雲箋，漫題長句。一笑推窗，看今年新曙[16]。

題解

此詞作於己卯年（1999），勞氏七十二歲。勞氏感新歲將至，故有此作。當晚有人邀請聚會，勞氏因心情不好，早早入睡。夢中恍若到達舊時之天安門，鬼影幢幢，便被驚醒，故賦此詞，以夢前夢後之態抒懷，全詞籠罩一夢。

註釋

1. **笙歌**：泛指奏樂唱歌。《初刻拍案驚奇》卷七：「玄宗在宮中賞月，笙歌進酒，憑倚白玉欄杆，仰面看著，浩然長想。」
2. **嚼蠟**：比喻無味。《楞嚴經》卷八：「我無欲心，應汝行事，於橫陳時，味如嚼蠟。」
3. **世情**：世間的種種情態。《文選・陶淵明・辛丑歲七月赴假還江陵夜行塗口詩》：「詩書敦宿好，林園無世情。」
4. **凝霜**：凝結成霜。南朝齊・謝朓〈校獵曲〉：「凝霜冬十月，殺盛涼飆衷。」
5. **茫茫**：廣大無邊的樣子。唐・白居易〈長恨歌〉：「上窮碧落下黃泉，兩處茫茫皆不見。」亦指不明的樣子。宋・蘇軾〈江城子〉（十年生死兩茫茫）詞：「十年生死兩茫茫，不思量、自難忘。」此處可結合二意，呈現廣大之處一片茫然不清的樣子。

6. **無緒**：惆悵百無聊賴，精神不振之意。《永樂大典戲文三種．小孫屠》第九齣：「知它是爭名奪利？知它是戀酒迷花？使奴無情無緒，困倚繡床，如何消遣！」
7. **栩栩**：形容生動可喜的樣子。《莊子．齊物論》：「昔者莊周夢為胡蝶，栩栩然胡蝶也，自喻適志與。」
8. **昏時**：即指黃昏時分。
9. **劫灰**：劫火燒剩的灰燼。古印度人認為世界將毀壞時，劫火出現，燒毀一切，世界都成灰燼。唐．李商隱〈寄惱韓同年二首時韓住蕭洞〉詩：「年華若到經風雨，便是胡僧話劫灰。」
10. **兩三**：即兩兩三三，三個兩個聚成一群。宋．柳永〈夜半樂〉（凍雲黯淡天氣）詞：「敗荷零落，衰楊掩映，岸邊兩兩三三，浣沙遊女。」
11. **含冤**：蒙受冤屈。《儒林外史》第六回：「鄉紳發病鬧船家，寡婦含冤控大伯。」
12. **黃粱**：即是指黃粱夢，比喻榮華富貴如夢一般，短促而虛幻。亦比喻慾望落空。盧生在邯鄲旅店遇道士呂翁，盧生自嘆窮困，呂翁便取枕，使盧生枕睡，時店主正蒸煮黃粱。之後，盧生從享盡榮華富貴之夢境中醒來，黃粱尚未蒸熟。見《太平廣記》卷八十二〈呂翁〉。比喻富貴榮華如夢一般，短促而虛幻；亦比喻希望落空。
13. **青燈**：青熒的燈光。青燈，比喻讀書的生活。元．葉顒〈冬景十絕之七．書舍寒燈〉：「青燈黃卷伴更長，花落銀釭午夜香。」
14. **照眼**：耀眼，引人注目。唐．杜甫〈酬郭十五判官〉詩：「藥裡關心詩總廢，花枝照眼句還成。」
15. **大江東去**：廣闊的江水向東奔流而去。比喻時光流逝不復返。宋．蘇軾〈念奴嬌〉（大江東去）詞：「大江東去，浪淘盡千古風流人物。」
16. **曙**：天剛亮，破曉時分。《楚辭．九章．悲回風》：「涕泣交而凄凄兮，思不眠以至曙。」

鑒賞

進入千禧佳辰之際，本該是擁有歡情的，然勞氏情緒不佳，未赴笙歌之會，故而在寒雨樓中獨眠。

除夕是一年將盡之夜。回首前塵，總是一番嘆息——如果生命中的期待是落空的、擁有的是傷感的。如同白居易〈除夜寄弟妹〉云：「感時思弟妹，不寐百憂生。萬里經年別，孤燈此夜情。……早晚重歡會，羈離各長成。」又或者戴叔倫〈除夕宿石頭驛〉說：「一年將盡夜，萬里未歸人。」、高適〈除夜作〉則言：「故鄉今夜思千里，霜鬢明朝又一年。」而崔塗〈除夜有作〉亦言：「那堪正飄泊，明日歲華新。」一年將盡，代表一個階段的結束與開始，看在詩人眼裡，正是漲滿情緒的當下，故而愁苦情緒瀰漫延展。

時空場景可以感染讀者，亦是催化詩人情緒敏感的重要因素。「嚼蠟世情，凝霜詩筆」，現實的愁緒，延伸至夢中，靜夜之茫茫無緒，故而有「蝶飛栩栩」之語。

夢境中的「冷月昏時」，疏冷而迷離的冷雨淒風氛圍，使勞氏有「此身何處」之慨，夢中同去的朋友提醒，方知夢中的場景是多年前記憶中的天安門。然而，夢中的天安門卻「似有幽靈，兩三相向含冤語」，彷彿孤魂怨鬼群聚傾吐冤屈，故而勞氏被驚醒，一片悵然若失之感。

「問人間黃粱熟未」，由夢境轉入夢醒之後的抒發感慨。現實的境地是落空的，低落的情緒，從夢前轉入夢中，更延續至夢醒；而在除夕之夜的時空，更代表著傷感的情緒從去年年尾，連接進入年頭。「大江東去」的慨嘆，總是抹不去的滄桑意味。

推窗看新曙，代表醒來時天已將亮。在瀰漫的憂傷之後，一笑推窗的舉動，除了是記實的行為之外，是否也有這樣的期許：即使生命是不安的、志氣是消磨的，只要希望是存在的，也有新生的微光。對於新 的企盼，取代看似「劫灰深處」的幽暗冷清，讓缺憾的存在，猶有生命拓展的可能。「一笑推窗，看今年新曙。」生命情境的追尋，從推窗中，或許猶可真誠展開。

附錄四　新詩

己亥（一九五九年　三十二歲）

晚步

有好多年我甘於靜守靈智的清冷，
儘管我知道朦朧才是生命的享受。
如今我的情思只是一點，一剎那；
你何必再向我說：「永遠」和「以後」。

當夜鐘一度又一度在人們夢外低鳴，
縱是最末的殘音，也不會殘留多久；
但孤零的散聲與濃深的死寂同樣真實，
別管短促或悠長，他們是自在的「有」。

像輕雲不改變太空，水波中原不是月，
悲或歡，啼或笑，總無關自我的永恆。
只要不將海上蜃樓當作安身樂土，
你此時的微笑恰好換我此時的溫情。

趁情思未變成事實，欣賞尚未成義務，
憑理性的優容，我品味生命的晚步。

附錄五　勞榦《成廬詩稿》與韋齋詩相關之詩作編目

乙未（一九五五年　四十八歲）[1]

和仲瓊來詩[2]

1. 編者案：附錄五所記年歲為勞榦先生（1907～2003）詩作之創作時間。《成廬詩稿》（臺北市：正中書局，1979）依詩體分類編排，而各類詩體下並未繫年，今則依詩題考訂其創作年份而依序排定。相關之韋齋詩於二〇〇五年七月二十三日經勞思光先生確定。
2. 編者案：參見《成廬詩稿》，頁55。仲瓊為勞思光先生之字。韋齋詩原作為乙未年（1995）二十八歲，之〈晨起攬鏡，忽見白髮，悵然久之，即成一律〉。

己亥（一九五九年　五十二歲）

四十八年八月和仲瓊作　二首[1]

1. 編者案：參見《成廬詩稿》，頁45。韋齋詩原作為戊戌年（1958）三十一歲，之〈暑日即事〉。原作三首，和詩只二首，勞氏謂或因當時只寄贈二首。

庚子（一九六〇年　五十三歲）

庚子十一月赴馬尼拉開歷史學會，會畢擬赴香港一行，而香港簽證遲遲不到，無法前往，仲瓊以詩來，即步原韻卻寄[1]

1. 編者案：參見《成廬詩稿》，頁45。此詩題曰「即步原韻」，但並不嚴格。韋齋詩原作為庚子年（1960）三十三歲，之〈庚子冬，伯兄貞一擬過港小留，嗣因簽證不順而作罷，惘然有作〉，兩詩之尾聯韻腳不同，韋齋詩作「東堂揮麈久無緣」，勞榦詩作「何思秉燭話頻年」。

丁未（一九六七年　六十歲）

丁未上元和仲瓊〈元旦試筆原韻〉　三首[1]

1. 編者案：參見《成廬詩稿》，頁50。韋齋詩原作為丁未年（1967）四十歲，之〈丁未元日試筆〉，《成廬詩稿》將「元日」誤植為「元旦」，又詩作之其二首句，韋齋詩作「危言長年久成編」，《成廬詩稿》作「殘文蠹簡總成篇」；詩作之其三尾聯，韋齋詩作「肯將懷抱歎孤琴」，《成廬詩稿》作「習聞簫管奏南音」，皆為不嚴格之步韻。

戊申（一九六八年　六十一歲）

戊申贈仲瓊過歐洲作[1]

1. 編者案：參見《成廬詩稿》，頁17。韋齋詩未有相關作品。

己酉（一九六九年　六十二歲）

己酉初秋仲瓊來美西留十日，將赴紐約，書此贈之　二首[1]

和仲瓊〈詠紐約聯合國大廈〉[2]

1. 編者案：參見《成廬詩稿》，頁30。相關韋齋詩作為己酉年（1969）四十二歲，之〈己酉初秋，晤伯兄於洛城，共步街衢，閒話舊事，歸成二律〉。
2. 編者案：參見《成廬詩稿》，頁48。韋齋詩原作僅存腹聯。

乙卯（一九七五年　六十八歲）

和仲瓊〈乙卯除夜書懷〉　四首[1]

1. 編者案：參見《成廬詩稿》，頁51。韋齋詩題原作〈乙卯歲除書懷〉，《成廬詩稿》所題稍異。又此詩《成廬詩稿》雖題和韻，然除詩作其一腹聯「仍思歲月到明時」，異於韋齋詩「南雷苦志託明夷」之韻腳外，其餘韻腳皆同，顯然是懷步韻之意以和。

丙辰（一九七六年　六十九歲）

和仲瓊〈新歲感懷〉　四首[1]

1. 編者案：參見《成廬詩稿》，頁75。韋齋詩原作為丙辰年（1976，四十九歲，之〈深秋即事四首〉，今僅錄其一、三、四，其二已佚。又《成廬詩稿》所載詩題為誤。

作年不詳

按仲瓊函寄遊康橋新作，去此十五年矣，勉和一章[1]

新秋[1]　寄仲瓊

1. 編者案：參見《成廬詩稿》，頁48。韋齋詩原作已佚。
2. 編者案：參見《成廬詩稿》，頁31。韋齋詩未有相關作品。

附錄六　述解者簡介（依姓名筆劃排序）

王隆升

王隆升，一九六八年生，臺灣雲林人。輔仁大學中國文學博士。現任華梵大學中國文學系副教授。著有《文學心靈與生命實踐》、《文學時空與生命情調》、《梵宇巍巍映翠峰》、《溫潤的季節風》、《和風呢喃》、《晴與雪的交錯》等多本著作。

吳幸姬

吳幸姬，中正大學中國文學博士，華梵大學助理教授，以中國思想與美學、文學為研究專長。

吳冠宏

吳冠宏，臺灣花蓮人，臺灣大學中國文學博士。現任東華大學中國文學系教授兼系主任、文學院院長。著有《聖賢典型的儒道義蘊試詮——以舜、甯武子、顏淵與黃憲為釋例》、《魏晉玄義與聲論新探》及多篇學術論文著作，專業為中國思想史、儒道思想、魏晉學術與花蓮文化，主要開設課程為「中國思想史」、「論孟」、「世說新語」、「玄學與魏晉文化」、「儒道思想專題」。並致力於後山地方文教活動。

林碧玲

林碧玲，政治大學中國文學研究所博士，現任華梵大學中國文學系助理教授，著有《王船山之禮學》，以中國義理學、儒學、經學為研究、教學領域。近年研究重心為儒家思想與經典詮釋、戰國儒家楚簡、勞思光思想與「韋齋詩」等。

徐慧鈺

徐慧鈺，臺灣竹東人。政治大學中國文學博士。以新竹鄉賢林占梅之年譜、詩歌與園林生活為研究專長。目前正著手於臺灣海洋詩箋釋與清領時期臺灣本土文學之研究。

陳昱志

陳昱志，筆名 紀少陵。東海大學中國文學博士。現任南華大學文學系副教授。著有《殘霞與心焚的夜燈如舊——一代儒俠黃宗羲的文道合一論》。曾獲「教育部文藝創作獎」等多項文學獎。並擔任「人文臨床與療癒」、「新小林社區報」主編，作為文化人格研究，以及文學經世理念之具體實踐。

陳慷玲

陳慷玲，東吳大學中國文學博士，現任東吳大學中國文學系助理教授。以詞學為主要研究領域。著有《山谷詞及其詞論研究》、《宋詞雅化研究》。講授「詞選」、「蘇辛詞」、「詞學專題研究」等相關課程。

彭雅玲

彭雅玲，臺北市人，政治大學中國文學博士，現任臺中教育大學語文教育學系教授兼系主任，以中國詩學、文學理論與批評、視覺文化、佛教文學、女性文學、漢字教學等，為主要研究領域，著有《僧・法・思——中國詩學的越界思考》、《唐代詩僧的創作論研究——詩歌與佛教的綜合分析》、《史通的歷史敘述理論》、《國語文教學理論與應用》（合著）。

廖湘美

廖湘美，臺灣師範大學國文博士，現任中央大學中國文學系助理教授。以傳統文獻資料（《詩經》韻文、詩人用韻）、漢語方言的語言層次議題為主要研究領域。並藉由方言的研究經驗，重新詮釋古代文獻的音系性質。

劉浩洋

劉浩洋，臺北市人，一九七一年生。政治大學中國文學博士，現任華梵大學中國文學系助理教授。

謝奇懿

謝奇懿，臺灣南投人，臺灣師範大學國文博士，現為文藻外語學院應用華語文系副教授。以辭章章法學、寫作教學及中文測驗與評量為主要研究方向。著有：《辭章學的螺旋結構及其在寫作評分規準的應用》、《先秦兩漢天人意識與詩經學之研究》、《五代詞中的「山」意象研究》、合著《新（限制）式寫作教學導論》等專書及論文十餘篇。

編後記

此刻是一個豐收、感恩的時節。

在尚未抵達終點之前，我們總是習慣當一個無聲的行旅者。或者這麼說吧！《勞思光韋齋詩存述解新編》未付梓之前，彷彿沉醉在一場夢境之中；不知不覺，一睜開眼，竟已八年……

從文字的校勘、創作時空的考究，到字義的註釋、文本的詮釋……，雖然經過四次修訂，這些述解，猶稱不上是完美的成果，然而，卻如同蔓生在牆沿邊的青苔，一點一滴，醞釀成蒼翠一片。

八年來，在勞思光先生猶如經卷、滿溢典故的雋永詩情中，摸索著其學者、儒者、智者、孤者的心懷；咀嚼著其理智、感性兼具的亦高昂、亦低迴的韻味。何其有幸，聆聽勞思光先生講述大時代中生命流轉的精采故事；何其有幸，和一群和善溫暖的友朋－－雅玲老師、碧玲老師、慧鈺老師、幸姬老師、旻志老師、冠宏老師、奇懿老師、慷玲老師、浩洋老師、湘美老師，共同探索勞先生開展的情意及心靈境界，探究其生命、學術與詩歌的獨特進路；何其有幸，陪著益祥、亞澤、冠璋、翔文、豫斌、浩元等助理，一同參與生命與學養的厚實成長。

微風起浪，總會牽動水波悠悠。這本書的出版，雖只是一個投入文化傳承的象徵，卻也是另一段生命與學術實踐的起點。

王隆升

誌於壬辰年暮春三月

國家圖書館出版品預行編目(CIP)資料

勞思光韋齋詩存述解新編 / 勞思光著. 王隆升主編
王隆升、林碧玲等述解
-- 初版. -- 臺北市 : 萬卷樓, 2012.05
面 ; 公分. --(文學研究叢書)
ISBN 978-957-739-741-6(平裝)

851.486 100025488

勞思光韋齋詩存述解新編

2012 年 5 月 初版 平裝

ISBN 978-957-739-741-6

定價：新台幣 660 元

詩存作者	勞思光	出版者	萬卷樓圖書股份有限公司
主編	王隆升	編輯部地址	106 臺北市羅斯福路二段 41 號 9 樓之 4
述解作者	王隆升、	電話	02-23216565
	林碧玲……等	傳真	02-23218698
發行人	陳滿銘	電郵	editor@wanjuan.com.tw
總編輯	陳滿銘	發行所地址	106 臺北市羅斯福路二段 41 號 6 樓之 3
副總編輯	張晏瑞	電話	02-23216565
編輯助理	游依玲	傳真	02-23944113
編輯助理	吳家嘉	印刷者	百通科技股份有限公司
封面設計	果實文化設計工作室	總經銷	神農廣播雜誌社總經銷

新聞局出版事業登記證局版臺業字第 5655 號

網路書店 www.wanjuan.com.tw
劃撥帳號 15624015